Kerstin Ekman   *Am schwarzen Wasser*

Kerstin Ekman

Am schwarzen Wasser

Roman

Aus dem Schwedischen
von Hedwig M. Binder

Piper
München Zürich

Die Originalausgabe erschien 1999
unter dem Titel »Guds Barmhärtighet«
im Albert Bonniers Förlag, Stockholm

ISBN 3-492-04227-9
2. Auflage 2000
© Kerstin Ekman 1999
Deutsche Ausgabe:
© Piper Verlag GmbH, München 2000
Satz: Uhl + Massopust, Aalen
Druck und Bindung: Pustet, Regensburg
Printed in Germany

Als ich sechs Jahre alt war, ging ich eines Winterabends allein aus Richtung Storflon auf das Dorf zu. Es herrschte strenge Kälte, und die Sterne waren hoch und spitz. Der Tannenwald beiderseits der Straße machte mir angst. Der Schnee drückte die Äste nieder, und unter den Bäumen war es schwarz. Noch mehr Angst bekam ich, als auf der Brücke ein Schatten auftauchte. Er näherte sich und wurde immer größer. Die Zollstation war die einzige menschliche Behausung am Weg, aber dort war es dunkel. Der alte Grenzwächter war ja auch schon lange tot. Man konnte nirgendwohin ausweichen, und der Fluß toste schauerlich. Mir blieb nichts anderes übrig, als demjenigen, der da auf mich zukam, gegenüberzutreten, und sollte es der Flußgeist höchstpersönlich sein. Als er vor mir stand, wagte ich mich nicht zu rühren. Er sagte etwas, was ich nicht verstand. Trotzdem meinte ich es schon einmal gehört zu haben. Da faßte er mich an, unters Kinn faßte er mich. Es war, als wollte er mein Gesicht ins Sternenlicht heben. Ich hatte meine eigene Sprache vergessen, verstand jetzt aber, daß er wissen wollte, zu wem ich gehörte und wie ich hieße. Da sagte ich, daß ich die Ziehtochter vom Händler sei und Kristin heiße.

»Risten«, sagte er. »Risten, onne maana. Onne maana!«

Als er das sagte, wurde in meinem Inneren unsere Sprache wieder lebendig. Er sprach so, daß es sich wie Gesang anhörte. Er fragte, ob ich mich an ihn erinnerte, aber das konnte ich nicht behaupten. Das machte ihn traurig, merkte ich, obwohl es so kalt und dunkel war. Da fing er für mich zu singen an: *nanana… onne maana…*

na na nananaaa
kleine Wange, kleine Risten
kleines Kind

Ich erinnerte mich nun, daß er früher schon für mich gesungen hatte. Da hatte ich keine Angst mehr. Er erzählte, daß er mein Onkel sei, der Bruder meiner Mutter, den ich immer Laula Anut genannt hätte. Dann sang er weiter, und ich erinnerte mich sogar an die Worte, es waren dieselben.

voia voia kleines Mädchen
in der Tanne knappt der Auer
na na nanaaa weiße Wange
wird gebissen von der Kälte
voia voia kleine Daune
weh nicht fort ins Fjäll, das hohe
wenn gellend bellt der schwarze Hund
nana nanaa naaa

Nachdem er dies gesungen hatte, berührte er meine Wangen und merkte, daß sie kalt waren. Da sagte er, ich solle geschwind zum Händler heimgehen. Als ich nach Hause kam, erzählte ich nichts davon, daß ich Laula Anut auf der Brücke begegnet war und er für mich gesungen hatte. Ich wollte nicht, daß sie meinten, mein Onkel sei blau gewesen. Hillevi sagte, die Lappen seien blau, wenn sie joikten, und die Lappen, die sie ordentlich nannte, hielten es auch für eine Schande.

Vier Sprachen spreche ich jetzt, und für meine Geschichte wähle ich diejenige, die ich auf der Fachschule in Katrineholm gelernt habe. Laula Anut konnte drei dieser vier Sprachen.

Hillevi kam am fünften März 1916 mit dem Zug nach Östersund. Damals waren die Straßen geschottert, und es gab elektrisches Bogenlicht. Das Centralpalais in der Prästgatan hatte Türme mit Spitzen. Weiter unten in der Straße liefen auf einem großen Bild an Erik Johanssons Haus seltsame Tiere in einem Wald umher. Es war auf den Putz gemalt. Das Staverfeltsche Haus hatte schmiedeeiserne Balkone, verzierte Giebel und Gewölbebogen. Die Markthalle gleich daneben hatte einen prächtigen Treppengiebel. Und das Mårtenssonsche Haus in der Storgatan gleich mehrere. Hillevi kam also nicht gerade in die Wildnis.

Als sie nach Lomsjö kam, wurde es schon schlimmer. Das war am siebten März.

Am Nachmittag befanden sich in der Schankstube des Gasthofs nur zwei Leute. Zum einen ein alter Lappe, der auf dem Fußboden saß. Zum anderen Hillevi, die auf der Bank an der Wand saß und gleich ihre Pelzmütze verlieren würde. Ihr war der Kopf nach vorn gekippt. Sie schlief.

Draußen war es still. Der Schnee rieselte auf Schlittenspuren und Pferdeäpfel. Der alte Lappe hatte sein Messer hervorgeholt und schnitt an einem Tabakstrang. Als die Gastwirtin hereinkam, schimpfte sie mit ihm, weil er auf dem Fußboden hockte. Der Alte entgegnete, seine Hose sei hinten dreckig. Hillevi wachte von dem Palaver nicht auf. Erst als die Wirtin sie am Arm faßte und »Fräulein!« rief, zuckte sie zusammen.

»Sollet es doch hier nicht sitzen.«

Fügsam erhob sie sich und ging mit. In der Tür zum Speisesaal blieb sie stehen und schaute zurück in die Schankstube, als hätte sie diese noch gar nicht gesehen oder im Schlaf vergessen. Auf dem langen, bloßen Holztisch stand eine Laterne. Ein Paar verfilzter Handschuhe lag daneben, gelbbraun am Spickel. Auf der Bank dort hatte es nach Pferdestall gerochen. Der Alte auf dem Fußboden trug eine ausgebleichte blaue Mütze. Seine fast schwarzen Stiefel hatten nach oben gebogene Spitzen. Hundertmal mit Talg eingeschmiert.

Im Speisesaal war es etwas kühler als in der Schankstube, doch hinter den Glimmerscheiben eines eisernen Ofens glühte es. Auf dem Tisch lag ein recht grobes weißes Linnen. Hier gab es eine Petroleumlampe mit weißem Porzellanschirm, der den Schein der Flamme abmilderte. An der Wand über dem Büfett hingen große Porträts von einem Mann und einer Frau. Die Frau trug einen Turban wie eine Negerin. Es waren jedoch Bauersleute. Er hatte auf Ohrenhöhe geschnittenes Haar und einen schütteren Bart bis weit unters Kinn. Am schwarzen Kleid der Frau steckte vorn in der Mitte eine Emaillebrosche. Ihre Gesichter waren hölzern wie die Gesichter von Leichen.

Hillevi hatte schon Leichen gesehen. Als die Gastwirtin mitten in ihren bewußtlosen Traum hinein »Fräulein!« gerufen hatte, war ihr das eingefallen. Als ob sie wieder dort gewesen wäre. Kalte, durchgeweichte Stiefel. Der Saum in der Nässe, als sie den Rock losließ. Aus Angst vor einer anderen Stimme, einer rauhen, unbeherrschten aus der Dunkelheit: »Fräulein!«

Sie war jetzt sehr müde. Sie ließ den Blick die braun und golden tapezierten Wände entlangschweifen. Sie sah Gemälde, Wandbehänge, Rengeweihe und ausgestopfte Vögel. Auf dem Büfett, das einen Aufsatz mit ovalem Spiegel hatte, standen Kristallvasen und Kabinettbilder. Das Tablett unter dem Salzstreuer und dem Pfeffergefäß war aus Neusilber. In dem Saal roch es nach erkalteten Küchendünsten.

Sie dachte: Sobald ich in meinem eigenen Reich bin, komme ich wieder zu mir. Ich werde nie wieder an diese rauhe Stimme denken. Dies hier ist der letzte Vorposten des Muffigen und Rauhen. Der alte Lappe auf dem Fußboden. Saß da und schnitt Tabak. Lullte ein bißchen in seiner Sprache. Ja, er war betrunken. Draußen im Schein der Laterne hing ein abgebalgtes Ren, als ich kam. Blut darunter. Er warte auf Geld, meinte die Wirtin. Folglich hatte wohl er dieses Ren an der Hausecke geschlachtet. Denn es war doch wohl ein Ren.

Jetzt brachte die Gastwirtin die Suppe. Es dampfte, als sie sie auftat, und ziemlich große Klößchen plumpsten in eine graue, fast farblose Brühe. Sie schmeckte fad.

»Elchbrühe ist's«, sagte sie. »Tut ihm gut, dem Fräulein.«

Wäre es Renbrühe gewesen, hätte sie sie weggeschoben. Sie dachte an das Blut, das dem Ren aus dem Maul geflossen war. Ein gelber Fleck war auch im Schnee. Schwarze Losungskügelchen. Aber so mußte es ja sein. Unfreiwilliger Abgang.

Ich bin ausgebildet, ich weiß viel über derlei Dinge. Das hilft gegen Übelkeit. Wissen hilft. Da mag die Tante ruhig ihre Litaneien herbeten. Es hilft auf jeden Fall.

»Aber Fräulein, liebes, sitzet es da und greinet?«

»Nur müde«, murmelte sie in ihr Taschentuch. Sie hatte keine Serviette bekommen.

»Ja, freilich. Armes Ding. So jung. Und so dünn. Ja, liebe Zeit, was soll's bloß werden? Es werdet jetzt Pfannkuchen mit Multgrütze kriegen, das Fräulein. Mag es Milch dazu? Ist nichtens verkehrt mit der Milch, sage ich. Abgeseihen und fein.«

Hillevi lehnte dankend ab, sagte aber nicht, daß ihr übel war.

»Wann kommt das Fuhrwerk?«

»Ja, wüßte man's. Dauern kann das. Daß es gar so garstig werden hat müssen. Verwehet ist er geworden, der Schnee, auf dem See. Dürfte also noch ausbleiben, der Halvorsen, ein bis zwei Tage. Das arme Fräulein werdet schon sich gedulden müssen. Es werdet aber mein bestes Zimmer kriegen. Wir feuern da ein schon. Und dann krieget es noch Felldecken, das Fräulein.«

Sie brachte etwas Gelbes und leicht grau Gewordenes auf einem Teller, als sie wiederkam.

»Nehmet das Fräulein doch ein bißchen von der Multgrütze. Und hier wär das Buch.«

Hillevi trug sich mit einer Feder, die sich ständig spreizen wollte, ein: Hillevi Klarin.

»Schreibet das Fräulein: Hebamme«, sagte die Wirtin in dem Moment, als Hillevi gerade Fräulein schreiben wollte und schon mit dem F begonnen hatte. »Ist's als ein Andenken.«

9

Da verstand sie, daß ihr Kommen eine großartige Sache war.

»Barmendes Ding«, sagte die Wirtin ein Weilchen später zu dem alten Lappen. Die beiden vertrugen sich jetzt wieder und sprachen über sie. Ihre Stimmen drangen durch die Tür zur Schankstube. Der Alte summte. Dreimal während Hillevi dasaß und darauf wartete, daß oben das Bett gemacht würde, ging die Außentür und stiefelte jemand durch den Raum. Dreimal steckte jemand den Kopf herein und besah sie sich.

In der Nacht begann der Wind durch das Rohr des Kachelofens zu streichen. Bald pfiff er gellend, und es rappelte im ganzen Haus. Als es am Morgen hell wurde, sah sie den Schnee dahinfegen, grau und waagrecht. Der Sturm atmete brüllend. Bisweilen legte sich der Wind. Es dauerte ein paar Stunden, dann erhob er sich erneut. Einmal rund um die Uhr. Es zog durch Ritzen und undichte Fenster, und es wurde kühl im Haus.

Sie saß die meiste Zeit unter zwei Decken aus schwerer und grober grauer Wolle im Bett. Die Decke mit den bunten Streifen hatte sie beiseite gelegt. Sie befürchtete Ungeziefer in der Wolle des schmutzigen Schaffells, mußte sie aber dann, als die Kälte über den Fußboden gekrochen kam, doch hernehmen. An diesem ersten Tag fror sie, daß es schmerzte. Der Kachelofen, der wohl schon lange nicht mehr eingeheizt worden war, wurde nur langsam warm.

Eine alte Frau kam mit einem Korb Brennholz herauf und heizte erneut ein, noch ehe Hillevi richtig wach war. Es war ein guter Kachelofen. Langsam siegte er über die Rauheit und Kälte. Sie fand ihn menschlicher als die alte Magd, die, egal, was sie zu ihr sagte, schwieg.

Als es im Zimmer endlich erträglicher war, wurde ihr langweilig. Ein Geruch nach Hering und Speck breitete sich im Haus nach oben aus. Sie ging in den Speisesaal hinunter und aß schließlich Pfannkuchen. Sonst nichts. Sie erkundigte sich erneut nach Halvorsen und dem Fuhrwerk.

»Dürfte schon noch dauern«, meinte die Wirtin.

Und es dauerte. Hillevi öffnete ihre Taschen, die man ihr heraufgebracht hatte. Der Schrankkoffer stand noch unten. Sie nahm alle ihre Sachen heraus und packte sie noch säuberlicher. Besondere Sorgfalt verwendete sie auf die Instrumente in der Hebammentasche. Die lagen zwischen sauberen Leinenhandtüchern.

Mitten in der Nacht wachte sie auf und dachte an ihre Instrumente. Sie meinte, jemand sei durch den Schneesturm gefahren gekommen. Irgendwo dort draußen sei eine Frau, die nicht entbinden könne. Es war jedoch sie selbst, die geschrien hatte. Da begriff sie, daß sie geträumt hatte.

Sie zündete unbeholfen den Lampendocht an, es loderte und rußte gewaltig, bevor sie ihn endlich heruntergeschraubt hatte. An der Wand zeichnete sich groß ihr Schatten ab, und draußen brüllte der Wind. Tante Eugénie fiel ihr ein:

Liebes Kind, ist das ein weiser Entschluß?

Als es hell wurde und die schweigende alte Frau dagewesen war, zuerst mit dem Brennholzkorb, dann mit Kaffee und schließlich mit warmem Wasser zum Waschen, fiel ihr abermals die Tante ein, aber da mußte sie fast lachen. Niemand konnte derart verboten märtyrerhaft aussehen. Doch im Grunde war sie ja erleichtert.

Zu ihrem fünfundzwanzigsten Geburtstag hatte Hillevi von Onkel und Tante ein Tagebuch bekommen. Es war ein schweres Buch mit einem Einband aus gepreßtem weinrotem Samt. Und in dem Samt zeichnete sich, wie bei einem Damasttuch dunkel abgesetzt, ein Muster ab. Man konnte Lilien samt ihrem Blattwerk unterscheiden. Das Buch hatte ein Schloß mit einem kleinen Schlüssel, doch hatte die Tante betont, daß es sich nicht um ein Mädchentagebuch handle. Es müsse vielleicht nicht einmal jeden Tag benutzt werden. Sie hätten sich gedacht, daß Hillevi die wichtigsten Ereignisse ihres Lebens in diesem Buch festhalten solle.

Noch hatte sie nichts hineingeschrieben. Sie hatte es beim Umpacken hervorgeholt und saß jetzt mit dem Buch auf dem Schoß im Bett. Auf dem Nachttisch hatte sie ein Tintenfaß, eine Stahlfeder und ein ausgedientes Fließblatt. Die Wirtin hatte vorsorglich darauf hingewiesen, daß alles wiedergeholt werde, wenn jemand eingetragen werden müsse.

Sie zögerte. War die Ankunft im Gasthof in Lomsjö eine große und wichtige Begebenheit in ihrem Leben?

Den Ausschlag gab, daß die Feder abgenutzt war und klecksen konnte. Hillevi schrieb nichts. Sie brachte statt dessen das Schreibzeug hinunter und blieb dann in der warmen Küche. Die alte, schweigsame Magd hatte etwas Klebriges in Händen, das sie zu Kugeln formte.

»Tut man gerade Klümper machen«, sagte sie plötzlich. Sie schnitt Schweinefleisch und Speckwürfel. Die grauen Klumpen aus Gerstenmehl, geriebenen Kartoffeln und Wasser platschten in einen Topf mit kochendem Wasser. Die Küche war voller Dampf.

Am zweiten Tag war das Wetter wieder still und grau. Die schwarze Wand des Waldes jenseits der Äcker war gesprenkelt, und die Tannenzweige hingen, vom Schnee niedergedrückt, fast senkrecht. Am Vormittag sah sie einen Fuchs. Ansonsten nichts. Die Hunde schwiegen. Vorher, meinte sie, hatten sie rund um die Uhr gebellt. Es waren grauzottige Spitze mit Gesichtern, die schwarzweißen Masken glichen, aus denen Augen guckten.

War das ein weiser Entschluß?

Die Stimme der Tante war das eher nicht mehr. Was da in ihrem Inneren unentwegt leierte, glich ihrer eigenen Stimme.

Lange Tage. Untätigkeit war ihr ebenso zuwider wie Unentschlossenheit. Ohne jemanden um Rat zu fragen, hatte sie sich um die Stelle beworben und sich zu der Reise entschlossen. Jetzt saß sie da und wußte nicht, wohin mit ihren Händen. Ihre Handarbeiten lagen im Schrankkoffer, und den wollte sie nicht auspacken.

Einer der Söhne des Gastwirts räumte draußen Schnee. Er fuhr mit einem kleinen schwarzen Pferd vor dem Pflug im Kreis. Das ergab ein Rondell und querdurch einen Weg.

Am dritten Tag trafen endlich Leute ein. Einige auf Skiern, einer mit einem Schlitten. Es war aber nicht Halvorsen. Sie ging vor acht Uhr abends in einem Nebel aus Unruhe und Überdruß zu Bett und glitt allmählich in einen schweren Schlaf hinüber.

Ein schneidender Ruf weckte sie. Sie vernahm Hundegebell und mehrere Männerstimmen. Zuerst dachte sie, es habe ein Unglück gegeben oder eine Schlägerei. Sehen konnte sie nichts, denn ihr Zimmer lag zu einem ebenen Schneefeld hin, das die Wirtin Lehde nannte. Zu der Fläche hinter dem Pferdestall sagte sie Einhegung.

Hillevi schlüpfte in Socken und schlug sich ein Tuch um, bevor sie in die Diele hinaustrat. Das Giebelfenster ging zum Pferdestall hin. Dort unten sah sie eine Menge Männer, und der Schein der Laterne fiel auf den Körper eines Tieres.

Sie dachte, es sei ein großer Hund. Sie hatten das Tier an die Stelle gehängt, an der das Ren gehangen hatte. Sie lärmten und lachten. Hillevi sah den alten Lappen und einen Mann mit einer schwarzen Pelzmütze, den Wirt, wie sie inzwischen wußte. Seine Söhne, die den ganzen Tag Schnee geräumt hatten, waren ebenfalls da. Und ein kleiner, geschmeidiger Kerl, der um das aufgehängte Tier schier tanzte.

Sie hätte in ihr Zimmer gehen und die Tür schließen sollen. Aber sie blieb stehen und sah, wie er den Körper vom Brustbein bis zu den Hinterläufen aufschlitzte. Der Lichtschein fiel hart auf das graue Zottelhaar und die Hände des Mannes. Es war vermutlich eine Karbidlampe, doch durch das vernagelte Fenster konnte sie es nicht zischen hören. Es war absolut still geworden dort unten. Ein graues Darmpaket quoll aus der Bauchhöhle, und der Mann steckte die Hände hinein und wühlte noch mehr daraus hervor. Blutkuchen quollen ihm über die Hände und näßten die Bündchen seiner Pulloverärmel ein. Der alte Lappe gab in die Stille hinein einen Ton von sich. Es war ein einziges langes Huuuuu. In diesem Augenblick wurde ihr klar, daß es sich um den Körper eines Wolfes handelte.

Dann fingen sie alle wieder zu schreien und zu lachen an. Der Inhalt des Bauches lag jetzt auf der Erde. Der Kerl mit dem Messer beugte sich nieder und zerrte aus dem matschigen Schnee dort unten etwas hervor. Was er dann hochhielt, war groß und glänzte im Licht; die Häute schimmerten blau, und es tropfte Blut. Er machte einen Schnitt. Dann zog er einen kleinen Klumpen heraus und warf ihn auf den Boden. Noch einen. Und noch einen. Fünfmal machte er das. Und jedesmal heulte der Alte seinen einen Ton.

Da begriff sie, daß es sich um eine Wölfin handelte, die trächtig gewesen war. Fünf Föten hatte er hervorgeholt. Hillevi sah im Licht der Lampe das Messer blitzen.

In ihren großen Socken stolperte sie ins Zimmer zurück. Sie nahm den Schlüssel aus dem Kastenschloß und machte die Tür hinter sich zu. Dann setzte sie sich aufs Bett, wagte sich aber nicht hinzulegen, obwohl ihr Kälteschauer durch den Körper liefen. Säuerlicher Brechreiz erfüllte ihren Mund. Er wurde wäßrig, und sie schluckte und schluckte. Sie versuchte ihn zurückzuhalten, mußte sich aber schnell unters Bett beugen und den Nachttopf hervorholen. Da kam es. Zum Teil über die Socken.

Und wie sie kotzte! In Gedanken benutzte sie dieses Wort. Ansonsten nannte sie es: sich übergeben. Im Krankenhaus hatten sie erbrechen gesagt. Ihre Tante sagte vomieren.

Aber das hier war Kotzen. Es wurde aus ihr herausgeschleudert. Lange riß und zerrte es im Magen, obwohl er sich leer anfühlte. Als letztes kam gallenfarbener Schleim hoch. Mit tränenden Augen und heißem Gesicht kauerte sie sich auf dem Bett zusammen und wartete darauf, daß die Nachbeben verebbten.

Dann war sie so gedankenlos, mit dem Wasser, das sie noch hatte, ihre Socken zu säubern. Sie machte das Handtuch naß und rieb sie damit. Da der üble Geruch immer noch da war, goß sie über dem Eimer Wasser darüber. Den Rest benutzte sie für ihr verquollenes Gesicht.

Jetzt polterte es im Haus, doch es interessierte sie nicht, was dort unten vorging. Sie kroch unter die Felldecke und versuchte, warm zu werden. Trockene Schauer durchliefen sie.

Leer wie sie war, bekam sie natürlich irgendwann Durst. Sie konnte nicht fassen, daß sie so dumm gewesen war, das Wasser für die Socken zu benutzen. Kein Tropfen war mehr in der Kanne. Aus dem Nachttopf, fand sie, verbreitete sich der Geruch nach Erbrochenem. Obwohl sie doch das Handtuch darübergelegt hatte. Schließlich konnte sie an nichts anderes mehr

14

denken als daran, Wasser trinken und den Nachttopf ausleeren zu können, um den Geruch loszuwerden.

Sie ging in die Diele hinaus und horchte. Dort unten war gerade ein mächtiges Stiefelgetrampel. Eine Handharmonika jaulte, und Stimmen juchhuten. Ein gewaltiges Gelächter brach aus. Es klang, als käme es aus der Schankstube. Sicherheitshalber zog sie sich ihr Kleid übers Nachthemd. Sie glaubte auf die Vortreppe hinausschleichen und den Nachttopf an der Hausecke in den Schnee kippen zu können. Als sie jedoch die Treppe hinuntergegangen war, trat sich draußen jemand die Füße ab. Rasch verdrückte sie sich in den Speisesaal, um mit dem Nachttopf, den sie vor sich hertrug, nicht entdeckt zu werden.

Der Saal war jetzt ziemlich ausgekühlt. Es brannte keine Lampe, aber durch das Fenster fiel etwas Licht. Es war der Widerschein der Lampen in der Schankstube, deren Licht auf den Schnee geworfen wurde. Sie machte den Tisch und das hohe Büfett aus. Auf dem Tisch glänzte etwas. Als sie über die Tischdecke tastete, stieß sie nur auf die Menage mit den Essigflaschen. Hier drinnen schien es nichts zu trinken zu geben. Sie zog sich einen Stuhl heran und setzte sich direkt neben einen der braunen Vorhänge.

In der Schankstube donnerten Stiefelabsätze und Stoßplatten über den Fußboden. Männerstimmen sangen, doch sie verstand kein Wort. Die Harmonika trillerte unter tapsigen Fingern. Hillevi fror wahnsinnig, fast so wie in der ersten Nacht. Sie hatte vor Kälte Schmerzen zwischen den Schulterblättern. Immer wieder jedoch schepperte die Haustür. Ständig gingen die Männer aus und ein, vielleicht um sich zu erleichtern. Sie mußte hier sitzen bleiben.

Jetzt kam ihr der Anblick der Wolfsföten wieder in den Sinn. Aber er verursachte ihr keinen Brechreiz mehr. Sie war innerlich kalt. So wie damals, als sie auf der Trädgårdsgatan vor der Anatomie stand und den Karbolgeruch noch in der Nase hatte.

Sie wartete darauf, daß die Wirtin auftauchen und ihr helfen würde. Als diese aber in den Raum stürmte und sich einen Brotkorb schnappte, gelang es Hillevi nicht, sie aufzuhalten. Jetzt stand die Tür zur Schankstube offen. Hillevi kroch noch näher

15

an den Vorhang heran und hätte sich am liebsten darin versteckt. Er roch jedoch nach Staub und alten Küchendünsten.

Sie sah zwei Kerle vorüberstampfen, die einander umarmt hielten. Noch zwei. Ein Kopf wackelte. Zähne bleckten, braun vom Tabaksaft. Die Ziehharmonika kreischte vergeblich. Sie tanzten wohl vor allem nach dem Gestampf und nach einer singenden Stimme. Da wirbelte ein Kerl allein mitten in den Raum. Er war leichtgewichtiger als die anderen. Seine Lodenhose hing ihm wie ein faltiger Beutel um das Hinterteil, denn er hatte eine schmale Taille, und sein Leibriemen war fest zugezogen. An seiner Hüfte baumelte ein krummes Messer. Er bewegte heftig den Kopf und schüttelte seine dunklen Locken. Er war ein bißchen zu langhaarig, um ordentlich zu sein, fand sie. Als er das Gesicht der Tür zuwandte, erkannte sie das Blitzen der Zähne wieder, und da wußte sie, was für ein Messer das war.

»Filledrattan didelittan fidelí… fidelittan filledrattan fidelí…«

Nicht eben ein großartiger Gesang. Es war vor allem Säufergegröl. Mit dem Tabakrauch wallte Wärme herein, und jetzt kam auch die Wirtin wieder und schloß diesmal die Tür hinter sich. Da machte sich Hillevi bemerkbar. Den Nachttopf schob sie hinter den Vorhang. Sie dachte, sie werde schon noch dazu kommen, ihn an der Hausecke auszukippen. Es gab immer so viel überflüssiges Gerede, wenn junge Frauen sich übergaben.

Sie sagte, sie hätte gern Wasser zu trinken und frisches Wasser, das sie mit nach oben nehmen könne. Und sie wolle sich erkundigen, ob Halvorsen gekommen sei. Und ob er das, verknasemadukelt, sei, sagte die Wirtin. Was immer das bedeuten mochte.

»Ich hätte gern gewußt, wann wir fahren werden«, sagte Hillevi.

Dann bekam sie ein Glas Wasser, blieb sitzen und wartete auf eine Karaffe, die sie mit nach oben nehmen konnte. Als die Tür jedoch das nächste Mal aufgerissen wurde, war es nicht die Wirtin, sondern der Kerl mit dem Messer und dem ungeschnittenen Haar. Das Licht fiel genau auf sie. Er starrte sie an. Er mußte aber vorher gewußt haben, daß sie dort saß. Sonst wäre er nicht hereingekommen. Trotzdem starrte er sie groß an. Sein Mund stand halb offen, seine Zähne glänzten vor braunem Speichel. Dann trat er einen Schritt zurück und schloß, ohne sich umzudrehen, die Tür hinter sich. Es wurde wieder dunkel.

Sie bekam natürlich Angst. Aber sie sagte nichts. Sie spannte all ihre Kräfte an, als er durch den Saal ging. Jetzt konnte sie sein Gesicht nicht mehr sehen. Er blieb am Tisch stehen, und ein Zündholz ratschte über etwas Rauhes. Vielleicht eine Sohle, denn er stand jetzt gebeugt. Er entfernte mit der einen Hand unsanft die weiße Lampenglocke, so daß sie wackelte und gegen den Lampenfuß aus Messing klirrte. Dann hob er den Lampenzylinder hoch und hielt die Zündholz-flamme an den Docht. Dieser war nicht heruntergedreht, sondern flammte auf und rußte fürchterlich. Er fluchte leise, während er an der Schraube herumfummelte. Als er die Glocke wieder auf ihren Platz setzen wollte, ging es beinahe daneben. Er ließ sie schließlich auf dem Tisch stehen. Hillevi holte endlich Luft.

»Man ward begrüßet«, sagte er.

Er roch nach Schnaps, und seine Augen glänzten. Sein Gesicht, vom Bart dunkel beschattet, war erhitzt.

»Gefahren wird morgen«, sagte er.

Da begriff sie, daß dies Halvorsen war. Sie sollte mit einem Betrunkenen allein durch den Wald fahren.

»Habet es einen Kutschpelz, das Fräulein?«

Sie schüttelte den Kopf. Das einzige, was sie an Pelz besaß, war ein Nutriakragen.

Da heulte er auf. Es klang, als wäre es vor Freude. Er war ihr ein Rätsel. Wie er mit diesen großen Stiefelfüßen so leicht herumtanzen konnte! Gleichsam eine Pirouette drehen. Und völlig im Gleichgewicht, kein Gran Rausch jetzt.

Er verschwand nach draußen und warf die Tür hinter sich zu. Hillevi atmete auf. Er war jedoch nicht in die Schankstube zurückgekehrt, sondern in den Flur hinausgegangen. Sie hörte, wie er mit der Haustür knallte. Großer Lärm. Und wieder dieses Heulen. Dieses Freudenjuchhu.

Da erhob sie sich und blies die Lampe aus. Besser einen

Moment im Dunkeln sitzen, falls noch mehr kämen. Mit etwas Glück entdeckten sie sie nicht. Sobald sie Halvorsen wieder in die Schankstube poltern und zu johlen anfangen hörte, würde sie in ihr Zimmer hinaufschleichen. Nachttopf hin, Nachttopf her. Sie wollte, weiß Gott, proper sein, doch das hier ging zu weit.

Da kam er wieder. Krachte in den dunklen Saal herein, stand da, schwankte. Auf seinen Zähnen sah sie einen schwachen Lichtreflex glänzen. Er hielt etwas im Arm.

»Den hier sollet es haben. Als seinen Kutschpelz. Wenn es dann beliebet«, sagte er. »Dem schönen Fräulein.«

Und er machte eine ausladende Verbeugung, als er die Last zu seinen Füßen ablegte. Dann wollte er zur Schankstubentür, stolperte aber über das, was er abgelegt hatte. Mit einem Sprung fing er sich und rief: »Juchhu!« Dann stürzte er sich in die von Tabakrauch und dem sauren Qualm aus dem Kamin vernebelte Schankstube, und sie hörte ihn jubeln.

Sie lief zur Tür, stolperte nun aber ihrerseits über das Bündel. Es war nämlich etwas halb Weiches. Sie wagte es nicht anzufassen. Ihre Hand zitterte ein wenig, als sie auf dem Büfett eine Zündholzschachtel ertastete und ein Streichholz anzündete. Sie machte sich nicht die Mühe, die Lampe anzustecken, denn sie sah auch so. Sogar die Augenhöhlen sah sie, das graue Zottelhaar und die Blutstreifen auf der feuchten Innenseite.

Am Morgen war Halvorsen nicht mehr blau. Er zurrte das Gepäck auf den Schlitten, vor den ein kleines schwarzes Pferd gespannt war. Die Wirtin sagte, daß der Schrankkoffer keinen Platz mehr habe. Ein gewisser Pålsa werde ihn mitnehmen, wenn er aus der Stadt komme.

»Wann wird das sein?« fragte Hillevi.

Das könne man nicht so genau sagen, weil in Östersund bald Gregorimarkt sei, darum könne Pålsa noch ausbleiben.

Sie fuhren, nebeneinander eingepackt, ab. Hillevi hatte Halvorsens Pelz geliehen bekommen. Es war grau, doch hinter dem Schneedunst blendete das Märzlicht. Nachdem sie den Schrankkoffer zurückgelassen hatte, überkam sie das Gefühl, es werde alles in die Binsen gehen. Sie glaubte umkehren zu müssen.

Sie war erst gut fünfundzwanzig Jahre alt, als sie sich nach Röbäck aufmachte, und sie war heimlich mit einem gewissen Edvard Nolin verlobt. Sie kehrte nie zurück.

Den Kragen und die Mütze aus Nutria hatte sie, als sie Uppsala verließ, von der Tante bekommen. Sie hatten sich beide vorgestellt, daß man dort oben etwas Pelzartiges benötige. Die Mütze hatte sie auf, doch den kleinen Kragen hatte sie in die Reisetasche gepackt, als Halvorsen ihr den Pelz für die Fahrt lieh.

Schön fand sie sich nicht. Aber er tat es also.

Der Fahrtwind trieb ihnen spitze Schneekörner entgegen. Hillevi und Halvorsen saßen dicht nebeneinander, doch er kümmerte sich nicht mehr um sie. Die Mütze aus dichtem Fuchspelz reichte ihm bis zu den Augenbrauen. Er interessierte sich mehr für das Pferd als für Hillevi. Meile um Meile würden sie nun dasitzen und sich aneinander reiben. Der Wald war vom Schnee gestreift, die zottigen Tannen standen wie ein gefrorener Pelz in die Höhe.

Das Schneetreiben wurde immer stärker, und Halvorsen brummelte etwas zu der Mähre, wie er das Pferd nannte. Hillevi wäre nicht erstaunt gewesen, wenn das Pferd geantwortet hätte. Sie fühlte sich ausgeschlossen. Gleichwohl rieb im Fußsack ihr Bein an dem seinen. Aber da ist eine Lodenhose, und sicherlich sind da dicke Strümpfe und noch wollene Unterhosen, dachte sie. Und außerdem meine Röcke. Da ist vieles dazwischen.

Sie fuhren direkt in den Schneedunst hinein, in die grauen Wirbel. Beiderseits des Wegs, der mit Birkenstangen abgesteckt war, ragte der Tannenpelz auf.

Sie sollte ihn niemals anders als Halvorsen nennen, wenn es jemand hörte. Er und sein Vater verschwedischten irgendwann ihren Namen und nannten sich Halvarsson. Es hieß, daß der Vater, dessen Vorname Morten lautete, mit seinem Warenkoffer auf einer Handkarre übers Fjäll gewandert sei. Wie es ihm dann ergangen war, dem Norweger, der nicht einmal ein Pferd besaß, als er kam, und danach dem Sohn und den Töchtern Jonetta und Aagot, das wußte Hillevi ja nicht. Gar nichts wußte sie.

Halvorsen rief »brrr!« und zog an den Seilzügeln, so daß die Mähre stehenblieb. Er wand sich aus dem Fußsack, ging nach vorn und versuchte die Hand unter das Kummet zu schieben. Es saß jedoch zu straff; er löste die Schnalle am Bauchgurt und versuchte es noch einmal, nachdem er sie wieder geschlossen hatte. Als er zufrieden war, kam er zurück und drückte sein Bein gegen das von Hillevi. Dann knallte er mit der Peitsche, und die Mähre setzte sich Schritt für Schritt in Gang, während er unverwandt auf ihren wiegenden Rücken blickte. Er streckte die Zungenspitze heraus. Heute war er nicht unrasiert, und er hatte blutige Hautfitzel auf der Wange, die er Hillevi zuwandte. Die Rasur war schnell vonstatten gegangen.

Ihre Gedanken behagten ihr nicht. Rasur und Unterhosen und solche Dinge. Sie saßen zu nahe beieinander. Da kamen solche Gedanken, die sonst nie gedacht worden wären.

Sie dachte an Tante Eugénie und daran, wie sie das gesehen hätte: meilenweit und stundenlang dicht neben einem Mann zu sitzen. Ich werde nicht mit ihm sprechen, dachte sie. Nicht sehr viel. Er ist Kutscher und sonst nichts. Die Tante hätte ihr nie erlaubt, so zu reisen. So dicht. Allein mit einem Mann, der noch am Abend vorher ziemlich beschwipst gewesen war.

Aber die Tante wußte von nichts.

Jetzt war Halvorsen mit dem Gang der Mähre zufrieden und knallte leicht mit der Peitsche, so daß sie in Trab fiel, und dann wandte er sich Hillevi zu und fing einen munteren Schwatz an, den Hillevi nicht begriff. Das bekümmerte ihn nicht groß; er redete einfach weiter, und sie verstand das eine oder andere. Daß er fand, sie sei recht alleinig auf einer so weiten Reise, und all das, was sie bereits im Gasthaus gehört hatte: daß sie jung sei und daß sie dünn sei. Was sollte sie sagen? Daß sie sechsundzwanzig werde? Damit hatte er nichts zu schaffen.

»Das Fräulein sitzet im Gedacht«, sagte er leise, und sie dachte zuerst, dies sei ein Name für den kleinen Schlitten. Aber Gedacht waren die Gedanken.

Die Uppsalagedanken: der Fluß mit seinen schwarzen Strudeln über dem Wasserfall, der Karbolgeruch und ihre eigene schrille Stimme, als Berta Fors mit grauem Gesicht auf der Bahre lag.

Halvorsen sprach eine wunderliche Sprache. Sie hatte Doppelvokale, die er so präzis aussprach, als würden sie auch so geschrieben. Seine Redseligkeit spann sich nun um Hillevis Reise, Schicksal und Leben. Es war unangenehm.

Wahrscheinlich schätzte er ab, wie fein sie wohl war. Er schien zu ahnen, daß sie ein Wesen mit einer feinen und einer groben Seite war. Das Feine an ihr sitze außen, meinte Tante Eugénie und fürchtete insgeheim, es werde noch etwas Grobes zutage treten. Sie fand, daß Hillevi zu ihrem Ursprung hingezogen werde, und das sagte sie auch. Aber nur ganz leise und wenn sie glaubte, daß allein der Onkel es höre.

Sie waren liebevoll gewesen. Als Hillevi jedoch mit dem bißchen, das ihr Vater hinterlassen hatte, eine Ausbildung zur Hebamme machen wollte, sprach die Tante ihre düsteren und geheimnisvollen Worte: Sie werde nach unten gezogen.

Kapitän Claes Hegger hatte heftig gesoffen und war dadurch verroht. Seinem Bruder Carl war er nur vom Aussehen her ähnlich gewesen. Krumme Beine, massiger Rumpf, langer Zinken. Wie Lissen aussah, hatte niemand erzählt, aber es mußte wohl in der Art von Hillevi gewesen sein, denn woher sollte es sonst kommen? Du hast ein niedliches Aussehen, sagte die Tante.

Auf den Fotografien sah man Hillevis kleine, gerade Nase und ihr Kinn, das sie gern erhoben hielt. Ihr Blick war weder groß noch tief. Er war sehr geradeheraus. Ihr Haar hatte jedoch ganz und gar nicht die Aschfarbe, die die Kabinettbilder oder die Gruppenfotos von den Festen zeigten. Als sie sich nach vielen Jahren die Haare schneiden ließ und den Zopf in eine Freja-Pralinenschachtel legte, war er noch immer rotschimmernd blond.

Es gibt keine Fotografie von Elisabeth Klarin, die man Lissen genannt hatte und die bei dem Junggesellen Claes Hegger Dienstmädchen gewesen war. Haushälterin, sagte die Tante taktvoll. Die eigentliche Hausdame hatte Truhe und Koffer ge-

21

packt und war abgereist, als die Umstände des Dienstmäd-
chens offenbar wurden.

Hillevis Mutter starb im Kindbett. Und dieser alkoholisierte
alte Kapitän an Land wollte seine Tochter partout nicht wegge-
ben. Er erkannte sie an, aber sie erhielt natürlich den Namen der
Mutter. Eine neue Hausdame wurde eingestellt. Von ihr hatte
Hillevi ein vages Bild in Erinnerung. Aber an ihren Vater konnte
sie sich nicht erinnern, obwohl er so in sie verschossen gewesen
war. Sie ist das Licht meiner Augen, hatte er zu Bruder und
Schwägerin gesagt, die das lästerlich fanden. Aber er wußte ja
selbst nicht, woher er das hatte. Sein Leben hatte einen Sinn bekommen, und er wollte nun nicht mehr saufen. Er legte sich
mächtig ins Zeug, halb nüchtern und ziemlich sentimental, laut
Carl. Ein wenig grotesk war das schon. Bei seinem Aussehen:
Gorilla und Tapir. Überdies war er neunundsechzig Jahre alt,
als Hillevi geboren wurde. Sie war drei, als er starb.

Sie mußten in Kloven übernachten. »Die Mähre brauchet zu ruhen«, sagte Halvorsen. Bauersleute boten ein Bett in einer ausgekühlten Kammer an oder einen Platz auf einem Ausziehbett
neben der Tochter des Hauses. Hillevi setzte sich auf einen
Stuhl und schlief. Es war also eine Reise, die zwei Tage in Anspruch nehmen würde. Wie viele Tage und Wochen würde sie
diese in Gedanken wiederkäuen? Im Gedacht.

Nicht deren Schönheit. Nicht die großen weißen Seen, zu
denen Halvorsen das Pferd vorsichtig die Abhänge hinabstei-
gen ließ, so daß sie dann in der Ebene fahren konnten, den
Waldpelz lange Zeit erhoben und zu den welligen Kämmen
hinaufgezogen. Wenn die Wolkenbänke forttrieben, zeigten
sich die Berge. Sie waren weiß und blank. Der Himmel wurde
für einige Augenblicke scharf blau.

Auch nicht die Befürchtungen, der Gedanke, daß sie gezwungen wäre, zurückzukehren. Sondern die Tatsache, daß
Halvorsen ihr entlockte, daß sie Edvard kannte.

Wie immer das zuging.

Es war strengstens verboten, das verlauten zu lassen. Edvard
hatte gesagt, seine Stellung wäre gleich von Anfang an unter-

miniert, wenn ruchbar würde, daß sie einander schon kannten. Wolle er die geringste Möglichkeit haben, als Pastor die zweite Pfarrstelle zu erobern, müsse er tadelfrei sein.

Ein tadelfreier Pfarrer schickte seine heimliche Verlobte nicht voraus. Das hatte Edvard auch nicht getan. Im Gegenteil, er hatte einen straffen Zug um die Nase bekommen, als er hörte, daß sie sich um die Hebammenstelle in Röbäck beworben hatte.

Halvorsen hatte sie mit Fragen umgarnt, ob sie in der Gegend Verwandte habe, ob sie überhaupt jemanden kenne. In Röbäck? In Lomsjö vielleicht? Oder in Östersund? Er hatte nicht lockergelassen. Und sie hatte gemerkt, daß sie sich in seinen Augen wie eine Wahnsinnige ausnehmen mußte. Eine, die geradewegs ins Ungewisse fuhr. Ohne die Sprache zu verstehen. Die nicht einmal die richtige Kleidung für eine Schlittenfahrt besaß.

Da hatte sie gemurmelt, sie kenne Edvard Nolin, den neuen Pfarrer, der demnächst antreten werde. Und im selben Moment hätten drei Hähne krähen können. Sie versuchte es zu verwischen. Zurücknehmen ging ja nicht. Sie kenne ihn ein klein wenig, sagte sie. Sei flüchtig mit ihm bekannt.

Halvorsen hatte nichts gesagt. Er hatte sie nur von der Seite angesehen. Lange.

Der zweite See, auf den sie hinabfuhren, war noch ausgedehnter. Sie sah nirgendwo Häuser an den Ufern. Nur die zottigen Tannen. Die Landzungen reckten weißgesprenkelte, blauschimmernde Zipfel in das Weiß, in dem der Blick keinen Halt fand. Als sie auf dem Eis waren, hielt Halvorsen an und prüfte erneut das Geschirr der Mähre. Das war jedoch nicht sein eigentliches Anliegen. Er löste ein am Gepäck befestigtes Gewehr und lud es. Grinsend verkeilte er es quer über ihren Knien.

Da fiel ihr das widerwärtige Fell ein. Sie hoffte, daß er sich nicht mehr daran erinnerte, wie er sich im Rausch benommen hatte. Sie fuhren gut und gern eine Stunde, ohne etwas zu sagen. Dann wies er auf eine Landzunge.

»Haben dorten gestanden«, sagte er. »Zu vieren im Rudel

sind sie gewesen. Die Wölfin hab ich gekrieget. Getragen hat sie. Fünf Welpen hätte sie zu haben gehabt.«

Er hatte natürlich keine Ahnung, daß Hillevi die Wolfsföten gesehen hatte, und das war gut so. Er ist nicht aus dem Pfarrdorf, versuchte sie sich zu trösten. Was er weiß oder nicht weiß, spielt keine Rolle. Die Wirtin hatte gesagt, er sei aus Fagerli. Der Himmel wußte, wo das lag. Sie hoffte, daß es weit weg war. Am besten in Norwegen.

In dem Weiß zu ruhen. Das würde sie lernen. Wenn die Schneeflocken herabrieseln und durch das kahle Astwerk der Espen fallen. Wenn die Luft eindickt. Das Weiß grau wird und sich zu blauer Dämmerung verdichtet. Dann sitzt man im Gedacht. Im Uppsalagedacht.

»Fräulein!«

Es war eine rauhe Stimme. Das hörte man, obwohl sie nur dieses eine Wort gesagt hatte. Sie klang heiser. Hillevi war vom Krankenhaus zu einem Hausbesuch in der Bäverns Gränd unterwegs gewesen. Sie hatte die Stimme gehört, als sie über die Islandsbron ging. Es war dunkel und diesig, und Hillevi sah nicht weit, als sie sich umblickte. Der Wasserfall rauschte laut, und sie beschleunigte ihren Schritt.

»Fräulein! Fräulein!«

Hinter sich hörte sie Absätze über das Holz der Brücke klappern. Unter ihr strudelte das Wasser des Flusses. Es erschreckte sie.

Als sie den Hauseingang erreicht hatte und die Holztreppe hinaufgerannt war, verstand sie gar nicht mehr, weshalb sie derart Angst bekommen hatte. Es war immerhin eine Frauenstimme gewesen. Doch jetzt, ein halbes Jahr später, ja, mehr noch, dachte sie, daß sie irgendwie gewußt habe, was diese Frau wollte. Es hatte mit dem Wort Fräulein zu tun gehabt.

»Das Fräulein wird schon geholt«, sagte man. »Nun kommt das Fräulein mit seiner Tasche.« Sie war jetzt das Fräulein, und das war etwas ganz anderes, als Fräulein Klarin zu sein.

Das Scheußliche war, daß zwei Tage später, als sie noch einmal in die Bäverns Gränd gegangen war, um nach der Wöchnerin zu sehen, und sich dann zu Onkel und Tante aufmachte, um dort ihren fünfundzwanzigsten Geburtstag zu feiern, die Frau in der Dunkelheit auf sie wartete. Es war immer noch diesig, und als Hillevi merkte, daß die schwere Luft Nieselregen ausfällte, blieb sie auf der Vortreppe stehen und legte sich ihr Tuch um den Hut. Da rief die Stimme wieder.

Die Frau mußte beim Schuppen mit den Abfalltonnen ge-

standen haben. Hillevi ging rasch über das Kopfsteinpflaster
der Gasse, doch das Frauenzimmer holte sie ein und legte ihr
die Hand auf den Arm.

»Fräulein, haben Sie die Güte! Ich muß mit Ihnen reden!«
Eigentlich sah sie sie erst richtig, als sie bei der Brücke waren.
Da hatte die Frau gesagt, was sie wollte. Ohne Umschweife. Es
war so roh. Genau wie die Umstände. Hillevi schüttelte unablässig den Kopf. Unter ihrem Tuch wippte der Hut.

»Gute Frau, gehen Sie jetzt. Es ist unmöglich.«
Da faßte die Frau sie erneut am Arm und zwang sie stehen-
zubleiben.

»Es ist doch nicht meine Schuld! Ich hab es nicht gewollt!«
Jetzt sah sie das Gesicht im Licht der Straßenlaterne. Ein kleines spitzes Kinn. Es war noch ein Mädchen. Der Haarwulst, der
ihr unter dem Hut hervorquoll, war blond. Es gibt viele, die sich
solches Haar wünschen, schoß es Hillevi durch den Kopf. Die
Augen waren groß und hatten einen tiefen blauen Blick. Waren
sie der Spiegel der Seele? Sie hatte eine Wunde unter der Nase.
Ihr Mund wirkte schlabbrig, wenn sie sprach. Sie schleuderte
die Worte aus sich heraus. Hillevi wollte die Hand von ihrem
Mantelärmel entfernen, doch sie krallte sich fest.

Da fielen ihr die Worte der Vorsteherin Fräulein Elisif ein. Es
war im letzten Jahr des Lehrgangs gewesen, als sie reif genug
waren, zu hören, welchen Anmutungen sie ausgesetzt sein
konnten.

Denen fällt alles mögliche ein.

Sie ergriff die Hand des Mädchens und versuchte diese von
ihrem Arm zu entfernen.

»Ich kann Ihnen nicht helfen, ich darf das nicht. Und ich
möchte es auch nicht. Sie müssen jetzt gehen. Ich verstehe überhaupt nicht, weshalb Sie zu mir kommen.«

»Sie haben gesagt, daß es eine Schande ist! Wenn eine Frau
so fertig ist wie sie. Daß sie dann darum herumkommen sollte!«

»Wer?«

»Berta Fors. Sie ist ins Krankenhaus gekommen, weil sie Blutungen gekriegt hat. Es sollte ihr zehntes sein. Sie hat es ja auch
nicht geschafft. Jetzt ist sie tot.«

Denen fällt alles mögliche ein. Es gibt keine Grenzen für das, was sie Sie glauben machen wollen.

»Sie müssen jetzt gehen. Sie sind jung und stark. Es geht bestimmt gut. Suchen Sie mich in der Entbindungsstation auf, dann werde ich zusehen, daß Sie gut betreut werden. Ich werde Ihnen dann mit Kleidung helfen. Wir werden schon etwas zusammenbekommen für das Kleine. Sie dürfen den Mut nicht verlieren! Es findet sich immer ein Ausweg.«

Dann sagte Hillevi etwas vom Regen. Es regnete nämlich tatsächlich jetzt. Die Brückenbohlen glänzten.

»Igitt, ich hätte meinen Schirm mitnehmen sollen«, sagte sie.

Und da, erst da ließ das Mädchen ihren Mantelärmel los. Hillevi ging rasch über die Brücke. Auf der Västra Ågatan wandte sie so unmerklich wie möglich den Kopf und sah, daß das Mädchen noch immer dort stand. Das Gesicht erschien ihr wie ein weißgrauer Fleck unter dem Hut.

Das Schlimmste war, daß ihr mitten in der Feier bei Onkel Carl und Tante Eugénie das Bild einer früh gealterten Frau auf einer Bahre vor Augen stand. Deren Gesichtshaut war grau und feucht. Hillevi war der Meinung, das Mädchen habe es ihr heraufbeschworen. *Es gibt keine Grenzen.*

Aber dann fiel ihr ein, wer Berta Fors war. Die Erinnerung kam ihr, als Onkel Carl sprach. Es war in gewisser Hinsicht gut, daß sie ihr in diesem Moment kam, denn die Tränen schossen ihr in die Augen, und sie hörte kaum, was er sagte. »An Mutters und Vaters Statt. Alles Gute. Ein kleiner, aber aufrichtiger Beweis. Das Wenige, was wir haben tun können, haben wir aus Liebe getan. Und unsere Verantwortung. Unsere Sorge, liebes Kind. Aber dein Entschluß stand ja fest.« Die Tante überreichte ihr das Päckchen, in dem das Tagebuch war.

Berta Fors hatte auf einer Bahre gelegen. Sie hatte geblutet, als sie kam, wurde aber nicht von der Leibesfrucht erlöst. Ja, dieses Wort hatte Hillevi benutzt. Sie hatte keinen Abgang, wie jene selbst es gesagt hätte. Und erhielt auch keine andere Erlösung. Das sei nicht möglich, sagte der Stationsarzt.

Natürlich nicht. Aber als er fort war, hatte Hillevi geweint, und ihre Stimme war schrill geworden, als sie zu der alten Hebamme sagte, sie finde, man hätte Berta Fors helfen sollen.

»Helfen?«

Der Gesichtsausdruck der Hebamme hätte sie warnen müssen. Aber sie schrie, daß diese Frau diesmal darum herumkommen solle. Sie habe nach den letzten drei Entbindungen schwere Nachblutungen gehabt.

»Das steht hier!« sagte Hillevi. »Jetzt blutet sie schon zu Beginn, und sehen Sie. Sehen Sie!«

Sie legte den Zeigefinger in das Aufnahmejournal, wo sie selbst über Berta Fors geschrieben hatte:

Vierzehntgebärende, 47 Jahre. Fehlgeburten: 3 x, neun Kinder leben. Lebensgefährliche Nachblutungen: 4 x, lt. Angabe so stark, daß sie 2–3 Stunden bewußtlos war. Sie sieht der Entbindung mit Furcht und Schaudern entgegen, dieweil sie glaubt, daß sie bei selbiger verbluten werde.

Das ist unmenschlich!

Ja, zu guter Letzt hatte sie gesagt, daß es eine Schande sei. Sie hatte es gesagt. Daß eine Frau, wenn sie so fertig sei, darum herumkommen solle!

Hinter dem Wandschirm oder draußen auf dem Korridor lag Berta Fors und hörte zu. Trotz ihrer Erschöpfung. Sie war also nicht bewußtlos, sondern bekam jedes Wort mit. Später mußte sie von Hillevi erzählt haben. Wahrscheinlich sprach man in Dragarbrunn unten jetzt des langen und breiten über sie. Ein Fräulein, das menschlich war. Denn so hatte das Mädchen vorn an der Brücke angehoben:

»Fräulein, Sie sind doch menschlich!«

Die Gesichtszüge der alten Hebamme hatten sich gestrafft, und sie erwiderte kein Wort, doch am Nachmittag wurde Hillevi ins Büro der Oberschwester zitiert.

»Ich habe Hebammen erliegen sehen«, sagte Schwester Elsa. »Während meiner langen Zeit in der Krankenpflege habe ich dies zu meinem großen Bedauern so manches Mal gesehen.«

Hillevi wagte nicht zu fragen, wie sie erlegen seien. Sie wagte überhaupt nichts zu sagen, war nur starr vor Furcht, daß auf der Schürze ein Fleck, auf dem gestärkten Kragen Schmutz sein könne oder ein Härchen sich aus dem geflochtenen Knoten im Nacken gelöst habe.

»Ich habe sie den Bitten darum erliegen sehen, was sie Hilfe nennen. Schlichtweg der Hilfe, sie der Leibesfrucht zu entledigen. Die gesamte geachtete Hebammenschaft hat sich dadurch von Schmach und Schande getroffen gefühlt«, erklärte Schwester Elsa. Dem Blick ihrer grauen Augen war nicht zu entkommen, eine ganze Ewigkeit lang nicht. Erst als sie in den Kalender sah, der aufgeschlagen vor ihr lag, und sie ein einziges Mal, und zwar deutlich, mit dem Stift auf den Schreibtisch klopfte, wagte Hillevi den Blick zu senken, zu knicksen und rückwärts den Raum zu verlassen.

Erst hinterher hatte sie wieder zu weinen begonnen. Und ihr kamen erneut Tränen, wenn sie sich daran erinnerte, Tränen der Scham und, um die Wahrheit zu sagen, Tränen der Wut. Denn Berta Fors starb sechs Monate später nach ihrer fünfzehnten Entbindung. Sie verblutete, obwohl sie Einspritzungen mit Cacornin und jede denkbare Hilfe erhalten hatte.

Beim Essen sahen die Tante und der Onkel Hillevis Tränen, und sie dachten, es seien Tränen der Rührung. Sie stießen mit ihr an und wünschten ihr viele bedeutsame und glückliche Begebenheiten, die sie in das Buch schreiben könne. Ihr war klar, auf welche Art Begebenheiten sie anspielten, doch sie dachte überhaupt nicht an ihre Zukunft und an Edvard, sondern nur an das, was sie etwa eine Stunde zuvor am Islandsfall unten erlebt hatte. Es war nämlich das Scheußlichste gewesen, was ihr je widerfahren war.

Ihr Cousin Tobias prostete ihr zu. Er war schon leicht beschwipst. Mit raschen Seitenblicken verfolgte die Tante fortwährend die Stadien seiner zunehmenden Trunkenheit. Hillevi schoß durch den Kopf, daß sie wußte, weshalb er derzeit oft zuviel trank. Tobias war kein Zechbruder. Er hatte aber auch nicht so recht das Zeug zu einem guten Arzt.

Zwei Tage später kam er in den Waschraum, während sie gerade Urin in ein Glas abmaß.

»Wo hast du den Alkohol, Hillevi?« fragte er.

Trotz ihrer kurzen Überlegungen beim Essen hegte sie keinen Argwohn, was er tatsächlich wollte. Sie glaubte wirklich, er wolle etwas abwaschen.

Er folgte ihr in das Behandlungszimmer und stand still und ergeben wie ein Schuljunge da, während sie siebzig Milliliter aus der Flasche mit *spir. conc.* abmaß. Das war die Menge, die er angegeben hatte. Mit einem Lachen, das nicht eben gutgelaunt klang, nahm er dann das Meßglas entgegen. Er goß noch Wasser aus der Karaffe dazu.

»Tobias!«

Er hatte es bereits hinuntergeschüttet.

»So geht das doch nicht«, sagte sie mit ziemlicher Schärfe.

»Meine liebe kleine Cousine, ich werde dir erzählen, wie es wirklich geht. Ich habe soeben Fräulein Ebba Karlsson an ihrem vorletzten Lager besucht. Sie empfing mich in ziemlich aufgelöstem Zustand. Ich habe Fräulein Karlsson obduziert. Sie enthielt einen Fötus. So geht das. Und das sollte es nicht.«

Er hielt ihr das Meßglas noch einmal hin, doch sie tat so, als bemerkte sie es nicht, und stellte sich ans Fenster. Sie hörte, daß Tobias sich noch etwas eingoß, sagte aber nichts. Er schämte sich wahrscheinlich dafür. Deshalb versuchte er zu scherzen.

»Auf ihr schönes goldenes Haar!« sagte er und erhob sein Glas.

»Tobias! Nun ist es genug.«

Mit einem Mal sehr verlegen, verließ er rückwärts den Raum.

Es gibt viele Mädchen. Sie heißen Berta und Ebba und Alma. Karlsson und Pettersson und Fors. Oft genug leben sie in Dragarbrunn unten. Viele haben blondes Haar. Man kann es natürlich golden nennen. Viele haben eine blonde Mähne, um die alle möglichen sie beneiden könnten.

Sie wußte, daß sie niemals davon frei würde, wenn sie nicht herausfände, wer die Tote war. Sie hatte jedoch nicht vor, Cousin Tobias in die Sache hineinzuziehen.

Wenn ich mit eigenen Augen gesehen habe, daß es nicht sie

ist, werde ich nach ihr suchen. Ich werde ihr in jeder Hinsicht helfen. Ich werde Geld sammeln. Ich werde zusehen, daß sie nicht mehr ängstlich und ratlos sein muß. Es kann nicht völlig unmöglich sein, sie wiederzufinden. Vielleicht kommt sie ja auch noch einmal.

Dann erinnerte sie sich jedoch an ihre eigenen Worte über den Schirm und daran, wie das Mädchen unter der Straßenlaterne im Regen stehengeblieben war. In jenem Moment hatte sie aufgegeben.

Sie waren während ihrer Ausbildung in der Anatomie gewesen. Sie hatten starre, graubleiche Körper gesehen. Das war unangenehm, aber nicht unüberwindlich gewesen. Es war ja auch nicht die Tätigkeit als solche, die Tobias so aufgebracht hatte. Es war das Mädchen. Mit aufgelöst mußte er ertrunken gemeint haben.

Tante Eugénie hatte sie gewarnt, als sie ihre Ausbildung begann.

»Du wirst natürlich heiraten, Hillevi«, hatte sie gesagt. »Ein ansprechendes und gesundes junges Mädchen wie du. Und siehst du, ein Mann, der möchte eine reine Frau haben. Eine reine junge Frau mit einem unangegriffenen Sinn, die die Mutter seiner Kinder werden soll. Er möchte nicht, daß ihr Sinn beschmutzt wird.«

Darüber hatte sie mit Sara zusammen gekichert.

Der Wärter ließ sie ein. Er fand nichts Verkehrtes daran, daß sie eine seiner Leichen sehen wollte, da sie im Krankenhaus angestellt war. Sie hatten den Leichnam bereits in eine Holzlade gelegt. Es war nur eine junge Frau da, also konnte es auch kein Vertun geben.

Ein Laken war über sie gebreitet. Als er im Begriff stand, es wegzuziehen, rief Hillevi schnell:

»Nur das Gesicht! Das reicht.«

Es war dieses goldene Haar, das unter der Hutkrempe einen so kräftigen Wulst gebildet hatte. Das Gesicht war aufgequollen, aber kenntlich. Am rechten Ohr und an der Wange war es zerfetzt. Das mußte passiert sein, nachdem sie ertrunken war.

Die Haut war schwammig und grau geworden. Stellenweise schwarzblau. Die verquollenen Lider waren geschlossen. Sie sahen wie Porlinge aus, die unter dem Augenbrauenwulst hervorwuchsen. Die Lippen waren aufgesprungen. Man sah die Zähne in dem Spalt.

»Mehr brauche ich nicht zu sehen«, sagte sie und wußte, daß sie diesen Besuch bereuen würde.

Er schloß den Deckel.

»Wissen Sie, wo sie gefunden wurde?«

»Im Fluß natürlich.«

»Wo da? War es bei der Islandsbron?«

»Dort bleiben sie ja meistens hängen«, sagte er.

Sie verabschiedete sich, trat rasch hinaus auf die Trädgårdsgatan und atmete tief durch. Der Karbolgestank saß ihr den ganzen Tag noch in den Nasenlöchern. Physisch gesehen mußte er verschwunden sein, aber sie nahm ihn trotzdem wahr.

Bevor sie zur Anatomie gegangen war, hatte sie sich gesagt, daß Wissen besser sei als nagende Gedanken. Aber das stimmte nicht. Sie konnte niemandem erzählen, was ihr widerfahren war. Ebensowenig konnte sie es in das Tagebuch schreiben.

Nein, Hillevi schrieb kein Wort davon in das Buch mit dem Samteinband. Auch nicht in die schwarzen Wachstuchhefte. Aber in das erste der Hefte, in das sie eigentlich die Entwürfe für ihr Hebammenjournal hatte notieren wollen, schrieb sie auf ihrem Zimmer im Gasthof in Lomsjö:

Lehde
Einhegung

FASTNACHTSKLÜMPER
8–12 Kartoffeln. Kalte gekochte oder rohe. Man kann auch mischen.
2 Kaffeetassen Gerstenmehl oder zerkrümelte Haferflocken
1 l Weizenmehl
2 Teelöffel Salz
7 Kaffeetassen Milch

Hinzu nimmt man noch:
leicht gesalzenen Speck, Molkenkäsesoße oder zerlassene Butter

Das gesiebte Mehl (oder die Haferflocken) wird zusammen mit den geriebenen Kartoffeln in eine Schüssel gegeben. Man gießt Milch dazu, so nach und nach, bis man einen ausreichend festen Teig erhält. Auf einem bemehlten Backtisch zu einer Rolle formen, die in gleich große Stücke geteilt wird. Jeden Klümper mit gewürfeltem gebratenem Speck und Molkenkäse oder nur Butter und Molkenkäse füllen und so zusammenarbeiten, daß er ganz bleibt und nicht reißt.

Die Klümper in leicht gesalzenem Wasser kochen, bis sie an der Oberfläche schwimmen, noch einige Minuten ziehen lassen.

Dazu ißt man gebratenen Speck und Molkenkäsesoße.

Fastnachtsklümper werden nur in der Fastenzeit gegessen.

Ein Mann namens Halvorsen aus dem Kirchspiel Röbäck hat gestern auf dem See Kloven eine Wölfin geschossen.

Sie war sehr müde, als sie Kloven erreichten. Da hatte sie mit Halvorsen einen ganzen Tag lang gesprochen. Oder auch meistens geschwiegen. Sie schrieb jedenfalls zwei Wörter:

gefindet
zählet

Am Nachmittag des zweiten Reisetages fuhren sie über den See Boteln.

»Dorten lieget die Kapelle«, sagte Halvorsen und ließ die Peitsche zur anderen Seite des Sees hin ringeln. Die habe es schon vor der Kirche gegeben, sie sei im achtzehnten Jahrhundert erbaut worden.

»Wollet man Christen machen, aus den Lappen«, feixte er.

Es war ein kleiner roter Holzbau auf einer Landzunge. Es sah so verkehrt herum aus. Es gab keine weiteren Häuser dort. Das Dorf hatte sich zu dem anderen, größeren Wasser zurückgezogen, das Rössjön hieß.

Die Höhenrücken waren jetzt tiefblau. Die weiß gesprenkelten Streifen hatten abgenommen. Die Märzsonne goß großzügig Wärme über das Waldland; sie brannte herunter, und überall rann es. Einer Sturzgeburt gleich wurden die Schindeldächer von den Schneelasten entbunden. Lange schon war der Kirchturm zu sehen. Bis sich jedoch die weißen Kirchenmauern vom Schnee abhoben, dauerte es einige Zeit.

All die Freude, die sie im voraus empfunden hatte und der

sie an dem Tag freien Lauf lassen wollte, da sie endlich die Kirche von Röbäck sehen würde, war weggefroren. Sie hatte lediglich das kalte Gefühl, etwas nicht wieder Gutzumachendes getan zu haben. Halvorsen, der durch die Zähne pfiff und seine Peitschenschnur sich ringeln ließ, wußte: Hillevi Klarin kannte den Pastor schon. Sieh einer an.

Er hatte allerdings kein Wort mehr darüber verloren.

Jetzt zeigte er auf das Gemeindehaus und den Pfarrhof. Ein paar graue Häuser duckten sich ungenannt. Auf das Schulhaus aber schmitzte er mit der Peitsche. Dort werde sie wohnen. Unterm Dach gebe es ein Zimmer.

Ein Zimmer.

Sie schwieg wohlweislich.

In den ersten Tagen saß sie viel in Gedanken verloren. Es war unangenehm. Mehr als das: Sie erinnerte sich daran, wie Edvard erfuhr, daß sie sich auf die Hebammenstelle in Röbäck beworben hatte. Sein Zorn zeigte sich als erstes an den Nasenflügeln. Ihr war ganz flau geworden im Magen. Doch sie hatte die Bewerbung nicht zurückgezogen.

Das Quartier im Obergeschoß des Schulhauses erwies sich als etwas mehr als ein Zimmer. Wohnküche mit Bettnische hätte sie das in der Stadt genannt. Die Decke beulte sich in gelben, stockigen Seen aus, deren Ränder beim Trocknen braun geworden waren.

»Der Herd, der ist neu, und tapezieret ist geworden«, sagte die Hausmeistersfrau, Märta mit Namen. Sie hatte Hillevi die steile Holztreppe, die eher einer Leiter glich, hinaufgewiesen. Als sie das Zimmer sah, dachte sie, daß sie es wohnlicher gestalten könne, sobald der Schrankkoffer da sei.

Derjenige, der ihn brachte, hieß Pålsa und hatte zwei Zugtiere vor einem großen Schlitten. Die Pferde glichen Halvorsens Mähre, klein und schwarze Zotteln an den Lenden. Es war schwierig, ihn loszuwerden. Sie hatte bereits genug von den zwei Reisetagen mit Halvorsen und wollte diesen Kerl hinauskomplimentieren. Er blieb jedoch an der Schwelle stehen. Hin-

35

terher wußte sie nicht mehr, wie er aussah. Es war, als hätte sie von einer Lodenjacke und einer doppelreihigen groben Arbeitsweste aus Kord Besuch bekommen. Ein freistehender Teil von ihm, eine Mütze aus schwarzem Pelz, lag schon auf dem Stuhl an der Tür, also bot sie ihm Kaffee an. Sie hatte in dem Herd zur Probe gebacken, und es hatte geklappt. Die Nachwärme war gleichmäßig, und es ließ sich darin gut Zwieback trocknen.

Er tunkte sorgfältig ein und bemerkte, daß in den Dörfern des Kirchspiels von Röbäck keine Frau einen Hut besitze. Bis auf die Frau Pastor.

Rätselhafte Worte. Er hatte beim Sprechen den Mund voller Zuckerzwieback. Nun sagte er, daß gerade mal an die zehn Kinder gegen Pocken geimpft seien. Da sei es doch recht gut, daß Hillevi in der Krankenpflege bewandert und im Gebrauch von Instrumenten geschult sei.

»Aber«, sagte er dann und kaute lange Zeit, bevor es weiterging: Die vorige Hebamme habe einen großen Fehler gemacht. Außerdem habe sie einen Hut getragen.

Zeitweise war er nicht zu verstehen, selbst wenn man von dem Zwieback absah.

»Drei sind's gewesen vorherig, aber alsfort hat das ein Hü und ein Hott gegeben.«

Das Hü und das Hott, das es mit den Hebammen gegeben hatte, schien vor allem der Unterkunft gegolten zu haben. Feuchtigkeit, Schimmelgeruch unter den neuen Tapeten, Zug vom Fußboden her und undichte Fensterrahmen hätte Hillevi bescheinigen können. Doch sie schwieg vorderhand.

Hinterher dankte sie Gott dafür, mehr oder weniger. Es war Isak Pålsson gewesen, der Gemeindevorsteher. Sie war in allem von ihm abhängig. Und sie wollte die Decke frisch eingezogen und gekalkt bekommen. Hinterher ging sie auf den Boden hinaus und holte den Hut herein, der über dem Kleiderbügel mit ihrem Mantel an einem Nagel hing.

Edvard Nolin war stellvertretender Krankenhauspfarrer, als Hillevi ihn kennenlernte. Es berührte sie, seinen Nacken über dem gestärkten weißen Kragen und dem schwarzen Tuch des

Talars zu sehen. Er begleitete sie im Dunkeln nach Hause und legte ihr eines Abends die Hände auf die Schultern. Dann verging eine ganze Woche, bis sie wieder das Zwitschen seiner Galoschen hinter sich hörte. An diesem Abend zog er die Handschuhe aus, und seine Hände tasteten unter dem Mantel nach ihrer Taille. Er wimmerte.

Es war eine große Gewissensfrage für ihn, daß er Hillevi haben wollte. Auf diese Weise, wie er sagte. Für sie war es ebenfalls eine große Sache, aber eine selbstverständlichere. Sie liebte Edvard Nolin nun. Das war eine Bestimmung. Zum Heiraten fehlten ihnen jedoch die Mittel. An manchen Abenden stahlen sie sich die Treppe zu seinem Zimmer hinauf. Auf einem eisernen Ofen mit Kochplatte kochte er Tee.

Nachdem er unter dem Mieder ihres Kleides das Hemd mit der Spitzenkante freigelegt und sich zu einer auf der Oberseite kalten Brust vorgetastet hatte, wimmerte er, als hätte er sich wehgetan. Es wurde auch an diesem Abend nichts.

Als es schließlich geschah, schloß er die Augen. Hinterher saß er in Unterhosen und Unterhemd an seinem Schreibtisch und stützte den Kopf in die Hände. Es brannte keine Lampe, aber vor dem Haus gab es Straßenlaternen. Das Fensterkreuz warf einen Schatten auf den Holzfußboden. Der obere Teil des Kreuzstamms reichte bis zum Bett. Dort lag Hillevi mit Edvards Sperma in einem Taschentuch. Dieses Taschentuch hatte er ihr einen Augenblick kurz vor dem Entscheidenden zugeschmuggelt. Erst als sie etwas Nasses spürte, das an der Innenseite ihres Schenkels kalt wurde, war ihr klar, wozu sie es benutzen sollte.

Die Sache mit dem Taschentuch machte ihn etwas alltäglicher: daß es doch noch etwas Greifbareres wurde als ein Wimmern, etwas, was abgewischt werden mußte. Daran mußte Hillevi denken, wenn er im Versammlungssaal des Krankenhauses Kinder taufte. Recht prompt wischte er dem Täufling mit einer Leinenserviette den Scheitel ab. Er konnte es also.

Nun würde Hillevi Pfarrfrau werden. Sie fragte sich, wie lange es wohl dauern werde, bis sie das Aufgebot bestellen konnten. Edvard war manchmal ein bißchen umständlich. Vielleicht würde sie zum Sommer oder allerspätestens im Herbst in

das Pfarrhaus einziehen, auf das Halvorsen mit der Peitschenschnur gezeigt hatte. Merkwürdigerweise waren in den Fenstern Gardinen und Topfpflanzen.

Sie fragte Märta Karlsa, weshalb die Gardinen noch dort hingen und weshalb in dem leeren Pfarrhaus täglich geheizt werde.

»Tun doch der Frau Pastor gehören, die Gardinen und Blu-
menstöcke«, sagte Märta. »Und leer stehet es auch nichten, das
Haus.«

Diese eigentümliche Erklärung versetzte Hillevi einen kalten
Stich in der Magengrube.

»Dorten gehet sie«, sagte Märta.

Die Frau Pastor war aus dem Haus gekommen. Sie war kein
Gespenst. Sie trug einen altmodischen schwarzen Mantel mit
einem Kragen aus drei Volants, die mit Bändern eingefaßt
waren und halb zum Ellbogen reichten. Sie verschwand in
Richtung Dorf. Ausgezogen! Nein, die waren wahrlich nicht
ausgezogen. Den Pastor hatte der Schlag getroffen, und er
würde dort liegenbleiben, wo er lag.

»Aber es soll doch ein neuer Pfarrer kommen«, merkte Hillevi vorsichtig an.

»Wird unterm Dach wohnen, der zweite Pastor«, erwiderte
Märta.

Da beschloß Hillevi, einen Besuch zu machen. Edvard hatte
sich natürlich auf die Sache mit der Dachkammer eingelassen.
In alltäglichen und weltlichen Dingen war es nicht weit her mit
ihm.

Fünfundzwanzig Jahre alt. Die Hutkrempe lag über dem Haarwulst, der, um die Wahrheit zu sagen, nur wenig Fülle hatte.
Die Uppsalagedanken kamen und gingen. Vor allem aber war
sie damit beschäftigt, Waschblaublumen auf die Herdmauer zu
malen. Immer noch Mädchenzeit: schnelle Entschlüsse, Gefühle, die zuerst in der Magengrube, in den Handflächen, den
Achselhöhlen zu spüren waren.

Edvard, ihr Geliebter. Seine Abschiedsworte waren eine
letzte Ermahnung gewesen, Stillschweigen zu bewahren. Und
sie hatte sich bereits auf der Reise dem Kutscher gegenüber ver-

plappert. Sie war etwas ängstlich, als sie zum ersten Mal an die
Tür des Pfarrhauses pochte. Doch dann klopfte sie ordentlich.
Faßte sich ein Herz.

Pastor Norfjell lag in dem Zimmer, in welchem er dreißig Jahre
lang seine Predigten geschrieben hatte, auf einem Sofa. Einzig
die weißen Bartstoppeln deuteten an, daß sein Schädel mit
Haut bedeckt war. Sie war vorwiegend gelb.

»So liegt er schon seit Michaeli da«, sagte die Frau Pastor.

Das Bett um ihn herum war hoch aufgebaut, so daß er halb
saß. Sein Blick war auf die Wand geheftet. Es war ungewiß, ob
er das ausgebleichte Lyrenmuster wahrnahm. Hier muß tapeziert werden, hätte Hillevi beinahe gesagt. Etwas Graugespren-
keltes huschte von der Bettdecke herab und verschwand unter
dem Tuch, das vom Traualtar herabhing. Hillevi wußte nicht,
ob sie zu dem reglos Daliegenden hingehen und ihn grüßen
sollte. Die Frau Pastor erzählte, wie es mit dem Schlaganfall vor
sich gegangen sei. Sie meinte, er habe sich angekündigt.

»Ich hatte eine Kiste Äpfel erhalten«, sagte sie. »Aus dem
Süden natürlich. Sie wissen sicherlich, daß es hier keine Apfel-
bäume gibt?«

Das wußte Hillevi nicht.

»Es waren Winterfrüchte. Åkerö. Aber ich wage es nie, mich
darauf zu verlassen, daß sie auf dem Dachboden nicht erfrieren, deshalb schneide ich sie in Ringe und dörre sie. Ich sitze
also mit der Jungfer in der Küche. Sie schält und ich schneide.
Ja, ich nenne sie Jungfer. Hier sagen sie immer nur Magd. Oder
Deern. Da ruft er. Er möchte seinen Kaffee haben. Es war etwas
früh, aber er hat ihn natürlich bekommen. Ich leistete ihm Gesellschaft. Hier in diesem Zimmer. Er saß am Schreibtisch. Da
reichte er mir diesen Zettel.«

Sie watschelte zum Schreibtisch. Hillevi hatte noch nie ein so
altmodisches Gewand gesehen. Ein schwarzes Seidenkleid, das
an den Nähten graubraun schimmerte. In der Taille waren un-
zählige Falten. Hinten am Rock war der Stoff zu einer Drapie-
rung zusammengerafft, die eingefallen war. Man ahnte, daß
darunter eine Turnüre gesessen hatte. Wahrscheinlich hatte sie

dieses Roßhaarpolster in einen Kasten gelegt, als es aus der Mode kam. Niemand hatte das Kleid umgenäht. Auf dem Scheitel trug sie ein paar Spitzenflecke.

»Hier ist er.«

Hillevi las: *Plures spes. Una restat.*

»Das wolle er auf seinem Grabstein haben, hat er gesagt.«

»Ich weiß nicht, was das heißt«, sagte Hillevi.

»Ich auch nicht.«

Nein, es gab ja niemanden, den man fragen konnte.

»Zwei Wochen später lag er auf seinem Schreibtisch, als ich hereinkam.«

Hillevi sah ihn an. Hörte er? Es deutete nichts darauf hin. Er wirkte streng, aber auch friedlich. Märta Karlsa hatte gesagt, die Frau Pastor sei eine liebenswerte Person. Hillevi fragte sich jedoch, ob seit Michaeli nicht etwas mit ihr geschehen war. Der Winter war lang gewesen, und ihre ganze Gesellschaft hatte aus einer Magd in der Küche und möglicherweise einer Katze bestanden. Und dann diesem reglos auf dem Sofa Liegenden. Die Stimme der Frau Pastor war ein wenig schrill, wie bei einem Menschen, der lange nicht gesprochen hat.

Hier muß die Decke frisch eingezogen werden, dachte Hillevi. Außerdem muß überall tapeziert werden, und die Wände brauchen vermutlich eine neue Füllung. Sie hatte gehört, daß Sägespäne verklumpen, wenn sie feucht werden. Sie hätte gern gefragt, ob das Haus im Winter kalt sei, wußte aber nicht, wie sie das Gespräch darauf lenken sollte. Und wie könnte sie die Küche zu sehen bekommen? Ob ich ihr an einem anderen Tag etwas Selbstgebackenes bringe? Und direkt in die Küche gehe?

»Ja, wir sind 1884 hergekommen«, sagte die Frau Pastor.

Sie sah dabei zu ihm hinüber. Womöglich sprach sie mit ihm. Hillevi war zunehmend davon überzeugt, daß mit dieser liebenswerten Frau Pastor etwas geschehen war.

»Da wurde er zweiter Pfarrer. Wir sollten keineswegs bleiben. Der Bischof hielt große Stücke auf ihn, so jung er auch war. Aber wir sind geblieben. Er hat angefangen, sich sehr für die Lappen zu interessieren, wissen Sie. Und die Lappen waren doch so arm. Sie wollen bestimmt etwas Kaffee haben, Fräulein?«

In dem Haus herrschte Ordnung, trotz dem, was an Michaeli geschehen war. Sie hatte mehrere Sorten Kleingebäck. Am meisten nötigte sie mit einem Mandelkuchen, der wohl schon lange aufgeschnitten unter seiner Kupferform stand. Er sei öländisch, erklärte sie.

»Ich bin aus Kalmar. Da ist kein Weizenmehl drin. Man nimmt zu gleichen Teilen Erbsenmehl und Kartoffelmehl. Und zehn Eier zum Zucker. Süße Mandeln natürlich, hundert Gramm braucht man, und ein paar Bittermandeln.«

Hillevi hatte ihr einen ganz simplen Allerweltskuchen bringen wollen. Sie besaß gar keine Mandelmühle. Sie überlegte, wie sie die Fenster ausmessen könnte. Zählen konnte sie sie von außen. Sie wollte so schnell wie möglich ein Gewebe aufziehen. Für die Sommergardinen hatte sie an Mückenschleier gedacht, dünnen und schönen Mückenschleier. Noch war es zu kalt, um auf dem Dachboden der Schule zu sitzen und zu weben. Außerdem war ihr Webstuhl noch gar nicht eingetroffen. Sie merkte, daß die Tage dahinflossen. Und die Frau Pastor erzählte und erzählte über verflossene Jahre und Jahrzehnte. Sie wandte sich zum Bett hinüber. Falls er hörte, war es grausam, fand Hillevi.

Jetzt tauchte die graugesprenkelte Katze auf. Sie war alt und hatte einen Hängebauch. Ohne weiteres machte sie einen Satz aufs Sofa und streckte sich auf dem reglos Daliegenden aus. Dessen Blick war ohne Unterlaß auf die Tapete gerichtet. Die Frau Pastor erhob sich und ordnete nach dem ungestümen Hervorbrechen der Katze das Tuch auf dem Traualtar.

»Ja, hier hat er diejenigen getraut, die guter Hoffnung waren«, sagte sie. »Und das sind sie meistens.«

So freimütig spricht sie wohl nur, weil ich Hebamme bin, dachte Hillevi. Als hätte sie ihre Gedanken gelesen, sagte die Frau Pastor:

»Man sagt, wie es ist, nach dreißig Jahren in einem Kirchspiel wie diesem. Ich sage nichts über die Leute. Aber die Lappen!«

Es war jetzt ganz offensichtlich, daß sie mit ihm dort auf dem Sofa sprach. Ihr schwammiges kleines Gesicht sah unverwandt zu dem gelben Kopf des Mannes mit den dünnen weißen Haar-

41

strähnen hin. Es war, als wartete sie auf einen Einwand. Dann lächelte sie. Es war kein gutmütiges Lächeln.

»Ja, er hat angefangen, sich sehr für dieses Volk zu interessieren. Das ist mein Lebenswerk, hat er gesagt.«

Ein seltsames Lächeln war in den Augen über den Fettpolstern. Hillevi wandte den Blick ab.

»Ich werde Ihnen etwas sagen, Fräulein, damit Sie es wissen. Denn Sie werden bei denen auch Ihre barmherzigen Werke verrichten. Sie dürfen sich das jedoch nicht zu Herzen nehmen.«

Sie wandte sich wieder dem Sofa zu:

»Tiere sind das«, sagte sie. »Weiter nichts.«

Nachts war es kalt, doch tagsüber schien heiß die Sonne.

»Tut man was machen müssen, mit dem Fell«, sagte Märta Karlsa. »Fanget das Riechen an.«

Hillevi wußte von keinem anderen Fell als dem Nutriakragen, der in seiner Schachtel lag.

»Hab's im Speicher hingehangen«, sagte Märta. »So, daß die Mäuse nichten drankömmen tun.«

Sie ging voran zum Stall und den Aufgang zur Tenne hinauf, den sie Speicherbrücke nannte.

»War eingesalzen schlecht. Merket man jetzt.«

Sie hatte das zusammengerollte Fell unter einen Dachbalken gesteckt. Hillevi erkannte es wieder. Nur waren jetzt die Ohren abgeschnitten.

»Das gehört Halvorsen.«

»Hat gesaget, daß es dem Fräulein gehöret.«

»Das stimmt nicht. Packen Sie es aufs erste Fuhrwerk, das hinauffährt.«

»Kömmet schon selber wieder mal vorbei«, brummelte Märta. Ihr Gesicht war hölzern geworden. Aber im Moment kümmerte Hillevi das nicht.

Sie wollte sich nicht einmal mehr danach erkundigen. Ein paarmal aber, wenn sie sicher war, daß niemand sie beobachtete, ging sie die Speicherbrücke hinauf, um zu sehen, ob das Fell noch da war. An dem Tag, da es endlich weg war, empfand sie eine unbändige Erleichterung.

Es war Krieg. Sie hatten Karbid statt Leuchtöl in den Lampen. Damals wurde ich geboren, aber daran erinnere ich mich natürlich nicht. Hillevi erzählte Myrten und mir, wie es zischte, wenn sich das Wasser im Behälter mit dem Karbid vereinigte. Das Licht, welches das Gas verbreitete, sei unbarmherzig weiß gewesen. Aus der Zeitung hatte sie einen Artikel ausgeschnitten und in ihr schwarzes Buch geklebt. Wir lasen ihn.

Neugeborenes Kind in einem Schützengraben

Von folgendem seltsamen Ereignis berichtet ein österreichischer Offizier. Eines Nachmittags im Oktober stieß ein bosnischer Soldat in dem Gebiet, wo die Kämpfe zwischen Österreich und Rußland statthatten, in einem Schützengraben auf ein Knäblein. Woher war es gekommen? Niemand wußte es. War es die Frucht einer Sünde, von welcher die Mutter sich im Kampfgetümmel hatte befreien wollen? Oder war es vielleicht die Verzweiflung über die Einberufung des Vaters unter die Fahnen, welche das heiligste aller Gefühle, die Mutterliebe, erstickte und die Mutter dazu trieb, ihr Kind seinem Schicksale zu überlassen?

Von den Schrecken des Todes, die rings um ihn lauerten, ahnte der Knabe nichts, sondern er lächelte die Soldaten bloß an. Offiziere veranstalteten eine Sammlung, welche eine Summe von umgerechnet 170 Kronen ergab, genug, um das Allernötigste zu kaufen. Im übrigen kommt für das Kind die Gemeinde einer nahe gelegenen Stadt auf. Mögen edle Menschenfreunde dazu beitragen, daß aus diesem armen Kinde, welches sein Schutzengel aus der größten Gefahr errettete, ein tüchtiges Mitglied der Gesellschaft werde.

Dieser Tage fand ich den Zeitungsausschnitt. Er war aus einem der Wachstuchbücher gefallen. Die Ränder waren braun, und er war so brüchig vor Alter, daß ich ihn ganz vorsichtig anfassen mußte, damit er nicht zerfiel.

Ich glaubte, sie habe an mich gedacht, als sie ihn ausgeschnitten hatte, daran, wie sie mich gefunden hatte und daß sie mein Schutzengel sei.

Ich wollte den gelbbraunen Ausschnitt gern wieder an seinem Platz anbringen und machte mich auf die Suche nach Resten von eingetrocknetem Mehlkleister und einer Stelle in der richtigen Größe. Es dauerte lange, aber schließlich fand ich das Buch, in das er gehörte. Es war von 1916, da war ich noch gar nicht auf der Welt. Sie konnte überhaupt nicht an mich gedacht haben.

Am vergangenen Dienstag habe ich die richtige Stelle für den Ausschnitt gefunden. Heute ist Sonntag. Fünf Tage lang quält mich nun schon der Gedanke, daß ich schlicht nicht weiß, was Hillevi gedacht hat.

Der See ist noch nicht zugefroren. Das Wasser vor dem Fenster ist schwarz. In Richtung Lubben sehe ich ein schwaches Licht. In der Schule ist es dunkel, aber sonst sind einige Häuser auf Tangen erleuchtet. Meistens aber ist es schwarz.

Ich spüre meine Einsamkeit. Es hat mich gequält, die rosafarbene Strickjacke auf dem Schaukelstuhl zu sehen, die ich zur Erinnerung an Myrten dorthingelegt hatte. Ich habe sie also wieder weggetan.

Man kann nicht wissen, was jemand anders denkt. Niemals. Es wird Abend, und ich fühle mich zermürbt.

Jetzt ist es Montagmorgen, und die Sonne gleißt. Die Nacht ist sehr kalt gewesen. In der Bucht bedeckt eine dünne Eisschicht das Wasser. Vorhin wogte sie träge, als der Wind hineinfuhr. Sie bricht wohl bald auf. Es wird sich aber eine Eisdecke bilden. Dann wird es nicht mehr so rauh sein, und wenn der Schnee das Eis bedeckt, wird es vor dem Fenster heller.

Ich habe eine Melodie im Radio gehört, die mich aus meiner

Niedergeschlagenheit herausgerissen hat. Das mag sich merkwürdig anhören, denn sie hat mich an das Lied meines Onkels
Anund erinnert, das folgendermaßen beginnt: *Ein Brautpaar
übern See fuhr, es wollte getrauet sein.* Es handelt von dem großen
Unglück auf dem See hier vor meinen Fenstern, bei dem so viele
ertrunken sind.

Drei Boote waren eines Spätsommertags auf dem See in Richtung Tullströmmen unterwegs. Dort sollten die Leute an Land
gehen und dann an der Stromschnelle entlang zum Bootsanle-
ger Oppgårdsnostre. Von dort aus wollten sie über den Rössjön
zur Kirche von Röbäck rudern.

Zwei große Familien waren da unterwegs, ein ganzer Hochzeitszug mit der Brautmagd, welche die Braut angekleidet
hatte, und den Brautjüngferchen und Hofjunkern. Diese trugen
schwarzen Sonntagsstaat, und die Braut war mit Krone und
Halsband geschmückt, mit allerhand Geschmeide und Steinen,
die in der Sonne funkelten.

> *Der Himmel sich verfinstert, der Wind, er greift sie an.*
> *Bald ahnen sie auch alle, was da geschehen kann.*
> *Schnell wie des Adlers Schwingen kam er vom Berge dort.*
> *Bald waren sie verheeret, weit von dem sichern Hort.*

Wie schwarz dieser See werden kann, bevor man überhaupt begriffen hat, daß ein Unwetter aufzieht! Wie er sich in etwas
Schlimmes verwandeln kann!

So viele Tote in diesem kalten Wasser.

Nachdem man Tore Halvarsson an Land gezogen hatte, ging
Sven Pålsa, der ihn gefunden hatte, beiseite und kotzte. So
schauderhaft sah Tore aus, obwohl er gerade einmal ein paar
Stunden im Wasser gelegen hatte.

Eines der drei Boote mit dem Brautgefolge kenterte in dem heftigen Sturm, der sich erhob. Zwölf Personen befanden sich
darin, und alle ertranken. Es waren:

Der Bauer Isak Pålsson, 64 Jahre alt.
Sein Sohn Anders, der nur 20 war.
Isak Pålssons Frau Erna, 52 Jahre alt.
Ihrer beider Tochter Märet Isaksdotter, 25 Jahre, die getraut werden sollte.
Der Bauer Jonas Aronsson, der 40 Jahre alt war.
Seine Frau Karin Efraimsdotter, so alt wie er.
Ihrer beider 15jähriger Sohn Aron.
Die Tochter Regina Aronsdotter, nur 12 Jahre alt.
Jonas und Karin hatten noch einen Sohn, der jünger war und der ertrank. Er hieß Daniel.
Der Bauernsohn Karl Persson, 23 Jahre alt.
Die Magd Ingeborg Persdotter, 25 Jahre.
Die Bauerntochter Berit Halvdansdatter aus Skuruvatn, Jolet, auch sie kam um.

Erst an Michaeli 1876 hatte man alle Opfer gefunden; sie wurden, außer Berit Halvdansdatter, auf dem Kirchhof von Röbäck beigesetzt. Berit wurde bei der Kirche in Trövika begraben.

Laula Anut war bei diesem großen Unglück natürlich nicht dabeigewesen. Er hatte auch nicht am Ufer gestanden und eine Leiche an die Oberfläche treiben sehen. Er wurde 1903 geboren. Ich hörte ihn das Lied 1928 in der Weihnachtszeit singen. Was mich besonders fesselte, war das, was die junge Frau im Brautkleid ausrief, bevor sie unterging, und was sie dachte, als das Wasser sie umschloß und es dunkel wurde.

Des Todes kalte Arme umfassen meinen Leib,
und in der schwarzen Woge ich ewiglich verbleib.
Oh, Herr, so hör mich rufen, hinab es nur noch geht!
So hört man ihre Stimme, sie rufet noch und fleht.

Der schwarze See nun schließt sich um ihren weißen Leib.
Der Bräutigam vergebens hofft auf sein liebend Weib.
Im Brautbett sie nicht ruhet, nicht in des Liebsten Haus,
tief in dem kalten Wasser liegt sie, o weh und Graus!

Ich fand es merkwürdig, daß mein Onkel von etwas singen konnte, was kein Mensch gesehen hatte. Schon damals war ich mir im klaren darüber, daß niemand weiß, was jemand anders denkt. Ich schrieb ihm eine übernatürliche Fähigkeit zu. Damals war ich elf.

Jetzt bin ich alt und habe längst verstanden, daß seine Fähigkeit natürlich war. Seine Lieder spenden mir großen Trost, selbst wenn sie traurig sind.

Und wie ein Vogel auffliegt und hastig uns entschwebt,
hat mancher jung an Jahren sein Leben abgelebt.
Es ist uns nichts gewisser, als daß der Tod uns nimmt,
und nichts ist uns gewisser, welch Ende uns bestimmt.

Daß mein Vater ein schottischer Lord war, will heute, glaube ich, niemand bestreiten. Hier aber ist die Erinnerung daran, daß mein Großvater ein Dieb war, den man Fleischmichel nannte, stets lebendiger gewesen. Hillevi schreibt man das Verdienst zu, daß ich aus meinen ärmlichen Umständen herausgehoben wurde, und das sei ihr gegönnt. Zum ersten Mal aus dem Elternhaus herausgehoben wurde ich jedoch von einem Adler, und das verzeiht man mir nicht so leicht.

Gleichwohl zog man recht lange Nutzen aus dieser Tatsache.

Aber dann brachen andere Zeiten an, und man beschloß auf einer Versammlung, das Schild abzunehmen.

Als den Bemerkenswertesten in meinen beiden Verwandtschaftszweigen, soweit ich sie kenne, betrachte ich nicht den Lord, sondern Laula Anut oder Anund Larsson, wie er hier unten genannt wird.

Die Leute lauschten gerne seinen Liedern und sangen sie auch. Die Ehre, sie sich selbst ausgedacht zu haben, wollten sie ihm aber nicht immer zukommen lassen. Und noch mehr geizten sie mit Lob, wenn es um seine Geschichten ging. Aber erst hinterher. Wenn er erzählte, vergaßen sie das Kauen.

Kindermorde mochten sie und Geschichten von entführten Mädchen.

*

Kein Kindbett, obwohl schon fast drei Wochen ins Land gegangen waren. Das zehrte am Mut. Hillevi hätte sich gern selbst davon überzeugt, daß sie entbinden konnte, auch wenn im Umkreis von achtzig Kilometern kaum Hilfe zu erwarten war. Denn der Doktor in Byvången war alt, fett und herzkrank und setzte sich ungern auf ein Fuhrwerk. Sie versuchte sich einzu-

reden, daß man meistens rechtzeitig eintreffe. Daß Kinder normalerweise mit dem Kopf zuerst herauskämen. Doch nachts
fummelte sie mit Traumhänden herum. Suchte fieberhaft und
mutlos zerfetzte Stücke von Mutterkuchen zusammenzufügen.
Zitterte, wenn sie scharfe, blutige Instrumente anfaßte. Lief
durch den Tiefschnee und sank und sank. Und erstickte. Sie
hatte bislang noch nie geträumt, daß sie starb.

Da war sie schließlich auf den Gedanken gekommen, sich auf
Impfreisen zu begeben. Das war ja auch ein guter Gedanke,
denn sehr lange würde der Schnee nicht mehr gefügig sein. Sie
begann in Svartvattnet. Das Dorf hatte seinen Namen von
einem großen Gewässer, das jetzt unter Eis und weißem Schnee
lag. Sie kam gut zwei Wochen nach ihrer Ankunft in Röbäck
dorthin. In ihre Hebammentasche hatte sie Impfstoff, Alkohol
und eine kleine Lanzette gepackt. Mit Isak Pålsa war vereinbart,
daß er im Laden einen Aushang anbrachte.

Der Schlitten war auf dem kürzesten Weg über den See gefahren, hatte aber dennoch mehr als eine Stunde gebraucht. Hillevi hatte gehofft, bei ihrer Ankunft Kaffee zu bekommen. Doch
sie bekam erst etwas in den Magen, nachdem die Impfaktion in
der Schule vorüber war und sie sich mit ihrer Tasche in der Pension einquartiert hatte. Die Impfaktion ging andererseits rasch
vonstatten, da nicht mehr als zwei Mütter mit insgesamt sechs
Kindern erschienen waren. Als sie am nächsten Vormittag in
den Kaufmannsladen kam, fand sie die Erklärung dafür. Neben
dem Aushang über die Impfaktion in der Schule hatte jemand
einen mit Tintenstift geschriebenen Zettel angebracht. Er trug
die Überschrift *Abschrift aus einem Zeitungsartikel* und verkündete:

*Der Theil der medizinischen Forschung, der nicht von Gewinn-
sucht behaftet ist, sondern vom Streben nach der Wahrheit be-
seelt, hat in letzter Zeit zur Gänze bewiesen, daß das Impfen
Glatzköpfigkeit, Kurzsichtigkeit, pessimistische Lebensanschau-
ung, Selbstmord sammt einen Rückgang der Wissenschaften,
der Malerei und der Dichtung verursacht.*

Sie riß den Zettel ab, und das war auch recht und schön so. Doch später, viel später sollte ihr in den Sinn kommen, daß nichts geschehen wäre, jedenfalls nichts, wovon sie etwas gewußt hätte, wenn sie an jenem Vormittag, bevor sie nach Röbäck zurückfuhr, nicht zum Kaufmannsladen hinuntergegangen wäre.

Zum Glück begegnete sie nicht diesem langhaarigen Trond im Laden, bekam ihn überhaupt nicht zu Gesicht. Hinter der Theke stand seine Schwester Aagot. Ein unglaublich dürres Ding. Sie hatte dunkle Augen, und ihr Zopf war schwarz und dicker als ihr Unterarm. Sie sagte keinen Ton. Brachte nur das Stickgarn und wonach Hillevi sonst noch fragte. Doch als der Kardamom an der Reihe war, sagte sie: »Haben wir nichten.« Ob er zu Ende war oder ob hier oben im Weißbrot gar kein Kardamom verwendet wurde, das erfuhr Hillevi nicht.

Zwei Frauen flüsterten im Halbdunkel. Sie standen ganz in der Ecke hinter der Heringstonne. Hillevi sah sie zuerst gar nicht. Bürsten und Seilrollen hingen von der Decke und nahmen die Sicht. Die Frauen klangen bekümmert. Einmal war es Hillevi, als sprächen sie von ihr, vom Fräulein. »Wo's doch gleichens da sein tut, das Fräulein...« Mehr verstand sie nicht. Schließlich ging die eine. Sie zog sich die Pelzmütze in die Stirn und schlug sich ein doppelt gehäkeltes Tuch um. Die Enden verknüpfte sie auf dem Rücken. Mit all ihren Kleidern war sie so dick, daß sie die Fransen verknüpfen mußte. Die andere öffnete die Tür und rief ihr nach:

»Bäret!« schrie sie. »Bäret! Kömmst zurück!«

Aber diese hatte die Skier schon an da draußen und fuhr los.

»Machst die Tür zu«, sagte das Mädchen Aagot. Sie hatte offenbar gelernt, um die Ofenwärme besorgt zu sein.

Hillevi ging in dem unaufhörlichen Schneefall gerade den Hügel zur Pension hinauf, als sie die andere Frau wieder sah, diejenige, die Bäret hinterhergerufen hatte. Sie stand neben einer Scheune, die gleich an der Straße lag, trat jetzt aber mitten in den Schnee, wo er von Pferdeäpfeln gelbbraun war.

»Sollet nach Lubben rausgehen, das Fräulein«, sagte sie.

»Warum denn?«

50

»Vier Tage lieget sie jetzt schon.«

Die Leute sprachen mit Hillevi knapp wie in einem Telegramm. Das meiste sollte sie von selbst verstehen. Das tat sie aber nicht.

»Lieget?«

»Ja, hie und da stehet sie auch. Aber tut sich nichtens.«

»Mit den Wehen?«

Sie bejahte mit einer unmerklichen Bewegung. Hillevi erschien es brüsk, nach dem Namen zu fragen. Doch weshalb? Sie verstand es selbst nicht. Und so fragte sie:

»Mit wem ist sie verheiratet?«

Da zeigte die Frau ein schiefes Lächeln, das Hillevi nicht zu deuten wußte. Dann machte sie in ihrem Bündel von Tüchern kehrt und lief so schnell, wie es die ausgefahrene Spur zuließ, den Hügel hinunter. Sie sah aus wie ein Stein, der sich in Bewegung setzte und alsbald im Schneegrießel verschwand.

Die Pensionswirtin, sie war die Frau von Isak Pålsa, sagte, daß die Frau in dem Tuch Doris heiße. Sie sei die Schwester von Bäret. Hillevi verstand jetzt schon, daß dies als Berit zu deuten war. Sie führe dem Alten in Lubben und seinen Söhnen den Haushalt. Die Frau des ältesten Sohnes sei ja gestorben.

Dieses *Ja*. Als ob man immer alles wüßte.

»Und das Mädchen?«

»Schwesterkind ist's zu ihr.«

Daraufhin schwieg Verna Pålsa. Hillevi ließ nicht locker.

»Und wer ist der Vater?«

»Hab nichtens gehöret darüber«, erwiderte Verna.

Hillevi sagte, es sei wohl am besten, wenn sie sich dorthin begebe, und fragte, wie es mit einer Fahrgelegenheit bestellt sei.

»Arg weit ist's nichten«, erklärte die Wirtin. »Skifahren, das ist da schon am besten. Ausleihen kann man welche. Was das angehen tut. Ist aber gar nicht geschicket geworden nach ihr.«

Diese Worte beachtete Hillevi nicht.

Als sie zum Aufbruch bereit war, kamen, mit vier Kindern in einem Pulka, ein paar Lappen auf Skiern angefahren. Sie kamen einen ganzen Tag zu spät, wollten aber, daß die Kinder geimpft würden, obwohl sie nichts hatten, womit sie bezahlen konnten.

Sie wollten ihr statt dessen Renkäse geben, und als sie sich weigerte, ihn anzunehmen, versuchten sie ihr ein kleines, weiches Renkalbfell aufzudrängen. Sie wußte nicht, was sie tun sollte, und sie bekam Isak Pålsa nicht zu fassen. Schließlich impfte sie die Kinder und dachte, daß die Gemeindeversammlung die Gebühr dafür erlassen werde. Sie fürchtete jedoch, eigenmächtig gehandelt zu haben. Und hinterher zitterte sie richtiggehend. Diese Leute waren so fremdartig und hatten so dunkle Gesichter, und sie sprachen kaum verständlich. Kleidung und Haut der beiden kleinsten Kinder waren voller weißer Renhaare. Das kam von den Fellen, in denen sie lagen. Hillevi hätte gern gesagt, daß sie direkt auf der Haut linnenes Zeug tragen sollten, traute sich aber nicht, da sie ihnen nicht zu nahe treten wollte. Sie nahm weder den Käse noch das Kalbfell an.

Spät war es, als sie endlich gepackt hatte und auf den Skiern stand, so spät, daß die Dunkelheit anbrach. Sie fällte sich aus wie Ruß in Milch. Hillevi dachte besorgt daran, daß sie auch noch zurück müsse. Denn bis zur Nacht würde wohl alles erledigt sein.

Lubben lag ganz draußen auf der Landzunge, die in diesen Wildnissee ragte. Die Dorfbewohner würden ihn bestimmt nicht so nennen. Als sie jedoch mit den Skiern in der Spur dahinfuhr, die direkt vom Kaufmannsladen hinausführte, hatte sie das Dorf im Rücken und sah nirgendwo ein Haus. Nur zottige Tannen, die sich in Wellen auf den Kämmen der Höhenrücken hinzogen und im Schneenebel in Flaum auflösten. Mitten auf dem See lichtete sich dieser dann ein wenig.

Auf dem Rücken trug sie einen großen geflochtenen Rucksack aus Birkenrinde, den Verna Pålsa ihr zunächst nur leihen wollte, dann aber doch bereit war, zu verkaufen. Hillevi war klar geworden, daß es noch mehr Skitouren zu Wöchnerinnen geben werde. Es wohnten nicht alle an der Straße.

In den blaugestrichenen Rucksack hatte sie, in saubere Handtücher eingehüllt, den Inhalt ihrer Tasche gepackt. Sie hatte noch nie auf Skiern gestanden, doch in der Pension hatte sie das nicht erzählt. Sie hielt es nicht für so furchtbar schwierig. Als die Dämmerung sich allmählich verdichtete, glitt sie, die Stiefel in den Riemen, in der Spur langsam über die Bucht. Sie war vielleicht noch fünfzig Meter vom Ufer entfernt, als in genüßlicher Raserei ein Köter zu bellen anfing. Bald hatte er einen aufgestachelt, der noch heiserer bellte. Man konnte nur hoffen, daß sie nicht frei herumliefen, und weiterfahren. Als sie näherkam, verstummten sie abrupt.

Ein Stück vor dem Ufer war der Schnee bis zu einer ins Eis geschlagenen Wuhne festgetrampelt. Sie holten ihr Wasser also aus dem See. Hatten nicht einmal einen gegrabenen Brunnen. Oder war er ihnen versiegt? Sie stellte sich die Frage, wie wohl ein Topf herzubekommen sei, in dem man Wasser kochen könne, und eine Waschschüssel, die sich saubermachen lasse. Handtücher. Frische Bettwäsche für die Frau. Hatten sie überhaupt etwas, um das Kind zu bekleiden?

Es war nicht das erste Mal, daß ihr die Armut als Kälte oder Rauheit entgegenschlug. Aber so finster hatte sie sich noch nie ausgenommen, so geduckt, abwartend und tückisch. Ja, das war das Wort, das Hillevi dachte.

Das Haus war unbeleuchtet, als sie es endlich ausmachte. Auch im Viehstall kein schwankender Laternenschein. Auf dem Schnee lag noch der Abglanz eines kargen Lichts, den die Dunkelheit nicht hatte schlucken können; deshalb hatten sie die Lampe nicht angezündet.

Sie trat sich auf der Vortreppe die Füße ab, umständlich, um denen da drinnen Zeit zu lassen. Daß man sie gesehen hatte, daran zweifelte sie nicht. Sie hatte sicherlich schon weit draußen auf dem See Gestalt angenommen, als Verdichtung der Dunkelheit auf der Schneefläche. Irgend jemand hatte auch die Köter zum Schweigen gebracht.

Sie klopfte an der Tür, doch von drinnen war nichts zu hören, keine Schritte, keine Stimme, die fragte, wer da sei. Da schob sie die Tür auf, nachdem es ihr gelungen war, die schwergängige Klinke herunterzudrücken. Hier war niemand so übermütig, so zu bauen, daß die Tür nach außen aufging. Man hatte ja nicht die Absicht, vom Schnee eingesperrt zu werden.

Die Raumluft schlug ihr entgegen, dick und kompakt, aber nicht sonderlich warm. In der Herdecke war keine Glut. Sie

53

warteten wohl auf die vollständige Dunkelheit und ließen die Stube etwas abkühlen. Sie konnte noch niemanden sehen. In dem Schummerlicht zeichneten sich Erhebungen ab: der Bettschrank, das Büfett. Und ob es Kleidungsstücke waren, die zum Trocknen über dem Herd hingen, oder ob es ein Körper war, der sich über die Herdplatte beugte, das konnte sie nicht unterscheiden. In die Stubenluft mischte sich frischer Stallgeruch; der Lubbenalte war wohl selbst zugegen und hatte sich eben durch den Raum bewegt.

Jetzt sah sie ihn im zinnfarbenen Licht, das durchs Fenster fiel und zusehends erlosch. Auf dem Fußboden der Stube scharrte etwas. Sie rief keinen lauten Gruß in die Stube, sondern stampfte noch ein paarmal mit ihren schneeigen Stiefeln. Das hier war nicht Uppsala. Sie löste ihr Tuch und zog die Handschuhe aus, rührte sich indes nicht von der Tür weg.

Da war das Scharren wieder zu hören, und sie fand, daß es so gut wie eine Billigung ihrer Ankunft sei. Sie machte eine Frau aus, die in der Nähe des Herdes saß, in der noch verbliebenen Wärme. Das Geräusch entfaltete sich nun: Es waren Männerstiefel mit Stoßplatten, die unter dem Tisch scharrten und hutschten. Der Kerl räusperte sich. Die Frau erhob sich, und man hörte, wie sie den Rock ausbreitete, so als ob es im Dunkeln darauf ankäme, wie sie aussah. Die erste Stimme gehörte einem Kind. Es fragte etwas, was Hillevi nicht verstand. Dann war die Stimme der Frau zu vernehmen.

»Sollet man ihn wohl anzünden, den Herd. Die Lampe auch.«

Als sie hörte, daß in dem Korb mit der Birkenrinde und dem Brennholz gerafft wurde, sagte Hillevi: »'n Abend«. Mehr nicht. Der Mann räusperte sich wieder, locker, wie nach einer Prise Tabak. Sie konnte auch das Knacken des Dosendeckels hören. Der Mann saß reglos, während die Frau den Herd einheizte, und er machte sich auch nicht an der Lampe zu schaffen. Schließlich ging die Frau hin und nahm sie von dem Haken über dem Tisch. Beim Herd hatte sie Zündhölzer, und als der Lampendocht aufflammte, war Hillevi so verblüfft, daß sie fast Angst bekam.

54

Es waren so viele! Und wie still sie waren! Kindergesichter, grau und alt in dem schwachen Licht. Leute auf Bänken und Pritschen. Erwachsene Kerle und halbwüchsige. Die Frau am Herd war Bäret. Das war Hillevi schon im Halbdunkeln klar gewesen. Und alle Gesichter ihr zugewandt, außer dem des Alten. Bäret war kräftig gebaut, und sie ging mit der Lampe schwerfällig durch den Raum und stellte sie auf den Tisch.

»Wo ist sie?«

Sie hörte selbst, daß ihr Ton scharf war. Sie hätte sagen sollen, daß sie Hebamme sei. Aber das wußten sie, dessen war sie sich sicher. Als sie keine Antwort bekam, ging sie zu dem Bett und öffnete dessen Türen. Das Bett war jedoch leer.

»Ich habe gehört, daß hier eine Wöchnerin ist, die Hilfe braucht.«

Bäret erwiderte nichts. Sie schaute lediglich den Alten am Küchentisch an. Er war klein und untersetzt, das sah man, obwohl er saß. Den Kopf hatte er vorgeschoben; er saß tief zwischen den Schultern, so als hätte er keinen Hals. Er trug eine blankgescheuerte Hundefellmütze. Was darauf vom Haarkleid noch übrig war, war fleckig. Seine Augen konnte Hillevi nicht sehen.

Sie wußte nicht, wie sie den Stillstand, der eingetreten war, brechen sollte. Das Schweigen dieser Leute fraß alle denkbaren Worte. Jetzt erst kam ihr wieder in den Sinn, was Verna Pålsa gesagt hatte: Ist gar nicht geschicket geworden nach ihr.

Sie hatte sich jetzt an das Schummerlicht gewöhnt. Auch außerhalb des Lichtkreises der Lampe nahmen die Dinge Kontur an. Sie sah den Brennholzhaufen gleich neben der Tür und die Kochgefäße in der Ecke, die sie Topfnische nannten. Sie standen direkt auf dem Fußboden. Würde es möglich sein, ein Gefäß so sauber zu scheuern, daß es zum Wasserkochen taugte?

Daneben war eine Tür. Sie raffte ihren ganzen Mut zusammen, ging entschlossen durch den Raum und öffnete sie. An der Wand, gleich vorn in der Kammer, stand ein Mädchen. Es war kalt da drinnen. Hillevi erkannte undeutlich Pritschen. Und dann dieses dürre Mädchen, so graubleich! Sie sah den gespannten Bauch und die Arme darum.

»Da haben wir sie ja«, sagte sie und versuchte wie dieser wunderbare Mensch, Fräulein Viola Liljeström, zu klingen. Sie legte den Arm um das Mädchen und spürte, wie spitz der Rücken unter dem Tuch war.

»Sie kommt nun mit mir. Wir werden jetzt zum Bett gehen.«

Niemals hatte sie gedacht, jemanden zwingen zu müssen. Das Mädchen schielte in die Dunkelheit, drückte sich an der Wand entlang weiter in die Kammer hinein. Hillevi, den Arm um den schwachen Rücken gelegt, zog sie, beim ersten Versuch sanft, dann aber energischer. Das Mädchen war erschöpft und bot nicht viel Widerstand. Trotzdem geriet Hillevi der Griff um den Arm fester, als sie beabsichtigt hatte. Alles verkehrte sich hier drinnen; selbst die Worte wurden zu Gewalt.

»Wie lange hat sie schon Wehen?«

Sie konnte das Mädchen doch nicht siezen, andererseits scheute sie sich, du zu sagen wie zu einem Kind. Aber sie war ein Kind. Dieser dürre Körper und der große Bauch, es war so elend! Sie war blaß und atmete angestrengt mit offenem Mund, stand leicht vorgebeugt und schlang über der Kugel des Bauches die Arme um sich. Ihre Filzlatschen schlurften, als Hillevi sie durch den Raum zog.

»Wie heißt sie?« fragte sie. Bäret sah wieder den Alten an, und in Hillevi flammte der Zorn auf. Sie wiederholte die Frage in schärferem Ton und erhielt endlich eine Antwort.

»Serine.«

Sie führte das Mädchen zu dem Bettschrank und sagte, sie solle sich hinlegen. Doch sie wollte nicht liegen.

»Kochen Sie Wasser«, sagte Hillevi zu Bäret. »Und scheuern Sie eine Waschschüssel aus und füllen Sie sie mit sauberem Wasser.«

Da hörte sie am Gerumpel, daß die Männer hinausgingen. Es befanden sich aber immer noch Kinder in der Stube, wenn auch ganz still. Und der Lubbenalte. Jetzt sah sie, daß er auf seinem Schoß ein Netz ausgebreitet hatte und eine Netznadel im Schein der Lampe blitzte. Sie sagte zu Bäret, sie solle die Lampe auf einen Hocker neben das Schrankbett stellen, und sie dachte, daß auch der Alte verschwände, wenn es am Tisch dunkel würde. Er blieb jedoch sitzen. Jedesmal, wenn sie sich während ihrer Arbeit umdrehte, fiel ihr Blick auf seine gedrungene Kontur.

Sie umfaßte das Mädchen, und es gelang ihr, sie auf das Bett zu drücken, das kein Laken hatte. Unter der Felldecke kam ein gestreifter Matratzenbezug mit vielen gelbbraunen Flecken zum Vorschein, und als das Mädchen sich hinlegte, raschelte das Stroh.

»Es ist nichts dabei, zu stehen«, sagte Hillevi. »Serine kann nachher wieder ein Weilchen stehen. Aber jetzt wollen wir untersuchen. Wann haben die Wehen angefangen?«

Sie bekam nichts aus ihr heraus. Als Bäret endlich mit der Waschschüssel kam, sagte diese leise und widerstrebend, daß das Mädchen schon lange liege. Und aufgestanden sei. Wehen habe sie schon mehrere Tage lang. Und man sehe doch wohl, daß sie erschöpft sei.

Jetzt nahm Hillevi die Glycerinseife und die Nagelbürste aus dem Rindenrucksack und bat Bäret, die Waschschüssel auf den Küchentisch zu stellen und die Lampe wieder dorthin zu bringen. Sie kochte die Bürste zusammen mit einem Nagelreiniger in dem Wasser, das jetzt auf dem Herd aufwallte. Es lag etwas Beruhigendes in dem singenden Geräusch aus dem Topf. Ihr wurde wohler zumute, als sie es hörte. Dann zog sie die Schürze an, krempelte die Ärmel auf und rieb sich mit der Seife Hände und Unterarme ein. Sie wünschte, der Alte ginge hinaus, aber er saß unbeweglich da und sah ihr zu. Im Schein einer Stallaterne, die Bäret auf den Tisch gestellt hatte, sah sie jetzt sein Gesicht. So arg alt war er noch gar nicht. Er war klein, wirkte aber stark und sehnig. Seine Bartstoppeln waren graugelb.

Sie sah zu, daß die Seife bis in die letzte Pore und unter die Nägel gelangte, bevor sie zu bürsten begann. Zuerst schrubbte sie die Nägel und Fingerspitzen, dann krümmte und streckte sie die Finger, während sie mit der Bürste darüberging. Sie hatte ihre Uhr umgekehrt auf dem Brustlatz befestigt, und als diese zeigte, daß sie gut fünf Minuten gebürstet hatte, nahm sie ein Handtuch aus dem Rucksack und trocknete sich ab. Dann bat sie Bäret, das Wasser in der Waschschüssel zu erneuern, und während sie wartete, reinigte sie sich die Nägel. Nachdem sie frisches Wasser bekommen hatte, fing sie noch einmal von vorn an. Da sagte der Alte etwas. Er sagte es ziemlich laut, und er klang gehässig. Sie verstand ihn jedoch nicht.

Nach dem zweiten Bürsten rieb sie sich die Hände mit Karbolsäure ein. Da sagte der Alte wieder etwas. Als Bäret ihr frisches Wasser brachte, fragte Hillevi leise, was er gesagt habe. Sie wollte zuerst nicht mit der Sprache herausrücken. Hillevi sagte ihr jedoch klipp und klar, sie wolle hören, was die Leute ihr zu sagen hätten.

»Ist sie dazu her, bloß damit sie sich waschen tut«, wiederholte Bäret und starrte verlegen auf den Boden.

Hillevi schwieg. Sie hob vorsichtig den Körper des Mädchens von der Taille ab hoch und zog ihr zwei Unterröcke aus. Bäret, die den Auftrag bekommen hatte, frisches Zeug zu bringen, kam mit einem Pullover und einem Unterrock aus roter Wolle zurück, die einigermaßen sauber wirkten. Nachdem es ihnen mit vereinten Kräften gelungen war, den Pullover über die dünnen, schlaffen Arme und den mageren Körper mit den geschwollenen, blaugeäderten kleinen Brüsten zu ziehen, machte sich Hillevi daran, den Unterleib des Mädchens zu waschen. Sie wollte etwas Sauberes zum Unterlegen haben, doch Bäret erklärte, sie hätten keine Laken.

»Dann vielleicht Zeitungen?«

Sie schüttelte den Kopf. Hillevi nahm eines ihrer eigenen Handtücher und legte es dem Mädchen unter. Serine reagierte sehr heftig, als Hillevi ihre dünnen Schenkel spreizte und ihr Geschlecht berührte. Sie mußte lange reden, und es kam ihr vor, als würde sie einen verletzten und schreckensstarren Vogel anfassen. Die kleinen Schamlippen und die Öffnung der Vulva waren heil und fein. Alles andere wäre ja wohl eine Schande gewesen. Lappige Haut und schlecht verheilte Narben von früheren Entbindungen konnte sie ohnehin nicht haben. Hillevi fragte Serine, wann die letzte Regelblutung gewesen sei, bekam aber keine Antwort.

»Und die erste?«

Da begann Bäret mit ihr zu reden, und Hillevi hörte, daß sie die Sprache wechselte. Aber auch dabei kam nicht viel heraus.

»Wie alt ist sie?« fragte Hillevi und bekam eine brummelige Antwort. Sie fragte noch einmal recht scharf.

»Bald vierzehn.«

»Und wer ist der Kindsvater?«

Anstatt zu antworten, sah Bäret den Alten am Tisch an.

Hillevi mochte es nicht glauben. Zum Glück erhob sich da das Mädchen halb und sagte: »Nein, nein.« Dann sank sie wieder zurück, und als Hillevi ihren gespannten und harten Bauch befühlte, meinte sie eine schwache Kontraktion zu spüren.

Das Nein des Mädchens bedeutete nicht gerade eine Erleichterung, denn selbst wenn der Alte sie nicht mißbraucht hatte, getan hatte es jemand. Hillevi flüsterte mit Bäret, damit das Mädchen es nicht hörte. Daß auf so etwas Zuchthaus stehe, daß es schon ein, zwei Jahre dafür gegeben habe.

»Es ist also ernst. Verstehen Sie das? Es muß verhindert werden, daß das weitergeht.«

»Ich weiß nichtens«, versetzte Bäret und sah den Alten wieder an.

Hillevi tastete das Mädchen ab. Der Bauch war hart gespannt. Sobald sich ihre Hände der Geschlechtsöffnung näherten, war Serine starr vor Schreck. Bei der inneren Untersuchung redete Hillevi leise, um die Spannung in dem dünnen Körper zu verringern. Der Muttermund war geöffnet, die Häute waren heil. Das Kind war schon tief gerückt. Sie konnte die kleine Fontanelle spüren. Die Wehentätigkeit war äußerst schwach. Hillevi war ratlos, ihr mochte nichts anderes einfallen, als ihr ein Klistier zu verabreichen und zu warten. Immerhin kamen die Wehen regelmäßig.

Als das Klistier erledigt war und sie das Mädchen und sich selbst noch einmal gewaschen hatte, bat sie um einen Stuhl und sagte, daß sie die Lampe behalten wolle. Den Rücken der Stube zugewandt, begann sie den Entwurf für das Journal in ihr schwarzes Buch zu schreiben.

»Wie heißt sie noch außer Serine?«

Bäret antwortete widerstrebend, daß sie Halvdansdatter heiße.

»Wann haben die Wehen eingesetzt?«

»Bin nichten dagewesen, nichten alsfort.«

»Vor vier Tagen, habe ich im Dorf gehört.«

»Gehet in den fünften jetzt.«

»Und wann hatten Sie vor, Hilfe holen zu lassen?«

Darauf gab Bäret keine Antwort. Sie sah nur den Alten am Tisch an und schwieg. Hillevi gelang es immerhin, so viel aus ihr herauszuholen, daß sie das Wichtigste aufschreiben konnte.

Das Mädchen Serine Halvdansdatter, Skuruvatn, Jolet, Norwegen. 13 Jahre alt. Hält sich seit einem Jahr bei ihrem Verwandten Erik Eriksson in Lubben als Hilfe in seinem Haushalt auf. Tag der ersten Regelblutung unbekannt. Tag der letzten Regelblutung desgleichen. Die Auskunftgeberin, eine Tante mütterlicherseits, nimmt an, daß die Kindsbewegungen Ende November eingetreten sein können. Ausgetragen nach normaler Schwangerschaft ohne Blutungen. Die Wehentätigkeit begann vermutlich am 28. März. Ich traf am 2. April um 8 Uhr abends ein. Da war das Mädchen äußerst erschöpft und die Wehentätigkeit schwach, aber regelmäßig mit ca. 10 Min. Abstand. Temperatur 37,4. Puls 88. Bauchumfang 88 cm. Rachitisches Becken, vermutlich infolge der englischen Krankheit in früherer Kindheit. Kindliche Herztöne gut, 35 in $^1/_4$ Min. Kopflage, sitzt im Becken fest.

Sie saß auf einem Stuhl am Bett und hatte einen Hocker neben sich. Sie hatte Bäret gebeten, die Lampe darauf zu stellen. So konnte sie die ganze Zeit über Serines Gesicht sehen. In der Stube und in der Kammer nebenan suchten die Kinder und halbwüchsigen Söhne ihre Schlafplätze auf. Bäret hatte Milchsuppe gekocht und versuchte das Mädchen zu füttern, das aber nichts annahm. Sie hatte auch Hillevi einen Teller gegeben, stand neben ihr und wartete, während sie aß. Diesen Teller sollten auch noch andere haben. Von dem Dünnbrot aß Hillevi nichts, denn sie fand, daß es knisterte und krümelte. In unmittelbarer Nähe des Bettes sollte es unter allen Umständen still und sauber sein. Sie machte den Versuch, dem Mädchen vorsichtig einen Löffel Milchsuppe einzuflößen, und wünschte, einen Schimmer ihres Blickes sehen zu können. Aber Serine hielt die Augen beharrlich geschlossen. Das einzige, was Hillevi tun konnte, war, ihr Wangen, Stirn und Hals, die mit feinem Schweiß bedeckt waren, abzutupfen. Sie wartete darauf, daß eine Wendung eintreten würde. Bäret brachte Thielemanns Tropfen und Essig, doch Hillevi lehnte ab. Die Wehen waren jetzt so schwach, daß man schon meinen konnte, sie hätten aufgehört.

Ein Mann und zwei Kinder krochen in das obere Bett des Schranks hinauf. Hillevi wandte den Blick ab, als die Männerbeine in dicken grauen Wollunterhosen hinaufkletterten und an ihr vorüberschwebten. Eines der Kinder, ein kleiner Junge, der nicht älter als vier, fünf Jahre sein konnte, guckte aus dem Bett heraus und starrte Hillevi lange ins Gesicht. Er versuchte nicht, einen Blick auf das Mädchen dort unten zu werfen. Er schien ganz von Hillevis Gesicht und Kleidung in Anspruch genommen zu sein.

»Schlaf jetzt«, sagte sie.

Sein Kopf verschwand jedoch erst, als der Vater ihn ins Bett zog. Auf den Pritschen und Ausziehsofas raschelte das Stroh. Sie hörte ein Kind leise weinen. Die Erwachsenen, die in die Stube gekommen waren, hatten den ganzen Abend über kaum einen Ton gesagt, und die Stimmen der Kinder klangen wie abgehacktes Vogelgepieps. Meistens schwiegen sie jedoch. Bäret war noch immer auf den Beinen, und Hillevi fragte sie, wem die Kleinkinder gehörten.

»Ville.«

»Und die Frau?«

»Hat ausgekeuchet.«

»Meinen Sie, daß sie tot ist?« fragte Hillevi.

Bäret nickte.

»So sagen Sie das doch. Es ist unwürdig, es so auszudrücken.«

Bäret starrte sie an.

»Woran ist sie gestorben?«

»Das Brustleiden ist's gewesen.«

Da drinnen lag das Mädchen auf dem Rücken. Das obere Bett warf einen dunklen Schatten auf sie. Ihr Gesicht wirkte hohl durch diesen Schatten, und ihre Haut sah aus wie graues Papier. Serine war reglos und dürr. Hillevi griff nach ihrem zerbrechlichen und kantigen Handgelenk. Der Puls war da, er schien jetzt schneller zu gehen. Sie schielte auf die Uhr. Fast neunzig. Das Mädchen wirkte dösig und klagte nicht mehr.

Hillevi schlief hin und wieder, und wenn sie aufwachte, tat ihr vom Stillsitzen der Körper weh. Sie mußte auf den Eimer gehen, den zu bringen Bäret so aufmerksam war. Sie schien ihre Lage geahnt zu haben. Am liebsten wäre sie hinausgegangen, doch es machte den Eindruck, als ob die Leute jetzt schliefen, also hockte sie sich in der dunklen Ecke an der Stirnseite des Schrankbetts hin. Danach versuchte sie umherzugehen, um die Steifheit loszuwerden. Sie stieß jedoch an Strohmatratzen und schlafende Körper und setzte sich bald wieder. Die Wärme hielt sich, weil Bäret ziemlich regelmäßig im Herd nachlegte. Hillevi fragte sich, ob sie ihn in diesen Frühlingsnächten sonst ausgehen ließen.

Ein heftiges Verlangen nach Kachelofenwärme überkam sie und nach dem Licht von vielen Lampen. Sie dachte an heiße Schokolade und an Stimmen, die offen und sicher sprachen. An Leute, die sich danach erkundigten, wie es um die Patientin stehe, und Antwort gaben, wenn sie angesprochen wurden, und die zwanglos sprachen, auch wenn sie die Stimmen gesenkt und das Klappern mit Geschirr und Gefäßen zu dämpfen versucht hatten. Sie wollte an weiches Lampenlicht und freundliche Stimmen denken.

Doch im Halbschlaf hörte sie Onkel Carls Stimme, seinen Schrei.

Dort im Dunkel der Stube waren Kinder. Sie fragte sich, ob sie schliefen. Hatten sie die Finger ineinander verschränkt? Es säuselte leicht hinter ihr, es raschelte und schnurfelte. Ansonsten herrschte in Lubben ein kompaktes und finsteres Schweigen.

Hillevi hatte keine Ahnung, weshalb dieses Schweigen so streng war. Angst lag darin. Selbst die robuste Bäret senkte die Stimme beim Sprechen. Fürchteten sie sich vor dem Tod, davor, daß er das Mädchen holen werde? Oder war es Gewohnheit?

Sie hatten vielleicht immer Angst, hier drinnen zu reden. Hillevi hatte das Gefühl, daß der Lubbenalte unnötiges Gerede nicht mochte. Bäret war eine aufrechte Frau, die ohne zu zögern für das Mädchen, die Tochter ihrer Schwester, tat, was sie konnte. Doch sie vermied es, ohne Not den Mund aufzumachen, und wenn sie ihn aufmachen mußte, warf sie einen Blick zum Tisch, wo der Alte saß. Kurz vor Mitternacht war er auf eine Runde draußen gewesen, aber wiedergekommen. Jetzt lag er. Wo, wußte Hillevi nicht genau.

Sie mußte wieder eingeschlafen sein und wachte unvermittelt in Angst auf. Die Lampe war ausgegangen. Sie weckte Bäret, die, den Kopf auf den Armen, am Küchentisch saß und schlief, und bat sie, eine Kerze zu suchen, damit sie die Lampe auffüllen konnten. Als es hell wurde, sah sie, daß sich in dem unbeweglichen Gesicht eine Änderung vollzogen hatte. Der Atem des Mädchens ging schwerer, und bei jeder Wehe klagte sie schwach.

Als Hillevi sich zurücklehnte, sah sie das Gesicht des Jungen wieder. Auch jetzt versuchte er nicht, über den Rand auf das Mädchen zu gucken. Er starrte Hillevi an.

»Du sollst jetzt schlafen«, sagte sie. »Alle schlafen. Auch Serine.«

Aber das stimmte nicht, und er hörte es wahrscheinlich, so klein wie er war.

Sie streckte die Hand nach dem Handgelenk des Mädchens aus. Der Puls betrug fünfundneunzig. Als sie die Felldecke hob, um die kindlichen Herztöne abzuhorchen, sah sie, daß der Unterrock durchnäßt war und der Matratzenbezug dunkel. Die Häute waren geplatzt, und das Wasser war endlich abgegangen, ohne daß das Mädchen etwas gesagt hatte. Das Fruchtwasser war verfärbt.

Hillevi wusch sich erneut, um noch einmal eine Untersuchung vorzunehmen. Das Mädchen wirkte jedoch unerreichbar, deswegen rief sie, während sie ihr beide Wangen tätschelte, nahe an ihrem Ohr:

»Serine! Hört sie mich? Serine…«

Serine öffnete die Augen nicht. Ihre Lippen waren ausgetrocknet, und Hillevi bat Bäret, ein bißchen Wasser zu bringen. Sie nahm die Kognakflasche aus dem Rucksack und setzte dem Wasser ein paar Tropfen zu. Zuerst träufelte sie Nerventropfen auf ein Stück Zucker, und die trockenen Lippen nahmen es tatsächlich entgegen. Als ihr jedoch zu trinken angeboten wurde, merkte Hillevi, daß dem Mädchen schlecht war. Sie war kalt und feucht und bewegte unruhig den Kopf hin und her. Ihre Zöpfe lösten sich allmählich auf, und die Haarsträhnen auf dem Kissen waren schweißnaß. Hillevi tupfte ihr mit einem Handtuch, das sie Bäret in frischem Wasser auswinden ließ, das Gesicht ab.

Die kindlichen Herztöne waren nach wie vor regelmäßig, und der Muttermund war jetzt zwei Finger breit geöffnet. Das wollte sie schon aufschreiben, und auch, daß die kleine Fontanelle vorne links zu spüren sei und die Pfeilnaht schräg nach rechts verlief, als sich der Körper des Mädchens in einer sehr heftigen Preßwehe zusammenzog. Es geschah aber nichts daraufhin. Der Kopf des Kindes lag unverändert.

Dann kam eine Preßwehe nach der anderen, aber ohne irgend etwas zu bewirken. Das Mädchen wurde zwischen den Anstrengungen immer unruhiger. Sie gähnte und bekam kalte Schweißausbrüche, und schließlich sprach sie leise. Hillevi verstand sie nicht und mußte Bäret rufen, die am Herd stand und Milch für sie wärmte.

»Was sagt sie?«

Bäret beugte sich vor, und sie flüsterten miteinander.

»Schwarz wird's vor den Augen.«

Sie sagte noch mehr, etwas über die Hände. Doch obwohl Hillevi die Worte nicht verstand, begriff sie, daß dem Mädchen die Hände einschliefen. Ihre Atmung war kürzer und schneller geworden. Jetzt kam eine neue Preßwehe, und dabei öffnete Serine die Augen und riß starr den Mund auf, aber sie gab keinen Ton von sich. Hillevi vernahm eine Stimme; diese sagte Worte, die sie wiedererkannte. Obwohl die Stimme in ihrem Inneren sprach, war sie so deutlich, als hätte jemand in der Stube die Worte ausgesprochen:

Sie entschwindet uns.

Sie hatte jetzt große Angst. Bei der nächsten Wehe begann das Mädchen leise zu klagen, doch das Kind kam nicht weiter als beim vorigen Mal. Hillevi wußte, was eine alte Hebamme getan hätte. Und im Krankenhaus wäre der Arzt hinzugezogen worden. Denn nun ging es darum, daß die Zange angelegt werden mußte. Sie hatte jedoch nur weiche Knie, war wie betäubt und meinte eine solche Entscheidung unmöglich allein treffen zu können.

Bei der nächsten Wehe, die den Körper des Mädchens heimsuchte, ging die Betäubung vorüber. Hillevi wußte nun, daß sie es tun mußte, und sie stärkte sich an ihrer eigenen Stimme, als sie Bäret zurief, dafür zu sorgen, daß das Wasser im Topf wieder aufkoche, damit sie die Zange sterilisieren könne. Währenddessen richteten sie ein Kurzbett und brachten das Mädchen dort hinein. Hillevi war sich nicht sicher, daß Serine ihre Sprache verstand, deshalb bat sie Bäret, ihr zu sagen, was sie zu tun gedenke.

»Sagen Sie, daß es bald vorbei sein wird«, sagte sie.

Während das Wasser um die Zange kochte, Hillevi dem Mädchen das Gesicht abtupfte und es während der Wehen festhielt, betete sie zu Gott, daß alles gutgehen möge.

Der fünfte Tag. Schau auf dieses arme Kind. Laß alles gutgehen. Gib mir Kraft. Und Geschick, mein Gott. Hilf mir, Gott. Ich bin sündig, ich weiß. Sie vielleicht auch. Oder irgend jemand hier. Im Dunkeln. Aber laß es das Mädchen nicht büßen, laß sie leben. Laß es gutgehen, guter Gott.

Sie betete, ohne etwas über die Lippen kommen zu lassen, denn sie durfte ihre Angst nicht zeigen. Sie mußte so klingen und sein wie Fräulein Viola Liljeström. Aber sie konnte es nicht.

Die Zangenlöffel ließen sich leicht einführen, doch es war unmöglich, die Zange zu schließen. Daß die Pfeilnaht schräg verlief, erschwerte die Sache noch. Hillevi war das vorher schon klar gewesen, doch hatte sie geglaubt, die Gebete würden helfen. Daß sich etwas von der Stelle bewegen würde. Mit der ungeschlossenen Zange konnte sie ja nicht ziehen, und sie war schier am Verzweifeln und dachte, nichts anderes tun zu können, als das Mädchen wieder ins Bett zurückzubringen. Aber dann erinnerte sie sich, daß man die Griffe senken mußte. Sie versuchte es, aber nichts tat sich. Sie senkte sie kräftig, und trotzdem schloß sich die Zange nicht.

Mein Gott, ich bitte Dich aus tiefstem Herzen, sprach sie in ihrem Innern, und dann holte sie so ruhig wie möglich Luft und begann die Zangenlöffel herauszuziehen. Bäret stand schräg hinter ihr, wie ein großer Schatten. Hillevi sah jedoch nicht auf, sondern zog weiter, da sie versuchen wollte, das Kind über den Schläfen zu fassen und die Zange schräg in das Becken zu bekommen.

Ich bitte Dich, mein Gott. Laß diesen kleinen Körper nicht zugrunde gehen. Laß es das Mädchen nicht büßen. Ich bitte Dich: Laß meine Ungeschicktheit ihr keine Schmerzen zufügen, mein Gott. Laß sie nicht sterben. Gott.

Dann merkte sie, wie eine Preßwehe durch den kleinen Leib ging, und endlich schloß sich die Zange. Jetzt saß sie. Und Hillevi zog behutsam, aber bestimmt, während sie in ihrem Innern unablässig wiederholte: Mein Gott, ich bitte Dich aus tiefstem Herzen.

Und das Kind kam.

Ich weiß nicht, wie es zuging, als ich selbst geboren wurde, nur, daß es unter dem Fjäll geschah, das Giela heißt.

Wie alle anderen Frauen mußte ich erst erwachsen werden, um die Qualen des Gebärens zu verstehen. Erst als ich selbst Bewegungen wie von einem unruhigen Vogel in mir spürte, überwand ich mich zu fragen, wie es sich tatsächlich verhalte. Eine alte Frau war es, die mir erzählte, sie sei hochschwanger gewesen, als sie sich mit den Renen auf dem Zugweg befunden habe. Sie sei mit ihrem Teil der Herde hinter den anderen zurückgeblieben, und schließlich hätten die Wehen eingesetzt, und sie habe dort draußen allein geboren, während die Herde weidete. Dann habe sie sich das Kind unter den Kittel stecken und die Rene weitertreiben müssen, bis sie zu den Koten gekommen sei, die die Männer gerade errichtet hätten. Das Wetter sei schlecht gewesen, und es habe kaum Brennholz gegeben, sie habe viel geblutet, bis sie sich endlich mit dem Kind habe hinlegen können.

Da stellte ich mir vor, daß auch meine Mutter, die Ingir Kari geheißen haben soll, Kälte und Einsamkeit hatte ertragen müssen, als sie gebar. Womöglich hatte sie auch weiterwandern müssen, weil es gar keine andere Möglichkeit gab, als zu den Koten zu gehen. Als ich Hillevi fragte, sagte sie, Mickel Larssons Tochter (sie nannte ihn niemals Fleischmichel) habe im Herbst- und Frühjahrsquartier oben im Birkenwald unterhalb Gielas geboren. Das war jedoch etwas, worüber sie nicht gern sprechen wollte.

Andere und jüngere Frauen beruhigten mich, als ich unruhig umherlief, und sagten, ein solches Elend, wie die alte Elle es erzählt habe, sei früher wahrlich nicht gewesen. Jedenfalls sei es nicht oft vorgekommen, daß frisch entbundene Frauen sich derart durch Kälte und Schneeregen hätten begeben müssen. Nein, die Gebärende habe Heu unter sich, und es lägen Felle und Häute auf den federnden Birkenreisern und warme Pelze im Bett, das jeden Tag frisch gemacht werde. Dessen könne ich mir gewiß sein. Und das Kind werde in Leinen und in das weiche Fell neugeborener Kälber gelegt, es werde Wasser warm gemacht und das Kind gewaschen. Ja, dreimal am Tag werde das Kind in den ersten drei Tagen gewaschen, und dann zweimal und nach einer Woche einmal. So machten es die Frauen, die gute Mütter seien.

Hillevi hatte dagegen gesagt, sie wüschen ihre Kinder nie, jedenfalls nicht, wenn sie einmal zwei, drei Jahre alt seien.

Wem sollte ich glauben?

Mein Großvater behauptete, die Hebamme habe ein Rohr, das sie auf dem Bauch aufsetze, und mit diesem Rohr sauge sie den Leuten das Leben aus.

Ich bekam Angst, als ich schwer wurde, und wünschte mich nur noch hinunter nach Svartvattnet, damit Hillevi es wäre, die mich entbände, wenn meine Zeit käme. In den letzten Wochen war ich überspannt und glaubte, daß alle möglichen schlimmen Dinge passieren könnten. Aber derlei passiere selten, sagten die anderen Frauen, ja, so selten, daß es fast nicht der Rede wert sei.

Viel später erzählte ich Hillevi, was die alte Elle gesagt hatte. Wie sie allein draußen im Schnee geboren habe. Wie sie geblutet habe.

»Die sind nicht ganz so wie wir«, sagte Hillevi damals. »Sie empfinden nicht auf die gleiche Weise.«

Und ich fragte: »Wir? Wer ist wir?«

Das waren auch Worte der Tante:

»Diese Menschen empfinden nicht so wie wir.«

Die Tante hatte das so leise und ernsthaft gesagt. Jedesmal, wenn Sara oder Hillevi sich in andere Gefilde begeben hatten, hatte sie das wiederholt. Sie sahen manchmal, wie es armen Menschen erging. Kindern. Auch Tieren. Die Tante klang jedoch so sicher, so stoisch überzeugt. Allerdings hatte sie es nie erklärt. Das schien schlicht nicht nötig zu sein.

»Die sind nicht wie wir«, sagte sie.

Einmal sagte sie:

»Die sind verroht. Das kannst du ihren Gesichtern ansehen.«

Hillevi hatte jedoch eine unschöne Erinnerung. Sie hatte ihren Onkel Carl schreien hören. Im Bett lag der Körper der Tante. Die Flamme der Lampe brannte unter dem Schirm mit den rosa Blumen. Sie brannte so alltäglich, und das, obwohl in der Stimme des Onkels der blanke Schrecken lag.

»Sie entschwindet uns!« brüllte er.

Sie konnte kaum glauben, daß er es war. Verzweiflung, Angst und womöglich Zorn waren aus ihm herausgebrochen und hatten seine Stimme zerfetzt und vergröbert. Sie wußten nicht, ob die Tante tot war oder ob sie lebte, als sie den Schrei vernahmen. Hillevi hatte Saras eiskalte Hand ergriffen, und sie hatten ihre Finger ineinander verschränkt.

Sie saßen auf der Bank in der Diele und zitterten beide vor Kälte. Obwohl es gar nicht so fürchterlich kalt gewesen sein konnte. Eine Frühlingsnacht, in der Regen auf die Dächer niederging. Sie hatten geschlafen und nicht gemerkt, was vor sich ging. Hillevi war aufgewacht, weil sie auf den Topf mußte. Da hörte sie die Schritte und die gedämpften Stimmen. Sie weckte Sara, und sie kamen gerade in die Diele, als die Jungfer, Anna hieß sie, die Treppe hinunterrannte. In der Garderobe klapperten die Kleiderbügel, als sie sich anzog. Sie mußte den Mantel der Tante genommen haben, denn ihr eigener hing im Küchenflur. Daß sie sich das traute! Aber es eilte so sehr. Und schon schlug die Eingangstür hinter ihr zu. Mitten in der Nacht.

Die Schlafzimmertür stand offen. Tante Eugénie klagte, und sie sahen ihre Arme in dem schwachen Licht der Lampe auf der Kommode. Weiß waren sie. Sie glichen Hälsen von großen Vögeln. Ihre Schatten bewegten sich auf der Tapete. Es war so unwirklich. Sara weinte leise. Sie war etwas jünger als Hillevi und suchte oft Zuflucht bei ihr. Tobias war erst geboren worden, nachdem Hillevi schon mehr als ein Jahr bei Tante und Onkel war. Sara kam ein gutes Jahr später. Da war Tante Eugénie einunddreißig Jahre alt. Und jetzt mit über Vierzig war es noch einmal passiert. Diesmal war es ihr wohl peinlich gewesen.

Darüber hatten die Mädchen freilich nicht viel nachgedacht. Hillevi war vierzehn und Sara knapp zwölf. Sie wußten rein gar nichts über dieses Geheimnis. Sie wußten nicht einmal, daß Tante Eugénie in dieser Nacht, als sie zu klagen begann und die Arme über den Kopf streckte, im siebten Monat war. Sie schlug mehrmals mit dem Kopf an das Kopfteil des Bettes. Und Sara weinte immer ärger, zitterte. Hillevi mußte sie wieder in ihr Zimmer zerren, ins Bett legen und versuchen, die Decke so um sie zu stopfen, daß sie die Geräusche nicht hörte. Sie wollte in die Küche hinunterrennen und nachsehen, ob der AGA-Herd die Wärme gehalten hatte und es möglich sei, ihr Milch warm zu machen. Als sie jedoch an der offenen Schlafzimmertür vorbeilief, hörte sie den Onkel diese schrecklichen Worte schreien. Dann kam er heraus und rief nach Anna, der Jungfer.

»Wo ist sie? Wo, zum Teufel, ist die Frau?« schrie er, obwohl er selbst sie nach dem Doktor geschickt haben mußte. Womöglich hatte er es vergessen, denn jetzt lief auch er hinaus. Sie hörte die Eingangstür schlagen, und sie glaubte, daß er nicht einmal seinen Überrock angezogen hatte. Ihr blieb nun nichts anderes übrig, als zur Tante hineinzugehen, die allein lag. Sie war jetzt ruhiger, klammerte sich aber an Hillevis Arm fest, und es tat weh, wenn sie zudrückte. Hin und wieder kniff sie. Die Laute, die aus ihr drangen, hatten nichts mit Tante Eugénie zu tun. Sie waren ebenso fremd und roh wie Onkel Carls Schrei. Sie gehörten nicht mit den Tageslichtwesen von Onkel und Tante zusammen. Auf einem Stuhl lag das graulila Kleid der Tante mit den grauen Posamenten. Es war ein verlassener Hafen, dem ihre Beherrschung und ihre Feinheit entfleucht waren, ebenso wie die Väterlichkeit und Vornehmheit des Onkels mit den schlenkernden Hosenträgern davongeflattert waren. Sie hatten sich wie in einem bösen Traum verwandelt: die Tante in ein kneifendes und jammerndes weibliches Wesen, der Onkel in einen Kerl ohne Kragen, mit Hosen, die mit Müh und Not oben blieben, und einer rauhen Stimme, die schrie: *Sie entschwindet uns!* ohne daß er wußte, wem er das zurief. Er schien nicht einmal daran zu denken, daß sie noch Kinder waren, Tobias, der nach wie vor in seinem Zimmer schlief, und Sara, die unter ihrer Decke weinte.

Und dann wollte die Tante prompt aus dem Bett. Sie packte Hillevi, erhob sich, lehnte sich schwer an sie und atmete heftig und tief. Hillevi merkte, daß es die falsche Art war, Luft zu holen; es kostete Kräfte, es erschöpfte. Sie tätschelte ihr den Rücken und nahm Blutgeruch wahr, der sich mit dem der Tante eigenen Duft vermischte, welcher in Spuren von Gewöhnlichkeit und Alltag, von Feinheit und Nelkenseife die Verwandlung überlebt hatte. Gleichwohl roch es nach Blut, das Nachthemd der Tante war befleckt, und hinterher hatte Hillevi dunkel gewordenes Blut vorn auf ihrem Nachthemd. Dann erfolgte eine Bewegung, ein Krampf, der sie beide zu durchzucken schien, und Hillevi konnte spüren, wie unwillkürlich der war und welche Macht er über den armen Körper der Tante mit dem schwachen Rücken besaß. Er kam wieder und wieder, und die Nägel der Tante gruben sich dabei in Hillevis Arme.

Sie standen immer noch so da, als der große Fötus kam; Hillevi begriff das freilich nicht. Sie hielt die Tante aufrecht, nahm den Geruch ihrer Haare wahr und atmete mit ihr, schwer und keuchend. Dann erschlaffte der Körper, und sie konnte sie hinlegen; da sah sie, wie ruiniert das Nachthemd und das Laken waren. Hillevis Gedanke war, daß sie versuchen müsse, das blutbefleckte Leinen und das Madapolamhemd zu wechseln, damit Sara es nicht sähe, falls sie hereinkäme. Zuerst mußte sie aber der Tante das Gesicht abwischen, denn es war voller Schweiß, und da flüsterte diese, sie wolle Wasser haben. Hillevi konnte sich jedoch nicht aus dem Griff ihrer Hände lösen. Die Tante klammerte sich fest wie ein Kind. Und da, mitten in ihrer Machtlosigkeit, hörte Hillevi eine völlig ruhige Frauenstimme sagen:

»Guten Tag, Frau Hegger, wie geht es Ihnen denn?«

Und dann, ohne eine Antwort abzuwarten:

»Nun wollen wir mal sehen. Liebes Kind. Ein tüchtiges Mädchen haben Sie da, Frau Hegger. Meine Kleine, lös nun den Griff... ja, so, Frau Hegger... ich bin doch jetzt da, Sie können das Mädchen jetzt loslassen. Es wird alles gut, jetzt werden wir hier mal ein wenig Ordnung schaffen ...«

Alles, was sie danach taten, die Jungfer und Hillevi, geschah, während die helle Stimme immer weiterredete und beschrieb, was gerade getan wurde, und sagte, sie glaube, daß sich alles zum Besten wende. Selbst als sie das Unbeschreibliche vom Bettvorleger aufhob und es (schnell und geschickt, wie Hillevi mit einem Würgen fand) in ein Handtuch einschlug, redete sie leise. Hillevi wurde nicht ohnmächtig, und sie rannte auch nicht hinaus. Jungfer Anna wurde damit beauftragt, den Herd einzuheizen und einen Topf Wasser aufzusetzen. Hillevi holte Nerventropfen aus der Kommode, doch das Fräulein hatte selbst welche dabei und verabreichte sie auf Zuckerkrümeln. Onkel Carl war nicht zu sehen. Das Fräulein sagte, er sei bei den Kindern.

Denn das war Fräulein Viola Liljeström. Sie hatte ihre Hebammenbrosche zwischen den gestärkten weißen Kragenecken und trug ein rot und weiß gestreiftes Waschkleid über ihrem Wollkleid sowie eine große weiße Schürze, die sie rasch austauschte, nachdem sie der Tante das Laken und das Nachthemd gewechselt hatte. Der verschmutzte Bettvorleger wurde zusammengelegt, darum mußte Anna sich kümmern. Sobald sie das Wasser brachte, erhielt sie den Auftrag, den Kachelofen einzuheizen.

Irgendwann kam auch der Doktor, doch da war schon alles sauber und ruhig, und die Tante schlief. Sie entschwand ihnen nicht, wie Onkel Carl in seiner Panik angenommen hatte. Er war jetzt wieder der alte. Aus dem Herrenzimmer unten roch es nach Zigarre, als er sich mit dem Doktor dort unterhielt. Fräulein Liljeström sagte, die Tante habe Morphintropfen bekommen und werde ruhig schlafen. Sie könnten jetzt ein bißchen lüften, sollten das Zimmer aber warm genug halten. Sie selbst werde sich jetzt zu einer Erstgebärenden begeben, bei der es sich nur schwer anlasse. Sie werde aber am Vormittag wiederkommen, denn es sei ganz in der Nähe. Dann werde sie sich Frau Heggers annehmen, wie sie sagte. Sie bat besonders Hillevi, am Bett sitzen zu bleiben, und es sei wichtig, daß sie hin und wieder nachsehe, ob die Blutungen wirklich aufgehört hatten. Bestehe der leiseste Zweifel oder Grund zur Sorge, könnten sie sie schnell in der Gropgränd 2, im dritten Stock, bei Manders finden. Sie brauchten nur nach ihr zu schicken.

Die Tante erholte sich wieder. Es dauerte nur etwa eine Woche. Aber traurig und grau war sie. Sie bedauerte, daß Hillevi etwas, was einem Mädchen erspart bleiben sollte, habe sehen und hören müssen. Sie sagte dies mit ihrer gewöhnlichen Stimme, ihrer maßvollen und beherrschten. Dann sprachen sie nicht mehr über das, was in jener Aprilnacht geschehen war.

Das Kind, das in Lubben geboren wurde, war ein Mädchen. *An-zeichen von Scheintod. Nach dem Absaugen des Schleims wurde das Kind mit einem Bad belebt. Geburtsgeschwulst am linken wie am rechten Scheitelbein,* schrieb Hillevi in ihr Journalbuch. Als sie die Kleine mit einer Laufgewichtswaage wog, brachte sie es auf 2600 Gramm und beim Messen auf 47 Zentimeter. Die großen Geburtsgeschwülste verfälschten das Meßergebnis des Kopfumfangs.

Sie bekam eine Windel und ein Wickeltuch, das offensichtlich aus einem zusammengelegten Flanellunterrock bestand. Bäret hatte auch einen zerschlissenen Pullover gebracht. Die Nabelbinde hatte Hillevi ihrem eigenen Vorrat entnommen. Nachdem das Mädchen gebadet war, glänzte noch immer ein bißchen Käseschmiere unter dem roten Haarflaum auf ihrer Stirn. Sie atmete ruhig und gleichmäßig.

Serine war erschöpft und schlief. Die Nachgeburt war gut zwanzig Minuten später gekommen und klein, fest und rund gewesen. Es fehlte nichts.

In der Stube war es jetzt hell, und Hillevi konnte sehen, daß sie mit Zeitungspapier tapeziert war. Hier und dort schlugen auf dem Papier schwarze Schimmelflecken aus. Unten war mit Kohle darauf gezeichnet: Pferde mit runden Lenden und abstehenden Schwanzbüscheln.

Sie trat in die Morgenkühle hinaus, und ihr war, als könne sie zum ersten Mal seit Stunden richtig atmen. Auf dem Pfad zum Viehstall lag gegen die Eisglätte Asche gestreut. Sie schlug diesen Weg ein und fand einen Abtritt. Auf der anderen Seite der Wand hörte sie die Schafe blöken und einander stoßen. Irgend jemand gab ihnen wohl Heu.

Sie wollte nach Hause in ihr Zimmer.

Die Männer hatten Kornkaffee getrunken und waren gegangen, als sie wieder hereinkam, alle außer dem Alten. Ein junger Bursch kam nach einer Weile zurück und stand an der Tür, ohne etwas zu sagen. Bäret schien seine Frage zu kennen.

»Vorbei ist's jetzt«, sagte sie. »Aber mißgestalt ward's.«

Da ging er zum Küchentisch, setzte sich und sah zu dem Schrankbett hinüber, wo Serine mit dem Kind neben sich schlief. Er hatte seine Pelzmütze abgenommen und hielt sie mit beiden Händen fest. Hillevi bemerkte, wie er schluckte und schluckte und die Mütze preßte, daß seine Knöchel beinern und weiß wurden.

Da erhob sich der Alte von seinem Platz am Küchentisch, trat an das Schrankbett und betrachtete das Kind. Als er dann an dem Jungen vorbei zur Tür ging, sagte er:

»Eine Mißgeburt ist's. War zu erwarten.«

Der Junge, er war groß und schmächtig, stürmte hinaus. Er stieß sich schier an dem Alten vorbei. Nachdem beide verschwunden waren, sagte Hillevi zu Bäret:

»Das sind nur Geburtsgeschwülste. Das sind die Abdrücke von der Zange, die dann angeschwollen sind. Das gibt sich wieder. Sagen Sie das Serine, wenn sie aufwacht.«

Sie suchte ihr Journalbuch, konnte es aber nicht finden. Bäret stand einfach nur da und sah ihr zu. Schließlich, als Hillevi sie unter Druck setzte, sagte sie, daß Eriksson das Buch nicht möge. Hier werde nichts aufgeschrieben, habe er gesagt.

»Hat er es genommen?«

»Weiß ich nichten«, sagte Bäret. »Bin nichten drinnen gewesen alsfort.«

Auf dem Eis stand Wasser, als Hillevi abfuhr. Die Skier platschten, und der Schneematsch war so naß, daß er nicht festpappte. Ihr Rock war zu lang, sie durfte nicht vergessen, ihn kürzer zu machen. Der Saum wurde schwer und troff.

Es waren noch keine vierundzwanzig Stunden vergangen, seit sie nach Lubben gekommen war. Niemand hatte ihr dafür gedankt, daß sie das Kind lebend geholt hatte. Offenbar hatte niemand sie dort haben wollen. Bäret vielleicht schon. Das war

75

schwer zu sagen. Eigentlich hätte der Alte ihr für die Geburtshilfe eins fünfzig bezahlen müssen. Sie hatte sich aber nicht getraut, das zu erwähnen.

Sie fragte sich, wie es Serine ergehen werde. Würden sie das Mädchen mit dem Kind nach Norwegen zurückschicken? Aber das hätten sie dann schon getan, bevor sie niederkam. Und jetzt? Würde ihr Körper weiterhin mißbraucht werden? Hillevi hatte über der Freude, das gesunde, lebende Kind in Händen zu halten, und der Erleichterung, als das Mädchen endlich zur Ruhe kam, daran nicht mehr gedacht. Sie hatte sie erschöpft einschlafen sehen, um den Mund ein weißes Milchsuppenbärtchen von der Tasse, die Bäret ihr hingehalten hatte.

Hillevi stand in dem dichter werdenden Schneegestöber auf ihre Stöcke gelehnt. Sie mußte Meldung erstatten. Aber bei wem? Und bei wem sollte sie ihren Bericht abliefern?

Es muß einen Landpolizeikommissar geben, dachte sie.

Sie war ohne ihr Buch abgefahren. Der Schlafmangel und die Anspannung hatten sie ausgelaugt; sie schaffte es nicht, energisch aufzutreten. Das wollte sie dann tun, wenn sie wiederkäme, um sich Serines anzunehmen. Als sie jedoch in dem platschenden Taumatsch halb über dem See war, wurde ihr klar, daß sie das Buch nie wieder sehen würde, wenn sie einen ganzen Tag wartete. Der Alte würde es im Küchenherd verbrennen. Noch war es vorhanden, dessen war sie sich sicher. Er wollte es bestimmt zuerst lesen. Sie war überzeugt davon, daß er annahm, ihre Aufzeichnungen hätten etwas mit einer Meldung zu tun.

Sie konnte sehr wohl alles aus dem Gedächtnis niederschreiben, wenn sie in die Pension käme. Auf ihre Stöcke gestützt, ging sie die Entbindung Stunde für Stunde durch. Das Gewicht und die Größe des Kindes hatte sie noch im Kopf. Die Uhrzeit, zu der die Häute geplatzt waren und das Fruchtwasser abgegangen war. Alles. Das war kein Problem. Nur, so ging das nicht!

Nein.

Also kehrte sie um.

Auf dem Rückweg nach Lubben blies ihr der Wind ins Gesicht. Der Schnee, der vom Westen und vom Fjäll gewirbelt kam, leuchtete grau. Hinter dem dichten Wolkennebel verbarg sich eine starke Aprilsonne.

Genau wie beim ersten Mal fingen die Köter zu bellen an, jetzt beide auf einmal. Die Schneewirbel fuhren ihr direkt ins Gesicht, sie mußte sich vom Wind abwenden und sich ihr Tuch in die Stirn ziehen, weil er ihr scharf auf die Augen peitschte.

An der Wuhne, wo sie Wasser holten, erkannte sie undeutlich Gestalten. Eine war über das Loch gebeugt und eine zweite in der Hocke. Dann fegte ihr grau der Schnee ins Blickfeld und benahm ihr die Sicht. Sie senkte den Kopf und strebte weiter. Das Tuch, das sie um die Mütze gebunden hatte, wurde von dem Schlackerschnee durch und durch naß und schwer.

Als sie das nächste Mal die Wuhne ausmachen konnte, war da nur noch eine Verdichtung im Schneetreiben, eine einsame Gestalt. Aufragend. Wie ein Pfosten. Sie fuhr weiter durch die platschende Spur. Es war, als glitte man durch Apfelmus.

Irgend so ein Kauz. Stand da nur. Einfach so. Und ohne Wassereimer. Denn es war ein Mann. Er trug etwas. Und zwar trug er es wie eine Frau auf dem Arm. Er hielt es umfangen, drückte es an sich.

Sie zog sich das Tuch noch ein Stück weiter in die Stirn, um die Augen vor dem dahinfegenden Schnee zu schützen, und arbeitete sich weiter. Als sie erneut durch das dichte Gestöber zu blicken versuchte, stand er noch so da wie vorher.

Als sie sich näherte, kam er auf sie zu. Er reichte ihr seine Bürde. Das ging so schnell, daß sie die Stöcke loslassen und einfach die Hände ausstrecken mußte. Sobald sie das Bündel auf dem Arm hatte, drehte er sich um und ging zum Ufer.

Es war das Kind. Ohne Mütze, ohne Decke um den Körper. Und dort der Mann, der mit großen Schritten durch den Matsch stiefelte. Im übrigen war es gar kein Mann. Es war dieser schmächtige Junge. Sie hatte sein Gesicht unter dem Mützenrand gesehen. Mit einem Ruck riß sie sich das Tuch von Kopf und Schultern und versuchte damit den Kopf des Kindes zu schützen. Der war jedoch bereits naß und eiskalt.

»Halt!« rief sie. »Hilf mir tragen! Ich muß doch die Stöcke aufnehmen.«

Doch er ging zum Ufer, ohne sich noch einmal umzudrehen.

»Warte! Warte auf mich!«

Er war jetzt verschwunden. Sie stand in dichtem, wirbelndem Schnee.

Sie versuchte, die Arme fest um das Kind geschlungen, ohne Stöcke vorwärtszurutschen, verlor aber bald einen Ski. Sie spürte ihre Nasenflügel kalt werden, und ihr Blickfeld verschwamm noch mehr. Ihr Herz schlug schnell und heftig, und sie dachte: Ich darf jetzt nicht ohnmächtig werden. Die Beine wurden ihr schwach, und sie setzte sich in die Nässe; durch den Rindenrucksack auf dem Rücken bekam sie Übergewicht und fiel nach hinten. Sie blieb jedoch nicht liegen. Das Ohnmachtsgefühl war verflogen. Um sich wieder aufsetzen zu können, mußte sie das Kind für einige Augenblicke ablegen.

Im Sitzen hatte sie einen klareren Kopf. Sie nahm das Kind wieder auf und schlug den zerschlissenen Rand des Pullovers zurück, um den Hals zu befühlen. Die Haut war eiskalt und bläulich. Es war kein Puls zu spüren. Die Augen waren fest geschlossen. Der Pullover und das Wickeltuch, das sie selbst aus einem alten Unterrock gefaltet hatte, waren durchnäßt.

Es war zu spät. Da würde keine Wärme mehr helfen.

Trotzdem wäre es unrecht, das Kind in die Nässe zu legen, während sie nach ihren Stöcken und dem verlorenen Ski suchte. Sie tastete ein zweites und ein drittes Mal nach dem Puls, ohne etwas anderes als Kälte und Steifheit zu spüren. Da band sie sich das Mädchen mit Hilfe des Tuches vor die Brust und schlug den Weg zum Dorf ein. Nach Lubben traute sie sich nicht zurückzufahren.

*

Als der Junge, Elis hieß er, vom See heraufkam, zitterte er. Pullover und Körper fühlten sich wie schütteres Zaunholz an. Der Wind ging ungehindert hindurch. Seine Handschuhe waren durchgeweicht, und vorn an der Brust drang ihm die Nässe durch Rock und Pullover bis auf die bloße Haut.

Er traute sich nicht, in die Hütte zu gehen. Statt dessen schlug er den Pfad zum Viehstall ein. Dort verkroch er sich bei den Mutterschafen, doch das Zittern wollte kein Ende nehmen. Ihm war klar, daß ihn etwas anderes als Kälte frieren machte und daß dieses andere ihn zu Tode rütteln konnte.

Durch die Luke sah er, daß es dämmerte, und er wollte nur noch eine kleine Weile bleiben und versuchen, etwas von der Schafswärme abzubekommen. Ein kräftiger Geruch drang aus der Streu. Sie spendete zwar Wärme, aber er hörte nicht auf zu zittern. Auf der anderen Seite hörte er die Ziegen unruhig werden. Sie wußten immer, wann es Zeit war. Er mußte fort, bevor jemand zum Füttern kam. Er wußte nicht, wer kommen würde. Er konnte sich nicht erinnern, wer in diesen Tagen an Serines Statt füttern gegangen war. Sie hatten ihn geschickt, aber nicht jedesmal. Er wußte nicht, wie viele Male, wie viele Tage.

Aber die Wehmutter wärmt das Kindchen auf. Ja, das tut sie jetzt.

Als sie nach Lubben kam, hatte sie aus einem blaugestrichenen Birkenrindenrucksack Instrumente ausgepackt, die schauderhaftesten Sachen hatte sie daraus hervorgeholt. Er fürchtete sich vor ihr. Aber sie war wie zwei Frauen.

Die andere Frau war gut. Sie wärmte das Kind jetzt. Sie belebte den kleinen Körper. Ihre Hände brachten Leben in das Kind. Weich waren sie. Jetzt lebte das Kind auf. Es war weit weg in der Pension. Dort machte sie jetzt Milch warm, zerstieß Zucker. Packte den Zucker in einen Lappen, tunkte ihn in die Milch und gab ihn dem Kind, das diese Süße und Wärme einsog.

Er traute sich nicht, in die Hütte zu gehen. Er wollte Serine etwas sagen. Aber er wußte nicht, was er ihr hätte sagen sollen, wenn er sich hineingetraut hätte.

Da kam der Vater in den Viehstall. Er versorgte zunächst die Ziegen und entdeckte Elis erst, als er an den Verschlag der Schafe trat.

»Kommst her«, sagte er.

Elis rührte sich nicht. Da stieg er mit seinen langen Beinen herüber und packte Elis am Nacken.

»Wo hast sie?«

Eine Deern. Das hatte Elis noch nicht gewußt. Er schwieg und senkte vor dem Schlag den Kopf auf die Brust.

»Redest! Redest schon!« schrie der Vater.

Aber er schwieg. Er dachte: Schlag nur. Nur zu. In der Pension ist's jetzt, das Kindchen. Krieget warme Milch.

Der Vater schlug so wie alle Männer. Richtig arg war es, wenn der Alte böse wurde. Und er wurde böse. Er saß am Tisch, als sie in die Stube kamen. Vilhelm hatte Elis immer noch am Nacken und schubste ihn gegen den Herd. Als ob ihm trotz allem der Gedanke gekommen wäre, daß Elis sich aufwärmen mußte. Dann sagte er, was er dachte.

»Ist im Wasser geblieben.«

Elis widersprach nicht. Er dachte, es sei gut, wenn sie das glaubten. Er verstand so wenig. Er taumelte an den Herd, die Hände der Wärme entgegengestreckt, dachte an die Pension.

Da kam der Schlag auf den Hinterkopf. Er hatte den Alten nicht aufstehen hören. Und er erfuhr nie, wonach dieser gegriffen hatte, womit er zugeschlagen hatte.

Elis lag danach auf dem Ausziehbett. Den Alten sah er nicht mehr. Außer dem Vater waren alle hinausgegangen. Er bekam Wasser, der Vater hielt ihm die Kelle. Am Hinterkopf war er naß. Das Licht war grau, an Abenddämmerung dachte er zuerst. Aber es kam nur vom Schneegestöber. Es war mitten am Tag. Er hörte den Wind, hörte ihn an den Birken zerren und zusammen mit dem Feuer im Schornsteinrohr brüllen. Der Vater behielt ihn fest im Blick, und es entging Elis nicht, wie erleichtert er war, als er sah, daß Elis sich rührte.

»Jetzt kömmet der Landpolizeikommissar«, sagte er. »Kapierst das nichten, oder? Oder runtergefallen, ist sie dir runtergefallen?«

Elis wandte den Kopf ab.

»Antwortest!«

Aber er schwieg, er getraute sich nichts zu sagen.

Von draußen meinte er Axthiebe zu hören. Vielleicht hackte

der Alte Holz. Das tat er immer, wenn ihm die Wut noch im Leib saß, obwohl er zugeschlagen hatte.

Elis setzte sich vorsichtig auf. Die Nässe auf dem Kissenbezug war dunkel. Er befühlte seine Haare und den Hinterkopf, und er bekam Angst. Im Sitzen wurde ihm schlecht. Der Brechreiz kam in Wellen.

Er taumelte hoch und ging zur Tür, weil er die Stube nicht vollkotzen wollte. Aber er schaffte es nicht bis nach draußen. Als er zwischen seine Füße spie, blitzte es in seinem Kopf auf. Er hatte Angst vor weiteren Prügeln. Darum sagte er, wie es war. Wie er im Grunde seines Herzens wußte, daß es war, obwohl er bei den Schafen im Verschlag gelegen und an die Pension und an Wärme und Milch gedacht hatte. *Daß sie es nicht überlebte.*

»Sterben tut sie«, sagte er. »Aber nichten ist sie im Wasser. Die Hebamme, die hat sie mitgenommen.«

Da stellte sich der Vater flugs auf die Füße und fragte, ob das wahr sei. Die Hand schon zur Faust geballt.

»Die hat sie genommen.«

Der Vater griff nach seinen Stiefeln und riß sie an sich. Er fluchte, als er sie nicht gleich anbekam. Dann krachte die Tür hinter ihm zu, und Elis war ganz allein.

Das würde er nicht mehr lange sein. Er dachte: Noch mehr Prügel halte ich nicht aus. Das geht nicht. Er nahm seine Stiefel, das Messer und ein warmes Hemd, so eines, das sie Wollwergenes nannten. Und dann nahm er noch ein Stück Speck, das auf dem Küchentisch lag.

Bevor er ging, öffnete er die Tür zum Bett. Serine schlief. Er wußte sowieso nicht, was er zu ihr sagen sollte, also machte er die Tür wieder zu.

*

Das Schneegestöber ging in strömenden Regen über, während Hillevi zum Dorf fuhr. Sie stakte so fest, wie es in der aufgelösten Spur nur ging, doch immer wieder blieben die Skier in dem nassen Matsch stecken, und die Stiefel rutschten aus den Riemen. Sie war allmählich erschöpft, mußte anhalten, um zu verschnaufen, wobei sie sich mit dem ganzen Körpergewicht in die Stöcke hängte. Die Waldrücken oberhalb des Dorfes standen verschwommen in einem Zwischending aus Wasser und Luft. Sie fand nicht, daß sie sehr weit gekommen war, obwohl sie sich todmüde gefahren hatte.

Da hörte sie hinter sich einen Hund bellen. Sie fuhr so schnell wie möglich weiter. Doch das Hundegebell kam immer näher. Schließlich erblickte sie, als sie sich über die Schulter umsah, das schwarze Tier. Der Hund bellte im Lauf, und es dauerte nicht lange, bis er ihr auf den Fersen war und sie spürte, daß er an ihrem Rock zerrte. Sie versuchte sich mit den Skistöcken zu wehren, aber da wurde er nur noch böser, sprang an ihr hoch und zerrte an ihrem rechten Mantelärmel.

Sie fand zuerst, daß er ganz schauderhaft aussah, denn er hatte große, weiße Augen, wie sie sie noch bei keinem Hund jemals gesehen hatte. Doch dann begriff sie, daß es sich dabei um weiße Flecken im Fell über den Augen handelte. Sie stieß mit dem Stock nach ihm und brachte ihn dazu, davonzutänzeln. Da hörte sie jemanden rufen und Skier hinter sich rauschen und platschen. Der Hund schien sich zu beruhigen und rannte bellend in Halbkreisen um sie herum.

Sie blieb nicht stehen. Senkte den Kopf und stakte weiter. Da holte sie ein Mann ein und schnitt ihr so jäh den Weg ab, daß sie einen harten Stoß erhielt.

Es war der, den Bäret Ville nannte. Er streckte nur die Arme aus. Sie konnte nichts anderes tun als das, was sie tat. Sie hatte Angst vor ihm.

Der Hund mit den weißen Augenflecken folgte ihm, als er sich umdrehte und in Richtung Lubben davonfuhr.

Es war, als sei das Garstige draußen in Lubben jemand anders geschehen. Es glich eher einer Sache, von der sie nur gehört hatte.

Doch trat das eine oder andere an die Oberfläche.

Das Geräusch von Skiern, die durch nassen Schneematsch rauschten. Die Angst.

Der kleine, feste, eiskalte Körper. Den sie hergab.

Es war natürlich geschehen, weil sie nicht die einzige war, die an den Vorgängen beteiligt gewesen war. Der andere würde jedoch nicht das gleiche erzählen. Im übrigen würden sie beide nicht darüber sprechen, nicht einmal miteinander. So viel war ihr klar. Sie würden schweigen, schweigen und nochmals schweigen.

Dieses Schweigen war schlimm. Es war wie das schwarze Wasser unter dem Eis.

Svartvattnet, schwarzes Wasser, war ein scheußlicher Name.

Sie schwieg in der Pension darüber, und sie schwieg auf der Heimfahrt im Schlitten. Der Bauer, der sie kutschierte, war aus Skinnarviken. Er war zum Glück nicht redselig. Hillevi hatte nur einen Gedanken: es Edvard zu erzählen. Er würde wissen, was zu tun wäre. Wie man eine Meldung schriebe und wohin man sie schickte, wenn man so weitab wohnte.

Den ganzen Weg über dachte sie an den Brief, den sie ihm schreiben wollte. Sie wußte nicht, wie sie ihn beginnen sollte. Alles war schon so verschwommen und dunkel. Bärets Geklapper mit dem Wassertopf. Die Kindergesichter. Die Stimme des Alten aus dem Dunkel der Stube.

Die Erinnerungen flossen wie gerinnende Milch: halb aufgelöst bewegten sie sich in einem trüben Sud. Es hatte aber stattgefunden. Ein vor Blut steifer Matratzenbezug und ein stickiger Geruch. Spitzer werdender Atem. Das Klagen. Schließlich der Schlaf.

Das Geräusch von Skiern in matschigem Schnee. Rauher Nebel und starkes Licht und Wasser bis über die Stiefel.

Der kalte Körper des Kindes.

Ich brauche einen Pfarrer, dachte sie. Und Edvard ist Pfarrer.

Wieder zu Hause, saß sie mit dem Briefpapier vor sich am Tisch, doch sobald sie die Feder eingetaucht hatte, wurde ihr klar, daß sie gern ihn selbst vor sich gehabt hätte. Einen Pfarrer, der dasäße und zuhörte. Am besten ein bißchen abgewandt.

Der einzige Pfarrer, der sich in Reichweite befand, lag steif wie ein Mangelholz und hoch aufgebettet auf seinem Sofa. Er war nicht tot und auch nicht lebendig. Und sie wußte einfach nicht, wie sie diesen Brief beginnen sollte. Ihr kam sogar in den Sinn, daß es für sie gefährlich sein könne, diese Sache niederzuschreiben. Ein solcher Gedanke war doch wahnsinnig!

Vielleicht aber auch nicht.

Ein Satz stand auf dem Papier, als sie es zusammenfaltete und zu Bett ging. Merkwürdigerweise schlief sie. Sie war völlig erschöpft.

Hillevi hatte von etwas gehört, was Lappenkrankheit genannt wurde. Das war etwas mit den Nerven, und nicht die Lappen bekamen sie, sondern Zugereiste. Sie wollte niemanden fragen, wie diese Krankheit sich äußere, denn das hatte sie schon gelernt, daß die Stille hier ganz schnell das Maulklappern bekommen konnte. Sie wäre gern beherzt gewesen, wurde jedoch innerlich von etwas aufgefressen, was sehr wohl diese Krankheit sein konnte.

Es geschah gerade vieles, was sie nicht kannte. Wie der erste Tag, an dem das Licht gekommen war. Oder hatte sie vielleicht nur an diesem bestimmten Tag gemerkt, daß dem Licht mehr und mehr hinzugefügt worden war, bis der Himmel schier barst? Dann gab es hier noch ein weiteres Leben zu beziehen. Vorzubereiten. Gardinen abmessen. Tapezieren lassen. Edvard wegen Eßzimmermöbeln schreiben. Konnte man sich so etwas schicken lassen?

Sie hatte an eine Straminarbeit für die Trauschemel gedacht. Edvards Arbeitszimmer mußte doch so eingerichtet werden, daß er diejenigen trauen konnte, die den Ereignissen vorgegriffen hatten. Was auch hier offensichtlich nicht ungewöhnlich war.

An Rosen in Petit point hatte sie gedacht, mal weiß und mal rosa, mal offen und mal geschlossen, auf schwarzem Grund. Und daran, wie man an Schemel und ein passendes Stickmuster käme. In Stockholm gab es ein Spezialgeschäft für kirchliches Gerät. Aber Rosen?

Dann war der Schnee gekommen, zuerst von Westen her ein graues Gestöber, das an der Kiefer vor dem Fenster rüttelte. Es legte sich allmählich und rieselte weniger grob. Doch es war unabweisbar Schnee, Tag für Tag für Tag. Im Jahr zuvor um diese Zeit war sie auf einem Ausflug nach Eklundshof dabeigewesen und hatte Leberblümchen gepflückt.

Das Licht war jetzt groß, es bildete gleichsam eine Glocke um die Welt. Die Stille war am Tag ebenso tief wie in der Nacht. Hin und wieder wurde sie von Hundegebell durchschnitten. Unlustig kläffend klang es in der Nacht. Und am Tag, wenn das Aprillicht seinen höchsten Punkt erreicht hatte, giftiger.

Sie saß wie so oft am Fenster und nähte an dem Hohlsaumtuch. Es war eine ungebleichte Leinwand, die sie aus Uppsala mitgebracht hatte. In der Kommode lagen zwei vollständige Rollen beigefarbener Spitze. Damit wollte sie den Rand säumen. In der Mitte des Tuches hatte sie mit Hohlsaum ein Karomuster angefangen, an dem zu arbeiten sehr wohltuend war. Wenn auf der steilen Bodentreppe dumpfe Schritte plumpsten, wußte sie, daß es Märta Karlsa war. Sie kannte diese Filzlatschenschritte, was gar nicht nötig gewesen wäre. Außer Märta kam nämlich niemand.

»Ein Brief.«

Sie blieb stehen, als ob sie glaubte, Hillevi würde erzählen, wer ihr schreibe. Womöglich hätte sie ihr eine Tasse Kaffee anbieten sollen, doch in Hillevi brannte es jetzt. In den Fingern, in der Brust. Es war der erste Brief, den Edvard schrieb. Sie mußte allein sein. Schlitzte mit dem Zeigefinger das Kuvert auf und bedauerte dann, daß es so häßlich aufgerissen war.

Ihr erster Blick galt dem Ende, weil dort die echten Worte stehen mußten. Solche, die er geflüstert hatte. Aber sie standen nicht da. Rasch sah sie nach, wie der Brief begann. Sie schloß die Augen. Sah dann ein, daß jene Worte nicht dorthinhüpfen würden, nur weil sie sich halb verrückt danach gesehnt hatte. *Mein liebes Mädel!* Ihr stiegen vor Scham Tränen in die Augen, wenn sie an die drei Briefe dachte, die sie selbst geschrieben hatte. *Du mein geliebter Edvard! Edvard, mein heißgeliebter Freund! Mein Liebster!*

Sie konnte jetzt unmöglich weiterlesen. Sie saß da, rührte weder den Brief noch die Handarbeit an und starrte auf die zerrissene Kieferkrone vor dem Fenster. Die Birken, die sich in einem schwarzen Flechtenpelz duckten. Irgendwann begann sie wieder zu nähen. Die ganze Zeit über hörte sie den Vogel. Er saß in der schwarzbehaarten Birke vor der Kirche. Ein ganz eintöniger war das. Ein Vogel der Düsternis, der sich im Brustkorb einnisten wollte. Schnäbel knappten scharf, oben im Wald. Und unaufhörlich und schnell rieselte der Schnee, und das Wetzen des Vogels hatte in ihr Wohnung bezogen.

Dem Licht wurde mehr und mehr hinzugefügt, und ihr künftiges Leben wurde so durchscheinend; es war nur noch eine molkige Vorstellung, wie sie in Hut und Mantel im Pfarrhof aus und ein eilte. Schließlich verschwand diese in den Schneegestöbern und ließ sie in den Lichttrub hinausstarrend zurück.

Noch hatte sie Edvard nicht geschrieben. Auch dem Landpolizeikommissar nicht.

Jetzt saß sie mit Edvards ungelesenem Brief und dem nachlässig aufgerissenen Kuvert auf dem Tisch vor sich da. Der Schnee rieselte herab, und allmählich brach die Dämmerung an. So ein albernes Gehabe, sich nicht zu trauen, den Brief zu lesen. Aber so war das mit ihr in diesen Frühlingstagen. Bald hatte sie vor Liebessehnsucht Herzklopfen, bald kam sie sich alt und verbraucht vor. *Als Dein aufrichtiger Freund möchte ich Dich dazu anhalten, Deinem Gemüthe nicht mehr aufzuerlegen, als es zu tragen vermag.* So viel hatte sie auf der Suche nach den Liebesworten am Ende immerhin gesehen.

Die Angst war vorüber. Es war dunkel geworden, und sie erhob sich und zündete die Lampe an. Diesmal las sie den Brief von vorn.

Uppsala, den 29. März 1916

Mein liebes Mädel!

Danke für Deinen langen Brief. Ich habe mich sehr gefreut. Doch muß ich eine gewisse Unruhe einräumen, nachdem ich ihn gelesen habe. Daß die Lage, in die Du Dich versetzt hast, Belastungen mit sich bringt, kommt nach den Gesprächen, die wir über Deinen, wie ich nach wie vor meine, übereilten Entschluß, Dich

*nach Röbäck zu bewerben, nicht überraschend für mich und viel-
leicht auch nicht für Dich selbst. Das Kirchspiel ist abgelegen
und weitläufig, seine Armut und Entfernungen wirken über-
wältigend auf ein Gemüth wie das Deinige.*

*Ich bin wie gewöhnlich mit Arbeit überhäuft, und meine Vor-
bereitungen auf den Umzug, die auch die Lektüre von Beschrei-
bungen des Kirchspiels und anderen Berichten einschließen,
sind ins Hintertreffen gerathen. Ich rechne deshalb auf Deine
Nachsicht, was das Briefeschreiben betrifft. Wenn ich eintreffe,
ist es ebenfalls nicht gewiß, daß wir so miteinander sprechen
können, wie wir beide es gerne hätten. Es ist unumgänglich für
uns, daran zu denken, daß die Situation heikel ist.*

*Als Dein aufrichtiger Freund möchte ich Dich dazu anhalten,
Deinem Gemüthe nicht mehr aufzuerlegen, als es zu tragen vermag. So gerne wir es auch wollen, vermögen wir in unserer
menschlichen Schwachheit nicht all den Leiden abzuhelfen, die
uns auf unserem Weg begegnen. Es ist unsere Schuldigkeit, sie
Gott anheimzustellen und uns in allem auf Seine Barmherzigkeit zu verlassen.*

Dein getreuer Edvard

Edvard war gelehrt und ordiniert. Sie wußte, daß er es weit
bringen würde, ja, sie war sich dessen ganz und gar sicher. Sowohl der Domprobst des Erzbistums als auch der Erzbischof
selbst behielten ihn fest im Blick. Und mit Verwunderung hatten sie vernommen, daß er sich in den Norden beworben hatte.

Doch das, was draußen in Lubben geschehen war, das würde
er nicht verstehen können. Er würde meinen, sie erzähle es zu
garstig. Doch sie konnte es auf keinen Fall anders erzählen als
so, wie es war. Garstig und schlimm und hoffnungslos.

Sie holte ihren eigenen kaum begonnenen Brief aus der Tisch-
schublade. Als sie die Herdtür öffnete, las sie das Wenige, das sie
zustande gebracht hatte: *Mein liebster Edvard! Es ist etwas Ent-
setzliches geschehen.* Sie warf das Papier hinein, es flammte auf
und bog sich schwarzbraun. Dann zerfiel es in Ascheflocken.

Gottes Barmherzigkeit, Edvard. Gottes Barmherzigkeit.

Ich sitze da und schaue hinauf zu den Häusern am Abhang. Trotz der Hitze ist der Alte draußen. Den Norweger nennen sie ihn. Er tapert durch das kurze Gras. Sein Hosenboden hängt durch. Seine Hand krallt sich an einem Stockgriff fest. Den Hut hat er leicht schräg aufgesetzt. Aus Trotz? Oder einer Art Koketterie.

Er will jemand sein, obwohl er hier gelandet ist.

Ich werde nicht schlau aus ihm. Er geht mit kleinen, kurzen Schritten durchs Gras. Sein Stock zeigt nach vorn, wenn der linke Fuß vorzieht, wird abgesetzt, ruht beim Schritt des rechten Fußes, zeigt nach vorn, wird wieder abgesetzt. Das Gehen ist ein rechtes Unterfangen für den Alten. Aber er bewegt sich durch das Gras des Hofraums, als ob er ein anderes Ziel als den Tod hätte. Nicht eilig. Aber wichtig.

Jetzt geht er auf seinen Hund zu.

Es ist ein Spitz, schwarz und mit zotteligem Fell. Er hat ein paar grauweiße Flecken im Gesicht und auf der Brust. Er kümmert sich nicht groß darum, daß sich der Alte über den in der Sonne brütenden Hof bewegt. Der geht nirgendwohin, denkt der Hund vielleicht. Oder er weiß es. Als der Alte sich aber dem Speicher nähert, spitzt das Tier die Ohren, und sein Schwanzkringel strafft sich. Steifbeinig erhebt es sich aus der Sonnenglut an der Holzwand. Trottet ein Stückchen zur Seite und pinkelt. Es geht zufällig auf den Schnittlauch.

Jetzt hat der Alte den Speicher passiert, und der Hund beobachtet mit klugem, braunem Blick aus vernarbten und geschwollenen Augenfalten, daß er auf dem Weg ins Haus ist. Da läßt er sich wieder seitlich ins Gras fallen. Schlummert ein.

Der Aschenkasten des Herds steht auf der Vortreppe. Die kleinen Vögel baden sich darin, plustern sich und flattern.

Wolken von Asche in der Sonne. Wirbelnde Stäubchen.

Der Alte bewegt sich in seiner Geschichte.

Oder ist er mit seinem Stock und dem wie in Urzeiten keß sitzenden Hut aus ihr herausgetreten? Hat er einen neuen Menschen auf dem Gras hervorgetapert? Einen anderen?

Das würde er wohl gern glauben.

Das Licht der Sommernacht. Der Körper des Mädchens. Daß er das konnte. Daß er doch so viel Zärtlichkeit für das Verletzliche besaß.

Er ist jetzt so alt, daß die rosigen Brustwarzen, die er berührt hat, eingefallen und zusammengeschrumpft sind.

Verwest sind sie.

Er hat das unsichere Licht eingefangen. Vogelschreie gemalt, Schimmer auf der Haut. Blattwerk.

Wenn Hillevi allein bei ihrer Handarbeit saß, mußte sie oft an Fräulein Viola Liljeström denken. An ihr sauberes Waschkleid mit den schmalen roten und weißen Streifen, an die Brosche mit dem Emblem der schwedischen Hebammenschule, an die Schürze und an ihre knubbeligen, sauber geschrubbten Hände mit den kurzgeschnittenen Nägeln. An ihre helle Stimme und das unablässige, ruhig perlende Reden.

Sie überlegte, wie es wohl ausgegangen wäre, wenn Fräulein Viola Liljeström das Mädchen in Lubben entbunden hätte.

Dann dachte sie zum ersten Mal ein wenig despektierlich über die Bewunderte. Wahrscheinlich hätte diese sich gehütet. Vor solchen Orten wie Lubben. Wie Svartvattnet. Diesem hintersten Winkel der Welt.

Hillevi hatte noch zwei Frauen entbunden, eine in Vitvattnet und eine in Röbäck selbst. Die eine war eine siebenundzwanzigjährige Drittgebärende, gesund und stark. Sie brachte, nach dreizehn Stunden Wehen, ohne Komplikationen einen Jungen zur Welt. In dem Haus gab es sauberes Leinen, und der Kupferkessel, in dem Hillevi sterilisierte, stand zwar wie in Lubben im Topfwinkel auf dem Boden, aber die Dielen waren nicht morsch, und um das Bett herum stank es nicht nach Stall und Schimmel. Die andere gebar zum ersten Mal und war neunzehn Jahre alt. Sie wirkte unterernährt, war aber stärker, als Hillevi vermutet hatte. Ihre Wehen hatten um zwei Uhr nachmittags eingesetzt, und am nächsten Vormittag um neun Uhr wurde das Kind geboren. Die Nachgeburt folgte fünfundzwanzig Minuten später, erleichtert nahm Hillevi sie entgegen und sah, daß sie heil war. Sie legte das Kind, ein schmächtiges, kleines Mädchen, der Mutter in den Arm und saß einige Augenblicke

90

still, erfüllt von einer Dankbarkeit, die sie normalerweise an Gott gerichtet hätte.

Sie hätte es durchaus nötig gehabt, mit Edvard in seiner Eigenschaft als Pfarrer über die Gedanken, die sie über Gott und seine besagte Barmherzigkeit hegte, zu sprechen. Erinnerungen brachen in ihre Alltagsüberlegungen und gedankenlosen Unterhaltungen ein. Scharfe, rasch verflogene Erinnerungen.

Was aber sollte sie Edvard darüber sagen? Über Lubben. Über ein Elend, gegen das kein Kraut gewachsen war.

Sie hatte sich umgehört, ganz vorsichtig. Es hieß, der Junge sei abgehauen. Und damit war wohl klar, daß er der Vater war. Was aber hatte er auf dem See unten gemacht?

Sie mußte dem Landpolizeikommissar schreiben. Oder besser noch dem Provinzialstaatsanwalt. Eines Abends legte sie wieder Briefpapier zurecht. Sie hatte sich entschlossen.

Um vier Uhr erwachte sie und war sich bitterlich bewußt, daß Edvard niemals eine Frau heiraten würde, die in einen Prozeß dieses Kalibers verstrickt gewesen wäre.

Das Mädchen Serine war jetzt längst wieder bei ihren Angehörigen in Skuruvatn. Hillevi hoffte, daß sie sowenig wie möglich wußte. Daß sie geschlafen hatte. Daß sie vergessen konnte.

Sie hatte geglaubt, daß auch sie selbst vergessen würde. Auf dem Rückweg nach Röbäck war alles trübe und unwirklich gewesen. So, als wäre das Ganze jemand anders geschehen. Oder überhaupt nicht geschehen.

Aber sie erinnerte sich. An jede Einzelheit.

Die Mädchenzeit war vorüber. Hillevi wurde nicht in Reue und Sehnsucht hin und her geworfen, und ihr kamen keine Einfälle mehr, die sofort in die Tat umgesetzt werden mußten. Sie entdeckte, daß man sich selbst kennenlernt, wenn man ein Geheimnis hat.

Es ergab sich, daß sie recht oft unter einem Vorwand zu Märta Karlsa in die Küche ging, wo ein reges Kommen und Gehen herrschte. Statt sich Bärengeschichten und Lappenlügen anzuhören, hätte sie lieber ein Gewebe aufgezogen, am liebsten eines mit vielen Schäften, bei dem sie ein wenig zu denken hätte. Wenn nur der Webstuhl endlich käme!

Edvard jedoch. Er kam zu Ostern. Es brauste vor Sehnsucht und Sonne und tosendem Schmelzwasser. Er ging auf der Straße, stelzte vorsichtig, um mit seinen Galoschen im Matsch nicht ins Rutschen zu kommen. Und er lüftete einen großen, breitkrempigen schwarzen Hut, den er sich zugelegt hatte. Sie wußte nicht, ob sie lachen oder weinen sollte.

Sie suchte ihn von sich aus in seinem Büro auf. Und er rief:

»Hillevi!«

Die schmalen, feinen Hände zitterten, als er sie ihr entgegenstreckte. Damit sie sie ergreife, dachte sie. Aber es war ein Abwehren. Beinahe flüsternd sagte er:

»Wir können uns nicht so treffen. Das ist völlig ausgeschlossen.«

Man konnte sich aber doch vorstellen, daß die Hebamme eines Kirchspiels das eine oder andere mit dem Pfarrer zu erörtern hatte. Sie sagte das auch, als sie seine Nervosität bemerkte. Sie wollte seine Hände ergreifen und sein Gesicht berühren; sie wollte ihn erkennen, in jeglichem irdischen und biblischen Sinn. Er hatte jedoch solche Angst, daß jemand kommen könnte. Und natürlich kam die Frau Pastor und fragte, ob sie zum Kaffee einladen dürfe, denn das, was Edvard nun Pfarramt nannte, war ihr Salon. Im Arbeitszimmer, wo der Pastor die Kirchenbücher geführt hatte, war alles unverändert. Norfjell lag, wo er lag, und würde erst verlegt werden können, wenn die Wege gangbarer geworden wären.

Karlsbader Hörnchen kamen auf den Tisch. Eichenlaub und Mandelmuscheln. Auch der öländische Mandelkuchen wieder. Edvard sprach nicht viel, und das verleitete Hillevi zu einem fast aufgekratzten Schwatzen. Jedenfalls zu einem hektischen. Sie verfiel darauf, eine Geschichte zu erzählen, die sie in Märtas Küche gehört hatte, die über den Alten und das Lappenmädchen. Es kam daher, daß Edvard wissen wollte, wo die norwegische Grenze verlaufe, und die Frau Pastor beschrieb, wie diese sich auf der anderen Seite des Svartvattnet zwischen den Almen auf Lunäset hinziehe.

»Ach ja, da«, sagte Hillevi. »Da, wo die Lappendeern geraubt worden ist!«

»Wie meinen, Fräulein?« fragte die Frau Pastor.

»Nun, da lebte ein alter Mann, der eine Lappendeern bei sich hatte. Die hatte er geraubt, und er ließ sie nicht heimgehen. Er hatte lange Haare, dieser Alte, und abends ging er her und verflocht seinen Zopf mit den Haaren der Deern. Da konnte er spüren, wenn sie sich im Bett rührte und sich davonzumachen versuchte.«

Edvard senkte den Blick auf seine Hände im Schoß.

»Wie auch immer«, sagte Hillevi, »die Deern schaffte es, ein Messer mit ins Bett zu schmuggeln. Wie der Alte schlief, schnitt sie sich die Haare ab. So konnte sie von da wegkommen. Wie er aufwachte, merkte er, daß sie sich davongemacht hatte. Er jagte sie natürlich. Aber finden, das tat er sie nie. Sie lag unter einer Tanne und hörte ihn vorbeikeuchen.«

Sie saßen völlig still. Hillevi mußte die Geschichte zu Ende bringen und tat es ein wenig überstürzt.

»Sie kam dann zu ihren Leuten zurück. Aber sie wurde nie mehr richtig die alte. Irgendwas war verkehrt mit ihr, innerlich.«

Es war dumm. Aber das begriff sie natürlich erst, als es zu spät war. Wie spreche ich nur? dachte sie. Deern hatte sie gesagt und wie statt als und anderes, was nicht die richtige Sprache war. Sie hoffte, sie verstünden, daß dies zu der Geschichte gehörte.

Die Frau Pastor hatte für die Geschichte immerhin ein Lächeln übrig, allerdings war es ein wenig nach innen gekehrt und nicht besonders freundlich. Edvard wirkte nur unangenehm berührt. Er entschuldigte sich bald und sagte, er habe noch im Büro zu tun. Da erhob sich auch Hillevi.

»Ich habe eine Geburt anzumelden«, sagte sie.

Da war er erleichtert und wurde richtig freundlich.

Als sie die Salontür zugemacht hatte und so dicht vor ihm stand, daß sie seinen Duft wahrnahm, wußte sie, daß sie von der Entbindung erzählen sollte, die sie in Svartvattnet vorgenommen hatte, und davon, wie diese ausgegangen war; alles sollte sie erzählen, genau so, wie es sich zugetragen hatte.

Wenn er ihre Hände ergriffen hätte, wenn er sie in die Arme geschlossen und an sich gedrückt hätte, dann hätte sie es getan.

Er stand jedoch still hinter seinem Schreibtisch. Als sie ging, hatte sie lediglich gesagt, daß auf einem Hof namens Lubben ein Mädchen scheintot geboren worden sei. Sie habe das Kind belebt, letzten Endes sei es nach einer schwierigen Zangengeburt dennoch vor Schwäche gestorben.

Sie sagte nichts über das Alter der Mutter. Es war unwahrscheinlich, daß er es erfahren würde. Das Mädchen war ja Norwegerin, und in seinen Kirchenbüchern stand nichts über sie. Er nahm vermutlich an, daß das Kind in Norwegen begraben worden sei.

Hillevi ging quer über die Straße heim ins Schulhaus, voller Verwunderung über sich selbst, aber ohne Angst. Sie war im Gegenteil schon lange nicht mehr so ruhig gewesen.

Jahreszeiten gibt es acht.

Der Spätwinter heißt Gyjre-daelvie, und er kommt mit dem Licht. Dann blendet der Schnee. Nicht einmal an bedeckten Tagen ist es möglich, dem starken Licht zu entgehen, das alten Leuten Tränen in die Augen treibt. Und an Tagen mit heftigstem Schneegestöber will das Licht trotzdem durch den dichten Wolkennebel brechen. Da essen wir Licht.

Gyjre, der Frühling, kommt Mitte Mai geplätschert und dauert bis Mittsommer. Da zieht das Wasser durch die Erde. Die Flüsse schwellen an, die Bäche werden trübe von all dem, was sie mit sich reißen, wenn sie übervoll durch den Wald rauschen. Eines Tages ist das Eis faulig schwarz. Am nächsten Morgen hat es der Wind aufgerissen, und die Eisbrocken schlagen gegen die Ufersteine und schmelzen in dem kalten Wasser und dem heißen Licht dahin.

Jetzt kommen die Saatgänse. Wildenten und Säger, Schellenten und Seetaucher kreisen über ihren Wassern. In der Almbucht lassen sie sich nieder, in der Skinnarbucht, der Vackerstensbucht und in allen anderen Buchten und Sunden. Die Singschwäne landen und legen sich schwebend aufs Wasser, draußen, direkt an der Strömung, weit weg von Fuchs und Otter, die ihre Baue auf der Landzunge haben. Die weißen Schwanenkörper leuchten. Am ersten Morgen denkst du vielleicht, es seien Eisbrocken, die dort draußen in dem blauschwarzen Wasser schwimmen, aber es sind die Schwäne.

Jetzt kommen Rotschenkel, Bekassinen und Waldschnepfen. Am einen Morgen ist die Lehde voller Rohrammern, am anderen voller Drosseln aller Art. Drosseln mit gefleckter Brust, mit einem Ring um den Hals, mit kräftig gelbem Schnabel, mit schwarzen Beinen und mit gelben. Dann kommen die Buch-

finken und die Leinzeisige, die Bachstelzen und die Gebirgs-
stelzen, und die Luft ist erfüllt von Rufen und Wetzen. Wachol-
derdrosseln rasseln, Bergfinken halten stunden- und tagelang
ihren einzigen Ton.

In südlichen Lagen sprießt das Peterskraut. Es hat seine
Blattrosette schon im Herbst gebunden und gedenkt nun nach
Honig duftend als erstes von allen zu blühen. In der Morgenkühle spielen die Knospen noch ins Violette. Dann kommt die
Sonne, und sie schlagen gleich neben dem rinnenden und seuf-
zenden, mit jeder Stunde weiter zusammensinkenden Schnee
in weiße Trugdolden aus.

Die Rene sind jetzt im Kalbeland, und die Renkühe lecken
ihre Kälber in der Sonne. Die Fjällmoore schwellen an, auf dem
Berg glitzert das Wasser. Zwergbirke und Wollige Weide erheben sich, wenn der Schnee zerrinnt. Das Laub zwängt sich aus
seinen wächsernen Hüllen. Eines Morgens ist die Luft blau, und
die Moorbirken haben faltige Blätter bekommen. Die grünen
Kronen schweben von der Sonne durchschienen, rings um die
Stämme aber liegt der Schnee harschig hart und unberührt.
Wenn man aufmerksam lauscht, kann man hören, wie es tief
unten seufzt und rinnt.

Der Frühsommer ist Gyjre-giesie, und er beginnt mit Gras, das
in kräftigen Büscheln emporschießt. Bald ertönen Lockrufe und
Glockengebimmel, wenn es an der Zeit ist, die Mutterschafe und
die Lämmer, die Ziegen und die Zicklein und die Kühe mit ihren
Kälbern auf den Almweg zu treiben. Die Brachvögel kreisen
über dem Moorsee und warnen mit hohem pfeifendem Trillern
vor Hunden. Zum Strom hinunter müssen sie, die Kühe und die
Geißen und auch die grauzottigen Mutterschafe. Auf unsicheren
Beinen werden sie dann zur Alm übergesetzt, wo sie auf dem
Blumenfell ihre ersten wackeligen Schritte machen werden.

Jetzt stehen in kräftig gelben Sträußen die Trollblumen am
Uferrand. Manche nennen sie Butterrosen und denken an all
die Butter, die dort oben in der Almhütte gekirnt werden wird.
Der Weißkäse wird auf die Borde im Erdkeller gelegt werden
und sich, wenn es gutgeht, zu Gammalkäse entwickeln, und
den ganzen Sommer über wird die Molke im Kochhaus lang-

sam einkochen, während sich die vielen Blütendüfte der Weide im Kessel zu einer süßen, gesättigten und braunen Essenz vereinen, woraus der gute Molkenkäse entstehen wird.

Ja, dann ist es Sommer, dann ist Giesie! Da ißt man Frischkäse mit Sahne. Da erklingen samstags abends Ziehharmonikas, und die jungen Burschen sind rasiert und glatt ums Kinn, so daß es nicht kratzt. Da stehen Heidenelken und Veilchen im Gras und eine Gischt aus Wiesenkerbel.

Tjaktje-giesie, der Spätsommer, wird natürlich mit all seiner Sattheit und seinen klaren Wassern kommen, aber wer denkt schon an ihn? Oder an Tjaktje, den Herbst, wenn so viel zu tun sein wird, und an den Frühwinter und den Winter, daelvie, wenn das Licht schrumpfen und die Kälte zukneifen wird. Bis dahin ist es noch weit.

Wir wissen alle, daß wir in den schwarzen Winter einfahren werden, die achte Jahreszeit. Und nichts ist gewisser als dies, daß es darin enden wird, und nichts vergessener, wenn der Große Brachvogel ruft und die Weiße Waldhyazinthe im Gras der Almweide blüht.

*

Kalte Hinterbacken, erinnerte sich Hillevi, wenn sie an Edvards Besuch dachte. Das war gar nicht gut. In diesem Wirbel aus Sonnenlicht, Grasduft und Sehnsucht: seine kalten Hinterbacken. Und wie er hinterher immer wieder über sich wischte, um die Heureste zu entfernen.

Sie hatte die Führung übernommen. Edvard war so sagenhaft unbeholfen, wenn es darum ging, zusammenzukommen. Hatte natürlich Angst vor Gerede, und das mit vollem Recht. Die Leute ließen sich jedoch überlisten. Deshalb nahm sie die Sache in Angriff.

Seit neuestem begleitete sie Märta zur Alm hinüber. Die Männer hatten, sobald es zu grünen begann, Kühe und Schafe und Ziegen übergesetzt, und nun ruderte Märta jeden Morgen um fünf und jeden Abend um dieselbe Zeit zum Melken hinüber. An manchen Tagen blieb sie und machte Käse. Dann mußte die Molke zu Molkenkäse einkochen.

97

Hillevi sagte zu Edvard, er müsse zu fischen anfangen. Er starrte sie an. Sie hatten sich vor der Kirche getroffen, und er hielt seinen großen Hut im Wind fest. Sie mußte ihm umständlich erklären, wie sie das meinte.

Er solle mit dem Boot des alten Pastors auf den Rössjön hinausfahren. Der gehöre zum Pfarrgut, und Norfjell habe dort immer Netze ausgelegt. Das konnte Edvard natürlich nicht. Doch er könnte eine Angel halten. Und dann unauffällig um die Landzunge herumfahren, das Boot vertäuen und durch den Wald nach Kalsbuan gehen.

»Kalle Karlssons Alm«, verdeutlichte sie. »Märta ist nur morgens und abends dort. Wir hätten den ganzen Tag für uns.«

Er fragte, ob es denn angebracht sei, daß Hillevi sich auf der Alm aufhalte.

»Es ist ein leichtes, hinüberzurudern, wenn jemand etwas von mir will«, erklärte sie.

Er meinte es natürlich anders.

»Ach was«, sagte Hillevi. »Eine Hebamme muß den Leuten gegenüber nicht so förmlich sein.«

Wie dumm, dachte sie hinterher. Er hat natürlich daran gedacht, daß ich Frau Pastor werden soll. Und daran sollte ich auch selbst denken.

Tags darauf war Sonntag, und sie ging in die Kirche. Voller Zärtlichkeit sah sie ihn das Knie beugen, sah seinen Nacken über dem weißen Leinenkragen der Albe. Ihr schwante, daß seine Predigt für die Gemeinde schwer verständlich war, aber trotzdem mächtig wirkte. Seine Stimme war so nackt in den Schnörkeln des Kirchengebets.

Am ersten Tag nach dem Wochenende kam er nicht. Sie fuhr jetzt jeden Morgen mit Märta zur Almhütte und blieb dort, wenn Märta mit ihrer Arbeit fertig war und nach Hause ruderte. Auch am zweiten Tag kam er nicht. Am dritten war das Boot mitten auf dem See zu sehen. Er saß ganz aufrecht mit einer Angel darin. Irgendwann ruderte er zur Bootslände unterhalb der Kirche zurück und ging wieder an Land.

In ihrem Unterleib pulsierte es. Sie dachte an all die armen Mädchen, die dieses pochende Blut in bitteres Unglück ge-

bracht hatte. Ich bin auch nicht besser, dachte sie. Obwohl ich
Frau Pastor werden soll. In dieser Hinsicht sind wohl alle
gleich. Oder zumindest die meisten. Auch wenn man nicht darüber spricht. Daß Edvard so ist, weiß ich. Doch jetzt hat er
Angst.

Sie ging wieder zur Almhütte hinauf, die vom See aus hinter
Schleiern von Ebereschen und Birken verborgen lag.

Am vierten Tag saß sie erneut zwischen den Ufersteinen. Da
ruderte er mit dem Boot auf die Landzunge zu, und sie sah es
dort verschwinden. Sie lief über die Weide zur Almhütte hinauf
und wechselte die Schürze. Sie stellte Märtas Spiegelscherbe ins
Fenster, drehte sich den Zopf zusammen, der ihr über den
Rücken hing, und steckte den Knoten mit Nadeln fest. Vor
Spannung war sie ganz blaß geworden, weshalb sie sich die
Wangen rieb und kniff, damit sie wieder Farbe bekämen.

Er trug einen Filzhut, einen Sportanzug und hohe Stiefel, sah
sie, als er am Waldrand erschien. Unglücklicherweise hatten
ihn die geselligen Ziegen dort entdeckt. Jetzt waren sie um
ihn herum, schubsten ihn und scheuerten an seinem Anzug-
stoff. Sie lockte sie an, indem sie mit Gerstenschrot in einem
Heringseimer rasselte. Die gesamte gefleckte Herde mit ihren
schlenkernden Hängebacken und den krummen Hörnern
kam auf sie zugeholpert. Edvard stand da und wußte nicht, wohin.

Sie mußte mit den Ziegen ziemlich herumtricksen, um ihm
den Weg zur Almhütte frei zu machen. Doch dann stellte sich
heraus, daß er diese unter gar keinen Umständen betreten
wollte. Er fürchtete, daß sie überrascht würden. Und er ließ sich
auch nicht davon überzeugen, daß Märta nie vor fünf Uhr auftauchte. Also machten sie einen Waldspaziergang, wie er sagte.
Daß sie einander trotz seiner Angst, sie könnten von jemandem
ertappt werden, überhaupt nahe kamen, war letztlich das Verdienst der Ziegen. Diese waren so hartnäckig und unmöglich,
daß sie ihn in die Scheune am Rand der Almweide ziehen
mußte.

Ein bißchen Heu lag noch auf dem Boden.

Bei der Landzunge tauchte das Boot auf. Natürlich winkte er nicht. Das wäre auch Wahnsinn gewesen, man konnte es schließlich vom Dorf aus sehen.

Der See schickte sein klares Wasser ans Ufer. Es leckte und rollte über die Steine.

Seufzer, Gemurmel und Glucksen. So, wie das Blut durch den Körper zog. Hitze, die pochend abnahm. Die Steine hatten Sonnenlicht gesammelt und würden es nun bis weit in die Nacht als Wärme halten. Sie pulsierten.

Muß dich haben, Edvard. Daß du das nicht verstehst. Daß du solche Angst hast vor den Leuten, vor den Augen, dem Geflüster, Gerede.

Langsam ging sie durch das dichte Grasfell der Weide zur Hütte und zum Viehstall hinauf. Kreuzblumen und Bachnelkenwurz sah sie und die leuchtenden Flecken der Butterblume. Sie pflückte Vergißmeinnicht und Rote Lichtnelken und Sternmieren und sog den Duft ein, der sowohl säuerlich als auch süß war, und von den Stengeln der Pechnelken bekam sie fleckige Finger. Die Mutterschafe kamen mit ihren Lämmern auf sie zugelaufen.

»Zibbelamm, Zibbelämmchen«, lockte sie, und dann fing sie leise zu weinen an.

Sie fraßen den Strauß auf.

»Auch gut, ihr Lämmchen«, sagte sie. »Auch gut. Auch gut.«

Am Abend wollte sie an etwas anderes denken. Ja, sie mußte sich ablenken. Also sagte sie zu Märta, sie wolle versuchen zu melken, und sie bekam einen Schemel, einen Eimer und einen Euterlappen.

Sie mochte den Geruch bei den Kühen drinnen im halbdunklen Sommerstall. Sie hatte jede einzelne von ihnen kennengelernt. Die Kühe waren klein, weiß und ohne Hörner und an ihren schwarzen Punkten und Flecken leicht auseinanderzuhalten: Stjärnros, Saba, Gullkullan, Vitvacker, Sockersmula, Syssla und Liljan. Hillevi lehnte die Stirn an Sabas warme, gefleckte Seite. Hörte es in ihrem Pansen rumoren. Es raschelte im Gras, wenn die Mäuler suchten, und dem Gras auf dem Futtertisch entstieg ein kräftiger Duft nach Sommer. Als sie die rauhe, weiche Zitze der Kuh preßte, spritzte der Milchstrahl gelb und dick auf den Boden des Eimers.

»Hast vor, einen Bauern zu heiraten«, foppte Märta.

Danach seihten sie die Milch aus den Eimern in die Satten, die auf die Borde im Erdkeller gestellt wurden. Das Entrahmen der Milch hatte sie als ein großes Kunststück betrachtet. Nun wollte sie es versuchen, und wie Märta stützte sie einen randvollen Trog mit einer gelben Rahmschicht obenauf aufs linke Knie und legte die Hand leicht über die rechte Ecke des Trogs. Behutsam ließ sie die Milch in den Sahnebottich fließen, während der Rahm, von der Hand behindert, zurückblieb. Mit dem Zeigefinger über den Rand des Troges streichen, wie Märta es zum Schluß tat, das wollte Hillevi allerdings nicht. Statt Hand und Finger benutzte sie einen Schaumbesen und hoffte, Märta würde es ihr gleichtun.

Völlig ahnungslos von Hygiene war Märta Karlsa indes nicht. Nach dem Kochen der Molke scheuerte sie die Kupfertöpfe mit einem Gras, das sie Zinnkraut nannte, und hörte erst auf, als sie auch den am hartnäckigsten eingebrannten Rest auf dem Topfboden weggescheuert hatte. Tröge und Bottiche wurden nach dem Abspülen innen ganz glatt gerieben, und dann gab sie des guten Geruches wegen Wacholderreiser hinein. Machandel nannte sie die Reiser.

Märta verlangte nicht, daß Hillevi sich mit der gröbsten Arbeit befaßte. Die Schaufel und den Besen nahm sie selbst zur Hand und machte nach dem Melken den Stall sauber. Hillevi ging den Salzhügel hinauf, wohin ihr sowohl die Kühe als auch die Ziegen folgten. Dort oben bekamen sie Salz, damit sie stets gern zurückkehrten. Sie waren jedoch alle sehr leutetraulich, wie Märta das nannte. Als die Ziegen mit ihren spitzen Hörnern und schräg geschnittenen, gleichsam gebrochenen Augen Hillevi alle zum ersten Mal umringt hatten, war ihr angst geworden.

Es gab aber nichts, wovor man sich ängstigen mußte. Die Böcke waren im Wald, damit die Geißen mit ihren Zicklein ihre Ruhe hatten. Es war ein liebevolles Geschubse, ein Kosen, das zwar stark roch, aber ein friedvolles Gefühl vermittelte. Märta hatte gesagt, die Geißen seien nutz und liebhaft, und Hillevi gab ihr nunmehr recht. Die Mutterschafe waren ihr jedoch am liebsten, und ihr fiel ein, daß der Pfarrhof einen Viehstall hatte, mit einer Tenne, die Märta Speicher nannte. Sollte es so unmöglich sein, ein paar Mutterschafe zu halten? So wie früher, als die Pfarrer auch Landwirtschaft betrieben.

Die zottigen und langschwänzigen Schafe, die es hier überall gab und die Dalaschafe genannt wurden, wollte sie freilich nicht. Sie wollte feinwollige Mutterschafe mit krauser, seidenweicher Wolle haben, aus der sich schönes Garn spinnen ließe. Aber woher bekam man solche?

Nach getaner Arbeit tranken sie in der Hütte Kaffee. Märta blickte etwas verwundert drein, denn Hillevi hatte Frischkäse und Sahne auf dem Tisch stehenlassen. Sie hatte die Sachen für Edvard hingestellt. Der setzte jedoch keinen Fuß in die Hütte.

Und vielleicht war das auch gut so, dachte sie, als sie diese mit seinen Augen betrachtete. In den Labmägen, die in den Ritzen der Herdmauer steckten, befanden sich Heringsköpfe und allerlei sonstige Leckereien. Das hätte er natürlich nicht zu erfahren brauchen. Aber sie hätte wahrscheinlich erklären müssen, daß diese Knitterbeutel Kalbsmägen waren, aus denen Lab gewonnen wurde. Dann hätte er den Frischkäse, der, wenn die Milch geronnen war, aus dem Topf genommen wurde, bestimmt nicht probieren wollen. Und wie hätte er in der Hütte alles niedrig und schief und grob gefunden!

An der Wand stand eine Bank, die war so alt, daß das gefurchte Holz schon silberte. In dem matten Abendlicht, das durchs Fenster fiel, zeichneten sich eingeritzte Buchstaben ab. Die seien von Freiern, sagte Märta und lachte. Lange her.

Spät am Abend ruderten sie zurück. Die Sonne wärmte noch. Märta ruderte ohne Dollen, die Ruder lagen lediglich in abgewetzten Aushöhlungen. Es ging jedoch ruhig und sicher dahin, und die abgenutzten Ruderblätter durchschnitten lautlos das Wasser, das wie Glasschmelze aussah. Hillevi dachte an Edvard, wie unbeholfen er gerudert war. Wird es schon noch lernen, dachte sie.

102

Im Grunde ihres Herzens wußte sie jedoch, daß er nicht mehr zur Alm kommen würde.

*

Hier auf dem Stubentisch breiteten Myrten und ich die Fotografien aus. Wir ließen sie von der Sechzigwattbirne bescheinen, und wir setzten unsere Brillen auf, um ganz genau sehen zu können.

Wir erinnerten uns selbst an manches von dem, was wir da sahen. Denn es wurde ja nach und nach auch unsere Zeit. Wir liefen barfuß damals und wußten nicht, daß wir alt werden würden.

Der Fotograf ist nie zu sehen, aber wir erinnerten uns an ihn. Er war aus Byvången und kam mit Kamerakasten und Stativ auf einem Fuhrwerk angefahren. Manchmal kam er auf Bestellung. Er hatte gerahmte Glasplatten, die er in ein Fach des Apparates steckte. Darauf brannte uns das Licht fest, wenn er nach all seinen Vorbereitungen auf seinen Gummiball drückte. Die Häuser kamen aufs Bild, obwohl nicht alle das wollten, denn sie waren grau und schief, und manche hatten verrottete Dachschindeln. Die Hüte, die Hillevi trug, waren darauf und durchaus beabsichtigt, und die Sonntagskleider und die Hemdbrüste und die Hopfenranken um die Pfosten auf der Vortreppe. Die Hunde standen hechelnd da und hatten nicht immer Verstand genug, ihre Schwanzkringel im entscheidenden Augenblick stillzuhalten. War auf dem Bild etwas verschwommen, kassierte es der Fotograf.

Oft aber lagen die Hunde still und starrten in das schwarze Loch, welches die Zeit fraß und verwandelte. Die Kühe kamen mit aufs Bild, und zwar nicht immer nur, weil sie zufällig gerade in einer Einhegung bei der Hütte grasten, wo die Fotografiererei vonstatten ging. Sie wurden eigens aufgesucht und abgelichtet. In einer ganz anderen Zeit, als die hornlosen Kühe ausgestorben und die Lehden, auf denen sie geweidet hatten, wieder zugewachsen waren, gab es noch ein paar alte Leute, die auf jede einzelne zeigen und sie beim Namen nennen konnten. Das Muster aus schwarzen Flecken und Punkten auf der

weißen Kuhhaut hatte sich ein für allemal in ihr Gedächtnis eingebrannt. Pferde wurden ebenfalls fotografiert, was weniger
seltsam war.

Myrtens Vater kannte sich aus mit Pferden. Wir sahen ihn,
klein und geschmeidig, mit weißem Hemd und schwarzen
Tuchhosen bekleidet, Sotsvarten am Zaum halten.

Jetzt habe ich das Bild vom dreizehnten August 1916 vor mir.
Es ist auf einen steifen, hellbraunen Karton geklebt und merkwürdig gut erhalten und deutlich.

Es ist Hillevitag. Sie selbst hat Tag und Jahr auf die Rückseite
geschrieben. Ich nehme mir nicht heraus, zu entscheiden, ob
sie den Fotografen zu ihrem Namenstag bestellt hatte oder ob
Eriksson zufällig vorbeigekommen war. Gebacken hatte sie
jedenfalls, und das Bild wurde aufgenommen, bevor jemand
den Berg von Kleingebäck auf der Neusilberschale mit dem ge-
drehten Fuß angerührt hatte.

Da ist Märta Karlsson in Schwarz mit einem altmodischen
Kragen aus Spitze, der mit einer Brosche auf dem Kleid befestigt ist. Sehr lange kann sie es nicht angehabt haben, weil sie
bestimmt bald zum Melken hinüberrudern mußte. An den lang
gewordenen Schatten sieht man, daß es vorgerückter Nachmittag ist.

Märtas Mann ist auch auf dem Bild, nicht ganz so fein gekleidet. Er trägt seine dicke Arbeitsweste und ein kragenloses
Hemd. Dann sind da drei Frauen, die ich nicht kenne, und ein
Lappe mit einer hohen Mütze, die mit ein paar einfachen Bändern eingefaßt ist. Er hat einen recht hübschen Kittel und trägt
schwarze Hosen und sauber geputzte Stiefel. Ich habe überlegt,
ob das der Katechet aus Frostsjö sein kann, er, der den Lappen-
kindern dort oben das Lesen und die Christenlehre beigebracht
hat. Oben. Im Unland, wie Hillevi es genannt hat.

Wir wollen auch den erwähnen, der nicht dabei ist, es unmöglich sein konnte. Denn der Pfarrer konnte schließlich nicht
zum Namenstagskaffee der Hebamme gehen.

Aber die Frau Pastor ist da. Sie sitzt auf dem Ehrenplatz in-
mitten der Gruppe und hat einen eigenartigen Hut auf. Nicht

groß und überladen nach der Mode der Zeit, sondern klein und weit vorn auf dem Dez plaziert. Es ist ein kleiner Korb aus Stroh, in dem Seidenblumen zusammengezwirbelt sind. Sie trägt ein hellgraues mit, wie es scheint, schwarzen Bändern gesäumtes Kleid.

Hillevi trägt auf diesem Bild keinen Hut. Sie hat eine weiße Bluse mit hohem Spitzenkragen und einen eng um Bauch und Hüften anliegenden Rock an, der aussieht, als wäre er grau. Ihre Uhr hat sie an einem schwarzen Band auf der linken Seite der Bluse befestigt. Sie hält einen Blumenstrauß in Händen. Die Fotografie ist so deutlich, daß man erkennt, daß es Bartnelken sind. Vielleicht hatte die Frau Pastor sie mitgebracht.

Man gönnt ihr den Besuch dieser Person, der einzigen von Stand im Kirchspiel von Röbäck. Abgesehen vom Pastor. Im August 1916 lag der alte Pfarrer nach wie vor in seinem Arbeitszimmer im Bett. Oft lag die Katze auf ihm. Kurz darauf, im Spätsommer, starb er. Da wurde vieles anders.

Schließlich Trond Halvorsen.

Da steht er. Schwarzer Anzug, kragenloses weißes Hemd, Stiefel, Melone. Das Haar sieht man nicht. Wahrscheinlich ist es ordentlich kurzgeschnitten. Kein dunkler Schatten auf Wangen oder Kinn. Gut vorstellbar, daß er zu Hause in Svartvattnet lange mit Rasiermesser und Spiegel neben dem Fenster gestanden hat. In der linken Hand hält er seine Peitsche, folglich sind Pferd und Karren wohl nicht weit weg. Vielleicht an der Hausecke. Mit der anderen Hand hält er ein großes Wolfsfell in die Höhe.

Er hat also das Wolfsfell wiedergebracht. Die Gabe, die sie zurückgewiesen hatte. Doch jetzt sieht es sauber und bereitet aus. Sie hat es behalten, das weiß ich.

Es gibt einen Fluß, der wird Krokån genannt. Er habe aber auch andere Namen gehabt, sagte mein Onkel und erwähnte einen, den ich nicht verstand. Sein Wasser kommt aus den kleinen Bergen jenseits Gielas, von Jingevaerie, sagte der Onkel. 1916, im Spätsommer und bestimmt gut ein paar Wochen nach Hillevis Namenstag, wurde eine Fotografie dort oben aufgenommen.

Und zwar direkt am Fluß, dessen Wasser hier lebhaft und schnell ist. Erst weiter unten, wo er gemächlich wird und sich in großen und glänzenden ruhigen Gewässern ausbreitet, gelangt er in die Jagen von Svartvattnet. Dazwischen, auf dem schmalen Streifen Kronwald unterhalb Gielas, lag das Herbst- und Frühjahrsquartier, in dem mein Großvater mütterlicherseits, Mickel Larsson, nachdem er seine Rene verloren hatte und verarmt war, das ganz Jahr über wohnte.

Wenn ich sage, daß die grobe Holzwand hinter den Männern zu Torshåle gehört, dann wissen alle, wo das Bild aufgenommen wurde.

Ein Karrenweg führte dort hinauf, der Fotograf brauchte die Kamera und das schwere Stativ also nicht von Skinnarviken aus vier steile Kilometer zu schleppen. Torshåle liegt auf einem von Paul Annersas Bergwaldjagen.

Als die Männer bei Torshåle abgelichtet wurden, waren weder Myrten noch ich geboren. Wir starrten immer auf Pastor Edvard Nolin. Das Bild zeigte noch vier weitere Männer, einer von ihnen war wohl Großhändler Eckendal. Aber ich weiß bis heute nicht, wer die drei anderen waren. Sie trugen genau wie Pastor Nolin Sportanzüge und hohe Stiefel.

Das sind die Jagdmänner. So wurden sie genannt.

Die ersten waren mit Reitpferden und in Begleitung von Leuten mit Lasttieren übers Fjäll gekommen. Es waren Admiral Harlow und seine Jagdgesellschaft. Sie kamen aus Schottland.

1899 war das. Der Admiral, sein Freund Lord Bendam und ihre Gefährten kamen nach Skinnarviken und ließen sich oben am Krokån ein Jagdhaus bauen. Es gab damals Tannen gewaltigen Ausmaßes, weshalb es ein stattlicher Bau wurde. Ein Laubsäger aus Kloven fertigte den Schmuck für die Dachfirste an, Drachen mit offenen Mäulern. Der Admiral sagte, er sei ein Nachfahre norwegischer Wikinger, und nannte das Haus *Thor's Hall*. Es wurde sowieso gleich Torshåle daraus.

Dort stellten sie sich bestimmt auch zum Fotografieren auf, nachdem alles fertiggestellt war: Hundezwinger, Schneehuhnschuppen und Backstube, Eismiete, Erdkeller, Stallung und

Brennholzschuppen, Badestube und Abort. Ein Bild aus Admiral Harlows Zeit gibt es allerdings nicht mehr.

Es waren nicht viele Spätsommer, in denen sie kamen. Paul Annersa war geizig wie ein Blaufuchs, und jedes Jahr setzte er die Grundpacht so hoch, wie er nur wagte. Schließlich trieb er es ein bißchen zu weit. Er dachte eben, daß man einen, der so reich sei, leicht prellen könne.

Das Nachsehen hatte er, als die Gesellschaft des Admirals ausblieb. Auch kein schriftliches Wort kam aus Schottland. Paul Annersa war mehrmals bei Pastor Norfjell, um ihn zu fragen. Sie pflegten die Briefe nämlich an ihn zu schicken, weil er berichten konnte, was darin stand.

Erst 1916 wurden die Jagdmänner wieder gesehen, aber da war es nicht der rechtmäßige Besitzer von Torshåle, der schriftlich begehrte, daß das Haus dort oben hergerichtet werde. Dafür bezahlen wollte ein Kaufmann Eckendal aus Östersund. Wenn Paul Annersas Sohn auch zögerte, so sprach ihn das Scherflein im Kuvert doch stark an. Außerdem war Krieg, und die Admirale hatten anderes zu tun, als nach ihren Jagdhäusern zu sehen.

Diesmal waren auch Frauen dabei. Es waren nun andere Zeiten, und die Weiberleute scheuten nicht vor Gehsport und Bergtouren zurück. Sie sind mit auf der Fotografie, wenn sie auch abseits der Jagdgenossen stehen. Sie tragen fußfreie Röcke und weiche Baskenmützen mit Schottenkaro.

Die Männer haben sich mit ihren Büchsen aufgestellt, und die Hunde kuschen am Fuß des Schneehuhnhaufens. Ja, es ist tatsächlich ein Haufen, und man fragt sich, ob sie alles bewältigt haben oder ob das meiste nach dem Fotografieren verwest ist. Schließlich war Spätsommer, und man konnte die Vögel nicht einfrieren wie zu den Zeiten, in denen die Leute sie mit der Schlinge fingen. Ein Rotfuchs liegt auch dabei.

Ich erinnere mich an Laula Anuts Worte, als ich ihm von der Fotografie und dem gewaltigen Berg toter Vögel erzählte.

»Die bedienen sich«, sagte er.

Diese Worte, verstand ich, galten nicht nur für die Jagdherr-

schaften. Kind, das ich war, konnte ich das Bild ihres Jagd-
glücks hinterher nicht mehr mit denselben Augen betrachten.
Mir hatte die Wolfskralle ins Herz gegriffen.

Damals saß ich mit der Fotografie am Küchentisch und versuchte, in der Art meines Onkels zu singen:

nanaanaaa…, snöölhken goehperh vååjmesne…

Am Ende mußte ich freilich in der verkehrten Sprache singen,
weil es die einzige war, die ich jetzt richtig beherrschte. Hören
ließ ich das Lied erst, als ich im Wald war. Es war mein erster
Versuch, und den vergesse ich nicht:

naana na naaa…
Wolfskralle im Herzen
Rotfuchs naa… na und Schneehuhn
sind jetzt alle tot
tot zu des Jägers Füßen
Schneehuhn und roter Fuchs
naaa na na…
Hundeschnauzen hecheln
naaa na na na na…
auf dem Kamm die Wölfin geht
sucht nach ihren Kindern
der Mond und ihre Augen
glimmen im See
im schwarzen Wasser funkeln sie
snöölhke, aske jih dan tjaelmieh
na na naaa…
der Rauch steigt auf
na naaa…
kaltes Wasser brauset
kalter Wind hu…uu
Frost überm Moor
lu lu luuu…
bald kommt der Schnee
rätnoe lopme båata

dann seid ihr alle fort
dann seid ihr alle fort
lu lu lu...

Jetzt bin ich alt und habe jede Nacht die Wolfskralle im Herzen. Wenn auf der Straße die Holzlaster vorbeidonnern, liege ich wach und horche. Die bedienen sich, denke ich.

Wenn ich aber die Fotografien vor mir habe, empfinde ich heute etwas anderes und weniger Bitteres. Unentwegt suche ich etwas in den Gesichtern und weiß nicht recht, was.

Sie sind jetzt alle tot. Sie lebten länger als die Hunde, die mit den Vorderpfoten im Gras daliegen. Und meist auch länger als die gefleckten Kühe, um die sie so besorgt waren, und die Pferde, die sie vor dem Fotografieren besonders ausgiebig gestriegelt hatten. Am Ende aber waren sie alle fort, und ihre Zeit war nicht mehr. Wenn ich sie betrachte, empfinde ich etwas, was ich nicht erklären kann.

Ich möchte ihre Kleider und Hände und Gesichter berühren. Aber das geht nicht. Es ist nur eine Pappscheibe, die ich vor mir habe. Am unteren Rad steht in Golddruck der Name des Fotografen: *Nicanor Eriksson, Byvången.*

Ich gehöre einer anderen Zeit an. Alle, die den Geschichten dieser Zeit gern lauschen würden, haben Erde im Mund.

Im übrigen: Zeiten und Zeiten. Es gibt nur eine Zeit, und darin befindet man sich, bis man auf dem Friedhof von Röbäck in die Erde gesenkt wird.

Hillevi bekam auf der Alm Molkenkäse mit. Sie verrührte ihn mit Sahne und erwärmte ihn zu einer Sauce, die sie über Klümper goß. Zusammen mit gepökeltem Schweinefleisch schmeckte das so unvergleichlich gut.

Eine Essenz direkt aus dem Blumenfell der Weide, das war dieser braune Molkenkäse. Der Sommer selbst war er, und dem mochte sie sich nicht entziehen, ebensowenig, wie sie es sein lassen konnte, die Füße in den See zu tauchen oder sich an das rissige Holz der Scheunenwand zu lehnen, wenn diese von der Sonne mit Wärme aufgeladen war.

Im Spätsommer klarte die Luft auf, und die sticheligen Kriebelmücken und Gnitzen, die in der Hitze eine Plage gewesen waren, verzogen sich. Frühmorgens lag ein Hauch weißen Frosts über dem Moor. Er zitterte schon bald als Wassertropfen an den Riedgrashalmen und verdampfte, wenn die Sonne stieg.

Sie begleitete Märta zu den Mooren oberhalb des Boteln zum Multbeerensammeln. Sie waren in Gesellschaft zweier Mädchen aus Svartvattnet, Elsa und Hildur, der Töchter Isak Pålsas. Im Hinblick auf ihre Zukunft hätte Hillevi sich natürlich vom gemeinen Volk fernhalten müssen. Alberne und hitzige Erinnerungen gemeinsam mit Märta Karlsa sollte sie am allerwenigsten haben, wenn sie in den Pfarrhof zog. Pure Derbheiten wies sie zurück. Oder sollte sie zumindest zurückweisen. Das war jedoch schwierig, wenn Märta lustig war, und das konnte sie auf vielerlei Art sein. Mitunter leider manchmal auch auf die derbe.

Bei sich schob Hillevi es auf die Nähe zu den Tieren, deren starken Geruch und deren Sanftmut. Eine so wunderliche Mischung aus Lieblichem und Herbem war ihr in ihrem ganzen Leben noch nicht begegnet.

Sie sammelten die Multbeeren in Heringseimern, die in gegargelte Holzgefäße umgeleert wurden. Hillevi hatte sich im Laden in Svartvattnet ebenfalls ein Fäßchen gekauft und nun in Märtas Erdkeller Multbeeren für den Winter stehen. Diese waren mit Moorgeruch vollgesogen und schmeckten nach Sehnsucht. Als sie in irgendeiner Angelegenheit zu ihm ging, erzählte sie Edvard von dem Multbeerenfäßchen. Von der brennenden Ungeduld, die sie beim Pflücken verspürt hatte, sagte sie natürlich nichts. Auch wagte sie es nicht, die Veränderung anzusprechen, die eintreten würde, wenn das Laub verschwunden wäre. Nämlich ganz einfach dies: Wenn der erste Schnee fiele, würden er und sie am Küchentisch im Pfarrhof sitzen und Grütze aus diesen Multbeeren mit Milch und Sahne essen.

So, wie die Lage momentan war, unbeweglich und ziemlich verstaubt im Pfarrhaus, der ahnungslose Blick von Pastor Norfjell noch auf dieselbe Stelle der Tapete gerichtet, auf die er schon geheftet oder darin verloren gewesen war, als sie ihn zum ersten Mal gesehen hatte, mußte sie der Frau Pastor eine Schale Multbeeren bringen, damit Edvard sie kosten konnte. Sie sagte jedoch Moltebeeren, als sie mit ihnen sprach. Sie schämte sich für jenes Mal, da sie so unbedacht gewesen war, sich von einer Geschichte hinreißen zu lassen und einer nachlässigen Sprache zu bedienen.

Sie fand, Edvard lebte in Röbäck, ohne wirklich dort zu leben, was ihr mitunter angst machte. Er vereinsamte so in seinen schwarzen Kleidern, dem Leibrock und dem breitkrempigen Hut, und die Leute verstanden ihn nicht. Sie wünschte, sie könnte es übers Herz bringen, ihm zu sagen, daß kein Mensch begreife, was er da im Salon der Frau Pastor ausbrüte.

Er hatte seine theologischen Bücher auf dem kleinen Damenschreibtisch gestapelt. In dem Haus stand alles still, ganz wie der Blick des alten Pastors auf die Wand. Manchmal spürte Hillevi eine heftige Bewegung in sich, wie von einem Fisch, der kräftig mit dem Hinterteil ausschlägt; dann nämlich, wenn sie von ihrem Fenster aus Edvard allein und schwarz gekleidet auf der Straße gehen sah.

Sie hatte sich derart an seine stete Isoliertheit gewöhnt, daß sie völlig überrumpelt war, als er eines Nachmittags in einem Sportanzug, hohen Stiefeln und mit Melone aus dem Pfarrhof kam. Er bestieg ein Fuhrwerk, dessen Kutscher sie nicht erkannte. Es setzte sich in Richtung Svartvattnet in Bewegung.

Das war ja eigenartig. Besonders der Sportanzug. Darin konnte er wohl schlecht zu einer amtlichen Verrichtung fahren. Sie mußte also unter irgendeinem Vorwand zur Frau Pastor gehen, doch das führte zu nichts. Es stellte sich aber heraus, daß Märta Bescheid wußte: Der Pastor werde oben bei Torshåle mit einer Herrschaft aus Östersund Schneehühner jagen.

Sie konnte sich nicht vorstellen, daß Edvard schießen kann. Und wie hatte er Leute aus Östersund kennengelernt? Auch hatte er kein Wort gesagt.

Nach ein paar Tagen kam er zwar wieder herunter, schrieb seine Predigt und hielt sie auch. Zudem beerdigte er einen alten Bauern aus Lakahögen. Doch dann fuhr er wieder zu dem Jagdhaus hinauf, diesmal in Gesellschaft zweier junger Frauen. Sie trugen sportliche Jacken und fußfreie Röcke, und beide hatten weiche Baskenmützen mit Schottenkaro auf. Sie schnatterten gewaltig mit Edvard.

Da verspürte Hillevi eine heftige Unruhe, in die sich ein Zorn mischte, über den sie sich keine Rechenschaft ablegte. Sicherlich gönnte sie ihm ein wenig gesellschaftlichen Umgang, wo er doch den ganzen Sommer über so allein und bekümmert und von Mücken zerstochen gewesen war. Sie hatte sich aber nie vorstellen können, daß dort oben auch Frauen dabeisein würden, und sie fand das auch nicht schicklich. Märta erklärte jedoch, daß eines der Mädchen Kaufmann Eckendals Tochter sei.

Wie immer dem sein mochte, begab sie sich selbst dort hinauf. Das war leicht zu arrangieren. Sie fuhr nach Svartvattnet und begleitete Elsa Pålsa, deren Mutter Verna für die Jagdherrschaften kochte. Hildur blieb zu Hause und kümmerte sich um die Pension, die in diesen Tagen glücklicherweise nur einen Gast, und zwar einen Homöopathen aus Sundsvall, beherbergte.

112

»Ich kann Geflügel rupfen«, sagte Hillevi zu Elsa. Das war übertrieben, und Elsa, die ein wenig Angst davor hatte, was ihre Mutter sagen werde, wenn sie zu zweit hinaufkämen, ahnte das wohl. Verna hielt es jedoch für gar nicht so dumm, Hillevi in der Küche zu haben. Sie gehörte schließlich selbst halbwegs zur Herrschaft und wußte, wie diese Geflügel und Hasen gebraten haben wollte. Das schwierige Kapitel Sauce schien sie ebenfalls zu beherrschen.

»Wir haben den Sahnebottich mitgebracht«, sagte Hillevi. »Und Speck für die Schneehuhnbrüstchen. Es gibt sicherlich Madeira hier oben, und außerdem nehmen wir noch Wacholderbeeren.«

Sie wolle Verna und Elsa nichts von ihrem Verdienst wegnehmen, sagte sie. Sie mache das nur aus Spaß. Aber sie wirkte nicht vergnügt dabei. Die Mädchen aus Östersund mit ihren schräg über dem rechten Auge sitzenden Tam-o'shanters liefen umher und ließen die Waden sehen.

Gleich nach dem Frühstück hatten Großhändler Eckendal und seine Jagdgenossen das Haus verlassen. Edvard jagte nicht. Er schien statt dessen die Aufgabe übernommen zu haben, die Großhändlerstochter und ihre Freundin ins Fjäll zu führen. Durchs Küchenfenster sah Hillevi sie auf dem Steg über die Strudel des Flusses balancieren, und wenn sie riefen, klangen sie wie Vögel. Erst jetzt kam ihr der Gedanke, was er wohl sagen würde, wenn er sie hier oben zu Gesicht bekäme, und ihr war ein bißchen seltsam zumute.

Die Jagdherrschaften hatten zum Frühstück Eier, kleine warme Gerichte und Grützbrei mit Milch gegessen und Kaffee getrunken, ehe sie das Haus verließen. Verna hatte ihnen aus Eierbroten, Schnitten mit Renfleisch und kalten Pfannkuchen einen Proviant zusammengestellt. Bei ihrer Rückkehr würden sie ein Abendessen bekommen, das, so gut es sich machen ließe, aus einer Vorspeise mit Aufschnitt und danach einem Fisch- und einem Fleischgericht und am Ende einem Nachtisch bestünde. Verna erzählte, daß sie zum Abschluß ein aus einem warmen Fleischgericht sowie Grützbrei mit Milch und Tee bestehendes Nachtmahl einnähmen.

»Gerade zu tun hat eins«, sagte sie.

Auf der Schwelle zum Schneehuhnschuppen saß ein Lappe und rupfte Geflügel. Er hieß Mickel Larsson und hatte eine geräucherte Renkeule gebracht, die es als Aufschnitt geben sollte. Die anderen Männer, zwei an der Zahl aus Skinnarviken, waren als Bergführer und Gewehrträger mit im Fjäll.

»Und dann der Pfarrer«, sagte Elsa.

»Der närrige Pfarrer.«

Das waren Vernas Worte. Hillevi verschlug es zuerst die Sprache, und sie bekam Herzklopfen. Sie war froh, daß sie mit dem Rücken zu ihnen stand, während sie sich über ein Schneidebrett mit einem Vogelkörper beugte, auf dem sie eine Speckscheibe festbinden wollte.

»Ja, hätt ihm schon besser anfangen können«, sagte Elsa altklug.

»Warum denn?« fragte Hillevi. Sie meinte, ihr versage die Stimme. Doch Verna hatte sie gehört.

»Eingefallen ist es ihm, nach Svartvattnet zu fahren«, sagte sie. »Und mal dorten, hat er sich erkundiget danach, wie man übern See nach Lunäset kömmet. Die Leute wundern sich, klar ist's.«

»Ja, klar ist's gewesen«, echote Elsa.

»Das ist norwegisch, haben sie gesaget zu ihm. Die haben da einen Pfarrherrn auf der andern Seite, der sich kümmert um die Lunäser.«

»Es hat jemand gesehen, wie er versuchet, auf den See rauszukömmen, wie das Eis los war vom Land. Naß hat's sein gemußt. War der nicht im Troste? Dann ist er in die Pension raufkömmen und hat er nach einem Lappenmädel gefraget. Ja, so hat er gesaget. *Dieses Lappenmädel, das von einem älteren Mann auf Lunäset gefangengehalten wurde.* Jetzt hat er sich *die Angelegenheit vornehmen* gewollt. Hat er gesaget. Ein Hallo ward das vielleicht! Freilich erst, wie der Pfaffentropf gefahren gewesen. Aber dann!«

»Was hast du ihm gesagt?«

»Daß das im achtzehnten Jahrhundert gewesen. Mindestens.«

114

»Was hat er dann gesagt?«

»Keinen Mucks. Hat seinen großen schwarzen Hut aufgesetzt und gegangen ist er. Rücklings hat man es ihm aber angesehen, daß es ihm genierlich gewesen.«

Hillevi schwieg. Was konnte sie schon sagen? Sie durften einander ja nicht kennen, sie und Edvard. Und alles lag nur an ihr. Sie beugte sich über das Schneidebrett und wickelte unablässig Garn um den Vogel. Verna aber war scharfsichtig. Sie bemerkte Hillevis feuerrote Wangen.

»Warst das du?«

»Was?«

Doch es nützte nichts, sich vor Verna dumm zu stellen.

»Du warst's, die dem das erzählet hat!«

»Kriegest den verhoneckelt?« heulte Elsa mit Lachtränen in den Augen.

Das verstand Hillevi erst, als Verna es ihr erklärte. Aber nein! Sie hatte keineswegs daran gedacht, ihn zum Narren zu halten. Hillevi hatte ebenfalls Tränen in den Augen, aber aus ganz eigenen Gründen. Es waren nicht nur Scham und Ärger, die sie empfand. Sondern ein Gefühl von Betrug.

»Hört, hört, daß der Pfarrer solch Arges von den Lappen glaubet«, plärrte Mickel Larsson, der mit seinem Geflügel beladen in der Tür stand.

»Bah«, sagte Verna. »Hat ja bloß eine Geschichte gehöret. Und war außerdem kein Lappe, der Alte in Lunäset. Die Deern, die da gewesen, die war von den Lappen.«

»Schäbig sind sie alle und tun verrufen die Lappen«, versetzte Mickel und kippte die Schneehühner auf den Tisch.

»Der da«, sagte Verna, als er draußen war. »Kömmet daher und tut schön, aber bestimmt bloß, damit er uns was Teuflisches anhexet.«

Hillevi war manchmal, als gäbe die Zeit wie Moorboden unter ihr nach. Verna mit ihrem kleinen und herzförmigen grauen Gesicht und ihrer hohen, schrillen Stimme war eigentlich eine durch und durch vernünftige und moderne Person. Sie besorgte die Küche und führte die Kassenbücher der Pension und begegnete allerhand Menschen. Sie besaß eine Milchzentrifuge und wollte von einem Kraftwerk im Fluß elektrisches Licht haben.

Und dann sagte sie so etwas! Daß der Lappe hexe. Daß es im Schneehuhnschuppen spuke. Daß Torshåle das Glück nicht gewogen sei, weil man es an der falschen Stelle errichtet habe. Die Unterirdischen hätten dort ihre Fahrwege.

Zu Zeiten des Admirals hätten sie eine offene Herdstelle mit einem Kochgalgen für den Topf besessen, sagte Verna. Und einen Bratspieß habe es gegeben, so daß man das Geflügel über dem Feuer habe drehen können. Der Backofen sei in einer der Hütten draußen hochgemauert gewesen. Nun hatte Kaufmann Eckendal Halvorsen einen nagelneuen eisernen Herd von *Pumpseparator* heraufschaffen lassen. Einen Eisschrank gab es in einem der Schuppen draußen ebenfalls. Er war weißgrau gestrichen und wie Marmor geädert. Hillevi fand es eine Sünde, ein so teures Stück den größten Teil des Jahres unbenutzt herumstehen zu lassen.

»Ach wo«, sagte Verna. »Denen wenn was fehlet, dann bestimmt nichten am Kleingeld.«

Verna Pålsa war diplomatischer, wenn sie in der Pension unten über die Leute sprach, fiel Hillevi auf. Hier oben ging es etwas wilder zu.

Sie hatten jetzt keine Zeit, sich zu unterhalten, weil die Jagdgenossen mit ihren Vogelbündeln zurückgekehrt waren. Sobald sie in der Badestube am Fluß fertig wären, wollten sie zu Abend essen.

Hillevi brauchte Madeira für die Sauce, und Verna meinte, sie solle doch hineingehen und um den Wein bitten. Hillevi weigerte sich jedoch. Sie wollte Edvard nicht begegnen. Er war zwar noch mit den Mädchen unterwegs und sammelte Pflanzen in die Botanisiertrommel der jüngeren, konnte aber jeden Moment zurückkehren. Sie wollte ihn nicht in Verlegenheit bringen.

Da ging Verna zum Großhändler, aber er hatte keinen Madeira. Nachdem er und der Gerichtsreferendar sich ihre Kognak-Sodas bereitet hatten, durfte sie den Rest, der sich noch in

der Flasche befand, mitnehmen. Mickel Larsson machte große
Augen, als Verna mit dem Kognak ankam, doch sie sagte ihm
klipp und klar, daß sie sich den zum Kochen erbeten habe.

»Oh, schlaues Weibervolk!« rief Mickel aus.

Die langbeinigen Hunde mußten zu fressen bekommen. In
die Badestube mußte frisches Wasser getragen werden. Und
während das Geflügel im Ofen briet, mußte Verna das Fisch-
gericht vorbereiten. Sie war ratlos, als die Lachsforelle für den
Topf zu groß war.

»Tust ihn im Moos kochen, auf einer Steinplatte«, schlug
Mickel vor, aber Verna war nun derart erhitzt und wütend, daß
sie ihn auf den Holzplatz hinausschickte: er solle versuchen,
etwas herbeizuschaffen, wovon der Herd nicht ganz so gemein
heiß werde wie vom Birkenholz. Sie hätten jetzt keine Zeit
mehr, sich zu unterhalten. Hillevi mußte mitten in der Turbu-
lenz dringend zum Abort rennen, während sie an einem aus
dem Proviant übriggebliebenen Pfannkuchen kaute.

»Eine nach der andern, saget der Knecht und verdrücket eine
Wurst auf dem Häuschen!« rief einer der Kerle aus Skinnarviken hinter ihr her.

Das war natürlich überhaupt nicht gut. Entschlossen ging
sie zum Zwinger und warf den Pfannkuchen den Hunden
hin, wodurch sie ein Spektakel und Radau auslöste. Sie glaubte,
sie würden sich gegenseitig zerfleischen, lief zum Häuschen
und versteckte sich darin. Die Kerle hatten immerhin wieder an
anderes zu denken. Aber sie würden diese Sache nicht vergessen, das wußte sie. Jedenfalls nicht, wenn sie Frau Pastor
würde.

Sie ruhte sich ein Weilchen aus. In den von Flechten überzo-
genen Brettern knackte es, und in den Spalten zwischen den allmählich morsch werdenden Dachschindeln sah sie Fetzen vom
blauen Himmel. Eckendal hatte zum Herbst ein neues Dach bestellt. Die Zerstörung würde jedoch bald auch daran arbeiten.
Würde knacken und fließen, es langsam verzehren oder in
einem gewaltigen Sturm verschlingen. Die Dächer hielten nicht
lange so hoch oben im Fjäll.

Mitten in ihren Gedanken hörte sie eine klare Frauenstimme

rufen, daß das Plätschern des Wassers so zauberhaft gewesen sei.

»Es klingt wie lockende Stimmen!«

Und die andere sagte, es sei wehmutsvoll und gleichsam düster.

Herrje, so ein Geschwätz! Sie hörte das Wasser des Flusses ebenfalls. Es gluckste und schlürfte. Wenn es wie etwas klang, dann wie ein betrunkener Bauer. Die beiden wollten sich doch nur wichtig machen vor Edvard. Sie schätzte, daß er nicht weit weg war.

Sicherheitshalber befühlte sie den Haken. Sie durften keinesfalls hier hereinstürmen. Hillevi hatte jedoch das Gefühl, daß sie sich genieren würden, vor Edvards Augen aufs Häuschen zu gehen. So von Verzauberung und Wehmut erfüllt, wie sie waren.

Sie verschwanden. Nach einer Weile hörte sie Edvard mit einer von den Jagdherrschaften reden. Er sagte, er werde in die Badestube gehen.

Sie blieb ruhig sitzen. Ihr Körper fühlte sich über dem ovalen Loch seltsam an. Es war, als hätte sich eine dicke Blutader gefüllt, die nun stetig pulsierte. Hillevi wurde träg. Sie stellte sich vor, wie Edvard sich jetzt auszog. Nackt am Holzzuber mit dem dampfenden Wasser stand, das er aus dem ummauerten Herd geschöpft hatte.

Sie dachte nicht, daß sie zu ihm hineinginge. Nein, Gedanken waren das nicht einmal. Sie sah ihn und näherte sich ihm im Dampf. Sie war dabei so schwer wie im Moment, fast träg, und alles Blut war in den Schenkeln.

Noch ärger.

Welch Idiotie! Glasklar erkannte sie nun: wenn er sich umdrehte, würde sein Gesicht wie Holz so starr. So wie damals, als sie erzählte, daß sie sich nach Röbäck beworben habe.

Nachdem sowohl die Herrschaften als auch die Hunde verköstigt waren, aßen sie selbst am Küchentisch. Die Männer kamen herein. Es waren die Jungen aus Skinnarviken, Paul Annersas Enkelsöhne und Trond Halvorsen. Dieser war im letzten

Moment vor dem Essen mit den Waren aus dem Laden aufgetaucht, auf die sie gewartet hatten. Und Mickel Larsson war da mit seinem Sohn, der hieß Anund und war als Bergführer und Träger mit im Fjäll gewesen.

Verna hatte für sie noch einen Topf Fisch aufgesetzt, diesmal mit eingesalzenem Fisch, den sie lieber mochten als den faden frischen. Es waren natürlich noch alle Schneehuhnkeulen da, klein, aber fein.

»Und die Souße«, sagte Mickel und aß die Sahnesauce mit dem Kaffeelöffel. »Wie kömmet eins ins Paradies?«

»Gleich fanget er mit dem Joiken an«, sagte Trond Halvorsen. »Das sehet eins, an seinen Augen.«

Und dann lachten sie über den Alten. Der wohl noch gar nicht so alt ist, dachte Hillevi. Nur daß er ein braunes und runzliges Gesicht hat. Er nahm es nicht übel, sondern versuchte sich an einem Ton, um ihnen eine Freude zu machen. Es hörte sich an, als würde er gurgeln, fand sie.

»Mußt reingehen und dem Großhändler was vorsingen! Der zahlet dir fünfundzwanzig Öre, bloß damit still bist.«

»Ja, musikalisch ist der nichten«, sagte Mickel. »Gestern, da hat er einen großen Kognak getrunken, wie die Deernse gesinget. Mehrstimmig, haben sie gesaget. Das war schon ärger.«

Hillevi fand es peinlich, daß sie sich über Eckendal und seine Gesellschaft lustig machten. Sie ertappte sich bei der Frage, ob die Mädchen in der Küche in der Öfre Slottsgatan wohl so über Tante Eugénie und Onkel Carl sprachen. Sie hatte immer angenommen, daß sie die Tante bewunderten und den Onkel fürchteten. Oder großen Respekt vor ihm hätten. Aber womöglich waren sie wie dieser Mickel Larsson, liebedienerisch. Dann trieben sie mit ihren Worten bösen Zauber. Sie wieherten über Dinge wie Aufschläge an Hosenbeinen und Zahnbürstenetuis aus Silber.

Sie schwieg und bereute es, mit nach Torshåle gefahren zu sein. Was hatte sie sich denn gedacht? Daß Edvard ihr entgegenkäme, sie mit in die große Stube nähme und seinen Freunden vorstellte? Sie, die sich nicht einmal zeigen wollte. Es war so anders geworden, seit sie hier oben war.

Als sie wieder über Edvard zu reden begannen, hätte sie eigentlich einschreiten müssen, doch sie befürchtete, etwas zu verraten. Verna war sehr scharfsichtig. Wußte der Himmel, ob sie nicht irgend etwas ahnte, denn sie legte jetzt unbarmherzig los. Sie brachte die Jungen aus Skinnarviken dazu, zu erzählen, wie Edvard an einem der Fälle im Fluß den Fräulein Poesie vorgetragen habe.

»Haben die sich auf die Felsplatten raufdrapiert und hingelegt, als ob sie sollten fotografiert werden.«

»Sich hingelegt?«

Brüllendes Gelächter. Und dann Verna:

»Sagst es her, Anund. Warst doch dabei?«

Und der Junge Anund sagte:

»Zwei Seelen wohnen auch in meiner Brust, die eine will sich voneinander trennen.«

»Donnerwetter, so ein guter Vers.«

»Aber reimet sich das denn eigentlich?«

»Ja, irgendwann schon«, sagte der Junge, der für seine vierzehn Jahre klein war und völlig glattes braunes Haar und bernsteinbraune Augen hatte. Er fuhr fort:

»Die eine stellt in derber Liebeslust sich an die Welt mit jammernden Organen, die andere hebt gewaltsam sich im Durst.«

»Höret das an! Unnatürlich fix im Lernen ist der. Brauchet bloß was hören, schon hänget es an.«

»Sag, was heißet Palmweide!«

»Salix kaprea.«

»Und Kannenkraut?«

»Equisetum hiemale.«

»Mensch, können doch zu einem Kraut so was nichten sagen!«

»Ist Lateinisch.«

»Wenn das mal nicht Hottentotterisch sein tut.«

»Tannenbärlapperich, Anund!«

»Der heißet Lykopodium selago.«

»Habt ihr solchergleichen schon gehöret?«

Sie tranken den letzten Rest des Kognaks aus. Halvorsen hatte ein bißchen Klaren dabei, den sie zum Abschluß in den

Kaffee taten. Erst als sie beim Abwasch standen und niemand sonst es hörte, traute sich Hillevi Verna gegenüber etwas zu sagen: Sie glaube nicht, daß der Pastor den Mädchen so etwas vorgetragen habe.

»Bah, sind schon nichten so unschuldig«, sagte Verna. »Zweiundzwanzig ist sie, die Ältere.«

»Aber so etwas – nein, weißt du, das glaube ich nicht. Dieser Anund hat das irgendwo anders aufgeschnappt. Es ist Pastor Nolin gegenüber nicht recht, auf solche Weise über ihn zu reden.«

»Der Pastor hat es in jedem Fall reingeschrieben in das Poesiealbum von dem Fräulein Eckendal. Drinnen auf dem Tisch lieget es, brauchet eins also bloß nachschauen.«

Es war ganz ausgeschlossen, daß sie schnüffelte. Ging es denn wirklich so zu? Lasen Anna und Betty zu Hause bei der Tante, was ins Gästebuch und in Saras Poesiealbum geschrieben wurde? Womöglich lasen sie ihre Briefe beim Abstauben. Was für eine Sorte Mensch waren sie eigentlich?

Es konnte nicht wahr sein. Sie mußte es aber genau wissen. Deshalb ging sie, nachdem die Herrschaften sich zu einem Abendspaziergang am Fluß aufgemacht hatten, dann doch in die große Stube. Sie hatte gesagt, sie werde die Aschenbecher ausleeren, doch sobald sie die Zigarrenstummel sah, dachte sie: Nie im Leben! Statt dessen ging sie schnurstracks zu einem dicken, in Leder gebundenen Buch und schlug es auf. Es war jedoch das Jagdjournal. Sie landete im Jahr davor, als der Großhändler in Vemdalen gewesen war.

380 Moorschneehühner
43 Birkhühner
17 Bekassinen
1 Kampfläufer
4 Wildenten
1 Regenpfeifer
3 Hasen

121

Fräulein Harriet Eckendals Poesiealbum fand sie auf der Wand-
bank beim Eßtisch. Das Buch hatte einen grünen Samteinband.
Und ohne Zweifel hatte Edvard etwas hineingeschrieben. Da
stand:

Zwei Seelen wohnen, ach! in meiner Brust,
Die eine will sich von der andern trennen:
Die eine hält in derber Liebeslust
Sich an die Welt mit klammernden Organen;
Die andre hebt gewaltsam sich vom Dust
Zu den Gefilden hoher Ahnen.

Sie schlug das Buch zu. Sie wollte fort von allen Menschen,
konnte aber sonst nirgendwohin gehen als wieder in die Küche.
Eckendals Gesellschaft konnte jeden Augenblick hereinkommen und sie hier entdecken. Draußen ebenfalls. Genau wie
Edvard.

Derbe Liebeslust.

Es ist nicht wahr.

Aber es war wahr.

Sie saßen noch alle in der Küche, und als sie eintrat, starrten
sie ihr ins Gesicht.

»Hast sie ausgeleeret, die Aschenbecher?« fragte Verna, und
Hillevi fand nicht, daß sie besonders freundlich klang.

»Nein, das dürfen sie selbst machen.«

Sie lachten alle und prosteten ihr zu. Sie hatten jetzt ein
Branntweinfäßchen auf dem Tisch, und Hillevi begriff, daß sie
Halvorsen dazu überredet hatten, es anzubrechen. Er sollte es
in Skinnarviken abgeliefert haben, war aber auf dem Weg herauf derart in Eile gewesen, daß er beschlossen hatte, es erst auf
dem Rückweg abzugeben.

»Hat wohl sollen sein, daß wir den kriegen!« sagte Anders
Annersa und erhob seine Kaffeetasse.

Dann verfielen sie darauf, zur Badestube zu ziehen.

»Ihre Kognake, lasset sie die doch selber holen. Und das Eis
und das Spritzelwasser.«

»Und Schucklade mit Schlagrahm«, äffte Elsa.

»So ist's recht, Elsa! Bist nichten dem Großhändler die Magd.«

»Es heißet, er täte bald erledigt sein.«

»Was! Liquidieren wird er?«

»Da siehst es, Elsa! Dein Vater bürget wenigstens für…«

»Jetzt gehen wir«, sagte Verna scharf.

Sie waren ausgelassen. Nur Halvorsen war ernst, er sah Hillevi an. Als sie früher am Abend auf den Vorplatz hinausgekommen war, hatte er dagestanden und sich rasiert. Er hatte eine Spiegelscherbe auf die Oberkante der Brennholzschuppentür gestellt und seifte sich gerade die schwarzen Schatten auf seinen Wangen ein. Sie war froh, daß er sie nicht gesehen hatte, weil sein Oberkörper entblößt gewesen war. In der Abendkühle. Er sieht aus wie so ein Mausefallenverkäufer, hatte sie sich gedacht. Ein Italiener. Den Gürtelriemen um die schmale Taille hatte er fest zugezogen. Und das Ende baumelte herab. So, wie es die Schienenleger immer baumeln ließen.

Natürlich war er kein raufwütiger Schienenleger. Er sah jetzt nämlich ganz anders aus. Er trug ein weißes Hemd mit schmalen blauen Streifen sowie Jacke und Hose aus schwarzem Kammgarn. Das Gürtelende war nicht mehr zu sehen. Er hatte es wohl nach hinten gesteckt. Und sein Hut, der auf der Bank lag, war sauber gebürstet. Hätte er wenigstens einen Kragen, dachte sie.

In der Badestube angelangt, setzten sie sich auf umgedrehte Holzbottiche und aßen und tranken weiter. Mickel heizte unter dem ummauerten Kessel noch einmal ein, damit sie es warm hatten. Verna hatte das, was vom Frischkäse mit der Sahne und den Multbeeren noch übrig war, mitgenommen. Hillevi brachte jedoch keinen Bissen hinunter.

Hier drinnen hörte man den Fluß ganz deutlich. Mit seinen Strudeln und kleinen Fällen zwischen den Steinen floß er unmittelbar an der Wand der Badestube vorbei.

»Höret den an«, sagte Mickel. »Er saget seinen eigenen Namen.«

»Saget ja wohl nichten Krokån, Mensch«, entgegnete Nils Annersa.

»Nä. Tut was andres wispern.«

Und jetzt, da es so still geworden war und man nur den Fluß

schlürfen und murmeln hörte, wollte Hillevi es schon beinahe glauben, und sie fragte sich, was für einen Namen Mickel Larsson da hörte.

Die Stille schärfte die Sinne. Man hörte den kalten Wind durch die Baumkronen draußen streichen. Düster und schwer klang dieses Rauschen. Hillevi stieg der herbe Geruch von Hermelinlosungen in einer Ecke der Badestube in die Nase. Es war, als schwankte und senkte sich die Zeit wie Moorboden. Das Jagdhaus mit seinen sichtbaren Balkenköpfen und seinem braun gepichten Holz, den kleinen quadratischen Fenstern und einem Obergeschoß, in dem eine Dachstube ausgebaut war, hatte alt gewirkt, als sie erstmals hier heraufkam. Und sie dachte: Das ist bestimmt bald verschwunden. Das Wasser des Flusses wird hier fließen und ganz anders heißen.

Sie persönlich fand es nicht so kurios, daß Edvard die Zeiten durcheinandergebracht und sich nach dem Mädchen auf Lunäset erkundigt hatte. Von dem, was in Lubben geschehen war, hatte sie ja auch gedacht, es sei wie aus längst vergangenen Tagen. Vor urigen Zeiten, wie Märta gesagt hätte. Wann aber war die Urzeit gewesen?

Das Wasser, es floß und floß – seit wann, wußte sie nicht. Seit der Eiszeit mindestens. Daß die Flüsse kurzlebige Namen hatten, begriff sie erst jetzt. Die Namen der Flüsse Lagan Nissan Ätran Viskan hatte sie lernen müssen, als stammten sie aus dem ersten Buch Mose.

Die Namen der Berge und Ströme halten vielleicht nicht so lange. Die Zeit frißt sich selbst von hinten auf und legt alles, was gewesen ist, ins Dunkel. Urzeit würde man vielleicht dereinst über ihre eigene Zeit sagen, obgleich diese Bogenlampen und riesige Ozeandampfer kannte.

»Woran denket sie, Hillevi?« fragte Halvorsen.

Fräulein Klarin oder zumindest Fräulein hätte er schon sagen können. Doch sie verzieh ihm aufgrund des ernsten Ausdrucks in seinen Augen. Außerdem war er nüchtern. Die anderen wieherten und johlten jetzt.

»Ich denke an so merkwürdige Dinge, an die ich normalerweise nie denke«, antwortete sie.

Damit gab er sich zufrieden. Aber er sah sie weiterhin an.

Die anderen zogen gerade Mickel Larsson auf, weil er sich nicht traute, in den Schneehuhnschuppen zu gehen und das Geflügel zu holen, das er rupfen sollte.

»Kalte Hände greifen da nach mir«, äffte Nils Annersa.

»Aber den Jungen, den schicket er rein.«

»Hat ja allerhand am Leib«, brummte Mickel.

»Stahl und Kreuz natürlich! Ist ein Schlauer, der Mickel!«

Aber der war jetzt böse, und Verna sang, um ihn noch mehr zu reizen.

Flöhe und Läus
Flöhe und Läus
und allerhand kleine Sachen…

»Sind aber ganz andre Sachen«, johlte Anders Annersa und stimmte dann in Vernas Lied ein.

Lill-Pelle lauf zu,
der Tag wird schon bleicher.
Die Alten, die schlafen,
kömm mit in den Speicher!
Nein, nein, nein, da geh ich nicht hin,
um all die tausend Taler nicht!
Denn Nissen sind da und junge Läus
und allerhand kleine Sachen.
Ja, Nissen sind da,
da sind junge Läus,
da sind allerhand kleine Sachen!

»Wie schauderlich«, sagte Elsa. »Warum sind denn kalte Hände da im Schneehuhnschuppen? Ist's wahr?«

Mickel schwieg.

»Aber bittschön«, versetzte Verna. »Ist freilich schon allerhand passieret dorten.«

»Allerhand kleine Sachen!« sagte Anders Annersa und wollte noch mehr Schnaps in die Tasse haben. Er mußte sich

125

selbst einschenken, weil die anderen Verna in der Erwartung ansahen, daß sie das, woran sie alle dachten, erzählte. Hillevi war sich sicher, daß sie es schon kannten. Auch Elsa, obwohl sie gefragt hatte.

»Es heißet, daß da eine Deern gewesen, hat sich unselig gemachet dorten.«

»Hat sich ein Leid antan?«

»Ja, aber das war woanders.«

»Wo denn?«

Da erhob sich Mickel Larsson und ging.

»Bah«, sagte Verna, »damals, im neunzehnten Jahrhundert war's. Brauchet den Mickel nicht genieren.«

»Aber eine Lappendeern war's doch«, sagte Elsa und bestätigte damit Hillevis Verdacht, daß sie wußte, worum es sich handelte. Sie wollte es aber herauslocken. Sie wollte die Worte hören.

»Eine saubere Deern ist's gewesen, hab ich gehöret«, sagte Nils Annersa. »Mit weißer Haut.«

»Ja, hat doch so baden gedurft.«

»Baden, sie? Hier drinnen?«

»Wahrscheinlich. Das war, wie die Schotten dagewesen. Haben ja alsfort baden gewollt. Ärger wie der Großhändler. Baaaf haben sie gesaget. Hat Mama gesaget. Baaaf...«

»Hat der gelispelt, der Admiral?«

»Ja, ganz grausig. Rufet Mickel wieder rein. Brauchet derhalben doch nicht bocken. Und weiß er doch selber, daß sie umgehen tut. Kömmet immer wieder in den Schneehuhnschuppen, wo es passieret. Sehen lassen tut sie sich nichten. Fühlet sich bloß an wie kalte Hände. Nasse, kalte Hände.«

»Pfui Teufel.«

»Schenkst jetzt ein.«

»Für Mickel auch.«

»Mickel!«

Anders Annersa zog jedoch flugs die Tür zu, nachdem er ihn gerufen hatte.

»Tun jetzt wieder spazieren da draußen.«

»Aber nichten der Großhändler, der war so satt.«

»Der ist so fett, daß er krumme Talglichter scheißen tut.«

»Nein, der Haberbock und das Schneehuhn. Da ist immerhin ein Stück dazwischen. Aber der Pomeranzenvogel und die Bleiche Möwe, die sollet ihr sehen. Da ist's buhlig.«

Hillevi begriff, daß es Edvard war, den sie Pomeranzenvogel nannten. Obwohl sie nicht wußte, was für ein Vogel das war, sah sie etwas Dürres und Langbeiniges vor sich. Trond Halvorsen schob ihr sachte eine Kaffeetasse mit einem Schlückchen Schnaps hin.

»Sollet ein bißchen was Starkes trinken, Hillevi, damit Ihr warm bleibet«, sagte er.

Sie trank und erschauderte.

»War's ein starker Schlag?« hänselte Anders Annersa.

Ginge ich dort draußen mit der Herrschaft, würde er mich eine Elster heißen, dachte sie. Allerdings würde er Schacke sagen.

Sie war trotz des Lärms, der in der Badestube herrschte, für ein Weilchen eingenickt. Es war spät, aber es schien nicht so, als dächten die anderen daran, ins Bett zu gehen. Wo sie selbst schlafen sollte, wußte sie nicht. Das hatte sie noch nie erlebt. Als sie aufwachte, zog Nils Annersa gerade Mickel in die Stube. Der war unwillig und barg die rechte Hand im Kittel.

»Was hast da?«

Alles Ziehen half jedoch nichts. Er war stark und sah bösartig drein.

»Paß bloß auf, Mickel, wenn heimkömmen tust. Wenn die Alte so saufreundlich werden täte und dich betatschet, dann bist geliefert.«

»Nehmet ihr Gift drauf, daß dann eine Wurst rauskömmet!«

»Bist im Vorratshaus gewesen, Mickel!«

»Gibt sie sich zufrieden, das alte Weib, mit einer *Wurst*, was meinst?«

Hillevi hielt es für das beste, wieder die Augen zu schließen und sich schlafend zu stellen. Sie öffnete sie jedoch, als der Junge Anund ganz ernsthaft sagte:

»Da war einer, der hat die Hand alsfort verstecket. Ist aber lang her.«

»Vargsiggen, ja«, brummelte Mickel. »Die rechte Hand, die hat er verstecket. Alsfort.«

»Warum denn?«

»Gibst mir was von dem scharfen Zeug, vielleicht tu ich mich dann entsinnen.«

Halvorsen schenkte ihm Klaren in die Tasse, und er trank langsam.

»Juxt! Juxt! Prost!« riefen die Brüder Annersa.

»Lasset den Spaß! Erzählst jetzt, Mickel. Die Hand, warum hat er die verstecket?«

»Ja. Viele sind's, die das haben wissen gewollt. Sonders auch sie, die Deern, die er geheiratet.«

Ansonsten, meinte Mickel, hatte diese Frau eine gute Partie gemacht. Er war ein sauberer Kerl und hatte ihr zur Hochzeit Silber umgehängt. Viele Rene besaß er, eine große Renherde. Ja, ja.

Und obwohl sie ihn auf diese Weise kennenlernte, wie Leute es tun, wenn sie im selben Bett schlafen, bekam sie nie seine rechte Hand zu sehen. Als sie fragte, was damit sei, ob die Hand schwer verletzt sei, sagte er, sie solle sich da raushalten. Böse klang er dabei.

Nun sind die Weibsbilder einmal so beschaffen, daß sie einfach nichts auf sich beruhen lassen können. Alles müssen sie wissen. Und diese war genauso, wenn sie auch jung und unschuldig wirkte. So beschloß sie eines Abends, nachdem er im Fjäll den ganzen Tag Rene getrieben und sich dann müde aufs Ohr gelegt hatte, nachzusehen. In der Nacht, als er ganz tief schlief, schlug sie behende ein Fell nach dem anderen zurück. Die Hand hatte er wie gewöhnlich unters Hemd gesteckt, sie krempelte es säuberlich und vorsichtig hoch. In der Glut auf der Feuerstätte lebte noch etwas Feuer, und ab und zu flackerte ein schwaches Licht auf. Da sah sie es.

»Was hat sie denn gesehen?«

»Die Hand natürlich. Aber ist nichten gewesen eine Hand.«

»Was dann?«

»Ein Pfoten. Klauen dran.«

Ja, so einer war das also. Als Wolf trieb es ihn um. Da verstand sie. Aber noch war nichts passiert. Er war keine einzige Nacht fortgewesen, seitdem sie verheiratet waren. Deswegen dachte das arme Mädchen, er sei geheilt.

»War's er aber nichten?«

»Ooo nein.«

»Es ist kömmen, wie's hat kömmen gemußt. Weg war er nächtens und ist kömmen heim ganz fertig und blaß.«

»Und sie? Ist sie zurück zu den Ihrigen wieder?«

»Aber nein. Hat ausgehalten, bis er tot ward.«

»Wie ward er denn tot?«

»Erschossen ward er.«

Der Lappe, der ihn erschoß, wußte von nichts. Er balgte den toten Wolf ab, und gab auch auf die Klauen acht, sagte aber hinterher, daß die rechte Vorderpfote beschädigt gewesen sei. Sie habe kein Fell gehabt. Und die Frau, sie fand ihren Mann in einem Speicher. Weißbleich und tot lag er dort und hatte nur ein bißchen Blut um den Mund.

»Und hat sie gesehen da, die Hand. Mit Haaren und Klauen.«

»So was Dummes«, sagte Elsa und sah blaß aus. »So ein Zeug, was die sich haben ausgedenkt frühers. Wie sie nichtens gewußt.«

»War verkrüppelt, die Hand«, sagte Verna. »Derhalben hat er's verstecket.«

»Mißgeburten, das haben die nichten geschlucket.«

»Sagst das nichten«, versetzte Mickel. »Verrufet nichten die Lappen.«

»Hat zuviel abgekrieget jetzt, von dem scharfen Zeug.«

»Aber bittschön«, sagte Verna. »Meine ich nichten sonders die Lappen. Niemand hat's haben gewollt, die Mißgeburten. Drunten, in Svartvattnet, eine Deern ist da gewesen, die...«

»Ja, was?«

»Ja, wie saget man es«, sagte Verna mit einem Blick auf Elsa. »Hat was beisam gehabet mit ihrigem Bruder. Sind aber eigentlich noch Kinder gewesen.«

»Nichten sind die gar so unschuldig, die Kinder.«

»Na ja«, sagte Verna. »Das ist nichten gleich. Waren aber

solche, die kümmern sich nichten viel drum. Und es ist kömmen, wie's kömmen ist. Hat ein Kind gekrieget, die Deern. Unter vielem Elend, ist doch so schmal und klein gewesen. Und eine Mißgeburt ward's.«

»Wie?«

»Weiß niemand. Hat niemand gesehen.«

»Ward's tot?«

»Ja.«

Ihre Gesichter bestanden jetzt nur aus Schatten und Löchern. Außer Vernas, denn sie saß so, daß ihr das letzte Züngeln der Lampe übers Gesicht flackerte. Ihre Augen hatten die Farbe von Zinn, und ihre Haut war gelbbleich und wirkte fett.

Hillevi wollte hinaus, wagte sich aber nicht zu rühren. Wenn sie sich rührte, fürchtete sie, finge sie zu schreien an. Frei heraus.

»Haben sie ihm ein Leid antan?« fragte Nils Annersa.

»Ja.«

»Wie denn?«

»Winters ist's halt gewesen, und hatten sie eine Wuhne, wo sie Wasser geschöpfet für sich und das Vieh. Haben es ein Weilchen ins Wasser gesenket. Ja, so ward's damit.«

»Frühers«, sagte Elsa und kicherte.

Hillevi stand auf, mußte jedoch Halt suchen und hätte beinahe die Hand auf die heiße Kesselmauer gelegt.

»Vorsicht«, sagte Halvorsen und griff nach ihr.

»Ich muß raus.«

Er umfaßte ihre Taille und ging zu der niedrigen Tür. Nachdem er ihr geöffnet hatte, legte er Hillevi die Hand auf den Kopf und beugte sie so, daß sie sich die Stirn nicht anschlug.

Draußen machte sie sich von ihm frei und stellte sich an die Wand der Badestube, die zum Fluß wies und wo niemand sie sehen konnte. Sie fühlte sich trotzdem gefangen. In unmittelbarer Nähe lärmte das Wasser. Es plapperte und gluckste. Spitze Schreie und das Sausen eines boshaften Gelächters. Eines weit entfernten freilich, obwohl es eigentlich ganz nahe war. Es klang gerade so weit entfernt, daß dieses Plappern zwar vom Ohr, nicht aber vom Verstand erfaßt werden konnte.

Ich muß fort von hier, dachte sie.

Halvorsen kam vorsichtig um die Ecke und fragte, ob ihr übel sei. Sie schüttelte den Kopf.

»War schlimm, das Gerede«, sagte er.

»Ja.«

»Das halten die nichten für gar arg. Ist ja lange her, daß es passieret.«

»Wann denn?«

»Weiß niemand. Mag's gewesen sein vor hundert Jahren. Und mehr. Falls sie nichten lügen tun.«

Da fing Hillevi an zu weinen. Das Weinen riß ihr in der Brust, und er kam nicht umhin, den Arm um sie zu legen und wie mit einem Kind zu reden. Er hatte seine Jacke in der Badestube ausgezogen und es nicht geschafft, sie anzuziehen, als sie hinausgingen. Sein Hemd wirkte frisch gewaschen, und die Haut an seinem Hals roch nach Seife.

»Wann fahren Sie nach Hause, Halvorsen?« fragte sie.

»Zeitig, Hillevi, wenn sie das wollen tut. Hell muß aber werden, die Mähre muß sehen, wo sie den Fuß setzet.«

»Bis dahin ist es noch lange«, sagte Hillevi und weinte wieder. »Ich bringe es nicht über mich, wieder hineinzugehen. Und ich weiß nicht, wo ich schlafen soll. Ich hätte nie herkommen dürfen.«

»Nehmet sie sich das nichten gar zu Herzen«, sagte er. »Ist alles Schnapsgefasel. Mein Fehler ist's gewesen. Hätte es nicht anbrechen gedurft, das Fäßchen.«

Dann führte er sie zur Backstube hinüber und sagte, sie solle dort warten. Als er zurückkam, hatte er eine graue Wolldecke bei sich und eine Felldecke. Diese breitete er auf dem Backtisch aus und sagte, Hillevi solle dort hinaufsteigen und die Wolldecke um sich schlagen.

»Ich heiz den Backofen ein«, sagte er. »Wird baldig warm sein.«

Als er das Feuer in Gang gebracht hatte, ging er hinaus und kam nach einer Weile mit ihrem Hut und ihrer Tasche zurück. Ihr Kopftuch legte er ihr zu einem Kissen zusammen.

»Fürchtet sie sich nun nichten, wenn ich reinkömmen tu hie und da und ein paar Scheite nachlege.«

»Aber wo wollen Sie denn bleiben?«

»Draußen«, erwiderte er kurz.

Er dachte an das Gerede, wurde ihr klar. Dieses ewige Gerede, das an allem herumfingerte.

Es war noch kaum hell draußen und nicht so kalt, wie sie angenommen hatte. Sie würden im Sonnenaufgehen fahren, hatte Halvorsen gesagt, doch in dem milden trüben Wetter konnte sie keine Sonne aufgehen sehen. Die Birken entlang des Flusses waren gelb gesprenkelt, und vorsichtig regten sich Vögel im Laub. Obwohl sie jetzt, da es auf den Herbst zuging, eher schwiegen, merkte sie, daß es viele waren. Manchmal verwechselte sie einen Vogelschrei mit dem Geräusch des Wassers zwischen den Steinen im Fluß.

Halvorsen hatte angeschirrt und half ihr aufs Fahrzeug. Hillevi war noch nie mit einem so einfachen Wagen gefahren: eine kleine Ladefläche, ein Bock zum Sitzen.

Jetzt, dachte sie. Jetzt nimmt er die Zügel, und wir fahren ungesehen fort von hier. Es wird so sein, als wäre es nie geschehen.

Aber so leicht kamen sie nicht weg. Er mußte noch ein leeres Faß holen, in dem Leuchtpetroleum gewesen war, und außerdem einen Sack leerer Pilsnerflaschen, die derart schepperten, daß ihr die Tränen kamen. Sie kauerte sich auf dem Bock zusammen. Sollten die Leute im Haus erwachen, würden sie allenfalls ein Wolldeckenbündel mit einem Hut obenauf sehen.

Er zurrte das leere Faß fest. Alles machte er bedächtig und ordentlich. Sie erkannte seine Bewegungen von ihrer Reise im Märzwinter nach Röbäck wieder.

Und dann kletterte er endlich auf den Bock. Er kippte seinen Hut in steilem Winkel nach vorn, obwohl gar keine Sonne schien, die ihm in die Augen hätte fallen können. Es handelte sich wahrscheinlich nur um eine Angewohnheit. Ein einziges Mal mit der Zunge schnalzend und ohne die Zügel über den Pferderücken zu bewegen, trieb er dann das Tier an. Die Mähre hatte ein scharfes Gehör, sie beugte den Nacken und begann zu ziehen. Sie merkte, daß die Fracht leicht war, und verfiel rasch in eine ebenmäßige, vorsichtig dem unebenen Karrenweg angepaßte Gangart.

»Es ist dasselbe Pferd«, sagte Hillevi. »Wie damals, als wir von Lomsjö kamen.«

»Docka, ja«, erwiderte er. »Die kömmet überall durch, möcht es noch so quatschig sein.«

Der Wagen rüttelte, obwohl der Boden weich war. Steinköpfe ragten auf und Grasbüschel, die borstigen Schädeln glichen. Solange sie am Fluß entlangfuhren, ging es noch. Aber an einer kleinen Steigung nach dem ersten Moor mußten sie absteigen und zu Fuß gehen. Er sprach weiter über das Pferd und sagte, daß es eine norwegische Dølestute sei. Er habe sie als sein eigen zur Konfirmation bekommen. Von Großvatern in Fagerli.

Sie stellte sich ihn als schwarzhaarigen und schmalen Konfirmanden vor. Ein eigenes Pferd für einen Vierzehnjährigen! Sie mußten also wohlhabende Leute sein. Als hätte er ihre Gedanken gelesen und vielleicht auch deshalb, weil er aufrichtig sein wollte, sagte er:

»Bezahlet hat's der andre Großvater, der in Lakahögen.«

Als er das Pferd bekam, hatte er bestimmt so ausgesehen wie jetzt, angestrengt gleichgültig, nur um seine wilde Freude nicht zu zeigen. Worüber aber freute er sich jetzt so?

»Was machet sie denn gar so vergnüget, Hillevi?« fragte er.

Sie hatte eigentlich nicht angenommen, daß er ihr Gesicht sah, denn er hatte den Blick ständig nach vorn gerichtet. Oder spürte er ihre Lachlust ebenso, wie sie seine spürte? Sie gingen nahe nebeneinander. Sein Arm berührte manchmal den ihren.

»Ich meinte Sie vor mir sehen zu können, Halvorsen«, sagte sie. »Als Konfirmanden.«

»Ja, ja«, sagte er. »Raus ist eins aus dem schwarzen Anzug, sowie das Essen gewesen, und geschlupfet in die Lodene und die Stiefel und zum Pferd gegangen.«

Sie traten aus dem Tannenhain, der auf der Höhe lag, und kamen in ebenere Gefilde entlang eines weiten Moores hinab. Nun konnten sie wieder auf den Wagen steigen. Lange Zeit war nichts anderes zu hören als das fromme Geräusch von Dockas Hufen auf dem weichen Boden. Sie war schwarzbraun und hatte unmittelbar über dem Schweifriemen eine kleine Zottel auf der Kruppe. Die runden Hinterbacken glänzten. Hillevi war sich ziemlich sicher, daß er sie am Morgen gestriegelt hatte. Dockas Schwanz war wie ihre Mähne lang und schillerte schwarzrot. Ihr Pony kräuselte sich.

Im Pferdegeruch hatte Hillevi bereits geschlafen. Dieser saß in der Wolldecke, die Halvorsen über sie gebreitet hatte. Und nun lag der Geruch als warmer Dampf in der morgendlichen Kühle. Mit Unbehagen dachte sie an die Bierkutscher in Uppsala mit ihren großen Gäulen und an den Kärrner, ihn, der mit einem mageren Wallach die Latrinen abfuhr. Ein Dølepferd, erklärte Halvorsen, das sei ein Kaltblut, wenn auch mit Warmblut in sich. Das sei ein kräftiges und beharrliches kleines Pferd. Und dies hier sei obendrein verständig.

Eine Bekassine fuhr auf und richtete ihren gebogenen Schnabel wie eine Sonde zum Himmel. Hillevi zuckte bei ihrem Ruf zusammen, und Halvorsen lächelte. Seine Wange war immer noch glatt. Oder hatte er sich erneut rasiert?

Das gab ihr zu denken.

Nachdem er angeschirrt hatte und zu ihr auf den Bock geklettert war, hatte er ihr die graue Wolldecke um die Schultern gelegt und sie fest und gut darin eingehüllt. Er war die pure Besonnenheit und Fürsorge. Jetzt fand sie, daß er recht jung sei und einen feuchten Knabenblick habe. Oder ein Auge wie ein Hengstfohlen.

Für eine kleine Weile brach die Sonne durch, der Wasserdunst über den Waldseen und der Dampf aus den Mooren färbte sich rosa in ihrem Licht. Über den niedrigen Bergen hingen jedoch Regenschleier, und bald war die Luft wieder spinnwebengrau, warm und trübe. In den Weiden tropfte es schon als Vorbote des Regens, es war aber erst der Tau, der sich löste.

Nach einer knappen Stunde kamen sie in den Wald hinab und mußten der Steine und unebenen Karrenspuren wegen zu Fuß weitergehen. Sanft fragte er, ob sie sich ausruhen wolle, doch sie schüttelte den Kopf. Sie hatte ein bißchen Angst, wußte aber nicht wovor.

Auf dem eigentlichen Almweg war es dann sommerlicher. Die Moore waren vom Frost nicht gar so rot versengt, die Birken hatten sich noch kaum gelichtet. Die großen Seen lagen nun weit unter ihnen und dahinter, in wattige Wolkenkleckse gehüllt, die hohen Berge. Der lange Ruf einer Frauenstimme ertönte, sie kuckuckte auf und ab. Halvorsen wußte natürlich den Namen der Frau, die den jodeligen Lockruf von sich gab. Es war Elin, und die Alm hieß Nisjbuan.

Hillevi war froh, daß sie allmählich in die Nähe von Menschen kamen. Oder zumindest eines Menschen. Es hatte aufgefrischt. Die unterste Wolkendecke bewegte sich jetzt in starkem Wind; Wolkenfladen zogen rasch von West nach Ost. Docka strebte mit wippendem Stirnpony weiter. Der Weg war ebener geworden. Hillevi durfte aufsitzen und die Wolldecke um sich schlagen. Halvorsen ging weiterhin nebenher. Die leeren Flaschen schepperten jetzt ganz gräßlich. Vorher hatte sie das Geräusch gar nicht richtig wahrgenommen, oder aber der Weg war jetzt fester. Ein heftiges Verlangen nach Stille überkam sie. Sie sagte jedoch nichts, denn das hätte nicht ganz gescheit geklungen.

Da befanden sie sich plötzlich in einem tropfenden Grau. Der Wind hielt für kurze Zeit den Atem an, und sie wurden in einen solchen grauen Dampf gehüllt, wie sie ihn eben noch um die Bergesgipfel hatten liegen sehen. Nun sahen sie gar nichts mehr. Das Wasser löste sich in die Luft, der Sprühregen wurde zu Tropfen, und dann begann es zu gießen.

»Verdammt«, sagte Halvorsen. »Jetzt kömmet der Hut zu Schaden, Hillevi!«

Sie nahm ihn ab, und er steckte ihn in den Sack mit den Flaschen. Darunter würde er wohl auch leiden, aber sie sagte nichts, sondern verknotete sich ein Kopftuch unterm Kinn. Halvorsen hatte Docka zum Stehen gebracht und führte sie nun vom Weg ab. Ein Stück weit war der Boden ziemlich eben. Hillevi war verdutzt, als er die Deichseln löste.

»Wir gehen hin zur Schutztanne«, sagte er. »Ganz dicht ist

die. Die Mähre, kann sie nichten hier stehenlassen, in dem Regenguß.«

Und so führte er das Pferd über den schwankenden Boden in einen moorigen Tannenwald, der sich mehr und mehr lichtete. Hillevi hatte gedacht, es würde reichen, wenn sie sich unter eine x-beliebige Tanne setzten. Doch er sagte, die rechte Tanne sei noch ein Stück entfernt. Die Schnitter würden dort immer übernachten, und sie sei dicht wie eine Hütte.

Es war die größte Tanne, die Hillevi je gesehen hatte. Davor befanden sich eine schräge Schutzwand aus Reisern und die schwarzen Reste einer Feuerstelle. Nie hätte sie geglaubt, daß es so große Bäume gebe. Sie kam nicht einmal dazu, einen Blick auf den Wipfel zu erhaschen, denn Halvorsen schob sie unter die Äste und warf die Wolldecke hinterher. Als er dann einen Platz für die Mähre fand und sie festband, hörte sie ihn auf der anderen Seite der Tanne rumoren.

Der unterste Kranz von Tannenzweigen war wie eine große Glocke oder ein weiter, schleifender gefranster Rock. Es gab hier nichts Grünes auf der Erde, lediglich einen glatten Teppich aus rotbraunen Nadeln. Und das Dach war dicht. Draußen rauschte jetzt der Regen, doch es drang kein Tropfen herein.

Hillevi nahm ihr Kopftuch ab und trocknete sich damit das Gesicht. Jetzt kam Halvorsen hereingekrochen und drehte vorsichtig seine Melone herum, damit das Wasser abtropfte. Auch sein Haar war naß. Als er sah, daß Hillevis Kopftuch so naß war, daß sie es nicht wieder aufsetzen konnte, sagte er:

»Ist aber schade.«

»Warum denn?«

»War so küsserig mit dem Kopftuch, Hillevi.«

Das war es, was sie verstand. Er würde unverschämt werden, wenn sie auf diese Weise so nahe zusammenkrochen. Erst einmal sagte er aber nichts mehr in dieser Richtung, sondern holte aus dem Inneren seiner Jacke eine Flasche hervor. Sie steckte in einer Wollsocke.

»Jetzt krieget sie Kaffee und belegtes Brot, Hillevi«, sagte er.

Sie mußten die Wolldecke miteinander teilen, und sie tranken den lauwarmen Kaffee aus ein und demselben Flaschenhals. Anders ließ es sich nicht machen. Draußen war alles morgendlich nackt und naß, und der rauschende Regen machte Hillevi fast schwindeln. Er löste die Düfte aus dem Moor. Die kannte sie vom Multbeerensammeln her. Ein modriger, kräftiger und vielschichtiger würziger Duft.

Als sie die Wurstbrote aßen, die, wie sie sich ziemlich sicher war, für den Großhändler als Proviant bestimmt gewesen waren, fragte er freiweg und ohne Spott in der Stimme:

»Hat sie denn einen Freund, Hillevi?«

Jetzt, wenn überhaupt je, mußte sie sich das verbitten. Was aber sollte sie sagen? Daß er zu weit gegangen und unverschämt sei? Er mußte verstanden haben, daß sie verärgert war, denn er sagte:

»Nehme sie's bitte nichten übel, Hillevi.«

Und dann begann er mit einer Stimme, die dem, was er eben gesagt hatte, die Ernsthaftigkeit nehmen sollte, leise zu singen:

Nen Freund gleich in der Nachbarschaft,
da ist die Lieb ganz tugendhaft…

Ihr ging durch den Kopf, wie wahnsinnig das mit Edvard alles war. Derbe Liebeslust. Diese Worte staken wie ein Messer senkrecht in einem Butterfaß. Und Tugend. Das war ein richtiges Edvard-Nolin-Wort.

»Hillevi zürnet«, sagte er. »Muß ich sie wieder guten Muts machen.«

Und dann legte er seinen Mund an ihren Hals.

Das war es, was geschah. Sein feuchter Mund und der Regen. Und er nahm seine Lippen nicht fort. Küßte auch nicht, ließ sie nur dort liegen, feucht auf der Haut ihres Halses und dennoch warm.

Was geschieht, geschieht. Man denkt es sich nicht aus. Eine wilde Freude durchfuhr den Körper. Das hatte sie bisher nur bei kleinen Kindern gesehen. Sie wandte schließlich den Kopf, aber nicht von ihm ab, sondern so, daß er an ihren Mund herankam. Sie befühlte sein schwarzes Haar, das nicht mehr so kurz war. Es lockte sich jetzt im Nacken. Und es war feucht, außer ganz

138

oben auf dem Scheitel, wo der Hut es vor dem Regen geschützt hatte.

Sie war wahnsinnig. Wohin das führte, wurde ihr erst richtig klar, als er fragte:

»Will sie es denn, Hillevi?«

Sie war ganz verdutzt, daß er diese Sache in Worte faßte. Auch wenn er sie nur mit »es« bezeichnete.

Sie war ja nicht unschuldig. Womöglich nahm er das als selbstverständlich an? Sie glaubte zu wissen, wie es vor sich ging. Hast, heftiges Atmen. Küsse, die bemänteln sollten, daß Häkchen aus Ösen gehakt und Hosenträger heruntergezogen wurden. Nichts dergleichen. Er nahm seine Lippen von den ihren und strich ihr mit dem Zeigefinger über den Mund. Seine Augen waren ganz braun, und aus dieser Nähe sah sie, daß er geschwungene Wimpern hatte. Sie dachte an seine Mutter, daran, welche Freude diese empfunden haben mußte, als sie zum ersten Mal den Körper dieses Jungen hielt, und sie fragte sich, wer seine Mutter war.

Man hätte annehmen können, daß in einem Regen wie diesem alles ganz eilig vonstatten gehen müßte. Halvorsen schien jedoch alle Zeit der Welt zu haben und zog ihr ganz sorgfältig die Nadeln aus dem Haarknoten, so daß ihr Zopf herabfiel. Sie wollte eigentlich nicht, daß er ihn löste, weil sich in der Feuchtigkeit das Haar kräuselte und unmöglich wieder in Fasson bringen ließe. Doch daß sie jemals wieder unter Leute kommen würden, schien ihr völlig fern, und deshalb ließ sie ihn gewähren. Immerhin dachte er ein bißchen weiter, denn er steckte die Haarnadeln in die Innentasche seiner Jacke. Dann pusselte er den Kragenknopf ihrer Bluse auf und legte seine Lippen und seine Zungenspitze an ihre Drosselgrube. Wieder durchfuhr dieser wirbelnde Stoß ihren Körper. Es war eine Art elektrischer Strom, der ohne Leitungen umherfloß, allerdings ein köstlicherer und sanfterer als der, der in den Lampen leuchtete.

Es ist klar, daß ein Mensch immer derselbe Mensch ist, egal, was er tut. Auch Halvorsen blieb sich gleich, sorgfältig und geduldig, ob er nun eine Ladefläche mit Waren belud, die Mähre anschirrte oder Fräulein Hillevi Klarin entkleidete. Ihr wurde außerdem klar, daß seine Begierde schon viel länger vorhanden war als ihre, daß er damit vertraut war und sie zügeln konnte, während er seine Jacke auszog und Hillevi um die Schultern legte.

Er wollte ihr das Korsett ausziehen. Das war schier ein Ding der Unmöglichkeit. Beharrlich versuchte er es aufzuschnüren, nachdem er sie auf der Pferdedecke auf den Bauch gedreht hatte und nun mit dem Mund an ihrem Nacken lag, die Lippen in einem Wirrwarr feuchter Haare. Da drehte sie sich resolut um und zeigte ihm die Häkchen vorn, die von einem überstehenden Saum verborgen wurden. Sie mußten beide lachen, als sie es gemeinsam ungeschickt aufhakten und ihre Finger sich in die Quere kamen. Er riß sich das Hemd hoch und zog den Gürtel aus der Hose, und in ihrem Kopf blitzte die Erinnerung auf, wie er sich in Torshåle oben an der Brennholzschuppentür rasiert hatte. Ihr fiel ein, was sie dabei gedacht hatte, und sie schämte sich.

Aber schwarzhaarig, das war er.

Sie half ihm die langen Hosen aus Madapolam ausziehen und war froh, daß sie stets reinliche Unterwäsche trug, die sie selbst bestickt hatte. Jetzt gingen ihr Überlegungen durch den Sinn: Den ganzen Weg über hatte er sich keinen Priem unter die Lippe gesteckt. Hatte er sich deswegen des Tabaks enthalten, weil er schon von Anfang an beabsichtigt hatte, das hier zu tun? Doch dann waren sie Haut an Haut, und all ihre Gedanken waren dahin.

Sie war ja nicht unschuldig, aber ihre Brüste hatte noch kein Mann gesehen. Mit Edvard war alles im Dunkeln und in Wäsche vonstatten gegangen. Halvorsen war so begeistert von ihnen, daß er sich wieder ein wenig vergaß. Er mißdeutete ihre heftige Bewegung, als er sich die Hosen hinunterschob und sein Glied hervorholte, und er flüsterte, daß sie keine Angst zu haben brauche.

»Sanft ist er, wie ein Pferdemaul«, sagte er.

Hinterher lagen sie da und versuchten sich beide mit seiner Jacke zuzudecken. Er zog Hillevi die Wolldecke um die Schul-

tern. In der Tanne oben raschelte es, vielleicht ein Eichhörnchen. Hillevi verstand, daß in einem so großen Baum viele Ge-
schöpfe leben können. Das Prasseln, wenn Docka aus ihrem
Futtersack fraß, war bis zu ihnen zu hören.

»Du frierst«, flüsterte er und legte die Jacke enger um sie.
Dann erhob er sich halb gebückt unter den Tannenzweigen, zog
sich die Hosen hoch und gürtete sie. Die Hosenknöpfe ließ
er offen. Er wühlte in der großen Tannenhütte beim Stamm
herum, und fand er irgendwo trockene Zweige, brach er sie ab.
Nach einer Weile begann es nach Rauch zu riechen; ein Stück
weiter draußen, dort, wo schon vorher eine schwarz verbrannte
Stelle gewesen war, hatte er ein kleines Feuer in Gang gebracht.
Die Wärme kam in schwachen Wellen, wie ein Atmen.

Es war noch ein wenig Kaffee in der Flasche, doch er war
fast kalt. Die belegten Brote waren zu Ende. Sie konnten Dockas
Kaubewegungen im Beutel hören und lächelten über das Geräusch.

»Sie hat nicht alles auf einmal genommen«, sagte Hillevi.

»Hab ich auch nichten getan«, flüsterte er ihr ins Ohr, und sie
spürte, wie ihr die Röte in die Wangen stieg.

Der Regen rauschte unverändert, und sie begriff, daß sie
noch lange bleiben mußten.

Elis lebte in diesem Sommer bei einer Frau, die die Leute Russenweib nannten. Es dauerte allerdings seine Zeit, bis er diesen häßlichen Namen erfuhr.

An jenem Märztag war er übers Eis zu den Almen auf Lunäset gegangen, wo im Winter niemand wohnte. Die nördliche Seeseite, wo die Dörfer lagen, scheute er. Dort würde man ihn sofort erkennen, weil seine Mutter in Jolet geboren und aufgewachsen war. Er wechselte statt dessen auf die Südseite. Er wollte in eine der Almhütten auf Lunäset eindringen, vorsichtig Feuer machen und dort schlafen. Zwar hatte er sein Stück Speck, aber das wäre ja irgendwann zu Ende. Und es war nicht auszuschließen, daß sie in einem Pfahlspeicher oder Erdkeller etwas Eßbares vergessen hatten.

Aber das einzige, was er fand, waren alte, brüchige Fischernetze und Fallenhölzer. Und Mäusedreck.

Er mußte schon bald wieder aufbrechen, und er wanderte auf dem Eis nahe am Ufer. Gegen Abend des nächsten Tages erreichte er Skuruvasslia. Dort rauchten die Schornsteine. Er durfte sich auf keinen Fall zu erkennen geben. Dann würde er bald heimgeschickt oder vom Vater eingeholt werden. Außerdem war ihm die Eingebung gekommen, daß sie ihn, wenn er sich nicht zeigte, für tot halten würden, weil niemand ihn gesehen hätte.

Die Hunde lärmten, aber kein Mensch schien sich um sie zu kümmern, und so schlich er sich ungesehen in einen Viehstall. Dort schlief er, aber nur mit einem Auge, um nicht überrascht zu werden, wenn sie zum morgendlichen Melken kämen. Ihm wurde schlecht vor Schreck, als mitten in der Nacht eine Tür kreischte und schwere Schritte zu hören waren. Aber dann begriff er, daß sie sich auf der anderen Seite der Bretterwand be-

142

wegten, im Pferdestall. Er wußte ja, daß Leute, die ihre Pferde zu harter Waldarbeit heranzogen, nachts aufstanden und ihnen Futter gaben. Bald war es wieder still. Er hörte lediglich die Pferde mit den Kiefern mahlen und die Hufe versetzen. Er konnte nun nicht mehr schlafen, blieb aber noch etwa eine Stunde in der Schafswärme liegen. Als letztes schnappte er sich eine Anschovisdose und molk eine kleine gefleckte Kuh.

Nun hatte er gestohlen.

Er dachte an alles, was er getan hatte, konnte aber nicht weinen. Er hatte nicht das Gefühl, so schlecht und verdorben zu sein, nur hungrig.

Er fragte sich, ob er sich selbst im Sommer hätte ernähren können. Er war ein Urenkel des Alten, den sie Granoxen, den Tannenochsen, genannt hatten. Der hatte von dem gelebt, was der Wald bot. Aber er hatte immerhin ein Gewehr und seine Fallen und Netze besessen. Elis hatte nur das Messer.

Deshalb kam es, daß er auch weiterhin ein bißchen stahl. Die Leute hatten ja keine Schlösser an den Schuppen. Er behielt immer etwas in der Tasche zurück, um es den Hunden zuzuwerfen, die nicht angekettet waren und auf ihn zugestürmt kamen. Für ein Stück Wurst ließen sie ab. Er begann die Hunde fast zu verachten.

Sein größter Wunsch war es, übers Fjäll in die Täler auf der anderen Seite zu kommen. Dort würde sich niemand ausrechnen können, wo er hingehörte. Er fürchtete jedoch die Fuhrleute, die, solange der Schnee dort oben hoch und verharscht war, nach Norwegen hinüberfuhren. Von denen konnte ihn jemand erkennen. Also lebte er bis in den Mai hinein wie ein ausgehungerter Landstreicher. Ja, noch karger. Manchmal fand er, daß es ihm nicht viel anders ergehe als einem Fuchs. Er dachte aber nie daran, aufzugeben und zurückzugehen.

Die Einsamkeit veränderte ihn sehr. Er hörte besser und sah auch besser. Als er ein Paar Handschuhe stahl, die jemand in einem Viehstall vergessen hatte, empfand er nichts als Freude über den Fund. Daß er verdorben sein könnte, dieser Gedanke kam ihm gar nicht mehr.

Indem er die Wege mied und übers Eis der Seen gegan-

143

gen war, hatte er sich durchgeschlagen, ohne von irgendeinem Menschen entdeckt worden zu sein. Er war sich ziemlich sicher, daß sie ihn zu Hause als tot betrachteten. Als er einmal einigermaßen satt war – er hatte einen Käse gefunden –, dachte er, daß es nicht dasselbe Leben wäre, wenn er noch lebte. Dieser Gedanke biß sich fest.

Als die Gebirgswege trocken waren, machten sich die Leute wieder auf. Er spähte oft nach den Fahrenden. Schließlich hatte er Glück und entdeckte einen, der nicht aus dieser Gegend stammen konnte, denn er trug einen breitkrempigen schwarzen Hut und einen bis zum Kinn geknöpften Rock. Es war ein Prediger. Er war womöglich im Herbst nach einem Schneesturm auf der verkehrten Seite des Fjälls hängengeblieben und befand sich nun auf dem Heimweg.

Elis jagte ihm natürlich einen Schrecken ein. Ihm schwante zwar, wie er sich ausnahm, aber daß der Prediger derart Angst bekäme, hatte er nicht erwartet. Sie legte sich aber, als er sah, daß es nur ein Junge war.

Er durfte mit ihm hinter einer kleinen, hellbraunen Mähre herfahren. Der Preis war natürlich eine ewige Fragerei. Elis schwieg beharrlich, und wenn er ein Wort sagte, versuchte er so zu klingen wie die Leute in Jolet, wenn sie am unverständlichsten waren.

Der Prediger sprach während der ganzen Fahrt über Jesus. Elis hatte sich nicht viele Gedanken über ihn gemacht. Aber der hier schien genau zu wissen, wie Jesus wohnte und was er aß und was er an den Füßen trug. Er wirkte recht kindisch. Elis merkte erneut, daß seine lange Einsamkeit ihn verändert hatte. Er hatte die Leute früher mehr gefürchtet und immer geglaubt, sie seien klüger als er, jedenfalls dann, wenn sie besser gekleidet waren. Und das waren ja fast alle. Er hatte gedacht, daß Landstreicher von Natur aus ängstlich seien. Sie sahen so aus. Aber er selbst war nicht mehr ängstlich. Es gebe auch dreiste Landstreicher, hatte seine Tante Bäret gesagt, wie er sich erinnerte.

Er sagte dem Prediger weder Dank noch Lebewohl, denn er hatte gleich am Anfang beschlossen, sich einfach davonzustehlen, um Fragen zu entgehen oder, noch ärger, in seiner Gesellschaft unter Leute zu kommen. Niemand sollte erfahren, daß er von jenseits des Fjälls kam.

Auch Prediger müssen einmal pinkeln. Als dieser sich, so halbwegs fein wie er war, hinter eine Tanne stellte, nahm Elis die Gelegenheit wahr, sich den steilen Waldhang hinauf zu verdrücken. Er kletterte immer weiter, bis er zu einem Felsenvorsprung kam. Dort saß er und hörte den Prediger rufen. Wie'n Luchs. Es war fürchterlich, wie lange er es aushielt zu rufen. Schließlich schämte sich Elis ein bißchen. Er wunderte sich über sich selbst, denn er hatte gedacht, er höre nun mit Luchsohren und könne sich nicht mehr schämen.

Aus dem Fjäll herabkommend waren sie in einem Kessel gelandet, dessen Ränder senkrechte Berge bildeten, die mit Tannen überzogen waren. Der große Fluß, der als breites, glasgrünes Band weit unten im Abgrund dahingeglitten war, während sie sich oben befanden, wirbelte nun von Wasserfall zu Wasserfall und spiegelte dunkel den Wald. Der Taleinschnitt lag den ganzen Tag über im Schatten.

Weiter unten dann entdeckte er eine Ansammlung grauer Häuser. Das Tal hatte sich nun ein wenig geweitet. Er saß hoch oben im Wald auf der anderen Seite und sah, daß sie Morgensonne hatten, einen kleinen Schimmer.

Er traute sich nicht dort hinunter. Es war zu nah. Den Leuten wäre klar, daß er aus Schweden kam und durchgebrannt war. Selbst drunten auf der Straße traute er sich nicht vorbeizugehen. Mit dem unruhigen Fluß auf der einen und dem steilen Tannenhang auf der anderen Seite bildete sie eine enge Falle. Also kletterte er im Wald oben weiter. Das Fuchsgefühl, das ihm fast abhanden gekommen war, als er sich mit dem Prediger dessen Proviant geteilt hatte, kehrte wieder. Von weitem schon nahm er Rauch wahr.

Er lag still, bis es helle Nacht wurde.

Noch ehe die Sonne aufgegangen war, packten ihn harte Hände und knochige Finger. Er hatte sich unter eine große Tanne gelegt. Es war eine Frau, nämlich die, die Russenweib genannt wurde. Wie er später erfuhr.

Sie war ganz und gar nicht so wie die Leute sonst. Darum hatte sie ihn auch überrascht. Sie war nachts auf, streifte unruhig umher, suchte. Nach Eßbarem, wie er irgendwann begriff. Angst hatte sie auch nicht.

Sie schleppte ihn zu einer mit Grasnarben gedeckten Hütte und einigen kleinen Nebengebäuden hinunter. Er hätte sich losreißen können, dachte aber, daß sie vielleicht etwas zu essen habe.

Im Viehstall gab es keine Tiere. Das Dach war eingefallen. Sie sagte, ein Bär habe die Dachschindeln aufgerissen und sich die Kuh geholt. Das kannte er schon. Sie log fürchterlich.

Sie war ausgemergelt und hatte die Haare weder geflochten noch hochgesteckt. In Wahrheit war er so erschrocken gewesen, als sie ihn gepackt hatte, daß er glaubte, sie sei eine alte Hulde. Doch sie war ziemlich jung. Mitunter dachte er, sie habe vielleicht einen weichen Bauch, aber Späne und Scheite im Rücken.

Das Schlimmste erwartete ihn in der Hütte. Da lag ein fast neugeborenes Kind in einer Wiege, die vom Dachstuhl herunterhing. Er dachte, er hätte das mit Serine und dem Kind alles vergessen. Aber dem war nicht so.

Er wollte auf der Stelle fort. Aber daraus wurde nichts. Ihm ging durch den Kopf, daß diese verlogene und womöglich wahnsinnige Frau das Kind verhungern lassen werde. Es war eine kleine Deern, sie spitzte die Lippen und schmatzte. Obwohl er schier ohnmächtig wurde, streckte er ihr den Finger hin, und sie versuchte daran zu saugen.

Die Frau hatte Milch in den Brüsten, aber Elis hatte noch nie gehört, daß eine stillen konnte, die selber keine Milch zu trinken bekam. Sie sollte zu den anderen hinuntergehen und wenigstens ein bißchen Dickmilch in einer Flasche erbetteln, wenn aus dem Kind ein Mensch werden sollte. Und versuchen, eine Ziege mit heraufzukriegen. Sie tat es aber nicht. Sie sagte, man würde sie davonjagen. Mehr erfuhr er nicht. Das Gute an der Sache war, daß sie auch über ihn nichts wissen wollte.

Also blieb er erst einen Tag und dann noch einen Tag. In

einem Schuppen stieß er auf Netze, grau und brüchig und mit großen Rissen. Er fand Garn in der Hütte, und er schnitzte sich eine Netznadel, um das Gröbste zu flicken. Sie sagte, weiter oben gebe es Waldseen, wo man fischen könne, und daß dort ein Boot liege. Daß er aber vor den Lappen auf der Hut sein solle, denn es sei ihr Boot.

Als sie den Saibling, den sie Rötel nannte, dann kochte, freute er sich über das Fett und meinte, davon bekäme sie Milch in ihren kleinen Brüsten, wenn es auch die verkehrte Sorte sei. Er hatte Torfmoos mitgebracht, so daß sie nun etwas hatte, womit sie das Kind frisch wickeln konnte. Es hatte einen roten Po. Ihm schien, als ob sie überhaupt keinen Verstand hätte.

In den Nebengebäuden war alles spröde und kaputt, aber es gelang ihm, einige Fallen und Schlingen herzurichten. Das erste, was er fing, war eine Häsin. Sie hatte Milch im Gesäuge. Er dachte daran, daß der Fuchs jetzt ihre Jungen holen werde.

Das einzig Eßbare, womit die Frau aufwarten konnte, war Ampfer, aus dem sie Mus kochte. Es wurde ziemlich herb, je weiter der Sommer vorrückte.

Sie hatten auch kein Salz. Er sagte, sie müsse welches besorgen. Aber das wollte sie nicht. Der Fisch war fad, ohne Salz schmeckte alles in etwa gleich. Sie würde den Winter über nicht klarkommen, wenn sie nicht wenigstens eine Ziege und eine Tüte Salz hätte. Sie brauchte auch Mehl.

Komischerweise grinste sie, als er das sagte.

Es gelang ihm schließlich, selber eine Tüte Salz zu besorgen. Als er auf den kleinen Bergwaldseen fischte, kamen, wie zu erwarten war, die Lappen. Sie weideten ihre Rene ein Stück weiter unten und waren ebenfalls zum Fischen da. Er bekam Kaffee. Der sei aus Birkenporlingen gemacht, sagten sie entschuldigend. Tjaanja. Es sei ja nun Kriegszeit, und deshalb sei kein ordentlicher Schwedenkaffee aufzutreiben. Elis, der noch nie etwas anderes als Kornkaffee getrunken hatte, schmeckte er gut. Ebenso wie ihr Renkäse. Sie fragten, woher er komme, und er beschrieb ihnen die Lage der Hütte. Da sagten sie, sie wüßten, daß diese Hütte leergestanden habe, und sie meinten, er solle sich davor hüten, dort zu schlafen. Es könnten Unsichtbare darin hausen. Habe er es nachts noch nie tapsen und wispern hören?

Er sagte, er glaube nicht an Erdgeister und Huldren. Sie hatten ihm aber doch Angst eingejagt. Er dachte an Wiedergänger mit schimmligen Fratzen und Löchern anstelle von Augen.

Als er von dem Kind erzählte und von der Frau, die nicht einmal eine Ziege und auch nichts zum Fischesalzen habe, lamentierten sie gar arg. Sie schenkten ihm eine Tüte Salz, bevor sie weiterzogen.

Er versteckte die Tüte und nahm bei jeder Mahlzeit nur so viel heraus, wie er brauchte. Er hatte das Gefühl, daß sie verschwenderisch sei. Im Spätsommer wollte er nun noch soviel wie möglich fischen und mit Schlingen fangen. Er sagte zu ihr, sie müsse zu den Leuten in den Häusern am Fluß hinuntergehen und gehörig Salz besorgen. Käme sie außerdem an Molke, wäre das gut, weil sie dann Fisch einlegen könnten. Er gab ihr zwei Sommerfelle von Mardern, für die sie im Tausch etwas erhalten müßte.

In einem Schuppen hatte er gegargelte Gefäße entdeckt, die er mit Kannenkraut reinigte. Er wollte für die Frau Fisch hineinschichten und dann seines Wegs ziehen. Sie schien es für selbstverständlich zu halten, daß er bei ihr bleibe. Sie meinte, er könne jetzt, da es auf Herbst und Winter zuging, noch mehr Felle verkaufen und dafür Mehl erhalten. Möglicherweise eine trächtige Ziege, wenn er sich ins Zeug legte. Sie hatte ihren Versorger bekommen, sie blickte einem Winter mit Elis entgegen.

Es war wie ein Alptraum. Obwohl sie jung war, fand er, daß sie solch ein schimmliges Wiedergängergesicht habe, und sie hustete viel, noch mehr als er.

Er machte ihr auch Brennholz zurecht. Es war reichlich spät dafür. Aber bis es getrocknet wäre, konnte sie ja dürre Bäume nehmen. Er tat es für das Kind.

Im Spätsommer sagte er zu ihr, er werde sich ein letztes Mal zu den Waldseen begeben und Netze auslegen. Sie müsse nun hinuntergehen und für seinen Fang Salz kaufen. Danach werde er seines Wegs ziehen. Er müsse sich für den Winter Arbeit besorgen, schauen, ob es irgendwo einen Abtrieb gebe.

Sie lachte ihn aus.

Ein mageres Bürschchen. Wer würde ihn schon dingen?

Dann merkte er, daß sie ihm schön tat. Sie legte ihm die besten Rückenstücke des Saiblings vor. Abends tastete sie sich in seinen Hosenschlitz. Das hatte sie auch vorher schon getan. Sie holte ihm einen herunter und sagte, er solle doch ein bißchen Freude haben. Die ganze Zeit über hatte er schon geahnt, daß sie ihn gern betatschte und wollte, er würde mit ihr desgleichen tun. Das ließ er aber schön bleiben. Mehr wollte sie nicht. Ihm war klar, daß sie Angst hatte, sich wieder einen dicken Bauch zu holen. Er mochte das nicht, was sie mit ihren knochigen Fingern vollführte, die Lust aber machte es ihm schwer, sich loszureißen.

Als er ins Fjäll hinaufzog, war er verzweifelt darüber, daß seine Stiefel leckten und die Hosen zerfetzt waren. Pullover und Rock wärmten auch nicht, denn sie standen vor Schmutz.

Er brauchte nun eine richtige Arbeit. Er fürchtete sich aber vor den Leuten und wußte nicht, ob sie ihn dingen würden, ohne Papiere zu sehen, in denen stünde, wer er sei und woher er komme. Wie auch immer, er brauchte Winterkleidung und mußte seine Stiefel reparieren lassen.

Das Bergaufgehen schlauchte ihn. Er war außer Puste, und sein Zwerchfell arbeitete. Die Müdigkeit rührte von dem schlechten Essen her, dessen war er sich sicher. Er hoffte, wieder auf die Lappen zu treffen. Er dachte an ihren Renkäse. Der gab einem Kraft.

Irgend etwas stimmte nicht mit ihm. Ihm war zum Heulen zumute. Es war lange her, daß er etwas empfunden hatte, was sich weniger lohnte.

Die Lappen waren natürlich zum Waldland hinuntergezogen. Es war kalt dort oben um die steinigen Seen. Er vermißte die Lappen. Der Wind riß an den Zwergbirkensträuchern, die bald entlaubt sein würden. Fisch hatte er genug, aber er konnte nicht länger als eine Nacht bleiben. Es gab nichts, womit er sich in dieser Höhe eine Hütte hätte bauen können, und er war nicht imstande, jeden Abend hinabzusteigen.

Hier war es, als gäbe es auf der Welt nichts anderes als das

Reich der Steine. Kalte Wasser. Knochen von gerissenen Tieren. Fellbüschel mit braunem, getrocknetem Blut. Und über allem ein windiger Himmel, der Armeen von Wolkenfetzen aufmarschieren ließ.

Dieses Fjäll gefiel ihm überhaupt nicht, und das Tal ebensowenig. Man sah hier nichts als Steine. Und unten im Tal sah man nur den steil aufragenden Wald. Es gab keine blauen Höhenrücken, so wie daheim, nichts, worauf man den Blick ruhen lassen und sich nach dem, was dahinter war, sehnen konnte. Alles war, wie es war.

Er roch keinen Rauch, als er weiter herunterkam. Sofort wurde er unruhig. In den zwei Tagen im Steinfjäll oben waren seine Fuchssinne wiedergekehrt.

Er blieb im Schutz der Tannen stehen und besah sich die Hütte genau. Die Axt steckte unberührt im Hackklotz. Er selbst hatte sie hineingerammt. Die Frau warf sie immer nur von sich. Er konnte auch nicht feststellen, daß sie Brennholz geholt hätte.

Er beschloß, die Axt zu holen, bevor er sich der Hütte näherte. Zuerst aber musterte er alles eingehend. Den Nesselhaufen neben dem eingestürzten Viehstall. Das rostige Fuchseisen. An der Vortreppe standen ein Heringseimer und ein Spaten, um die die Grasbüschel aufgeschossen waren. Alles war noch genau wie zuvor. Und doch wieder nicht.

Schließlich sah er ein, daß er noch ewig stehenbleiben konnte, ohne zu verstehen, was da Unheil verkündete. Er hakte seinen Birkenrindenrucksack mit dem Fisch aus und stellte ihn zwischen die Tannenschosse. Dann lief er geschwind zum Brennholzschuppen hinüber und schnappte sich die Axt.

Die Vortreppe knarrte, als er sie betrat. An einer Stelle war er vor einiger Zeit durchgebrochen, diese Stufe ließ er aus. Er stieß die Tür auf, die nach innen ging, und schnupperte die leere und strenge Luft in der Hütte.

Das Kind lag in seiner Hängewiege. Es war ganz still und blaß und hatte die Augen fest geschlossen. Ihm wurde schlecht, und er wußte nicht, ob es sich anzufassen traute. Schließlich

150

mußte er es tun. Die Haut des Kindes war kalt, aber als er sich zum Brustkorb vortastete, spürte er das Herz wie das einer jungen Drossel pochen.

Er wollte nach der Mutter rufen, aber sie hatte niemals ihren Namen genannt. Wieder fiel ihm das mit der alten Hulde ein. Sie war einfach auf und davon. Das wurde ihm klar, als er die beiden sommerlich mageren Marderfelle auf der Bank liegen sah, wo er diese für sie hingelegt hatte. Sie war also nicht gegangen, um Salz zu kaufen. Aber sie war weg.

Er brauchte keine Bestätigung dafür, lief aber trotzdem herum und suchte ihre paar Habseligkeiten. Ihre Schuhe waren verschwunden. Die benutzte sie zu Hause nie. Kein Stoffetzen war mehr da von ihr.

Nun befühlte er die Deern noch mal. Sie war klatschnaß. Das Torfmoos fand er bei seinem alten Vorrat, weshalb diese Sache bald behoben war. Er hatte jedoch nichts, womit er sie füttern konnte. Er wußte, daß ein so kleines Kind am besten Milch bekam, und er wollte wenigsten ein bißchen Fisch kochen und es damit probieren.

Aber es wurde nichts daraus. Er hielt das Mädchen im Arm und merkte, daß er kein Leben in sie bekam. Das Herz stand nicht still, aber um den Mund herum war sie trocken, und sie öffnete die Augen nicht.

Sie stirbt mir, dachte er.

Da raffte er die Lumpen zusammen, die in der Wiege lagen, und schlug sie darin ein, dann ging er. Er ging genau so, wie er gekommen war: mit dem Messer am Gürtel und seiner alten Mütze auf dem Kopf. Sonst hatte er nichts.

Nachdem er den Abhang ein Stück hinuntergestiegen war, schien sie ihm kälter und blauer auszusehen. Da riß er die Lumpen auseinander und befühlte wieder ihr Herz. Ihm war, als sei die leise Bewegung unter seinen Fingern schwächer geworden. Er zog sie aus, nestelte seinen Pullover hoch und legte sie sich an die Brust. Dann zog er den Pullover wieder herunter und sah zu, daß ihr Kopf aus dem Ausschnitt herausragte und Mund und Nase frei waren.

Er war schon weit zwischen den Häusern unten am Fluß, bevor ihn jemand bemerkte. Es war eine Frau. Sie schrie auf und blieb stehen, als hätte sie ein Gespenst gesehen.

Daheim war er im Laden gewesen und in der Schule und mit Mama im Bethaus in Skinnarviken. Aber niemals bei irgend jemandem zu Hause. Der Alte in Lubben, sein Großvater, hatte es verboten. Leute, die zu anderen gingen, nannte er Hoffeger.

In dem Haus, in das die Frau ihn führte, war es warm, und es roch dicht und gut nach Essen und Leuten. Da war ein bemalter Schrank. Er konnte seinen Blick nicht davon losreißen und merkte kaum, was für einen Aufstand es um ihn und das Kind herum gab. Sein Blick ruhte auf den graublauen Blumenranken der Schranktür.

Es waren noch mehr Leute in die Stube gekommen. Sie sahen, daß in dem Kind nicht viel Leben war, und schließlich kam eine junge Frau, nach der sie geschickt hatten. Sie war ganz außer Atem. Ihr gaben sie das Kind, und sie holte eine weiße, blaugeäderte Brust hervor und versuchte dem Kind die Warze in den Mund zu stecken. Alle sahen zu, ohne sich zu schämen, auch Elis. Die Haut der Brust glänzte und war gespannt. Das Kind wollte einfach nicht saugen. Da preßte und molk sie mit den Fingern, bis ein paar Tropfen kamen. Aber obwohl die Milch dem Kind auf die Lippen rann, bewegten sich diese nicht.

Da holte die ältere Frau, sie, die Elis begegnet war, einen kleinen Löffel, in den die junge Frau nun molk. Elis konnte den Blick nicht von dem Schrank wenden, obwohl alle anderen auf den Mund des Kindes und auf den Löffel schauten. In dem Blaugrau war auch Rot, kleine Tupfen in den Blumen. Man sah die Pinselstriche. Ringsum hatte der Maler Holz nachgebildet. Es war gemasert. Der Pinsel hatte gleichsam gezittert. Es war wie Holz, und zugleich sah man, daß es mit einem Pinsel gemacht war. Elis spürte den Strich mit der trägen Ölfarbe, spürte ihn in der Hand und fand, daß sie leicht zitterte.

Er wachte erst auf, als die Frauen vor Erleichterung seufzten. Vom Mund des Kindes war ein leises, schmatzendes Geräusch zu vernehmen. Nach einer Weile saugte es mit schwachen Bewegungen. Die ältere Frau sagte, sie sollten es schön langsam angehen lassen. Ihn ein bißchen trinken lassen und dann warten. Elis wollte schon sagen, daß es 'ne Deern sei. Aber dann dachte er sich, es sei das beste, überhaupt nichts zu sagen. Und es dauerte ja auch nicht lange, bis sie es selber merkten.

Die Männer waren nun hinausgegangen. Die Frauen beschäftigten sich lange mit dem Kind, während Elis immer noch auf dem Stuhl neben der Tür saß. Nun konnte er den Schrank anschauen, solange er wollte, und sehen, wie die Bemalung gemacht war. Es waren viele Farben, die ein bißchen übereinandergingen, wie in einem Moor. Sie schillerten. Er fragte sich, wie man sie bekomme, ob es so viele Farben zu kaufen gebe.

Dann fiel ihm all der Fisch in dem Birkenrindenrucksack ein, der noch oben bei der Hütte stand. Er war drauf und dran, etwas zu sagen, hielt sich aber gerade noch rechtzeitig zurück. Er merkte, daß sie ihn nicht weiter beachteten, und als die Männer zum Abendessen hereinkamen, wurde deutlich, daß sie ihn für so was wie einen Idioten hielten. Das hörte man, als der Bauer zu fragen anfing. Elis schüttelte meistens nur den Kopf, und da ergänzte der Bauer selber. Das Russenweib, sagte er über die da oben. Elis war sich sicher, daß es anders hieß. Viel ist es nicht, was sie wissen, dachte er. Die haben hier keinen Laden und keine Pension. Die wissen gar nichts.

Sie war also auf und davon? Elis nickte. Das wundere sie nicht, meinten sie. Zur Küste runter, natürlich, zu den Heringsfängern. Es sei mal wieder soweit. Es klang boshaft, als sie das sagten. Als ob sie über eine läufige Hündin redeten. Sie nannten sie zwar nicht Töle, hatten aber diesen Ton. Er dachte daran, daß er sich eingebildet habe, sie sei eine alte Hulde. Doch eine, die ihre Schuhe mitnahm, wenn sie ging, mußte ein Mensch sein.

Er bekam Grützbrei. Weil er aber so dreckig war, mußte er auf dem Stuhl neben der Tür sitzenbleiben. Er sah ihnen an, daß sie ordentliche Leute waren. Der Hausherr sprach ein Tischgebet, und sie aßen schweigend. Die Frau, die dem Kind die Brust gegeben hatte, war verschwunden. Sie mußte wohl heim zu ihrem eigenen Kind, dachte Elis.

Der Brei verströmte eine große Wärme im Magen. Nach einer

153

Weile verbreitete sich dieses Gefühl im ganzen Körper, und Elis wurde mit einem Mal schläfrig, und er fand, daß ihn nichts auf der Welt etwas angehe. Aber da sagten sie, er solle baden. Ein großer Junge namens Bendik brachte ihn in ein Waschhaus, wo sie im Kessel Wasser warm gemacht hatten. Er durfte sich selber schrubben, und Bendik glotzte ihn unablässig an. Dann nahm er Elis' Kleider, um sie hinauszubringen. Elis versuchte sie an sich zu reißen, aber der Große versetzte ihm eins auf den Nacken. Es tat eigentlich nicht weh, aber Elis verlor das Gleichgewicht. Bendik sagte, die Kleider würden verbrannt, und trug sie auf einem Stock hinaus.

Nackt stand er da und fror und wußte nicht, was er tun sollte. Wenn er jetzt abhaute und zu der Hütte hinaufginge, fände er dort auch nichts zum Anziehen. Er kauerte sich in der Nähe des Kessels auf dem Boden zusammen.

Nach einer Weile kam jemand und reichte einen Stoß Kleider herein. Er sah nur die Hände, es waren die einer Frau. Sie brachte ein paar abgetragene, aber saubere Lodenhosen. Ein Tau, mit dem er diese, wie er begriff, gürten sollte. Ein wergenes Hemd, geflickt und von altmodischem Schnitt. Er mußte schier loslachen, als er es sah. Ein gestrickter Pullover mit vielen Stopfstellen war auch dabei. Seine Stiefel hatte Bendik ihm immerhin dagelassen, aber er hätte ein Paar Strümpfe gebraucht. Das würde sich schon noch ergeben.

Er überlegte ein Weilchen, ob er gleich abhauen sollte, dachte dann aber an den Grützbrei. Er brauchte etwas zu essen, denn er war schwach und hustete und wurde leicht weinerlich. Also ging er, wenn auch widerstrebend, wieder ins Haus. Die ältere Frau setzte ihn vor dem Herd auf einen Melkschemel und nahm eine kleine Wollschere zur Hand. Sie wolle ihm die Haare schneiden, sagte sie. Er dachte, sie werde ihm den Kopf zerschnippeln, und versuchte zu entkommen. Aber jetzt saßen die Männer auf der Bank am Tisch und guckten, und sie hatten Bendik geschickt, der sollte ihn festhalten. Elis mußte sich also nur wieder fangen.

Die Zotteln fielen als erstes, und die langen Kringel. Die zwackte sie einfach ab und warf sie ins Feuer. Sie war ungeheuer flink mit der Schere, und diese war scharf und schnappte unmittelbar über der Kopfhaut zu. Und so trat schließlich die Narbe zutage.

»Teufel aber auch!« sagte Bendik.

Alle kamen und guckten. Sie waren beeindruckt. Er selber wußte ja nicht, wie er am Kopf hinten aussah, ahnte aber, daß es gräßlich war, weil es sich unter den Fingern knollig anfühlte. Er erinnerte sich, daß er am ersten Tag einen großen, halbfesten Blutkuchen unter der Mütze gehabt hatte.

Nun wollten sie natürlich wissen, wie er zu dieser häßlichen Narbe gekommen war. Er schwieg. In ihren Stimmen lag jetzt aber etwas, was darauf hindeutete, daß sie nicht lockerlassen würden. Da dachte er wieder sehr genau nach, so, wie in seinen Fuchstagen, und dann sagte er:

»Weiß ich nicht.«

Er versuchte, sich wie Mama anzuhören. Zu ihren Lebzeiten hatten alle Geschwister so gesprochen. Ansonsten wurde nicht viel geredet, und bevor er in die Schule kam, hatte er mit niemandem aus dem Dorf je ein Wort gewechselt. Gleichzeitig fürchtete er, daß er sich anhörte, als ob er aus Jolet käme. Dann konnten sie Leute von dort fragen, ob die wüßten, wer er sei, vielleicht an Michaeli, wenn Kirchfest wäre. Darum war es besser, wenn sie ihn für einen Idioten hielten. Sie fragten immer wieder, wie er zu der Narbe gekommen sei:

»Vielleicht war's ein Tier?«

»'n Bär?«

»Oder eine Axt?«

»'ne Flinte?« fragte der Bauer und zeigte auf Elis' Kopf.

Er schüttelte den Kopf und sagte wie schon zuvor:

»Weiß ich nicht.«

Das stimmte ja auch. Er wußte nicht, womit der Alte zugehauen hatte. Elis hatte es nicht darauf angelegt, zu lügen. Das einzige, worauf er achtete, war, wie ein Nordtrønder zu klingen und nichts Jämtisches von sich zu geben. Es stellte sich heraus, daß der Bauer in seiner Jugend zusammen mit einem Schwager im Wald gearbeitet hatte und daß dieser Schwager einer Birke, die in die verkehrte Richtung fiel, im Weg gewesen war. Er hatte

einen furchtbaren Schlag auf den Kopf gekriegt und war lie-
gengeblieben. Hinterher hatte er das Gedächtnis verloren. Es
sei später wiedergekommen, tröstete der Bauer nun Elis, ja, er
sagte in einem Ton, als würde er ein Wort Gottes verkünden:

»Am Ende kommt die Wahrheit raus!«

Elis dachte, wenn es nach ihm ginge, so würde es schon noch
dauern, bis sie herauskäme. Aber er sagte nichts. Sie hatten ja
selber eine Erklärung dafür gefunden, warum er nichts wußte,
und sie wirkten aufgeräumt. Ihm wurde klar, daß sie an diesem
Abend länger als sonst aufblieben. Sie waren neugierig auf ihn.
Lediglich ein uralter, weißbärtiger Opa war in einer Ecke eingeschlafen.

Sie wollten trotzdem nicht glauben, daß er wirklich alles vergessen hatte, und die Bäuerin sagte zu ihrem Mann, daß er Elis
fragen solle, ob er konfirmiert sei. Sie traute es sich selber nicht
zu, auf die richtige Art zu fragen.

»Bist konfirmiert!«

Er schrie ihn an wie einen Idioten.

Elis sagte zuerst wie gewöhnlich, er wisse es nicht. Aber bei
genauerem Nachdenken wurde ihm klar, daß das dumm war.
Unkonfirmiert würde er kaum eine richtige Arbeit kriegen.
Also fügte er hinzu:

»Glaub schon.«

Da beratschlagten sie mit leiserer Stimme. Vermutlich glaubten sie, er verstünde nichts, wenn sie ihn nicht anschrien. Sie beschlossen nun zu prüfen, ob er seine Sache beherrschte, und der
Bauer verlangte nach dem Katechismus. Aber den hatte die
Hausfrau in den Spalt über der Stalltür gesteckt, um ihre Tiere
zu schützen, und sie weigerte sich, ihn herauszunehmen. Da
könnte die Kühe nachts etwas beschleichen, so daß sie beim
Melken wieder Blut gäben. Sie brachte ihm statt dessen die
Bibel. Die war für den Spalt im Türfutter zu groß gewesen.

Das Verhör sollte also auf der Grundlage der Bibel erfolgen.
Der Bauer blätterte mit seinen verhornten Fingern darin herum,
ohne daß ihm eine Frage einfiel. Elis war ganz wild vor Ungeduld. Er versuchte seine Gedanken auf ihn zu übertragen: daß er
Fragen stellen solle zu den garanesischen Säuen oder zur Toch-

156

ter des Synagogenvorstehers Jairus oder wer da im Maulbeerfeigenbaum saß oder wie die Zebedäussöhne hießen oder wie es dem Sohn der Witwe in Nain erging. Dem Kerl schien aber nichts einzufallen. Da brach es ganz von allein aus Elis heraus:
»Ruben! Simeon!«
Es wurde mucksmäuschenstill.
»Levi, Juda, Isaschar!« rief er. »Sebulon, Joseph und Benjamin!«
Sie starrten.
»Dan, Naphthali, Gad und Asser!«
»Teufel aber auch!« sagte Bendik am Ende.
Sie einigten sich darauf, daß er konfirmiert sei und daß er mit Gottes Hilfe sein Gedächtnis wiedererlangen werde. Sie würden mit ihm zum Pfarrherrn fahren. Der müsse entscheiden, was sie mit ihm und mit dem Kind machen sollten.
Elis war noch nicht eingesegnet. Pfingsten wäre es soweit gewesen. Wenn er nicht durchgebrannt wäre. Nun kam er sich immerhin so gut wie konfirmiert vor.
Er durfte bei Bendik in der Dachstube schlafen. Er wollte vieles fragen und traute sich nun, von seiner Wortkargheit abzulassen, weil er glaubte, Bendik sei leichter zu täuschen als der Bauer. Dem stand dessen Schläfrigkeit entgegen. Er konnte gerade noch erzählen, daß die Frau, die sich zur Küste und den Heringsfängern davongemacht hatte, die Witwe des jüngsten Sohnes der Familie sei. Dann schlief er mit einem Mal ein und schnarchte heillos.
Irgend etwas stimmte nicht mit der Frau. Aber erst am nächsten Morgen, nachdem Bendik und er eine Schale Dickmilch und eine Scheibe Brot bekommen hatten und in den Stall geschickt worden waren, um den Kuhmist hinauszuschaufeln, erfuhr er, daß das Kind kein rechtmäßiges Enkelkind des Hauses war. Es war gar zu lange nach dem Tod des Mannes geboren worden, der am Brustleiden gestorben war. Schon wenige Monate nach der Hochzeit war er schwächlich geworden und zu überhaupt nichts mehr imstande gewesen.
Das hielt Elis für bedenkenswert. Vielleicht stammte sie doch nicht von richtigen Leuten ab. Aber er sprach nicht darüber.

Sie habe sich damals zur Küste aufgemacht, um Geld zusammenzuverdienen, als die Heringsfänger eingelaufen seien, sagte Bendik. Andere aber, die auch an der Küste waren, seien heimgekommen und hätten ihren Schwiegereltern erzählt, daß sie da unten herumgehurt habe. Mit Russen soll sie zusammengewesen sein. Solchen bärtigen, die wie Tiere ausschauten. Die seien mit einem Fischerboot aus dem Norden gekommen und dann wegen des Kriegs hier hängengeblieben, und sie führten ein schauriges Leben, sagte Bendik.

Als sie nach Hause gekommen sei, sei der Mann tot gewesen, und man habe sie nicht gnädig empfangen. Von dem Kind hätten sie bis jetzt allerdings nichts gewußt.

Elis fragte sich, ob das wohl wahr sei.

Bendik und er durften anfangen, Baumstümpfe zum Teerbrennen zu roden. Solange sie dürre Bäume fanden, ging das. Als sie knorzige Stümpfe herauszudrehen versuchten, die sich mit langen und groben Wurzelarmen in der Erde festklammerten, wurde es schwieriger. Er schämte sich, weil er mit Axt und Brecheisen so wenig ausrichten konnte.

Morgens, wenn sie den Mist hinausschaufelten und er noch satt und einigermaßen ausgeschlafen war, vermochte er zu denken. Zuerst ängstigte ihn das, was er dachte. Er dachte es trotzdem mehrmals, und als er einmal allein war, sprach er es aus. Dann wurde es wie zu einem Kirchenliedvers in seinem Kopf. Den sagte er bei sich auf, wenn er mit dem Brecheisen wühlte und drehte. Das gab seinen Armen Kraft.

Der Bergriese hol all die Höllenschinderei!

Sich für Bauern schinden.

Sich zu Tode schinden.

Zur Hölle damit!

Das Essen war das beste. Einmal bekamen sie Speck. Nur mit Ekel dachte er nun an die grüne Pampe aus Säuerling, die das Russenweib zusammengekocht hatte. Mit den Leuten aber, fand er, hatte er nicht mehr viel gemein. Er hatte Geschmack am Alleinsein gefunden, und er vermißte es.

Ihn hatte das Gefühl beschlichen, daß die Leute dumm

waren. Sie waren so leicht zu täuschen gewesen. Das hing damit zusammen, daß sie auf diese Erklärung für sein schlechtes Gedächtnis gekommen waren, wie ihm nun klar wurde.

Aber sie waren wirklich dumm.

Er vergaß nicht, wie hohl er sich gefühlt hatte in der Zeit, als er sich vor allen versteckt hatte. Die Hohlheit, glaubte er, sei vor allem vom Hunger gekommen. Jetzt hungerte er danach, allein zu sein.

Beim Essen betrachtete er den Schrank mit den Blumen. Er merkte auch, daß die kleine Deern gedieh. Sie gurgelte und lachte und wußte nichts davon, daß sie ein Hurenbalg war. Er fragte sich, wann sie zum Pfarrer fahren würden. Niemand sagte was.

Eines Sonntagabends, als sie nicht so müde waren, sagte Bendik:

»Ich möcht zur See.«

Und als ob er im selben Moment gemerkt hätte, daß er den Mund zu voll gekommen hatte, versuchte er sich zu verbessern:

»Ich möcht auf jeden Fall hier in der Gegend weiter.«

Elis, der selten etwas anderes als »nein, nein« und »ja, ja« von sich gab, begann nun mit ihm darüber zu sprechen, daß sie noch vor dem Winter abhauen sollten.

Er fand, er habe jetzt genug Grützbrei und Dickmilch gegessen, um die Kraft zu haben, sich Arbeit bei einem Abtrieb zu suchen. Sie müßten ins Namdalen runtergehen. Oder nach Namskogan rauf. Er hätte sich zwar am liebsten allein davongeschlichen, dachte aber, daß es am besten sei, wenn Bendik mitkomme. Er selber war wahrscheinlich zu dürr, um Arbeit zu kriegen. Bendik würden sie bestimmt haben wollen. Der war mordsstark. Und dann würden sie wohl auch ihn nehmen.

Mein Onkel Anund sagte, man solle sich nicht für seine Kinder schämen und sie nicht verstecken, selbst wenn sie mager und kränklich aussähen. Kinder, die man verstecke, könnten verschwinden.

Starben sie dann?

Nein. Aber sie lebten auch nicht.

Das hing damit zusammen, daß die Unterirdischen sie sich holten. Dann waren sie weder lebendig noch tot. Sie waren Huldenkinder geworden.

»Ursprünglich«, sagte Laula Anut, »stammen alle Hulden von ein paar Kindern ab, die man versteckt hat.«

»Welchen denn?«

»Es waren die ersten Menschen, die versteckten zwei ihrer Kinder, weil sie fanden, daß sie schlecht aussahen. Sie versteckten sie vor Gott.«

Ich dachte viel über die Huldenkinder nach. Ich fragte Hillevi, ob sie wisse, daß man Kinder, für die man sich schäme, beiseite schaffe und verstecke. Sie sah mich seltsam an und sagte, ich solle still sein. Da dachte ich mir, daß es wohl doch wahr sei.

*

Als Pastor Norfjell starb, war die Veränderung so gering, daß seine Frau sie erst ein paar Stunden später bemerkte. Das behauptete sie jedenfalls. Sein Körper war in der halb sitzenden Stellung erstarrt, die er während seiner langen Bettlägrigkeit innegehabt hatte, und ließ sich nicht ausstrecken. Die beiden Frauen, die gekommen waren, um die Leiche zu waschen und anzuziehen, wußten viel über das, was mit den Toten vorging. Sie schätzten, daß er mindestens zwölf Stunden zuvor gestorben sei.

Sie mußten notgedrungen einen ganzen Tag warten, bis die Starre sich löste, und enttäuscht darüber, daß sie zu ihrer Arbeit im Viehstall und in der Küche zurückkehren mußten, gingen sie wieder nach Hause. Zuerst aber verbrachten sie ein paar Stunden in Märta Karlsas Küche, wo sie Kornkaffee tranken und erzählten, was sie alles gesehen hatten. Hillevi, die vorbeikam, um sich Kaffeesahne zu borgen, hörte ihnen ein Weilchen zu, ging dann aber ins Schulhaus und auf ihr Zimmer zurück, wo sie schließlich nur dasaß, ohne den Kaffee trinken zu können. Ihr war furchtbar übel.

Am Tag der Beerdigung wurde es noch ärger. Da übergab sie sich morgens mehrmals und war verzweifelt darüber, daß das Haus so hellhörig war. Sie fürchtete, man könne es bis zur Lehrerin hinunter hören. Am liebsten wäre sie der Beerdigung ferngeblieben, aber so konnte sie sich der Frau Pastor gegenüber unmöglich benehmen, die, wenn auch herablassend, stets freundlich zu ihr war.

In der Kirche konnte sie an nichts anderes denken als daran, daß der Pastor monatelang wie ein lebendiger Toter dagelegen und unbemerkt die Grenze überschritten hatte. Ihr kam der Gedanke, daß es zwischen dem, was Leben hatte, und dem, was tot war, keine Grenze gab. Alles war wie der Matsch, den sie erbrach. Wie das schwarze, mürbe Eis im Frühling. Es brach ein, es gab nach.

Edvard hielt für den Probst aus Byvången, der das Begräbnis leitete, den Gottesdienst ab. Sie war ihm aus dem Weg gegangen. Erst nachdem sie ihn zu einer Amtshandlung hatte aufbrechen sehen, war sie mit den Angaben über ein Neugeborenes zum Pfarrhof gegangen und hatte die Frau Pastor gebeten, diese auf seinen Schreibtisch zu legen. Sie bekam Panik bei dem Gedanken, daß er sich nun für die Stelle von Pastor Norfjell in Röbäck bewerben würde.

Sein Hals wirkte hager über dem weißen Leinenkragen, als er vor dem Altar das Knie beugte, und seine Schuhsohlen waren durchgelaufen. Die Erinnerung öffnete einen Raum in der Zeit, den es nicht mehr geben sollte: die Ofenhitze in seinem Zimmer in Uppsala, sein langer Rücken im Unterhemd und der

Schatten des Fensterkreuzes. Er tut mir leid, dachte sie. Er wollte mich nie hierhaben. Er hat sich auf eine möglichst weit entfernte Stelle beworben, weil er dessentwegen, was wir getan haben, ein schlechtes Gewissen hatte. Er wollte fort. Von mir. Im Grunde tut er mir leid.

Der Probst sprach:

»Im Namen des gnädigen und barmherzigen Gottes weihen wir nun den vergänglichen Staub Carl Efraim Norfjells der Ruhe des Grabes.«

Der Geruch nach Mottenkugeln verstärkte sich, als die Gemeinde sich erhob. Außerdem roch es nach feuchtem Leder und Pferd. Sie ertrug Gerüche jetzt furchtbar schlecht, und sie dachte: Wo bin ich hingekommen!

Er erhob die Schaufel und sprach:

»Aus der Erde bist du gekommen.«

Kiesige Erde prasselte auf den Sargdeckel.

»Zu Erde sollst du wieder werden.«

Da geschah es. Sie hörte nicht, wie er sagte: »Der Herr Jesus Christus, unser Erlöser, wird dich auferwecken am Jüngsten Tag.« Ihr Kopf war ganz von der Einsicht erfüllt, zu der sie gekommen war: *Jetzt ist er tot.*

Selbst wenn niemand weiß, wann er gestorben ist, so ist er jetzt tot.

Es ist nicht dazwischen. Es *ist.*

Und plötzlich wurde ihr klar, daß sie jemandem erzählen mußte, daß sie schwanger war. Sie mußte es sagen. Dann würde es. Tot oder lebendig. Aber es würde.

Im nächsten Augenblick dachte sie, wenn sie es doch nur zu sagen wagte, dann würde es auch aus ihr verschwinden. Es würde werden. Aber nicht lebendig.

Doch zu wem? Auf gar keinen Fall zu Tante Eugénie. Sollte sie Sara schreiben? Edvard konnte sie es nicht erzählen. Und Halvorsen – das war ausgeschlossen. Er befand sich außerdem gerade auf Einkaufsreisen. Er hatte ihr eine Ansichtskarte aus Vilhelmina geschickt. Eine Fjällansicht. Man sah zwei Lappenkinder und einen schwarzen Hund vor einer Kote. Für Hillevi, freundlichst von Trond Halvorsen.

Während der Kaffeetafel dachte sie an ihre Lage. Das hatte sie nun schon vierzehn Tage lang Tag und Nacht getan. Wenn es denn überhaupt noch Gedanken waren. Als sich in dem engen Raum der Geruch nie gewaschener wollener Kleidung mit dem Kaffeeduft und dem Dunst aus Haaren und Mündern mischte, wurde ihr wieder übel; sie mußte den Raum verlassen und nach Hause gehen. Sie war sich völlig im klaren darüber, welch schlechten Eindruck das machte.

Mädchen, die blaß wurden, wenn es stickig war. Fröhliche und gesellige Mädchen, die still wurden und sich zurückzogen. All das erkannte jede Frau. Braune Schatten. Schwellende Brüste.

Sie wußte mehr über diese Dinge als irgendeine von ihnen. Sie hatte über Dinge gelesen, von denen diese Frauen nicht die leiseste Ahnung hatten oder jemals haben würden. Sie erinnerte sich an das Buch mit dem Titel *Das Geschlechtsleben des Menschen*, das in dem Regal stand, in dem Tobias seine medizinische Studienliteratur verwahrte. Wenn er unterwegs war, hatte sie sich in sein Zimmer geschlichen und darin gelesen. Ihre ganze Ausbildung hatte davon gehandelt. Später hatte sie in der *Wehfrau* von künstlichen Apparaten und französischen Vorsichtsartikeln gelesen, die die Zeugung von Kindern verhüten sollten, sowie von Gerichtsverfahren gegen Abtreibende. Sie war vollgepfropft mit Wissen über das Geschlechtsleben, und dennoch saß sie hier auf ihrem Bett, mit unbefleckten Hosen und mit der gleichen Angst wie Ebba Karlsson, das Mädchen, das sich Hillevi auf der Islandsbron einst von hinten genähert hatte. Es war, als holte Ebba sie erst jetzt ein.

Dies unglückliche Mädchen hatte sich entschlossen, darüber zu sprechen. Als sie es mir sagte, wurde es wirklich, dachte Hillevi. Und ich habe geantwortet, daß es regne und ich meinen Regenschirm hätte mitnehmen sollen. Dann bin ich gegangen.

Für mich war es nicht wirklich. Es war nur unangenehm.

Bevor sie es sagte, war es weder lebendig noch tot. Dann starb es. Es fand den Tod, als sie es mir sagte.

Hillevi wimmerte auf, als hätte sie sich geschnitten, und kauerte sich auf dem Bett zusammen.

Ihr war jeglicher Unternehmungsgeist abhanden gekommen. Sie wollte nur noch schlafen, konnte es aber nicht. Handarbeiten war entsetzlich. Wenn sie still saß, mahlten ihre Gedanken schlimmer denn je. Sie lieh sich von Märta Bücher. Die jüngeren Frauen in Röbäck und Svartvattnet tauschten untereinander zerlesene und fleckige Romane aus. Sie las *Die Nähmamsell auf den Boulevards* und *Die bleiche Gräfin* und schämte sich vor sich selbst.

Ihr Körper war ihr ebenso fremd wie damals, als sie ihre erste Regelblutung bekommen hatte. Sie war nach Tante Eugénies später Fehlgeburt, die die Jungfer einen Abgang und eine richtige Sturzgeburt genannt hatte, wohl erwachsen geworden. Die Tante fand, daß Hillevi nach dieser Nacht zuviel wußte. Sie selbst fand genau das Gegenteil: Sie wußte nichts mehr. Genau wie jetzt hatte ihr Körper ein Eigenleben zu führen begonnen, als kurz danach ihre Regel gekommen war. Er blutete. Sie konnte nichts dagegen tun. Und jetzt hörte er auf zu bluten.

Es war, als säße sie selbst machtlos außerhalb. Ihr Bewußtsein befand sich auf gleicher Höhe mit dem Spiegel überm Waschtisch und starrte die Brüste an, die sich, ob sie wollte oder nicht, nun hoben und deren blaßrosa Warzenhöfe langsam größer wurden. Manchmal war sie sich sicher, daß sie allmählich verrückt wurde.

Nach einiger Zeit widerfuhr ihr haargenau die gleiche Geschichte, die sie in einem Roman, *Das Schicksal der Kätnertochter* hieß er, gelesen hatte. Sie hörte ein Fuhrwerk auf den Hof fahren. Sie hörte sogar eine Männerstimme. Doch im Unterschied zu der Kätnertochter stand sie nicht vom Bett auf, denn sie wußte, daß es kein Baron war, der da kam. Sie fühlte sich unsäglich schlapp. Erst als auf der steilen Bodentreppe tappende Schritte zu hören waren, setzte sie sich auf, hatte aber, als es klopfte, immer noch die Decke um die Schultern. Sie versuchte sich die Haare hochzustecken und rief: »Augenblick!« Doch er trat ein.

Ihr erster Gedanke war, daß Trond Halvorsen einem Ladenschwengel ähnelte, den sie in einem muffigen kleinen Geschäft am Svintorget in Uppsala gesehen hatte. Das war lange her.

Dieser Mann hatte sehr dunkles Haar gehabt, der Pony, der ihm unter der Krämermütze in die Stirn fiel, war fast schwarz gewesen, und die Bartstoppeln bildeten einen bläulichen Schatten auf Kinn und Wangen.

Halvorsen hielt eine Schachtel Pralinen von *Freja* in der Hand. Sie war groß und hatte ein Golddekor. War er bis in Norwegen gewesen? Er blickte recht geheimnisvoll drein.

Sie wußte, daß er Einkaufsreisen unternahm, doch jetzt im Krieg konnte er wohl kaum nach Belieben Waren über die Grenze bringen.

Er hatte leicht gerötete Augen. Zuviel gefeiert? Oder hatte er nur zuwenig Schlaf bekommen?

»Krank, Hillevi?« fragte er, und sie fand, daß er schüchtern klang. Sie schüttelte den Kopf.

»Ich bin viel zu gesund«, sagte sie.

Da legte er die Schachtel ab und kam auf weichen Sohlen zu ihrem ungemachten Bett und setzte sich neben sie. Sie sah, daß er nicht seine Stiefel trug, sondern weiche Renfellschuhe, solche, wie die Lappen sie nähten.

»Ich dachte, es sei jemand anders«, murmelte sie.

»Warum denn das?«

Er hatte beim Sprechen den Mund an ihrem Hals, seine Lippen schoben leicht tastend ihr Haar beiseite.

»Die Tritte«, sagte sie. »Es waren keine Stiefeltritte.«

Da erklärte er, daß man kalte Füße bekomme, wenn man stundenlang auf der Fuhre sitze. Sie brauche sich aber keine Sorgen zu machen. Er habe seine Stiefel dabei. Jetzt fahre er mit Waren nach Östersund. Was wolle sie von dort haben?

»Haben?« fragte sie dumm. »Ich weiß nicht, ob ich etwas haben will.«

»Was stimmet denn nichten?« fragte er leise.

Und dann kam es so, daß sie sich nicht zu entscheiden brauchte. Er fragte von sich aus:

»War's mit Folgen?«

Nicht einmal zu antworten brauchte sie. Eine Regung in ihrem Körper nur war es, die er mit den Lippen spürte.

»Traurig derhalben, Hillevi?« flüsterte er.

Ihre Antwort mußte auf die gleiche Weise erfolgt sein, denn er fuhr fort:

»Hillevi, nichten ist's vonnöten. Wünschet sie's, kauf ich Ringe.«

Er hatte den Arm um sie gelegt und drückte seine Wange an die ihre. Eine ganze Weile lang rührten sie sich beide nicht.

»Sonsten werd ich natürlich bezahlen. Liebstens aber kauf ich Ringe. Wünschet sie's?«

Da nickte sie und fing dann hemmungslos an zu weinen.

Wie ein Wirbel war er dann im Zimmer. Er heizte den Herd ein und setzte selbst Kaffeewasser auf. Danach holte er einen kleinen Lederbeutel aus seiner Innentasche hervor und fragte bedeutungsvoll, wo sie die Kaffeemühle habe. Da begriff sie, daß er in dem Beutel richtige Bohnen hatte, solche, die man kaum mehr auf Lizenz erhalten konnte. Sie fragte sich, was für Geschäfte das wohl waren, die er tätigte, und dann dachte sie an das Pferd, das er zur Konfirmation bekommen hatte, und an den Lakakönig, seinen Großvater, und an seinen Vater, der jetzt nur noch Forstgeschäfte trieb, sowie daran, daß dieser Morten Halvorsen der Großvater ihres Kindes sein werde.

Nachdem Halvorsen gefahren war, hatte sie Mühe, sich daran zu erinnern, wie er aussah. Ständig kam ihr der dunkle Mann aus dem Kramladen am Svintorget in den Sinn. Sein Gesicht schob sich über das von Halvorsen. Es war wie im Traum.

Ihr wurde nun bewußt, daß sie schon damals Geheimnisse gehabt hatte. Es hatte ja niemand gewußt, daß sie einmal bei ihrer leiblichen Großmutter gewesen war.

Sie hatte nach jener Nacht, in der die Tante ihre Fehlgeburt gehabt hatte, anders an ihre Mutter gedacht. Früher war der Tod der Mutter nur ein hingesagter Satz gewesen: Sie ist bei der Geburt gestorben, liebes Kind. Er bedeutete nichts anderes, als daß es sie nicht gab. Er war eine Reihe von Wörtern. Wie auf einem Emailleschild, weiß mit blauen Buchstaben: Betteln verboten. Boten benutzen den Kücheneingang. Aber es mußte doch etwas hinter diesen Worten stecken. Eine furchtbare Nacht, begriff sie nun. Eine Winternacht. Ihr war allmählich klar geworden, daß das, was sich in den frühen Morgenstunden des 19. Novembers 1890 bei ihrer Geburt zugetragen hatte, etwas Schreckliches gewesen war.

Sie entschwindet uns.

Hatten sie das gerufen? War ihr Vater unrasiert, ohne Kragen und mit schlenkernden Hosenträgern umhergerannt?

Sie wußte nichts. Tante Eugénie zu fragen war immer zwecklos gewesen, denn diese war nicht der Meinung, daß man über Hillevis Mutter sprechen sollte. Es war ihr anzusehen, daß ihr solche Fragen peinlich waren. Sie quälten sie geradezu.

Aber ihr Gesicht? Wie hatte sie ausgesehen?

Es dauerte lange, bis sie es wagte, nach einer Fotografie zu fragen. Da hatte sie sich schon an dem Gedanken festgebissen, daß es für ihre Mutter anders ausgegangen wäre, wenn man Fräulein Viola Liljeström gerufen hätte und diese in jener Nacht gekommen wäre. Deren saubere Hände und deren Ruhe hätten die Blutung zum Stillstand gebracht. Denn vermutlich war es eine Blutung gewesen. Oder auch Fieber.

Kindbettfieber, das hätte ihre Mutter niemals bekommen. Nicht, wenn Fräulein Viola Liljeström mit ihren sauber geschrubbten Händen, ihrem Waschkleid, ihrer weißen Schürze und den gründlich gewaschenen Monatstüchern und Leinenverbänden, die sie ihrer Tasche entnommen hätte, zugegen gewesen wäre.

Weil sie weder über diese furchtbare Nacht noch über Fräulein Liljeström jemals wieder sprachen, war die Tante ganz überrascht, als Hillevi an ihrem achtzehnten Geburtstag sagte, daß sie sich zur Hebamme ausbilden lassen wolle.

Schon mit sechzehn war sie zu der Haushälterin gegangen, die in ihrer Kindheit bei ihrem Vater gewesen war, und hatte sich nach Elisabeth Klarins Eltern erkundigt. Die alte Dame hatte nur äußerst unwillig erzählt, was sie wußte, aber schließlich hatte sie gesagt, sie glaube, daß diese am Svintorget wohnten und einen Laden hätten.

Hillevi fand, daß sich das passabel anhöre und nichts sei, wofür man sich schämen müsse, obwohl es natürlich auch nicht besonders fein sei. Als sie den Laden fand, entpuppte er sich jedoch als ein finsteres Loch, in dem es nach Leuchtöl und sauer gewordener Milch roch. Der Tante sagte sie von ihrem Besuch dort nichts, auch Sara nicht.

Da stand er, dieser dunkle Kerl, hinter der Theke. Er war natürlich zu jung, um ihr Großvater zu sein, und ungeduldig sagte er, es gebe keinen anderen Inhaber; sie müsse sich schon an ihn wenden, wenn sie vom Inhaber was wolle. Da überlegte sie, daß er wahrscheinlich ihr Onkel sei. Womöglich war ihre Mutter Elisabeth ebenso dunkel gewesen. Sie traute sich ihn jedoch nicht zu fragen. Und das war gut so, denn er war keineswegs ihr Onkel. Er wußte allerdings, daß irgendwelche Klarins den Laden besessen hatten. Aber nicht vor ihm, das sei schon länger her.

Es war, als ob die Klarins in dem Grau um den Svintorget herum verschwunden wären. Bei jenem ersten Mal traute sie sich keinen Eingang zu betreten. Es roch nach Urin. Alles machte ihr Angst. Die mageren Hunde. Die Kinder, die sie anstarrten.

Aufgegeben hatte sie jedoch nicht. Eines Tages, als es draußen heller war und sie sich couragierter fühlte, ging sie wieder dorthin und holte Erkundigungen ein. Und schließlich stieß sie auf eine alte Frau, die über einer Kohlen- und Brennholzhandlung in einer Wohnküche lebte und Hillevis Großmutter kannte.

Denn das müsse Hanna Klarin sein, sagte sie. »Der Alte und sie hatten den Milchladen am Eck. Er ist jetzt aber tot, und sie wohnt mit einer Schwester in einem Häuschen in Richtung Boländerna.«

Hillevi fragte, wie der Mann mit Vornamen geheißen habe, doch den hatte die alte Frau nie gehört. Immerhin wußte Hillevi jetzt einen Namen, Hanna, den Namen ihrer Großmutter. Es war, als hätte sie in diesem Moment nicht die Kraft, noch mehr zu erfahren.

Sie dachte viel an diese beiden Namen, Hanna und Elisabeth. Es waren ganz gewöhnliche Namen, und Elisabeth fand sie schön. Es hätten die Namen ganz gewöhnlicher Frauen sein können. Die Tante hatte eine Freundin namens Hanna. Diesen dunklen Laden, in dem es um die Milchkannen in dem Bottich mit dem kalten Wasser stickig roch, mochte sie nicht. Vermutlich war er aber mit der Zeit heruntergekommen und schmutzig und finster geworden; der Schwarzhaarige sah nicht gut aus.

Erst im Frühjahr, als die Wege soweit trocken waren, daß sie in Richtung Boländerna gehen konnte, fragte sie sich zu dem Häuschen durch, das Hanna Klarin mit ihrer Schwester teilte.

Was hatte sie sich gedacht? Daß die Großmutter gerührt wäre und sie willkommen heißen würde? Die alte Frau wirkte eher vor allem feindselig. Oder vielleicht ängstlich. Obwohl erst sechzehn Jahre alt, war Hillevi in ihrem rostroten Wollmantel, dem gleichfarbigen Hut und einem weißen Seidentuch mit Spitzenkante, das vorn auf dem Mantel zu einer Schleife gebunden war, hier draußen unvorstellbar. Sie hatte den neuen Mantel angezogen und den Hut aufgesetzt, weil sie sich gut ausnehmen wollte, wenn sie ihrer Großmutter gegenübertrat. Sowie sie die Hütte betrat, bereute sie es.

Sie sprachen nicht wie sie. Sie besaßen keine Fotografie von ihrer Mutter. Keine der beiden alten Frauen wollte von Lissen reden. So nannten sie sie. Das war das einzige, was sie erfuhr: daß ihre Mutter, die als Elisabeth im Kirchenbuch stand, immer Lissen gerufen worden war.

Schließlich trat ein Schweigen ein. Sie hatten nichts mehr zu sagen, also schwiegen sie. Hillevi war ein solches Benehmen nicht gewohnt. Sie war dazu erzogen, stets zu sprechen, schön und freundlich zu sprechen, auch mit einfachen Leuten. Besonders wenn es peinlich zu werden drohte, mußte man sprechen. Dann pflegte die Stimme der Tante noch heller zu werden. Sie perlte und suchte nach Auswegen aus der Verlegenheit. Man hatte sowohl sich selbst als auch anderen gegenüber eine Pflicht, Schweigen und Peinlichkeiten zu überwinden. Doch die beiden alten Frauen in der dunklen Küche des Häuschens, in der es nicht ganz reinlich roch, schienen diese Pflicht nicht anzuerkennen und weigerten sich, noch etwas zu sagen.

Lissen. Das war das einzige, was sie hatte mitnehmen können. Und die Erinnerung an deren Schweigen.

Trond Halvorsen kehrte nach gut einer Woche zurück. Er brachte zwei schlichte goldene Verlobungsringe und einen kleinen silbernen Schmuckring mit einem Amethyst mit. Er hatte ein Seidenkleid für sie gekauft. Es war rosa und violett gestreift und hatte einen Spitzenkragen, durch den ein schmales schwarzes Seidenband gezogen war. Zu dem Kleid gehörte ein schwarzer Elastikgürtel mit vergoldeter Schnalle in Form zweier schnäbelnder Vögel. Des weiteren hatte er einen Hut aus dunkelviolettem Seidensamt gekauft, der auf ein Gestell montiert worden war. Er hätte einer gewaltigen umgedrehten Schöpfkelle geglichen, wenn die Modistin den Samt nicht hochgepufft und in kleinen, sanften Ausbuchtungen auf dem Hutkopf drapiert hätte. Rings um den Hut verlief ein hellviolettes Seidenband, und in dem Seidenband steckte eine Brosche in Form eines Wikingerschildes.

Einen kleinen Hund hatte er ihr auch gekauft.

Hillevi wußte nicht, ob sie lachen oder weinen sollte. Es war eine Hündin, und Halvorsen hatte sich in sie verguckt, weil sie wie ein kleiner schwarzer Spitz aussah. Sie hatte jedoch keinen Schwanz und war von einer Rasse mit ausländischem Namen, den er vergessen hatte.

Hillevi wies darauf hin, daß eine Hebamme schlecht einen Hund halten könne. Vor allem der Hygiene wegen. Und wer werde sich um den Hund kümmern, wenn sie beruflich unterwegs sei?

Da sagte Trond Halvorsen, das könne Aagot übernehmen. Denn Hillevi solle nun nach Svartvattnet ziehen und über dem Laden wohnen. Dort seien noch das alte Zimmer und die Küche, wo sie gewohnt hätten, bevor sein Vater das Häuschen gebaut habe.

»Sommers, da werd ich bauen«, sagte er. »Sowie der Frost rausen ist, aus dem Boden, und es aufgetrocknet ist.«

Er würde ihnen ein Haus bauen. Sie würde sehen, wo er es sich gedacht hatte. Direkt am See.

*

Ich kroch auf allen vieren zur alten Elle hinein. Ihre Tür war so niedrig. Unter meinen Knien raschelte es trocken. Sie war alt, sie hätte jemanden gebraucht, der ihr beim Auswechseln der Birkenreiser auf dem Kotenboden half.

Das ist lange her. Es war während des Krieges. Aber gerade damals ließen mich die Bomben und Hitler und Churchill einige Wochen oder Monate lang kalt. Nicht einmal König Haakon, der erst wenige Monate zuvor seine drei Nein gesprochen hatte und auf langen Beinen fortgegangen war, kümmerte mich, und daß das nur einige Meilen entfernte Namsos zerbombt war, wußte ich nicht. Ich befand mich in meiner eigenen Welt.

Nein, ich *war* eine Welt.

Elle war die erste, der ich davon erzählte. Wahrscheinlich ist das verwunderlich.

Elle genoß natürlich den Respekt, der einem alten Menschen früher zukam. Aber niemand kümmerte sich mehr darum, sich nach dem, was sie sagte, zu richten. Es galt ja immer nur unserer kleinen Welt. Elle war voller Gemurmel, wie alles zugehen sollte. Dieses Gemurmel drang zwischen ihren Zahnstumpen hervor und wurde von der Zunge herumgewälzt, die man viel zu oft sah. Das ist ja bei vielen alten Menschen so; sie hatte auch keine gesunde Farbe. Die alte Elle ging allmählich dahin, sie verdorrte wie die Reiser, auf denen sie saß.

Wir waren ganz oben im Birkenwaldgürtel unterm Skårefjell. Mitte April hatten wir uns aufgemacht. Da wußte ich noch nichts und war wie alle anderen von der Besetzung eingenommen und erstaunt, daß diese Kerle in ihren Stahlhelmen und grauen Uniformen selbst bei uns oben auftauchten, zwischen den Hütten in Langvasslia. Die Renkühe würden ja wie gewöhnlich kalben, wir mußten unbedingt aufbrechen. Aber wir durften uns nicht auf den alten Zugrouten bewegen. Es war nun verboten, sich der Grenze zu nähern.

Die Männer waren ratlos. Sie wußten, daß die Renkühe ins Kalbeland aufgebrochen waren. Wie sollten sie sie dazu bringen, neue Wege zu benutzen, und wie sollten sich die Renkühe ihrer Kälber mit Ruhe und Fürsorge annehmen können, wenn sie sich nicht zurechtfanden?

Wir zogen nachts über den Harsch. Es war das erste Mal für mich, aber sie sagten, das machten sie immer so, weil die Schneedecke tagsüber nicht trage. Dieser verstörte Renzug ging in seiner Sonnenblindheit und mit seinem Schlafmangel aber auch am Tag. Es gab Tränen und Flüche. Es sei ganz und gar nicht so wie sonst, sagten die Alten. Es werde nicht gutgehen, wenn die Renkühe hitzige Stimmen hörten und Härte spürten. Die Hunde waren wie verrückt. Der Krieg habe sie gepackt, sagten Elle und andere alte Leute. Hunde sind fix darin, es den Menschen nachzutun.

Die Renkühe kalbten gleichwohl, und wir hielten uns an Plätzen auf, an denen im voraus keine großen Vorkehrungen getroffen worden waren. Andere Lappen kamen und forderten das Recht auf die Weiden ein, die wir brauchten, und es gab ständig Diskussionen, die manchmal in Streit ausarteten, obwohl alle wußten, daß das Elend von der Besetzung und den Machtsprüchen der deutschen Behörden herrührte.

Mitten in diesem Tumult erkannte ich, wie es um meinen Körper bestellt war. Sacht und behutsam kam mir diese Erkenntnis, so als hätte es um mich herum keinen Krieg und keine Hetze gegeben oder als wäre all das ganz weit weg gewesen.

Die Unruhe, die allmählich in mir wuchs, galt nicht dem Giftgas und den Bomben, obwohl alle über solche Dinge sprachen. Wir dachten ja, es würde wie im vorigen Krieg gehen. Aber es drang nicht in mein Bewußtsein vor.

Ich hatte ein weißes Kalb auf schwachen Beinen umherwackeln sehen. Jeden Tag folgte ich ihm, während es saugte, und bald begriff ich, daß es blind und taub war.

Die alte Elle sagte jedoch, daß die schlimmsten Gefahren für das, was in einem Mutterleib heranwachse, zur Tür hereinkämen.

»Sarakka Uksakka Juksakka«, murmelte sie. Ich wußte nicht, was das bedeutete, aber es beruhigte mich. Ich hätte natürlich gern mit Hillevi gesprochen. Aber der Krieg trennte uns. Auf der Straße unterhalb von Aagots Häuschen waren Panzersperren aufgebaut; ich sah sie, als alles vorüber war.

Hillevi war ja eitel Vernunft und Wissen. Ich fragte mich aber, ob sie auch wußte, wie etwas Gemurmeltes die Seele einer Frau ergriff, der erst vor kurzem bewußt geworden war, daß sie ein Kind zur Welt bringen werde.

Elle sagte, es gebe drei alte Akkas, welche die Mütter und ihre Kinder beschützten. Ich lachte sie ein bißchen aus, weil ich dachte, es gehöre eben dazu, und ich gab ihr die letzten Bohnen aus meinem Beutel. Die mahlte sie und sagte, Sarakka helfe mir über die Schmerzen und die Gefahren bei der Geburt hinweg. Sie werde dafür sorgen, daß die Nachgeburt ordnungsgemäß komme und ich zu bluten aufhörte. Juksakka werde den empfindlichen Kopf meines Kindes vor Schlägen und Stößen schützen. Ja, diese Akka werde das Kind noch lange Zeit vor dem Fallen schützen.

Uksakka aber sei diejenige, an die ich mich jetzt halten solle, weil sie den Eingang der Kote bewache und das Böse davon abhalte.

Die Alte war sich des Krieges und der menschlichen Bosheit bewußter, als ich es mir zu jener Zeit war. Ich lief in einer Welt umher, die von meinem eigenen Blut rauschte, und ich dachte an Kinder mit zwei Köpfen und an Kinder mit einem Klumpfuß und an Kinder, die keine Augen hatten. Jedenfalls scherzte ich mit Elle, weil ich dachte, daß es eben dazugehöre, und ich sagte, ihre Akkas seien jetzt bestimmt schon ganz alt und hutzlig; sie ließen sich wohl kaum von einer Birkenwurzel oder einem alten Lederbeutel unterscheiden.

Aber bisweilen denke ich immer noch an das, was sie über das Böse, das zur Tür hereinkomme, gesagt hat. Ich wünschte, es gäbe eine Madderakka, die Macht über die Welt hätte. Mütter und ihre Kinder sollten große Rechte besitzen.

*

Als Hillevi wußte, daß Edvard Nolin zum Pfarrkonvent gefahren war und drei Tage lang fortbleiben würde, ging sie zur Frau Pastor, die dabei war, ihr Hab und Gut in Kisten zu packen, um nach Östersund zu ziehen. Sie erzählte ihr, daß sie ebenfalls umziehen werde, und zwar im Laufe der nächsten Tage.

»Ich möchte in Svartvattnet wohnen, das liegt zentraler«, sagte sie. »Es ist dann nicht mehr so weit bis nach Skinnarviken und Lakahögen hinauf. Und außerdem gibt es im Laden ein Telefon. Eine Hebamme sollte stets ein Telefon haben.«

Trond Halvorsen und sie waren übereingekommen, daß sie das anfangs so sagen sollte. Sie wollten ihr Geheimnis zumindest für ein paar Wochen für sich behalten. Wie eine Elster stürzte sich die Frau Pastor sofort auf diese Neuigkeit, riß und zerrte daran und begutachtete sie von allen Seiten.

Was sage der Gemeindevorsteher zu der Veränderung, und was die Gemeindeversammlung? Würden sie eine andere Wohnung als diejenige, die sie über der Schule für sie hatten, bezahlen?

Niemand könne verlangen, daß die Hebamme auf die Dauer so schlecht wohne, sagte Hillevi. Zugig und beengt. Keine richtige Küche, lediglich eine Wohnküche. Nein danke, das müßten sie doch einsehen. Habe nicht schon die vorige Hebamme gekündigt?

»Die mußte gehen«, sagte die Frau Pastor. »Sie hielten sie für zu anspruchsvoll.«

Am dritten Oktober lud Halvorsen den Schrankkoffer und die Kisten auf einen Leiterwagen, und Hillevi zog um.

Sie legte Schrankpapier aus und befestigte gehäkelte Regalborten. Sie hängte Gardinen auf. Spätabends knarrte es auf der Treppe. Sie empfing ihn in ihrem hochgebauten Bett, in dem das Gerstenstroh raschelte und duftete, wenn sie sich aneinander bewegten.

Bei dem Stroh, das in einen sauberen Matratzenbezug gestopft worden war, handelte es sich nur um ein Provisorium. Sie hatte diese Matratze nicht gutgeheißen. Es sei eine Frage der Hygiene, sagte sie. Ihm schwante, daß dies ein Wort war, das er noch oft zu hören bekommen sollte, und er schrieb umgehend an einen Sattler in Byvången, der Roßhaarmatratzen anfertigte, und bestellte eine neue.

Die kleine schwarze Hündin, die sie Sissla nannten, hatte Hillevi mit ihrem braunen Blick besiegt und in einer Kiste neben der Tür ihren Schlafplatz erhalten. Sie war stubenrein, mußte aber oft hinaus. Ihre Blase war noch nicht ausgewachsen. Früh morgens, noch ehe jemand wach war, ging Hillevi mit ihr die Treppe hinunter und ließ sie hinter dem Laden pinkeln oder bei trockenem Wetter unten beim Bootshaus.

»Erleichtere dich schön«, sagte sie.

Die Leute, die diese Worte tagsüber hörten, lachten hinter vorgehaltener Hand. Umschreibungen war man nicht gewohnt.

Halvorsen achtete darauf, Hillevi schon gegen drei Uhr morgens zu verlassen. Er ging dann noch im Pferdestall vorbei und fütterte Docka und Sotsvarten, einen großen Wallach. Sie nahmen an, daß niemand bemerkte, wie er kam und ging, kümmerten sich aber nicht allzusehr darum. Alles werde offenbar werden, sagte Halvorsen, und in seinen braunen Augen funkelte es.

Eines Morgens, als sie im Dunkeln hinunterging, um Sissla hinauszulassen, stolperte sie auf der untersten Treppenstufe über etwas. Sie erkannte nicht, was da lag, und Sissla merkte nichts, weil Hillevi sie die Treppe sowohl hinauf als auch hinunter trug.

Als sie am Vormittag hinausging, sah sie, daß es sich um ein Päckchen in braunem Packpapier handelte, worüber sie gestolpert war. Es sah ordentlich aus. Es war mit einer Schnur zugebunden, die sich oben in der Mitte kreuzte. Sie befühlte es. Es war etwas Weiches und zugleich Hartes darin, und als sie es betastete und durch das Papier zu erkennen versuchte, flößte ihr das Gefühl in den Fingern Unruhe ein. Ja, sogar Unbehagen.

Es mußte, recht betrachtet, für sie sein. Hinter dieser Tür wohnte sonst niemand. Die Treppe führte direkt zu ihrer Dachstube hinauf. Die kleine Diele war von Gerüchen aus dem Laden und dem anstoßenden Lager erfüllt.

Das Gefühl in ihren Fingerspitzen ließ sie davon Abstand nehmen, das Päckchen stante pede aufzureißen. Sie nahm es und ging damit wieder nach oben.

Auf dem Spültisch, wo ihre Abwaschschüssel stand, nahm

sie es sich vor. Sie schnitt die Schnur durch. Sie hatte nicht das Gefühl, daß genug Zeit war, an dem Knoten herumzupusseln. Sie wickelte das Papier auf, das anscheinend schon mehrmals benutzt worden war. Darin lag eine abgeschnittene Hundepfote.

Zuerst war sie nur verwirrt. Sie schlug das Papier hastig wieder zu, so daß der Inhalt verborgen wurde. Einer raschen Eingebung folgend wollte sie die Herdtür öffnen und es hineinwerfen. Ihr wurde jedoch klar, daß man es riechen würde. Also versteckte sie das Päckchen statt dessen unter den obersten Scheiten in der Brennholzkiste. Lange Zeit stand sie völlig verwirrt da und starrte den Deckel der Kiste an. Ihre nächste Eingebung war, zu Trond hinunterzustürmen und zu erzählen, was sie gefunden hatte. Auch diese verebbte.

Ihr ging durch den Kopf, daß das Päckchen so gelegen hatte, daß sie darüber gestolpert war. Tronds Stiefel indes waren nicht dagegengestoßen, als er ein paar Stunden vor ihr hinuntergegangen war. Mitten auf der letzten Treppenstufe hatte es gelegen. Wäre es schon dagewesen, hätte er es bemerkt.

Derjenige, der das Päckchen dort hingelegt hatte, mußte es etwas später getan haben. War es jemand, der wußte, daß sie um diese Zeit allein sein würde? War es Absicht, daß sie und niemand sonst es finden sollte?

So fingen diese Gedanken an.

Der Laden lag ursprünglich gleich neben dem Haus, in dem ich wohne. Es war eine kleine Bude, hatte aber ein Obergeschoß, dessen Decke allerdings niedrig war. Morten Halvorsen soll ihn gebaut haben, als er beschloß, sich hier niederzulassen. Er kam aus Fagerli auf der norwegischen Seite. Die Leute nannten den Laden natürlich Krambude.

Er wurde der Schwiegersohn des Lakakönigs, und reich wurde er durch Wald. Ursprünglich war er aber bloß ein Hausierer, der mit seinem Warenlager auf einem Karren daherkam. Er machte auf den Höfen halt und packte Nadelbriefchen, Broschen, Spiegel, Kleiderstoffe, Hosenträger, Tabakdosen, Rasiermesser und Strumpfbänder aus. Kramwaren vor allem. Aber er wurde sie los.

Als er sich zum ersten Mal entschloß, bis nach Svartvattnet zu gehen, war es wohl deshalb, weil er wußte, daß es dort säckelweise Geld gab. Es war die Zeit, da sich die Gesellschaften alles unter den Nagel zu reißen begannen. Die Sägewerke an der Küste brauchten Holz. Die Herren der Gesellschaften kauften Wald auf, und die Männer aus der Gegend bekamen Arbeit als Holzfäller und bei der Holzabfuhr. Ihren Lohn erhielten sie in klingender Münze ausbezahlt, konnten ihn aber nirgendwo loswerden, weil es in Svartvattnet keinen Kaufmannsladen gab. Es war nicht schwierig, sich auszurechnen, daß für die Holzfäller Dinge wie Bärenkoppeln, Pferdefutter und amerikanischer Speck gebraucht würden.

Dieser norwegische Hausierer aus Fagerli, der seine Waren aus Namsos holte, wohin sie auf vollbeladenen Schaluppen kamen, mußte sich also mit Plänen getragen haben, in Svartvattnet zu bleiben und Kaufmann zu werden. Auf seiner Fuhre waren zwei Kisten Speck festgezurrt gewesen sowie ein Sack

brasilianischer Kaffee. Kaffee war etwas, was sowohl die Holzfäller als auch die Weiberleute brauchten.

In gewisser Hinsicht paßte es, gerade jetzt zu bleiben und
zu überwintern, denn es war Anfang Herbst, und obwohl die
Tage klar und wolkenlos waren, wurden sie immer kürzer.
Die Bergseen waren in den ersten Herbststürmen schwarz ge-
worden und zeigten weiße Brecher, böse, wie Hunde, die ihre
Zähne fletschten.

Er zog mit seinem Karren durch tiefe Wagenspuren. Um ihn
herum war Wald, Wald und abermals Wald. Er ging dahin und
hielt nach dem Meilenstein Ausschau, der zu jener Zeit kein
Grenzstein war, weil wir ja eine Union hatten. Und der Wald
stand da wie eine Mauer. Er konnte den See nicht zwischen den
Tannen schimmern sehen, wußte aber, daß er dort unten sein
mußte. Schließlich kam er an eine Stelle, wo der Weg sich ganz
deutlich gabelte. Er hörte Wasser fließen und begriff, daß er sich
in der Nähe eines Flusses befand, denn das Rauschen war recht
kräftig. Er war jetzt nicht mehr weit von der Grenze entfernt.

Er blieb mit seinem Karren stehen, unsicher, wohin er gehen
sollte. Da kam ein Lappe des Wegs. Es war ein kleiner Mann in
einem Lederkittel und mit einer ausgeblichenen blauen Mütze
hoch oben auf dem Dez.

Der Hausierer grüßte höflich:

»Gott zum Gruße!«

Der Lappe schnorchelte mit seiner Pfeife. Aber er sagte
nichts. Da fragte der Hausierer, welchen Weg er nehmen müsse,
um nach Svartvattnet zu kommen. Der Lappe betrachtete die
Fuhre. Und der Händler sah sich genötigt zu erklären, daß er
Waren bei sich habe, die er feilhalten wolle. Um den Lappen ge-
sprächiger zu machen, sagte er, daß da wohl die eine oder
andere Kleinigkeit dabei sein könne.

»Für deinige Brut«, sagte er.

Da sah es so aus, als ob der Lappe sehr genau überlegte.
Dann nahm er die Pfeife aus dem Mund und wies mit ihrem
kurzen Rohr auf die halb zugewachsenen Wagenspuren, die
rechter Hand abwärts führten. Er blieb an der Weggabelung
stehen, während der Händler sich mit seinem Karren in Bewe-

gung setzte. Das war gar nicht so leicht. Der Grashügel zwischen den Spuren war hoch, und der Karren schwankte auf seinen eisenbeschlagenen Rädern. Die Leute schienen im allgemeinen am Dorf vorbeizufahren, denn der Weg, der nach links abzweigte, war besser. Er drehte sich um, weil er über diese Seltsamkeit etwas zu dem Lappen sagen wollte. Der war jedoch verschwunden. Er war nirgendwo zu sehen. Er mußte schnurstracks in den Wald oder aber auch ins Moor gegangen sein. Jedenfalls war er fort.

Der Handelsmann strebte mit seinem Karren weiter, mied Steine und hielt mit seiner schweren Fuhre so gut er konnte Kurs. Das Rauschen des Stroms wurde immer stärker. Manchmal gluckste und summte es wie von Stimmen. Es war aber nur Wasser, das zwischen Steinen dahinfloß. Er wünschte, er hätte jemanden zum Reden gehabt. Jetzt am Nachmittag war es naßkalt, und die Schatten der Tannen waren lang.

Unversehens wurde es hell. Die Tannen hatten sich gelichtet. Vor ihm waren Birken und Ebereschen und Salweiden, und schließlich stand er mit seinem Karren direkt über dem Fluß. Ein Widerlager befand sich hier. Aber keine Brücke. Auf der anderen Seite war ebenfalls ein gepflastertes Widerlager. Die Brücke aber, die nicht sehr groß gewesen sein konnte, hatte wohl ein Frühjahrshochwasser mit sich gerissen. Zwischen den Widerlagern stürzte das Wasser des Flusses dahin.

Er war verdattert. Mindestens, kann man sagen.

Dann durchrieselte ihn ein kaltes Gefühl. Es war, als ob die Schatten der Tannen noch schwärzer würden und die Luft zwickte. Ja, selbst die Nase wurde ihm kalt.

Er würde umkehren müssen, das war ihm klar. Die Leute, die in dieser Gegend zwischen Svartvattnet und Gremså lebten, hatten sich selbstverständlich eine neue Steinbrücke gebaut, und der Weg, der dort oben nach links abzweigte, hätte dorthin geführt. Dieser hier war nur noch eine Sackgasse. Aber er wollte den Karren nicht wenden und wieder hinaufgehen.

Um die Wahrheit zu sagen, er traute sich nicht.

»Verdammtes Lappenaas«, knurrte er zwischen den Zähnen. Er war noch immer verdattert und wußte nicht, was er machen sollte. Ganz offen stand er hier am Widerlager der Brücke. Und das Wasser rauschte und platschte gegen die Steine, wie es seit eh und je gerauscht und geplatscht hatte. Egal, ob ihm ein menschliches Wesen gelauscht hatte oder nicht.

»Mist«, sagte er. »Verfluchter Mist!«

Er meinte einen Zweig knacken zu hören, war sich aber nicht ganz sicher. Dieses verdammte Wasser übertönte alle anderen Geräusche. Rasch ergriff er die Deichsel und schob den Karren zwischen die Bäume. Das war nicht leicht. Steine und hohe Grashöcker kamen ihm in die Quere, aber er brachte ihn schließlich in die richtige Spur. In dem dichten Gestrüpp aus Salweiden und Birkenschossen waren zwar die Räder verborgen, aber die Fracht war vom Pfad aus gut sichtbar. Von weitem dagegen war nichts zu sehen.

Er trat hinter den Karren und begann hastig die um die Fracht gezurrten Seile aufzuschnüren. Es gelang ihm, sein Gewehr herauszuholen, und es tat ihm gut, es in der Hand zu halten. Einige Zeit zwischen Säcken und Fäßchen herumtastend, stieß er schließlich auf seinen Branntweinkrug. Er lud jedoch erst das Gewehr, bevor er sich die Zeit nahm, sich ein paar tiefe Schlucke aus dem Krug zu genehmigen. Das gab ein wohliges Gefühl in der Brust. Das schwere Herzklopfen ließ nach.

Nachdem er eine Weile hinter dem Karren gesessen hatte, die eine Hand um den Gewehrkolben und die andere am Krug, taumelte eine Birkhenne vorbei. Er hatte sie nicht auffliegen hören. Sie kam aus der Richtung, aus der er selbst erst kurz zuvor mit dem Karren gekommen war, und er war sich sicher, daß sie aufgescheucht worden war.

Er war jetzt gewarnt, wenn er auch nichts hören konnte. Rasch bog er eine Weidengerte um und kappte sie mit seinem Fahrtenmesser. Er steckte sie in die Erde, so daß sie aufrecht stand. Dann hängte er seine Mütze so auf diesen Stock, daß sie die Fracht überragte. Schließlich nahm er sein Gewehr und schlich vorsichtig, fast kriechend zwischen den Stämmen davon.

Er hockte sich hinter ein großes Weidengestrüpp. Von hier

aus konnte er den Pfad einsehen. Wo dieser eine Biegung machte, erschien irgendwann der Lappe, doch er ging nicht in den Wagenspuren, sondern schlich am Rand entlang. Manchmal verschwand er im Jungholz. Er ging sicherlich geräuschlos. Nicht, daß man ihn sonst gehört hätte. Das einzige, was man hörte, war dieses ewige Wasser. Der Händler sollte dieses Geräusch zeit seines Lebens nicht mögen. Er pflegte zu sagen, daß es beängstigend sei.

Der Lappe war für ein Weilchen verschwunden gewesen, hatte wohl irgendwo gestanden und gelauscht. Jetzt tauchte er unten beim Widerlager auf. Sein Gewehr schußbereit. Als er keinen Karren dort stehen sah, war er sichtlich verdutzt und fuhr herum. Dann zog er sich geschwind wieder ins Unterholz zurück. Vorsichtig schleichend bewegte er sich nun in die andere Richtung. Der Handelsmann konnte ihn fast die ganze Zeit über mit dem Blick verfolgen, und er sah, wie der Lappe den Karren entdeckte und anlegte.

Es war still. Vielleicht für eine Minute oder länger, dachte der Händler. Aber so lange war es wahrscheinlich gar nicht. Die Zeit hatte sich verlangsamt. Das Wasser im Fluß floß dagegen so schnell wie immer.

Da schoß der Lappe. Er hatte wohl genau die Mütze getroffen, denn wie eine Katze sprang er auf den Pfad hinaus und war schon auf dem Weg zum Karren, als der Händler den Gewehrkolben an seiner Schulter anlegte. Es gab keinen Grund zu zögern. Er hatte ihn genau im Visier, und er schoß, ohne sich groß zu bedenken.

Danach bekam er wieder Herzklopfen. Und ihm stockte der Atem. Er mußte sich an einen Birkenstamm lehnen und die Augen schließen. Er hatte ein Stechen im Gesicht, und er fühlte sich aufgequollen und heiß.

Da hörte er eine Stimme:

»Guktie vöölti? Guktie vöölti?«

Das bedeutet: Wie hat es gesessen? Wie hat es gesessen? Ein Weiblein kam den Pfad entlanggerannt. Ganz eifrig war sie und fuchtelte mit der Tabakspfeife. Dann entdeckte sie das Bündel auf dem Weg. Denn nach mehr sah es nicht aus, was von dem

Lappen noch übrig war. Da benahm auch sie sich wie eine Katze. Ging nicht viel näher, nur noch ein Stückchen. Sah wohl das Blut im Gras. Und machte auf der Stelle kehrt und sauste in den Wald.

Er sah sie nie wieder.

Der Händler versteckte seinen Karren noch tiefer im Gestrüpp, und dann zog er den toten Körper des Lappen in das junge Buschwerk. Er setzte sich, um die Sache zu durchdenken. Diese lag einerseits klar auf der Hand, wenn es auch keine Zeugen gab. Da war das Gewehr, aus dem der Lappe abgefeuert hatte, und da war das Loch in seiner eigenen Mütze.

Er selbst hatte in Notwehr gehandelt. Niemand konnte etwas anderes behaupten.

Andererseits aber war es kein sonderlich guter Anfang, mit einer Leiche auf dem Karren nach Svartvattnet zu kommen. Oder den Leuten die Stelle zu zeigen, wo der magere arme Kerl mit blutbeflecktem Brustteil im Kittel lag. Es war ekelhaft.

Er beschloß, ohne eine solche Fracht in Svartvattnet anzukommen. Das Moor jenseits des Widerlagers war groß und hatte tiefe Löcher.

Nur Gott weiß, was er getan hat. Denn er war ja ganz allein. Hatte er einen Spaten auf seiner Fuhre?

Ja, Spaten gab es in seinem Lager. Ohne Stiel. Nahm er ein Messer und eine Axt zur Hand, um sich einen Spatenstiel zu schnitzen? Niemand weiß es.

Wer zu uns in diese Fjällgegend kommt, mag glauben, er komme in eine große Ödnis. Er kann sich einbilden, er sei unsichtbar. Der Wald vermittelt den Eindruck, als könne er alles verschlingen. Und die Moore sind manchmal endlos weit und unwegsam.

Aber wer hierherkommt, wird immer gesehen.

Zwei Schüsse waren abgefeuert worden und hatten zwischen den bewaldeten Höhen widergehallt.

Es war durchaus auffällig, daß der Hausierer genau einen Tag nach den Schüssen mit seinem Karren in Svartvattnet auftauchte.

182

Über das, was vor so langer Zeit geschehen ist, kann man nichts mit Sicherheit wissen. Nicht einmal, ob es Morten Halvorsen war. Wenn die Leute das auch behaupteten. Denn Halvorsen kam ja mit einem Karren übers Fjäll und machte den Kaufmannsladen auf. Als die Gesellschaften sich im Dorf erstmals in großem Stil alles unter den Nagel rissen, wurde er vom Run auf den Wald reich. Er sei es gewesen, der den Lappen erschossen habe, sagten die Leute. Aber er lachte sie aus. Er sei, bei Gott, niemals so lausig arm gewesen, daß er ohne Pferd gereist wäre!

Trotzdem sagen die Leute, daß nur er und noch ein weiterer Mann gewußt hätten, wo dieser Lappe geblieben sei.

Der andere, das war der Urgroßvater der jungen Lubbener. Der Vater von Eriksson in Lubben, der, den man Granoxen nannte. Er soll etwas gesehen haben. Ja, einige behaupten sogar, er habe Halvorsen graben sehen.

Der Lappe hatte ja auch eine Frau, dieses Weiblein, das kurz darauf auf dem Pfad erschienen war und gerufen hatte:

»Wie hat es gesessen? Wie hat es gesessen?«

Aber sie sagte nichts. Niemals. Folglich war es ebenso wahrscheinlich, daß ihr Mann im Fjäll geblieben war. Wenn Eriksson in Lubben nicht irgendwann mal das eine oder andere Wort hätte fallenlassen von dem, was sein Vater gesagt hatte. Nur den Jungs gegenüber. Als der Großvater dann tot war, behauptete der älteste Enkel jedenfalls, der Alte habe gewußt, wo Halvorsen den Lappen verscharrt habe. Und daß er dort ein Zeichen hinterlassen habe.

Andere wiederum konnten an der Stelle außer einem Trockengestell für Torf nichts entdecken.

Was weiß man.

Als ich diese alte, häßliche Geschichte über den Händler, der den Lappen erschoß, gehört hatte, war ich so dumm, nach Hause zu gehen und sie Myrten zu erzählen, und die erzählte sie natürlich Hillevi weiter.

Diese tobte und nahm mich ordentlich ins Gebet. Sie fragte, ob ich so dumm sei, zu glauben, Morten Halvorsen sei mit einem Handkarren übers Fjäll gegangen. Daß er kein Pferd besessen habe.

Verstünde ich denn nicht, daß solche Geschichten immer schon erzählt worden seien. Seit dem 18. Jahrhundert schon, seit der Ankunft der Siedler. Die Leute versähen sie nur mit neuen Namen. Sie fragte, höhnisch, wie ich fand, ob ich das an Jonettas Küchentisch gehört hätte. Ich verneinte es. Draußen hätte ich es gehört, auf dem Hof. Da meinte sie, es sei immerhin gut, daß Jonetta wenigstens nicht dasitze und zuhöre, wenn sträfliche Verrücktheiten über ihren eigenen Vater erzählt würden.

Hillevi sagte, ich solle nicht dort oben herumhocken. Ich solle mir zu schade dafür sein, an Jonettas Küchentisch zu sitzen und Anund Larsson und anderen Lügenmäulern zuzuhören. Sie packte mich hart am Arm und fragte mich, ob bei Aagot oben Schnaps getrunken werde. Ich antwortete, daß ich nie etwas anderes als Kaffee bekommen hätte.

Dann beruhigte sie sich ein wenig und sagte, ich müsse verstehen, daß ich unter normalen Menschen aufgewachsen sei. Sie räumte ein, daß in den Dörfern das eine oder andere vorgefallen sei, worüber man am besten nicht spräche. Aber solche Dinge würden nicht vorkommen unter Menschen, die ein normales Leben führten.

»Und das haben wir immer getan«, sagte sie.

Das kannte ich schon.

»Es war damals nicht besonders hygienisch«, sagte sie gern. Oder:

»Das ist nicht normal.«

Dann wußte man Bescheid.

Ich traute mich natürlich nicht mehr, über den Händler zu sprechen, wer immer es nun war, der den Lappen erschossen hatte. Aber die Geschichte starb nicht. Zuletzt hörte ich sie im vergangenen Winter. Bei dem Streit darüber, welches Dorf die Schule behalten solle. Da kam so manches aufs Tapet.

*

In der Brennholzkiste von Hillevi Klarin lag also eine abgeschnittene Hundepfote, und sie machte sich so ihre Gedanken darüber. Ihre ersten Eingebungen, sie ins Feuer zu werfen oder damit zu Trond zu laufen, gingen schnell vorüber.

Sie entledigte sich zwar dieser Pfote, tat es aber heimlich. Als sie Sissla ausführte, ging sie zum Bootshaus hinunter und warf die Pfote in dessen Schutz ins dunkle Wasser hinaus. Es war ein windiger Oktoberabend. Kleine, aufgeregte Wellen schlugen gegen die Steine am Uferrand. Sissla durchlief ein Schauder, als Hillevi die Pfote in den See warf, doch sie machte keine Anstalten, ihr hinterherzustürzen. Sie setzte sich und sah zu Hillevi auf. Sie hatte einen Blick wie ein Kind.

Da dachte Hillevi, wenn erst das Kind da sei, müsse mit solchen Dingen Schluß sein. Dann soll alles offen und hell sein. Kinder sollen ihre Eltern nicht mit einem solchen Blick ansehen müssen. Gott sei Dank ist dies nur ein Hund.

Sie erfuhr niemals, wer dieses Päckchen auf ihre Treppe gelegt hatte, aber sie verstand, daß derjenige, der es getan hatte, ihr etwas sagen wollte. Und sie verstand außerdem, daß sie eine Antwort darauf geben mußte. Ein Gespräch war eingeleitet worden.

Es ist schwierig, mit jemandem zu sprechen, dessen Sprache man nur unzulänglich versteht.

Sie dachte über Hunde nach. Die Pfote stammte von einem schwarzen Hund. Es war aber, ganz oben, auch etwas Weißes darin gewesen. Ein schwarzer Hund mit weißer Zeichnung.

Es gab einen, der ihr sofort einfiel. Dieser Hund hatte ein paar weiße Flecken auf der Stirn gehabt. Sie hatten wie ein Paar starrender Augen ausgesehen.

Sie glaubte, daß derjenige, der das Päckchen auf die Treppe gelegt hatte, wollte, daß sie an genau diesen Hund dachte. Um so triftiger der Grund, Trond gegenüber nichts davon zu erwähnen. Denn dann bedeutete die Pfote:

Hau ab.

Es paßte auch dazu, daß sie durch ihren Umzug nach Svartvattnet nähergerückt war.

Eines Nachmittags sah sie Vilhelm Eriksson aus Lubben im Laden. Er hob den Blick nicht. Jetzt aber wußte sie, wie ihre Antwort ausfallen mußte. Es bedurfte weiter nichts als dessen, was ohnehin kommen sollte. Als das Aufgebot zwischen Trond und ihr bekanntgegeben wurde, war ihre Antwort deutlich genug.

An einem sehr kalten Januartag im neuen Kriegsjahr 1917 beugten Sotsvarten und ein älterer Wallach mit dem Namen Siback ihre Nacken und zogen einen schwer mit Leuten, Gepäck und Pferdefutter beladenen Schlitten an. Trond Halvorsen kutschierte. Er war auf dem Weg zu seinem Großvater nach Lakahögen und zu seiner eigenen Hochzeit. Neben sich hatte er Hillevis Vetter Tobias Hegger. Hinter ihnen saßen Halvorsens Schwester Aagot und Heggers Schwester, die Sara hieß.

Dem großen Schlitten folgte Docka mit einem kleineren. Es war derselbe, in dem Halvorsen zehn Monate zuvor Hillevi gefahren hatte, von Lomsjö nach Röbäck. Jetzt hatte sie die Zügel in der Hand. Neben ihr saß seine ältere Schwester Jonetta.

Alle trugen Wolfs- oder Hundepelze und waren gut in Schafs- und Renfelle eingepackt. Die Gäste hatten sich weiche Renfellschuhe und Wollsocken geliehen. Trond Halvorsen trug seine dichte Fuchspelzmütze, und Hillevi hatte Tobias zu Sara sagen hören, er sähe aus wie Dschingis Khan. Sie freute sich, daß seine Stimmung sich gehoben hatte und er ein wenig Romantik um sich herum sehen konnte. Ein Räuber war Halvorsen freilich nicht. Er war ein hart arbeitender Händler und ein Waldmann, der von seinem Vater die Konsignationen übernommen hatte und die Geschäfte nun in eigener Regie führte. Wohlgemerkt hatte der Vater im ersten Kriegsjahr, als der Sohn einberufen und an der Küste stationiert gewesen war, sich um alles noch selbst gekümmert. Hillevi ahnte, was Morten Halvorsen in diesem Jahr der Kriegspanik verdient hatte, als er Leute, die Rene oder Wald besaßen, dazu brachte, die Vorräte an Reis, Zucker, Weizenmehl, Kaffee und Seife aufzukaufen. Nun stand Trond mit den Lizenzen und der Knappheit da, während die Gesichter der Leute immer grauer wurden.

Daß sie fahren gelernt hatte, lag an seinen Kommissions-reisen. Er fuhr mit Renfellen, Birkenrinde zum Dachdecken, Teertonnen und den Handwerksprodukten der Lappen. Mit Auerhühnern, Birkhühnern, Schneehühnern und getrocknetem Fisch. Mit Käse, Butter und Molke. Aus Östersund zurück kam er mit dem, was er ohne Lizenzen hatte ergattern können. Ein-mal brachte er Nudeln, ein ganz neues Nahrungsmittel. Hillevi stand hinter der Ladentheke und erklärte den Leuten, wie sie diese mit Milch und Mehl zu einem Brei kochen sollten. Sie soll-ten sie aber nicht zuckern, meinte sie. Dieser Rat war leicht zu befolgen, denn Zucker bekamen sie nur selten zu Gesicht. Selbst im Haus des Händlers süßte man den Kornkaffee jetzt mit den rot-weißen Pfefferminzstangen.

Sie hatte gedacht, sie würde eine ruhige Zeit mit ihrer Aussteuer verbringen. Bis in die Winterdämmerungen hinein wollte sie Laken und Handtücher besticken. Doch daraus wurde nichts. Es gab einen Andrang im Laden, eine Flut von Wünschen, denen entsprochen werden mußte. Sie fürchtete, Trond könnte Geld verlieren. Gedungene Leute nahmen die Kellen zu voll und legten, wenn die Waage bereits ausgeglichen war, noch extra nach. Aagot wäre um das Eigentum ihres Bru-ders wahrscheinlich besorgter gewesen, doch als Hillevi über dem Laden einzog, wurde sie nachlässig. Sie kamen nicht mit-einander aus. Schlecht zu sagen, warum. Aber so war es. Des-halb war Hillevi erleichtert, daß Jonetta bei ihr im Schlitten sit-zen sollte. Sie war ebenso dunkel wie Aagot, hatte aber nicht so einen geraden Rücken und außerdem keine Zähne mehr.

Halvorsen hielt nicht viel davon, daß Hillevi, wenn er unter-wegs war, woanders ein Fuhrwerk mietete. Selbst wenn die Ge-meinde für ihre dienstlichen Fahrten aufkam. Anfangs kut-schierte Haakon Iversen ein paarmal. Er war vor vielen Jahren aus Fagerli gekommen und arbeitete seitdem bei Morten Hal-vorsen. Er kümmerte sich nach wie vor um den Stall, und wenn Halvorsen auf Reisen war, auch um alle gröberen Arbeiten.

Gleich nach Allerheiligen hatte ein Sturm den Schnee vor die Lagertür getrieben und dort hoch aufgetürmt. Haakon mußte das Lager freischaufeln, als Hillevi ihn als Kutscher gebraucht hätte, und bevor sie Isak Pålsa bat, der genausoviel mit dem Räumen zu tun hatte, nahm sie die Zügel selbst in die Hand, nachdem Haakon angespannt hatte. Die gutmütige Docka fand fast von allein den Weg zu der wartenden Wöchnerin.

An diesem Januartag hatte Docka einen Kammdeckel mit Kugelschellen bekommen. Diese klingelten zusammen mit Sotsvartens und Sibacks Schellenkränzen. Die Sonne schien. Svartvattnet war eine blendendweiße Schneefläche. Als sie über den See fuhren, drehte sich Tobias ab und zu um und winkte Hillevi. Er machte den Eindruck, als wäre er ausgezeichneter Laune, und sie gönnte es ihm von Herzen, denn er hatte ein paar schwere Tage hinter sich.

Sie hatte ihn gebeten, einen Karbunkel aufzuschneiden, an den sie sich nicht herangewagt hatte. Der war groß wie ein Klümper und saß im Genick eines alten Waldarbeiters.

Tobias empfing ihn in der Pension, wo er und Sara einquartiert waren. Nachdem er aus dem Blutschwär Eiter und Talg ausgedrückt und den braunen, wulstigen Nacken genäht hatte, rief Verna Pålsa von unten herauf:

»Alfressa ist jetzt kömmen!«

Hillevi erklärte, ein gewisser Alfredsson habe an einer Stelle, die sie für ihre Person nicht gut untersuchen könne, Beschwerden. Sie fürchte, daß es eine Geschlechtskrankheit sei, denn er habe auf einer der Schaluppen gearbeitet, die zwischen Namsos und Bergen Waren transportierten.

»In Bergen gibt es auch Aussatz«, sagte sie.

Als Tobias mit Alfressa fertig war, sagte er, der Kerl müsse sich an besagter Stelle waschen. Das sei alles. Hillevi hatte große Sorge, daß Alfressa, ein flotter Kerl mit fest zugezogenem Gürtel, mit seiner Wunde bei den Mädchen die Runde machen könnte. Sie rief ihn zurück und bat Tobias, doch ordentlich nachzusehen.

»Es ist eine ernste Angelegenheit für das Dorf, wenn er eine solche Krankheit hat«, sagte sie. »Schau bitte ordentlich nach.«

Tobias tat es. Er genehmigte sich einen Schluck Kognak aus seiner silbernen Reiseflasche und bat Alfredsson dann, noch einmal hereinzukommen und sich frei zu machen. Danach gestand er ein, daß es bedenklich aussehe. Eine klitzekleine, aber tiefe Wunde. Ob er Alfredsson davon habe überzeugen können, daß er ein Krankenhaus aufsuchen müsse, wisse er nicht, denn sie hätten von der Sprache des jeweils anderen nicht viel verstanden.

»Das überlaß nur mir«, sagte Hillevi.

Es verging keine Viertelstunde, bis mit geschwollenem und infiziertem Daumen der nächste Patient auftauchte. Er hatte mit Eisengarn eine Hiebwunde selbst zusammengeflickt, sie aber nicht sauber bekommen. Danach erschien ein Mädchen mit eitrigen Augen und einem Ausschlag um den Mund. Außerdem hatte sie Knoten am Hals. Hillevi wollte, daß Tobias entscheide, ob das Mädchen skrofulös sei und ins Sanatorium müsse. Ein Junge, noch nicht konfirmiert, kam mit geschwollenen Drüsen am Hals, die ebenfalls verdächtig skrofulös aussahen. Hillevi steckte auch hinter dem Besuch einiger Frauen, die, wie sie sagten, Tropfen verschrieben haben wollten, wofür, war unklar. Die eine hatte achtzehnmal geboren, die andere hatte zehn Kinder. Hillevi nahm Tobias mit auf den Flur und sagte, er solle mit ihnen über die Ringe aus Roßhaar und Birkenwurzeln reden, die sie gegen schmerzhaften Vorfall trügen. Sie wollte, daß die Frauen ins Krankenhaus nach Östersund geschickt und dort operiert würden, und meinte, daß er seinen Worten mehr Nachdruck verleihen könne als sie. Die Frauen wußten nicht, daß er noch nicht approbiert war, eine heillose Angst hatte und ihm übel war. Ihre Genitalien bekam er natürlich nicht zu sehen, doch Hillevi berichtete, wie die Gebärmutter der jüngsten sich nach der letzten Entbindung wie eine blaurote Frucht in die Scheidenöffnung gedrängt habe, als sie wieder Wassereimer und Heulasten zu tragen begann. Hillevi wollte, daß er seine ganze Autorität geltend mache, um die Frauen davon abzuschrecken, Gegenstände in die Scheide einzuführen, die diese infizieren konnten.

Je nachdem, was für Leute am nächsten und übernächsten Tag kamen und sich geduldig wartend in den Schankraum der Pension setzten, bat Hillevi, er möge mit denjenigen, denen er nicht helfen könne, zumindest reden. Er solle gegen Homöopathen und Männer, die klug genannt würden, zu Felde ziehen sowie gegen Geburtshelferinnen, die Tod und Ansteckung in die Wochenbetten brächten. Es gehe speziell um einen Homöopathen namens Lundström. Das sei der schlimmste von allen, sagte sie. Seine Hände und Hosentaschen seien fettig vor Geld.

Tobias schnitt, was er schneiden konnte, nähte, was sich nähen ließ, und ansonsten redete er. Er glaubte nicht, daß sie verstanden, was er sagte. Und Hillevi hatte ihm angesehen, daß er Angst hatte.

Sie saß neben der schweigsamen und gutmütigen Jonetta auf dem Schlitten, und ihr war, als habe sie zum ersten Mal seit Monaten Zeit zum Denken. Wenn sie es recht bedachte, dann wußte sie, daß auch sie Angst gehabt hatte. Doch jetzt hatte sie keine mehr.

Als sie eines Tages mit dem Schlitten auf dem Weg zu der Waldkate Kroken war, sah sie ein unförmiges pelziges Wesen vom Wald herunterkommen. Sie erstarrte aus Angst vor einem Bären, und erst hinterher fiel ihr ein, daß Docka weder sich aufgebäumt noch gescheut hatte. Was dort oben am Abhang, den die Ziegen von Kroken sauber abgeweidet hatten, dahintrottelte, schien sich direkt auf sie und den Schlitten zuzubewegen. Sie schlug Docka mit den Zügeln auf den Rücken und brachte sie in Trab. Sie selbst hatte den Kopf gedreht und sah, wie das Wesen zum Weg hinunterwatschelte. Jetzt war erkennbar, daß dieses haarige Geschöpf ein Zweibeiner war, doch das erleichterte sie auch nicht gerade.

Er saß den ganzen Nachmittag und Abend lang in der Küche von Kroken, während sie in der Kammer die Hausfrau entband. Er hieß Egon Framlund. Als sie mit der Frau fertig war, schnitt sie ihm einen kleinen Furunkel auf, der an seiner Nasenwurzel saß und der, wie sie fand, böse aussah. Im Sommer lebte Framlund in einer Hütte, bei der es sich genaugenommen um eine Felsenhöhle handelte. Im Winter schlüpfte er in Kroken unter. Ursprünglich sei er Seemann gewesen, sagte er. Er war recht philosophisch und stammte aus Sundsvall.

Als sie Trond von dieser Begegnung und von ihrer Angst erzählte, lachte er herzlich und sagte, Framlund sei ein gutmütiger alter Schwätzer und Phantast, der sich vor allem für den Sternenhimmel interessiere. Daraufhin dachte sie: Man soll nur Angst haben, wenn man weiß, daß man einen Grund dazu hat.

Da vorn riß sich Tobias die Mütze vom Kopf und schwenkte sie. Mit einer großen, behandschuhten Hand wies er auf den See hinaus: Rene! Sie mußte über ihn lächeln. Er war wie ein Kind in einem Märchenwald voller Merkwürdigkeiten. Es glitzerte, wenn die Hufe den Schnee aufwirbelten. Der Sonnenschein schlug einen in der Kälte mit Halbblindheit und berauschte. Die Welt wurde zu Funken und Gold und einem ungeheuerlich blauen Himmel, der sich zum Zenit hin stellenweise schwarz färbte. In weiter Ferne war bei den Abhängen des Brannbergs eine kleine Herde Rene auf dem See. Sie sahen aus wie Insekten.

Hillevi dachte an Trond, der in dieser Kälte für sie alle die Verantwortung trug, der wissen mußte, daß das Zeug hielt oder wie er sich andernfalls in dieser dröhnenden weißen Einsamkeit zu verhalten hätte, wenn die Deichsel bräche oder ein Pferd zu lahmen anfinge. Sie hatten zusammen die Felle, Häute und Pelze gezählt, die reichen mußten, um alle warm zu halten, und ihr war ihre erste gemeinsame Fahrt in den Sinn gekommen. Es war erst zehn Monate her, daß sie so wie Sara jetzt dagesessen hatte, ahnungslos und ohne Verantwortung für die Reise.

Sara hatte sich, anders als Tobias, keine Angst einjagen lassen. Sie hatte sich rasch in Hillevis Zimmer zurückgezogen, um bei der ständig hintangesetzten Aussteuer zu helfen. Wenn sie spazierenging, glich sie einer echten Bergtouristin, denn sie sah ständig zum norwegischen Hochgebirge hinüber, und sie sprach davon, im Sommer wiederkommen zu wollen.

Hillevi hatte die beiden davon abzubringen versucht, zu ihrer Hochzeit anzureisen. Onkel Carl und Tante Eugénie hatten abgewunken, obwohl Hillevi, um ehrlich zu sein, gar niemanden von der Familie eingeladen hatte. Doch Sara und Tobias hatten sich in den Kopf gesetzt, daß dies ein großes Abenteuer sei, das es zu bestehen gelte.

So bekamen sie die graue Hütte zu sehen, in der Trond mit

seinen Schwestern lebte. Hillevi wünschte, sie wären erst gekommen, wenn der Neubau fertig gewesen wäre. Tobias mußte
begriffen haben, daß sie schwanger war. Ihr Bauch begann sich
zu heben, und sie hatte ein volleres Gesicht. Trond hätte gern
schon drei Wochen nach der Verlobung geheiratet. Hillevi war
es gewesen, die die Sache hinausgezögert hatte. Sie hatte sich
nicht überwinden können, mit Edvard zu sprechen. Daß er sie
trauen würde, war ausgeschlossen. Doch wie war zu verhindern, daß er das Aufgebot verkündete?

Er hatte sie schließlich aufgesucht, ganz verwirrt darüber,
daß sie aus Röbäck fortgezogen war. Sie hatte ihn jedoch nicht
in ihrer Wohnung empfangen. Jetzt war sie es, die es genau
nahm. Das merkte er. Die Atmosphäre war steif. Daß es so
schwierig sein würde, hatte Hillevi allerdings nicht erwartet.

Sie gingen vor aller Augen spazieren, während sie miteinander sprachen. Zwischen ihnen lief Sissla an der Leine. Hillevi
war Edvard das erste Mal bei einer Taufe im Krankenhaus begegnet. Damals war sie untertänig gewesen. Nicht weniger als
zu der Zeit, da sie im Zuge ihrer Ausbildung im Südlichen Ent-
bindungsheim als Putze Becken ausgespült hatte. Damals durften die Schülerinnen in Gegenwart von Ärzten oder Pfarrern
nicht sprechen.

Jetzt trug sie den großen schwarzen Hut, den sie aus Uppsala
mitgebracht hatte. Sie hatte in Östersund eine neue Straußenfeder bestellt und sie um den Hutkopf herum angebracht. In
den Fenstern sah sie Gesichter, doch sie ließ sich nicht beirren.
Dazu war es außerdem zu spät.

Sie gingen bis zum Fluß und über die Brücke. Beim Haus des
Grenzwächters kehrten sie um und gingen wieder zurück, so
daß sie die ganze Zeit über in Sichtweite des Dorfes blieben.

In ihrem Zwerchfell regte sich etwas, als er den Handschuh
auszog und sie seine feine Hand sah. Es war fast schmerzhaft.
Sie sah sein dunkelblondes Haar unter der Persianermütze und
die sauber rasierten Wangen. Hilflos dachte sie an seine
scheuen, ja schamvollen Umarmungen.

Es ging vorüber, als er ein kleines Wort sagte:
»Was?«

Er sprach es mit sehr scharfem s aus. Und zwar fragte er nach, weil sie Krambude gesagt hatte, als sie über den Laden sprach. Da wurde sie böse und beschloß, der Sache ein Ende zu bereiten.

»Hast du dich um die Nachfolge von Pastor Norfjell beworben?« fragte sie.

Er schüttelte den Kopf.

»Das ist es, worüber ich vor allem sprechen wollte, Hillevi«, sagte er. »Daß daraus nichts werden kann. Ich passe nicht hierher. Ich habe zu Gott gebetet, er möge mich leiten, doch mir ist klar, daß dies hier nicht meine Aufgabe ist.«

Sie widersprach ihm nicht.

»Was werden Sie machen, Hillevi?« wollte er wissen. Als sie nicht sofort antwortete, meinte er eifrig und fast hitzig:

»Ich bin der Ansicht, Sie sollten diese Gegend verlassen. Es gibt keinen Grund zu bleiben!«

Und dann wurde er blutrot. Zumindest rosa. Sie hätte lachen können. Wenn es ihr nicht so fürchterlich weh getan hätte. Und Sie, Sie. Kein Du mehr. Kein Du, Du, Du. Wie in ihren gewissen Momenten.

»Ja bleibt ja«, sagte sie.

»Was sagen Sie!«

Er klang verblüfft. Nicht mehr so scharf jetzt.

»Edvard, du Dummrian«, sagte sie mit einer Art Lachen.

»Sie haben sich wahrlich angepaßt, Hillevi«, meinte er. »Selbst in Ihrer Rede.«

»Wann fährst du?« fragte sie und versuchte ruhig zu klingen.

»Zu Weihnachten.«

Da wird er umhinkommen, das Aufgebot zwischen mir und Trond zu verkünden, dachte sie. Wenn es auch spät wird und etliche Leute über uns feixen werden. Aber so viel meinte sie ihm schon schuldig zu sein. Denn er ist trotz allem ein feiner Kerl, dachte sie. Innerlich wie äußerlich. Ich will ihm nichts Böses.

Er verschwand in seinem schwarzen Überrock zur Pension hinauf. Sie stand da und sah ihm nach. Dann ging sie zum Laden hinunter.

Sonne lag auf dem Wasser. Es leuchtete sommerblau, obwohl

es später Herbst war, doch von den norwegischen Bergen kam der Wind mit feinen, kleinen Schneeschleiern, die rasch schmolzen, wenn sie die Wellen streiften.

Haakon legte gerade Packen von Renbälgen auf einen Leiterwagen. Die Fleischseiten der Häute waren blauweiß und von Blut gestreift. Sie hörte Trond aus dem Lager rufen, daß er sie zählen und aufschreiben solle, bevor er fahre. Zwei Jämthunde schnüffelten an der Fuhre, wohingegen die kleine Sissla sich abwartend auf die Treppe setzte.

Hillevi stand ein Weilchen da und ließ sich die Sonne ins Gesicht scheinen. Dann ging sie zum Haus hinunter. Sie wollte nachsehen, ob nicht wenigstens noch ein Eßlöffel voll richtiger Bohnen da wäre, die sie sich rösten könnte. Sie hatte ein heftiges Verlangen nach Kaffee.

Den Hut mit der Straußenfeder legte sie auf die Küchenbank. Sie war dankbar für ihn, und es verlangte sie nach ihrem Kaffee. Während das Feuer im Herd allmählich in Gang kam und sie darauf wartete, daß das Wasser kochte, stand sie am Fenster und sah auf das blaue Wasser. Sie dachte an Edvard und daran, daß die Sache mit ihm geklärt war.

Nun würde sie einen Mann heiraten, der gefindet und zählet statt gefunden und zählen sagte.

Nachdem die Pferde die Schlitten vom See, der bei Tullströmmen endete, heraufgezogen hatten, ging es östlich nach Lakahögen. Sie fuhren durch einen Wald, der im Sommer steinig und unwegsam war, jetzt aber schlafend und geglättet unter der Schneedecke lag. Es ging beständig bergauf. Morten Halvorsen hatte versprochen, daß der Weg ab Korpkälen geräumt sei. Doch was bedeuteten in dieser Stille, die in den Ohren gedröhnt hätte, wären da nicht die Schellenkränze der Pferde gewesen, Versprechen und Aussichten? Hillevi kam das Gebimmel jetzt trockener vor, die Schellen klirrten und rasselten in der Kälte. Sie dachte die ganze Zeit über an Tobias. Sara verkroch sich wie ein Kind in den Fellen und fügte sich. Sie hatte ein Zutrauen zur Welt entwickelt, das sie nicht im Stich ließ, wenn es auch nicht weit über die Öfre Slottsgatan in Uppsala hinausreichen dürfte. Aber Tobias, schwindelte ihm denn jetzt nicht, wenn er so im Pferdedunst und Schellengerassel saß? Er hatte doch keine Ahnung von den Wäldern, die die Schlitten verschluckten, und vom Aufblitzen der Schalme des Dorfes in dem meilenweiten Dunkel.

Hillevi war selbst noch nie nach Lakahögen gefahren. Es war aber nicht nur das Reisen, das die Dörfer verband. Große Gebiete mit Kiefernheiden, Moorseen und Waldrücken bis hinauf zu den Mooren an den Fjällabhängen waren ihr bereits bekannt, ja fast wohlbekannt, und zwar aus den Geschichten darüber, was sich dort draußen ereignet hatte, welche Menschen dort wohnten und was ihnen zugestoßen war. Soeben hatten sie die Isakskippe passiert, wo die Holzfuhre eines Bauern aus Greningen umgekippt war. Jonetta war es, die darauf hinwies, und sie zeigte auch zur Habichtsschartenkiefer hinauf. Lusflon, Klösta, Flärken bildeten Zeichen in dem Weiß. Sie wußte nicht, wie die Bäche hießen, die hier von Norden kamen. Sie hatten aber bestimmt Namen, und bestimmt hatten die Leute jede sumpfige Senke und jede Erhebung nach einer Begegnung mit einem Bären und nach Mißgeschicken mit Lotbüchsen und Äxten oder schwer mit Holz beladenen Schlitten benannt. Weit unter ihnen lag jetzt der Rössjön mit der Kirche und dahinter der Boteln, auf dem Märta Karlsas Großvater mit einer Fuhre ins frühlingsschwache Eis eingebrochen war. Das Pferd war übriggeblieben. Die Kapelle stand dort auf der Landspitze, wo, wie geweissagt, eine Kirche stehen und eines Tages brennen würde. Niemand wußte, ob Anteudden, die Antespitze, nach dem Lappen benannt war, der dies geweissagt hatte, oder nach einem, der eine Tannenwurzel herausgezogen und eine Silberader aufgetan hatte; diese war jetzt zwar aus den Augen, aber nicht aus dem Sinn.

Halvorsen machte, so wie sie ihn gebeten hatte, in einer Kurve halt. Und zwar, damit sie sich mit Sara und Jonetta außer Sichtweite in den Schnee hocken konnte. Sie waren steif, aber noch munter, und Saras Wangen glühten.

Und so, halb hockend und mit hochgehobenen Röcken, spürte Hillevi, während sie in den Schnee pinkelte, zum ersten-

mal das Kind in sich. Keine umwerfende Bewegung oder gar
Tritte. Nein, es war ganz sanft, aber dennoch ganz deutlich. Wie
ein Flügelflattern, dachte sie. Ein winziger Vogel. Wie die Meisen unter den Winddielen am Haus, wenn sie sich in den Winternächten in der Kälte bewegten.

Sie zog ihren Schlüpfer und die wollene Unterhose hoch,
ging zum Schlitten zurück und legte sich sorgfältig die Felle
um. Sara stand daneben und schwatzte unentwegt. Hillevi
hatte keine Lust zu antworten. Es war wohl deutlich, daß sie
ihre Ruhe haben wollte, denn Sara ging zum anderen Schlitten,
und sie blieb für sich.

Ruhe erfüllte sie. Trond prüfte da vorn die Deichseln und das
Geschirr. Die Pferde mampften in ihren Säcken. Alle anderen
schwatzten munter weiter, nur Trond war still und sah zu ihr
herüber.

Sie fühlte sich wie eine weite Glocke um das, was sich in ihr
regte. So muß es sein, dachte sie. Das wußte ich nicht. Aber jetzt
weiß ich es.

Du und ich.

Und Trond da vorn, der nach uns sieht. Ob es uns gutgeht.
Ob er unseretwegen beruhigt sein kann.

Er ist schlank, schwarzhaarig und lebhaft. Und er ist ein ar-
beitsamer Mensch. Er wird nie schlagen. Das weiß ich. An so
etwas hätte ich früher nie gedacht. Aber jetzt tu ich es. Ich habe
viel gesehen. Mir ist jetzt klar, daß es so etwas auch in Uppsala
zu sehen gegeben hat. Ich habe es aber nicht gesehen.

Jetzt sieht er uns an.

Dich und mich.

Bei Vitvattnet lag eine Waldkate, so eine, die man gebaut hatte,
damit die Lappen Unterschlupf fänden, wenn während ihrer
Züge das Wetter rauh würde oder wenn sie Alte und Kranke
zurücklassen müßten. Dort machte die Hochzeitsgesellschaft
Mittagspause und ließ die Pferde ausruhen.

Die Leute dort hießen Persson. Er war Lappe, und sie
stammte von Dorfbewohnern in Greningen ab. Die beiden
waren schon recht alt. Ihr Jüngster war als einziger noch zu

Hause und sollte im nächsten Jahr konfirmiert werden. Sie glaubten, daß sie dann ganz allein bleiben würden. Er saß mit der Katze im Arm auf einem Stuhl und sah ständig auf sie hinunter. Seine Stirnlocke hatte er sich ins Gesicht fallenlassen. Hillevi dachte, daß er vielleicht gar nicht weggehen werde, jedenfalls nicht so bald.

Es gab nur einen Raum in der Hütte. In der Ecke war der Herd hochgemauert. Daneben stand ein Hackklotz, und an den Wänden hingen Fischernetze, Fuchseisen, Dohnen und Rucksäcke aus Birkenrinde.

Sie aßen Gerstenmehlbrei, den die Hausfrau in einem Eisentopf auf dem Dreibein gekocht hatte. Zum Umrühren benutzte sie einen hölzernen Rührbesen. Sara starrte Hillevi an, als man ihnen aus zwei Holzschalen und einem geblümten Teller, die herumgereicht wurden, zu essen anbot. Die Ziegen waren gelt, weswegen sie keine Milch hatten. Aber es gab Gammalkäse, eingelegten Fisch und Schweineschmalz, womit man das Brot belegen konnte, das die Hausfrau aus einer Lade holte. Das einzige, was Trond beitrug, war eine Tüte bereits gemahlener Kornkaffee, der ordentlich mit gerösteten Bohnen gemischt war.

Hillevi fragte sich, was Tobias und Sara wohl dachten. Sie selbst wußte ja, daß Trond es mißbilligte, wenn Leute keine Gastfreundschaft annehmen konnten, sondern ihre eigenen Sachen auftischen und ihren Überfluß vorweisen mußten. Bedacht darauf, stets vornan zu sein, konnte es sogar vorkommen, daß sie am Ende auch noch bezahlten.

Nun wußte sie, daß Trond bei dem alten Persa noch offene Rechnungen hatte. Er hatte in Kommission Felle verkauft. Für den Alten würde das Geschäft am Ende sehr gut ausfallen. Wichtiger aber war, daß sie von Vitvattnet abfuhren, ohne jemanden gedemütigt zu haben. Hillevi wußte, daß sie selbst schon oft Fehler gemacht hatte. Sie brauchte nach wie vor einen Schild zwischen sich und diesen Menschen, von denen sie im Grunde ganz wenig wußte.

Die letzte Meile fuhren sie im Dunkeln, doch war die Schwärze des Himmels von Licht durchbrochen. Dort oben eiste es. Feu-

198

erherde schienen zu atmen. Wie von einem Zuckerhut lösten sich Lichtstücke und fielen ins Nichts. Man sah den Großen Bären und den Gürtel des Orion, doch ein grießiger Wirrwarr von schwächeren Sternen, die über die Schwärze gestreut waren, löste deren Konturen auf.

Sie dachte an die Grauen, die unten über die Seen strichen, an den schlafenden Großen und an den eifrigen Nackenbeißer, der auf seinen großen, platten Pfoten zwischen den Bäumen durch den Schnee tappte. Dockas wegen fürchtete sie den grünen Glanz eines Augenpaares im ruckelnden Schein der Laterne. Die kleine Mähre konnte vor einem Schatten, der sich zu ducken schien, oder vor einem flackernden Licht in einer verdorrten Kiefer, deren Krone wie Klauen und Greifarme aussah, erschrecken. Hillevi mußte Docka über die Zügel ihre Wachsamkeit spüren lassen, und sie mußten in der Spur der großen Pferde bleiben.

Als sie die ersten Häuser von Lakahögen erreichten, merkte sie, wie hundemüde und steif sie von der langen Kutschiererei war.

Das Haus lag hoch oben, und unten sah man die weiße Fläche des Sees schimmern. Die Fenster waren erleuchtet. Es gab hier elektrisches Licht, das von einem kleinen hydraulischen Widder gespeist wurde, der in einem Sturzbach klopfte. Hillevi hatte Tobias vorgewarnt, daß das Gebäude, soweit sie wisse, nicht stilecht sei. Es sollten viel Krimskrams und auch Glasveranden daran sein. Doch jetzt, beim Schein des Lichts hinter farbigem Glas, fand sie es prachtvoll. Bei dem Gedanken, daß sie dem Lakakönig persönlich begegnen werde, bekam sie Herzklopfen.

Tronds Vater war in Svartvattnet gewesen und hatte sich seine zukünftige Schwiegertochter angesehen. Er war ein untersetzter, vierschrötiger Mann. Er kam nun heraus und begrüßte sie, und er hatte Leute dabei, die sich um die Pferde kümmerten. Sie durften sich aus ihren Pelzen schälen und ins Herrenzimmer treten, wo balzende Auerhähne und Birkhähne mit ausgebreitetem leierförmigem Schwanz an den Wänden saßen und der Fußboden kreuz und quer mit Fellen belegt war.

199

Im Frieden des Todes ruhten Ren und Wolf Seite an Seite. Vor dem Schaukelstuhl setzte Sara die Füße auf ein kleines rundes Biberfell, das schon uralt und abgetreten war.

In einer tiefen Schale aus mattiertem Glas leuchteten Lampen mit leicht unregelmäßigem Schein, je nachdem, wie der Klopfer draußen in dem winterkalten Bach ging. Die Deckenlampe hatte einen Laubkranz aus gehämmertem Kupfer, das Sofa war aus Eiche und mit braunem Kunstleder bezogen. Darüber hing ein Wandteppich, auf dem in braunem, grünem und goldenem Samtflor Bier trinkende Männer in kurzen Hosen und Tirolerhüten dargestellt waren. Auf einem Bord stand eine ganze Reihe zinnerner Bierkrüge.

Hillevi sah eigentlich nichts selbst; sie sah alles mit Saras und Tobias' Augen. Doch sie kam zu keinem Schluß, ob sie sich schämen sollte oder nicht. Es war nicht eben das, was Tante Eugénie als fein bezeichnet hätte. Aber stattlich war es: die großen Kissen mit Bezügen in Flechtstichstickerei, das Neusilberservice im Büfett, die Kristallvasen, der vergoldete Rahmen um die große Fotografie von Tronds toter Mutter.

Der alte Mann, der Lakakönig genannt wurde, zeigte sich an diesem Abend nicht. Er ruhe sich vor der Hochzeit aus, sagte Morten Halvorsen. Aber er habe ein Geschenk für die Braut heruntergeschickt.

Hillevi mußte nun vortreten und sich von ihrem Schwiegervater einen Ring an den Finger stecken lassen. Dieser war aus dickem graviertem Gold und hatte einen roten Stein. Tobias und Sara gegenüber war sie ganz verlegen. Womöglich fanden sie, Hillevis neue Verwandtschaft gehe allzu unbekümmert damit um, daß sie offenkundig schwanger war.

Nach dem Essen schlief sie auf dem Sofa beinahe ein. Ihr taten die Arme weh. Sie hatte sie fast den ganzen Tag über ausgestreckt gehalten, aus Angst, die Zügel lockerzulassen. In dieser Nacht sollte sie mit Sara in einem Zimmer im Obergeschoß schlafen. Aber noch unterhielt sich ihr Schwiegervater mit Tobias und erwartete ganz offensichtlich, daß Jonetta, Aagot, Sara und Hillevi still auf dem Sofa säßen. Er sprach über Eisenbahnkomitees und die Dampfschiffahrt, über das Bankenwe-

sen in der Provinz Norrland und über den schwedisch-norwe-
gischen Handel. Hillevi wußte nicht, wie sie diese Situation
aufbrechen sollte. Diesem dunkelbraunen, silbrig schimmern-
den Raum wohnte eine Macht inne, die sie an die Kate auf Tangen und an die gedrungene Silhouette des Lubbenalten im
grauen Dämmerlicht vor dem Fenster erinnerte. Und das war
das letzte, woran sie denken wollte.

Trond war draußen und sah nach den Pferden. Er kam wieder herein und nahm Hillevi mit hinaus auf die Vortreppe. Die
Luft knisterte und sprühte. Schleier zogen über den Himmel,
zitterten und wogten dahin und erneuerten sich. Für eine ganze
Weile spannten sich weiße Saiten geradewegs in die Wipfel der
Tannen. Dann kam ohne Wind eine Welle und löste sie auf. Sie
schienen fortzuwandern und von halb durchscheinenden Wogen abgelöst zu werden. Durch diese konnte man den Sternenhimmel sehen, und sie verdichteten sich ins Grün und verblaß-
ten dann wieder.

Hillevi war von dem Anblick tief berührt. Es war das erste
Mal, daß sie ein Nordlicht sah.

»Ein Zeichen ist's«, sagte Trond.

Sie wußte, daß er meinte, für ihn und für sie. Aber er meinte
nicht Glück. Er meinte, daß das, was sie tun würden, besondere
Bedeutung habe.

Alltags bewegte er sich im Laden flink wie ein Eichhörnchen
zwischen der Siruptonne und dem Kasten mit den Spielkarten.
Er hatte sogar diesen dummen Stift hinterm Ohr, von dem sie
gehofft hatte, daß Tobias und Sara ihn nicht sehen würden. Und
doch sah er Bedeutungen, die weit jenseits ihrer selbst lagen. Er
war mit den Reden des Vaters über die Zukunft und denen des
Großvaters über die alte Zeit aufgewachsen. Er blickte zu beiden Küsten hin; er sah das Fjäll, das man überquerte, wollte
man zu der westlichen, und die Flußtäler und das bestellte
Land, sollte es zur östlichen gehen. Sie wußte, daß er nicht besonders religiös war. In der Kirche schlief er ein oder dachte an
seine Lizenzen. Aber er dachte biblisch. Viele hatten wohl diese
Art zu denken. Dachten sie an ihre Väter, so dachten sie an die
Patriarchen.

Einer war zum Hain Mamre gekommen und hatte unter einer Terebinthe einen Stein gesetzt. Hierher war jemand gewandert und hatte an der höchsten Kiefer einen Schalm angebracht.

Sie bauten jetzt Straßen und erzählten, wie vor ihnen einer Meile um Meile durch die Fjällmoore getappt war, damit er an einen Bahnhof kam und mit dem Zug nach Östersund fahren konnte, um seiner Obliegenheit als Schöffe nachzukommen. Sie waren auf Dinge stolz, von denen sie, bevor sie hierherkam, noch nie etwas gehört hatte.

Trond arbeitete jetzt hart, um eigenes Geld in den Kraftwerksbau stecken zu können und sich nichts vom Vater leihen zu müssen. Und er sagte:

»Sowie sie fertig sein tut, die Straße zwischen Röbäck und Svartvattnet, kauf ich ein Auto.«

Er hatte Tobias die großen Jagen gezeigt, die seinem Vater und seinem Großvater gehörten. Meile um Meile erstreckte sich schwarz und verheißungsvoll der Wald. Er sagte, es werde viel Arbeit geben für die Leute. Neue Straßen würden angelegt, und die Dörfer würden wachsen und zu Marktflecken und Gesamtgemeinden werden.

Daß sie heirateten, hatte wie alles, was sie unternahmen, große Bedeutung. Und am Himmel darüber loderte es. Bald würde er in der Gemeindeversammlung sitzen, davon war sie überzeugt.

Jetzt hätte sie endlich etwas gehabt, was sie in das Buch mit dem roten Samteinband von Onkel und Tante hätte schreiben können. Denn sie heiratete in eine Welt von Bedeutungen.

Doch das, was sie erlebte, gehörte nicht in dieses Buch.

Aufgeräumt und dennoch zutiefst ernsthaft sah sie, wie sich die Lichtschleier über dem Wald verzogen. In Jagen ist er eingeteilt, überlegte sie. Der Wald, das sind Jagen, und diese Jagen gehören dem Großvater meines Mannes. Als sie ursprünglich nach Röbäck kam, war sie nicht auf den Gedanken gekommen, daß der Wald einzelnen Menschen gehörte. Nun dachte sie an die Straßen, die durch ihn gezogen werden sollten.

Sie würden schreiben, aber in kein Buch. Ihre Geschichten

würden in den Wäldern selbst entstehen. Sie würden diese mit den Straßen schreiben, die sie bauten.

*

Am Ufer des Boteln sank einst ein alter Lappe in Schlaf. Das war, lange bevor es dort eine Kapelle gab. Als er erwachte, waren seine Augen starr und schienen nicht zu sehen, was es um ihn herum gab. Es war auch nicht viel: Moos und kleine, verkümmerte Kiefern. Allmählich wurde er munter, bekam etwas Warmes zu trinken und sang dann:

Nananaa
Deasnie gerhkoe edtjh tjåadtjodh…
hier soll die Kirche stehen
hier an dieser Stelle
wo mein Leib ist
die Kerzen brennen na na…
erlöschen die Kerzen
qualmen schwarz die Dochte
ist es dann kalt
gibt es in der Kirche Blut
Blut und Haar
maelie jih goelkh
aj ja ja ja Blut und Haar
und letztens brennt die Kirche
ja, letztens brennt sie, die Kirche
na na na nana
dihte buala…
brennen
brennen wird sie

Dem Lakakönig hatte nie jemand erzählt, was der Lappe gesungen hatte. Sie hätten es vielleicht tun sollen.

Trond Halvorsens Vater hatte sein Glück damit gemacht, daß er die wohlbehütete Tochter des Lakakönigs schwängerte. Sie war dunkel gewesen, einen Kopf größer als ihr Mann und fast zehn

Jahre älter. Auf der Fotografie, die nach wie vor über dem Büfett in der Stube hängt, trägt sie das traditionelle Seidentuch so drapiert, daß es von vorn wie ein Turban aussieht. Das Büfett hat einen von geschnitzten Kiefernzweigen und Zapfen gekrönten Spiegelglasaufbau. Hillevi hat mir erzählt, es stamme vom Hof von Trond Halvorsens Großvater mütterlicherseits in Lakahögen, vom Pärningbacken, dem Geldhügel.

Ursprünglich hatte er nach dem früheren Besitzer Per Nisjbacken geheißen. Daß der Name verulkt und verdreht wurde, störte den Lakakönig nicht. Geld und Jagen brachten auf die Dauer einen überzeugenden Ernst mit sich, und das wußte er.

An Morten Halvorsen erinnere ich mich noch. Er trug Breeches und grüne Wickelgamaschen. Aus der Hosentasche zog er eine Tüte Bonbons, die von seiner Körperwärme klebrig waren. Er fütterte Kinder wie Eichhörnchen. Ich fürchtete mich ein bißchen vor ihm, als ich klein war. Ich fürchtete mich anfangs vor allen, die spitze Nasen hatten.

Man behauptete über ihn gern, daß er von sich aus nichts sei. Aber ich glaube, das stimmte nicht, denn bei den Forstgeschäften muß er dreister gewesen sein als sein Schwiegervater. Vor allem war er beweglicher. Die Verbindung des Lakakönigs zu *Wifsta* und *Mon* und etlichen anderen Sägewerken in Richtung Küste hatte er vermittelt.

Der König verharrte gern in Reglosigkeit und wartete darauf, daß die Leute zu ihm kamen. Reiste er, so handelte es sich um unrentable Fahrten zu den Lappenlagern hinauf. Sicherlich war es gut, Hunderte und letztlich gar Tausende von Renen hegen zu lassen und die Trennung der Tiere zu beaufsichtigen. Aber sein Schwiegersohn war nicht mehr der Ansicht, daß die Zukunft in solch leicht zu stehlendem und zu Krankheit neigendem Kapital liege.

»Wald und Straßen«, sagte er. »Darinnen lieget die Zukunft.«

Im Unterschied zu allen anderen Menschen, die die verschiedenen Sprachen sorgfältig auseinanderhielten, bediente er sich einer Mischsprache. Das machte ihn zweideutig. Ich erinnere mich an Aagots bittere Worte, wenn sie gelegentlich über ihren Vater sprach.

Der Lakakönig dachte alte Gedanken. Die Dörfer sollten sich von den Städten an der Küste und den Gegenden in Richtung Storsjön unabhängig machen. Sie sollten sich selbst versorgen. Nie sprach er eine andere Sprache als das alte Jämtisch. Er konnte von König Sverre und dem Landeshauptmann Örnsköld reden, als hätten diese gelebt, unmittelbar bevor sein verehrter König Oskar starb.

Die meisten seiner Pelzgeschäfte hatte er mit den Lappen auf der norwegischen Seite getätigt. Die Tauschwaren holte er in Namsos, wohin sie aus Trondheim und Bergen kamen. Bei den Goldschmieden in den Küstenstädten bestellte er auch Silberschmuck für die Lappen. Als die Union aufgelöst wurde, meinte er, daß Schweden schwer beschädigt worden sei, und sagte voraus, daß es sich nie wieder zu seiner einstigen Größe erheben werde. Er behauptete, die Lumpen unter den Staatsräten hätten den ehrbaren König Oskar in die Katastrophe gelockt.

Zu jener Zeit hatte er angefangen, alt zu werden und sich zurückzuziehen. Auch kamen ihm damals Bedenken darüber, daß er im Übermut seines Mannesalters aus einer Kapelle eine Gerberei gemacht hatte. Er hatte sie freilich der Schwedischen Kirche abgekauft, die die erste Kapelle am Boteln nicht weiter unterhalten wollte, nachdem die Gemeinde doch jetzt ihre Kirche in Röbäck hatte. Viele Lappenfamilien aber hatten ihre Ahnen am Ufer des Boteln begraben. Dort versanken die Eisenkreuze und Steine nun im Moos. Die Lappen waren der Meinung, die stinkende Gerberei verhöhne ihre Toten. Trotzdem kamen die Jüngeren von ihnen mit Fuhren voller Rengeweihen, die kleingehackt und zersplittert wurden, um in der einstigen Kapelle in die Leimtiegel zu wandern. Die Alten aber warnten: Nicht alles könne in Geld und Nutzen gerechnet werden. Man müsse auch auf die Toten Rücksicht nehmen.

Ihre Toten waren voll Unruhe. Bei der Gerberei erhaschten allmählich auch die jungen Leute einen Blick auf sie und spürten ihre kalten Hände auf sich. Die Toten atmeten Kälte, tasteten nach den Schulterblättern der Zugrene und brachten sie dazu, durchzugehen.

Der Lakakönig beschloß, die Toten und sein Gewissen zu besänftigen. Er würde aus der Gerberei wieder einen Kirchenbau machen. Böse Zungen behaupteten, deren Tage seien ohnehin gezählt, da selbst der Schwiegersohn des Alten die Häute nach Östersund bringe und dort bessere Preise erziele. Der König ließ alles übelriechende Holzwerk aus dem Gebäude herausreißen und es in seine einstige Gestalt versetzen. Die Lappen halfen ihm, indem sie schilderten, wie es dort ausgesehen hatte. Die Wände seien weiß gewesen und hätten blaue Streifen gehabt. So wurde es auch jetzt wieder. Bänke wurden geschreinert und ein Altar, und als alles fertig war, kaufte er eine Orgel. Und dann stand da auf einer Tafel im Vorraum:

Efraim Efraimsso
Lakahögen
renovierte Anno 1909
diese Kapelle
erbaut Anno 1783
und gab sie zurück an die
Gemeinde von Röbäck
Matthäus 23,19

Die Kirche, der es also nicht gelang, sich der Kapelle zu entledigen, durfte sich, nachdem die Sache bis zum Domkapitel hinauf durchgekaut worden war, mit einer Einweihung bedanken. Bei Matthäus 23,19 steht: *Was ist größer: das Opfer oder der Altar, der das Opfer heiligt?*

Es war also kaum die Unruhe der Toten, die es schließlich unmöglich machte, dankend abzulehnen.

*

Als der Lakakönig hörte, daß der Sohn seiner Tochter ein Mädchen aus Uppsala heiraten werde, soll er gesagt haben:

»Da drunten, ganz fein sollet sie sein, die Deernse. Werden aber schlechtige Alte draus.«

Hillevi wünschte, daß er bald die Treppe herunterkäme, damit sie einander mit Blicken messen könnten. Sie gedachte nicht, die Augen niederzuschlagen.

Doch er erschien nicht. Den ganzen Tag über trafen Schlitten mit Hochzeitsgästen ein. Doktor Nordin aus Byvången kam gefahren. Er, der sich nicht einmal dann gern in den Schlitten setzte, wenn eine Wöchnerin drauf und dran war zu verbluten.

Ja, sie lief etwas aufgeregt umher. Die Leute strömten nur so herein. Diese Hochzeit war zu groß. Im fünften Monat sollte man diskreter sein. Doch Trond und sie hatten nicht viel zu sagen gehabt. Immerhin hatte sie sich geweigert, ein Ungetüm von Brautkrone aus der Hinterlassenschaft von Tronds Großmutter aufzusetzen. Die Krone bestand aus einem Drahtgestell, das ringsherum vom Kopf abstand und über und über mit Papierblumen, Perlen und Silberklöppeln besteckt war, die noch geputzt werden mußten. Als der König erfuhr, daß sie sich schon eingelassen hatte, wie er es nannte, ließ er die Krone wieder einpacken. Darum wußte sie nun nicht, ob er ihre Weigerung akzeptiert hätte.

Ein schwarzes Seidenkleid sollte sie anziehen. Sie hätte lieber ein weißes getragen. Das war jetzt modern, doch das interessierte niemanden. Trond wollte, daß sie das Kleid schon am Tag vor der Hochzeit zum Empfang der Gäste trage. Eine Brautmagd würde ihr dann dabei helfen, den Schleier und die Wachsblumen anzubringen.

Im Oktober schon war sie hinters Bootshaus gegangen und hatte ihre Myrte in den See geworfen. Diese sah im übrigen spirrlig aus. Es war, als hätte sie vor Hillevi geahnt, daß aus der Sache mit Edvard Nolin nichts würde.

Der Provinzialstaatsanwalt, die Bauern und die Sägewerksbesitzer aus der Gegend waren gekommen. Jetzt kamen die Freunde, die der Lakakönig bei den Lappen hatte. Es waren vor allem zwei Familien, deren Oberhäupter Matke und Klemet hießen. Ihre Pelzkittel waren an der Brust mit großen silbernen Haken und Ösen zusammengehalten, und Klemet trug an mehreren Fingern Ringe. Sie klirrten, wenn er die Hände bewegte, weil kleine Silberschlaufen daran hingen. Beide Männer standen für Tausende von Renen, und ihre Frauen trugen schwere Silberkragen und hohe Mützen mit bunten Bändern in den Stirnbinden.

Erst als sie eingetroffen waren, hielt es der Lakakönig für an der Zeit, herunterzukommen. Er wurde von seinem Schwiegersohn Morten Halvorsen und einem Mädchen in schwarzem Kleid und weißer Schürze, das ihm die Tür aufhielt, angekündigt.

Hillevi hatte ein Zeitungsfoto von ihm gesehen, das Trond aufgehoben hatte. Darauf stand er im Wolfspelz vor einer Koppel. VORNEHMER BESUCH AUF DEM GREGORIMARKT stand da. Deshalb hatte sie einen gewaltigen und herausgeputzten Mann erwartet. Was da jedoch zur Tür hereinkam, war ein kleiner, schlanker Herr im Schoßrock.

Er begrüßte zuerst Klemet und Matke. Sie riefen fremde Worte, klopften sich gegenseitig auf die Schulter und schüttelten sich lange und mit Silbergeklirr die Hände. »Bourregh! Bourregh!« ertönte es. Dann hielt er seinen Kopf mit dem schütteren weißen Haar schräg und spähte über die Versammlung im Speisezimmer.

»Welches ist sie, die Braut?« fragte er.

Die Leute raunten. Alle sahen Hillevi an, und sie mußte vortreten. Zu ihrem Verdruß spürte sie ihre Wangen heiß werden. Das kam so unverhofft und war so idiotisch, daß ihr Tränen der Scham in die Augen schossen und sie ihren Blick senken mußte. Mit einer kleinen, weißen Kralle ergriff der Alte ihre ausgestreckte Hand, und sie knickste. Er bat sie nun, ihm ihre andere Hand zu reichen.

»Muß ich schon sehen, wie er passet, der Ring«, sagte er.

Sie hätte sagen müssen, er passe ausgezeichnet, er sei sehr schön und sie danke ihm von Herzen. Sie verlor jedoch den Faden und ließ ihn ihre Hand drehen und wenden, so daß alle den Ring sahen. Wieder raunten sie. Dann tätschelte er ihr die Wange und ging zu den Frauen von Klemet und Matke weiter.

Deren Töchter kicherten und wurden blutrot, als er mit ihnen schäkerte und wissen wollte, ob sie diesem Tand von langen Strümpfen und Strumpfbändern verfallen seien. Er lüftete ihre Röcke und lobte sie, als wirklich nur dünne Lederhosen zum Vorschein kamen. Sara stand daneben und schien zu Tode erschrocken zu sein.

Am nächsten Tag wurden sie von einem Pastor aus Byvången getraut, der sichtlich nervös war. Man hatte eine kleine Kommode ins Speisezimmer gebracht, die als Altar dienen mußte. Hinterher legten die Mädchen flugs das Spitzentuch zusammen, weil die Kommode hinausgetragen werden mußte, um zum Tischdecken Platz zu machen. Es wurde bis in die Halle hinaus gedeckt.

Es gab hier keine Hausfrau. Gastgeber war der Lakakönig, aber den Musikanten das Zeichen zum Aufspielen gab sein Schwiegersohn. Dann begab man sich, übertrieben langsam, zu Tisch.

Zuerst aßen sie Renzunge und gut gelagerten Ziegenkäse zum Appetitschnäpschen. Danach gab es Topinamburpüree mit gerösteten Brotscheiben. Dazu wurde Sherry gereicht. Dann kam der sogenannte erste Gang. Er bestand aus einem großen eingelegten Saibling mit Geleewürfeln. Der Fisch kam in mehreren Erscheinungsformen auf die Tische, und es gab Würzsauce und gekochte Mandelkartoffeln dazu. Der Wein stammte vom Rhein und war goldgelb.

Danach aßen sie Renbraten mit glacierten Zwiebeln und einer Sauce aus getrockneten Morcheln, die in Madeira eingeweicht worden waren. Ferner gab es Moosbeerengelee und eingemachte Hagebutten. Dazu wurde Kartoffelstampf aus einer Kartoffelsorte gereicht, die weißer als Mandeln war und sich sehr gut zum Pürieren eignete. Eine Hausdame behielt die Serviererinnen im Auge und beantwortete Hillevis Fragen zu den Gerichten. Zum Braten tranken sie Rotwein mit dunklem, erdigem Geschmack.

Auf den Renbraten folgten unvermutet Brot und Butter. Hillevi begriff, daß es wegen des zweiten Schnapses war. Danach kam das Geflügel. Am Haupttisch wurde Auerhahn serviert, weiter unten Birkhahn. Zu trinken bekamen sie wieder von diesem dunklen roten Wein. Die Saucen waren von der geschabten Geflügelleber ganz grießig. Hillevi fand, daß sie sie ruhig durch ein Tuch hätten passieren können.

Zum Käse, der nach dem Gebratenen aufgetragen wurde, gab es erneut Schnaps. Es waren sowohl angemachter als auch grünschimmliger Käse, große Stücke von reifem Västerbotten und weicher Renkäse.

Zum Nachtisch gab es russische Charlotte, deren Cremefüllung nicht mit Himbeeren, sondern mit Moltebeeren gemacht war. Sie bekamen Mandelplätzchen dazu, und zum Kaffee wurde Blätterteiggebäck aufgetragen. Die Hochzeitstorte kam ganz zum Schluß, und anschneiden mußte Trond sie. Bevor er sich an die Sahneschichten machte, legte er Hillevi die rosa Marzipanrose vor und erhielt dafür Applaus und einen Tusch mit der Geige.

Es wurden Reden gehalten in der Wärme, doch Hillevi behielt davon ebensowenig im Gedächtnis wie von der Trauung. Das Essen aber, das merkte sie sich. Sie schrieb am nächsten Tag alles auf, was sie gegessen hatten. Und zwar in das Buch mit dem schwarzen Wachstucheinband.

Zwei Spielleute gingen vor Trond und Hillevi her ins Herrenzimmer, als es Zeit war, die Geschenke zu überreichen. Es war sehr heiß, und Hillevi war froh, daß die Zeiten, da ihr übel wurde, vorüber waren. Schwarzgekleidete Menschen drängten sich zusammen und hielten die Geschenke, mit denen sie gleich vortreten würden. Tobias wurde als erster aufgerufen. Er sollte die seligen Eltern der Braut vertreten, wie Morten Halvorsen sagte und vielleicht auch glaubte. Tobias nahm Sara mit, und sie trugen zusammen die größten Teile des Tafelgeschirrs, das die Tante und der Onkel ihnen mitgegeben hatten. Es war weiß mit rosa Rosen, und die Teller hatten einen goldenen, gewellten Rand. Der Rest stand in einer Kiste vor dem Gabentisch. Tobias trug die Suppenschüssel, Sara die größte Bratenplatte. Sara brach in der Wärme in Tränen aus und legte ihr Gesicht an Hillevis weißes Spitzenfichu.

»Ich möchte es auch so machen wie du«, schluchzte sie.

»Untersteh dich!« flüsterte ihr Hillevi ins erhitzte Ohr.

Dann trat Morten Halvorsen vor und versprach einen neuen Kochherd für das neue Haus. Symbolisch legte er einen funkelnagelneuen Schürhaken auf den Tisch. Es gab Applaus, und die Spielleute fiedelten ein Tirili. Hillevi fragte sich, weshalb sie nicht gespielt hatten, als das Service überreicht worden war.

Der Lakakönig kam erst nach Tronds Vater an die Reihe. Er hatte ein Papier in der Hand und hielt den Kopf schräg, sagte aber nichts. Trond mußte es selbst lesen und erzählen, daß es eine Schenkungsurkunde über Svartvattnet 3/22 sei. Da fiedelten die Spielleute ganz laut und energisch, und die Leute applaudierten. Sie schienen genau zu wissen, um welches Jagen es sich handelte. Trond raunte Hillevi zu, daß es sich von Krokvattnet bis zum Bergwald hinauf erstrecke.

Dann bekamen sie zwei Renkühe von Matke und zwei von Klemet. Diese würden sie in ihren jeweiligen Herden in Hege nehmen. Die Lappenmädchen schenkten selbstgewebte Bänder und die Frauen kleine Silberlöffel mit Schlaufen am Stiel.

Der Pfarrer schrieb unaufhörlich. Trond hatte ihn mit liniertem Foliopapier ausgestattet, in das er einen Rand geknickt hatte. Er verzeichnete jedes Geschenk und dazu den Namen des Spenders. Menschen, von denen Hillevi noch nie etwas gehört hatte, brachten Kupferkessel und Waschgeschirre aus geblümtem Porzellan herbei. Ihr wurde klar, daß es sich nicht nur um Verwandtschaft und gute Nachbarschaft drehte, sondern ebensosehr um Geschäfte und Beziehungen.

Nachdem alle Geschenke überreicht waren, kam der Pfarrer mit seinen Listen zu Hillevi und sagte, ein Päckchen sei noch ungeöffnet, so daß er es nicht habe aufschreiben können.

Sie sah es erst, als er darauf zeigte. Es lag zwischen den Geschenken, war ungefähr anderthalb Dezimeter lang und in braunes Packpapier eingewickelt.

»Lassen Sie nur«, sagte sie.

Ihre Stimme hatte so scharf geklungen, daß sie etwas zur Begütigung tun mußte. Sie nahm seine Listen und lobte diese.

»Um das Päckchen kümmere ich mich später«, sagte sie. »Machen Sie sich deshalb keine Sorgen, Herr Pastor.«

Da zeigte er ihr einen Vorschlag für eine Notiz in der Zeitung:

In Lakahögen wurde am 15. Januar ein Trauungsakt vollzogen, wobei der Händler Trond Halvorsen im Hause seines Großvaters, des Bauern und Holzhändlers Efraim Efraimsson, und die Hebamme Fräulein Hillevi Klarin, Tochter des entschlafenen

Kapitäns Claes Klarin, sich vermählten. Das Brautpaar wurde von Pastor J. Vallgren getraut, und auf die Trauung folgte ein opulentes Mahl für rund achtzig geladene Gäste. Das Brautpaar konnte eine große Anzahl Geschenke entgegennehmen, worunter besonders ein Kronleuchter aus Alabaster und ein Porzellanservice ins Auge fielen.

In dem Text waren etliche Fehler. Ihr Vater hatte nicht Klarin geheißen. Doch das ging niemanden etwas an. Sie sah hingegen zu, daß Tronds Vater erwähnt und *opulent* gestrichen wurde. Es war nicht nötig, die Leute in Zeiten der Rationierung zu reizen. Weshalb das Service und der Leuchter aufgeführt wurden, das große Geschenk aber, das Jagen nämlich, verschwiegen wurde, wußte sie nicht. Vielleicht wollte Tronds Großvater es so haben. Sie ließ es stehen, sagte aber dem Pastor, er könne gern schreiben: *Pastor J. Vallgren hielt überdies eine ergreifende Ansprache an das Brautpaar.* Da errötete der junge Pfarrer. Einen Moment lang war sie verwirrt. Hier stand sie nun und beurteilte sein Geschreibsel und sagte ihm, was er streichen solle. Edvard fiel ihr ein. Bei ihm wäre das unmöglich gewesen. Aber es war jetzt etwas geschehen. Von der Trauung waren ihr eigentlich nur die Hitze im Raum und das Knarzen des Leders, wenn die Gäste die Füße in ihren engen Stiefeln bewegten, in Erinnerung geblieben. Sie hatte jedoch gewirkt.

Sie stand mit dem Rücken zum Gabentisch und sprach mit allen, die ihr gratulieren wollten. Das Päckchen war hinter ihr. Es lag zwischen einem Futteral für Neusilberlöffel und einem leinenen Tuch, das um eine Stange gerollt war. Als sie für einen Augenblick allein war, drehte sie sich um und schnappte es sich. Sie hoffte, daß niemand ihr die Hand schütteln wollte, denn sie hielt es jetzt auf dem Rücken. Als ihr Schwiegervater zum Zeichen, daß der Tanz beginnen sollte, in die Hände klatschte, ging sie rückwärts zum Feuer und ließ das Päckchen hineinfallen. Das ging ganz schnell, und sie war sich sicher, daß niemand es bemerkt hatte. Dann faßte Trond sie um die Taille und führte sie ins Speisezimmer, um den Brautwalzer zu tanzen.

Trond ging im Grätenschritt, als sie in der Nacht die Treppe zu ihrer Brautkammer, dem ehemaligen Schlafzimmer der Großeltern, hinaufstiegen. Er war äußerst fröhlich und beduselt, und es schien ihm gutzugehen, weswegen sie kein Unglück zu befürchten brauchte. Es wäre ärgerlich gewesen, wenn auf dem Bettzeug mit den breiten Spitzen etwas passiert wäre.

Das Bett war natürlich voller Wurzelbürsten und anderem Kram. Am Fußende lag ein Entkorkungsapparat, dessen Konstruktion Trond sehr interessierte. Als er einschlief, hielt er ihn noch immer in der Hand. Vor den Fenstern waren Schüsse und jaulende Männerstimmen zu hören.

Sie hatte nicht geglaubt, einschlafen zu können, tat es aber, sobald das Feuer im Kachelofen erloschen war und sie die Klappe vorgeschoben hatte. Es war noch dunkel, als sie erwachte, doch in ihrem Körper saß ein Gefühl von Morgen. Sie wollte nicht riskieren, Trond dadurch zu wecken, daß sie ein Licht anzündete, also tastete sie sich zu ihrem Tuch und ihren Pantoffeln. Vorsichtig ging sie die Treppe hinunter und ins Herrenzimmer. Sie kam jedoch zu spät. Eines der Küchenmädchen war bereits auf und räumte gerade die Asche aus dem Kamin.

»Sehet Sie her, was ich gefunden in der Asch«, sagte sie.

Es war eine Zuckerzange.

Hillevi sagte, wenn diese aus richtigem Silber gewesen wäre, hätte sie wohl kaum Schaden genommen. Sachlich diskutierten sie ein Weilchen darüber, wie die Zange aufzupolieren sei. Ihr Herz aber klopfte heftig.

Sie dachte an den, der ihr ein Päckchen auf die Treppe gelegt hatte. Sie hatte erwartet, daß noch mehr kämen. Eins nach dem anderen. Das war jedoch gar nicht nötig. Er hatte sein Zeichen in ihr schon gemacht.

Sind's vier und sechzehn und sieben dreiquart
dumeli dumdum dum
für Kron und für Länge und Wurzel je Part
dongeli dingdong dong

Vermesser ist er und schreit sich 'nen Kropf
dumeli dumdum dum
der Schreiber, er schreibet, hat nichtens im Kopf
dongeli dingdong dong

Und man wird's jetzt büßen, der Stamm, er war lang
dumeli dumdum dum
geschrieben wird, was der Vermesser erzwang
dongeli dingdong dong

Das Maßband, die Kluppe sind sein und die Macht
dumeli dumdum dum
man fraget, wohin das Recht es gebracht
dongeli dingdong dong

Sind's zwei und vierzehn und drei und ein Quart
dumeli dumdum dum
so schrumpfet in der Kälten es Part um Part
dongeli dingdong dong

Schiebet's der Fuhrmann auf Futter und Kost
dumeli dumdum dum
so heißet's, der Fäller wär faul und verrost'
dongeli dingdong dong

Denn der, der da fället, ein Dreck war er bloß
dumeli dumdum dum
und's Ried in den Schuh'n, nichten wärmet es groß
dongeli dingdong dong

Die Stiefel, die lecket, das Wetter war kalt
dumeli dumdum dum
der Händler, der geizet, die Brut darbet halt
dongeli dingdong dong

Dieses Lied hörte ich auf der Heimatwoche am ersten Wochenende im August 1981. Leute, die von Svartvattnet weggezogen
waren, kamen mit ihren Kindern heim. Mein Onkel war seit
vielen Jahren tot. Seine Lieder aber sang man auf der Bühne des
Festplatzes.

Die Mitglieder des Heimatvereins hatten sich alle entweder als
Sennerinnen oder als Holzfäller mit Schlapphut verkleidet. Die
Kerle brieten mit großem Tamtam Speckklöße, und die Frauen,
die den Teig angerührt und den Speck geschnitten hatten, ver-
kauften sie für zwanzig Kronen das Stück auf Papptellern.

Und da unten in dem Gemenge aus Einheimischen und Tou-
risten stand ein alter Mann, Efraim Fransa mit Namen, und
nahm sich der Geschichtsschreibung an.

»Der Anund Larsson, nimmer hat der ein Stück gefället, was
ich wissen tu«, schrie er. »Ein Weib und Bälger, das hat er auch
nichten gehabt. Ein elender Sprüchklopfer ist's gewesen!«

Es gilt, am längsten lebendig zu bleiben.

Die alten Männer sind jetzt alle tot, alle, die darauf aufgepaßt
haben, was in den Liedern meines Onkels richtig war und was
falsch. Gesungen werden sie aber nach wie vor.

Ich gebe ihnen recht, einer Holzfällerrotte hat er nie angehört. Er ist jedoch zur See gewesen und in den Gruben. Es
war nicht die Scham und auch nicht die Armut, die ihn von
daheim fortgetrieben haben. Es war die Trauer.

Im Juli 1931 war er jedenfalls schon nach sechs, sieben Jahren
wieder da, und er war nun ein erwachsener Mann. Die Trauer

schmeckte vermutlich nicht weniger bitter, gegen die Scham aber hatte er sich gewappnet. Und dann war er auch Liedermacher. Er stand im Schützenpavillon und sang das Lied vom Schreiber und vom Holzvermesser. War damals schon so. Freilich, die Sauferei war schlimmer, und es gab mehr Stimmen.

»Was weißt schon vom Fällen, du! Hast doch nimmer ein Stück gefället!«

Die Luft strotzte vor Mücken und Unmut, denn so verwunderlich das ist, die Leute wollen die Lieder lieben, aber diejenigen, die sie gedichtet haben, verachten.

Mein Onkel wurde natürlich böse; als er im Kiefernwald Schnaps zu trinken bekam (es war ein Guttemplerfest, darum mußten sie mit den Flaschen abseits gehen), kochte seine Wut hoch, und er schwang sich, obwohl die Musik schon begonnen hatte, wieder aufs Podium, brachte die Ziehharmonika und die Geige zum Schweigen und schrie:

»Singen, ja, ich werd singen! Sollet schon hören, wie sie, die Holzfäller, ihnen Schnaps eingeflößet, den kleinen Jungens, und die Hosen runtergezogen. Seid großartene Holzfäller allesamten und wollet hören, wie stark ihr gewesen und was für schauerhaft große Stücker ihr geschaffet. Und der Schreiber will hören, wie geschwind er geschrieben, und der Vermesser, wie genau er gewesen, und der Händler will hören, wie er Leuten Arbeit gegeben und was für Anstand er bei den Krediten gezeiget. Und die alten Weibsen wollet hören, wie nettens es früher gewesen und wie die Leute so arbeitsam, eh' sie Fahrräder gekrieget. Aber ihr werdet's noch kriegen! Übel werdet ihr's kriegen«, brüllte er. »Wolfsgalle werdet ihr kriegen! Wolfsgalle und Vielfraßfürze und Fuchskotze!«

Und dann begann er auf ihre Melodie zu singen, und die einzigen Worte, die ich noch hören konnte, lauteten: der Pferdeschinder auf Tangen. Hillevi nahm mich und Myrten fest an der Hand und marschierte los, daß der Pfad bebte. Hinter uns hörten wir es lachen und brüllen, und ich weiß nicht, was sie mit Laula Anut angestellt haben.

Mein Großvater Mickel Larsson verlor seine gesamte Renherde. Innerhalb weniger Jahre mit schweren Wintern, in denen Eiskrusten die Rentierflechte bedeckten und Wölfe die Herde wie Feuer ansengten, verarmte er.

Als Anund groß genug war, in der Renkoppel zu arbeiten, hatte sein Renzeichen keinen Wert mehr, auch das meiner Mutter nicht. Großvater besaß keine Renkühe mehr, die noch kalbten. Laula Anut mußte bei reichen Lappen als Knecht anfangen.

Großvater war tot, und ich war fast erwachsen, als ich zum erstenmal seine Hütte bei dem alten Frühjahrs- und Winterquartier unterhalb Gielas betrat.

Mir hatte niemand erzählt, daß ich dort oben geboren worden war. Als ich klein war, wußte ich auch nicht, daß ich noch einen Onkel hatte. Er kam jedoch zurück, und ich begegnete ihm auf der Brücke. Nachdem ich begriffen hatte, daß ich zu Tante Jonetta, wie Myrten und ich sie nannten, gehen und ihn dort treffen konnte, da erfuhr ich, wo mein Großvater gelebt hatte und wo ich geboren worden war.

Hillevi gefiel das gar nicht. Deshalb dauerte es lange, bis ich mich in die Hütte wagte. Vielleicht sollte man sie auch Kote nennen, es war wohl eine Mischung aus beidem. Man kroch durch einen Vorraum hinein. Es gab eine richtige Tür mit gezimmertem Rahmen. Die hing nur noch an einer einzigen rostigen Angel, aber das Fensterglas in der Türfüllung war heil. Die Hütte hatte in einem langen schmalen Teil, der bis zur eigentlichen Torfkote reichte, ebenfalls Fenster. Es gab dort einen Bretterboden, und die Feuerstelle bestand aus einem kleinen eisernen Herd. Von diesem führte ein blechernes Ofenrohr in den Dachtrichter hinauf.

Ich hatte schon oft vor der Hütte gestanden. Damals machte man Kindern jedoch vor Wiedergängern Angst. Diese gingen angeblich in verlassenen Hütten um. Um Großvaters Wohnstätte herum sah es aber ziemlich alltäglich aus. Vor der Tür stand eine entrindete Salweide, in die der Alte seine Bütten und Eimer zum Trocknen gehängt hatte. Ich dachte, da drinnen werde es schon nicht spuken, und ich duckte mich und ging hinein. Hinter der Tür lag jedoch ein toter Fuchs. Er war schon

recht zerfressen, bleckte aber noch sein weißes Gebiß. Damals
kam ich nicht weiter.

Als ich mich dann schließlich hineintraute, war ich so alt wie
meine Mutter, als sie mich da drinnen geboren hatte.

Ich sah den Herd, er war rot vor Rost. Es gab eine Margari-
nekiste, auf deren Oberseite mit Zwecken ein Stück kariertes
Wachstuch befestigt war, und ein paar weitere Kisten, die so
aufeinandergestapelt waren, daß sie als Regal taugten. Die
Töpfe waren noch da, hatten rußige Böden und waren ganz verbeult. Auf dem Fußboden lagen Emaillebecher mit großen runden Flecken, an denen das schwarze Blech hervortrat. Überall
hatten Mäuse und Hermeline ihre Kötel hinterlassen, und
womöglich waren sie es, die die Becher und Kaffeetassen um-
geworfen hatten.

Werkzeuge und Gerätschaften waren keine mehr da. Ich
nahm an, daß mein Onkel sie an sich genommen hatte. Ich
glaubte schon, sie hätten keinen Tisch gehabt, an dem sie hatten essen können, bis mir klar wurde, daß der hölzerne Faß-
deckel, der an der Kotenwand lehnte, auf den drei Klötzen bei
der Feuerstätte ruhend als Tisch gedient hatte. Ein Bett gab es
nicht. Als ich geboren wurde, hatten sie sicherlich auf Renfellen
über einer federnden Unterlage aus Birkenreisern gelegen. Wie
aber schlief es sich auf einem Bretterboden?

Ich wußte nichts. Ich dachte an das Kinderzimmer, in dem
Myrten und ich weiße Betten hatten. Da machte mir dort in der
Kote plötzlich alles angst. Im Grunde war es eher erbärmlich als
erschreckend, doch ich bekam Angst und ging.

Mein Onkel sagte, daß Großvater, als er in dem Quartier unterhalb Gielas blieb, nur noch an die zehn Rene besessen und keinen Sinn mehr darin gesehen habe, mit ihnen ins Kalbeland
hinaufzuziehen. Der folgende Winter war kalt und schneereich,
und die Vielfraße waren frech. Die letzte Renkuh schlachtete er
indes erst im dritten Jahr.

Dann war Schluß.

Mickel Larsson war nun Fänger und Fischer, und seine Tochter Ingir Kari molk eine kleine Ziegenherde. So geht das.

Siehst du die Renstiere
den Wald aus Geweihen
große Kronen
viele Enden
wogen, wogen
nanana na na na…
Renkühe wechseln in Giela
wechseln an steilen Hängen
siehst du, siehst du
wie sie glänzen
sie glänzen wie Silber
nananaaa
in der Dämmerung wechseln sie
nananana na na

Niemand hatte Mickel Larsson je joiken hören, außer Laula Anut, und dieser auch nur, wenn der Alte nicht wußte, daß er in der Nähe war. Er sang für sein Herz. Ansonsten aber zeigte er niemals Trauer über seinen Verlust.

Anund war noch ein Junge, als er ihn joiken hörte, und er fürchtete, jemand, der gerade im Fjäll unterwegs wäre, könnte mitbekommen, daß der Alte von Renen sang, die es gar nicht gab.

»So wenig habe ich verstanden«, sagte er im nachhinein.

Aber obwohl er sich schämte, machte er es nach. Er konnte es nicht lassen.

»Manchmal glaub ich, daß er noch immer da oben sei, Vaters Joik«, sagte Onkel Anund. »Im Wind. Wenn ich mich aufs Moos legen tu, wenn ich bloß die Stille und den Wind hören tu, dann singet es. Nananana na na nanana na… Dann wechseln sie, seine Renkühe, ins Kalbeland, Tag und Nacht wechseln sie, und gegen den Wind, damit sie heimkömmen, zu den sichern Plätzen kömmen. Über ihnen aber kreiset der Adler.«

Die Kälber tanzen
grunzen
nanana na na
dort oben aber regt der Adler sich

er wartet
ajaj jaaaja
der Schatten verfolgt das Kalb

Da bekam ich Angst, weil ja auch ich vom Adler geraubt worden war. Ich dachte an grobe Klauen und steile, kotbefleckte Felsen.

Einige Jahre bevor ich geboren wurde, waren ein paar Bauernburschen eines Dezembernachmittags auf Hasenjagd gegangen. Der Hund suchte weit, und es dauerte, bis die Burschen etwas schießen konnten. Auf dem Heimweg wollten sie, um abzukürzen, den Lomtjärn zu überqueren versuchen.

Sie kamen ja nun vom Bjekkertjärn herunter, und sie wußten, daß es schwierig würde, den Steilhang zum Lomtjärn hinunterzukommen. Oder Lomtjenna, wie sie sagten. Diese runden kleinen Seen liegen wie auf tiefen Treppenstufen auf den Höhen nach Osten hin. Es wurde rasch dunkel, und sie meinten, es unbedingt wagen zu müssen. Natürlich war es viel zu steil, sie mußten ihre Skier abschnallen und hinunterwerfen und dann Stück für Stück klettern. Der Schnee reichte ihnen bis über die Schenkel. Auf derlei Verrücktheiten können nur junge und sehr starke Kerle verfallen.

Sie kamen jedenfalls zum See hinunter und landeten gleich neben der Stelle, wo der Fels wie eine lotrechte Wand aufragt und im Winter von einem gefrorenen Sturzbach mit dicken Eissträngen überzogen ist. Heutzutage, da die Leute mit Skootern überallhin fahren, haben diese Stelle ja schon viele gesehen. Und sie haben dort ihre Tabakprieme und Bierdosen, die Plastikfolien, in denen die Wurst verpackt war, und ihre Orangenschalen liegenlassen. Aber damals war er in gewisser Weise etwas Besonderes.

Die Eissäulen waren körnig und rauh und verjüngten sich zum Uferstreifen hin, und aus der Nähe waren sie sowohl von eisgrüner als auch gelber Farbe. Die Burschen traten natürlich dagegen, wie Jungs es eben machen müssen, und sie schafften es, daß unten einige Stücke absprangen und herunterfielen. Da entdeckten sie die Höhle dahinter, die ein Stück in den Felsen führt. Sie krochen hinein und fanden dort einen geschlachteten und zerlegten Renochsen.

So gescheit waren sie, zu wissen, daß ein Lappe das getan hatte, denn von dem Tier fehlten der Rücken, die Knochen und die Innereien. Rücken und Markknochen, Leber und Niere seien genau das, was bei den Lappen als erstes in den Topf wandere, sagten sie zueinander. Der Kopf mit seinen Delikatessen wie Mundwinkeln und Augen lag zusammen mit den Schalen und dem Herzen säuberlich neben dem Eingang der Höhle. Flanken, Schultern und Schlegel lagen weiter drinnen. Alles war mit Tannenreisern abgedeckt. Den Burschen war klar, daß derjenige, der hier geschlachtet hatte, bald zurückkommen und den Rest holen würde, bevor die Vielfraße und Füchse das Fleisch fänden.

Hinterher behaupteten sie, schon geahnt zu haben, wer der Dieb sei, und sie hätten ihn erschrecken wollen, weil er bekanntlich abergläubisch sei. Sie begriffen natürlich, daß er gewarnt wäre, wenn er die Spuren ihres rabiaten Vorgehens sähe. Aber sie hatten Glück. Ein Schneeunwetter zog auf und hielt mehrere Tage lang an. Es verwehte alle Spuren, und sie meinten, der Dieb könne höchstens annehmen, daß die Eissäulen, die sie zertreten hatten, im Sturm abgeknickt seien.

Außerdem hatten sie das Glück, daß es ein Sonntag war, als sich das Wetter wieder beruhigte, so daß sie vorschützen konnten, auf Hasenjagd zu gehen. Sie gingen hinauf in Richtung Bjekkertjärn und hatten diesmal einen Lappenjungen bei sich.

Sie trieben sich mehrere Stunden lang dort oben an den Hängen herum und spähten über den Lomtjärn. Es dämmerte schließlich, und sie wollten gerade aufgeben und sich auf den Rückweg machen, als sie eine Gestalt auf Skiern über den See kommen sahen. Diese hielt schnurstracks auf die Höhle zu. Im Nu lagen sie in einem Versteck oberhalb der Eissäulen, der Lappenjunge lag vorn. Ihr Plan war, daß der Junge den Dieb erschrecken sollte, indem er in seiner eigenen Sprache etwas riefe. Das tat er auch. Sobald der Kerl dort unten, mein Großvater Mickel Larsson nämlich, in der Höhle verschwunden war, rief der Junge, er sei hungrig und wolle Fleisch und Blut haben.

»Gibst mir Fleisch, sonst schneid ich dir den Schwanz ab!«
schrie er mit rauher Stimme. »Deine Eier schmeiß ich in den
Kochtopf, und deiner Tochter schneid ich die Brüste ab und
werf damit! Gibst mir Fleisch, du Rendieb!«

Mit Märchen von Stalo konnte man damals Kinder erschrecken, aber kaum einen ausgewachsenen und schlauen
Mann wie meinen Großvater. Daß er sich trotzdem so schnell
wie möglich davonmachte, ist verständlich. Auf dem Eis holten
sie ihn jedoch ein. Sie waren flotte Skifahrer und viel jünger und
kräftiger als er.

Hinterher zeigten sie das Herz und die Schalen vor, die er
sich noch unter den Kittel hatte stecken können. Daraus ersah
man, daß sie tätlich geworden waren. Sie waren zu dritt.

Er erzählte nie, daß er Prügel bezogen habe.

Mein Onkel sagte über diese Sache: »Es ist doch nicht verwunderlich, daß es einen Lappen, der alle seine Rene verloren
hat, mal nach Markknochen und Nierenfett verlangen kann.
Andere haben ihm die Rene gestohlen, und dies war ein Teil seines Unglücks und seiner verlorenen Renherde. Wenn Mama
noch gelebt hätte, dann hätte er das bestimmt nicht getan.«

»Wenn sie ihn in Härnösand festgesetzt hätten«, sagte mein
Onkel, »dann hätte er seine Schuld sühnen können, wenn es
denn eine Schuld war, und außerdem wäre er einmal in die Welt
hinausgekommen. Sie haben ihn aber nie angezeigt.«

Statt dessen war die Luft von Gerüchten und Lügen bald so
fettig wie die Küche einer Hütte. Es gab keinen verlorenen
Handschuh, den nicht Mickel Larsson gestohlen haben sollte.
Er stehle aus Schuppen, sagten sie. Er stehle Netze aus dem See.

Als Knecht zu einem reichen Lappen zu gehen sei schon hart
genug, sagte mein Onkel. Die Magd habe es aber noch schlechter. Sie mußte nämlich das gesamte Brennholz und das Reisig
hacken, das in den Koten ausgelegt wurde. Sie mußte Wasser
schleppen und der Hausfrau beim Melken der Renkühe helfen.
Die Ausbeute war dabei niemals größer als eine Kaffeetasse
voll, aber es waren diese kostbaren Tropfen, woraus der Käse
gemacht wurde.

Sie mußte vormittags melken, und sie mußte nachmittags melken, und zwischendurch mußte sie die Renkühe hüten. Dann trottete sie hinter der weidenden Herde her, und wenn diese im Morgengrauen ihre Rast hielt, saß sie mit einem Strickstrumpf da, und desgleichen tat sie in der Mittagsrast und in der Abenddämmerungsrast.

Eine Renkuh, ein Kalb und Kleidung für ein Jahr, das war es, was sie als Lohn zu erwarten hatte. Von der Schinderei mit dem Holz würde sie so krumm werden wie die Moorbirken, und sie würde Schmerzen bekommen und böse Knoten an den Gelenken.

Großvater, der jetzt nur noch Fleischmichel genannt wurde, war natürlich der Meinung gewesen, dies sei das rechte Leben für ein Lappenmädchen. Wie sollte es sonst aussehen? Daß es hart war, sich bei anderen zu verdingen, wußte er, und darum behielt er sie so lange wie möglich zu Hause. Auch er brauchte Brennholz, und die Ziegen mußten gemolken werden.

Ingir Kari hatte jedoch etwas an sich, was bewirkte, daß sie vor anderen gesehen wurde. Verna Pålsa wollte sie nach der Konfirmation als Hilfe in der Pension haben. Den Bergtouristen würde der Anblick eines feschen Lappenmädchens im Speisesaal gefallen, und Verna erbot sich, ihr eine neue Tracht zu besorgen.

»Warum fiel sie denn derart auf?« fragte ich. Und Onkel Anund antwortete, darum, weil sie so fein gewesen sei. Irgendwann wurde mir klar, daß er dasselbe wie Hillevi meinte, wenn sie schön sagte.

Großvater wollte zuerst nicht einwilligen. Ihm gefiel es gar nicht, daß seine Kinder gezwungen gewesen waren, im Dorf in die Schule zu gehen, jetzt, wo es im Lappenquartier keine mehr gab und sie auch dort im Dorf unten wohnen mußten. Sie hätten Bauernmanieren gelernt und Dorfbevölkerungssitten angenommen, sagte er. Aber daß sie rechnen gelernt hatten, fand er gut. Da seien sie nicht so leicht übers Ohr zu hauen.

Den Ausschlag gab schließlich die Tracht. Eine Tracht, das war etwas Kostbares. Ingir Kari durfte in der Pension anfangen. Und von dort aus begleitete sie Verna nach Torshåle hinauf und wartete der schottischen Gesellschaft auf.

Ja, nach dem Krieg waren sie wiedergekommen. Der Admiral war tot und der alte Lord Bendam ebenfalls. Der neue Lord, der die Jagdgesellschaft jetzt anführte, war früher schon mal dagewesen. Damals war er aber noch ein schlaksiger rothaariger Junge mit großen Knien gewesen und hatte gerade erst mit einem Gewehr umgehen gelernt. Behauptete jedenfalls Paul Annersa.

Warum mußte er nur zurückkommen?

Das muß mein Großvater sich gefragt haben. Allerdings weiß man das bei dem Alten nicht so genau. Mein Onkel Anund dachte das bestimmt voller Bitterkeit, zumindest anfangs, denn er hatte seine Schwester sehr gern gehabt.

Und sie? Das weiß man nicht. Da ist gleichsam ein Loch.

Sie ist natürlich auf keinem der Bilder von dort oben zu sehen. Niemand von den Trägern und Bergführern, den Holzhackern und Fuhrknechten oder von denen, die Geflügel rupften, Fische ausnahmen und Essen bereiteten, einheizten und das Badewasser warm machten, war mit auf einem Bild. Myrten und ich betrachteten immer ganz genau die Reflexe in den Fenstern, die hinter den Jagdmännern in den Blockwänden saßen, ob wir darin ein Gesicht ausmachen könnten.

Ich für meine Person kann ja nicht bedauern, daß er zurückgekommen ist. Es ist schwierig, sich in den Gedanken hineinzudenken, daß man nicht gelebt hätte.

Myrtens Überlegungen waren, glaube ich, von anderer Art. Sie war überzeugt, einmal eine Seele gewesen zu sein, die auf Erden eine Heimstatt gefunden habe. Sie hätte es wahrscheinlich gern gesehen, wenn diese Heimstatt der Pfarrhof in Röbäck und Edvard Nolin ihr Vater gewesen wäre. Wir hatten in Hillevis Schubladen gewühlt, wie Kinder es eben tun, und einen Brief von Pfarrer Nolin an Hillevi gefunden. Ich weiß noch heute, wie er begann: *Mein liebes Mädel!*

Deswegen besah Myrten sehnsüchtig Edvard Nolins feines, blasses Gesicht auf der Fotografie von Torshåle. Myrten hegte eine Schwäche für Feines, und das nicht ohne Grund. Sie hatte selbst lange, schmale Hände, und für ihre Füße konnte man nie Schuhe bekommen, deren Leisten schmal genug waren.

224

Ich bin klein und habe Füße von der Art, daß Tore mich bedauerte, als ich konfirmiert werden sollte. »Unser Herrgott hat sie giebig abgeknickt, die Beiner, für deine Quanten«, sagte er. Es waren aber vor allem die Stiefel, die wurden ja zum Reinwachsen gekauft.

Feinheit ist ein Schnickschnack, hätte ich zu Myrten gern gesagt. Du hast sie gekriegt und hast sie jetzt, auch ohne den Vater deiner geheimen Träume.

Schau mich an, hätte ich gern gesagt. Kurzbeinig und klein und Schuhnummer vierzig. Trotzdem habe ich Ahnen bis zurück in König Arthurs Zeit.

Es heißt, Aidan sei ein Sagenreich gewesen.

Einmal fragte ich meinen Onkel, woher wir kämen, von seiner Seite. Er aber sagte, Lappen kämen nirgendwoher. Die habe es hier immer schon gegeben.

Ich stand unterhalb des Podiums und hörte den alten Fransa über Laula Anut oder Anund Larsson, wie er ihn nannte, stänkern. Daß er von dem, worüber er schrieb, keine Ahnung gehabt habe, daß er nimmer ein Stück gefällt habe. Da ging ich nach Hause.

Ich ging nicht auf der Straße, sondern nahm den Pfad oberhalb davon und kam irgendwann zum Storflon. Ich passierte die Stelle, wo einmal der Schützenpavillon gestanden hatte. Kein einziger Splitter ist davon noch übrig, nicht einmal eine Erhöhung im Moorboden.

Die Brachvögel riefen. In den Kiefernwipfeln hing Abendnebel. Weit entfernt konnte ich vom Festplatz unten eine Lautsprecherstimme hören. Es war natürlich nicht zu verstehen, was sie sagte. Aber ich war mir ziemlich sicher, daß sie von alten Zeiten sprach. Denn ich wußte ja, daß die Leute sich gern etwas darüber erzählen ließen. Sie wollten hören, wie ehrlich und arbeitsam die Leute früher gewesen waren.

Eure Vorfahren waren das. Genauso gierig wie ihr.

Ihr wollt ja doch nur das hören, was schön ist.

Aber Wolfsgalle werdet ihr kriegen.

Ihr werdet Wolfsgalle, Vielfraßfürze und Fuchskotze kriegen.

Elis wachte an diesem Sonntagmorgen vor den Männern auf. Er ging hinaus zum Pinkeln und dachte, der Strahl müsse gefrieren. Als er wieder in die Hütte kam, sah er zu, daß er das Feuer in Gang brachte. Der Alte, den sie Dongen nannten, hatte die Augen aufgebracht, obwohl sie verklebt waren. Er schien aber wieder einzuschlafen, nachdem er gesehen hatte, daß Elis heizte. Als das Feuer endlich brannte, kroch auch der Junge wieder unter seine Felldecke, um auf das Licht zu warten. Es war bitterkalt, aber die Läuse hatten sich noch nicht ergeben.

Die Hütte war groß, stabil gezimmert und mit Moos abgedichtet. Vom Stalltrakt her drang ein fast warmer Pferdedunst durch die Öffnung. Er hörte die Tiere die Hufe versetzen.

Licht, Licht, dachte er in seiner Muttersprache. Licht, komm! Dann fiel ihm ein, was er sich auferlegt hatte, und dachte dasselbe auf norwegisch.

Er zog die Papiertüte hervor, die er im Stroh versteckt hatte. Er hatte sie mit dem Messer aufgeschlitzt und so eine große, grauweiße und völlig fettfreie Fläche erhalten. Wenn doch bloß das Licht jetzt käme!

Da fiel ihm ein, daß er den Pferden Futter geben sollte. Dann würde der Alte bestimmt wieder ordentlich einschlafen.

Den Großen fütterte er als erstes. Sie nannten ihn irgendwie anders. Er sah jetzt, da das Licht allmählich gekrochen kam, verändert aus. Es rauhte ihm das Haarkleid auf. Machte es flaumig, weich. Das Licht war eine Bürste. Manche Flächen bürstete es auf, andere wiederum glättete es.

Daß der Große jetzt am Morgen anders aussah, überraschte Elis nicht. Die Augen sahen bei unterschiedlichen Gelegenheiten unterschiedlich. Was ihn aber verwunderte, war, daß die Leute nicht sahen, was er sah. Die meisten schienen einen Block zu sehen, der das Ding, das sie ansahen, darstellte. Es war, als glotzten sie eigentlich nur auf den Namen.

Jetzt schnappte er sich den Stift. Dieser lag noch da, wo der Fuhrmann, Moen hieß er, ihn hingelegt hatte. Moen führte Buch über die Abholzungen. Ihn würde kein Holzvermesser übers Ohr hauen können. Es war ein Bleistift, kein harter Tintenstift. In denen war nämlich kein Leben. Man befeuchtete die Spitze, um einem solch blöden Stift etwas zu entlocken, und dann machte er unregelmäßige Linien, deren violette Farbe so giftig war wie sein Geschmack. Der weiche Bleistift hingegen folgte der Hand. Die Linie wurde auf der rauhen Seite der Tüte natürlich gröber. Aber Elis mochte die rauhe Seite. Er würde damit anfangen.

Die Männer waren mächtig verkatert und schliefen ihren Rausch aus. Werktags tranken sie nie. Aber es war ja Samstagabend gewesen. Moen hatte zwei der Burschen voneinander getrennt. Der eine hatte eine geschwollene Lippe davongetragen, die jetzt die Zähne freigab.

Elis hatte vorgehabt, mit dem Großen anzufangen, aber ohne daß er es wollte, zog die Spitze des Stifts die Konturen dieser Specklippe nach. Und der Nase. Die Körnigkeit der Tüte kam ihm beim Zeichnen der Bartstoppeln sehr zupaß. Die Falten der Augenlider. Die hatte der Kerl in seinem trunkenen Kinderschlaf zugeklappt. In seinen Mundwinkeln blubberte es. Die Kappe war nach vorn gerutscht und bedeckte seine Stirn. Sie schliefen alle mit tief ins Gesicht gezogenen Mützen.

Die Körnigkeit erwies sich für alles, was es hier drinnen gab, als so geeignet, daß er es nicht lassen konnte, alles mögliche, was er sah, schnellstens auf dem Papier festzuhalten. Eigentlich hätte es ja der Große werden sollen. Aber dazu kam er nicht. Es wurde die Bratpfanne, die auf der gußeisernen Platte des Feuerwalls stand und außen von eingebrannten alten Fettresten schwarz und rauh war. Innen war sie halb voll mit grauweißem, erstarrtem Schmalz. Er merkte, daß er zunächst etwas hatte zeichnen wollen, was er gar nicht sah.

Ich wollte ... ich fühlte den Drang, die Fläche ganz flach zu machen. Aber die ist, hol's der Teufel, in einer steilen Welle er-

starrt. Hat wohl einen Schubs gekriegt, als sie halbwegs einge-
dickt war.

Dann fiel sein Blick auf das Sackleinen, mit dem eine zer-
schlagene Scheibe im Fenster abgedichtet war. Auch dabei war
das körnige Papier hilfreich. Das Muster des Gewebes mit den
übereinanderliegenden Fäden war in den Ausbuchtungen jedoch schwierig darzustellen. Fast reute es ihn, und er dachte,
mit etwas, was er nicht beherrschte, Papier vergeudet zu haben.
Den Großen hätte er ohne Schmieren und Patzen hingekriegt.

Die Pferde und ihre Hinterteile und Nacken hatten etwas
allzu Geschwindes an sich. Er hatte schon zu viele dieser ver-
dammten Pferde gezeichnet. Mittlerweile waren seine Augen
richtig wach geworden. Und sahen das Fundament aus groben
Felsblöcken unter der eisernen Platte. Grau waren sie, wenn
auch nicht so wie der Bleistift. Und verrußt. Alles war voller
Ruß, vor allem aber die Bretter im Rauchfang, der sich zum
Abzugsloch hinzog. Ein Stück Speck war in den Abfällen auf
dem Fußboden gelandet. Die Mäuse, waren die denn irgendwo
steckengeblieben? Erfroren gar? Rosa Fleischstreifen waren
in diesem Stück Speck mit seinem dicken gelbweißen Fett.
Wenn man so einen wie den Lakakönig aufschneiden täte, nein,
Mensch, an dem ist ja gar nichts fett, einen wie den Doktor in
Byvången, so'n richtig fetten Arsch, wenn man so einem den
Wanst aufschneiden täte, dann würde der Speck aussehen, als
ob er in Chicago abgepackt worden wäre. Und schreien täte der
wie ein Schwein im Schlachthof.

Dann ging er alles noch einmal durch: die dicken Arbeits-
westen und die Arbeitsblusen, die rings um den Feuerwall
hingen, und die sieben verrußten Kaffeekessel, der seine war
besonders arg verbeult. Aus der Glut im Feuerwall stoben
Fünkchen auf sein Papier, wo sie Rußpartikel hinterließen. Dem
Jungen, den sie Nisjgutten nannten, war die Mundharmonika
in den Abfall gefallen, und er schlief mit einem Lodenhemd unterm Kopf. Als Kopfkissen. Wer freilich ein richtiges Kopfkissen
zum Schlafen hätte, der wäre schon ein unheimlicher Hund, ein
richtiger Stutzer wäre der. Und die Bratpfanne mit ihrer
Schmalzwelle, die sich irgendwann gebrochen hatte und er-

228

starrt war, als die Wogen der Schlägerei oder zuvor des Gesangs hochschlugen. Verflucht wenig hat gefehlt, dann hätt ich es verkehrt gemachet: daß ich das nicht gesehen hab, wie sie geworden ist, die Oberfläche!

Die Fläche wurde gebrochen.

Er ertappte sich dabei, daß er sich vergessen hatte und wieder beim Jämtischen oder Schwedischen gelandet war, oder wie zum Kuckuck auch immer diese Sprache hieß, die er sich mit Stumpf und Stiel aus dem Schädel reißen mußte, wenn er in diesem Land leben wollte, wo kein Schwein wußte, wer er war.

Er probierte einzelne Wörter und merkte, daß manche ein klitzekleines bißchen anders klangen. Man mußte manchmal den Mund weiter aufreißen.

Da erwachte der Vormann.

Die Leute in der Rotte waren anständig. Keiner hatte je die Hand gegen ihn erhoben. Im Rausch hatte der Värmländer nach seinem Hosenstall gegriffen und ihn so gepackt, daß es weh tat, obwohl der Loden von Elis' Hose dick war. Er hielt Elis' schmerzendes Gemächte umfaßt und sagte, er solle schon zeigen, ob er etwas aufzuweisen habe. Da sagte Moen, das habe Elis bereits getan, und damit hatte die Sache ihr Bewenden. Natürlich lachten alle über ihn.

Das Verwunderliche aber war, daß er gar nie etwas gezeigt hatte. Aber das wußte der Värmländer nicht.

Ja, sie waren anständig. Keiner hier würde ihm einer Tüte wegen ins Gesicht schlagen oder ihm eins auf den Nacken geben. Keiner würde sagen, daß er ein verdammter Taugenichts sei, der zu nichts anderem zu gebrauchen sei, als Papier zu beschmieren. Trotzdem hatte er aus gewohnter Vorsicht die Zeichnerei lieber für sich behalten.

Der Alte, den sie Dongen nannten, vollführte seine Morgenrituale. Er kratzte sich den raspligen Bart und spuckte auf den Boden. Dann steckte er sich seine Pfeife an. Einer nach dem anderen wachte nun auf und ging hinaus zum Pinkeln, alle außer dem Fuhrmann, der sah zuerst nach den Pferden. Die Kälte schlug herein, trocken und metallisch, und die ersten Worte gal-

ten wie immer der Tür: »Himmel Herrgott noch mal, mach zu!«
Das war der Värmländer. Wenn der aufwachte, sah Elis sich
vor.

Der Bursche mit der Specklippe schwankte, als er hinausging, und als er wieder hereinkam, wirkte er steifbeinig; von
dem Gelächter, das es darüber gab, merkte er aber gar nichts. Er
plumpste auf seine Pritsche und lag bald wieder wie bewußtlos da.

Sie stellten die Kaffeekessel auf die Platte. Brennholz und
Wasser waren vorhanden. Elis hatte es als letztes noch geholt,
damit er im Morgenlicht die ganze Zeit über zeichnen konnte,
bevor die anderen aufwachten. Der Eimer stand in der Nähe
des Feuerwalls, es war nur eine dünne Eisschicht auf dem Wasser.

Als Bendik und er aufgebrochen waren, hatte jeder einen
Kaffeekessel mitbekommen. Der von Elis war so verbeult, daß
die Holzfäller fragten, ob dieser das Erdbeben in San Francisco
erlebt habe.

Sie waren nicht durchgebrannt. Bendik hatte nicht gewollt.
Da war Elis auf den Gedanken gekommen, daß er sich allmählich entsinne, wo er herkomme. Jedenfalls schwach, sagte er.
Irgendwo von Namskogan oben. Von einem großen Fluß,
irgend so einem Älv. Er werde ihn schon finden.

Hatten sie ihm geglaubt? Vielleicht. Er kam jedenfalls umhin,
zum Pfarrherrn gehen zu müssen und verhört zu werden. Und
er hatte Bendik mitbekommen. Aber erst, als dessen Dingung
abgelaufen war.

Bereits in Fossmoen waren sie auf eine Holzfällerrotte ge-
stoßen. Dem Fuhrmann fehlte ein Mann, und er nahm Bendik.
Elis durfte als Dreingabe mitkommen, genau so, wie er es sich
gedacht hatte.

Bendik überlegte es sich aber anders. Als die Leute am Abend
beim Gastwirt soffen, bevor sie für die nächsten sechs oder acht
Wochen mit den Pferden in den Wald zogen, fing er wieder von
der See zu reden an. Er wolle auf einem Walfänger mitfahren.
Als Elis spätnachts aufwachte, war er weg. Wahrscheinlich war
er aber nicht nach Namsos hinuntergewandert, sondern wieder

heimgegangen. Er sagte daheim, obwohl er dort gar nicht geboren war. Am Abend hatte er mehrmals erzählt, daß sie daheim anständig zu ihm gewesen seien. Nett, hatte er gesagt. Als die Holzfäller der Rotte ihm Schnaps gaben, fehlte nicht viel, und er hätte zu heulen angefangen. Da lachten sie über ihn und nannten ihn Qualfänger. Bendik hatte einen großen und ausgewachsenen Körper, und dann mochte er die, die nett waren! Wie ein Kind. Elis schämte sich, und zugleich konnte er sich das Lachen kaum verbeißen.

Er war, gelinde gesagt, verdattert, als Bendik weg war. Er hatte einfach zu tief geschlafen. Nach ihrer langen Wanderung hatte der Schlaf seine Fuchssinne überlistet, und es war Bendik gelungen, das Bett zu verlassen, ohne ihn zu wecken. Ihm wurde schlagartig klar, daß er ohne Bendik keine Anstellung in der Holzfällerrotte bekommen würde.

Vor dem Morgengrauen noch schlich er selbst davon.

Doch ein paar Tage später war er wieder auf dem Weg hinauf zu dem Abtrieb. Er hatte sich ausgerechnet, daß sie ihn nicht wegschicken würden, wenn er dort ankäme und sagte, Bendik und er hätten einander verloren. Ich dachte, er sei hier, würde er sagen.

Der weite Weg schaffte ihn schier. Der Proviant ging zur Neige. Elis wollte ungern stehlen, weil er später wiedererkannt werden konnte. Es war nicht auszuschließen, daß die Holzfäller ihn um Milch und anderes zu den Höfen schicken würden. Wenn er überhaupt bleiben durfte. Wenn er überhaupt je ankam.

Obwohl er sich genau erkundigt hatte, war alles undeutlich und sah gleich aus. Wege, die es geben sollte, gab es nicht, ganze Höfe waren verschwunden. Womöglich waren sie eingeschneit. Es war totenstill, und nirgendwo sah man Rauch aus einem Schornstein aufsteigen. Einmal entdeckte er mitten in dieser Schneehölle eine Katze, und da war ihm klar, daß in der Nähe ein Hof sein mußte. Er ging an einem Nebenfluß des großen Flusses entlang, auf der anderen Seite ragte steil der Wald empor. Die fransigen schwarzen Tannen waren schwer mit Schnee beladen. Vereinzelt sah er, daß ein Flügel die

Schneefläche geritzt hatte oder unter einer Tanne Pfoten darübergetappt waren, ansonsten war sie weiß und schattenlos wie der Tod.

Bald würde der Tag sich wenden und blau werden. Unter den Tannen gab es viel Dunkelheit, und sie würde unerbittlich hervorkriechen. Er fühlte sich wie ein junges Kätzchen, das geradewegs in den Sack wanderte.

Dann hörte er ein Läuten. Und ihm fiel ein, daß jemand sterbe, wenn man im rechten Ohr Glockenläuten höre.

Es ließ sich schwer sagen, ob es rechts war. Darum steckte er sich den Zeigefinger ins linke Ohr. Das Läuten war immer noch zu hören.

Wenn er sterben würde, dann bestimmt spät in der Nacht. Außer ihm war hier niemand, der sterben konnte.

Da wurde das Läuten klirrender und gellender, und er hörte, daß es sich näherte und daß es von Pferdeschellen kam. Er schämte sich sogleich für das mit dem Ohr, zog seinen Handschuh an und war nicht mehr Elis Eriksson, sondern ein norwegischer *Weiß-ich-nicht*.

Auf der Fuhre saß kein Mann, sondern ein Junge. Er mochte vielleicht neun Jahre alt sein. Bei dem Pferd handelte es sich um eine verfettete alte Stute. Unter der Pelzmütze des Jungen lugten Pausbacken hervor. Er war von der Taille bis zu den Stiefeln in eine Felldecke gehüllt, und es schien, als habe jemand anders ihn eingepackt. Auf der Ladefläche standen Bütten und Fäßchen, manche mit Stroh umgeben.

Wenn es ein Mann gewesen wäre, hätte Elis natürlich gefragt. So aber sprang er nur auf die Fuhre und kauerte sich schräg hinter dem Jungen zusammen.

»Ich fahr mit dir«, versuchte er auf norwegisch zu sagen, und er fragte sich, ob es wohl richtig klang. Er war viel zu lang allein umhergelaufen und hatte jämtisch gedacht. Aber das machte nichts. Vor diesem Kutscher war ihm nicht bang. Es war ja nur ein kleines Bürschchen, das man mit Proviant zu einer Holzfällerrotte geschickt hatte, die dafür keinen Mann hatte erübrigen können.

Der Junge erzählte willig. Schwieriger war es, etwas über

den Weg herauszukriegen. Darüber wußte er nichts. Das Pferd fände ihn schon.

Zuerst schwatzte er drauflos, dann war er mit einem Mal still. Beides aus Angst.

Ja, er hatte Angst.

»Hast Angst vor Grauhans«, fragte Elis, ohne sich groß darum zu kümmern, wie er sprach. Das Bürschchen verstand ihn auch nicht.

»Dem Wolf«, sagte Elis. »Hast Angst vor dem?«

Der Junge schüttelte den Kopf. Sie hatten ihn mit einem alten, sicheren Pferd ausgeschickt, dem sie, der Gesellschaft wegen oder um den Wolf zu verscheuchen, einen Schellenkranz umgehängt hatten. Obwohl der Wolf sich wahrscheinlich den Teufel von einer scheppernden Fuhre mit einem großen Pferd abschrecken ließ. Aber der Junge fühlte sich womöglich sicherer.

Er war warm eingepackt und satt und hatte rote Backen, und er kam sich wahrscheinlich ziemlich interessant vor. Er gehörte zu denen, um die man herumscharwenzelte. Bauer in spe. Aber jetzt hatte er Angst.

Vor mir, dachte Elis.

Eigentlich dachte er erst später daran, als er endlich an seinem Ziel angelangt war. Vor allem ein paar Wochen später dachte er daran, als dann nämlich der Värmländer da war. Ein paar Teufeleien gingen ihm aber schon durch den Kopf, wie sie da so auf der Fuhre saßen. Und zwar deswegen, weil dieser Junge gar so eingepackt und rundlich war. Das ganze Essen hatte der bei sich. Vermutlich waren es Speck und Klümper und Blutbrot und Käse und dieses und jenes. Wenn Elis es wollte, konnte der Junge ihn nicht daran hindern, einen Deckel zu lüften. Sich Speck in den Mund zu stecken und ihn dabei anzugrinsen.

Nun, er tat es nicht. Sie hörten auch bald auf, miteinander zu reden. Es hatte schließlich keinen Zweck, weil dieses blöde Bürschchen keinen blassen Schimmer hatte, wohin sie fuhren, wie die Seen hießen oder wie weit der Weg war. Die Mähre wußte es. Aber die konnte ja nur dahinzockeln.

Gegen Abend kamen sie zu einem Hof, auf den sie einbog. Sie zog den Schlitten fast bis vor die Stalltür. Die Hunde bellten, und Leute kamen heraus.

Elis ahnte schon, daß sie nicht übermäßig begeistert sein würden, ihn zu sehen. Aber er bekam zusammen mit dem Jungen Grützbrei und Schweineschmalzbrote. Er scherte sich nicht um dieses *Weiß-ich-nicht*, denn sie fragten nicht nach seinem Namen. Er sagte, er sei zu einem Abtrieb unterwegs, und der Fuhrmann heiße Holger Holgersen. Da wußten sie Bescheid, und er war daraufhin besser gelitten.

Er durfte bei einem, der nicht richtig tickte, in der Stallkammer schlafen. Den Jungen steckten sie zum Schlafen selbstverständlich zwischen Felle und Bettdecken.

Als sie am Morgen weiterfuhren, hatte er nicht mehr so viel Angst vor Elis. Sie schwiegen aber trotzdem. Elis war nun beschrieben worden, wo er von der Fuhre abspringen und sich in die Wälder schlagen mußte. Er sah, wie sich das Gesicht des Bürschchens aufhellte, als er sagte, daß sie da seien. Danke, hatte Elis sagen wollen. Fürs Mitnehmen. Aber es wollte ihm nicht über die Lippen. Dieses pausbäckige Gesicht hatte etwas an sich, was ihn reizte.

Er dachte allerdings nicht so viel daran, bevor der Värmländer kam.

Als Elis erstmals in die Hütte trat, war es Abend, und drinnen war es warm. Er roch deutlich den Fäulnisgestank der Abfälle unterm Tisch und rings um den Feuerwall. Die Hütte war gezimmert und hielt die Wärme, und schon bald nahm er den Geruch nicht mehr wahr. Die Männer waren gut. Er durfte bleiben. Ganz wie erwartet fanden sie, daß Bendik ein Drecksack sei, der sich erst habe dingen lassen und dann aus dem Staub gemacht habe. Elis' Ansehen erhöhte das nur.

Er hatte dünne Arme, und sein Rücken war schmächtig und spitz. Aber er konnte dem Vorbringer dabei helfen, Rückegassen freizuschaufeln.

Doch auch daraus wurde nicht viel, und das traf sich gut, denn er hatte nicht die rechte Kraft dazu und hustete zuviel. Er durfte mal hier, mal dort helfen. Am einen Tag war er beim Entrinden dabei. Das war schwierig in der Kälte. Am andern Tag half er dem Holzrücker, das Holz zusammenzuschleppen. Oder dem Holzzieher. Er wußte nicht, wie der hier genannt wurde. Er achtete sorgfältig darauf, nichts verkehrt zu sagen. Lieber sagte er gar nichts. Daß er nicht wisse, wer er sei oder woher er komme, hatten sie durchgehen lassen. Mit Vergnügen sogar. Sie unterhielten sich abends gern darüber, wenn sie Sägen feilten und Rindenschälmesser schärften oder Risse in den Hosen flickten. Er hatte es selber satt bekommen, sein ewiges *Weiß-ich-nicht* aufzusagen. Es ließ ihn wie einen Idioten dastehen. Er war dazu übergegangen, zu sagen, daß er sich an einiges erinnere. An das eine oder andere. Und er sagte es so oft, daß es ihm einen Namen eintrug. Husken, das Gedächtnis, nannte ihn der Värmländer, und die anderen taten es ihm nach. Ihm gefiel das nicht, aber es war besser als nichts.

Er war also nun Husken und sollte die Pferde tränken, Brennholz hacken, ein Loch ins Eis hauen und mit dem Eimer Wasser raufziehen, und alles war in etwa so wie daheim. Nur besser. Er mochte sie richtig, die Hütte. Wohlig war's.

Ja, so empfand er in all seiner Unwissenheit. Half Dongen, dem Vormann, die Wege befahrbar zu halten, schüttete Wasser darauf, damit die Fuhre, wenn sie kam, gleiten konnte, oder schaufelte Ameisenhaufen darauf, um an Hängen die Glätte zu mindern. War der Weg steil oder kurvig, legte er Leitlatten aus. Er aß vom Speck in der Truhe und von den Brotfladen, und anfangs war er vor Hunger so geizig, daß er seinen Zeigefinger ableckte und jeden Krümel von den ungehobelten Brettern des Tisches aufpickte.

Der Värmländer war heraufgekommen, weil er in Fossmoen unten gehört hatte, daß ihnen ein Mann fehle. Er war ein Spitzenfäller. Achtzehn Stück am Tag bewältigte er, trieb den Takt der gesamten Rotte in die Höhe, und der Fuhrmann war's zufrieden.

Alle waren wohl zufrieden. Außer Elis. Er hätte aber nicht sagen können, woran es lag. Er wußte es selber nicht. Er war lediglich auf der Hut.

Ihm war, als folgte ihm der Blick des Värmländers überallhin. Manchmal machte er einen belustigten Eindruck. So als ob
sie miteinander ein Geheimnis hätten. Elis bildete sich ein, der
Värmländer ahne, daß er aus Schweden kam und durchgebrannt war. Er wurde also schweigsamer.

Er war schon früher Leuten aus Värmland begegnet. Meistens kamen sie als Flößer nach Svartvattnet. Manche blieben
den Winter über in irgendeiner Holzfällerrotte. Der Kerl hier
hatte was los. Trotzdem schien er ständig seine Kraft und Härte
beweisen zu müssen, auch in kleinen Dingen. Die anderen lachten willig. Er nahm das Messer, mit dem Holger Holgersen
einen Pferdehuf ausgekratzt hatte, schnitt damit eine Scheibe
Speck ab und steckte sie sich direkt in den Mund. Elis lachte
nicht, und so begegneten sich ihre Blicke. In den Augen des anderen war ein schwarzes Blitzen. Obwohl der Kerl eigentlich
blaue Augen hatte und schwarzes Haar, so glatt wie ein Lappe.
Wenn er ab und zu seine Mütze abnahm, stand es in komischen
Wirbeln ab.

Als die Burschen sich in der Nacht geschlagen hatten und
Moen und Holgersen dazwischengegangen waren und ein paar
bereits in ihren Kojen schnarchten, hatte der Värmländer Elis
wieder gepackt. Am Nacken. Er wiegte den Kopf, und es sollte
wohl ein Lied sein, was er dabei von sich gab.

> *Die Sünd', die ist schwärzer*
> *als schwärzeste Kohl'*

Sein Griff wurde fester.

> *und die Seele, die flattert*
> *wie Flügelchen fein*

In diesem Moment war es, daß Elis der Junge auf der Fuhre
wieder einfiel und das, was ihn so belustigt hatte: daß in den
Augen des Jungen die Angst geflattert hatte.

»Kleines Bürschchen«, sagte der Värmländer in einem Ton-
fall, der ganz und gar nicht zu dem Nackengriff paßte. Er

schluchzte laut, als ob er heulte. Kippte nach hinten und schlief ein, als Moen vorbeikam.

Obwohl es Sonntag war, sollten sie den halben Tag arbeiten. Es war nicht der Fuhrmann, der auf diese Idee gekommen war, sondern Moen. Die Jüngeren waren erpicht darauf, fertig zu werden und wieder unter Leute hinunterzukommen. Es war nicht mehr viel Speck in der Truhe, und wenn sie Essen kauften, kostete das Runterfahren einen der Holzfäller einen ganzen Tag. Das vorige Mal hatten sie nicht Elis geschickt. Er huste zuviel, meinte Holgersen.

Es endete an diesem Sonntagmorgen also damit, daß außer dem Värmländer sich alle ihre Gerätschaften schnappten und gingen. Er wollte noch ein Stündchen schlafen. Sein Kater war zu heftig. Und da er ein Spitzenfäller war, würde er die anderen schon einholen, wenn er dann käme. Darum verlor keiner ein böses Wort.

Dongen hatte sie davor gewarnt, während der Gottesdienstzeit zu arbeiten. Es half nichts. Alte Männer sind ja gegen das meiste, was nicht nach hergebrachter Sitte geht. Er behielt natürlich recht.

Elis hörte, daß Holgersen nach ihm rief. Kein Axthieb war mehr zu hören und keine Säge, die zischte. Nur die gellend brüllende Stimme des Fuhrmanns zwischen den Stämmen.

Als Elis sich durch den Tiefschnee gearbeitet hatte, sah er, wie Dongen sich über den armen Teufel beugte, der sich am Abend die Specklippe zugezogen hatte. Als ob das nicht schon gereicht hätte.

Es mußte ein tiefer Hieb sein, denn der Bursche war graublaß und sah direkt nach oben. Wollte wahrscheinlich nicht sehen, wie schlimm es war. Dongen hatte ihm die Hose aufgeschnitten, so daß er an die Wundränder kam, um sie zusammenzupressen, aber das Blut quoll ihm zwischen den Fingern durch. Er schimpfte unentwegt leise mit dem jungen Kerl, weil der die Vorderseite des Stamms entastet hatte. Man sah, daß dieser auf der Rückseite fertig entastet war, und der Kerl war wohl zu faul und zu brummschädlig gewesen, um die Seite zu wechseln.

Und da war es passiert. Der Hieb saß direkt unterm Knie und ging schräg nach unten bis zur Wade.

Holgersen schrie, Elis solle zur Hütte laufen und Pechdraht und Ledernadel holen. Das müsse an Ort und Stelle genäht werden.

Elis kürzte ab und geriet in den Tiefschnee, wo er mächtig stapfen mußte. Nach einer Weile bekam er Halt, und als er hustete, glaubte er ersticken zu müssen. Mit der Abkürzung war nichts gewonnen, er mußte zur Rückegasse zurück, wo er für ein Weilchen in die Hocke ging und versuchte, Luft zu kriegen und seine Mattigkeit zu überwinden. Er sah nun ein, daß er in miserabler Verfassung war und die Rotte keinen Nutzen an ihm hatte. Bisher hatte er es weggeschoben, aber das ging nicht mehr. Er hatte es auf der Brust.

In der Hütte angekommen, vergaß er nicht, vorsichtig zu sein, und schlich sich leise an der Pritsche des Värmländers vorbei. Er fischte in Dongens Koje nach dem Stoffbeutel mit dem Nähzeug und steckte ihn sich unter den Pullover. Auf dem Weg nach draußen raschelte das Stroh, und im selben Moment saß er fest.

»So'n Stengelchen von Arm«, sagte der Värmländer.

Sein Griff war hart.

»Hast keine Knochen im Leib. Laß mal fühlen.«

Er hielt ihn mit einer Hand am Oberarm fest und tastete und wühlte ihm mit der anderen über den Körper. Er war drauf und dran, ihm den Hosenstall aufzureißen, als Elis den Oberkörper herumwarf. Da wollte der Värmländer sich aufsetzen, schlug dabei natürlich mit dem Kopf an die obere Pritsche und ließ los. Elis versuchte zur Tür zu gelangen, aber der Kerl kannte keinen Schmerz und war fast noch im selben Augenblick über ihm. Diesmal hielt er ihn nicht fest, sondern schleuderte ihn quer durch den Raum zum Feuerwall. Elis schlug mit dem Hüftbein gegen die Kante der gußeisernen Platte, und Hand und Arm rutschten ihm in Glut und Asche.

»Du verdammter kleiner Scheißer.«

Die Stimme des Värmländers war belegt. Sie klang fast so wie am Samstag abend. Elis war auf den Lehmfußboden geglitten und kauerte sich neben dem Feuerwall zusammen. Er hätte jetzt sagen müssen, daß ein Unglück passiert sei, daß er sich unbedingt auf den Weg machen müsse, um Dongen, der eine Wunde zusammenhalte, aus der das Blut ströme, Pechdraht und Ledernadel zu bringen.

Aber er wußte nicht, wie er es sagen sollte. Denn außer reinem Jämtisch war nichts mehr in ihm. Kein Wort aus Jolet war da noch, nichts. Furchtig. Das war das einzige, was er war. Und diese Angst war auf jämtisch. Deswegen mußte er still sein.

»Ein Nichts bist«, sagte der Värmländer.

Er stand an der Tür. Seine Haarwirbel standen ab, er war nicht dazu gekommen, seine Mütze aufzusetzen. Breitbeinig stand er nur in Unterhosen und Wollsocken da. Diese hatten schlecht gestopfte Stellen. Elis sah alles ganz deutlich. Die schwarzen Bartstoppeln. Die verquollenen Augenlider.

»Ein Nichts. Weißt das? Hältst dich für mordsmäßig interessant. Mit deinen Scheißzeichnungen. Bist aber 'n Nichts. Solche wie du lassen sich in Bergen für 'ne Krone wichsen. Hinterm Holzstapel. Oder im Eingang, scheißegal. Es gibt da viele wie dich. Weißt das? Irgendwann wirst auch da landen. Das weißt auch, auch wenn dich gern interessant machen willst.«

Solange er redete, war Elis einigermaßen ruhig. Als er sich aber auf ihn zu bewegte, duckte er sich. Der torkelet, dachte er. Nichten hat der bloß 'nen Kater. Der ist auf Tour. Zauslig und häßlich. Muß eine Flasche verstecket haben, auf seiner Pritsche.

Ein Troll ist das, dachte er dann. Dem tu ich sie in die Augen reinstechen, die Ledernadel.

Er kam aber nicht ran. Der Värmländer schlurfte zum Feuerwall. Zuerst stellte er Elis auf die Füße und versetzte ihm zwei harte Schläge auf den Kopf. Elis wurde schwarz vor Augen, aber nicht völlig. Dann ließ der Värmländer die Unterhosen herunter und packte Elis am Nacken. Er drückte ihm das Gesicht auf seinen Schwanz, der nach altem Käse und sauer roch.

»Kriegst's jetzt für 'ne ganze Krone«, sagte er und schleuderte Elis an den Tisch. Die Schnur, mit der seine Hose gegürtet war, riß schon beim ersten Griff. Elis spürte die splittrigen Bretter des Tisches im Gesicht. Und dann verspürte er einen stechenden Schmerz im Gesäß. Er dachte zuerst, es sei der Griff eines Werkzeugs, den der Värmländer ihm in den Darm treibe. Ja, er sah eine Ahle vor sich und dachte: Wenn er sie bloß nichten umdrehen tut. Aber dann begriff er, was es war. Jeder Stoß schmerzte gleichermaßen. Er konnte nicht schreien, weil diese Hand auf seinem Nacken lag und sein Gesicht nach unten drückte.

Dann zuckte der Värmländer ein paar Male und fiel schließlich mit seinem ganzen Gewicht auf Elis' Rücken. Er merkte, wie er sich aus ihm zurückzog, und hörte ihn zur Pritsche wanken.

Elis wußte, daß er jetzt verduften mußte, konnte sich aber nicht rühren. Lüpf ich den Kopf, dann schwummert mich.

Hinten laufet es.

Das stellte er fest, bevor er sich bewegte. Aber nur innerlich. Er dachte: Hätt ich reden gekonnt. Wär's aber gar ärger gewesen. Aus Schweden und durchgebrannt.

Er lag vornüber. Mich schwummert, daß mich speiert.

Wenn er sich bewegte, würde er kotzen. Aber er dachte, eine Sache sei ihm immerhin noch geblieben. Eine einzige.

Er hörte, wie drüben auf der Pritsche der Korken aus der Flasche ploppte.

»Bürschchen, Bürschchen«, sagte der Värmländer in der Tiefe des Strohs und der Felle. »Wenn du wüßtest.«

Seine Stimme versagte vor heftiger Rührung. Es blieb nur noch dieses Heulgesabbel.

Da verduftete Elis. Erst vor der Hütte traute er sich, die Schnur um seine Hose zu verknoten. Immerhin hatte er noch die Ledernadel und den Faden mitnehmen können. Und dann dieses eine:

Nichten weißt, welcher ich bin.

Niemand weiß das.

Das Kinderzimmer richtete Hillevi während des schweren Endes ihrer Schwangerschaft ein. Sie räumte und ordnete. Das weiße Mobiliar, das Trond bestellt hatte, bestand aus einem Gitterbett, einer Kommode und einem Kindertisch mit zwei Stühlchen. Sie verstaute Hemdchen mit Krausen, Windeln und Wickeltücher in den Kommodenschubladen und war zufrieden. Es war angenehm, nicht im Laden stehen zu müssen. Sie war gern allein, und am liebsten wäre sie die ganze Zeit im Haus geblieben und hätte die Tür hinter sich zugemacht. Das machte sie ruhig. Am nächsten Tag aber konnte sie schon wieder in schweren Gedanken dasitzen. Sie dachte an totgeborene und mißgebildete Kinder. Das hatte sie auch früher schon getan und heftig an Tronds Brust geweint. Doch in jüngster Zeit zog sie sich zurück. Sie wollte allein sein, wenn sie erwartete, zwischen Angst und Sehnsucht hin und her geworfen zu werden.

Die ersten zwei Drittel arbeitete sie sowohl im Laden als auch als Hebamme. Genau drei Monate vor dem errechneten Geburtstermin kam die neue Hebamme nach Röbäck. Sie stammte aus Härnösand, war die Tochter eines Zollwächters und um einiges älter als Hillevi. Sie bekam ein Zimmer mit Küche im Erdgeschoß des Gemeindehauses, einen Bodenraum und einen Schuppen, und es wurden für vierhundert Kronen Renovierungsarbeiten ausgeführt. Sie sei, laut Märta Karlssa, doch ziemlich forsch.

Sie war auch keineswegs schüchtern, als sie zur Entbindung kam. Hillevi befand sich in der Eröffnungsphase, und sie schwitzte und hatte es schwer an diesem heißen Vorsommertag. Nachdem sie Hillevi untersucht und festgestellt hatte, daß der Muttermund drei Finger breit geöffnet war, schritt diese Person schnurstracks ins Kinderzimmer. Man hörte, wie sie die

Kommodenschubladen aufzog, und es war ja weiter nicht verwunderlich, daß sie für das Kind Kleidung bereitlegen wollte. Sie kommentierte und lobte jedoch auf eine Weise, die Hillevi sowohl wütend machte als auch beschämte.

So war sie also selbst vorgegangen!

Hier fehlte jedenfalls nichts. Hillevi hatte aus feinem Madapolam Hemdchen genäht und sie mit Krausen aus englischer Stickerei versehen. Die Windeln waren ebenfalls aus Madapolam. Die Jäckchen hatte sie aus weißem Pikee gemacht, ebenso die Wickelbänder. Für die Wickeltücher hatte sie aufgerauhten Twill verwendet. Da waren Nabelbinden, Kinderseife und eine Dose Dialonpuder.

Jetzt, da der unerbittliche Lauf der Dinge seinen Anfang genommen hatte, erschienen ihr all ihre Vorbereitungen wie das verantwortungsfreie und geschäftige Spiel eines Kindes.

Hinterher hatte sie Mühe, sich die gesamte Entbindung ins Gedächtnis zu rufen. Sie hatte sie steuern wollen, ein Klistier verlangen und diskutieren, was sonst noch eingesetzt werden sollte. Bei ihrer schweren Arbeit lag sie jedoch rot und verschwitzt da, und als die richtig schweren Schübe kamen, verschwamm ihr alles. Später erinnerte sie sich, daß sie Kognak und Eiermilch bekommen hatte. Es war bestimmt auch die Frage eines Kochsalzklistiers aufgetaucht, doch es mochte ihr nicht mehr einfallen, ob ihr tatsächlich eines verabreicht worden war.

Doch – denn sie hatte zu der Person gesagt, sie solle um Himmels willen Händler Halvorsen nicht ins Zimmer lassen, wenn sie das Klistier bekommen habe und es allmählich losgehe.

Aus der Person wurde im Lauf der Stunden Ester. Ester Spjut hieß sie. Und sie hatte kräftige Hände. In der Austreibungsphase, als es schlimmer als schlimm war und schwer wie eine Holzfuhre – obwohl sie es eher so empfand, als versuchte sie an einem steilen Abhang eine Fünfzehntonnenfuhre aufzuhalten –, da mochte sie die Person richtiggehend. Denn sie verstand.

»Sehen Sie mir in die Augen«, sagte Ester Spjut mit ihrer festen und ernsten Stimme. »Sehen Sie mir in die Augen, Frau

Halvorsen. Jetzt. Den Rücken rund jetzt, gute Frau. Rund, rund. Und die Arme ausstrecken – gut! Sie wissen ja – der Rücken muß rund sein. Gut, Frau Halvorsen. So geht es gut. Es ist bald vorbei. Aber sehen Sie mir jetzt in die Augen. Kinn auf die Brust! So, ja. Noch ein bißchen. Ein bißchen geht es noch. Ja, ja, ja … Sie pressen gut. Aber ein bißchen noch. Das Kinn. So, ja … na also. Na also!«

Schließlich sah Hillevi in einer Ermattung und Erleichterung, die ihr wie ein tiefer Fall vorkamen, daß diese kräftigen weißen Hände einen Körper voll Käseschmiere und Blutstreifen umfaßt hielten, einen Körper, der viel kleiner aussah, als er sich angefühlt hatte. Als die Hebamme ihn gewaschen hatte und ihr hinhielt, sah sie den unverhältnismäßig großen Hodensack und das Glied, und noch bevor sie es sagte, wußte sie, daß es ein Junge war.

Ein gesunder und prächtiger Junge. Hillevi hatte seine Finger gezählt, nachdem er ihr wie ein Päckchen aus weißem Pikee und Madapolam in den Arm gelegt worden war. Dann brachte Ester Spjut Kaffee und Käsebrote, und da dachte sie: Seine Zehen werde ich später zählen. Und dann schlief sie ein.

»Zieh dich aus«, sagte der Doktor. Er sah dabei nicht einmal von der Glasscheibe hoch, auf die er gerade irgend etwas schmierte. Er roch aus dem Hals, sauer wie der Koks in einem Pfeifenkopf. Unter dem weißen Kittel trug er einen Anzug mit Weste und ein Hemd mit gestärktem Kragen, dessen Rand vergilbt war. Der Anzug war braun kariert und die Krawatte schwarz und schmal. Sie war verrutscht.

»Zieh dich aus!«

Elis rührte sich nicht, und der Doktor starrte ihn an. Er hatte Haare in den Nasenlöchern und derbe Hände mit roten Haaren auf den Handrücken und den untersten Fingergliedern.

»Nun«, sagte er.

Da zog Elis sich aus.

»Die Unterhosen auch«, sagte der Doktor.

Er hätte abhauen sollen. Sowie der Fuhrmann gesagt hatte: »Du hast Auszehrung«, hätte er sein Bündel schnüren und gehen sollen. In derselben Nacht noch. Wenn er gescheit gewesen wäre. Dann hätte er versucht, eine neue Holzfällerrotte zu finden. Würde es erstmal Sommer, ginge es ihm schon wieder besser. Im Winter war man doch dauernd schnupfig.

Statt dessen brachten sie ihn zu diesem norwegischen Doktor. Moen kam mit hinein, und es gab ein ewiges Palaver. Er erzählte das mit dem Husten. Und dann blieb Elis mit dem Doktor allein.

»Ich habe keine Auszehrung«, sagte er. Er wollte sagen, daß er bloß schnupfig sei, aber er war wie vernagelt im Kopf und kam nicht mehr darauf, wie es auf norwegisch hieß.

»Siehst du die Knotenrose?« fragte der Doktor. Er kam Elis so nahe, daß diesem wieder der Tabakgestank aus seinem Rachen in die Nase stieg.

»Hier auf der Vorderseite des Unterschenkels. Du hast Tuberkulose. Weißt du, was das ist?«

Elis schwieg.

»Auszehrung«, sagte der Doktor.

Eine Krankenschwester kam herein, und er mußte sich hinlegen. Sie reichte ihm ein Thermometer. Er wurde verlegen und
lag still, ohne aufzusehen. Sie sagte zu ihm, er solle es rein-
stecken.

»Geradewegs in den Allerwertesten«, sagte der Doktor und
trat an die Liege, auf der Elis lag. Elis merkte, daß er sein Hinterteil anglotzte. Zwei gefügige Hinterbacken und ein gefügi-
ges Arschloch, das wollte er haben! Aber Elis rührte sich nicht.
Da steckte ihm die Krankenschwester das Glasstäbchen in den
Hintern. Genau an jener Stelle. Der Doktor war allerdings nicht
mehr da. Er war ins Sprechzimmer nebenan gegangen und saß
am Schreibtisch. Von dort aus konnte er Elis nicht in den Arsch
gucken.

»Wie alt bist du?« wollte er wissen, als er zurückkam.

»Weiß ich nicht.«

»Zwölf Jahre?«

Schon älter, dachte Elis.

»Zwölf?« wiederholte der Doktor, und es kam noch mehr
schwarzer Pfeifengestank.

So ward es festgelegt. Zwölf. Innerlich aber war er älter.

»Wie heißt du?«

»Das weiß ich auch nicht.«

»Bist du ausgerissen?«

Sie sagten, das Sanatorium heiße Breidablikk. Er durfte mit
dem Zug dorthin fahren. Als er das Eisengitter anfaßte, an dem
man einstieg, wurde seine Hand schwarz. Dann stand er wie
auf einer Veranda mit einem eisernen Zaun. Sie traten alle drei
durch eine Tür, und es roch nach Pisse. Dann öffneten sie noch
eine Tür, um sich weiter drinnen auf eine der Holzbänke zu setzen. Jetzt war er in einem Zug. Wer jedoch alt ist, hat alles schon
einmal erlebt: Der Zug roch wie ein Bethaus. Überall saßen
Leute. Die Decke war gewölbt und gelbbraun.

Alle saßen still und sahen Elis und die beiden anderen an, die mit zugestiegen waren. Dann heulte die Lok und fing zu ächzen und zu fauchen an. Vor dem Fenster sah er weißen Rauch, und das Bahnhofsgebäude wurde nach hinten gezogen, als ob es auf Rädern stünde. Auf dem Dachfirst saß ein Drachenkopf, und für ein Weilchen sah es aus, als käme Rauch aus seinem Rachen. Dann verflog der Rauch, und es erschien schwarzer Altwald draußen. Elis fragte sich, ob es in der Nähe der Bahn wohl noch Tiere gebe. Wahrscheinlich hatten sie vor dem Geheul und Gestank das Weite gesucht.

Er hielt sich fest, um nicht umzufallen. Jetzt rückten ein paar zusammen, so daß sie auf einer Bank Platz fanden. Sie saßen gedrängt wie Salzfische in einem Fäßchen, und der Waggon ruckelte. Es roch nach Steinkohle. Alles schepperte und kreischte. Die Fjällflanken waren zottig vor Wald, und man konnte nicht bis ganz nach oben sehen. Es war zu steil. Am Nachmittag sah er einen blauen Fjord. Er entdeckte ein Schiff draußen auf dem Wasser, eines mit braungebeizten Segeln. Das sei ein Fischkutter, erklärte der Kerl, der neben ihm saß. Die Frau saß ihm gegenüber. Der Doktor hatte die beiden angewiesen, ihn im Auge zu behalten, bis sie am Ziel seien.

»Das ist ein Ausreißer«, hatte er gesagt. »Paßt auf ihn auf.«

Darum begleitete ihn der Kerl mit der Sportmütze auch auf den Gang, als er sagte, daß er pinkeln müsse. Er stellte sich vor die Tür des Zugaborts und grinste ein wenig. Es war schwer zu sagen, ob er verlegen oder schadenfroh war.

Elis versuchte gar nicht erst zu pinkeln. Er erinnerte sich, wie Vati und ihm ein Fuchs in die Falle gegangen war, die wie ein Häuschen konstruiert war. Oder ein Zugabort. Der Fuchs war still und duckte sich auf kurzen Beinen. Seine Augen waren gelb und starrten unverwandt. Bis er das Holzscheit auf den Schädel bekam.

Der Klositz war aus Porzellan und hatte braune Kotstreifen. Unten rauschte der Erdboden vorbei. Der Zug fuhr zu schnell, Abspringen war nicht möglich. Als sie an einem Bahnhof hielten, öffnete Elis blitzschnell die Aborttür. Aber der Kerl stand immer noch davor.

Der Tuberkelbazillus tötet Menschen. Das hatte der Doktor freiweg gesagt. Und darum hatte er ihn auch ins Sanatorium geschickt. Dorthin fuhr man zum Sterben. Das sagte er nicht. Aber Elis hatte noch nie gehört, daß jemand aus einem Sanatorium zurückgekehrt sei.

Der Kerl mit der Sportmütze redete über das Sanatorium, als ob er in eine Pension fahren würde. Er war schon mal dort gewesen, und er erzählte vom Essen, das man bekomme, und von den Mädchen, die er kenne. Er sagte, er habe ein Akkordeon. Die Frau sagte gar nichts. Wenn sie hustete, hatte sie ein bißchen was Rotes im Taschentuch. Sie legte es sorgfältig zusammen, dachte vielleicht, daß sie es nicht gesehen hätten. Lange Zeit stellte sie sich schlafend, aber Elis sah, daß sie weinte. Der Kerl mit der Sportmütze sah es auch. Er erzählte leise, daß sie drei Kinder daheim habe. Das jüngste sei noch kein Jahr alt.

Elis wünschte, er würde das Maul halten. Aber er quatschte weiter über sein Akkordeon und alles, was sie im Sanatorium machten. Er sagte, dort gebe es eine Halle mit einem Klavier und einem offenen Kamin. Darin brenne andauernd ein Feuer, und sie würden in dieser Halle immer gemütlich beisammensitzen.

So ein blödes Gewäsch!

Elis wußte, daß er dort an einer Wand würde sitzen müssen. Er würde dasitzen, ein graues Gesicht bekommen und sterben.

Er wurde von einer großen Frau mit einer gelben Wachstuchschürze in einem Keller gebadet. Sie entlauste ihn zuerst, und dann wog sie ihn. Danach mußte er zum Doktor, der ihm den Rücken abklopfte und abhorchte. Er hatte einen Holztrichter, den er ihm auf die Haut setzte. Das andere Ende steckte er sich ins Ohr.

»Puuusten«, sagte er.

Das war eine andere Art Doktor. Er interessierte sich nicht für seinen Arsch. Er war auch schlanker und brüllte nicht. Elis zog sich aus.

»Husten! Besser so … huuust!«

Die Krankenschwester war die ganze Zeit über dabei. Sie war

ebenmäßig und weiß. Zwischen den Schuhen und dem Rocksaum wirkten ihre Beine weiß angestrichen. Man konnte nicht sehen, daß es Strümpfe waren, weil sie keine Falten warfen.

Der Doktor nahm ein Blatt Papier zur Hand und sagte, der andere Doktor habe über ihn geschrieben, daß er geschwollene Drüsen habe. Das sei auch auf dem Röntgenschirm zu sehen: Die Drüsen seien an der Lungenwurzel fleckig und vergrößert. Er sagte zu ihm, daß er Bettruhe halten müsse. Da dachte Elis an das, was der Alte gesagt hatte, als Mama sich hingelegt hatte: Das Bett zehrt. Und er dachte, womöglich sei es das, was mit Auszehrung gemeint sei. Ihm war klar, daß er sterben würde, wenn sie ihn ins Bett steckten, daß er grau würde im Gesicht und dahinschwände. Dann schon lieber an der Wand sitzen. Bislang hatte er nichts gesagt, außer daß er nicht wisse, wie er heiße, und daß er keine Auszehrung habe. Nun aber sagte er, daß er nicht liegen wolle.

»Du bist erschöpft«, sagte der Doktor.

Damit war es entschieden. Er mußte mehrere Treppen steigen und kam hoch hinauf in dem Haus. Sie gaben ihm ein Nachthemd. Ihn schwummerte es, und er sah nicht, was für Leute sich da seiner annahmen. Hinterher, als er in einem eisernen Bett lag, das hart und weiß war und dessen Matratze kein Stroh hatte, in dem man sich eine Kuhle hätte machen können, da fiel ihm ein, daß er hätte nachsehen sollen, wie das Haus von außen aussah. Es wirkte groß wie eine Kirche, ja, noch ärger. Es war alles zu schnell gegangen.

Acht Betten standen in dem Saal, und fast alle waren leer. Aber gemacht. Ein strenger Geruch herrschte in dem Raum. Und die Größe, diese Gewaltigkeit einer Kirche bis zur Decke hinauf, sie sang wie eine Orgel im Innern. Vom Tod sang sie. Ja, sie jaulte. Er mußte fest die Augen schließen, und er lag still, als ob er bereits am Ende wäre. Weit hinten im Saal hustete jemand lange und umständlich, ein gekonntes Husten. Ihm wurde klar, daß der Alte, der sein Großvater war, recht hatte: Das Bett ist gefährlich. Darin wurde man wegen Husten und Blutspucken und grauem Schleim festgehalten. Gesund muß eins sich arbeiten. Sonsten führet es zum Teufel. Direktemang.

Irgendwann kamen Leute herein, und darunter zwei, die in den Betten neben dem seinen liegen sollten. Bevor sie sich hinlegten, standen die beiden über ihm und fragten, wie er heiße und wo er herkomme. Er wollte nicht Husken sagen, da es dumm klang. Ihm wurde nun klar, daß man ohne Namen nicht leben kann. Er wußte aber nicht, was für einen er angeben sollte. Also sagte er nur, er sei aus Grong gekommen, was gewissermaßen auch stimmte, weil er ja dort beim Doktor gewesen war.

Dann schloß er die Augen und dachte, wenn sie glaubten, daß er richtig krank sei, würden sie ihn in Ruhe lassen. Das taten sie auch, für ein Weilchen. Dann konnte sich der eine nicht mehr zurückhalten. Es war der Jüngere, er war wohl erst sechzehn, siebzehn Jahre alt. Er fragte, ob Elis geblasen werden solle. Weil Elis nicht verstand, was damit gemeint war, schwieg er. Da erzählte der andere, daß man ihm die rechte Lunge geblasen habe.

»Und der da ist Doppelbläser«, sagte er und zeigte auf den Nachbarn, der sich hingelegt hatte.

Er selbst müsse vielleicht auch gebrannt werden, weil die Lunge am Lungenfell festgewachsen sei und nicht zusammenfallen könne.

Blasen. Brennen. Elis stellte sich schlafend, etwas anderes fiel ihm nicht ein. Sein Herz aber raste derart, daß er das Gefühl hatte, es würde ihm die Brust sprengen, und er bekam einen ganz trockenen Mund.

Der Junge hatte gesagt, daß er Arild heiße. Der andere heiße Harald Flakkstad. Er sei Holzfäller, dreißig Jahre alt und habe eine Frau und drei Kinder. Erzählte Arild.

Elis verstand, daß er an einen Ort gekommen war, wo man einander viel erzählte. Am liebsten alles. Er hatte noch nie im Leben so viel unnötiges Gerede gehört. Freilich konnten sich die Männer in der Holzfällerrotte abends miteinander unterhalten, wenn sie am Feuerwall saßen und Sägen feilten und Hosenböden und Strumpffersen ausbesserten. Aber nicht so wie hier. Das war krankes Gerede. Es war nervenschwach und sprunghaft, und dieser Arild bekam Flecken im Gesicht, wenn er redete.

249

Elis stellte sich eine ganze Weile schlafend. Als er wieder aufsah, konnte er es sich nicht verkneifen zu fragen:

»Wonach riecht es hier?«

Zuerst meinten sie, daß es hier nach gar nichts rieche. Dann erfuhr er, daß es nach Kampfer roch. Und natürlich nach Lysol, sagte Flakkstad. Nach einer Weile fragte Elis, warum das Bett so hart sei. Da sagte Arild, daß er auf einer Sprungfedermatratze liege. Er mußte Elis angesehen haben, der nicht wußte, was das sei, denn er hob geschäftig zu erklären an: Das Bett habe einen Sprungfederboden. Elis begriff, daß das etwas Stinkfeines war, und beschloß, nicht nach den Wanzen zu fragen, warum die sich nicht blicken ließen und keine einzige sich von der Decke herabfallen lasse.

In der ersten Zeit aß er fast nichts, weil ihm dann schlecht wurde. Es war schade um das Essen, denn so ein Essen hatte er noch nie gesehen. Fett und kräftig. Aber sobald er sich einen Bissen in den Mund steckte, drehte der sich herum und wurde ganz haarig. Auch recht. So wurde es wenigstens billiger. Sie konnten schwerlich Essen berechnen, das er nicht gegessen hatte. Wenn sie anständig waren. Er fragte Arild, aber der antwortete zu seiner großen Verblüffung, daß es im Sanatorium nichts koste. Das glaubte Elis nicht. Er konnte ihm nicht sagen, warum, weil er dann verraten hätte, daß er sich an so manches erinnerte. Klar ist's, daß eins bezahlen muß, dachte er. Irgendwann jedenfalls.

Nach drei Tagen bekam er etwas zum Anziehen, und er dachte schon, er dürfe aufstehen. Aber er sollte bloß zum Doktor runter. Zuerst sollten ihm noch die Haare geschnitten werden. Es waren nicht seine eigenen Sachen, die ihm die Krankenschwester brachte, sondern eine wattierte Jacke mit zwei Knopfreihen. Diese war ebenso wie die Hose und die Weste aus schwarzem Cheviot. Die Schwester gab ihm außerdem ein Hemd, Strümpfe und Hosenträger, an denen er die Hose festmachen konnte. Er solle seinen Spucknapf mitnehmen, sagte sie, den kleinen. Der Doktor wolle eine Probe nehmen und sich die Bakterien ansehen. Er nahm den Spucknapf samt dem

Deckel mit, den er bekommen hatte. Der war nicht größer als eine Tabaksdose.

Die Haare bekam er im Keller geschnitten, zuerst mit der Schere und dann mit einem kleinen Apparat mit Schenkeln, den die Badefrau mit solchem Schwung bediente, daß die Schneide bis auf den Haarboden zwickte. Sie schmierte ihm wieder Graue Salbe drauf und ließ ihn ein Weilchen damit sitzen. Dann wusch sie die noch vorhandenen Stoppeln und rieb ihm die Kopfhaut mit Sabadillessig ein.

Zum Doktor mußte er diesmal in einen anderen Raum gehen. Er saß jetzt an einem Schreibtisch. Er legte den Stift beiseite, nahm seine Brille ab und sah Elis an. Dann schob er ihm das Buch hin, das er vor sich liegen hatte, und drehte es so, daß Elis lesen konnte.

Voller Name und Stand des Patienten:
Bei Kindern Name und Stand des Vaters:
Geburtsdatum (Jahr, Monat, Tag):

Er fragte, ob er sich mittlerweile an etwas erinnere.

»Nä.«

»An gar nichts?«

»Nä, gar nix.«

Der Doktor schwieg. Er hatte den Bleistift wieder zur Hand genommen und drehte ihn. Er war ein großer und hagerer Mann, und er schob den Kopf vor, er wirkte gebeugt. Sein strähniges schwarzes Haar lag zur Stirn hin. Elis hatte noch nie einen besseren Herrn gesehen, der die Haare nach vorn trug. Er hatte sich wohl zu kämmen vergessen. Er hatte eine lange Nase und kleine blaue Augen, die dicht an der Nasenwurzel saßen. Plötzlich zeigte er mit dem Stift nach draußen, vors Fenster. Er fragte Elis, ob er wisse, was für Bäume da draußen wüchsen. Sie trugen kein Laub, aber man sah, daß es keine Espen oder Ebereschen waren. Auch keine Birken. Er verspürte darum eine gewisse Erleichterung, als er sagte, daß er es nicht wisse.

Dann erhob sich der Doktor und holte ein Buch. Er schlug es auf und zeigte auf eine Seite.

»Kannst du das lesen?«

»Ja.«

»Laß hören.«

Er zeigte mit dem Stift:

*Charakteristisch für diese Epidemie ist das so gut wie aus-
schließliche Auftreten im Kindesalter. Die Behandlung bei dieser schnell verlaufenden Krankheit war der großen Distanzen
wegen sehr wenig effektiv. Oft bestand meine Arbeit allein darin,
die Todesursache festzustellen und Medikamente für eventuell
später noch auftretende Fälle auszugeben.*

Es ging nicht. Schon das erste Wort war eine Anhäufung von
Buchstaben, die ohne Ordnung übereinandergepurzelt zu sein
schienen. Dann sah er, daß da *für diese* und *so gut wie* und weiter unten *Arbeit* stand. Aber er konnte diese Wörter doch nicht
ohne Zusammenhang lesen, das wäre zu dumm. Also schüttelte er den Kopf. Der Doktor schlug das Buch zu und überlegte
ein Weilchen. Dann fragte er:

»Weißt du, wie der König heißt?«

»Haakon«, sagte Elis.

Der Doktor nickte.

»Weißt du, wie alt du bist?«

»Zwölf.«

»Bist du sicher?«

»Nä.«

»Erinnerst du dich an etwas von früher?«

Elis schüttelte den Kopf. Aber dann sagte er, daß er sich an
einen großen Fluß erinnere, einen Älv. Das hatte er den Kerlen
von der Holzfällerrotte gesagt, daß er an irgend so einem Älv
geboren sei.

»Bist du sicher?«

»Ja.«

An einem großen Fluß geboren zu sein schien ihm sicher,
denn in Svartvattnet gab es keinen Älv. Er hatte, bevor er auf
die norwegische Seite gekommen war, noch nie einen gesehen.
Aber dann schämte er sich. Weil der Doktor anständig war.

Der seufzte und sagte, Elis müsse einen Namen haben. Sie müßten ihn irgendwie ansprechen können, und er müsse einen Namen haben, wenn sie über seine Krankheit, über die Bakterien und das Fieber etwas in ihre Bücher schrieben. Er dürfe jetzt selbst sagen, wie er heißen wolle.

Elis war so verdutzt, daß er für geraume Zeit völlig verstummte. Der Doktor legte keine Ungeduld an den Tag. Er sah ihn bloß an und hielt den Stift wieder zwischen den Zeigefingerspitzen.

Schließlich sagte Elis, man könne ihn doch vielleicht Elias nennen. Falls das angehe. Da fragte der Doktor etwas, was er nicht verstand, eine lange Tirade. Das machte ihm angst. Vor so etwas hatte er immer Angst. Man konnte schließlich merken, daß er bloß die Sprache, die Mama und Tante Bäret gesprochen hatten, verstand. Der Doktor konnte glauben, Elis sei nie zur Schule gegangen. Aber am Ende fragte er bloß:

»Warum?«

Das verstand er. Es war aber nicht leicht, auf eine Erklärung zu kommen. Schließlich sagte er, daß er an den Elias in der Bibel gedacht habe.

»Hast du an den gedacht, der in einem feurigen Wagen mit feurigen Rossen gen Himmel gefahren ist? An den Propheten.«

»Ja«, antwortete Elis.

Da schrieb der Doktor den Namen auf und sagte, als Nachnamen bekomme er Elv. Weil er sich nicht an den Namen seines Vaters oder den des Hofes, wo er geboren sei, erinnere, sondern nur an einen großen Fluß, einen Älv. Er schrieb auch, daß Elias Elv zwölf Jahre alt sei. Für einen, der vierzehn war und bald fünfzehn wurde, war es ärgerlich, wieder ein Kind zu sein. Aber er sagte nichts. Denn es war schon recht so. Niemand würde glauben, daß ein Zwölfjähriger schon derlei mitgemacht habe.

Dann gingen sie ins Untersuchungszimmer, und der Doktor sagte, er solle die Jacke und das Hemd ausziehen. Er horchte ihn ab und bat ihn zu husten. Einmal angefangen, konnte Elis nicht mehr aufhören. Aber der Doktor kümmerte sich nicht darum, denn er hatte die Narbe auf Elis' Kopfhaut entdeckt.

Seine Finger befühlten sie sehr sorgfältig. Schließlich rückte er ein Stück von ihm ab. Der Stuhl hatte Rollen. Eine geraume Weile saß der Doktor da und sah ihn an, ohne etwas zu sagen. Die Nase, die Wangen, die Haut unter den Augen – in dem länglichen Gesicht hing alles. Elis zog sich gerade wieder das Hemd an, als die Frage kam:

»Bist du ausgerissen?«

Er gab keine Antwort, sah nicht einmal auf. Es war ihm plötzlich zuwider, diesem Doktor die Hucke vollzulügen. Wieder wurde es ganz still.

»Wenn du von daheim ausgerissen bist, weil sie dich verprügelt und mißhandelt haben«, sagte der Doktor schließlich, »dann kannst du mir das sagen.«

Elis zog sich schweigend die Jacke an und knöpfte sie zu, ohne den Doktor anzusehen. Der fuhr auf seinem Stuhl davon und begann sich an einem Arbeitstisch, auf dem in einem hölzernen Gestell Glasröhrchen standen, mit der Speichelprobe zu beschäftigen. Ohne sich umzudrehen sagte er, daß Elis mindestens vierzehn Tage lang im Bett bleiben müsse. Dann würden sie weitersehen. Falls das Fieber sinke.

»In der Zwischenzeit kannst du über deine Lebensgeschichte nachdenken«, sagte er. »Dann hast du mir vielleicht etwas zu erzählen, wenn wir uns wiedersehen.«

Zurück im Bett, bat er um ein Buch zum Lesen. Eigentlich hatte er Angst davor, überhaupt um etwas zu bitten. Vor allem weil er es womöglich bezahlen mußte. Aber dieses Risiko mußte er nun eingehen.

Die Krankenschwester – es war jetzt eine jüngere, eine Schwesternschülerin noch, ein fröhliches Mädchen mit vollem schwarzem Haar, das geflochten und zu einem schweren Knoten aufgesteckt war – kam mit einer Bibel zurück. Er merkte, daß Arild und Flakkstad ein bißchen verdattert waren. Aber mochten sie denken, was sie wollten. Hauptsache, sie begriffen, daß er lesen konnte.

Der Doktor würde vorbeikommen, das wußte er. Er machte jeden Tag mit einem ganzen Haufen Krankenschwestern die

254

Runde, sprach mit den Patienten und betrachtete die Zettel, die in Metallrahmen über den Fußenden der Betten steckten. Darauf war mit rotem Stift deren Fieber verzeichnet. Man konnte es nach oben klettern, kurz nach unten hüpfen und wieder nach oben klettern sehen.

Elis las und las. Er wollte die Bibel nicht weglegen, wenn der Doktor kam. Vielleicht würde der ihn bitten, ein Stück vorzulesen. In dem Fall wäre es sehr wahrscheinlich, daß er ihn bäte, etwas über den Propheten Elias vorzulesen. Er suchte. Irgendwo mußte der doch zu finden sein. Elis war fiebrig, aber das lag an seinem Eifer und der Angst, der Doktor könnte kommen, bevor er den Propheten gefunden hätte.

Später am Abend fand er die Stelle: Als aber der Herr Elia im Wetter gen Himmel holen wollte, ging das so vor sich.

Elia!

Jetzt war er geliefert! Der hieß gar nicht Elias. Jedenfalls nicht auf norwegisch. Das war wohl Schwedisch, und damit hatte er sich verraten.

Als der Doktor am nächsten Vormittag kam, traute er sich die Bibel nicht zu zeigen. Er hatte sie in den Schrank gelegt, wo die Spuckflasche und die Pantoffeln standen. Das einzige, worauf er hoffen konnte, war, daß der Doktor vergessen würde, was Elis über den Propheten gesagt hatte.

Er las aber weiterhin, da er nichts anderes zu tun hatte. Und außerdem wurde er nicht mit Fragen behelligt, wenn er las. Vor der Heiligen Schrift hatten Arild und Flakkstad Respekt. Sie waren ganz fassungslos. Seinetwegen durften sie gern meinen, daß er erweckt sei. Das war ihm scheißegal.

Da gab es auch einen, der Elischa hieß. Er blieb, als Elia gen Himmel fuhr und dabei seinen Mantel verlor, auf der Erde zurück. Er hob Elias Mantel auf und ging dann herum und half den Leuten. Da war ein Junge, der bekam Kopfweh und starb. Die Mutter rief nach Elischa, ihm, der auf der Erde zurückgeblieben war. Und dann kam das Merkwürdige:

Und als Elischa ins Haus kam, siehe, da lag der Knabe tot auf seinem Bett. Und er ging hinein und schloß die Tür hinter sich zu und betete zu dem Herrn und stieg aufs Bett und legte sich auf das Kind und legte seinen Mund auf des Kindes Mund und seine Augen auf dessen Augen und seine Hände auf dessen Hände und breitete sich so über ihn; da wurde des Kindes Leib warm. Er aber stand wieder auf und ging im Haus einmal hierhin und dahin und stieg wieder aufs Bett und breitete sich über ihn. Da nieste der Knabe siebenmal; danach tat der Knabe seine Augen auf.

Tore hat behauptet, daß er durch eine Wurzel gezogen worden
sei. Als er drei, vier Jahre alt war, soll das gewesen sein. Ich habe
das allerdings nie geglaubt. Er hat ja so viel erzählt. Ich sehe
ihn noch mit der Thermoskanne, die er innerhalb weniger Stunden leeren konnte, am Küchentisch sitzen. Seine Zähne waren
braun vom Kaffee. Neben der Tasse hatte er seine Tabletten auf-
gereiht. Sie lagen an einem Streifen im Wachstuch entlang. Daneben die Zigarettenpackung und das Feuerzeug, an einem anderen Streifen. Er war ein bißchen pedantisch.

Das Wurzelziehen, sagte er, sei seine erste Erinnerung. Und
die zweite, als Docke gefohlt und sein Papa Halvorsen zu ihm
gesagt habe, das Stutenfohlen solle Tores Pferd werden. Deshalb dürfe er selbst entscheiden, wie es heißen solle. Er war so
verdutzt, daß ihm einfach kein Name einfiel. Da sagte Hillevi,
er solle noch einmal hinausgehen und sich das Fohlen anschauen, er würde dann sehen, wie es heiße. Und sie habe recht
gehabt, sagte Tore. Als er in der Dunkelheit stand und das
dumpfe Getrampel hörte, mit dem Docka die Hufe versetzte,
und im Licht, das durchs Stallfenster fiel, das Auge des Stuten-
fohlens sah, da wußte er, daß es Rubin heißen sollte. »Da war
ich aber schon älter«, sagte er. »Und es war lange nach dem
Wurzelziehen.«

Dieses Wurzelziehen habe damit angefangen, daß sie über
den See gefahren seien. Es mußte frühmorgens gewesen sein,
denn es war neblig. Er saß mit Hillevi auf der Achterducht, und
eine alte Frau ruderte. Man hatte ihm eine Wolldecke umgeschlagen, eine graue mit blauen Streifen.

Er erinnerte sich, daß sie durch den Wald gingen und daß es
bergauf ging. Die großen Tannen beiderseits des Pfades er-
schreckten ihn. Es waren alte Bäume mit krummen Ästen und

grauen Reisern unten, und in den Kronen hatten sie Hexen-
schlingen aus zusammengewachsenen Zweigen.

Dann war da eine eingestürzte Hütte am Berg. Auch sie
machte ihm angst. Es müßte Granoxens Hütte gewesen sein,
die er da gesehen hat. Und dann kamen sie zu einer großen
Tanne mit einer dicken Wurzel, die wie der rauhe Arm eines
Riesen aussah. Über dem Boden bildete sie eine Schlinge, sie
hatten offenbar darunter gegraben. Der Boden sah abgetragen
aus, und es wuchsen weder Moos noch Blaubeergestrüpp an
der Stelle. Er erinnerte sich, geschrien zu haben, als er unter die
Wurzel kriechen sollte. Doch Hillevi sei unerbittlich gewesen.
Auf der einen Seite habe die alte Frau und auf der anderen sie
gestanden. Die Mutter habe geschoben und die Alte gezogen,
sagte er.

Damals ging es immerhin schon auf die zwanziger Jahre zu.
In jedem Haus gab es eine Milchzentrifuge und einen Eisen-
herd, einen Fleischwolf und eine Nähmaschine mit Tritt. Svart-
vattnet bezog durch den Wasserfall nun elektrischen Strom.
Nicht nur mittels dieses kleinen Klopfers mit dem Strom für die
Pension, sondern ein richtiges Kraftwerk, welches das ganze
Dorf versorgte. Ich glaube auf keinen Fall, daß die Leute noch
Kinder durch Wurzeln zogen. Schon gleich gar nicht Hillevi.

Es ist so wunderlich mit den Geschichten, selbst wenn sie er-
logen sind. Ich kann Hillevi mit dem Jungen dicht neben sich
im Nebel sehen. Die Ruderschläge hören. Die alte Frau rudern
sehen. Es ist absolut still. Und das schwarze Wasser lechzt nach
den Ruderblättern.

Sobald er die Bibel aus der Hand legte, stand Arild über ihm und fragte, ob der Doktor gesagt habe, wo er dann hinkomme.

»In die Korrektion oder ins Kinderheim?«

Er antwortete *weiß ich nicht* und schloß fest die Augen. Er fand jedoch keine innere Ruhe, weshalb ihm nichts anderes übrigblieb, als die Augen wieder aufzumachen und zu fragen:

»Korrektion? Was ist das?«

Da erfuhr er, daß es Anstalten gab, wohin man Ausreißer schickte. Arild stand über ihm. Sein Gesicht sah aus, als ob es sich ablösen wollte. Seine Augen tränten, und die Haut um sie herum war schlaff.

Elis hätte gern zugeschlagen, aber er lag auf dem Rücken und war schwach. Genauso schwach wie dieser Sprücheklopfer, von dem sich die Haut allmählich löste. Grau war die. Der ganze Kerl war grau. Nicht grau wie ein Grauhans oder Lodenhosen, nicht wie ein Steinsockel oder eine Assel unterm Hackklotz. Sondern grau wie der Bodensatz in einem Spucknapf.

Er war einer, der nicht seinen Mann stehen konnte. Den andere kleiden und ernähren mußten. Er aß und trank und ging in den Waschraum und tat wie eine Deern. Tätschelte seinen ganzen Körper. Lag den halben Tag, und den Rest ruhte er.

Ein Lungenschwindsüchtiger.

Ein grauer Knochenhaufen, von dem sich die Haut ablöste. Dessen Brust sich wie eine kaputte Ziehharmonika anhörte. Einer, der nie mehr würde arbeiten können. Dem das Geschwätz aber wie Hustenschleim aus dem Maul troff. Der wollte Elis alles erklären.

Im Waschraum hatte er Elis auf der Rückseite des Hauses ein kleines Gebäude gezeigt. Das Fenster saß hoch, und man mußte auf eine Bank steigen, um hinaussehen zu können. Das Haus dort unten war weiß, hatte ein schwarzes Dach, aber keine Fenster. Dorthin kämen diejenigen, die gestorben seien. Er sagte, daß man sie, mit schwarzen Tüchern bedeckt, nachts hinbringe. Manche seien aber nur scheintot.

Er sah aufgeräumt aus, als er das erzählte. Ebenso, als er über Korrektionsanstalten und Kinderheime redete. Elis hörte seine Stimme, sein rabbelndes Geschwätz, schloß fest die Augen und schwieg. Er war kein Kind, das in ein Heim gehörte. Wenn dieser graue Spund wüßte! Noch schlimmer als eine Korrektion würde es, wenn er nicht wie ein Grab schwiege. Es war gut, daß sie zu der Ansicht gekommen waren, er sei zwölf Jahre alt. Ein Zwölfjähriger war ein Kind und hatte nichts getan. Nicht so was. Nichts, wofür man ins Gefängnis kam.

Ihm war nun klar, daß er tatsächlich Auszehrung hatte. Es war wahr. Bald würde es zu Ende sein. Er würde starr und tot sein.

Er wußte nicht, wie das war, zu sterben. Man wurde natürlich ein Wiedergänger. Die Leute bekamen Angst vor einem. Man lag ständig an derselben Stelle. Mama lag auf dem Friedhof von Röbäck. Als sie begraben wurde, sagte der Pfarrer, daß die Kirche das Segel sei und der Friedhof mit seinem weißen Zaun das Schiff. Man könne glauben, das Schiff segle direkt auf den See hinaus, sagte er. Am Jüngsten Tag aber werde es mit all seinen Toten in die Ewigkeit segeln.

Es war nicht sicher, daß Pastor Norfjell selber daran geglaubt hatte. Er hatte Sachen gesagt, die sich fein anhörten. Jetzt war er wahrscheinlich auch schon tot, nachdem er nach einem Schlaganfall bettlägrig geworden war. Soviel Elis wußte, verhielt es sich mit einem Pfarrer nicht anders als mit einem Kalb.

Die Toten verwesten. Die Augen wurden matt, und am Ende war davon bloß noch Matsch übrig. Die Haare fielen aus der Haut. Alles löste sich auf.

Wer Lungenschwindsucht hatte, verweste schon im voraus. Von innen heraus.

»Die Lungen sind wie Blasen«, hatte Arild gesagt. »Und darin wälzt sich eine graue, klebrige Masse.«

Bald würde es zu Ende sein. Er würde ein Wiedergänger werden. Deshalb hatte er das Glockengeläut im rechten Ohr gehört. Allerdings war er so dumm gewesen, zu glauben, daß er noch am selben Abend sterben werde.

Die Auszehrung war im ganzen Körper. Sie saß wie eine Lampe in der Brust und brannte. Bald war es aus mit ihm. Man starb davon, daß die Flamme in der Brust erlosch.

Am Morgen sagten sie, daß er eigentlich in den Kindersaal gehöre. Er dürfe jedoch bleiben, wo er sei, denn der Doktor habe gesagt, daß er *pubertiere*. Ihm wurde angst, und er traute sich nicht zu fragen, was das sei. Er überlegte, ob es danach wohl ans Blasen und Brennen gehe. Er wollte auch Arild nicht fragen. Sein Widerwillen gegen ihn war allerdings verebbt. Er war auch nicht mehr so fürchterlich böse auf ihn. Er war nichts.

Lange Zeit lag er da und dachte daran, nichts zu sein. Dann kam die mit den schwarzen Haaren und sagte, er solle seine Milchsuppe aufessen. Es war die Schwesternschülerin; man sollte Fräulein Aagot zu ihr sagen. Ihm fiel die Tochter des Händlers daheim ein, die genauso hieß und auch dunkelhaarig war. Sie fragte, ob er die Tagesordnung auf dem Flur gelesen habe. Er wußte nicht, was das war. Sie sei mit Maschine geschrieben, sagte sie, und es werde ihm guttun, sie zu lesen. Denn da werde er erfahren, was er tun dürfe, wenn in vierzehn Tagen seine Liegezeit vorbei sei. Dann werde sich manches ändern, sagte sie. Er dürfe mit den Kindern in die Schule gehen und vielleicht Spaziergänge machen. Sie fragte, ob er das nicht für ein Vergnügen halte, und sagte, daß er jetzt rasch kräftig werden müsse, damit er aufstehen könne.

Diese lange Ansprache gab ihm viel zu denken.

Zum ersten: Sie hatte zu ihm gesagt, er solle die Tagesordnung lesen. Folglich hatte sie gesehen, daß er lesen kann. Vielleicht würde sie es dem Doktor sagen. Zum zweiten hatte sie etwas von Spielen und Vergnügen gesagt. Die Vorsteherin, die Krankenschwestern und die, die ihn gebadet hatte, sie waren alle wortkarg. Sie erteilten Befehle, und damit hatte es sich.

Nimm den Spucknapf für den Auswurf!

Wasch dir die Hände!

Ihm war klar, daß sie nicht zuschlagen würden, wenn man nicht gehorchte. Aber es schien trotzdem am klügsten, zu tun, was sie sagten. Sie hatten etwas Gestrenges und Furchteinflößendes an sich. Die Schwarzhaarige war anders. Sie sprach mit Elis wie mit einem Kind.

Würde er doch noch im Kindersaal landen?

Er war nun Elias Elv. Es war der erste Tag, an dem er das war. Und es war besser, als nichts zu sein. Er war sich aber nicht sicher, daß es besser war, als niemand zu sein. Er war Elias Elv, zwölf Jahre alt, und sollte sich im Bett aufsetzen und seine Hafermehlsuppe mit Backpflaumen essen. Das war es, was er zu tun hatte: essen, pinkeln, kacken, sich mit einem Stofflappen waschen und mit einer Bürste die Füße bürsten. Und ruhen. Das war Elias Elvs Arbeit.

Seine *Lebensgeschichte*, kurz oder lang.

Er schämte sich und schloß wieder fest die Augen. Wenn er jetzt, wo er allein war, Papier und Stift gehabt hätte! Aber er hatte nur diese blöde Bibel, die ihn in den Augen der anderen als Pietisten erscheinen ließ. Richtig allein war er im übrigen nie. Ganz hinten im Saal lagen noch zwei andere, die sich auch nicht anziehen und umherlaufen durften. Von ihnen drangen Geräusche zu ihm.

Wimmern und Geräusper. Hust und Keuch. Schnauf. Knarz. Gerotz und Gekotz.

Dann fing er selber an zu husten. Es kratzte in der Brust, und schwarze Flecken jagten ihm vor den Augen vorbei. Hinterher schwitzte er fast genausosehr wie nachts.

Der Saal hatte getünchte weiße Wände. Zwischen den Fenstern hing ein Bild von Jesus. Er war weiß gekleidet, stand auf einer grünen Wiese und hatte die Hände ausgebreitet. Um ihn herum waren Blumen, und der Himmel darüber war blau. Mehr Bilder gab es nicht. Es gab bloß die acht Betten, die Nachttischchen und einen Tisch zwischen den Fenstern. Zwei Sprossenstühle standen an dem Tisch, auf dem quer ein rotkariertes Tuch lag und eine großblättrige Topfpflanze stand. Topfpflanze, wiederholte Elis auf norwegisch. Ich darf mich nicht vergessen!

262

Und er zählte weiter auf: Nachttisch. Topfpflanze. Spucknapf. Pinkelflasche. Taschentuchhalter.

Am Himmel waren feine Wolken. Sie sahen aus wie weiße Pfeifenrauchkringel, durch die man das Blau sah. Und die Baumwipfel. Tannen. Kiefern. Birken.

Sausen. Brausen.

Getröpfel dort hinten. Dann ein richtiger Strahl in die Flasche. Und dann tropf, tropf, tropf. Knarz, knarz. Stöhn. Hust, hust, hust, hust. Seufz. Und weit weg Schritte auf Linoleum. Und Stimmen. Obwohl Ruhezeit war und alles still sein sollte.

Er stand auf und trat ans Fenster. Nun sah er die Bäume ganz. Es war kein Wald, nur eine Baumreihe. Sie zog sich den Hang hinunter. Felder mit ein paar Schneeresten in den Ackerfurchen. Ein Schimmer blaues Wasser. War das das Meer? Und in nächster Nähe ein Kiesplatz mit einer Fahnenstange. Wie beim Pfarrer in Röbäck.

Er hörte Schritte und schaffte es gerade noch, wieder ins Bett zu kommen. Als sie eintraten, nahm er die Bibel zur Hand und begann zu lesen. Diesmal lag er nicht da und suchte, sondern fing ganz vorn an. Da stand:

Am Anfang schuf Gott Himmel und Erde. Und die Erde war wüst und leer, und es war finster auf der Tiefe; und der Geist Gottes schwebte auf dem Wasser. Und Gott sprach: »Es werde Licht!« Und es ward Licht.

Das war was, woran die Lehrer und Pfarrer glaubten. Wenigstens behaupteten sie das. Serine glaubte auch daran. An Gott und an Jesus. Sie glaubte, daß Jesus alles sah, was sie taten.

»Siehet er auch, was der Alte machen tut?« hatte Elis gefragt. Sie glaubte es.

»Krieget er dann eine ewige Strafe?«

Aber sie schüttelte den Kopf.

»Uns wird allen verziehen«, meinte sie.

Das war ihr Glaube.

»Aber das mit der Rippe, aus der ein Weibsbild wurde, und mit der Schlange, die eine Frucht angeboten hat, das kannst du doch nicht glauben?« sprach es in seinem Kopf. Serine war lediglich draußen und gab den Kühen und Mutterschafen zu fressen. Sobald sie hereinkäme, würde er es laut sagen. Er sah ihr Gesicht vor sich. Im selben Augenblick wachte er auf und empfand blanken Schrecken.

Denn das war am schlimmsten am Kranksein und an der Bettlägrigkeit: Man konnte die Gedanken nicht abwehren. Man war ihnen ausgeliefert. Es gab ein Dunkel, das man nicht einmal sacht streifen durfte, weil man dann mit Haut und Haaren gefangen war.

Willst du hören, wie der Tod und der Wahnsinn in unser Leben kommen?

Nein, nein, nichts wollte er hören. An so was wollte er gar nicht denken. Darum mußte er die Geschichte über die Schlange lesen, die listiger war als alle anderen Tiere, und über Kain, der auf seinen Bruder Abel losging und ihn erschlug.

Erst als er zu der großen Überschwemmung kam, glaubte er was Vernünftiges zu lesen. Obwohl da stand, daß Noah sechshundert Jahre alt war, als die Überschwemmung passierte. Das mußte wohl ein Fehler sein. Aber sonst. Es war klug, sich eine Arche zu bauen, bevor die Flut über alle Häuser auf dem Hof schwappte und alle Äcker unter Wasser setzte.

Er dachte an das Frühjahrshochwasser daheim, wenn es richtig heftig war. In manchen Jahren kam die Wärme so spät, daß der Schnee im Wald und auf dem Fjäll gleichzeitig schmolz. Alles Wasser kam auf einen Schlag. Es stürzte aus Bächen und Flüssen in den See, der bei Lubben bis zur untersten Lehde anstieg. Es war nicht schwer, sich auszumalen, wie es wäre, wenn aus dem Fjäll noch mehr Wasser käme und es gleichzeitig in Strömen gießen würde. Wenn es eine richtig große Überschwemmung gäbe. Dann würde das Wasser mit jedem Tag steigen und steigen. Die Kühe und Schafe und Schweine würden herumschwimmen und eine trockene Stelle suchen, auf die sie sich retten könnten. Da wäre es doch recht vernünftig, die Tiere in eine Arche zu bringen, die treiben konnte, bis die Hölle vorbei wäre.

Als er über Noah las, dachte er ständig an seinen Großvater.

Dessen *Lebensgeschichte* kannte er ebenso gut, als ob sie in der Bibel gestanden hätte. Samt Ar und Hektar, samt Jahreszahlen und Kronen. Wer von den Kindern oder Kindeskindern Erik Erikssons in Lubben hätte das alles nicht besser und schneller herrabbeln können als die Geschichte von Adam und Eva? Seine Frau hatte übrigens Eva geheißen. Er sagte manchmal: d'Äva. Meistens aber sagte er: die meinige Alte.

Das alte Aas trank manchmal. Nicht oft, das mußte man zugeben. Aber manchmal kam er auf die Idee, eine Flasche auf den Tisch zu stellen, und dann bekam er gute Laune. Oder was man dafür halten sollte. Jedenfalls redete er, und alle sollten hören, was er sagte.

»So ist's als hergegangen nämlich«, sagte er.

Und dann erzählte er, jedesmal gleich, wie sie auf Tangen gesiedelt hatten und was dann, nach dem Alten selbst, Lubben genannt wurde.

Er war 1887 mit Frau, drei Kindern und einer Kuh dorthin gekommen. Elis' Vater Vilhelm war das älteste Kind, er war 1880 geboren. Das kleinste war die Tochter Anna, sechs Wochen alt.

Erik Eriksson hatte für fünfhundert Kronen sechs Ar steuerpflichtiges Land gekauft. Sechs Ar waren ungefähr ein Viertel Morgen. Und ein Morgen?

Er stellte ein Verhör an. Und gnade Gott dem, der verkehrt antwortete oder einen solchen Schrecken bekam, daß er gar nicht antworten konnte! Denn das war daheim in Lubben das Biblische. Das war das erste Buch Mose mit Eriksson persönlich als Gott, Adam und Noah. Und Hiob, was das anbelangte. Aber das kam später.

Er kam im Frühjahr und baute aus zwei Dutzend Brettern eine Hütte. In den ersten Nächten hausten sie alle fünf unter einer Backtischplatte. Den ganzen Sommer über und ein Stück in den Herbst hinein kochte die Frau im Freien auf einer Feuerstelle, die er aus Schiefersteinen errichtet hatte.

Im Juni rodete er ein Fleckchen Erde. Der Boden da draußen auf Tangen war steinig und schwer zu bearbeiten. Etwas später im Sommer brachten sie für eine Kuh Heu ein. Im Spätsommer zimmerte er einen Viehstall und einen Pferdestall, spaltete und behaute Stämme für die Decke. Er stattete den Viehstall mit den Brettern der Hütte aus, und die Familie zog mit der Kuh zusammen ein. Er legte zur Saiblingslaiche im Oktober Netze aus, und sie lebten die Wintermonate über von Salzfisch.

Im Winter verdiente Eriksson dreihundert Kronen im Hochwald. Im Frühling rodete er, und im Sommer brachte er Riedheu ein und geriet mit dem Nachbarn darüber aneinander, welche Moore er mähen dürfe. Er blieb stur, und die Feindschaft währte ein ganzes Leben lang. Er machte auf trockenen Wiesen Heu und brachte Laub und Ebereschenrinde heim. Damit hatte er Winterfutter für zwei Kühe und eine Stute, die fohlen sollte.

Im Sommer darauf baute er das Wohnhaus und zäunte das Anwesen ein. Und nun fragte er seine Kinder und Kindeskinder, wie viele Klafter Holzzaun er aufgestellt habe. Da war es das Beste, wenn man hochschnellte und antwortete:

»Neunhundertundfünfzig!«

Wenn man auf seinen Seelenfrieden Wert legte.

Im nächsten Winter ging es wieder in den Hochwald und im Frühling zum Flößen. Er rodete noch mehr Land und lieh sich Egge und Pflug aus dem Dorf.

1909 hatte er schon zweieinhalb Hektar Land urbar gemacht.

»Wieviel Morgen sind's?« fragte er, wenn er bei dieser bedeutenden Jahreszahl angelangt war. Da antwortete man:

»Zehn!«

Eriksson hatte jetzt einen guten Viehstall mit Pferdestall und Latrinengrube, Speicher und Schuppen sowie draußen auf den Wiesen zwei Scheunen.

Wie viele Fuhren Steine waren alles in allem vom Neubruch weggeschafft worden?

»Sechstausend!«

Er besaß ein Pferd, zwei Kühe und drei Stück Jungvieh, elf Ziegen, acht Mutterschafe und einen Haufen Hühner. Er verkaufte Butter, Käse und Kartoffeln für vierhundert Kronen im Jahr. Er hatte elf Kinder in die Welt gesetzt, wovon neun überlebten. Es war alles beinahe gut. Nur die Gerste reifte selten.

»Was ist dann passieret?«

»Flurbereiniget geworden ist's.«

»Wie ist's vergilt geworden, seine Schinderei?«

»Schulden hat er gekrieget.«

»Wieviel Schulden hat er gekrieget?«

Nun zog man sich ein Stück in die Stube zurück, wenn man gescheit war. Antworten mußte man aber schon:

»Auf dreitausend Kronen ward sie ausgerechnet, die Schuld. Einen Kredit hat eins beantraget und ward abgelehnt von der Landwirtschaftskammer.«

Das war die Geschichte von Lubben. Die fürchterliche Bitterkeit dieses alten Mannes reichte so tief, daß nichts ihr abhelfen konnte. Er haderte weder mit Gott noch mit der Landwirtschaftskammer. Er zerriß sich nicht die Kleider und streute sich keine Asche aufs Haupt. Aber er schlug.

Wenn man den Alten so hörte, konnte man glauben, er sei draußen auf Tangen wie Adam gewesen und von nirgendsher gekommen. Er hatte aber fünfhundert Kronen bei sich gehabt, eine Frau und drei Kinder, eine Kuh, Axt, Säge, Töpfe und ein Backbrett. Und er stammte eigentlich nur von der anderen Seite des Sees. Tante Bäret wußte das. Sie war es, die ihnen half, nachdem Mama gestorben war. Sie laufe auf die Höfe und tratsche, sagte der Alte. Und natürlich hatte man sich das Maul zerrissen. Obwohl sie aus Jolet stammte, wußte sie viel über Eriksson in Lubben. Er selbst sprach nie über die Hütte am Fuß des Brannbergs und auch nicht über seinen Vater, den, der Granoxen genannt worden war.

Dieser sei durch und durch ein Waldmensch gewesen, sagte Tante Bäret. Er habe keinen einzigen Kartoffelacker gerodet, sondern seinen Lebensunterhalt aus dem Wald bezogen. Sie habe ihn in seiner Jugend gesehen. Er habe damals ein Lodenhemd und eine Mütze aus Otterfell getragen. Den Gürtel hatte er fest zugezogen, um sich Vögel und Eichhörnchen unters Hemd stecken zu können. Seine Hosen hatten keinen Schlitz, sondern eine Klappe hinten, und seine Füßen steckten in Elchhautschuhen mit Hornbeschlägen unter den Fersen.

Er hatte eine Frau aus einem Lappengeschlecht, die er nie

heiratete. Sie lebten in einer torfgedeckten Hütte, die er direkt an den Berg gebaut hatte. Ihre Nahrung bestand zumeist aus grauen Hühnervögeln, die sie einsalzten, trockneten und räucherten. Es kam vor, daß er einen Elch schoß, obwohl die selten waren. Er besaß eine Lotbüchse und ging so sparsam mit dem Blei um, daß er die Kugeln aus den Tierkörpern stocherte und sie neu goß. Den Eichhörnchen zog er das Fell ab wie einen Strumpf von seinem Fuß. Die weißen Eichhörnchenmägen pappte er an die hintere Herdmauer, die keine Mauer, sondern blanker Fels war. Dort konnten sie, mit Samen gefüllt, trocknen. Oder aber er briet diese Zapfenmägen in der Glut und verspeiste sie als Leckereien.

Der Alte fischte auch, und das Fett des Saiblings sorgte dafür, daß sie nicht vom Fleisch fielen. Er holte Aalquappen herauf, die wie Baumstämme auf dem Grund gelegen hatten. Seine Frau war ganz verrückt nach der Leber. Und er selbst salzte sich das Darmpaket und kochte es als Grütze.

Sie bekamen Kinder in dieser Hütte, von denen aber nur der Sohn Erik überlebte. Er war klein und sehr stark. Niemand hatte vermutet, daß mit ihm etwas anzufangen sei, weil er bis zu seiner Konfirmation nur hinter Eichhörnchen und Mardern her war. Er war aber derjenige in der Familie, der mit Schlingen Vögel fing, Knüppelfallen und Baumfallen stellte und mit Federn und Daunen, mit getrocknetem Geflügel, Fellen von Eichhörnchen, Mardern und Ottern zum Dorf hinüberruderte und sie gegen das, was sie brauchten, eintauschte. Sein Vater hatte sich mit Salz, Mehl und Pulver begnügt. Erik aber war auf anderes als diese einfachen Tauschwaren begierig. Es gab jetzt große Holzabtriebe, und die Holzfäller und Fuhrleute wurden in klingender Münze bezahlt. Nach der Konfirmation schloß er sich im Winter den Holzfällerrotten an. Er war schweigsam und leicht reizbar, wurde aber seiner Körperkräfte wegen geachtet.

Vater und Mutter starben im selben kalten Winter. Er fand sie stocksteif in der Hütte vor, als er auf Skiern mit Lebensmitteln über den See gefahren kam. Was anderes, als daß sie aufgegeben hatten, könne er sich nicht vorstellen, sagte er zu Pål Isaksa, in dessen Rotte er in diesem Winter Bäume schlug. Wenn er auch nicht verstehe, warum. In einem Fäßchen sei noch fetter Speck gewesen.

Im Dorf wurde über diese Todesfälle geredet. Man schätzte, daß Granoxen der Schlag getroffen habe. Und es sei vielleicht erklärlich, daß die Frau, Eriks Mutter, als sie allein zurückgeblieben sei, das Feuer habe ausgehen lassen.

»Tot ist, wer kein Feuer hat«, hatte Granoxen zu seinen Lebzeiten gesagt.

Erik schlug winters Bäume im Wald, fing weiterhin Vögel mit Schlingen und machte Jagd auf Felle. Nach der Mahd rodete er auf der anderen Seite des Sees Baumstümpfe und brannte Teer. Er gönnte sich nichts, sondern sparte jedes Öre. Als er vierhundertachtzig Kronen zusammenhatte, lieh er sich von Pål Isaksa zwanzig dazu und kaufte auf Tangen seine sechs Ar steuerpflichtiges Land. Er heiratete eine dreißigjährige Frau aus Skinnarviken oben, die schon drei Kinder von ihm hatte.

Elis dachte eine Weile darüber nach. Das hatte er noch nie getan.

Er hat in Skinnarviken droben mit ihr geschlafen und sie entehrt, dachte er. Vielleicht in einer Scheune, und sie bekamen drei Kinder. Die hießen Vilhelm, Isak und Anna. Als Erik Eva zur Frau nahm, bekam er weitere neun Kinder. Einer hieß jedenfalls Halvar. Und einer Assar. Und eine hieß Berit.

Und Vilhelm bekam Elis.

Und Elis bekam ein Mädchen. Eine kleine Deern.

Sein Vater und sein Großvater waren hart zu ihm, darum war er ausgerissen.

»Elias!«

Er hörte schlurfende Schritte auf dem Korridor laufen und Arild rufen. Als dieser hereinkam, hatte er das Lodengewand über, das sie trugen, wenn sie auf dem Balkon lagen, und auch noch die Strohschuhe an und die Kapuze auf. Er wedelte mit *Adresse Avisen.*

»Elias! Lies! Da steht was über dich!«

Fräulein Aagot kam Arild hinterhergelaufen und sagte, er solle gefälligst still sein und zu seinem Feldbett zurückkehren.

»Es ist Liegekur!«

Sie faßte ihn am Arm und ging mit ihm hinaus. *Adresse Avisen* aber blieb auf Elis' Bett zurück.

Ihm wurde ganz angst. Es waren nur Diebe und solche, die liquidieren mußten, über die was in den Zeitungen stand. Sein Vater sagte immer, in den Tageszeitungen kriegten die einen Flecken auf die Weste. Man hörte ihm an, daß er der Meinung war, es geschehe denen ganz recht.

Die Bibel lag auf Elis' Brust, die Zeitung unten bei den Füßen.

Jetzt kam Fräulein Aagot zurück.

»Hast du es gelesen?« fragte sie.

Er schüttelte den Kopf. Da nahm sie die Zeitung und las mit klarer Mädchenstimme:

Eines Jungen, der um die zwölf Jahre alt sein dürfte und Lungentuberkulose in fortgeschrittenem Stadium hat, hat man sich im Sanatorium Breidablikk angenommen, wo man nun seiner Herkunft nachforscht. Der Junge leidet an Gedächtnisschwund und kann weder Namen noch Heimatort angeben. Er war abgemagert, und an seinem Hinterkopf hat man eine Narbe entdeckt, die vermutlich von einem schweren Unfall herrührt. Ansonsten hat er keine besonderen Kennzeichen, ist jedoch schlaksig und hoch aufgeschossen, hat blaue Augen und ziemlich helles Haar. Auskünfte nimmt Oberarzt Odd Arnesen, Breidablikk, entgegen.

»Du wirst sehen, Elias, jetzt kommst du wieder dorthin, wo du hingehörst«, sagte sie, als sie fertig war und die Zeitung zusammenlegte.

Das war richtiggehend gefährlich.

Er lag mehrere Tage lang da und wartete darauf, daß der Doktor hereinkäme und sagte:

»Jetzt weiß ich, wer du bist.«

Er las in der Bibel, um nicht an Dinge zu denken, gegen die er nichts machen konnte. Schließlich waren die vierzehn Tage vorbei, und die Krankenschwester sagte, er solle aufstehen, sich anziehen und am Unterricht teilnehmen. Da hatte der Doktor noch immer nichts gesagt, und er war fast bis zu der Stelle gekommen, wo Saul über Jonathan unmutig wurde. Er hatte die ganze Bibel von vorn bis hinten lesen wollen, weil er wußte, daß es welche gab, die das getan hatten. Aber jetzt, wo er aufstehen durfte, wurde nichts mehr daraus.

Ab und zu las er immerhin am Abend, aber dann mal hier, mal dort und am liebsten die Stellen, die ihm gefielen. Die beste Geschichte von allen war die von Elischa, wie er das Kind erweckte und es dazu brachte, siebenmal zu niesen. Er wußte, wie sich das anfühlte. Er hatte die kleine Deern an seinem Körper gehabt und sie auf die gleiche Weise gewärmt, wie es der Prophet getan hatte. Er hatte ihr das Leben gerettet.

Es war kalt in dieser Frühlingsnacht, trotz der Kaminwärme. Von draußen drangen schrille Laute herein. Zuerst hatte es wie Hundegebell geklungen. Aber welcher Hund konnte denn jetzt auf dem See draußen bellen? Dann dachte Hillevi, es sei womöglich der Flügelschlag des Todesvogels, den sie da hörte.

Der Regen streifte das Fenster. Hin und wieder verdichtete er sich zu reinstem Schneegestöber. Noch war die Nacht nicht stockfinster. Wenn die Schauer sich lichteten, sah Hillevi den Brannberg.

Die Stelle, wo der Tod einem Menschen begegnet, nennt man seinen Todesraum. Und meistens weiß man, wann man dort angekommen ist.

Viel dummes Zeug hatte sie natürlich schon gehört, seit sie hier war. Besonders über Krankheiten. Was die Leute eben so redeten.

Der See dort draußen war freilich auch ein Todesraum. Für viele, das hatte sie verstanden.

Und hier drinnen der Junge. Der zischende Atem. Der Geruch aus dem infizierten Rachen. Die kranke trockene Hitze der Haut. Er zischte wie eine Säge, die durch dürres Holz ging.

Hillevi hatte die Stirn an die Fensterscheibe gelehnt und horchte auf das Geräusch aus seinem gequälten Rachen. Sie hatte das Verlangen, die Lüftungsklappe des Fensters zu öffnen und die hereinströmende feuchte Luft einzuatmen. Doch sie wagte es nicht.

Sein Todesraum. Er sägte sich dem Tod entgegen.

Dieser Gedanke beschlich sie und füllte die späten Nachtstunden aus. Er glich keiner anderen Angst, die sie je in ihrem Leben verspürt hatte. Sonst hatte die Furcht wie ein warmes Tier an ihre Eingeweide gerührt. Dieser Schrecken aber war kalt. Hinter ihr sägte sich fortwährend *Stridor* aus seinem Körper. Sie ging zum Bett zurück.

Es war der dritte Tag nach dem Besuch des Doktors. Am Abend hatte sie den Rachen des Kindes mit chlorsaurem Kali gespült, so, wie sie es täglich viermal machte, und sie hatte den Eindruck, daß er sauberer geworden war. Spätabends hatte der Junge ein wenig gegessen. Weizenmehlsuppe mit Butter und Zucker. Für ein Weilchen saß er im Bett und versuchte mit ein paar leeren Garnrollen an einer Schnur zu spielen, tastend. Irgendwann waren sie beide eingeschlafen, sie auf einer Matratze, die Trond ins Kinderzimmer gebracht hatte.

Sie war von seinem Wimmern aufgewacht und hatte sofort begriffen, daß er an Atemnot litt. Sie fand, daß er bläuliche Lippen hatte. Im schwachen Schein der Lampe war das jedoch schwer auszumachen. Der kleine Körper arbeitete und ließ ein pfeifendes Geräusch vernehmen, wenn er Luft zu holen versuchte.

Stridor. So hatte der Doktor dieses Pfeifen genannt. Jetzt war es da. Und wie eine Säge klang es. Sie setzte Tore halb auf und meinte, daß es dadurch etwas leichter wurde. Bei jedem Atemzug versuchte er seinen kleinen Brustkorb, den sie unter der Haut fühlte, zu dehnen. Er bekam jedoch nicht so viel Luft, wie er brauchte. Und schon gar keine Ruhe. Die Säge zischte. Zischte.

Er hatte jetzt einen Puls von hundertdreißig. Während sie diesen maß, wurde er unregelmäßiger und schlug verzögert. Der Junge war ein ganz anderer. Der Gestank. Und dieses Zischen. Das war nicht er. Er hatte nicht einmal einen Namen.

Ihr Kind war Klein-Tore. Roch nach Blütenblättern, gurgelte und war stets fröhlich. Konnte Papa sagen und Siback und Docka. Und zu Sotsvarten Satten. Hatte eine Peitsche bekommen, saß in einem umgedrehten Küchenschemel und kutschierte. Das Kind sah aus wie auf einem Bild, blondgelockt, mit Schürze und Hängerchen.

Dieses hier aber war ein anderes. Es war ein Troll.

Doch das war nur ein kranker Einfall in diesem schmutziggrauen Licht. Als schleichend der Spätwintermorgen heraufzog, trübte er für eine Sekunde den Verstand und die Erinnerung. Sobald sie den Körper des Kindes anfaßte, erkannten ihn ihre Fingerspitzen wieder. Die Dünnheit. Die zarten Rippen. Sein Haar war jetzt naß und bildete einen weichen Lockenwulst im Nacken, er klebte noch nicht vor Schweiß. Es war Tore.

Stridor. Stridor. Die Säge zischte. Der Körper kam nie zur Ruhe. Er war schlapp, das Gesicht bläulich blaß. Frühmorgens stand Trond in der Tür, weinte unverhohlen.

Der Zorn mahlte in ihr, gegen Gott, gegen Edvard. Er war wie starker Kaffee aus richtigen Bohnen, und er war das einzige, was sie hatte. Tore, das Kind, weilte in einem Schattenreich, wo niemand es erreichen konnte. Hillevi befühlte seine heißen Wangen, spürte die Trockenheit, wie er glühte.

Er stank aus dem Mund. Diese Lippen waren Blütenblätter gewesen! Jetzt sammelte sich im Rachen und am Gaumen graugelber Schleim und trocknete zu Häutchen. Sie spülte und versuchte die übelriechenden Fetzen zu entfernen.

Die Leute glotzten, als sie am Morgen im Laden stand und mit ihrem Cousin Tobias telefonierte. Sie hörte selbst, daß ihre Stimme schrill wurde. Ja, daß sie schlichtweg schrie. Er versuchte sie zu beruhigen; der Junge sei nicht unterernährt, er würde die Krise durchstehen.

Als sie in der Märzsonne, die in die Augen stach, auf den Hof hinaustrat, stand diese Alte dort, die sie sehr wohl kannte, mit der sie aber noch nie ein Wort gewechselt hatte. Sorpa-Lisa.

Es sei zu widerlich, wie sie kuriere, sagten die Leute. Weiche schimmliges Brot ein und lege es auf Wunden.

Jetzt sagte sie:

»Hab gehöret, es stehet arg. Ist wohl die Kehlkopfenge. Tut zumeistens auf das rauslaufen.«

Hillevi sagte nichts darauf.

Abends an seinem Bett hatte sie heimlich in ihrem medizinischen Buch gelesen. Sie konnte die Stelle auswendig, war schon wie besessen davon. *Je näher der Tod, desto schwächer wird das Einatmen.*

Sie hatte versucht, ihn zu wecken, er war jedoch unerreichbar.

Der Junge war zurückgekehrt. Aber er hatte ein Abschiedsgeschenk dabei. Das hieß Croup. Krupp sagten sie im Dorf. Oder wie die Alte mit den schmutzigen Händen: Kehlkopfenge.

Er war nicht der einzige, den es erwischte. In diesem Spätwinter 1919 ging eine Diphtherieepidemie durch Svartvattnet, Skinnarviken und Röbäck. Innerhalb von drei Wochen starben neun Kinder. Fieberheiß und wirr trockneten sie aus, ihr Herz erlahmte, oder sie erstickten, wenn die Schleimhäute in der Speiseröhre anschwollen.

Hillevi hatte während dieser Epidemie niemanden besucht. Sonst versuchte sie stets zu helfen. Und sie hatte immer gesagt, daß die Seuchen nicht über die Schwelle von Häusern kämen, in denen es gescheuert und sauber sei, wo es Spucknäpfe gebe und wo man den Abtritt mit Kalk ausstreue.

Diphtherie war ein schreckliches Wort. Es hatte sie derart eingeschüchtert, daß sie zu Hause geblieben war. Sie fand, daß sie versagte. Und das tat sie ja auch: Sie versagte in ihrem Glauben an die Reinlichkeit. Indem sie sich von den Angesteckten fernhielt, gestand sie ein, daß das Gift der Krankheit auch in ordentliche Häuser dringen konnte.

Sie hatte es nicht glauben wollen, als das Fieber auf den Wangen des Kindes aufloderte. Dann verspürte sie Haß. Sie wußte, wie das Gift hereingekommen war. Speicheltröpfchen. Nieser. Finger, die eben an der Nase gerieben hatten. Ungewaschene Hände.

Diese schmierige Nähe.

Die Arbeiterschaft war dabei, die Schranken zwischen sich und den Höherstehenden einzureißen und sie zur Gleichheit zu zwingen. Im Krieg hatten sich viele vor der Revolution gefürchtet, und Sara hatte geschrieben, daß auf den Hausdächern rings um das Schloß in Stockholm Maschinengewehre aufgebaut worden seien. In Svartvattnet waren die armen Leute nicht revolutionär. Die Gleichheit, die Hillevi erschreckte, war von anderer Art. Die sickerte ein. Die war schmierig und mengte sich mit der Atemluft.

Es war so eng hier. Es waren zu viele beieinander. Besonders im Laden. Ein ständiges Scheuern und Reiben an anderen Körpern und Kleidern. Jeden Abend mußte sie den Spucknapf leeren und saubermachen. Dabei benutzten ihn gar nicht alle. Was ein richtiges Mannsbild war, das spuckte nämlich in die Richtung, die es selbst gewählt hatte.

Sie hatte für einen Spucknapf in jeder Küche Propaganda gemacht, aber nicht viel bewirkt. Verna Pålsa ließ loyal einen ihrer Söhne einen Napf zusammenschreinern. Doch wenn Besuch kam, schob sie ihn unter die Küchenbank, damit niemand glaubte, sie würde etwas hermachen wollen.

Der Tresen, den Kinderhände verschmiert hatten, mußte abgewischt werden. Und die Waage: Sie wollten an die Vogelschnäbel fassen, die das Gleichgewicht anzeigen. Hillevi putzte den Türgriff. Wenn sie den Fußboden kehrte, wirbelte sie Staub auf, der von den Stiefeln hereingetragen worden war und der von Böden stammte, wo niemand einen Spucknapf aufgestellt hatte.

Trond erschrak über ihren Haß. Er wußte nicht, was er sagen sollte, wie diese Wut abgelenkt und gedämpft werden konnte. Er murmelte, daß es doch für alle das gleiche sei.

Für alle das gleiche.

Das war der bittere Bodensatz in dem Kelch, den sie leerte.

Sie dachte in dieser Zeit oft an Gott und an seine Barmherzigkeit. Edvard Nolins Gesicht und seine wohlmodulierte Stimme tauchten vor ihr auf. Es war gleichsam das letzte Flackern in der Glut, der erlöschenden. Asche war es nun. Asche.

Die Leute behaupteten, die Krankheit sei mit den nomadisierenden Lappen aus Norwegen gekommen. Das glaubte Hillevi nicht. Dann wäre sie nämlich gekommen, als die Lappen heruntergezogen waren. Der Spätsommer mit seiner Feuchtigkeit und der modrige Herbst waren die rechten Jahreszeiten für Epidemien. Diese hier kam jedoch unabhängig davon, im Märzwinter. Aus der Hölle kam sie. Und der Doktor kam aus Byvången und warf mit machtlosen Wörtern um sich. *Exanthem* nannte er die Rötungen und Pickel. Schon den zweiten Tag untersuchte er die Zunge, die Gaumenbögen und die Gurgel des Kindes. Es war überall verschwollen und gerötet. Aus der Nase rann eine klare Flüssigkeit, die Augen waren trüb.

Die Abendtemperatur habe nur achtunddreißig betragen, sagte Hillevi. Der Doktor schüttelte jedoch den Kopf. Er glich einem alten Dachsbären. Sie empfand eine Abneigung gegen ihn. Er hatte erzählt, daß er auf Tangen gewesen sei und in ein und derselben Familie drei kranke Kinder gesehen habe. Über das kleinste sagte er: *Prognosis pessima.*

Er brillierte. Er sagte zu ihr, sie solle versuchen, die *Exkoriationen* zu entfernen. Das tat er, weil Hillevi ausgebildet war und ihn vermutlich verstand. Er war aufgelebt, als er beim Händler angekommen war. Bestimmt hatte er sich auf ein gutes Essen gefreut, womöglich auf einen Kognak zum Kaffee und einen Whisky-Soda vor der langen Rückreise im Schlitten über den Eismatsch der Seen.

Aber er mußte in die Pension gehen, wenn er etwas zu essen haben wollte. Hillevi wich keinen Zollbreit von Tores Bett. Trond stand unten am Ausguß und aß, was er so finden konnte.

Tore schlief. Wenn sie ihn geweckt hatten, um ihn zu untersuchen oder einzupinseln, sank er sofort wieder in seinen Dämmer zurück.

Der Doktor hatte eine Flasche dagelassen, auf der *Sol. chlor. ferrio. spir.* stand. Sie sollte dem Jungen davon viermal täglich acht Tropfen in viel Wasser geben. Sie starrte das Etikett an. Glaubte an keine Wirkung, sondern empfand nur eine dumpfe und tiefe Verzweiflung. Diese ließ sie wieder an Edvard denken: Verzweifeln sei eine Sünde. Es sei die allerschlimmste Sünde, hatte er gesagt.

Sie wußte, mit Edvard an ihrer Seite, betend, hätte sie es nicht ausgehalten. Wenn es sein Kind gewesen wäre.

Anstelle von Gebeten leierte es in ihrem Kopf: *sol chlor ferrio spir, sol chlor ferrio spir, sol chlor ferrio spir.* Sie konnte sich dem Rhythmus nicht entziehen, obwohl ihr diese Tirade letztlich den Verstand raubte. Sie befühlte die Haut des Jungen an seinem Hals und spürte, daß diese heiß und feucht war. Sie schlief minutenweise, verlor die Besinnung.

Frühmorgens, Trond hatte mit knapper Not den Laden aufgemacht, stand diese schreckliche Alte wieder da. Wie der leibhaftige Tod.

Sie sah zu den Fenstern hoch. Wartete auf den richtigen Augenblick. War sie wirklich so wahnsinnig, zu glauben, Hillevi Halvorsen würde als ausgebildete Hebamme die Hilfe einer Blutstillerin und Handauflegerin annehmen? Einer, die mit schmutzigen Fingern in wunden Unterleibern gewühlt und den Wöchnerinnen Kindbettfieber beschert hatte?

Hillevi hatte mit den Leuten sachlich über sie gesprochen, und hatte das nicht gefruchtet, hatte sie gescholten. Sie hatte versucht, den Glauben an diese unwissende Frau und ihre Künste aus den Schädeln zu reißen.

Das Totenbrett. Sieben Tote mußten darauf geruht haben, bevor sie – sie war auch Leichenfrau – Wasser darüberschüttete und es für die Kranken zum Trinken auffing.

Sie stand lange dort draußen in der Nässe. Hoffentlich leckten ihre Stiefel. Mochte sie doch sterben!

Mochte sie doch sterben und Tore leben.

Am Nachmittag war er schlapp und bläulich, aber das Zischen war nicht mehr zu hören. Er atmete kurz und oberflächlich. Trond saß bei ihm, während Hillevi ihren Cousin Tobias anrufen ging.

»Kannst du nicht kommen!« schrie sie. »Es gibt doch etwas, was Tracheotomie heißt. Du könntest operieren!«

Und wieder stand die Alte da, gleich neben der Siruptonne.

»Die Krise ist vorüber, ehe ich da bin«, sagte er.

Draußen auf dem Hof trat sie Sorpa-Lisa Auge in Auge gegenüber. Und da sagte sie etwas, was sie selbst nie begreifen sollte. Daß die Alte hereinkommen solle. Auf eine Tasse Kaffee.

Sie verbreitete einen kräftigen, aber keinen schlechten Geruch. Hillevi schüttete den Inhalt des Kaffeekessels in den Krug mit dem Kaffeesatz und kochte frischen. Als sie die Tassen vor sich stehen hatten, sagte sie:

»Hier hilft wohl nichts?«

Die Alte trank den Kaffee so heiß, daß ihr die Zähne zer-
springen mußten.

»Eine schwere Krankheit ist's«, sagte sie. »Großer Namen.«

Sie ließ sich Zeit, schlürfte, tunkte einen Zwieback ein und
sog das aufgeweichte Brot in sich hinein, bevor sie wieder
etwas sagte.

»Ja, groß ist er, der Namen, Kehlkopfenge.«

Hillevi wußte, daß nur gefährliche Krankheiten, regelrechte
Seuchen einen großen Namen hatten. Pocken hatten einen solchen. Und Typhus.

»Bosta hat Mutter gesaget. So haben sie gesaget dort oben,
wo sie herkömmet.«

Hillevi hatte gehört, daß Sorpa-Lisas Familie mit den Renen
aus dem Norden eingewandert war. Auf Anordnung natürlich.
Man hatte ihnen den See weggesprengt.

»Bosttáhallet hat's geheißen. Halsbräune. Der Hals gehet zu.
Das kömmt aus der Erde. Kehlkopfenge sagen wir. Ja, einen
großen Namen hat's. Großer Namen, kann Kinder erdrosseln.«

Sie schlürfte wieder ihren Kaffee und weichte eine Semmel
ein. Sie war mit einem Dorfbewohner namens Ante Jonsa verheiratet und hütete eine Ziegenherde. Es war lange her, daß sie
mit den Ihren in einer Kote gelebt hatte. Hillevi sah, daß sie gar
nicht so schmutzig war, wie man hatte annehmen können.

»Viele Krankheiten waren frühers in der Erde«, sagte sie.
»Von unten sind die kömmen und haben die Kinder geholet.
Alle kriegten sie, die Krankheit.«

»Jetzt im Frühjahr ist's fast wieder so wie frühers«, sagte sie.
»Es hat niemand mehr seine eigene Krankheit, und der Doktor,
der hilft nix. Weil sie aus der Erde kömmen tut, die Krankheit,
und alle sie kriegen. Teerwasser trinken, das hilft auch nix. Will
sie rein, die Krankheit, dann tut sie auch reinkömmen zur Tür.
Und wenn die Leute noch so viel Teer brennen. Die glauben,
das tät sie verscheuchen, die Kehlkopfenge. Großer Namen
kümmert sich aber nichten um so was, um keinen Geruch und
keinen Doktor.«

Sie schwieg ein Weilchen und fing dann ganz normal über

das eine oder andere zu reden an. Daß Aagot, obwohl erst siebzehn, nach Amerika gefahren sei. Daß Jonetta einen Lappen heiraten werde und der Liter Petroleum 27 Öre koste. Das sei viel für eine arme Frau, sagte sie. Da verstand Hillevi, daß sie sich ihrem Anliegen und Auftrag, wie sie es auffaßte, näherten. Obschon Hillevi nichts gesagt hatte. Gott bewahre!

Sorpa-Lisa wollte Geld haben. Vielleicht nicht jetzt. Aber später. Wenn der Junge überlebte. Mit Sicherheit steckte das hinter dem Gerede über den Petroleumpreis. Trotzdem war es schwer zu sagen, wie man mit ihr dran war. Ihr Blick ließ sich nicht einfangen. Graues Kopftuch. Strickjacke. Lodenrock. Eine gestreifte Küchenschürze, die am Bauch rußig war. Lappenlatschen, vom Zustand der Wege ziemlich aufgeweicht. Sie war vermutlich nicht so alt, wie sie aussah. Sie war noch ein Kind gewesen, als ihre Familie von einem weggesprengten See und einem zerstörten Kalbeland hergewandert kam. Hillevi wußte, daß die neuen Lappen vor etwa dreißig Jahre gekommen waren.

»Hast ein Haarbüschel?« fragte sie.

Hillevi mußte verwirrt dreingesehen haben.

»Vom Jungen.«

Trond brauchte nicht zu wissen, daß die Alte dagewesen war. Er mußte sich zwar gewundert haben, daß Hillevi mit einem Scherchen aus ihrem Instrumentenkoffer ins Zimmer kam und dem Kind eine Locke abschnitt. Aber sie sagte nichts. Er mochte gern glauben, was er wollte.

Sorpa-Lisa schwieg, als sie das zusammengefaltete Papier mit der Locke bekam. Sie zupfte daran, schlug es auseinander. Dann nahm sie die Locke zwischen Daumen und Zeigefinger der linken Hand. Das Papier steckte sie in die Schürzentasche. Wortlos ging sie davon.

Die Leute behaupteten, sie fange aus dem Mund der Toten Leichenwasser auf.

Am nächsten Morgen, da kam die Wende. Die ganze Nacht über hatte das Fieber gelodert. Tore atmete zischend und wurde nach den Erstickungsanfällen immer matter. Sie versuchte ihm Flüssigkeit zu verabreichen, aber der gequälte und vergiftete Körper stieß sie wieder aus.

An diesem Morgen saß sie zusammengesunken da, die Stirn am weißen Lattengitter des Bettes. Im Halbdämmer spürte sie die Sonnenwärme, und sie hörte eine Kohlmeise in der Birke vor dem Giebelfenster. Als sie sich aufrichtete, schien dem Jungen die Sonne ins Gesicht. Ihr erster Impuls war, es zu schützen. Da schlug er die Augen auf. Sie sah sogleich, daß sein Blick sich verändert hatte, und als sie seine Stirn befühlte, war diese nicht heiß. Er machte träge Mundbewegungen, und sie begriff, daß er ausgedörrt und durstig war. Das Wasser stand schon die ganze Nacht und hätte ausgetauscht werden müssen. Aber sie traute sich nicht zu zögern und führte ihm die Tasse an die gesprungenen Lippen. Da trank er ein wenig.

Er lag im Sonnenschein und sah sie an. Blau, blau waren seine Augen. Sie begann zu weinen. Es waren keine Schluchzer, kein erregter Krampf wie in den schlimmsten Nächten. Die Tränen flossen einfach die Wangen entlang, und er sah sie an. Sie waren ganz still.

Vor dem Fenster hatte sich die Kohlmeise mit ihren zwei schlichten Tönen zu einem Jubel emporgearbeitet, und Hillevi lächelte Tore unwillkürlich an. Sie war sich sicher, daß er jetzt lauschte, aber nicht wußte, was er hörte. Als er erkrankte, war es noch nicht Frühling gewesen, keine Vogelstimmen in dem spärlichen Spätwinter.

»Hörst du den Zipfelsgerg?« fragte sie.

Sein Mund bewegte sich wieder. Es gurgelte leise. Sie war sich ganz sicher, daß er Zipfelsgerg sagte. Sie erzählte es Trond später.

»Auf alle Fälle hat er Gerg gesagt. Ganz deutlich.«

Trond wischte die Hände an der blauen Schürze ab und kam mit nach oben. Er hielt den Kopf schräg und betrachtete Tores Gesicht, die wachen blauen Augen. Ohne Hillevi anzusehen, streckte er die Hand aus und drückte ihr fest die Schultern, ganz fest. Sie sah die Tränen in seinen Augen und Tores Lächeln.

»Gut, daß du die Schirmmütze aufhast, so daß er seinen Papa erkennt«, flüsterte Hillevi.

Es war das erste Mal, daß einer von ihnen in diesen Wochen scherzte. Die Kohlmeise hob wieder an, und das Kind gurgelte dazu. Sie nahm den schlechten Geruch aus seinem Mund wahr. Die Schleimhäute in seinem Rachen waren graugelb von dem Belag, der aus dem Bakteriengift wuchs.

Das würde nun zurückgehen. Sie wußte es.

Das Zimmer aber war verschandelt. Es hatte weiße Tapeten mit rosa Streifen und Vergißmeinnichtsträußchen, ein Bild mit der Mutter und dem Kind in einem ovalen Goldrahmen und zwei Kreuzstichbilder mit Hunden. Auf dem Fußboden lagen Ripsteppiche in Weiß und Rosa, und auch die Kinderzimmermöbel waren weiß. Doch es nützte nichts. Sie konnte es nicht verwinden, daß sie in dieser Nacht seinen Todesraum gesehen hatte. Nie wieder würde sie es wagen, ihn dort allein liegen zu lassen. Sie mußte nachts seinen Atem hören können. Das weiße Zimmer blieb leer stehen.

Es gab Frauen, die sagten, man solle für das Kind, das man erwartete, nichts herrichten, denn das brächte Unglück. Sie hatte solche Unterlassungen während ihrer Zeit als Hebamme ziemlich scharf gerügt. Als sie jedoch selbst gebären sollte, war der Schrecken gekommen. Obwohl sie Hokuspokus und Beschwörungen verachtete, sagte sie sich, sie könnten Pflegekinder aufnehmen. Falls es schiefginge. So beschwor sie die Katastrophe.

Daß es sich in gewisser Weise erst einige Jahre später bewahrheitete, erstaunte sie nicht. Es ist als Schicksal vorhanden, dachte sie da. Etwas Unsichtbares, das wartet und brütet. Und das vielleicht hört, was man sagt.

Es ist ein Trauergesang, den ich singe. Irgend jemand muß ihn doch singen. Und sei es nur im stillen Kämmerlein. Niemand geht mehr hinauf ins Fjäll und singt nasse Wolken an.

Sie war noch ein Mädchen, meine Mutter, kaum ausgewachsen. Es ist merkwürdig für mich, die ich nun alt bin, mir das vorzustellen. In der Pension bekam sie lange Strümpfe und ein Korsett mit Strumpfhaltern. Man bat sich aus, daß sie die trug, wenn sie in Torshåle oben zur Hand ging. Keine Hosen, nein. Keine Hosen aus dünnem, feinem Renleder unterm Rock.

Ich habe die Trauer in mir. Hu lu lu für die Trauer.

Niemand sitzt mehr an Aagots Küchentisch und singt über die Wundscharten im Herzen. Den Küchentisch gibt es gleichwohl noch dort oben. Denselben. In dem Häuschen wohnt jetzt ein Doktor aus Byvången. Er ist nur da, wenn er frei hat. Manchmal wirkt er traurig. Singen tut er aber nicht.

Einmal hat er mir einen alten Mantel gezeigt, den er im Speicher gefunden hatte. Der hängt da wahrscheinlich immer noch. Er war aus schwarzem Tuch und für eine schlanke Frau geschneidert. Er war dicht mit gefleckten Hermelinfellen gefüttert. Er stammte nicht von Aagot Fagerli, wie der Doktor meinte. Aagots Mäntel waren in Amerika hergestellt worden.

Der Doktor ist ein netter Kerl. Ich hätte ihm erzählen sollen, daß der Mantel Jonetta gehört hat. Daß ihr Antaris die Hermeline mit Baumfallen gefangen hat. Tjietskie nannte er die Tierchen.

Aber ich habe nichts gesagt. Ich wollte keine erstaunten Ausrufe hören, keine Urteile über das, was mal war.

Er hat eine Fußbodenheizung einbauen lassen. Im Keller brummt eine Wärmepumpe. Hat er gemerkt, daß das Häus-

chen von Unsichtbaren bevölkert ist, daß es nachts tapst und
wispert?

*

Im Spätwinter 1923 starb Ingir Kari Larsson im Sanatorium in
Strömsund. Hillevi erfuhr es von Verna Pålsa in der Pension,
und sie waren beide sehr beklommen, nicht zuletzt deshalb,
weil Ingir Kari, obwohl sie ledig war, ein Kind hinterließ. Und
zwar eine Tochter, die noch keine drei Jahre alt war.

Auch der Pfarrer sprach bekümmert mit Hillevi über Ingir
Kari. Dabei ging es um ihr Grab.

Jon Vallgren war Pastor Norfjell im Amt nachgefolgt. Das
war eine steile Karriere, und er wußte, daß von dem Tag an, als
er bei der großen Hochzeit in Lakahögen für den Pfarrer hatte
einspringen müssen, das Glück auf seiner Seite gewesen war.
1917 war das gewesen, sein Prinzipal hatte es nach einer Hochzeit in Kloven auf der Galle bekommen. Vallgren war sehr nervös gewesen, aber Hillevi Klarin, die damals Frau Händler Halvorsen wurde, hatte ihm über das Schlimmste hinweggeholfen.
Seitdem fragte er sie gern um Rat.

Er erzählte ihr, daß Ingir Karis Bruder Anund Larsson alle
möglichen Ideen zu ihrer Beerdigung gehabt habe. Vor allen
Dingen habe er gewünscht, daß sie in der Lappentracht, die sie
von Verna Pålsson bekommen habe, beerdigt werde. Das sei
aber doch völlig unmöglich, nachdem sie bereits im Sanatorium
eingekleidet worden sei. Niemand könne verlangen, daß der
Sarg nach so langer Zeit geöffnet und der Leichnam umgeklei-
det werde. Das müsse er verstehen.

Außerdem, hatte Pastor Vallgren gesagt, solle er bedenken,
daß die Tracht einen nicht zu verachtenden Wert darstelle. Sie
sollten sie lieber verkaufen und von dem Geld für die mutter-
lose Kleine Essen und Kleidung besorgen.

Ferner wolle Anund Larsson auf der Beerdigung seiner
Schwester singen. Allein, wenn Frau Halvorsen verstehe.

Er habe das natürlich so taktvoll wie möglich zurückgewiesen. Aber Larsson habe nicht nachgegeben, sondern gesagt, daß
er keineswegs zu joiken gedenke, wenn es das sei, was der Pa-

stor befürchte. Er habe Vallgren ein Schriftstück ausgehändigt. Es sei ein Lied gewesen, auf schwedisch, das er zum Andenken seiner Schwester gedichtet habe, ein sehr rührendes. Das habe er singen wollen. Er habe sich offensichtlich bei einem Gang durchs Fjäll in dieses Lied hineingedacht, weshalb es schwierig gewesen sei, ihn davon abzubringen.

Nun, am Ende hatte er das Unmögliche an der Sache einsehen müssen. Die Beerdigung wurde abgehalten. Zur gleichen Zeit wurden die Leichname von vier anderen armen Leuten beigesetzt. Mickel Larsson, der Vater des Mädchens, war nicht zugegen. Er besaß keine Kleider für die Beerdigung, und Anund eigentlich auch nicht. Aber er hatte von einem seiner Mitkonfirmanden welche geliehen bekommen.

Nach der Beerdigung tauchte er abermals auf. Jetzt hatte er ein Foto seiner Schwester dabei. Es steckte in einem kleinen ovalen Rahmen mit gewölbtem Glas. Er wollte es in ein Holzkreuz einsetzen, das er selbst geschreinert hatte. Unter dem Kreuz wollte er zudem eine Platte auf dem Grab haben. Dort sollte das Lied, das er gedichtet hatte, zu lesen sein.

Pastor Vallgren sagte, es sei strengstens untersagt, Bilder von Verstorbenen auf Gräbern aufzustellen. Das sei unchristlich. In Norwegen mache man das aber, hielt Anund Larsson dagegen, ob Norwegen denn nicht christlich sei?

Die Trauer hatte ihn wahrlich nicht demütig gemacht. Er zeigte auch seine Verse, säuberlich unter Glas geschrieben. Sie lauteten:

Zart wie der duftenden Rose Blatt
Errötete stets deine Wange
Da dich in Unschuld gekoset hat
Die Hoffnung im jung wilden Schwange.

Duftende Rosen soll'n schmücken dein Grab
Der Wind, er singt seine Weise
Ich wandre durchs Leben, die Trauer als Stab
Es ist eine sehr weite Reise.

Hillevi fand das Gedicht schön. Sie sagte das dem Pastor. Ihr war klar, daß er die christliche Hoffnung darin vermißte und die Verse deshalb auf einem Grab unmöglich waren. Aber sie mußte dabei wirklich an Anunds Schwester denken und daran, wie sie ausgesehen hatte.

Es werden schöne Menschen geboren. Wenn auch selten. Hier taten Magerkeit, Flechten und Skrofeln ihr Werk an den Kindern, sobald sie heranwuchsen. Seltsamerweise aber nicht an Ingir Kari Larsson.

Sie war die geborene Schönheit gewesen. Und das war etwas völlig Unverhofftes. So, als zeigte sich, grünschillernd und feingeädert, die weiße Waldfrau, wo sonst Jahr für Jahr nur Ried und Moos wuchsen.

Sie hatte schwarzes Haar und braune Augen gehabt, die in starkem Sonnenlicht golden werden konnten. Feingliedrig war sie gewesen. Gerade. Das war ungewöhnlich bei ihresgleichen. Die meisten bekamen als Kind ja die Englische Krankheit.

Nachdem Ingir Kari begraben war, war das Frühjahr so weit vorgerückt, daß man nicht mehr mit dem Schlitten fahren konnte und es auch fast unmöglich war, sich zu Fuß ins Fjäll zu begeben. Das Wasser strömte. Hillevi hatte jedoch beschlossen, zu dem alten Quartier zu gehen, wo Mickel Larsson wohnte, und nachzusehen, ob sie sich ordentlich um das Kind kümmerten. Außer dem Großvater und einem jungen Onkel gab es dort oben ja niemanden.

Obwohl sie nicht mehr Hebamme war, sondern lediglich bei Bedarf aushalf, war sie der Ansicht, daß sie für die Kinder, denen sie auf die Welt geholfen hatte, eine gewisse Verantwortung trage. Ingir Karis Mädchen hatte sie allerdings nicht auf die Welt geholfen. Es hatte nämlich niemand die Hebamme geholt, als sie geboren werden sollte.

Als sie ankam, war sie müde und sehnte sich nach Kaffee. Sie entdeckte jedoch kein menschliches Wesen. Eine Herde Ziegen, die rings um die Hütte weidete, kam angesprungen und umdrängte sie. Ein Hund stand mit einem Seil an einer Birke angebunden und bellte heiser. Von der Fjällheide her blies ein scharfer Wind, und um ihm auszuweichen, setzte sie sich im Eingang zu einer offenen Kote, in der Brennholz gestapelt lag, auf einen Stamm. Dort oben unterhalb Gielas war der Frühling so jung, daß der Ampfer, der in kräftigen Büscheln unter den Birken wuchs, noch rote Blätter hatte. Auf dem Fjäll waren weite Flächen nach wie vor mit Schnee bedeckt. Das Moor war gelb und wasserreich. Es hatte sich vom Winter noch nicht erholt.

Sie nickte ein. Die lange Wanderung hatte sie müde gemacht. Ständig war es bergauf gegangen. Als sie erwachte, stand ein Kind da und beguckte sie. Es war ein kleines Mädchen. Ihr war sofort klar, daß es Ingir Karis Kind war. Vorsichtig streckte sie die Hand aus und lockte das Kind wie eine Katze oder einen Welpen. Es wich jedoch zurück, und als Hillevi aufstand, rannte es davon und versteckte sich hinter einer Kote.

Erst da kam Hillevi der Gedanke, daß das Mädchen vielleicht noch nie jemanden wie sie gesehen hatte. Ein Wesen in Gummistiefeln und mit einem Wachstuchhut.

Sie nahm den Hut ab. Vorsichtig näherte sie sich der Kote, hinter der sich das Kind versteckte. Dünner grauer Rauch drang durch das Gestänge, das die Kote nach oben hin abschloß, und es roch kräftig. Sie verstand, daß dies Fleischmichels Räucherkote war. Was immer er darin räucherte.

Der Hund wollte nicht aufhören zu bellen und wurde immer heiserer. Das Bellen ging in Raserei über, als Hillevi vorsichtig um die Hütte schlich und das kleine Mädchen einfach einfing. Die Kleine roch nach Rauch und war halb nackt in diesem Frühlingswind. Stark unterernährt. Den Körper voller gräßlicher Wunden. Sie sahen wie Hundebisse aus.

Seltsamerweise hatte sie helles rotes Haar und blaue Augen. Ihr Gesicht verzerrte sich, als sie schrie. Sie war starr vor Schreck, und Hillevi versuchte sie zu wiegen und behutsam mit ihr zu sprechen. Sie schien aber nichts zu verstehen.

So saßen sie, das Mädchen schreiend und starr die Glieder spreizend, Hillevi wiegend und leise plappernd, als sie merkte, daß sie wieder beobachtet wurde. Mickel Larsson stand bei der Räucherkote und sah sie beide an.

Ihr war sofort klar, daß es ein Kräftemessen geben würde. Sie hatte angenommen, ihre Redegewandtheit werde die Oberhand gewinnen. Dem war aber nicht so. Wohl schalt sie den Alten nach Strich und Faden dafür, wie das Mädchen aussah und daß es trotz der Kälte kaum etwas auf dem Leib trug. Und er hörte sich das zunächst an. Lange. Krummbeinig stand er dort in einem Kittel, der an der Brust vor Schmutz starrte. Er trug Lederhosen, die, schwarz vor Alter und Fett und Ruß, wie Strümpfe am Bein anlagen. Auf dem Kopf hatte er eine alte Pelzmütze, auch sie schwarz und blank. Sein Gesicht war runzlig und braunschwarz. Sie fand, daß er, seit sie ihn in jenem weit zurückliegenden Sommer in Torshåle oben gesehen hatte, eigentlich nicht gealtert war. Nur schwärzer war er geworden.

Nachdem sie alles gesagt hatte, was sie dazu sagen wollte – sie werde dafür sorgen, daß die Kleine ins Dorf hinunterkomme und sich ihrer angenommen werde, und es sei noch die Frage, ob solch eine offenkundige Verwahrlosung nicht gemeldet werden müsse –, da hob der Alte zu sprechen an.

»Tja, tja, tja«, sagte er. Jedenfalls hörte es sich so an, als sie ihn später nachzuahmen versuchte. Todmüde kam sie zurück. Kaputtgeredet, lachte Trond. Er kannte Mickel Larsson.

»Diese Type«, sagte Hillevi. »Lieder dichten, das kann er, das hat man gehört. Aber jetzt hat es sich ausgedichtet. Das melde ich bei der Polizei. Das ist Kindesmißhandlung. Die pure Verwahrlosung ist das.«

»Der Junge ist's, der die Lieder dichten tut«, sagte Trond. »Der Alte aber, der hat sein Mundwerk geschmieret.«

Hillevi sprach zunächst mit dem Gemeindevorsteher und ließ die Anzeige auf sich beruhen, bis dieser das Elend gesehen hätte. In Begleitung zweier vertrauenswürdiger Männer stieg er hinauf, und sie bekamen dieselbe Geschichte aufgetischt. Im Unterschied zu Hillevi wußten sie allerdings nicht, was sie glauben sollten.

Sie standen am Fuße des Giela, spähten zu einem bestimmten Felsvorsprung hinauf und versuchten die Entfernung zu schätzen. Sie nahmen das Mädchen auf den Arm und wiegten es, so wie man einen großen Fisch wiegt, um sein Gewicht abzuschätzen.

»Nichten ist's unmöglich«, meinten sie, als sie herunterkamen.

Hillevi konnte nicht fassen, daß sie sich Mickel Larssons verlogenen Stuß angehört hatten. Sie sollten lieber dem kleinen Mädchen helfen. Lügenmäulern, Trunkenbolden, Rendieben sollten keine Kinder anvertraut werden.

Sie quatschten jedoch so sehr, daß es in die Zeitung kam. Manchmal haben Lügen Flügel. Hillevi mochte kaum glauben, daß es wahr war, aber eines Tages standen Mickel Larsson und sein Sohn Anund als Helden da.

KLEINES LAPPENMÄDCHEN VON ADLER GERAUBT, las Trond, als das Postauto die Zeitung gebracht hatte.

»Nein, das geht jetzt zu weit«, sagte Hillevi.

Klein-Risten, gerade drei Jahre alt, spielte vor der Kote ihres Großvaters Mickel Larsson, als ein Adler vom Himmel herabstieß und die Kleine mit seinen harten Klauen ergriff. Bestürzt sah der Großvater, wie der Adler mit dem Mädchen unter sich abhob und in Richtung der Fjällheiden am Munsen flog. Er lud seine alte Büchse, wagte es aber nicht, auf den Adler zu schießen, aus Angst, seine kleine Enkelin zu verletzen. Er gab weit daneben einen Schreckschuß ab. Der Adler, vermutlich von dem Schuß erschreckt, änderte indessen seine Richtung und flog auf Giela zu. Ein weiterer Schuß in die Luft, und der Adler ließ seine Beute fallen! Da glaubten weder Mickel Larsson noch sein Sohn Anund, daß sie die Kleine je wiedersähen. In ihrem Quartier herrschte Trauer, und sie machten sich ins Fjäll auf, allerdings um ihre Leiche zu suchen.

»Nein, verschone mich«, bat Hillevi. Doch Trond verschob den Priem unter seiner Lippe und fuhr fort:

Sie suchten zwei Tage und Nächte lang, und Mickel Larsson wollte schon aufgeben. Aber schließlich erschien sein Sohn Anund auf einem Felsabsatz hoch oben an den Hängen des Giela und winkte eifrig. Das Erstaunen des Vaters läßt sich leicht vorstellen, als der Sohn nach ein paar Stunden mit der kleinen Risten im Arm herunterkam. Sie war von den Klauen des Adlers

übel zugerichtet, überdies erschöpft und hungrig, aber sie hatte
überlebt! An diesem Abend herrschte große Freude in der Kote,
und die kleine Risten, deren richtiger Name Kristin Larsson lau-
tet, schlief in Renfellen geborgen bei ihrem Großvater ein.

»So ein verdammter Schurke«, sagte Hillevi, und es war das
einzige Mal, daß Trond sie fluchen hörte.

Als sie das verwahrloste Mädchen abholte, hatte sie den Vor-
sitzenden des Armenfürsorgeausschusses dabei. Mickel Larsson schwieg diesmal vorwiegend. Er war offensichtlich auch
hierin tüchtig. Hillevi versuchte auf jeden Fall, einen versöhn-
lichen Ton anzuschlagen.

»Es kann nicht leicht sein, ein Kind zu betreuen, wenn es in
der Kote keine Frauen gibt«, sagte sie.

Sie hatten gemahlene Bohnen mitgebracht, und das taute ihn
immerhin so weit auf, daß er ein paar Tannenstöckchen unterm
Kaffeekessel anzündete. Als er den heißen Kaffee schlürfte,
sagte er, es sei schon gut, daß Risten ins Dorf runterkomme.

»Warum denn?« fragte Hillevi, erstaunt darüber, daß er so
leicht klein beigab.

»Ist ja nichten von den Lappen«, sagte er. »Nichten recht.«

Die Kleine hatte eine kräftige Stimme, wie sie merkten, als sie
sich auf den Weg machten. Sie schrie, solange sie die Kote sah
und den Hund, der angebunden war und bellte. Der Alte war
davongetappt.

Einen kräftigen Körper hatte sie ebenfalls, wie zu merken
war, als Hillevi sie baden und entlausen wollte. Allerdings war
sie abgemagert. Die Wunden waren verheilt, hatten jedoch häßliche Narben hinterlassen. Weil das Kinderzimmer leer stand,
durfte sie dort schlafen. Leider machte ihr das schöne Zimmer
angst. Besonders das Bild der Mutter mit dem Kind. Zuerst
glaubte Hillevi, es beruhe darauf, daß sie noch nie Bilder gesehen habe. Als Hillevi die Bilder jedoch entfernte, fing sie wieder
laut und schrill zu schreien an. Hillevi lief hin und her mit den
Bildern. Und schließlich begriff sie, daß das Mädchen die
Kreuzstichhunde weiterhin an der Wand haben wollte.

»Sie hat einen furchtbaren Willen«, sagte Hillevi zu Trond, als das Mädchen endlich eingeschlafen war.

Offensichtlich hatte sie auch Angst davor, allein zu bleiben, und Hillevi blieb bei ihr sitzen, bis sie, rot verquollen vor Tränen und Wut, in Schlaf gesunken war. Am Morgen fand sie sie ganz in der Ecke auf dem Fußboden. Sie hatte die Wolldecke und das Kissen mitgenommen, und als Hillevi die Decke hob, stieß sie auf Sissla, die an sie geschmiegt schlief.

In diesem Frühling sollte Tronds Großvater achtzig Jahre alt werden. In den vergangenen beiden Jahren war er sehr krank gewesen und siechte jetzt langsam dahin. Eines späten Aprilabends rief Morten Halvorsen an und sagte, wenn sie ihn noch lebend sehen wollten, müßten sie sich beeilen. Trond glaubte nicht, daß sie es schaffen würden, hinzukommen, der Schnee sei zu wenig geführig.

»Er zuppelt an der Lakenkante«, sagte Morten.

Da verstanden sie, daß seine Zeit bald um war, und gleich am nächsten Morgen setzten sie sich in den Schlitten und fuhren auf gut Glück los.

Morten hatte die Wahrheit gesagt. Die Hand des Alten war weißgrau und die Haut durchscheinend. Die Fingernägel waren während der Krankheit lang geworden. Es war eine Greifvogelklaue, die da über das Laken tastete und an der breiten Spitze zupfte.

Er war zäher, als sie vermutet hatten. In der Stille tickten die vielen Uhren im Haus weiter, und so auch sein altes Herz. Ab und zu öffnete er die weißlichen Lider und sah Trond an, der sich daraufhin vorbeugte und den Großvater anzusprechen versuchte. Dieser verschwand jedoch rasch wieder in sich selbst.

Es wurde unruhig in Lakahögen, doch davon merkte der Alte nichts. Während sie dort oben waren, ging der Händler pleite. Morten Halvorsen trieb mit ihm zusammen Forstgeschäfte, und Trond ahnte, daß der Konkurs auch ihn erschüttern werde.

Morten schien weder auf den Konkurs noch auf das Sterbe-

bett Lust zu haben, und er machte sich trotz der schlechten Ge-
führigkeit auf den Weg. Er sagte, er müsse ein Auto abholen,
das er in Östersund gekauft habe. Sie erwarteten ihn nach ein
paar Tagen zurück, bekamen statt dessen aber einen Anruf aus
dem Gasthaus in Lomsjö. Er war mit dem Auto verunglückt,
aber nicht verletzt worden. Nach Hause gedachte er mit einem
Pferdefuhrwerk zu kommen.

Unruhe, Unruhe. Die weißlichen Finger des Alten zupften.
Bekam er etwas mit von dem, was um ihn herum vorging?
Trond sprach ihn mit leiser Stimme an, erhielt zur Antwort
aber nichts als ein Beben der Augenlider. Er mußte schließlich
zurückfahren und im Laden nach dem Rechten sehen. Hillevi
blieb bei dem Alten und pflegte ihn fast zwei Wochen lang. Sein
magerer Körper war schon ganz wund gelegen und drauf und
dran, sich zu infizieren. Sie schickte nach einem aufblasbaren
Gummiring, den sie ihm unter seine dünnen Hinterbacken
legen wollte, befürchtete aber, daß dieser nicht eintreffen
werde, bevor es zu Ende sei.

Es war das erste Mal, daß sie von Tore fort war. »Er spielet
mit der Lappendeern zusammen und tobet viel mehr, als wie er
es je alleinig getan«, sagte Jonetta am Telefon. Es war schon ein
etwas seltsames Gefühl für Hillevi, daß er nicht traurig war,
wenn sie fort war. »Bloß die ersten Stunden«, sagte Jonetta.

Efraim Efraimsson starb an einem Maimorgen, als die
Lehde voller Drosseln war, die mit dem Vogelzug zurückgekehrt waren. Jemand half Hillevi, ihn zu waschen und in einen
kühlen Raum zu legen. Trond sollte in Östersund einen
Sarg bestellen, vereinbarten sie. Morten Halvorsen, der mit
dem Alten zusammen gelebt hatte, verhielt sich merkwürdig
zurückhaltend, und Hillevi fragte sich, wieviel Geld er wohl
verloren hatte, als der Händler baden ging.

Auf weiten Umwegen und mit gemieteten Fuhrwerken kam
sie mühevoll von dort weg. So, wie die Wege in der Schnee-
schmelze beschaffen waren, war es schlicht unmöglich, durch
den Wald nach Svartvattnet hinunterzufahren. In Lomsjö traf
sie sich mit Trond, der sowohl sie als auch das havarierte Auto
des Vaters abholen wollte.

Die Gastwirtin servierte ihnen im Speisesaal, wo sie allein
waren. Von der Schankstube drangen Lärm und derbe Stimmen
herüber, und jedesmal, wenn die Wirtin durch die Tür ging,
kamen Schwaden von Tabakrauch und kaminheißer Luft herein. Das hatte sich nicht geändert. Hillevi kam es jedoch vor, als
sei schon ein ganzes Leben vergangen, seit sie hier gesessen
und gefroren und ihren Nachttopf hinterm Vorhang versteckt
hatte.

Trond hatte in diesem Jahr bei der Königl. Majest. darum er-
sucht, seinen und seiner Familie Namen in das schwedische
Halvarsson ändern zu dürfen. Nachdem es ihm bewilligt worden war, hatte er zum Rechnungenschreiben neues Briefpapier
bestellt. Dies hatte er jetzt abgeholt und einen Bogen davon
mitgebracht, um ihn Hillevi zu zeigen. Im Briefkopf war mit
großen, schattierten Buchstaben der Name *Trond Halvarsson*
eingespiegelt. Und in einer Art feiner Schreibschrift stand da:

Lager von:

Kolonialwaren, Viktualien,
Manufakturwaren,
Woll- und Kurzwaren
u. a.

Dann kam *Herr*, gefolgt von einer gepunkteten Linie für den
Namen, und *Debet*. Das Blatt lag auf dem weißen Tuch mit
den Saucenflecken, und die Gastwirtin mußte natürlich ihre
Nase hineinstecken und gucken. Sie finde das schauerhaft
fesch, sagte sie. Weiß der Himmel, wieviel Verdrießlichkeit da
hineinzudeuten war.

Sie hatte Trond bereits damit in Verlegenheit gebracht, daß
sie sorglos über den Autounfall seines Vaters gesprochen hatte.
Die Leute würden die Stelle, an der er abgekommen sei, Hal-
vorsenkippe nennen, behauptete sie. Nun, sie amüsierten sich
natürlich über ihn. Aber gerecht war das nicht. Denn das Auto
war nicht umgekippt, sondern nur von der Straße abgekommen, geradewegs in einen Kartoffelacker. Sie hätten es wohl

gern gesehen, wenn Morten sich überschlagen hätte, und gern auch auf die gleiche Weise wie der Händler in Lakahögen.

Halvarsson war indes nicht so übel dran wie Halvorsen. Tronds Stellung würde durch das großväterliche Erbe richtig stabil werden. Hillevi war der Ansicht, daß sie vom Überschlagen und, was den Ruf betraf, noch schlimmeren Dingen weit entfernt seien. Denn jetzt begann eine neue Zeit. Nicht nur für sie selbst. Die Straße zwischen Röbäck und Svartvattnet war endlich fertig, und man brauchte die Waren und die Post nun nicht mehr über den See zu rudern, wenn er nach dem Winter nicht mehr befahrbar war. Morten hatte das Auto im Zorn zurückgelassen und gesagt, daß er nie mehr im Leben ein Steuerrad anfassen wolle. Nun sollte Trond es übernehmen und leicht und schnell in die Stadt kommen, wenn es Waren zu transportieren gab. Und Leute. Das Auto hatte sowohl eine Ladefläche als auch ein Personencoupé. Zu Hause wurde unten an der Brücke ein Postamt eingerichtet.

Nun würden öfter Reisende kommen, und sie würden auf der neuen Straße kommen, womöglich mit Autos, und dann würde die Welt anders werden. Weniger eng. Freier und offener. Vielleicht sogar sauberer. Krankheiten und Verleumdungen und tief verwurzelte alte Feindschaften gehörten der alten Welt an.

Trond war nicht so begeistert. Er sprach mit Trauer davon, daß mit dem Lakakönig, seinem Großvater, vieles verschwunden sei. Doch was das war, konnte er nicht recht sagen.

Als sie im Bett lagen, legte er ihr seinen Mund an den Hals und die Arme um die Taille und schmiegte ihr Hinterteil an seinen zusammengekauerten Körper. So lag er und erzählte ihr von seinem Großvater und von den weiten Reisen, die er als kleiner Junge mit ihm hatte machen dürfen. Sie fuhren damals hinter einem Zugren, Trond tief in Felle gebettet. Die Sterne leuchteten über ihnen, und das Nordlicht wogte und bebte am Himmel. Er glaubte, sie befänden sich in der Mitte der Welt.

»Ich hab geglaubet, er hätte die Macht über alles, der Großvater«, flüsterte er. »Ausgenommen hat sich's auch so.«

Der Lakakönig habe Leute gekannt, die sich vom einen Meer zum anderen bewegt hätten. Ohne Unrast. Er selbst könne nun mit dem Auto binnen weniger Stunden nach Belieben zu einer der beiden Küsten fahren. Aber das sei nicht das gleiche.

Tore war jetzt fast vier Jahre alt, und er schlief nach wie vor in der länglichen Kleiderkammer neben dem Schlafzimmer. Dort gab es ein Fenster in Form eines auf die Spitze gestellten Quadrats, und die Decke war ein einziges steiles Gefälle. Hillevi ließ nachts die Tür offen, damit sie seinen Atem hören konnte. Manchmal ging Trond hin und schloß die Tür zur Kleiderkammer. Er tat es leise, aber recht bestimmt. Dann hatte er auch nicht den winzigsten Tabakkrümel an den Zähnen, und sie errötete, obwohl sie verheiratet war.

Im Kinderzimmer schlief jetzt Ingir Kari Larssons Tochter. Das schlimmste war, daß Jonetta, die sich während Hillevis Abwesenheit um die Kinder gekümmert hatte, Sissla zu ihr ins Bett gelassen hatte. Das sei die einzige Möglichkeit gewesen, sie da reinzukriegen, hatte sie gesagt. Angst hatte die Kleine nun keine mehr vor dem Bett, aber sie weigerte sich, die Hündin abends herzugeben.

Mit ihren blauen Augen und ihrem roten Haar sah sie nicht so aus, als stamme sie von Lappen ab. Sie sah wie ein Troll aus. Ein Wechselbalg. Und willensstark war sie. Sie wollte Risten heißen, obwohl Hillevi zu ihr sagte, daß dies kein richtiger Name sei. Kristin sollte sie heißen.

Anfangs konnte sie kein einziges Wort in deren Sprache. Sie rief nach Laula Anut, und die anderen rieten, daß sie wohl Anund Larsson meine. Hillevi glaubte, Laula bedeute Onkel, aber dem sei nicht so, sagte Verna Pålsa. Es sei wohl nur Kindersprache.

»Laula soll bestimmt singen sein«, meinte Jonetta, die jetzt mit ihrem Lappen verheiratet war.

Und vielleicht hatte sie ihrem Onkel das zugerufen: Laula Anut! Sing, Anund! Oder: Sing-Anund. Das konnte nun egal sein. Denn Anund Larsson war nach Norwegen gegangen. Was immer er dort wollte. Und der Alte dort oben würde bestimmt nicht mehr nach ihr fragen. Er kam gar nicht mehr herunter. »Er hat aufgegeben«, sagte Trond.

Kristin Larsson sollte adoptiert werden und ein gutes Zuhause bekommen, das war Hillevis Entschluß. Später im Sommer kam denn auch ein Paar aus Östersund, um sie sich anzusehen. Es war ein Zollschreiber mit Frau, und sie waren gut situiert. Diese reellen, doch kinderlosen Menschen saßen in der Stube, tranken Kaffee und beobachteten die Kinder beim Spielen. Nachdem sie die dritte Tasse ausgetrunken hatten, sagte die Frau, sie finde, das Mädchen wirke sehr lappisch. Und der Zollschreiber nickte beifällig. Ehe sie sich bedacht hatte, sagte Hillevi:

»Das ist sie aber nicht! Nicht richtig.«

Dieses Zugeständnis an Fleischmichels Einfall beschämte sie. Sie war jedoch böse geworden. Was bilden die sich ein, dachte sie. Daß man bei Händlers ankommen und gucken kann. Die Ware drehen und wenden und dann sagen, daß sie nicht passe. Noch obendrein so, daß Kristin es hörte. Sie war schließlich nicht dumm. Das Mädchen war aufmerksam und verständig und hatte schon einiges von ihrer Sprache gelernt. Ein schönes Kind war sie natürlich nicht. Aber das war Tore auch nicht. Hillevi hatte so lange wie möglich daran festgehalten, daß er wenigstens süß sei.

Zollschreibers reisten ab, ohne sich entschieden zu haben. Sie würden von sich hören lassen. Hillevi glaubte es nicht, und sie hörten auch nichts mehr von ihnen. Trond meinte, sie sollten anrufen und fragen, doch das lehnte sie ab. Noch etwas später im Sommer sagte der Vorsitzende des Armenfürsorgeausschusses, ein Bauernpaar aus Byvången würde gern heraufkommen und sich das Mädchen ansehen.

Trond kam aus dem Laden und erzählte es ihr, und sie saßen eine geraume Weile still da und sahen einander quer über den Küchentisch an.

»Ich habe es das vorige Mal als unangenehm empfunden«, sagte Hillevi schließlich.

»Sollen wir's beruhen lassen?«

Ja, sie denke schon.

»Eins ist aber sicher«, sagte sie. »Das Mädchen hat Glück gebracht.«

296

Sie blickte geheimnisvoll drein, und Trond fragte ganz unschuldig:

»Wieso?«

Monat für Monat war sie enttäuscht gewesen. Sie hatte, wenn große Wäsche war, ihre Monatstücher unten beim Bootshaus aufgehängt. Damit niemand sie vom Laden aus sähe. Sie hatte sich aber nicht nur deshalb geschämt, weil es diese Art von Wäsche war. Noch schlimmer war, daß sie nicht wieder schwanger zu werden vermochte und daß man das sah. Monat um Monat in diesen Jahren. Das erste Mal war es ihr gewissermaßen zugeflogen. Sie war sich so sicher gewesen, daß es auch fürderhin leicht ginge. Womöglich sogar zu leicht. Aber erst jetzt war es passiert.

»Wir werden noch ein Kind bekommen«, sagte sie. »Ich glaube, das muß etwas mit dem Mädchen zu tun haben. Pflegekinder aufzunehmen hat mitunter diese Wirkung. Das ist bekannt.«

»Dann behalten wir die Deern«, sagte Trond lächelnd.

Wie viele erinnern sich an Jonetta? Sie wohnte in dem Haus, das jetzt als das Haus des Doktors bezeichnet wird. Vorher hieß es das der Lehrerin. Und davor war es das von Aagot Fagerli.

Jonetta bekam das Häuschen von ihrem Vater und konnte, dreißig Jahre alt, Nisj Anta heiraten. Oder Anders Nilsson, wie man hier unten sagte. Eigentlich hieß er Antaris.

Vielleicht sollte man sagen, daß sie sich endlich traute. Ihr alter Großvater war immer dagegen gewesen, nicht so sehr, weil ihr Verlobter Lappe, sondern weil er bettelarm war. Aber dann wurde der Lakakönig ja krank und machtlos, und da glaubte ihr Vater wohl eingreifen zu können. Antaris und Jonetta gingen nun schon jahrelang miteinander, wenn auch heimlich, und die Leute lachten hinter dem Rücken des unwilligen Schwiegervaters. Also sagte Morten Halvorsen, daß sie nun gern mal heiraten könnten. Eine Bedingung stellte er freilich: Jonetta sollte keine Renzüchterfrau werden müssen. Als die Witwe Fransa starb, kaufte er den beiden das Häuschen unterm Höhenrücken oben.

Antaris sagte bald, daß die Hütte nicht gut sei. Sie könne sogar gefährlich sein, meinte er. Morten hielt das natürlich nur für närrisches Lappengeschwätz. Aber Antaris bestand darauf, sie besprechen zu lassen. Jonetta war unangenehm berührt und sagte, er könne das gern machen lassen, brauche aber nicht darüber zu reden.

Das hat mir Hillevi erzählt. So merkwürdig das klingen mag, aber sie war dabei, als von den norwegischen Lappen ein Helfer kam und das Häuschen besprach.

Und jetzt kommt das Wunderliche.

Jonetta blieben nicht mehr als sechs Jahre dort oben unterm Höhenrücken. Sie schaffte es, Rosenbüsche zu pflanzen, die der

Doktor nun so sorgfältig pflegt. In die Steinspalten am Abhang setzte sie Rosenwurz, Scharfen Mauerpfeffer und Schleierkraut. Und Trollblumen, diese gelben Butterrosen, die im Frühling blühen. Es war, als wollte sie für Antaris das Fjäll ins Dorf herunterholen. Sogar mit Erzengelwurz versuchte sie es, aber der ging ein.

Erst als Jonetta schon ein Jahr tot war, erzählte Antaris, wie er erfahren habe, daß das Häuschen gefährlich sei.

Es war Oktober, als er das erste Mal dorthin kam. Der erste Schnee war gefallen und lag schütter auf der Lehde am Abhang. Damals war sie noch nicht zottig und verwachsen, sondern von Mäulern und Sensen schön gestutzt. Er stieg den langen Hügel hinan, und erst als er schon fast oben war, warf er zufällig einen Blick auf den Viehstall. Dort stand eine Frau. Sie wandte ihm den Rücken zu, sah ihn aber über die Schulter an. Er konnte nicht sehen, womit sie beschäftigt war.

Er fand das natürlich seltsam. Er kannte die Frau nicht. Ein prächtiges Frauenzimmer, sagte er. Schmaler Rücken und schlanke Taille. Ja, er dachte für einen Augenblick an seine Schwägerin Aagot Halvorsen, die mit erst siebzehn Jahren soeben nach Amerika gefahren war.

Er wollte gerade zu ihr hingehen, als sie sich in Bewegung setzte. Sie warf ihm lediglich einen Blick zu und ging dann den Pfad zum Höhenrücken hinauf. Antaris war etwas ärgerlich, weil das Haus immerhin auf Jonetta eingetragen war. Wenn dieses Frauenzimmer hier etwas wollte, dann sollte sie wenigstens sagen, worum es sich handelte. Aber sie lief bloß immer schneller. Er machte größere Schritte, als er hinter ihr herging, war aber nicht so schnell wie sie. Das Merkwürdige war, daß er es nicht schaffte, zu rufen. Es war, als brächte ihn etwas zum Schweigen. Eine Art Angst, sagte er. Wirklich.

Sie gingen am Abort vorbei, der nahezu eingefallen war, und am Müllhaufen der Witwe, auf dem ihr Gebiß lag und grinste. Da kam ihm der Gedanke, daß es eine Hinterbliebene sein könne, eine Verwandte aus einem anderen Ort, die hergekommen sei, um zu sehen, ob noch etwas zu holen wäre.

Er beschleunigte seinen Schritt. Aber da wurde die Frau kleiner. Er war so verdattert, daß er abrupt stehenblieb. Sie wurde immer kleiner, und bald war sie nur noch so groß wie eine Puppe. Sie watschelte auf dem Pfad dahin. Ihm schwante allmählich, was ihm da widerfahren war, und er traute sich nicht mehr, ihr weiter nachzugehen. Und ganz richtig: Als sie den Abhang erklommen hatte, verwandelte sie sich.

»Eine Schneehenne ist worden aus ihr«, sagte er.

Die Frau, die so klein wie eine Puppe geworden war und sich dann in ein Schneehuhn verwandelt hatte, schaukelte zwischen den Tannen davon. Antaris ging zurück und hütete sich, im Neuschnee nach ihren Spuren zu schauen. Er wußte auch so, daß er nur seine eigenen zu sehen bekäme.

Gufihtar, sagte er, heiße sie. Tauche sie auf und streife irgendwo umher, solle man sich vor dieser Stelle in acht nehmen, sagte er.

Mag es sich damit verhalten, wie es will, ein glückliches Haus wurde es tatsächlich nicht. Trotzdem baute Antaris unten an der Straße einen großen Stall und versuchte auf jede erdenkliche Weise Bauer und seßhaft zu werden. Sie hatten auch auf der anderen Seite des Sees einen Viehstall, und im Sommer ruderte Jonetta zweimal täglich zum Melken hinüber. Da war sie bereits müde und mitgenommen, und ihre Haut wurde allmählich braun. Sie starb an Schwäche.

Ich fragte Doktor Torbjörnsson, wie er diese Krankheit einschätze. Hatte sie etwas mit dem Haus zu tun? Über das Treiben der Toten in alten Hütten wagte ich nichts zu äußern, aber ich fragte, ob Jonetta von der Feuchtigkeit in den Wänden krank geworden sein könnte. Oder ob schlicht Gift in den Tapeten war.

Er sagte, er wisse es nicht. Aber er hörte sich genau um, wie es um Jonetta in ihrer letzten Lebensphase gestanden hatte. Dann sagte er, daß es sich möglicherweise um eine Störung in der Tätigkeit der Nebennieren gehandelt habe und daß dies eine seltene Krankheit sei.

Nach Myrtens Beerdigung durfte ich mit dem Doktor nach Hause fahren. Als wir beim Laden ankamen, fragte er, ob ich wirklich ins Haus gehen und allein sein wolle.

»Willst du nicht mit raufkommen?« fragte er. »Wenigstens auf einen Sprung.«

Ich dachte, früher oder später müsse ich in die Einsamkeit zurück, aber ich schob das gern ein Weilchen auf.

Ich blieb bis spät abends bei Torbjörnsson. Wir sahen uns *Aktuell* an, und er kochte Tee, und wir aßen die Sandwichtorte auf. Ich hatte mitgenommen, was bei der Kaffeetafel davon übriggeblieben war. Wir unterhielten uns über Myrtens Krankheit und über alte Geschichten – wie die Sache mit Jonetta. Er wußte aber sehr wenig.

»Und doch bin ich viele Jahre lang Bezirksarzt gewesen und habe all die Geschichten, die ich über die Krankheiten der Leute gehört habe, wie ein Puzzle zusammengesetzt. Denn es sind ja auch die Geschichten über ihr Leben«, sagte er. »Über unser Leben.«

Warum Myrten sterben mußte, konnte er auch nicht sagen.

»Es wurde alles versucht«, beteuerte er. »Damit du es weißt, Risten.«

Ja, ich wußte wohl. Droben in der Jubiläumsklinik in Umeå gab es eine Zellgiftbehandlung und den Bestrahlungskanon. Aber es half nichts. Und das weiß ich auch: Wir Menschen sind nur geliehen auf Erden.

Aagot kam im selben Jahr, in dem Jonetta starb, aus Amerika zurück, und sie kaufte Antaris Nilsson das Haus ab, da er um absolut nichts auf der Welt dort wohnen bleiben wollte. Das kann man ja verstehen. Schon schwieriger zu begreifen ist, wie Aagot, die in Boston in einem großen Haus gelebt hatte und bei einer wohlhabenden Herrschaft Hausmädchen gewesen war, mit einem Häuschen, in dem es lediglich eine Küche und eine Kammer gab, zufrieden sein konnte. Gut die Hälfte des Raumes, der dem Doktor jetzt als Wohnzimmer dient, war damals auch noch Backstube, und wenn sie nicht benutzt wurde, war sie unbeheizt.

Es ist alles so anders jetzt, obwohl der hölzerne Bau steht, wo er steht, und die Fenster dort sitzen, wo sie immer schon gesessen haben. Unter den Winddielen knäulen sich in kalten Winternächten natürlich wie eh und je die Kohlmeisen und andere kleine Meisen. Auf dem Dachboden hausen nach wie vor Fledermäuse. Ein Hermelin hat seine Höhle in der Steinmauer am Abhang; am Küchentisch sitzend – zuerst bei der Lehrerin und jetzt beim Doktor – habe ich es gesehen. Im Winter weiß, so daß sich bloß die schwarze Schwanzspitze und die Augen vom Schnee abheben, im Sommer braun mit cremeweißem Lätzchen. Ich denke, es muß ein Nachfahre derjenigen Hermeline sein, die in meiner Kindheit hier oben über den Schnee gehuscht sind.

Hillevi und ihr Vetter Tobias saßen am Küchentisch und schauten über den See. Das Wasser bewegte sich nicht. Auf der anderen Seite hatte sich die Dämmerung schon den Brannberg unterworfen. Die Masse verdichtete sich.

Zwei Singschwäne trieben lautlos dahin, fast so, als schliefen sie, obwohl sie ihren Schnabel noch nicht unter den Flügel gesteckt hatten. Ein roter Streif am westlichen Himmel strich im Wasser über ihr Spiegelbild.

Tobias trank den Rest seines Kaffees aus und stellte die Tasse ganz behutsam auf die Untertasse zurück. Hillevi verstand, daß er die Stille zu durchbrechen fürchtete.

»Hier steht die Zeit still«, sagte er.

Die Vogeljagd ging zu Ende, und er fuhr nach Uppsala zurück, doch das hier würde sie nicht vergessen. Sie wollte wirklich versuchen, sich die Zeit zu nehmen, jeden Tag für ein Weilchen allein in der Dämmerung zu sitzen. Sich die Dunkelheit in den Sinn sinken lassen, hatte er das genannt. Aber es war so schwierig zu bewerkstelligen.

Sie erhielt einen Brief von ihm.

Erinnerst Du Dich an das »Alpenglühen«, das wir von Deinem Küchenfenster aus betrachteten? Glüht es immer noch, wenn Du Dämmerstunde hältst? Welch herrliche Übung – die Dunkelheit sacht in die Seele sinken zu lassen, während die Fjällmassive auf der norwegischen Seite aussehen, als würden sie wie Eisen in einer Esse erhitzt! Welch Anblick! Welche Reinheit in dieser Luft, die ich so begierig trank! Du atmest sie jeden Tag, glückliche Hillevi! Und ich atme hier Karbol. Täglich begegnest Du diesen Ehrenmännern und kernigen Kerlen, die

*mich während einiger sorgloser Jagdwochen die Kunst des
Lebens lehrten. Könnte man sie doch auch hier ausüben!*

Das Wasser war jetzt ebenso schwarz, hatte aber eine feine neue
Eisschicht, die zitterte, wenn der Wind hineinfuhr. Der Himmel
dunkelte früher. Und die Glut im Westen verblich rasch und erlosch. Auf den Berggipfeln lag dünn und spärlich der Schnee.

Auf dem Eis konnte sie kein Licht mehr blitzen sehen. Womöglich würde die feine Schicht aufbrechen, wenn frühmorgens der Wind auffrischte. Noch war der Frühwinter nicht richtig da.

Die Zeit stand nicht still.

Er irrte sich.

Die Zeit ist eine Flößrinne, dachte sie. Wir fallen und plumpsen wie Baumstämme in sie hinein. Längelang.

Sie schaltete die Lampe an. Es wurde so unbarmherzig und
schnell hell mit elektrischem Strom. Im Obergeschoß rannten
die Kinder über die Dielen. Myrten blieb vor Lachen schier die
Luft weg. Dann hörte man Sissla die Treppe heruntertappen.
Sie wurde allmählich alt und mochte keinen Lärm und Radau.

Ich muß mit Trond reden, dachte Hillevi. Wußte aber nicht,
ob sie sich traute. Er konnte ganz still werden, wenn sie Dinge
ansprach, von denen er meinte, daß sie nichts damit zu tun
habe. Vor allem, wenn sie im Dorf davon gehört hatte.

Sie kam aber nicht umhin. Das betrifft auch mich, dachte sie.
Allerdings weiß er das nicht.

Es gelang ihr, die Glut anzufachen, und sie stellte den Topf
mit dem Wasser für die Grütze aufs Feuer.

Er kam erst nach neun Uhr. Da hatten sie und die Kinder gegessen, und sie stellte ihm Butterbrote und ein wenig Aufschnitt hin. Er war blaß vor Müdigkeit.

Er legte sich mit der Zeitung auf die Küchenbank. Hillevi
hatte mit der Kelle Spülwasser in den Topf geschöpft und
räumte die Teller ab, während es warm wurde. Sie sagte:

»Ich habe gehört, du bist Remittent zweier Pferdewechsel auf
Vilhelm Eriksson.«

Sie stand mit dem Rücken zu ihm und hörte die Zeitung rascheln. Er war ein Weilchen still.

»Ei der Daus«, sagte er.

»Bitte?«

»Wissen was, die Leute.«

»Ja, ich habe es in der Pension gehört. Es kommt ursprünglich wohl von Bäret. Stimmt das denn? Und daß du sie nicht diskontiert hast.«

»Tut wohl stimmen«, erwiderte er.

»Auf fünf Jahre!«

»Der erste«, erklärte er. »Der zweite, der ist für ein Jahr bloß.«

Es war ein Weilchen still, und sie dachte: Jetzt sagt er nichts mehr. Aber dann hörte sie aus dem Zeitungsgeraschel:

»Hat ein Mordspech gehabet, der Vilhelm, mit den Pferden.«

Es klang fast wie eine Entschuldigung.

»Wieviel Zins nimmst du?«

»Drei Prozent. Wenn es wissen willst.«

Er war jetzt verärgert. Aber es gab nun kein Zurück mehr.

»Dein Vater nimmt sieben!«

Jetzt war es auf der Bank so still, daß sie sich nicht mehr weiterwagte. Jedenfalls nicht im Augenblick. Also spülte sie das Geschirr und trocknete es ab. Dann ging sie hinauf und sah nach den Kindern. Sie schliefen alle drei.

Als sie herunterkam, war er mit der Zeitung auf dem Gesicht eingedöst, wachte aber von ihren Schritten auf.

»Bin eingenicket«, sagte er.

Er wollte die Sache auf sich beruhen lassen, das war ihr klar. Aber dazu war es jetzt zu spät. Sie hatte keine Wahl mehr; es mußte heraus.

»Die Erikssons stehen sowohl für Pferdefutter als auch für Lebensmittel in der Kreide. Und für Werkzeug! Seit vorigem Jahr. Wie soll das denn gehen? Soll Vilhelm Eriksson nun neuerlich Waren aus dem Laden bekommen? Für diesen Winter.«

»Ja, draußen gewesen ist er heut, zum Anlaschen. Sollet er's bezahlen können, dann sollet man ihn fällen lassen.«

Sie wußte, daß die Rotten angefangen hatten, die Holzschläge zu verteilen. Die Fuhrleute hatten sich ihre Holzfäller ausgesucht, und jetzt sollten die Jagen numeriert und ausgelost werden. Dann würden sie Holzabfuhrwege inspizieren und Holzlagerplätze anlegen.

»Für wen fällt er denn? Er wird doch nicht selbst fahren?«

»Schon, was sonsten bleibet ihm denn übrig. Sollet es Verdienst einbringen. Sind 'ne eigne Rotte jetzt, Eriksson und seine Jungens. Also abwarten, wie's laufen tut.«

»Das sind noch Kinder!«

»Nichten die zwei ältern. Zweiundzwanzig ist er, glaube ich, der Gudmund. Und zwanzig der Jon. Die jüngern, die haben Stämme gerollet beim Flößen und die Ufer reinegemachet. Ein paar Jahre, mindestens.«

»Für halben Lohn.«

Er schwieg und nahm die Zeitung auf.

»Das Geld siehst du nie wieder«, meinte sie.

Diesmal konnte sie unmöglich weitermachen. Doch in ihr brannte die Lust, weiter zu hetzen. Eine Zeitlang traute sie sich gleichwohl nichts zu sagen. Eines Nachmittags hatte er einen Värmländer mit in die Küche gebracht. Dieser arbeitete als Holzvermesser für ihn, und sie gingen zusammen die Jagen durch. Hillevi stand am Herd und wollte gerade den Kaffee im Kessel durchseihen, als Vilhelm Erikssons Name fiel.

»Dieses Aas«, sagte der Holzvermesser. »Halvarsson, hätte er mich doch nicht zurückgepfiffen!«

»War schon am besten so. Sollet nichten raufen, draußen, beim Anlaschen. Samstags, am Abend, da möget ihr das tun.«

»Daß ich Meßzettel gefälscht haben soll, das ist eine Lüge.«

»Dich hat er nichten gemeinet«, sagte Trond.

Und dann verloren sie kein Wort mehr über diese Sache. Sowie sich jedoch der Vermesser für den Kaffee bedankt und samt seinen Papieren entfernt hatte, fragte Hillevi:

»Hat Eriksson dich gemeint? Daß du Meßzettel gefälscht haben sollst?«

»Ja, war wohl was dahin gehend.«

Sie merkte, daß er äußerst unangenehm berührt war.

»Jetzt ist es wohl an der Zeit, mit ihm abzurechnen«, sagte sie.

Er sagte nichts darauf. Und sie stand da, die Fischhaut noch in den Fingern.

Bei Trond richtete es sich nach innen, wenn ihm jemand böse Worte nachwarf. Er schwieg und verschloß sich.

Hillevi war sich ziemlich sicher, daß er in sich selbst wühlte. Und es war nicht ausgeschlossen, daß er nach einer Bestätigung suchte. Aber zu Recht fand er diesmal keine: Er war kein Fälscher. Schließlich kam der Zorn. Sie verspürte ihn ebenfalls. Und der verrauchte nicht so schnell. Man konnte sagen, daß Trond nachtragend war. Was ihn getroffen hatte, vergaß er nie.

Das sah sie deutlich, als Vilhelm Eriksson eines Nachmittags den Laden betrat. Trond kehrte ihm den Rücken. Und dann nahm er seinen Mantel vom Haken und ging.

Eriksson blieb an der Theke stehen und wandte sich nun an Hillevi, wenn auch widerwillig, wie sie merkte. Er zählte auf, was er haben wollte. Sie begriff, daß es für seine Rotte war. Er begann mit dem Speck.

Sie hörte zu, ohne etwas zu sagen. Nachdem er alles aufgezählt und mit einem Zimmermannsbleistift und zwei Fällkeilen geendet hatte, sagte er:

»Der Gudmund, der holet's morgen ab.«

»Ich weiß nicht, ob das geht«, erwiderte Hillevi. Ihr blieb schier der Atem weg, als sie mit ihm sprach. Sie war den Kerlen aus Lubben stets ausgewichen, wenn sie in den Laden kamen. Er war alt geworden in den Jahren, die vergangen waren, seit sie ihm einmal tatsächlich ins Gesicht gesehen hatte. Sie fand, daß er wie ein Wolf aussah.

»Ich bin mir nicht sicher, ob wir noch etwas herausgeben«, sagte sie. »Ich muß mich mit Halvarsson besprechen.«

Mit weichen Knien drehte sie sich um und begann Kurzwaren ins Regal zu räumen. Erst jetzt wurde sie sich dessen bewußt, daß sie allein im Laden waren, sie und Eriksson. Sie hörte ihn schwer atmen, und dann spuckte er einen Qualster auf den Boden. Nachdem er die Tür hinter sich zugeworfen hatte, setzte sie sich auf eine Tonne. Sie hatte Herzklopfen.

An diesem Abend wurde es um sie herum erst ruhig, als sie im Bett waren. Da aber sagte sie es:

»Du solltest die Wechsel diskontieren und verlangen, daß er bezahlt, was er in den vergangenen zwei Jahren hat anschreiben lassen. Das geht zu weit jetzt.«

*

Alle denken, der Norweger würde sich für nichts interessieren. Er ist ein alter Sonderling, das stimmt. Er behauptet, es sei ihm schnurz, was die Leute heutzutage trieben. Aber er unterhält sich manchmal mit mir über das, was mal war. Es ist, als wäre trotz allem eine Neugier auf dieses Fleckchen Erde vorhanden, auf dem er niedergegangen ist. Sich hat niedergehen lassen.

»Du könntest in Italien leben«, sage ich, wenn er den Winter verflucht. »Oder auf den Bahamas. Du kannst es dir doch leisten.«

Dann grinst er.

Heute spielt das Wasser. Kleine Wellen, Sonnengegleiß. Die Erde ist jedenfalls grün, und sie trägt die Menschen, denke ich. Und dann schalte ich das Radio aus.

Alle Luftschichten, die kalten wie die warmen, die trockenen wie die feuchten, die tiefen kalten Strömungen in den Seen, das glitzernde Wasser an der Oberfläche, die Fjälls und die Moore mit ihren Sonnenflecken, diesen Deckchen aus Gold, alle sind sie heute freundlich zu den Menschen. Das Licht, dessen Schein nachts kaum blendet, die Dunkelheit, die kommen wird, die wahrhaftig kommen wird, und der Morgen und der Abend, das Laub und das Gras, der Wald und die Tiere, die sich darin bewegen, alle sind sie lebendig und freundlich gestimmt. Die Erde trägt die Menschen, und sie bewegen sich leichtfüßig über den Erdboden.

Aber ich weiß wohl, daß die Erde sie auch bedroht.

Kälte und Hunger können sie erwischen. Sie können in ein Moorloch hinabgezogen werden. Das Messer kann abgleiten. Ja, wenn eine andere Hand es hält, sticht es womöglich zu. Dann verbluten sie.

Krankheiten bekommen sie und erfahren diese tief im Innern. Es ist keineswegs leicht, davon zu erzählen und auch nicht davon, wie sie Kinder in die Welt gesetzt haben, wieviel Blut und Qualen es gekostet hat, sie in die Welt zu setzen.

Aber sie leben ihre Geschichten, mögen diese noch so schwer sein. Etwas anderes können die Menschen nicht.

Von anderen Menschen bekommen sie eine Antwort darauf. Das habe ich zu ihm gesagt: Nichts ist zur Gänze erlebt und erfahren, bis wir davon erzählt und eine Antwort auf unsere Geschichte bekommen haben.

Er hat bloß über mich gegrinst. Ganz hämisch. Ich wurde eifrig, ja, hitzig und sagte, in den Geschichten sei etwas, dem das Vergessen und die Zerstörung nicht beikämen.

»Und ich glaube nicht, daß es dieses Etwas auch noch woanders gibt«, sagte ich.

»Aha«, meinte er. »Ich habe immer gedacht, du seist religiös.«

Und er verulkte mich weiterhin – wie sich herausstellen sollte. Zuerst klang er richtig ernsthaft. Seine Stimme war hart, als er mir davon sprach, was für Lügen diese Geschichten seien und daß alle Menschen lügen würden, um besser dazustehen. Kein Mensch könne anders, wenn er über sich selbst spreche. Die Erinnerungen, die ein Mensch so selbstsicher erzähle, seien in Wirklichkeit brüchige Fetzen, die es nicht ertrügen, mit Worten berührt zu werden. Sie würden auf der Stelle zu Lügen.

Ein Mensch sei einsam auf der Welt. Er habe mit anderen nichts gemein. Außer diesem Gerede, dieser Flut von Lügen aus seinem Mund.

Dann saß er lange schweigend da und wirkte müde und abwesend. Ich kochte uns ein wenig Kaffee. Obwohl er von außerhalb kommt und an vielen Orten der Welt gewesen ist, mag er am liebsten grob gemahlenen, aufgekochten Kaffee. Als wir ihn getrunken hatten und er wieder munterer war und nicht mehr so weißgrau im Gesicht, fragte er nach Lubben und denen, die dort früher gewohnt hatten. Ganz draußen auf Tangen.

»Eriksson hießen die«, sagte ich. »Den Alten haben wir den Lubbenalten genannt. Er hat ein schreckliches Ende gefunden.«

»Wie denn?«

Da sagte ich, daß ich ihm alles von Anfang an erzählen werde.

»Von Beginn an«, ulkte er. »Was weißt du vom Beginn?«

»Ich weiß, daß Eriksson im Laden in der Kreide stand«, sagte ich. »Es ging auch um Pferdewechsel. Mein Ziehvater war als Remittent auf den Plan getreten. Aber am Ende ging es zu weit.«

Vilhelm Eriksson hatte Pech. Pech, Pech und nochmals Pech. Er nahm seine Jungen zum Anlaschen mit hinaus. Und zwar deshalb, weil der Verdienst in Lubben bleiben sollte. Er hatte zwei schlechte Jahre gehabt, und seine Schulden wuchsen immer höher. Er mußte nun alles aufholen. Die Jungs waren jedoch zu jung und zu schwach. Sie konnten bei der Hatz in den Holzschlägen, beim Wettbewerb und bei der Jagd nach Kubikfuß nicht mithalten. Wie sehr sie auch rackerten.

Es war kalt in jenem Winter, und das Entrinden war schwierig. Das gesamte Kiefernholz sollte entrindet werden, und sie hatten das Jagen am Höhenrücken zum Tullströmmen hin bekommen, wo viele Kiefern standen.

Wenn er konnte, war der Lubbenalte mit draußen und fällte oder fuhr. Das ergab aber keine vollen Arbeitstage, denn er mußte zu Hause auch die Tiere versorgen. Sie hatten in dem Winter keine Frau im Haus. Bäret war bei ihrer Mutter, die lungenkrank in Skuruvatn lag.

Die Jungen rackerten zwar und versuchten erwachsene Kerle zu sein. Aber an dem Tag, da der Schreiber schließlich auf dem Eis stand, das Aufnahmebrett in der linken Hand hielt und mit dem Stift für jeden Stamm ein Loch ins Papier machte, schlug die Stunde der Wahrheit. Für Eriksson war es völlig den Bach runtergegangen.

*

Zwei Frauen setzten sich für die Erikssons ein. Als erstes kam Aagot in einem ihrer Amerikamäntel anstolziert. Sie sagte, sie wolle nur mal vorbeischauen. Das hatte sie bisher noch nie getan, und deshalb vermutete Hillevi eine Absicht dahinter. Daß sie sich aber für Vilhelm Eriksson stark machen wollte, war kaum begreiflich.

»Was hast du mit denen in Lubben zu tun?« fragte Hillevi ohne Umschweife.

Darauf gab Aagot natürlich keine Antwort. Sie saß in der Stube auf dem Sofa, eine Kaffeetasse aus feinstem Porzellan vor sich, und sah sich um. Sie hatte einen Blick wie ein Nachlaßverwalter. Über das Grammophon schmunzelte sie. Warum, war schwer zu sagen. War es nicht groß und amerikanisch genug? Oder zu großspurig in einem Dorf wie diesem?

Die beiden hatten sich noch nie verstanden. Aagot hatte so lange gequengelt, bis sie von ihrem Vater das Reisegeld bekam, nur damit sie nicht Hillevis Magd werden mußte. So hatte sie gesagt. Sie hatten norwegische Verwandte in Boston, also ließ Morten Halvorsen sie fahren. Dort half sie zunächst in der Pension ihrer Tante aus, und dann bekam sie eine gute Stellung als Hausmädchen. Alle wunderten sich, als sie wieder nach Hause kam und in das Haus zog, das ihre Schwester hinterlassen hatte.

Der Küchentisch da oben war noch derselbe. Und es schien, als zöge er dieselbe Sorte Leute an. Wie zu Jonettas Zeiten gab es dort immer eine Mordskaffeetrinkerei. Aagot tat nicht sehr viel, sie hatte es nicht nötig. Sie hatte das großväterliche Erbe, und außerdem erhielt sie merkwürdigerweise Geld aus den USA. Jeden Monat. Es wurde getratscht darüber. Seinen Ausgang nahm dieses Gerede natürlich unten in der Post. Aagot beherrschte jedoch die Kunst des Schweigens, wenn sie wollte.

Trond, der den Namen Halvarsson angenommen hatte, wollte, daß Aagot sich dem Namenswechsel anschließe. Doch sie beantragte statt dessen, sich nach dem Dorf, aus dem die Familie stammte, Fagerli nennen zu dürfen. Zu Leuten, die von außerhalb kamen, sagte sie immer, daß sie aus einem Bauerngeschlecht auf der norwegischen Seite stamme. Alle wußten aber, daß sie die Enkelin des Lakakönigs war. Es war also sinnlos, einen neuen Namen anzunehmen.

»Sie heiratet ja doch einmal«, sagte Hillevi.

Zugleich war es aber auch schwierig, sich Aagot im Dorf verheiratet vorzustellen. Es waren nicht nur die Hüte und die Mäntel mit den Posamenten um die Knopflöcher. Es war etwas an der ganzen Person. Sie hatte eine Art aufzutreten, die Hillevi sich niemals herausgenommen hätte. Wie jemand Besseres. Trotzdem verkehrte sie mit Leuten, die Antaris Nilsson angeschleppt hatte. Solchen, denen die freundliche Jonetta sich nie den Marsch zu blasen getraut hatte. Sie wird jedenfalls nach unten gezogen, dachte Hillevi, sagte es aber nicht zu Trond.

Wie auch immer, sie wies Aagots Einwände zurück. Trond könne die Erikssons in Lubben nicht durchfüttern. Nicht Jahr für Jahr.

»Und die Jungs?« warf Aagot ein.

Mit den Jungen war das natürlich schwierig. Arme Leute haben immer so viele Kinder. Sie sagte, Vilhelm müsse sich wohl anderweitig Arbeit suchen. So wie andere auch.

»Arbeit? Was anderes als den Wald?« sagte Aagot. »Was sollte das denn sein?«

»Das ist nicht mein Problem, und deins auch nicht.«

Aagot schien keine Ahnung zu haben, was Hillevi im Lauf der Jahre alles getan hatte. Außer den Krankenbesuchen. Eßkörbe, wenn es ganz schlimm stand. Abgelegte Kleider. Gratismedikamente.

Die Hausfrauen kamen zu Hillevi und erzählten von ihren Krämpfen. Sie hofften, daß sie Tropfen habe, die helfen würden. Die eine sagte, sie sei so schnell geschlaucht, die andere war bedeppt, wenn sie aufstand, und das bis weit in den Vormittag hinein. Daß sie gemärgelt sei, wollte keine von ihnen zugeben. Dann schon lieber die Wimmeleien einer unbekannten Krankheit. Sie kannte jetzt die Symptome und die Wörter, die sie dafür hatten. Sie wußte aber, daß die eigentliche Krankheit Hunger und Erschöpfung hieß. Ihre Hilfe war unzureichend. Selbst wenn wir alles hergäben, dachte sie. Was würde es helfen?

Und es wäre nicht richtig.

Es war jedenfalls bitter, daß niemand Aagot erzählt hatte, was Hillevi an Essen, abgelegten Kleidern und Medikamenten verteilte. Es war peinlich, dies selbst sagen zu müssen. Doch sie mußte sich verteidigen, und deshalb sagte sie, sie habe im Lauf der Jahre schon vielen geholfen.

»Aber nicht denen in Lubben«, versetzte Aagot.

Die andere Frau war Bäret. Sie kam, als Trond sich endlich zu einem Entschluß durchgerungen und Vilhelm Eriksson Bescheid gegeben hatte. Da stand sie mit all ihren Tüchern und in die Stirn gezogener Pelzmütze in der Küche und sah ungefähr so aus wie damals, als Hillevi sie in der Dunkelheit des Ladens zum ersten Mal gesehen hatte.

»Reden Sie mit Halvorsen«, sagte Hillevi. »Um seine Geschäfte kümmert er sich selbst.«

»Bei *dem Geschäfte*, da habet sie schon ihr Anteil gehabet am Sagen, die Frau Halvorsen.«

Sie sprach das Wort auf ganz spezielle Weise aus. Und sie blieb stehen. Hillevi wußte nicht, was sie mit ihr anfangen sollte. Also wandte sie ihr den Rücken zu und begann auf einer Zeitung gewässerte Heringe zu filetieren. Sie fand, daß Bäret unendlich lange dort stand. Und es war so still, daß sie sie mit offenem Mund atmen hörte. Wären doch bloß die Kinder um sie herumgewesen! Aber Tore und Risten waren in der Schule, und Myrten spielte still im Schlafzimmer oben.

Schließlich ging Bäret. Hillevi schlotterten die Knie, als endlich die Tür zuschlug. Sie setzte sich an den Küchentisch und stützte das Gesicht in die Hände. Ihre Finger rochen nach Hering. Sie wollte weinen, konnte es aber nicht. Da hörte sie die Haustür noch einmal gehen, und sie stand schnell auf und strich sich das Haar zurecht. Sie dachte: Wie ärgerlich, jetzt habe ich den Heringsgeruch im Haar. Es war, als liefe alles verkehrt, im großen wie im kleinen. Als sie sich umdrehte, stand Gudmund Eriksson in der Tür. Er hatte die Mütze nicht abgenommen.

»Was willst du? Wenn du deine Tante abholen möchtest, die ist schon gegangen.«

Er sagte nichts darauf. Als sie aus dem Fenster schaute, das zum Laden und zur Straße ging, sah sie, daß Bäret bereits auf der Fuhre saß.

»Was willst du denn?«

»Lasset grüßen, der Vater«, sagte er.

»Ich habe da nichts zu sagen. Halvarsson hat ihm doch Bescheid gegeben.«

»Wissen wir. Hat aber gesaget, der Vater, mit dir sollt ich reden. Alleinig.«

»Ich kann da nichts machen.«

Er war groß, wie alle Jungen in Lubben. Blond und grobschlächtig. Sein Blick unter den halb gesenkten Lidern war unverwandt auf ihr Gesicht geheftet.

»Er saget, der Vater, mußt auf der Hute sein«, sagte er.

»Willst du mir drohen?«

Er grinste.

»Wirst am Ende gekrieget, vom Vieraug«, sagte er. »Lasset er ausrichten, der Vater.«

Dann machte er auf seinen derben Stiefelabsätzen kehrt und ging.

Sie verstand nicht, was er meinte, und das verdroß sie zusätzlich. Sie konnte Trond nicht fragen, wenn er kam. Über alles, was mit diesen Leuten in Lubben zu tun hatte, mußte sie schweigen.

Sie kannte niemanden, der Vieraug genannt wurde. Alle möglichen Namen hatten sie für einzelne Leute. Stenz und Nasowas.

Einen nannten sie sogar Dachsparren, weil er so dürr war. Von einem Vieraug hatte sie indes nie gehört.

In derselben Woche stand sie zusammen mit Verna Pålsa in der Backstube. Vor dem Ofen – Verna rollte aus und sie buk – fragte sie beiläufig:

»Vieraug, weißt du, wer das ist?«

Verna hatte keine Ahnung.

»Wo hast's denn gehöret?«

»Das weiß ich nicht mehr«, erwiderte Hillevi.

Die kleinen Mädchen waren auch da und rollten am Tischende aus. Risten sagte:

»Vieraug, das ist ein Hund.«

»Ach ja?« meinte Verna. »Wem sein Hund denn?«

»Weiß nichten. Aber mein Onkel hat gesaget, es gibt Hunde mit vier Augen. Njieljien Tjalmege nennet man die. Das heißt Vieraug, saget mein Onkel. In unserer Sprache.«

Verna mußte lachen.

»Da schau her!« sagte sie zu Hillevi. »Nichten ist die furchtig. Traust's dich auch dem Fräulein sagen, das da?«
»Nä«, gestand Risten.

Trond war jetzt vierzig Jahre alt und nicht immer ganz frohgemut. Als er den Brief von Tobias zu lesen bekam, lachte er immerhin. Er klang jedoch etwas schneidend. Manchmal machte sich Hillevi Sorgen um ihn.
»Du wirst mager«, sagte sie. »Du wirst doch nicht krank sein?«
In diesem Winter hatte die Lungenschwindsucht auf Tangen drei Leben gekostet.
»Nä, zum Kuckuck«, sagte Trond. »Wohl bin ich gesund.«
Hillevi dachte, es sei die Flößervereinigung, die ihm Kummer bereite. Er hatte dort die Interessen seines Vaters übernommen. Als die Flößstrecke ausgebaut werden sollte, hatte Morten Halvorsen sich zurückgezogen. Ihm sei das zuviel Geld, sagte er. In Wahrheit aber zog er sich aus den Forstgeschäften immer weiter zurück und verkaufte.
»Er spekulieret«, sagte Trond. »Aktien, das soll's jetzt sein.«
Aktien war das einzige Wort, das er nach wie vor norwegisch aussprach.
»Sollet's eins vielleicht anfangen, das Spekulieren. Gehet ohne Arbeit immerhin.«
Sie wußte nicht, ob er tatsächlich meinte, was er sagte. Für einen Scherz klang es fast zu bitter, und das war nicht seine Art.
»Du hast zuviel um die Ohren«, meinte sie.
»Strenge ist's, das Geld«, sagte er. »Nichten machet es einen kummerfrei. Ein richtiger Erzieher ist's.«
Diese spitze Art des Scherzens regte sie auf.
»Nun, ich weiß ja nicht, ob es wirklich das Geld ist«, sagte sie. »Es ist wohl die Verantwortung. Du trägst ja Verantwortung für die Leute hier. Daß sie Arbeit bekommen und sich versorgen können.«
»Aber für die Erikssons gehet's den Bach runter jetzt. Und traget man gewissermaßen auch für das die Verantwortung. Was!«
»Weißt du«, erwiderte sie, »für diese Sorte von Leuten

brauchst du nicht die Verantwortung zu übernehmen. Es ist besser, wenn sie von hier wegkommen.«

»Bin in die Schule gegangen, beisammen mit dem Ville.«

»Er ist mindestens fünf Jahre älter als du. Und in die Schule gegangen bist du doch mit allen.«

Dieses Wortgefecht war eigentlich unnötig. Sie wußte, daß er sich entschieden hatte. Erikssons Hofstelle würde zwangsversteigert werden. Doch das wollte sie jetzt nicht anschneiden, denn das hatte sie im Dorf gehört.

Es dauerte lange. Unendlich lange, fand sie. Doch dann war es soweit, am zweiten Samstag im Januar. Die Leute gingen dorthin, so wie sie überall hingingen, wo etwas los war. Prediger oder Auktionator, das kam auf eins hinaus.

Nie im Leben hatte sie daran gedacht mitzugehen. Als sie jedoch allein in der Küche zurückblieb, schoß es ihr durch den Kopf, daß Trond vermutlich Lubben ersteigern werde. Und dann wußte man nie. Anständig wie er war, fiele es ihm wahrscheinlich schwer, die Erikssons vor die Tür zu setzen. Sie würden wohl mieten oder pachten. Und was wäre dann gewonnen?

Da machte sie sich doch auf den Weg. Sie mußte die Kinder einmummeln und mitnehmen, denn die Deern, die sie als Hilfe hatte, hatte freihaben wollen. »Eine Auktion, das kömmet nichten so oft vor«, hatte sie gesagt. Tatsächlich aber kam es dazu jetzt viel zu häufig.

Es war ein kalter Tag mit einem hohen Himmel. Die Kinder, in Schals und Halstücher eingemummelt, watschelten wie kleine Hühnervögel vor ihr her. Pferde und Menschen hatten den schmalen Weg nach Lubben hinunter ausgetreten.

Sie war nur jenes eine Mal dort gewesen. Sonst nie wieder. In der Regel dachte sie nicht an diesen Ort. Sie fürchtete sich vor Vilhelm Eriksson, hatte sich aber nie überlegt, was er ihr antun könnte.

Oder sie ihm.

Einen Hund mit zwei weißen Flecken auf der Stirn hatte er besessen. Diese hatten wie Augen ausgesehen. Vieraug. Dieser

Hund mußte schon seit Jahren tot sein. Wer sollte das besser wissen als sie?

In den Schlittenspuren nach Lubben hinunterzugehen, nicht in die Pferdeäpfel zu treten und die Kinder anzutreiben, die murmelten und plapperten und alle möglichen Abstecher machen wollten, erschien ihr mehr als unwirklich.

Ihr fiel das Mädchen Serine Halvdansdatter ein. Ob sie noch lebte?

Unten in Lubben standen viele Schlitten, und die Pferde mümmelten in ihren Futtersäcken. Jemand kam ihnen mit einer Kuh entgegen.

Eine verwirrte Kuh in die Kälte hinauszuzerren!

Hoffentlich hatte dieser Spuk bald ein Ende.

Die Hütte war klein, viel kleiner, als Hillevi sie in Erinnerung hatte. Leute gingen aus und ein. Sie trugen an ihren Stiefeln Schnee hinein. Zwei von Erikssons Jungen waren auf einen leeren Schlitten geklettert und starrten all die Dinge an, die die Leute forttrugen. Sie mußten an die dreizehn, vierzehn Jahre alt sein, wirkten aber jünger, weil sie so mager waren. Richtiggehend abgemagert.

Was konnte man anderes tun als den Leuten Arbeit geben? Die Sozialisten, die sich vor allem bei den Flößern fanden, sagten, das sei pure Habsucht. Alles, was die Arbeitgeber täten, geschähe aus Gier und Tücke. Deshalb wollten sie ihnen wegnehmen, was sie besäßen: den Waldbesitzern den Wald und den Fabrikbesitzern die Fabriken.

Das war jedoch nicht richtig.

Man darf den Menschen nicht wegnehmen, was ihnen gehört. Das hatte schon Onkel Carl seinerzeit gesagt.

Auch damals waren schlechte Zeiten gewesen, wenn Hillevi auch nichts davon gemerkt hatte. Doch, vom Generalstreik. Davon hatte sie etwas mitbekommen.

Sie hatte geglaubt, daß schon alles gutginge, wenn die Leute Arbeit hätten und sich ordentlich benähmen. Aber dann war da die Sache mit den schlechten Zeiten, dieser Weltkrankheit. Wie heilte man die?

Die Leute schleppten Dinge ab, die eben noch Erikssons

Hausrat gewesen waren. Ein Butterfaß. Eine Wanduhr. Sie sahen aus, als hätten sie wahre Schätze gehoben, aber wahrscheinlich hatten sie zu Hause schon in etwa die gleichen Dinge. Mutterns Kirne, die Uhr, die an der Wand tickte. Eine Alte kam mit einer Felldecke angeschleppt. Sie war wohl keine ängstliche Natur. Die Mutter dieser Kinder hier war an Tuberkulose gestorben. Aber das lag mehr als zehn Jahre zurück, zwölf vielleicht. Die Leute hatten ein kurzes Gedächtnis.

Sie begriff, daß die Versteigerung des Hausrats nun zu Ende war und daß die Gerätschaften ebenso weggegangen waren wie die Tiere, die Schlitten und die Wagen. Diejenigen, die auf den Hof selbst bieten wollten, hatten sich in der Hütte versammelt, und dort mußte auch Trond sein.

Gudmund erschien in der Tür und glotzte sie an. Es waren natürlich nur Männer dort drinnen, folglich hatte sie hier nichts zu suchen. Sie mußte aber irgendwie an Trond herankommen. Zu dieser Tür hinein wollte sie nicht gehen. Nie wieder. Also sagte sie zu Risten, sie solle hineingehen und Onkel Halvarsson bitten herauszukommen.

Er zeigte sich mit Risten, die ihn an der Hand zerrte, in der Tür.

»Kannst du auf einen Sprung herauskommen?« fragte Hillevi.

»Es fanget gleich an, daß wir bieten.«

Sein Gesicht wirkte verschlossen.

»Ich muß dir etwas sagen.« Sie merkte, daß viele jetzt zu ihnen hersahen. Und sie wußte, was die dachten: Weiberregiment.

»Es ist wichtig«, sagte sie leise.

Da ging er mit ihr ein Stück zur Seite. Sie sah Jon beim Viehstall. Er wirkte unverfroren. Doch weder Vilhelm noch der Alte zeigten sich. Sie blickte ein letztes Mal zu der offenstehenden Tür der Hütte und dachte: Das muß ich nie wieder sehen.

»Geht und schaut euch die Pferde an«, sagte sie zu Myrten und Tore, die sich an Trond klammern wollten. »Papa und ich haben etwas zu besprechen.«

Risten folgte aufs Wort und nahm die beiden mit. Sie hörte es an der Stimme, wenn es ernst war. Sie war verständig. Stets

318

kümmerte sie sich um Myrten, die ängstlich und zurückhaltend war. Schüchtern, sagte man. Sie brauchte jemand Keckes und Aufdringliches. Solange sie konnte, hatte Risten Myrten herumgeschleift, sie getragen und geschleppt. Jetzt war Myrten zu groß dafür, doch wenn sie draußen waren, nahm Risten sie immer bei der Hand. Tore lief ihnen hinterher. Hillevi hätte gewünscht, er würde unter den Jungen Kameraden finden. Aber in der Schule wurde er nur aufgezogen. Amerikanisches Ferkel nannten sie ihn. Das war für den Speck, den Trond verkaufte.

Als die Kinder bei den Pferden waren, faßte sie Trond unterm Arm, und sie gingen ein Stück weiter weg.

»Ich finde nicht, daß du auf Lubben bieten solltest«, sagte sie.

Er reagierte nicht darauf. Sie wußte, daß sie ihn in Verlegenheit gebracht hatte, als sie ihn herausbat. Jetzt wurde er wahrscheinlich noch ärgerlicher. Hätte er doch nur etwas gesagt!

»Ich habe mich nie in deine Geschäfte eingemischt«, sagte sie.

»Wär' ja noch was schöner!« sagte er mit einem Lächeln, das sie verunsicherte.

»Nein, ich weiß ja. Du kümmerst dich um deine und ich um meine Angelegenheiten. Doch diesmal bitte ich dich, auf mich zu hören.«

Er schwieg.

»Ich möchte nicht, daß du auf Lubben bietest. Das wäre unglücklich.«

»Unglücklich? Was, zum Kuckuck, ist das? Geschäft ist Geschäft. Hast selber gesaget, daß ich's versuchen muß zurückzukriegen, das Geld.«

»Vergiß es!« sagte sie. »Tu dieses eine Mal, was ich sage. Biete nicht auf Lubben!«

Er fuhr sich mit der Zunge unter die Oberlippe. Dann spuckte er gelbbraun aus. Vor ihr war er mit seinem Tabak sonst immer sehr diskret. Das bedeutete nichts Gutes, fand sie.

Dann ließ er sie stehen und verschwand in der Hütte. Hillevi holte die Kinder, und ohne sich umzusehen, machte sie sich auf den Heimweg.

Ein paar Tage später erfuhr sie im Laden, daß ein Holzhändler aus Lomsjö Lubben ersteigert hatte. Sie wagte Trond nicht zu fragen, ob er mitgeboten und vor einem allzu hohen Gebot kapituliert oder von Anfang an darauf verzichtet hatte. Sie verstand, daß er nicht mehr darüber sprechen wollte.

*

Den Pferden stand Dampf um die großen Leiber. Die Leute schleppten Decken und Stühle. Der Köter, der an einen Leiterwagen gebunden war und sich den ganzen Tag lang heiser gebellt hatte, biß einen alten Mann in die Hand, als der das Tauende lösen wollte.

»Er war's, der den Wagen ausgelöset«, sagte ich. »Wollt heimfahren natürlich. Wollt aber nichten, daß er was mitnehmen tut vom Hof, die Hündin.«

Der Norweger lachte nur über mich. Er meinte, ich könne mich an nichts von all dem erinnern.

»Glaubst du denn, ich lüge?«

Er lachte.

»Du dichtest«, sagte er.

»Ich erinnere mich aber an alles. Neun Jahre war ich alt damals. Und eines Nachts hat der Laden gebrannt.«

Das Unglück klopfte an die Tür. Ich wußte hinterher nicht, wessen Faust da gehämmert hatte. Nach Mitternacht war es, und wir waren alle in tiefem Schlaf verloren. Für einige Augenblicke dröhnten die Schläge ohne Bedeutung in unser Dunkel. Dann stieg mir der Geruch nach Hund und feuchter Bettwärme in die Nase. Wir hörten schwere, eilige Schritte, und da wußte ich, wo ich war. Es war unsere Treppe, die jemand hinunterrannte.

»Mama!« schrie Myrten.

Ein Lichtschein flackerte über die Wände und in ihr Gesicht. Sie heulte brüllend, und wir drängten uns mit Sissla in meinem Bett zusammen und hielten uns an den Händen. Hillevi kam angerannt, und unten rief Trond:

»Hillevi, die Hosen!«

Sie verließ uns auf der Stelle, doch der Klang seiner Stimme war tröstlich, weil er so alltäglich wirkte. Man rief schließlich nicht nach seinen Hosen, wenn alle sterben sollten. Sissla sprang aus dem Bett, rannte die Treppe hinunter und bellte gellend.

Hillevi kam wieder nach oben gerannt, nachdem Trond seine Hosen bekommen hatte. Sie holte Tore und schickte ihn zu uns ins Bett.

»Der Laden brennt«, sagte sie, und wir sahen, daß sie weinte. »Ihr dürft nicht hinausgehen.«

Mit einem Tuch um die Schultern verschwand sie die Treppe hinunter. Wir saßen still und verschränkten unsere Hände ineinander, Myrten und ich. Unsere Handflächen waren kalt und feucht.

»Verbrennet der Laden, kriegen wir nichtens zu essen«, sagte Tore. »Im ganzen Dorf krieget niemand was zu essen.«

Ich sagte zu ihm, daß er dumm sei.

Myrten meinte:

»Jetzt tun wir arm werden.«

Sie war erst fünf, würde bald sechs werden. Aber sie war klüger und nachdenklicher als Tore, der in die Schule ging.

Ich wies sie an, ihre Pullover und Socken anzuziehen und die Wolldecken mit hinunterzunehmen. Mir war klar, daß die Küche ausgekühlt war und niemand Zeit hätte, im Herd Feuer zu machen.

Unten kletterten wir auf den Spültisch unterm Fenster, das zum Laden ging. Wir sahen die großen Flammen in den Nachthimmel lodern und hörten es wummern. Mehrere Männer rannten im Schnee umher, und das Feuer warf einen flackernden Lichtschein auf ihre schwarze Kleidung. Wir mummelten uns in die Decken ein, saßen da und guckten, wie sie jetzt eimerweise Wasser direkt in die Fenster schütteten. Trond hing das Nachthemd über die Hosen. Er war der einzige, der weiß leuchtete. Dann brachte ihm Hillevi seinen Mantel und seine Pelzmütze, und da wurde auch er schwarz.

Es war kalt in jener Nacht. Sechsundzwanzig Grad, sagte Hillevi hinterher. Wir sahen den gesamten Laden abbrennen, und die Flammen waren wie aus einem großen Herd, nicht so, wie wir sie mit gelben und roten Kreiden immer malten. Das Feuer hatte eine eigene Feuerfarbe mit vielen Farben an den Spitzen der Flammen, blau wie Waschblau und grün wie der Grünspan auf Messingleuchtern. Wir sahen kohlschwarze Aschenflocken auf den Schnee rieseln, wo sie zerbrachen, weil sie so fein waren. Von einer Stelle, die bisher schwarz gewesen war, stoben Funken auf. Wir hörten das Petroleum explodieren und die Glasscheiben bersten, und wir sahen Splitter auf den Schnee regnen, der immer rußiger wurde. Die Männer rannten mit Eimern. Es waren jetzt viele, und sie bildeten eine Kette zum See hinunter, wo Trond eine Wuhne geschlagen hatte. Endlich kam Haakon mit Sotsvarten, der vor einen Wagen gespannt war. Auf dessen Ladefläche lagen Feuerspritzen, die Haakon westlich der Brücke geholt hatte. Aber nichts half.

Wir saßen bestimmt mehrere Stunden auf der Spüle. Schließlich waren wir steif, obwohl wir uns die Wolldecken umgeschlagen hatten. Unsere Nasen waren kalt. Myrten weinte fast ununterbrochen.

Arm wurden wir allerdings nicht.

In jener Nacht ging Erik Eriksson aus Lubben über den See. Jedenfalls glaubten das hinterher viele. Die Spuren führten vom Bootshaus unterhalb des Ladens zum Südufer und zum Brannberg. Allerdings hatte in der Hektik bis zur vollständigen Löschung niemand Zeit, sie zu verfolgen.

Es kamen mildere Tage. Neuschnee legte sich über den Ruß rings um den abgebrannten Laden. Die tiefen Spuren auf dem See, die in festgefrorenen Harsch getreten worden waren, weichten auf und wurden allmählich überschneit.

Ein paar Tage vor der Verkündung der Auktion hatten Vilhelm Eriksson und seine beiden ältesten Söhne Gudmund und Jon das Dorf verlassen. Sie wollten in Norwegen Arbeit suchen. Die jüngeren fuhren mit ihrer Tante Bäret nach Jolet, wo sie in der Familie der Mutter einstweilen Unterschlupf finden sollten.

Den Alten bekam niemand zu Gesicht.

Ein junger Kerl, der auf Tangen wohnte – er hieß übrigens Nilsson und wurde Jo Nisja genannt –, fuhr eines Sonntagmorgens über den Svartvattnet, um zu sehen, ob auf der anderen Seite ein Auerhahn in den Tannenwipfeln säße. Es hörte ihn aber niemand schießen. Er kam schon nach wenigen Stunden zurück.

Er hatte den Lubbenalten gefunden, und zwar in der halb eingestürzten Hütte, wo er, wie es hieß, geboren worden war. Sein Körper war stocksteif. Diejenigen, die hinfuhren und sich seiner annahmen, sagten, daß seine dicke Arbeitsweste nach Petroleum gerochen habe.

Als ich das dem großen, hageren Alten, den sie den Norweger nennen, erzählte, saß er lange schweigend da, und ich dachte schon, er habe kein Interesse mehr an dem, was vor so langer Zeit geschehen war. Aber er grübelte wohl nur, denn schließlich fragte er:

»Hattest du Angst vor ihm?«

Ich nickte.

»Das hatten, glaube ich, alle.«

»Die Kinder?«

»Nein, auch die Erwachsenen.«

»Ja, ja«, sagte er und rührte gedankenverloren in seiner Kaffeetasse. Ich goß ihm den Rest aus der Thermoskanne ein. Er schien aber gar nicht zu merken, daß er die dritte Tasse bekam. Er saß da und sah auf den See hinaus, über den der Lubbenalte vor so langer Zeit gegangen war.

»Der wirklich Arme schreckt uns wohl«, sagte er.

Der Arme will etwas haben, was wir nicht hergeben wollen. Wir versuchen es mit Habseligkeiten. Wir geben ihm Kleidung, Geld und Essen.

Aber er will etwas anderes haben.

»Bade dich und entlause dich«, sagen wir zu dem Bettelarmen. »Lerne ordentlich sprechen. Putz dir die Zähne und sieh zu, daß du nicht aus dem Hals stinkst. Mach das, dann sehen wir weiter.«

Der Arme will jedoch etwas von uns haben, ohne dafür etwas anderes geben zu müssen. So frech ist er.

»Gib es mir«, beharrt er.

»Du mußt zusehen, daß du zuerst deinen Ausschlag im Gesicht los wirst«, sagen wir. »Und die Nissen auf dem Haarboden und die Läuse in den Nähten deiner Kleidung. Entferne den Pißgeruch aus der Bettwäsche, und dann sehen wir weiter. Ich möchte dich auch sprechen hören, und du sollst schön sprechen.«

Der Arme pfeift jedoch auf das, was wir uns wünschen. Er ist nicht bereit, etwas dafür zu geben. Hinter seiner Abgestumpftheit, hinter seiner Härte, hinter seinem Gejammer und seiner Schmeichelei grinst die Forderung:

Ich will das haben, was du hast.

Gib mir deine Menschlichkeit.

Nachdem man den Lubbenalten in der Hütte unterm Brannberg gefunden hatte, kam die Kälte, die ihn getötet hatte, wieder und wurde immer grimmiger. Die Tränenflüssigkeit gefror zu Glas, wenn man sich zu lange im Freien aufhielt. Auf den verbrannten Balken in dem Aschenhaufen, der vom Laden noch übrig war, wuchs kein Frostmoos mehr. Alles war kalt und steif geworden, und die Kinder starrten durchs Küchenfenster auf kohlschwarze Brandreste.

Hillevi vermochte nicht mit ihnen zu reden. Sie schaffte es mit Müh und Not, ihre Arbeit zu erledigen. Wenn die Nacht die Temperaturen nach unten trieb, konnte sie die Wände klagen hören. Sie lag von Tannenbalken, die mit Moos abgedichtet waren, von einer Bretterverkleidung und Tapeten umschlossen. Eine ziemlich dünne Schale gegen den Tod, fand sie. Schlafen konnte sie nicht. Ihr Körper stach und schmerzte vor Müdigkeit, aber die Dunkelheit brachte keine Befreiung. Sie konnte mit niemandem sprechen, wollte es auch gar nicht. Trond kümmerte sich stets rührend um sie. Aber sie wollte seinen Trost und seine Erklärungen nicht hören. Sie würde sie ohnehin nicht glauben.

An Erik Eriksson dachte sie und daran, daß er tot war. Da mußte sie aufstehen, sich ein Tuch umlegen, in die Küche hinuntergehen und den Herd einheizen. Sie konnte aus ihrer Schlaflosigkeit genausogut ein bißchen Wärme schlagen. Sie stand da und horchte auf das Knallen der Tannenzapfen, mit denen sie eingefeuert hatte, und sie meinte die Stube in Lubben zu sehen. Die mußte jetzt leer und ausgekühlt sein.

Sie begriff, daß fast die ganze Welt außerhalb unserer Gedanken liegt. Aber es gibt sie. Irgendwo gab es Serine Halvdansdatter, an die sie viele Jahre lang nicht hatte denken wollen. Sie konnte auch tot sein.

Und diese Jungen gab es. Sie wußte nicht, wie die jüngeren hießen.

Vor dem Fenster lag der See unter einem Mond, der dem ausgeblichenen Stirnbein eines Tieres glich. Er sah böse aus. Sie sah die schwarzen Zacken der Tannen auf dem Brannberg und dachte wieder an Erik Eriksson.

Wenn Myrten aufwachte, lief sie als erstes zum Fenster und besah sich die Reste des Ladens. Es war ein so kleines Viereck, als hätte dort vorher gerade mal ein Schuppen gestanden. Ihr kamen die Tränen, wenn sie das, was einmal Sirup und Mützen, Peitschen und Bonbons waren, anstarrte. Jeden Tag fielen ihr neue Dinge ein, die es dort gegeben hatte und jetzt Aschenmatsch waren. Hillevi hatte sie zu trösten versucht. Als sie jedoch die Nachricht erhielt, daß Eriksson erfroren in der Hütte liege, hielt sie Myrtens Gejammer nicht mehr aus. Sie fuhr sie an und sagte, es sei kein Weltuntergang, wenn Mehl und Zucker und Tabak verbrannten.

»Papa hat immerhin noch die Bücher«, sagte sie. »Die liegen hinter der Schreibklappe in der Stube.«

Aber Myrten wußte natürlich nicht, was Kassenbücher waren und was ein Hauptbuch war, und Hillevi vermochte es ihr nicht zu erklären. Risten hingegen hatte Geduld. Sie hob das Mädchen von der Spüle herunter und setzte sie mit Sissla auf die Küchenbank. Sie gab ihr eine Tasse heißen Kakao und sagte, sie solle nicht traurig sein.

»Aber wir tun doch jetzt arm sein«, weinte Myrten.

»Nä, nichten sind wir arm. Er hat die Bücher noch, der Onkel Halvarsson, und in denen stehet, was sie schulden tun, die Leute«, erklärte sie. »Und versichert, das ist er auch. Bei der Post, da holet er Geld. Und dann bauet er einen neuen Laden. Gar nichten tun wir arm sein. Und trinkst deinen Kakao jetzt.«

Da schrie Hillevi:

»Nein, manche werden niemals arm! Was immer geschieht, sie werden einfach nicht arm! Für manche ist es schlicht unmöglich, arm zu werden!«

Sie sah die starrenden Kindergesichter und hörte selbst, wie häßlich ihre Stimme klang. Da schlug sie die Schürze vors Gesicht und rauschte geradenwegs gegen die Stubentür. Hinter sich hörte sie Myrten schlucksend Atem holen und erneut in Tränen ausbrechen. Ihr Weinen klang jetzt schrill.

Hillevi ging in die Stube. Der Kopf tat ihr weh. Wie lächerlich, obendrein noch mit der Stirn gegen die Tür zu schlagen! Und wie ein Marktweib die Kinder anzuschreien.

Sie verstehen es doch gar nicht. Sie glauben, daß alles, was wir tun, richtig sei!

In der Stube herrschte grauer Dämmer. Der Januarmorgen geizte mit Licht. Sie sah ihre tote Schwiegermutter mit Seidenturban, hochgeschlossenem schwarzem Kleid und einer schweren Goldbrosche im Fichu aus dem Porträt starren. Im Büfett funkelten die Kristallvasen und das Neusilber, das die Deern für Weihnachten geputzt hatte.

Aus der Küche hörte sie Myrtens Weinen sowie Ristens Geplapper, mit dem sie sie zu beruhigen versuchte. Hillevi erinnerte sich, selbst einmal so geweint zu haben, daß es sie schüttelte. Es war irgend etwas im Zusammenhang mit Edvard gewesen; bei einer Taufe im Krankenhaus hatte er sie wie eine Fremde begrüßt. Mit keinem Blick oder sanftem Druck ihrer Hand hatte er zu verstehen gegeben, daß sie zusammengehörten. Sein Gesicht war starr gewesen und sein Händedruck korrekt. Das war ihr als derartiges Unglück erschienen, daß sie sich zu Hause schier die Augen aus dem Kopf geweint hatte. Hinterher hatte es sie geschüttelt, und sie hatte zittrig seufzend geatmet. Als sie ihm wieder begegnete, hatte sie sich vor sich selbst geschämt und nichts gesagt.

Aber eigentlich war am Weinen nichts Schändliches. Es war klüger gewesen als sie selbst. Und jetzt, da sie weinen wollte, konnte sie es nicht. Trockenheit und Verachtung beherrschten sie.

Verachtung war etwas, was sie sich nicht eingestehen wollte. Sie war doch wohlwollend. Sie war diejenige, die verstand und die stets hilfsbereit war.

Was immer es war, es kehrte sich jetzt nach innen. Und dieses Gefühl fand kein Ende. *Meine Füße glitten…* War das aus einem Psalm? Ein Weg, der direkt ins Dunkel hinabführte. Sie dachte nicht. Sie sah: Seil und Messer.

Ihr wurde immer kälter, als sie in der ungeheizten Stube auf dem Sofa saß. Sie vermochte nicht zu den Kindern hinüberzugehen.

Es war Sonntag, und die beiden älteren mußten nicht in die Schule. Sie entkam ihnen also nicht. Das schlimmste war nicht Myrtens Weinen und Schrecken, sondern Ristens altkluges Gesicht. Sie hörte Trond herunterkommen und die leisen Stimmen. Schließlich kam er zu ihr in die Stube. Er berührte ihren starren Körper.

Es wurde beschlossen, daß Hillevi nach Uppsala fahren sollte. Sie müsse abkommen. So, schrieb sie der Tante, habe Trond gesagt. Es war im übrigen eine gute Redensart. Sie nahm sie wie eine Handtasche mit auf die Reise: *Ich muß abkommen.* Und Aagot wird sich wohl mit Hilfe der Deern um die Kinder kümmern können. Da unten werde ich zum Schlafen kommen, dachte sie. Kann ich nur mal schlafen, dann wird alles anders.

Sie hatte Uppsala in all den Jahren nicht besucht. Es war eine weite Reise, und Hillevi hatte immer so viel um die Ohren gehabt. Den Laden vor allem. Und die Kinder. Als Onkel Carl beerdigt wurde, war Myrten gerade einen Monat alt gewesen. Sowohl Sara als auch Tobias hatten geheiratet, ohne daß sie dabeigewesen war.

Sie konnte ihren Kindern jetzt nichts sein. Eine Mutter, die sie anschrie, war keine gute Mutter. An jenem Sonntagmorgen, wenn nicht schon eher, hatte sie begriffen, daß sie früher oder später die Hand gegen eins dieser sanften und stets so vertrauensvollen Gesichter erheben würde, wenn sie nicht irgendwann schlafen könnte. Jetzt wirkten sie wie von einem heftigen Stoß verstellte Uhren.

Abkommen war eher heimzukommen. Uppsala umgab sie trotz all der Jahre, die vergangen waren, ganz vertraut. Es gab jetzt natürlich viele Autos. Aber das Klappern der Pferdehufe auf dem Kopfsteinpflaster klang wie ehedem, und das Wasser des Flusses rauschte. Der Dom erhob sich wie eine Fjällwand aus rotem Stein. In seinem Schatten war es kalt, und das erinnerte sie an die Sonntagvormittage, als sie zum Hauptgottesdienst gegangen waren und auf abgekühlten Bänken saßen. Sie erkannte das Gekreisch der Dohlen wieder und die Unruhe, wenn diese großen Scharen auf dem Turm einen Platz für die Nacht suchten.

Hier hätte ich leben sollen, dachte sie. Ein ganz normales Leben. Hier verstehen und schützen wir einander.

Sie schützte Tante Eugénie, indem sie so tat, als fielen ihr deren neue Verhältnisse nicht auf. Diese waren mit Händen greifbar, wenn sie im Wohnzimmer saß, das gleichzeitig als Salon und Eßzimmer dienen mußte. Die Tante war nicht umhingekommen, sich einzuschränken, denn nach dem Tod des Onkels war ihre finanzielle Lage nicht mehr so ganz stabil. Tobias sagte, sie hätten jahrelang über ihre Verhältnisse gelebt. Nun hatte Tante Eugénie eine Zweizimmerwohnung in der Jernbrogatan 7.

Es war ein merkwürdiges Gefühl, sie Kaffee aus einer Neusilberkanne einschenken zu sehen. Ihr Heim hatte jetzt, da Onkel Carls Zigarrenrauch nicht mehr zu riechen war und das schwere echte Silber sowie die meisten der dunklen Gemälde verschwunden waren, etwas Ärmliches und Verblichenes. Hillevi, die zu Tores Geburt ein goldenes Halsband und zu Myrtens ein Armband bekommen hatte, spürte das Eigentümliche daran, daß sie besser gestellt war als die Tante. Ihre Hüte, von einer Modistin in Östersund montiert, waren im Vergleich zu Tante Eugénies Hüten elegant. Tatsächlich waren es alte Deckel, die sie trug, einer stammte sogar noch aus der Zeit vor dem Krieg.

Tante Eugénie erzählte eifrig von einem Nachbarn, der Baron sei. Er hieß Mönch. Es war ein kleiner, zierlicher Herr, dessen ältlicher schwarzer Paletot ins Graubraune spielte. Sein Hut war vom vielen Bürsten schon fadenscheinig. Nach ein paar Tagen begriff Hillevi, daß er in einer Studentenbude unterm Dach wohnte. Frühmorgens trippelte er mit einem Päckchen aus Zeitungspapier über den Hof und verschwand im Aborthäuschen.

Sie konnte auch hier nicht schlafen. Es war keinen Deut

anders. Ihr Körper schien nicht mehr solide zu sein. Er war wie ein lockeres Gitter. Ungehindert drangen Kälte und starke Gefühle hindurch und erschütterten ihn. Sie saß vor fünf Uhr am Küchenfenster, sah auf den Hof hinunter und hoffte, die Tante werde nicht mitbekommen, daß sie schon stundenlang auf war. Sie schämte sich ihrer Schlaflosigkeit. Viel länger würde sie nicht mehr aushalten, und sie war versucht, um Brom zu bitten. Zum ersten Mal fragte sie sich nun auch, weshalb die Tante all die Jahre über Brom genommen hatte. Schon zu der Zeit, als das Tafelsilber noch vorhanden war und Onkel Carl in dem Doppelbett aus Mahagoni an ihrer Seite lag, hatte Hillevi ihr die Pillen vorsichtig aus einem braunen Fläschchen geschüttelt. Es waren in Hexenmehl gerollte graue Kugeln. Jetzt hatte sie Angst davor.

Die Stunde des Morgengrauens und noch ein paar dazu waren die einzige Zeit, in der sie sich einigermaßen lebendig fühlte. Da war sie allein, und die Anstrengung, die der Versuch durchzuhalten kostete, war nicht so groß. Sie mußte weder lächeln noch reden und vor allem nicht versuchen zu schlafen. Der Baron, an dessen Bekanntschaft die Tante in ihrer untergehenden Welt festhielt, lief mit kleinen, kurzen Schritten über den Hof. Sein Zeigefinger steckte in der Schlaufe der Schnur, die um das Zeitungspapierpäckchen gebunden war. Vermutlich enthielt es seinen Stuhlgang. Vom Dachboden bis zum Abort war es weit, und im Winter war es kalt, dort zu sitzen. Um mit dem Nachttopf über den Hof zu gehen, war er zu fein. Statt dessen trippelte er frühmorgens mit seinem Päckchen hinaus. Es war eine Maskerade. Das Leben der Tante war ebenfalls eine Art Maskerade. Die Worte *pauvres honteux* kamen Hillevi in den Sinn, und sie dachte, daß die Armut auch für nicht Ausgehungerte einen Bodensatz von Scham bereithielt.

Tobias begriff schließlich, wie es um sie stand, und brachte aus der Krankenhausapotheke Schlafpulver mit, das in säuberlich gefaltetem Papier verpackt war. Sie erfreute sich vier Nächte lang eines klinischen Schlafs und kämpfte an ebenso vielen Tagen mit dessen Nachwirkungen. Dann wollte sie ohne das Pulver zu schlafen versuchen, landete jedoch in derselben leicht schmerzenden und trockenen Wachheit wie zuvor. Immerhin wurden die Tage besser. Sie hatte nun das Gefühl, vier Tage lang ununterbrochen berauscht und betäubt gewesen zu sein.

In dem Maße, wie die Tage, ja die Wochen vergingen, fühlte sie sich von der Vertrautheit Uppsalas zunehmend bedrängt. Sie verspürte Ungeduld gegenüber ihren Nächsten. Deren Liebe wollte sie haben, aber nicht deren Verständnis. Dies war grenzenlos und nachgiebig wie Moorboden. Die Worte *geistliche Führung* kamen ihr in den Sinn. Sie hatte sie Edvard Nolin aussprechen hören, doch sie wußte bitter, was diese Führung beinhaltete: *alles, was du in deiner menschlichen Schwäche nicht zu ändern vermagst, in Gottes Hände zu legen.*

Doch Gott war das weißgelbe Stirnbein eines Tieres. Nachts starrte er sie ohne Augen an.

Ihre eigenen Augen waren tagsüber unbarmherzig. Sie sah die Müdigkeit ihrer Schwägerin nach vier Entbindungen innerhalb von fünf Jahren. Das Ausgezehrte und Graue in dem verwelkten Mädchengesicht. Sie sah Rote-Bete-Flecken auf dem weißen Tischtuch. Roch es, wenn Sara ihre Regel hatte. Deren verzweifelte Kinderlosigkeit stank. Horchte auf die Uhr im stillen Wohnzimmer der Tante: ein Ticktack näher am Tod, und noch eins.

An einem Tag in der zweiten Märzwoche verabschiedete sie sich. Trond würde den Gregorimarkt in Östersund besuchen, und sie hatte beschlossen, mit ihm nach Hause zu fahren.

Zu Hause konnte sie an ihren schlaflosen Morgen nicht mehr in der Küche sitzen, denn man hatte die Bank und den Küchentisch, das Büfett und die Stühle hinausgeräumt und in einem Schuppen untergestellt. Die Küche stand statt dessen voll von Tonnen und Fäßchen. Bis der neue Laden gebaut wäre, würden sie die Kolonialwaren in der Küche verkaufen und die größeren Sachen in einer Scheune, die Trond ausgeräumt hatte. Im Flur roch es nach Petroleum, in der Speisekammer nach Hering und in der Küche nach Schmierseife, Dörrfisch und Kaffee. Risten vermißte die hübschen Schubfächer im Laden. Die Kleine aber war immer noch außer sich vor Angst. Warum fürchtete sich Myrten so sehr davor, daß sie arm werden könnten, während Risten, die nachweislich aus dem blanken Elend kam, es nicht tat? Tragen manche Menschen die Angst schon von Geburt an wie einen Keim in sich?

Risten konnte Myrten zumindest ablenken und sie schließlich sogar zum Lachen bringen. Jetzt brachte sie ihr mit Hilfe von Waschmittelpaketen das Lesen bei: Henkel und Persil.

»Wird Zeit«, sagte sie. »Bist ja sechs baldig. So hab ich's Lesen gelernet. Hab meinen Onkel getroffen vor dem Laden, und wie er höret, daß ich in die Schule kömmen soll im Spätsommer, saget er, bestimmt kriegten wir das A auf, am ersten Tag. Haben *wir* aufgekrieget jedenfalls, hat er gesaget. In der Quartierschule ist's gewesen. Verlegen ist man gewesen da, weil man nichten gewußt, was man machen sollt, mit dem A. Man ist heim und hat freilich drangedenkt, ans A. Hat man sich schon mächtig interessieret, für die Schule und was man da könnet lernen. Hat aber gesaget, der Vater, die Kinder krieget bloß Bauernmanieren da, in der Schule. Selber hat er was gehöret vom Katecheten, über den Jesus. Hat aber nichtens übergehabt fürs Lesen. Könnet eins rechnen, ist's nichten so dumm, hat er gesaget. Würd er nichten übers Ohr gehauen dann, der Lappe.

Hab an A und an B und auch an C gedenket, wie ich daheim gewesen und hab geredet gehabt mit dem Laula Anut. Hab sie ja gehabet, die Fibel mit dem Gockel drauf. Hab sie fast alle können, die Buchstaben darin. Hab aber verstanden, es war nichten ein Taug, daß K bloß Ka war. Ist auch Kristin gewesen, das K. Und sollten viele sein, die Wörter. Hab Hillevi gefraget, nach mehr davon, und hat Kappe gesaget. Hat's aber ja alsfort so eilig. Gehst spielen jetzt, hat sie gesaget.

Hat sie Bücher gehabet, in dem Regal hier, hab's aber nichten lesen gekonnt. Aber wie ich gesuchet nach Wörtern mit K, hab ich mehrers gefunden im Laden. Nichten hab ich gebrauchet fragen. Bloß Schubfächer aufmachen gemußt und nachgucken, was dringewesen. Hat eins verstanden so, daß da Kardamom gestanden. Oder Kienruß oder Kork oder Kümmel. Kreide hat auch gestanden da.

Hab angefangen von vorn dann und alles aufgeschrieben, auch was auf den Dosen gestanden.«

Alaun Anilin Anis
Anschovis
Berlinerblau Blaupulver Brasilholz
Bleistifte
Braune Bohnen Bittermandel Bindfaden
Bohnerwachs

»War ein gutes Wort.«
Risten schrieb, während sie redete. Sie hatten einen Tintenstift und kariertes Papier. Myrten sperrte die Augen auf.

Campher, Caffee, Caffee-Ersatz
Corinthen, Canaster

»Hab vom Onkel Halvarsson Stift und Papier gekrieget, und im Laden, da hab ich sie dann aufgeschrieben, die Wörter, jeden Tag. Hab da jetzt aber 'ne Liste gemachet, hat nämlich gesaget, das gehöret so. Hab in der Früh alsfort gegucket, in der Fibel, was für ein Buchstaben an dem Tag gewesen, den ich nehmen gesollt. Hab manchmals zwei genommen. Bin so dringewesen, im Schwung.«

Dörrobst
Docht
Domestik

»Nichten ein Kuddelmuddel. Wollt sagen: Gelatine, Salz, Tabak, Vitriol, Ingwer, Lorbeerblätter, Mennige, Lakritz, Feigen, Speck, Karden, Pfeffer, Kerzen, Wurzelbürsten. Ist doch bloß lauter Kuddelmuddel so was.«
Jetzt hörte man Myrten vor Lachen piepen. Die Armut hatte sie vergessen.
»Nä, so muß sein.«

Rotstein
Rosinen
Rüböl

»Muß so aussehen, siehst:«

Harz
Hopfen
Hirschhornsalz

Tusche
Taue
Tabak

Salz
Spielkarten
Stärke
Soda
Schnupftabak
Sirup
Seifenlauge
Quecksilber

»Ist der schwerste Buchstabe. Qu heißt der.«

Die Gerüche in der Küche vereinigten sich bald zu einem einzigen Dunst, der dem alten Ladengeruch zu ähneln begann.
Gemütlich war das natürlich nicht. Das ganze Dorf hatte Zutritt
zur Küche, und war der Fußboden einmal sauber, so hielt das
keinen Tag an. Hillevi konnte schlecht im Morgengrauen hinuntergehen und sich auf einen Zuckersack oder eine Siruptonne setzen und darauf warten, daß die anderen aufwachten.
So kam sie auf den Gedanken, statt dessen hinauszugehen.

Es war jetzt Märzfrühling. Das Licht stach in den Augen,
egal, ob es bewölkt war und Schneetreiben herrschte oder ob es
sich um den ersten Anflug eines klaren Tages handelte. Hillevi
besaß ein Paar gute Stiefel, die der Schuster in der alten Pension

gefertigt hatte. Wenn sie diese immer gut einschmierte, konnte das Schmelzwasser das Leder nicht aufweichen. Doch frühmorgens herrschten natürlich Kältegrade, und das, was später zu Schneematsch wurde, knirschte noch.

Am ersten Morgen ging sie auf der Landstraße zu den spärlich bebauten, abgelegenen Teilen des Dorfes westlich der Brücke, die Västabrua genannt wurden. Sie blieb eine Weile stehen und betrachtete die Turbinen im Wasserfall, die sich manchmal ungleichmäßig drehten. Müssen Fische zum Loch reingekommen sein, glaubte man, wenn die Lampen blinkten.

Die Tannen waren schwarz, wie sie es bei Tauwetter eben sind. Hillevi sah zwei Augen starren und begriff nach einer Weile, daß da ein Marder war. Im Nu war er weg. Sie spürte noch immer seinen schwarzen und glasharten Blick; es war, als säße er noch in der großen Tanne. Sissla hatte nichts gemerkt. Die stelzte, alt und mißvergnügt, weil sie in der morgendlichen Kälte und bei Schneegeknirsch hinausmußte, auf Beinen dahin, die im Verhältnis zu ihrem Körper dürr waren.

Hillevi ging am Haus des verstorbenen Grenzwächters vorbei, in dem nun endlich wieder Menschen wohnten. Es hatte wegen Spukereien leer gestanden. Jetzt war der neue Zöllner mit seiner Familie eingezogen, und außer der Oma, wenn sie sich bückte und ihre Schuhe band, hatte er dort niemanden stöhnen hören.

Gegenüber lag das Spritzenhaus. Es war eine der Gemeinschaftseinrichtungen des Dorfes, und es war sechseckig gebaut. Sie dachte daran, wie stolz die Männer bei der Einweihung gewesen waren, als aus den Spritzen das Wasser des Svartvassån senkrecht nach oben prustete. Als jedoch der Laden gebrannt hatte, war das Spritzwasser verdampft, ehe es überhaupt an den Brandherd gelangte.

An diesen grauenden Märzmorgen, da sie sich die Unlust aus dem Leib lief und selten einen Menschen sah, verstand sie das Dorf auf andere Weise als zuvor. Sie dachte, die Hauptsache an den Spritzen sei vielleicht gar nicht das Löschen von Bränden. Am hellichten Tag wäre dies natürlich ein verrückter

Gedanke gewesen. Und gar ihn jemandem gegenüber zu äußern! Und dennoch war er zu rechtfertigen.

Das Spritzenhaus. Der Schützenpavillon draußen in Flon. Daneben der Tanzboden. Das Postamt in Elsa Fransas Haus. Die Telefonzentrale in der Pension. Das Kraftwerk. Die Kabel, an denen die Viehfähre auf die Südseite und zu den Almen gezogen wurde. Ja, auch die Pfade und die Straßen. Die Ansitzkiefern, Schutztannen und die Pferdehüterpfade im Wald. All das waren Dinge, die sie gemeinschaftlich besaßen. Sie waren genau das Gegenteil von abgebrannten Häusern, heimlich geschlachteten Renen und in Misthaufen verscharrten Föten.

Vor langer Zeit war hier Zinsland gewesen, wo die Bauern aus Lomsjö fischten und Riedheu ernteten. Im Oktober ruderten sie mit ihren Knechten hinauf und legten zur Saiblingslaiche Netze, wie man nach wie vor sagte. Sie fingen Schneehühner mit Schlingen und schossen balzende Auerhähne, und sie pflückten fäßchenweise Multbeeren. Das Land hier war nicht mehr unberührt, als die ersten Siedler kamen. Man hatte hier die Tiere schon lange zu den gemeinsamen Almhütten hinaufgetrieben. Dieser Wald war von Übereinkünften zwischen Menschen durchwoben.

Ursprünglich hatten die Bauern aus Jolet hier die Almtrift. Damals war das Kirchspiel von Röbäck norwegisch. Ganz Jämtland war norwegisch geworden, als König Sverre und seine bewaffnete Horde von Värmland aus durch die Urwälder heraufdrangen. Ristens Onkel Anund hatte ausgerechnet, daß der König auf dem Weg ins reiche Namdalen, wo er seine Krone zurückfordern sollte, durch genau dieses Dorf geritten sein mußte. Hier habe der Jüngste in seinem Gefolge den Beutel aufmachen müssen, bevor die schnellen Boote mit den vielen Ruderern und dem König auf Schaffellkissen über den Svartvattnet weitergesaust seien. Meinte Anund. König Sverres Birkebeiner seien hier an Antaris Nilssons Viehstall vorbeigeritten, behauptete er. An diesigen Tagen könne man sie heute noch schimmern sehen. Ihr Beinschutz aus Birkenrinde leuchte in der Dunkelheit zwischen den Stämmen.

Quellen, die Gesundheit gebracht hatten. Opferplätze im

Fjäll. Elchgruben. Almwege. Übereinkünfte waren es, in einer Sprache, die unmittelbar in den Erdboden geschrieben worden war.

Hillevi wußte, daß die ersten Siedler in den sechziger Jahren des achtzehnten Jahrhunderts gekommen waren. Es waren zwei Familien gewesen; die eine hatte sich am Hang oberhalb der Bucht niedergelassen, die andere draußen auf Tangen. Ihre Spuren waren alle getilgt, außer einer großen Scheune. Die Leute behaupteten, zu wissen, daß die zwei Familien sich um die Heuernte im Moor gezankt und darüber verfeindet hätten. Mit der krummen Sichel, die sie Sichte nannten, hatten sie die kostbaren Halme des ersten Sommers geschnitten. Als das Heu getrocknet war, hatten sie es in die neu errichteten Scheunen gebracht. Doch im Herbst, als die Nächte dunkel wurden, brannte der eine Siedler die Scheune des anderen nieder. Ohne Heu konnten die Ziegen den Winter nicht überleben, weswegen die Familie wegziehen mußte.

Die Weiber hätten sie aufgehetzt, hieß es. Aber das glaubte Hillevi nicht. Die hatten einander eher gebraucht. Hausfrauen, wenn überhaupt jemand, wußten genau, was Nachbarschaft wert war. Sie hatten eine Nachbarin gebraucht, zu der sie gehen konnten, wenn das Feuer ausging. Oder um ein bißchen gestockte Milch zu holen, damit sie neue Dickmilch ansetzen konnten. Ganz zu schweigen vom Weben. Da brauchte eine Frau die Hilfe einer anderen. Wer sonst sollte ihr beim Aufbäumen das Ende der Kettfäden halten? Woher sollte sie den Sauerteig bekommen, wenn der Trog ausgekratzt war?

Hillevi ging jeden Morgen von dem fort, was sie für das Herz des Dorfes hielt. Sie wußte jedoch, daß weiter entfernt, wo sowohl die Leute als auch die Hütten armseliger waren, der Laden als gefahrvoller Ort galt, wohin man am liebsten die Kinder schickte. In der Krambude wurde was von einem verlangt. Das braungestreifte Buch barg die Wahrheit über all den Mangel, den man litt.

Eines Morgens kam sie bis an die Grenze, wo einer wohnte, der Gran hieß. Seine Hütte sah man vom Weg aus nicht, schwankendes Moor lag dazwischen. Gran war Schlachter und

Abdecker. Hillevi hatte seine Kinder gesehen, aber die Frau noch nie. Es hieß, daß er die Schlachtabfälle im Moor versenke, und man sprach von einem verschwundenen Mann aus Lakakroken, der ebenfalls dort liegen sollte.

Es gab Menschen, die wollten am Rand leben. Waren sie wirklich so gefährlich, wie manche glauben wollten? Vielleicht gehörten sie lediglich mehr dem Wald und dem Moor an als dem Dorf.

Nach Tangen hinaus ging sie nicht. Bis sie eines Morgens auf der Straße doch tatsächlich einem Menschen begegnete. Es war Kalle Persa, ein weißbärtiger Mann mit ein bißchen Grün im Schnurrbart. Er war stets die Liebenswürdigkeit in Person, ein Einspruch gegen alles Gerede über grantelnde Jämtländer. Er wolle ihr eine Maräne schenken. Er habe Netze unterm Eis liegen und sie soeben hochgeholt. Sie folgte ihm also, nahm die große Maräne, die er in gebrauchtes Papier aus dem Laden eingeschlagen hatte, in Empfang und trug sie nach Hause.

So war sie doch nach Tangen hinausgekommen. Eines sehr klaren Morgens ging sie wieder dorthin. Sie sah eine graue Gestalt über den glatten Weg zum Abort eilen. Dann ließ sie die Menschen und den Ort hinter sich. Sie ging einen ungeräumten Weg entlang. Schließlich kam sie Lubben so nahe, daß sie die Hütte und den Viehstall sehen konnte.

Tagsüber hatte sie nicht dieselben Gedanken wie auf ihren morgendlichen Wanderungen. Da schwirrte die Küche vor Gerede und allem, was die Kunden verlangten und was nicht mehr am Lager war. Sie mußte in dem schmalen Raum, der von der eigentlichen Küche noch vorhanden war, Essen kochen, in der Stube aufdecken und während der kurzen Momente, in denen keine Leute da waren, Kinderstrümpfe und Leibchen waschen. Es war ihr zuwider, ihre Arbeit vor neugierigen Augen zu tun. Aber es ließ sich nichts dagegen machen. Die Schlaflosigkeit und das Gedränge zehrten an ihrer Laune, aber zu den Kindern war sie nicht mehr grob geworden. Sie schlief jetzt immerhin ein paar Stunden vor Mitternacht.

Nach Lubben, hatte sie sich geschworen, würde sie nie wieder gehen. Gleichwohl trugen ihre Füße sie dorthin. Sie ging durch die morgendliche Dunkelheit. Über dem Wald zeigte sich gerade erst ein Lichtrand.

Ihr Körper drängte dorthin. Es war, als würde er wider alle Vernunft zu einem anderen Körper hingezogen. Doch es ging dabei nicht um Wärme. Es war lediglich ein vergessener Schmerz, der wieder aufleben wollte. Ein allzu altes Weh zog sie durch den gefrorenen Matsch, ohne daß sie recht verstand, warum.

Als sie dort ankam, hatte das Morgengrauen den Schnee blau gefärbt. Die Gebäude wirkten schwarz und wuchtig. Nur langsam trat das Grau des Holzes zutage.

Seit mehr als zwei Monaten standen sie nun schon leer.

Zu welchem Zweck?

Um mir meinen inneren Frieden zu schenken, dachte sie. Ich habe ihn aber nicht bekommen.

Ihr ging durch den Sinn, daß man sich seinen inneren Frieden nicht selbst verschaffen konnte. Ich hätte es Trond erzählen sollen, dachte sie. Sie wußte aber, daß sie diese kostbaren Geschenke dennoch nicht erhalten hätte: Nachtschlaf und gute Laune. Vergessen und Eile und Geschäftigkeit. Schnelle Gedanken anstelle dieses schweren Kreisens von Raben um Tod und Finsternis. Wie um Aas.

Sie ging zum Viehstall und öffnete die Tür einen Spalt, ein herber Geruch stieg ihr aus dem ausgekühlten Koben in die Nase. Nicht gerade nach Leben. Keine Kuhwärme, kein Duft nach Wolle.

Es lag viel Schnee. Niemand hatte geschaufelt oder geräumt. Sie stapfte hindurch und hinterließ tiefe Stiefelspuren. Wenn vor dem nächsten Schneefall jemand hierherkäme, würde er sich wundern. Aber sie kümmerte sich nicht mehr um das Gerede der Leute. Es war längst bekannt, daß die Frau des Händlers frühmorgens draußen umherlief. Mochten sie sich doch denken, was sie wollten!

Es wurde nun heller, doch hinter den Fenstern war es schwarz. Sie zog den Handschuh aus und befühlte mit dem Zeigefinger das dünne, blasige Glas. Eine einzige Fensterscheibe gegen die Kälte. Wie kalt wäre es da drinnen selbst dann gewesen, wenn der Herd gebrannt hätte. Fußkalt. Die Kleinkinder hatten sich im Winter wahrscheinlich fast immer im Kastenbett aufgehalten. Und da gab es Tuberkelbakterien.

Sie erinnerte sich, daß sie in der Schule gewesen war und gegen Pocken geimpft hatte, bevor sie das erste Mal hierhergekommen war. Damals war sie ganz von ihrer Berufung und ihrer Ausbildung erfüllt gewesen. Sie hatte geglaubt, als ein Geschenk in dieses abgelegene Kirchspiel gekommen zu sein, und erinnerte sich sehr genau, wie stolz sie gewesen war, als sie ihren Namen im Gasthaus in Lomsjö ins Gästebuch geschrieben hatte. Oder als sie im Laden den Zettel mit der Warnung vor dem Impfen von der Wand gerissen hatte. Dieses starke Gefühl von Bestimmung hatte sie mit nach Lubben hinausgetragen, so wie in ihrem Spanrucksack die Medikamente, die Instrumente und die sauberen Handtücher.

Alles wurde vertan hier draußen.

Für diese Sorte von Leuten brauchst du nicht die Verantwortung zu übernehmen.

Erinnerte sich Trond an das, was sie gesagt hatte? Wahrscheinlich, ebenso wie sie sich selbst daran erinnerte.

Was dachte er zutiefst in seinem Inneren über sie?

Sie prüfte die Tür zur Hütte, diese war, wie sie erwartet hatte, nicht abgeschlossen. Es war in etwa genauso hell oder dunkel wie damals, als sie zum ersten Mal hier eingetreten war. Allerdings war es da Abend gewesen und das Licht stetig geschwunden.

Die Hütte war leer. Ausverkauft und zerstreut. Das Bett mit den Türen aber stand noch da, sie waren geschlossen. Hillevi zwang sich, sie zu öffnen und den leeren Bettboden anzusehen. Dann ging sie über die Löcher in den Dielen quer durch den Raum und öffnete die Kammertür.

Wie lange hatte das Mädchen hier gestanden? Hatten sie sie dort hineingeschickt, als sie das Fräulein kommen sahen? Oder hatten sie sie schon vorher hinausgewiesen?

Hier hatte sie in der Kälte gestanden. Das Kind hatte für ihr rachitisches Becken einen zu großen Kopf gehabt. Das Kind.

Es war ein Kind. Ein lebendes Kind.

Wessen Kind noch außer Serines?

Sie hätte es melden sollen. Zumindest wäre dann dem Mädchen geholfen worden. Doch sie hatte sich statt dessen dafür entschieden, Vilhelm und den Jungen, Elis mit Namen, zu schonen. Und sie hatte es nur getan, um sich selbst zu schützen.

Ich wollte doch Edvard Nolin heiraten, dachte sie. So liebend gern, daß ich weiß der Himmel was tat, um in keinen Prozeß verwickelt zu werden.

Zurück ging sie rascher, als sie gekommen war.

Als sie von Lubben weggegangen war, hatte sie genau gewußt, was sie tun würde. Sie würde nach Hause gehen, Kaffee aufsetzen und ihn Trond ans Bett bringen. Dann würde sie mit ihm reden, bevor die Kinder aufwachten.

Es reut mich, würde sie sagen. Ich glaube, daß ich es war, die Erikssons Jungen von Lubben vertrieben hat. Vilhelm und Jon und natürlich auch Gudmund. Ich denke aber vor allem an die Jungen. Ich kann nicht mehr einfach schlafen. Ich weiß nicht, ob ich jemals wieder so sein werde wie vorher.

Er würde seine Tasse abstellen und sie ernst ansehen.

Ich glaube, daß ich es war, die Erik Eriksson dazu getrieben hat, den Laden anzuzünden und dann hinauszugehen, würde sie sagen. Ja, über den See zu gehen.

Und sie würde fortfahren mit dem, was sich kaum aussprechen ließ: sich selbst das Leben zu nehmen.

Denn das war es doch, was er getan hatte.

Sie kannte Trond so gut, daß sie zu wissen glaubte, was er antworten würde. Daß der Alte viele Enttäuschungen erlebt habe. Aber daß sie wohl doch recht hätte. Außer in einem.

»Bist das nichten alleinig gewesen«, würde er sagen. »Wir waren zweie.«

Dann würde sie von dem erzählen, wobei sie nicht zu zweit waren. Von Lubben. Davon, was dort im Spätwinter 1916 geschehen war.

Sie war jedoch länger als sonst morgens draußen gewesen, und als sie nach Hause kam, war es schon so spät, daß Trond längst aufgestanden und angezogen war. Außerdem war er

341

nicht allein. Sein Vater war geschäftlich von Lakahögen gekommen und hatte in der Pension übernachtet. Morten Halvorsen hatte bis zwei Uhr morgens den Kognak-Sodas zugesprochen und Preference gespielt. Er roch stark nach Zigarren und hatte seinen gestärkten Kragen abgelegt. Der war in der Nacht wahrscheinlich schmutzig geworden.

Wie wenig mich das kümmert, dachte sie und begriff, daß sie dabei war, eine andere zu werden.

Nein, keine andere. Man blieb wohl sein Leben lang der gleiche Mensch. Kragenlose Hemden aber waren Sorgen, die man letztlich nicht so schwer nahm. Flecken auf der Weste und auf dem Tischtuch. Gerede. Meinungen.

Es gab eine Welt von Gedanken, von denen sie nichts gewußt hatte. Man mußte seinen guten Schlaf verlieren, um diese zu denken. Sie waren dort draußen. Selbst der Wald dachte sie. Aber stets, bevor die Leute aufstanden und eilends zu ihren Aborten und Viehställen rutschten. Das Wasser und der zitternde Streifen des Morgengrauens im Strom dachten sie. Wundersamerweise konnten sie auch hier gedacht werden, mitten in der Unterhaltung und dem Gerassel der Kaffeemühle. Davon hatte sie nichts gewußt.

Und mitten in der Unterhaltung, just als sie da stand, Plätzchen aus einer bemalten Blechdose nahm und sie auf eine Neusilberschale mit Spitzentuch legte, um ihren vorübergehend kragenlosen Schwiegervater damit zu beehren, dachte sie: Nein. Ich werde Trond von dem, was in Lubben geschehen ist, nie etwas erzählen. Sie würden vielleicht über die Zwangsversteigerung reden und darüber, daß es sie reute. Aber nicht über das Kind. Nicht über das Loch im Eis.

Es gibt Dinge, die muß man für sich selbst behalten. Sie betrachtete Trond und seinen Vater am Kaffeetisch in der Stube. Die Kinder waren hereingekommen und kletterten an ihnen herum. Morten Halvorsen zog eine Tüte Bonbons aus der Tasche. Sie waren verklebt, und Tore grapschte mit leidlich sauberen Finger daran herum, um sie zu trennen.

Manchmal muß man sich vor dem Verständnis anderer hüten.

Als sie am nächsten Morgen hinausging, herrschten strenge Kältegrade. Der Mond war dünn und fleckig. Es sah aus, als versuchte der Himmel durch die zerfetzte Scheibe zu dringen. Anstatt auf die Straße ging sie zum Bootshaus hinunter. Sie überlegte eine Weile, ob sie die Skier nehmen sollte. Doch dann ging sie auf den verharschten Schnee hinaus und merkte, daß er trug.

Ihn hat er nicht getragen, dachte sie. Er ist durchs Dunkel gegangen. Es war sternklar in jener Nacht.

Dann ging sie in seinen Spuren, die nicht mehr seine Spuren waren. Mitten auf dem See packte sie die Angst. Der alte Alltagsmensch warnte: Was machst du da?

Doch jetzt war es zu spät.

Der Wald an den Bergflanken verbrämte die Eisfläche mit schwarzen Enden und Pelzbesätzen. Der Himmel war gewaltiger, als sie ihn je erlebt hatte. Sogar das norwegische Fjäll duckte sich vor ihm. Sie ging lange dahin und wußte, daß sie nicht mehr war als eine Schnake, die zur falschen Zeit unterwegs war, sich auf dünnen Beinen in dem Weiß abmühte. Als sie sich der Südseite näherte, empfing das Ufer sie ganz gemächlich und mit einer gewissen Alltäglichkeit. Obwohl die großen Tannen hoch waren, war deren Maß doch dem ihren verwandt.

Erst jetzt dachte sie daran, wie schwierig es sein werde, durch den Tiefschnee und den harten Harsch zu der Hütte unterm Brannberg zu stapfen. Vielleicht gar unmöglich. Aber fast im selben Moment entdeckte sie die Skispur eines Vogeljägers, die war gefroren und trug sie bis zur Hütte hinauf. Es war, als sei es gewollt, daß sie dorthin kommen konnte.

Der Schnee hatte sich nicht glatt über das eingestürzte Schindeldach breiten können. Wie war der Alte nur in dieses Spektakel aus halb vermoderten Stämmen und Brettern gekommen? Es gab eine Tür, aber die hing nicht mehr in den Angeln. Schwer war sie auch. Hillevi versuchte sie mit Händen und Armen auf die Seite zu kippen, mußte sich aber halb darunterdrücken und ihr ganzes Körpergewicht dagegenstemmen. Mit einem dumpfen Laut fiel die Tür in den Schnee. Jetzt war der Zugang frei.

Der Steinhaufen aus großen und kleinen Schieferblöcken, an denen die Frostsenkung im Frühling gerüttelt hatte. Sie waren kein Herd mehr. Dagegen stand auf kurzen, stämmigen Tannenbeinen noch ein Bettboden da.

Kein Hausrat. Nicht ein modriger Stoffetzen. Nur dieses Bett aus gespaltenen Stämmen. Das Licht drang ebenso ein, wie es das Moos und die Flechten getan hatten.

Hier hatte er sich hingelegt.

Sein Leben endete an einer rauhen Bergwand.

Die letzte Tat, die er vollbracht hatte, ehe er über den See ging, war schlimm gewesen. Wahrscheinlich wäre es ihm recht gewesen, wenn sie noch schlimmere Folgen gehabt hätte. So daß es uns richtig getroffen hätte. Daß es den Kindern übel ergangen wäre. Daß Trond und ich angesichts ihres Hungers ratlos gewesen wären.

Bei derart grimmiger Kälte zu sterben war wohl nicht richtig wie einschlafen. Das war etwas anderes. Was es war, würde sie nie erfahren. Nicht einmal hier drinnen.

Die Läuse.

Die Läuse fielen ihr ein. Wie sie davongekrochen sein mußten. Sie krochen ihm aus den Haaren und über die kalte Stirn, als sie ihn verließen.

Als sie hinaustrat, war die Scheibe des Mondes noch bleicher. Wie Bein.

Das Stirnbein eines Tieres.

Ein Gott ohne Vorsehung, ohne Barmherzigkeit. Der ein Leben in Kälte und Schlechtigkeit enden ließ.

Sie war müde, ging langsamer auf dem Heimweg. Die Wärme der steigenden Sonne löste allmählich den Harsch auf. Sicherlich würde sie viele Male durchbrechen, bevor sie den See überquert hätte.

Mühsam folgte sie ihren eigenen Spuren. Der Himmel war weiß. Er war so groß, daß sie ihn nicht aushielt. Nicht plötzlich, sondern ganz langsam kam ihr der Gedanke:

Wenn nun ich des großen, blinden Tieres Augen sein soll?

Sie sagten, es gebe auf der Welt mehr Licht als Dunkelheit.

Sie zeigten Elis ihre Gemälde aus der Normandie und der Provence, und einer von ihnen hielt ihm ein Bild hin, das in Algier gemalt war.

»Schau dir das Licht an«, sagten sie. »Wie groß das ist.«

»Nicht einmal in den Sommernächten haben wir ein solches Licht. Wir haben uns verirrt. Wir sind am Rand der Welt gelandet. Wir sitzen in einer ihrer Schummerecken. Wenn es Winter ist, haben wir Schrunden, Mundgeschwüre und Kopfschmerzen. Du mußt nach Frankreich hinunterfahren, Elv«, sagten sie zu ihm. »Dort wirst du es schon sehen: Das Licht auf der Welt ist größer als die Dunkelheit.«

Aber das stimmte nicht. Es war einfach nicht richtig, was sie sagten.

Er sah sich ihre Malerei an. Sie waren keine schlechten Maler. Darum wog der Schatten mehr als das Licht. Er war kleiner. Aber er war zusammengepreßt und schwarz geworden.

Je schärfer das Licht, desto schwärzer der Schatten.

Sie redeten. Aber sie malten nicht schlecht. Er sah sich an, was sie machten, und kümmerte sich nicht um das, was sie sagten.

Im ersten Sanatorium, in dem er gewesen war, demjenigen, das Breidablikk hieß, hatte er von Oberarzt Odd Arnesen einen Farbkasten mit Pinseln bekommen. Er hatte angefangen, für die Frau Oberarzt ein Rouleau mit zwei Schneehühnern zu bemalen. Sie waren von knospenden Zwergbirkenzweigen umgeben, und die Schneehuhnbrüste waren ihm besonders gut gelungen. Dann bekam er die Reste, die beim Zusägen von Brettern übriggeblieben waren. Er ergatterte eine Flasche Terpentin, und die Wirtschafterin händigte ihm widerstrebend ein paar weiße Lumpen aus. Einen ganzen Herbst und Winter lang malte er auf den Brettchen. Im Mai erhielt er von einem Wohltätigkeitsverein einen Panneau. Der Oberarzt, der diesen für ihn erbettelt hatte, kam nun in den Bodenraum herauf, wohin Elis sich zurückziehen durfte, um zu sehen, was dieser mit dem kostbaren Material anstellte. Als er es sah, sagte er, es wäre schön, wenn Elis anfinge, alle Farben in dem Kasten zu benutzen, und nicht nur das Schwarz und das Weiß aus den Tuben zu unterschiedlichem Grau mischte.

Elis, der sich mit dem Problem des schwachen Lichtes beschäftigte, empfand beinahe Verachtung für den freundlichen Arnesen. Aus Bestürzung. Sah er denn die Farben nicht?

In dieser Nacht lag Elis bis gegen vier Uhr mit schmerzenden Muskeln wach. Der Husten wurde immer schlimmer. Er störte, und eine Krankenschwester kam auf Nachtsohlen angetappt und verabreichte ihm Dover-Pulver und eine Kampfersäuretablette gegen das Schwitzen. Es waren jedoch Arnesens Worte, die ihn nicht schlafen ließen.

Daheim in Lubben war er geschlagen worden, weil er herumkleckste. In der Hütte der Holzfällerrotte in Namskogan war er gelobt worden, weil er so verdammt naturgetreu Pferde und Auerhähne zeichnen konnte. Das, was Arnesen gesagt hatte, war die erste Kritik, die er bekommen hatte. Er wurde einer Sache gewahr, die er schon hin und wieder geahnt hatte: Andere sahen nicht so wie er. Manchmal meinte er, sie sähen überhaupt nicht.

Die Probleme, an denen er jetzt arbeitete, glichen denen der Mathematik. Problem war natürlich ein tantenhaftes Wort. Es erinnerte an Seelenqualen. Bei den Problemen, die er sich gestellt hatte, gab es freilich Lösungen. Mit harter Arbeit würde er diese finden. In Breidablikk versuchte er das schwache Licht kennenzulernen. Er hatte noch nicht gewußt, daß es etwas gab, was Valeurs hieß. Aber er war ganz nahe daran gewesen, in sie einzudringen.

In einer Mischung aus Wut und Angst war er nach Arnesens Besuch auf dem Dachboden darangegangen, das herauszuarbeiten, was sich unter dem Schneenebel befand, auf den er so viel Mühe verwendet hatte. Er ließ das schwache Grünblau hervortreten und verdichtete es zu einem Waldrand. Vorsichtig vertiefte er das Loch. Das war schwieriger, als die Figur zu schattieren. Daß ein Mensch genauso ein Wesen werden konnte wie ein Schneegestöber, ein Nebel, das Wasser eines Sees oder ein ferner Wald, war auf einem Gemälde schwer verständlich zu machen. Entweder kam dabei pure Unsichtbarkeit heraus oder dies: Als der Oberarzt wiederkam, glaubte er noch immer einen Entwurf vor sich zu haben. Er sah keinen Schneenebel. Für ihn war da kein Loch mit schwarzem Wasser im Eis. Er sah eine Quelle im Wald. Er sah ein Mädchen stehen und ins Wasser blicken wie in ein großes Auge.

Du siehst nichts.

Auch als Arnesen das nächste Mal heraufkam, sich dicht neben ihn stellte und freundlich schwatzte, wagte er diesen Gedanken zu denken.

Du weißt nichts.

Dann hatte er eine kleine Gaunerei begangen. Und erhielt nun viel Lob.

Es war ihm gelungen, eine entkleidete Sennerin auszuarbeiten, die im Begriff stand, in einem Waldsee zu baden. Dieser hatte schwarzes Wasser. Die Ziegen lagen da und guckten ihr zu, zwei Stück. Von der restlichen Herde hatte er nur ein Hinterteil und zwei Hufe gemalt. Er hatte sich gedacht, die Phantasie des Betrachters würde sich die Landschaft außerhalb des Panneaus ausmalen.

Schon damals hatte er gewußt, daß es außerhalb des Bilderrahmens nichts gab. Darum wußte er auch, daß er Arnesen hereingelegt hatte.

Besondere Sorgfalt hatte er auf die Kleider des Mädchens, den Hund, der diese bewachte, und den in einer Birke aufgehängten Rindenrucksack verwendet. Er mußte das Mädchen jedoch wieder anziehen, was viel Arbeit sowohl mit dem Körper als auch mit der Stelle, an der die Kleider gelegen hatten, kostete. Aber wer hätte andererseits schon in einer eiskalten Wasserlache baden wollen? Nach dieser Operation wurde das Bild für wert befunden, über dem Kamin im großen Versammlungsraum aufgehängt zu werden. Das geschah denn auch an einem geselligen Abend. Eine Dame sang ein Lied aus Bjørnstierne Bjørnsons *Arne*, und Elis war wie gewöhnlich darauf eingestellt, daß es sich wie Fuchsgeheul anhören würde. Aber es zersprang etwas in ihm. Und zwar, als sie sang:

> *Fort will ich, fort, hinaus in die Welt*
> *Über die hohen Berge!*
> *Hier ist's so drückend, für mich hier kein Feld*

Zitternd und ergriffen wußte er mit einem Mal, was eine solche Musik bedeutete. Ja, er war ein für allemal aufgerüttelt und sah auch, daß sein Bild schlecht war, speichelleckerisch und stümperhaft gemalt. Er wollte weg. Fort, fort...

Er kam auch fort, allerdings bloß ins Sanatorium von Vefsn. Dort hatte er eine lange flaue Periode, in der er den Farbkasten nicht anrührte, sondern nur zeichnete. Nun erwachte sein Interesse für Skelette. Sie drängten hervor, ohne daß es besonderer Aufmerksamkeit bedurfte. Er begann mit Händen, die er so gut kannte, daß er sehen konnte, wie die Furchen zwischen den Sehnen mit jedem Tag ein bißchen tiefer wurden. Über den Knöcheln spannte sich die Haut. Er fragte sich, wie sie wohl über Hüften war, und fing im Waschraum an zu zeichnen. Die meisten fanden sich damit ab. Er sah, wie die Auszehrung bei den Männern und Jungen das Skelett herausmeißelte. In dieser Zeit bekam er echte Zeichnerfinger. Er fühlte nichts Besonderes. Fühlen war nicht sein Metier. Sein Metier war das Sehen.

In diesem Frühling hustete er etwas Schaumiges mit roten Streifen aus. Und er erfuhr, daß auch er ein Skelett hatte. Wenn der Husten an ihm riß und zerrte, war ihm, als wollte es aus ihm herausdrängen. Er mußte die Arme um sich schlagen und sich festhalten.

Von Vefsn aus wurde er nun nach Brønnøysund ins Pflegeheim geschickt. Dort würde jegliche Hoffnung ihr Ende finden. In der Regel schickten sie die aussichtslosen Fälle in Pflegeheime und behielten die behandelbaren in den Sanatorien. Er zeichnete fieberhaft und setzte sich in den Kopf: Jemand muß sehen.

Er schaute sich zwischen den in sich selbst Versunkenen um und glaubte, der Doktor und er seien die einzigen, die sähen. Der Doktor aß. Dem Doktor ging es gut, und er war gesund. Also fing Elis wieder zu essen an. Die Bissen wälzten sich im Mund, wurden haarig, quollen auf und klebten am Gaumen. Aber er würgte sie hinunter, um zeichnen zu können, und er erholte sich allmählich und wurde nach Trondheim verlegt. Dort wurde er geblasen, und die Lunge kam zur Ruhe. Das Skelett zog sich wieder zurück. Aber er wußte nun, daß er eines hatte. In ihm ging ein hartnäckiger Wiedergänger um.

Deshalb waren es nicht die Kunstbücher, in die er als erstes guckte, als er in die Bibliothek fahren durfte. Er lernte Anatomie von den Bildern in medizinischen Büchern. Erst danach war die Bibliothek des Kunstgewerbemuseums an der Reihe. Dort war es warm. Die Bücherregale reichten vom Boden bis zur Decke. Er glaubte sich vor dem Herbstregen und der nassen Kälte geschützt. Aber womöglich stiefelte er doch zuviel umher. Er schlenderte den Kanal und die Kais unten am Hafen entlang und zeichnete Nordlandschaluppen und Motorschiffe. Wärmte sich in Cafés auf und zeichnete die Durchgefrorenen, die langsam ihren Kaffee in sich hineinschlürften.

Er hätte sich vor der rauhen Luft und dem Nebel dort unten in acht nehmen sollen. Denn als er glaubte, daß die Auszehrung endlich ausgeheilt sei, begann er erneut leicht zu fiebern und erhielt den Bescheid: positiver Bazillenfund! Diesmal wurde er nach Kristiania geschickt. Und dort wurde er dann schließlich für bazillenfrei erklärt. Da glaubte er, endgültig jegliche Abhängigkeit ausgespuckt und den Deckel darüber geschlossen zu haben. Nun würde er arbeiten: auf dem Hof der Apotheke Demijohns heben und auf dem Bahnhof Güter. In einer Bäckerei Teige ansetzen. Mit feuchten Sägespänen Kneipenfußböden kehren. Egal was.

Doch in dieser Stadt, die von Zivilisation und Genuß strotzte, war Arbeit spärlich gesät. Arbeitsgierige Hände nahmen geschwind jeden Besen, jeden Hammer und jede Jungfer zum Pflastern in Beschlag. Elis hatte zunächst bei einem Zimmermann gewohnt, den er beim Ausbau des Sanatoriums kennengelernt hatte, und das Zimmer mit einem Schreinerlehrling geteilt. Die Frau des Zimmermanns nahm ihn in Kost, aber er mußte bald ausziehen, da sein gesamter Verdienst für die Miete, das Essen und die Wäsche, die sie für ihn erledigte, draufging. Dann hatte er ein Zimmer unten in Pipervika. Dort waren sie zu acht und schliefen abwechselnd. Zu essen gab es meist nur Suppe aus dem Automaten oder der Suppenküche. Nur damit er sich Zeichenpapier, Kohle und Stifte leisten und im Café sitzen konnte, dem einzigen Ort außer der Tegner-Schule, wo es in den Abendstunden möglich war zu zeichnen. Da war es bescheidenes Glück für ihn, daß eines der Serviermädchen – Ester hieß sie – ihm Butterbrotpakete zuzustecken begann und ihn in dem Zimmer, das sie mit zwei anderen Mädchen teilte, schlafen ließ. Die Mädchen waren tagsüber in ihren Cafés, also kaufte er sich Leinwand und Farben und begann dort oben bei spärlichem Nordlicht zu malen.

Die Zeit, in der die Mädchen schliefen, verbrachte er im Nachtcafé, und spätnachts und in den ersten Morgenstunden arbeitete er in einer Bäckerei. Das Weißbrot verklebte ihm die Därme, aber zusammen mit den Happen, die Ester aus dem Café heimbrachte, nährte es. Es ging ihm besser, und er merkte kaum, daß er wieder in Abhängigkeit geraten war.

Jeden zweiten Monat fuhr er nach Grefsemoen hinauf und spuckte, und was er von sich gab, wurde mikroskopiert. Als er sich freigespuckt hatte, wurde er trotzdem rückfällig: Er fragte den Oberarzt, der ihm an die Tegner-Schule verholfen hatte, ob er da oben nicht Arbeit bekommen könne. Aber dort herrschte schon ein Gedränge von Halblungen, die hoben und kehrten und Botengänge erledigten. Er ging sogar so weit, darum zu bitten, die Spucknäpfe einsammeln und den Sterilisierapparat warten zu dürfen. Doch er wurde abgewiesen. Auf dieser Stelle wollten sie keinen Bazillenfreien riskieren.

Eigentlich war es das Krankenhausessen, worauf er es abgesehen hatte; er verdingte sich einige Zeit als Lagerarbeiter und futterte sich einigermaßen heraus. Der Weg in die Stadt und zur Schule war jedoch weit und die Fahrt teuer, weshalb er eigentlich auch froh war, als diese Arbeit zu Ende ging. Nachdem er zwei Wochen ziemlich viel gehungert hatte, bekam er eine Stelle in einer Apotheke. Der Oberarzt hatte sie ihm vermittelt. Diese behielt er lange, und er war sich nicht bewußt, daß er den Apothekengeruch mit in die Tegner-Schule nahm. Seine Arbeit bestand vorwiegend darin, Demijohns mit verschiedenen Flüssigkeiten ins Haus zu tragen, zu öffnen und in kleinere Gläser und Behälter umzufüllen. Es war unvermeidlich, daß er sich manchmal bekleckerte, und er stand stundenlang in Dämpfen, die sein Geruchsorgan schon längst betäubt hatten.

Als ihm klar wurde, daß ihm der Geruch in den Kleidern und an der Haut hing, begann er ihn zu hassen. Wie so eine blöde kriechende Giftschlange zu riechen! Nach Leichenhaus und Balsamierung!

Ester sagte im nachhinein, er habe nach Glühweingewürz und Oleum basileum gerochen. Aber er glaubte ihr nicht.

Nach einiger Zeit war sie dazu übergegangen, seine Besuche strenger als früher einzuschränken. Er durfte nicht mehr kommen, wann es ihm paßte. Die beiden anderen Mädchen waren ausgezogen, und ihm war schleierhaft, wie sie die Zimmermiete allein aufbrachte. Aber alles werde offenbart, und das am besten unterm Mikroskop. Als er begriff, daß sie ihm einen Tripper angehängt hatte, wollte er nicht mehr hingehen.

Er wurde Asphaltkocher genannt. Das kam daher, daß er zu beweisen versucht hatte, was er über die Dunkelheit wußte. Und zwar bereits auf der ersten großen Leinwand, die zu spannen er sich leisten konnte. Alexander Vold hatte ihn als Schüler angenommen, und zusammen mit elf anderen malte er vormittags im Atelier im fünften Stock eines Hauses in der Dronninggaten. Vold sagte, seine Anatomie sei außerordentlich gut. Die Farbenlehre sei ausgezeichnet. Er mache große Fortschritte mit der Perspektive. Aber:

»Die Bildung, Elv!«

Daran haperte es. Außerdem war er der Jüngste im Atelier.

Anfangs umschwirrten ihn die Worte ohne Sinn, wenn er mit den anderen in der *Kaffistova* saß. Über Höhlenmaler sprachen sie. Und französische Miniaturisten. Er hatte keine Ahnung von all dem. Handschuhmoral, sagten sie. Massengesellschaft. Femme fatale. Es fiel ihm nicht schwer zu schweigen.

Im Mai 1926 stellte die Gruppe aus, die sich in der *Stova* zu treffen pflegte. Sie nannten sich *Die Jungen*. Elis durfte zwei Bilder beisteuern. Eins davon verkaufte er.

Er stand in den Räumen des Künstlerverbands an die Wand gedrückt, als sich das abspielte. Sein Lehrer Vold winkte ihn heran. Der Professor von der Kunstakademie aber war es, der sagte:

»Hier haben wir Elias Elv, den Künstler!«

Der Professor trug einen hellgelben Frühjahrsüberrock. Die Schiffsreederwitwe, die das Bild gekauft hatte, war grau gekleidet. Wie aus einem von einer Eule gerissenen Vogel die Eingeweide quollen ihr Seide und Perlen aus der Mantelbrust. Sie streckte ihm drei schmale Finger hin und sprach. Das dauerte vier Minuten, und sie erhielt kaum eine Antwort. Dann war Elis mit Vold und dem Professor allein, und dieser erzählte, daß die Witwe einen van Gogh und zwei Seurat besitze.

Elis dachte normalerweise nicht an Lubben. Aber jetzt tat er es. Wenn er gesagt hätte:

»Hat man ein Bild verkaufet, für fünfhundert Kronen. Eine Mähre ist's, an einem Bretterzaun.«

Die Antwort wäre gewesen:

»Ja, Bretterzäune anmalen, magst schon taugen dazu.«

Der Professor sagte, das Zusammenspiel der Volumina müsse nicht unbedingt der Geschlossenheit und Schwere entgegenwirken, und zeigte auf das Bild. Er sehe widerstreitende Bewegungen, sagte er. Eine Bewegung, die sich von den Tonnen auf der Ladefläche zu dem Pferd spanne. Es herrsche ein Spiel der Kräfte zwischen ihnen. Eine labile Situation, aber gleichwohl mit Balance. Keine statuarische Schwere.

»Sie haben Gaben.«

Der Professor hatte sich eine Zigarre angesteckt und fuchtelte damit vor dem Bretterzaun herum. Vold fürchtete wohl, Elis werde übermütig. Er sagte:

»Aber die Bildung, Elv, die Bildung! *Die Jungen* kritisieren anerkannte Kunstwerke als verkehrt! Aber es fehlt an der Bildung.«

352

»Und an den Idealen«, fügte der Professor hinzu.

Dann hielt er Elis sein Zigarrenetui hin. Dieser nahm sich eine, wußte aber nicht, was er damit anfangen sollte. Sie anzünden? Nein. Sie in die Tasche stecken? Das tat nur ein Untergebener. Also hielt er sie in der Hand. Und der Professor sprach weiter.

»Sie entdecken zu schnell einen Cézanne und Matisse! Denken Sie daran, es ist ein weiter Weg!«

Elis mußte daraufhin hinaus auf die Straße. Die Markisen knatterten im Frühlingswind. Er hatte das Gefühl, als sei jemand hinter ihm her, deshalb verdrückte er sich zu einem Automaten hinein und steckte ein Fünfundzwanzigörestück in den Schlitz. Als er den Kaffee in der Tasse hatte, sah er, daß es Fräulein Blumenthal war. Sie stand vor dem Fenster und hüpfte etwas. Er trank weiter seinen Kaffee, der durchaus heiß war, aber schmeckte, als wäre er durch leckende Schuhe geseiht worden. Elis wollte allein sein.

Sie kam natürlich herein.

»Ich wußte es!« jubelte sie.

Als er nach Kristiania gekommen war, war er einige Monate lang zu ihr gegangen. Sie unterrichtete Damen im Aquarellmalen. Ihr Glaube an ihn hatte niemals gewankt, und sie hatte ihn als Gratisschüler behalten, als der Frauenverein nicht mehr für seine Gebühr aufkam. Ihr alter violetter Samthut, die Schuhe, die in den Überschuhen kippelten, der viel zu lange Mantel – all das war natürlich so lächerlich wie die Valeurmalerei, die sie lehrte. Aber er kam mit ihr besser zurecht als mit dem Kunstprofessor. Allerdings wollte er am liebsten allein sein. Denn er dachte nur an eins: die Østensjø-Schule.

»Gesegneter Junge«, sagte sie. »Ich habe immer schon an Sie geglaubt.«

Dann ging sie. Sie hinkte leicht.

Er war allein.

Mehrere Tage lang war der Himmel von einem schweren graugrünen Ton überzogen gewesen, und der Regen hatte selten aufgehört, durch die blauen Baumkronen im Slottsparken zu tropfen. Schließlich waren sie wie Kiemenblättchen: Sie seihten Wasser und Sauerstoff. Seine Schuhe hatten in der Nässe geschlabbert, seine Zehen waren eingeweicht worden, er hatte keine Gaben, zwei norwegische Kronen und keine Weste besessen. Jetzt aber hatte er das Pferd am Bretterzaun verkauft und konnte hinterher eine Zigarre rauchen. Wie ein Viehhändler.

Er war erschöpft, er mußte sich erholen und landete in dem äußerst milden grünen Licht, das gegen jegliche Hetze gut war, unter den Bäumen im Slottsparken auf einer Bank.

Da näherte sich auf dem Kiesweg ein Hund. Er trottete leicht schräg, wie Hunde es eben tun. Er war groß und knochig und hatte ein schwarzes Haarkleid.

Elis sollte eigentlich nicht noch mehr Hunde zeichnen. Oder Pferde. Er sollte überhaupt keine Tiere mehr zeichnen. Aber das ist wie mit einer Erektion. Man kriegt sie.

Er zog also seinen Stift und sein kleines Skizzenbuch aus der Innentasche und zeichnete die Rückenlinie eines schlendernden Hundes. Es war ein Rüde. Die Hoden waren blank, das Organ hing schwer in seinem haarigen Sack.

Was suchst du? Du alter Fuchs, dachte er.

Bestimmt keine Frauenzimmer. Zuerst Futter. Das darf man wohl für gesund halten. Das Tier schnüffelte um die Bänke herum. Ob da jemand mit einem Butterbrotpaket gesessen hatte.

Die Rippen. Elis kannte das Skelett des einen wie des anderen. Des Menschen wie des Wolfs. Er genoß den Strich des Fells und der Muskelmasse unter der Spitze des Stifts, nachdem er sich über das Skelett im klaren war. Er war in die naturhistorischen Sammlungen gegangen und hatte Skelette gezeichnet. An der Akademie zeichneten sie nach Gips.

»Gips ist doch Mist«, sagte er zu dem Hund.

Du würdest deine Zähne nie und nimmer in Gips schlagen.

Der Hund hatte zwischen zwei Linden ein sonniges Plätzchen gefunden. Das Gras war trocken. In der Luft das Gesurr von kleinen geflügelten Viechern, die ihr aus Chitin gebautes Skelett außen trugen. Hier war Sonnenwärme gespeichert, die sich in steifen Gliedern ausbreiten wollte. In Knochen. Einem geschwollenen Ballen. Der mußte geleckt werden, sehr sorgfältig.

Ja, ja, jeder hat sein Päckchen zu tragen.

Ein Muskelansatz ist wie ein Knie oder ein Handgelenk; es entlarvt den Amateur im Zeichner. Du und ich in der Sonne, Lausewolf. Wir sind nicht von gestern, du und ich. Du leckst den Genuß eines Augenblicks. Ansonsten gehst du professionell vor. Weißt, wo die Kneipe ihren Hinterhof hat und wann die Tonnen so voll sind, daß sie überlaufen, bevor der Müllkutscher kommt.

Der Schenkel mit dem Knochenkopf oben am Hüftgelenk. So hängst du zusammen. So bist du gemacht, damit du dich in dieser Welt durchschlagen kannst.

Jetzt zeichne ich deine vernarbte Schnauze, deine halb aufgerichteten Ohren und deinen staubigen Schwanz. Und dann trennen sich unsere Wege, Lausewolf.

Nachdem er das dünnblättrige Skizzenbuch in die Tasche gesteckt hatte, fühlte er sich nicht mehr gehetzt. Dieses Gefühl war schnell verschwunden, nachdem er den Hund entdeckt hatte. Jetzt dachte er Behagliches, Fünfhundertkronengedanken.

Ein Auftrag für ein Wandbild.

Sich am Wettbewerb um die Østensjø-Schule beteiligen.

Jetzt könnte er sich das leisten.

Wie viele würden es sein?

Er wußte, daß nicht nur er allein diese großen Gedanken hegte. Großes sollte es jetzt sein. Am liebsten al fresco. Es waren doch nur feuchte Träume. Aber alle hungerten sie nach gewaltigen Wandflächen.

Alf Rolfsens Fresken im Telegraphenamt konnte er im Schlaf zeichnen. Verdammt noch mal, wie er sich nach Klarheit sehnte! Konstruktion. Logik. Kein Tapsen nach Gefühlen. Das Prinzip finden. Das, wonach selbst ein Hundekörper konstruiert ist. Es war doch wahrlich nicht die Apotheose der Arbeit, die Revold an der Bergener Börse gemacht hatte. Sondern die der Zweckmäßigkeit.

Der harte, schräge Trott durchs Dasein.

Die Konstruktionslogik hatte er in Reproduktionen von Picasso gefunden. Vor allem in den abstrakten. Dort war die Wirklichkeit nach Prinzipien gebaut, die er bei Raffael schon gesehen hatte. Folglich hatte der Professor nicht ganz unrecht mit seiner Bildung.

Die Hochrenaissance baute die Wirklichkeit ebenfalls auf Wänden. Al fresco. Der feuchte Lehmgeruch – das war der Geruch der Schöpfung.

Viele Monate, aus denen Jahre geworden waren, hatte er die Abendkurse der Tegner-Schule besucht und gelernt, herumzupingeln und Lichteffekte hervorzuschummeln. Es wurde unerträglich. Der Überdruß heftete sich für alle Zeit an diese Vorsicht und Demut. Eine tastende Hand, die ständig auf Lob und Anerkennung wartete, um weitermachen zu können. Wie in der Valeurmalerei. Die schmeichlerischen Triumphe des Gefühls.

Nein, wagen, groß zu sein! Volumina aus Farben zu bauen. Al fresco. Den nassen Geruch seines Triebes wahrnehmen. Gott sein.

Er ging nicht zum Künstlerverband zurück und auch nicht in die *Stova*, wo die anderen sich nach der Schließung der Ausstellung treffen wollten. Er ging auch nicht zu Dagmar, sondern heim in seine Bude auf dem Dachboden über der Bäckerei. Dort kramte er den Koffer und die Papiere und Kartons mit Serine und den Pferden hervor. Er breitete sie auf dem Bett und auf dem Fußboden aus und besah sie sich im Licht des Maiabends, das von Norden kam. Kaute auf dem Daumennagel, sah wirklich.

Schon als er noch in Grefsemoen im Volkssanatorium gewesen war und in einen Napf mit Deckel gespuckt hatte, war ihm klar geworden, daß er sich davor hüten mußte, Tiermaler zu werden. Wurde man Tiermaler, dann gab es sonst nichts mehr.

Man konnte Landschaftsmaler werden. Oder Blumenmaler. Pferdemaler, was das anging. Es war das Schicksal, das sein Talent beschattete.

Und vor noch längerer Zeit, damals in der Koje der Holzfällerrotte in Namskogan, hatte er schon gewußt: Hüte dich vor dem Lob, das du bekommst, wenn du das Hinterteil eines Pferdes zeichnest!

Trotzdem würde er Serine und die Pferde auf die Turnhallenwand der Østensjø-Schule malen. Da gab es gar kein Vertun.
Das wußte er. Hatte es immer gewußt: Dies muß groß gemalt
werden.

Die ersten Skizzen waren auf umgedrehten Tüten mit Kohle
aus dem Herd entstanden. Weil er nichts zum Fixieren gehabt
hatte, waren sie verwischt.

Damals kannte er das Wort Motiv noch nicht. Er hatte nie gesehen, daß Serine draußen im Wald Pferden begegnet war. Er
selbst war ihnen jedoch immer an den Hängen des Brannbergs
auf der anderen Seite des Sees begegnet. Sie dröhnten den Pfad
entlang, der nach Sörbuan hinaufführte. Bis zu vierzig Mähren
und Wallache.

Es war vorgekommen, daß sie im Winter zwölf, dreizehn
Tonnen Holz geladen hatten.

Auf Schlitten, die bei Glätte schlingerten.

Ketten und Bärenkoppeln kreischten.

Kälte und Eisen.

Nun war die Kälte ebenso vorbei und vergessen wie das Klagen des Eisens, die lauten Rufe, der Frosthauch in den Nasenlöchern. Sie wußten von keinem Winter mehr. Der Sommer
wohnte für immer in ihren großen Leibern. Sie wohnten ja selber in der Ewigkeit.

Er fand, sie rochen wie Röhrlinge und Garbenkraut. Oder
wie eine Gewürzkiste im Laden. Es klang wie ein Lachen unter
der Hand, wenn er auf eine ungestriegelte Lende klopfte. Sie
waren leutetraulich: Nichts steckte voll so viel guter Laune wie
eine Herde Pferde im Wald, wenn sie Menschen begegnete. Sie
dampften zudringlich vor aufreizender Freundlichkeit, schubsten einen mit weichem Maul, kehrten einem ein gewaltiges
Hinterteil zu und furzten luftig. Ein Hinterhuf schwang lebens-
gefährlich nahe am Menschenschädel, der zerbrechlich war wie
eine Glaskaraffe. (Sie wußten es, sie wußten es.)

Zwischen diese Pferde im Wald, diese wuchtige und unge-
stüme Herde, hatte er Serine plaziert. Mit Bleistift und Kohle.
Damals hatte er nicht gewußt warum. Aber jetzt ahnte er es.
Jetzt, da er angefangen hatte, mit Farben zu bauen. Das Serine-

357

volumen war gegen die Pferdemasse durchsichtig wie Papier. Nahm aber trotzdem Raum ein!

Damals hatte er naturalistisch gedacht. Fünfunddreißig Pferde gegen einen schlanken Mädchenkörper. Cézanne mit seinen Badenden war der Maler gewesen, der eine Fläche mit solchen Ambitionen füllen konnte.

In den Skizzen, die Elis jetzt anfertigte, gab es nicht mehr als acht Pferde. Er zählte sie, lange nachdem ein jedes seine Funktion erhalten hatte. Er wählte sie sorgfältig und nach der Farbe aus, die er in Erinnerung hatte. Isak Pålsas Schimmel mit den grauen Flecken, die wie Sommersprossen über die lange Nase verstreut waren. Weißgelbe Wimpern hatte er. Sotsvarten vom Händler, dumpf und schwer vor ruhender Kraft. Sein Kötenzopf spielte ins Rote. Der lange Schopf von Docka, auch sie vom Händler. Ein richtiges Frauenzimmer. Zwei Dølepferde mit viel Schwarz in den kurzgeschorenen Mähnen und Hufen, die so schwarz glänzten, daß sie poliert wirkten. Vatis Mähre mit Fuchsrot in den zottigen schwarzbraunen Flanken. Ihr Hengstfohlen, beinahe schwarz und von den Bäumen blau beschattet, vor Empfindlichkeit, vielleicht vor Schreck schielend. Die große hellbraune Mähre, die Albin Gabriclsa auf dem Gregorimarkt in der Stadt erstanden hatte. Sie erinnerte ihn an die Sklaven der Antike, über die er in Breidablikk gelesen hatte: ein düsteres Warten auf den nächsten Transport. Keine Hoffnung, aber vielleicht ein lange quälendes und zugleich ruhiges Verlangen: daß es nicht so hart werden möge. Daß es Nahrung geben werde. Dort. Am nächsten Ort. Beim nächsten Bauern.

Serine war reinweg unvorstellbar gegen diese Pferdemasse: Wie Papierfeines mehr als zehn Tonnen Pferde wiegen kann! Was die zerbrechliche Karaffe an Licht fassen kann! Der schlanke Mädchenkörper hatte Licht verzehrt und den Bäumen Licht entzogen, als die Pferde noch ahnungslos ins violette Dunkel ihrer Krippen bissen.

Beim Anblick von Munchs Mädchenkopf auf dem Kissen war Elis klar geworden, daß er schon zehn Jahre zuvor auf dieser Spur gewesen war. Da hatte er das Gefühl gehabt, daß es bei ihm gut laufe. Voll süßem, intensivem Genuß wußte er: Es sind nicht nur diese verflixte Bildung und die ganze Lernerei. Es ist auch noch was anderes. Etwas, was ich *habe*.

Aber es lief nicht sehr oft.

Dies hier mußte groß gemalt werden, das war ihm schon immer klar gewesen. Es mußte auf eine noch nasse Wand gearbeitet werden, im Schöpfungsgeruch von Lehm. In Wirklichkeit war das natürlich nicht möglich, nicht in der Østensjø-Schule. Aber immerhin! Ganze Dosen mit Farbe und große Pinsel. Keine ausgequetschten und aufgeschlitzten Tuben. Kein gieriges Auskratzen letzter Farbreste, während man sich fragte, ob sie noch für einen mickrigen Hausspatz reichen werde.

Die Turnhallenwand maß $8,5 \times 3,5$ Meter. Er kundschaftete alles gleich am nächsten Tag aus. Er würde mit Kaseinfarben malen. Aber zunächst mußte die Skizze für den Karton gezeichnet werden, mit dem er sich am Wettbewerb beteiligen wollte. Es war noch weit bis zur ausgeführten Zeichnung auf Karton. Weit bis zum Mischen der Farben. Und zum Malen, ohne es noch ändern zu können. Das mußte ein Schreckensrausch sein!

Bislang arbeitete er an Serine und den Pferden auf Papier und mit Bleistift. Er führte Linien und Winkel aus und notierte pingelige Farbanweisungen. Mitten in dieser Pingeligkeit wußte er, daß er die Vorbereitungen zur Malerei seines Lebens traf. Wenn er erst einmal vor der Wand stünde, würde er nach und nach an der Lösung der Probleme arbeiten, die er jetzt aufwarf. Welches Gefühl es vermittelte, diese zu finden, würde die Serine-Gestalt zwischen den Pferden zeigen.

Die große Pferdefreude.

Wenn ein erschöpfter Körper von Wärme und Schläfrigkeit, von saftstrotzendem Gras und vom Nachtlicht geheilt wird. Diese große, verflixt warme Sommerfreude, die nur ein Pferd empfinden kann.

Aber der Hafer und die Krippe.

Die Stallwand gegen die Kälte und den Wolf.

Die Abhängigkeit.

Jahrelang hatte er selbst in dieser guten und nahrhaften Abhängigkeit gelebt. Und mit den Ketten und Bärenkoppeln der

Sanatoriumsdisziplin. Schon seit er vom Norwegischen Frauen-
sanitätsverein mit einer Bibel bedacht worden war, weil das
Personal ihn für einen Pietisten gehalten hatte, war er abhängig
gewesen. Von Oberarzt Arnesen. Von Vorsteherinnen und Dok-
toren und Bibliothekaren. Von Fräulein Rebecca Blumenthal.
Von Dagmar Ellefsen.

Als er gebildete Frauen kennenlernte, wurde er nervös sti-
muliert. Hübsche Nägel, tiefe Gedanken, gebürstetes Haar.
Aber man brauchte schon Abitur oder zumindest das Mittel-
schulexamen, um zwischen diese Beine in mercerisierten
Baumwollstrümpfen zu kommen, in das gut Gepflegte und selten Besuchte. Er war dort auf Dispens. Eine Erholung war das
freilich nicht. Jede Sekunde wurde etwas von ihm verlangt, vor
allem Worte.

Dagmar Ellefsen ließ ihn im Sommer, wenn sie in Nordland
malte, und während jener Wochen des Jahres, die sie in Paris
verbrachte, ihr Atelier benutzen.

Und dann war da noch Ester.

Als er die fünfhundert Kronen bekam, die die Schiffsreederwitwe für das Pferd am Bretterzaun bezahlt hatte, dachte er sofort an sie. Er fragte sich, ob sie nun so etabliert sei, daß sie sich
in ärztliche Kontrolle begab. Hatten sie immer noch die Bücher
mit den Stempeln, die zeigten, wann sie bazillenfrei waren? Er
versuchte sich zu erinnern, worüber sie bei ihrem letzten Treffen gesprochen hatten. War es nur Geplauder gewesen? Irgend
etwas mußte er doch davon gesagt haben, daß es ihr auf die
Dauer schlecht ergehen werde. Er erinnerte sich, daß sie, damals oder schon früher, versichert hatte, es kämen nur nette
Herren, Familienväter und junge Studenten zu ihr. Gebildete
Leute. Fast Freunde von ihr. Höflich und, wenn es hoch kam,
halb betrunken.

Noch kannst du wählen, hatte er gedacht. Denn Ester, die die
Herren Kitty nennen durften, besaß merkwürdigerweise noch
alle ihre Zähne. »Das habe ich von meinem Vater«, erklärte sie.
Seine Zähne seien so stark, daß er damit Pechdraht abbeiße.

Goldgelbes Haar hatte sie, kraus im Regendunst auf den
Straßen, und ihre Augen waren dunkel. Eine Haugtussa, eine

Nebelgestalt, die sich in den Lichterdunst der Straßenlaternen verirrt hatte. Sie stammte freilich aus der Nähe von Stavanger, wo sie in der Konservenfabrik Sardinen verpackt hatte. Dieser Geruch! Nein, lieber Herrenparfums und saubere Unterwäsche. Das haben die, das kannst du glauben. Ihm war es jedoch am liebsten, wenn sie nicht davon sprach.

Sie hatte ihm Geld für Farben geliehen, und als er es angenommen hatte, war er klar und kalt gewesen, so als hätte er mit den Füßen in einem Eiskeller gestanden. Er dachte an die ökonomische Zirkulation in der Gesellschaft: Dieses Kadmiumgelb und Veronesergrün, das ihre gediegenen Herrenbekanntschaften sie zusammenvögeln ließen, würden auf Leinwand gepinselt und hoffentlich von ihnen selbst wieder gekauft werden. Dagegen hatte er nichts einzuwenden.

Aber jetzt.

Mit den Hundertern in der Innentasche ging er in den Teil der Stadt hinunter, der Vika genannt wurde und über Pipervika zwischen der Anlegestelle von Aker und Akershuskaia lag. Allein wenn er zwischen die Bruchbuden und schiefen Bretterzäune dort trat, packte ihn schon die Scham. Pfui Teufel, welch ein anderes Gefühl es doch war, sich zwischen diesen Menschen zu bewegen, wenn man Geld hatte! Der Hunger, das Leben ohne Weste und Taschenuhr hatte allen zarteren Gefühlen Dispens erteilt.

Er wurde schier verrückt, als er sie nicht fand. In dem Café, in dem sie gearbeitet hatte, kannte man sie nicht. Es waren doch keine Jahre vergangen! Sondern nur Monate. Er schrie einen Kerl in einer blauen Schürze an, der gerade feuchte Sägespäne auf dem Fußboden zusammenkehrte. Aber der schüttelte nur wie ein Idiot den Kopf.

War sie im Sanatorium? Oder zwischen Paralytikern in einem Krankensaal mit zwanzig Betten? Er ging bis zum Kai hinunter und starrte ins Wasser.

Es war purer Zufall, daß er sie schließlich aufstöberte. In einem Milchladen im Majorstuveien stieß er ein paar Wochen später auf eine der Serviererinnen, die ursprünglich mit Ester das Zimmer geteilt hatten. Sie wisse, wo sie wohne, sagte sie,

361

aber er dürfe auf keinen Fall dorthin gehen. Es tröstete ihn, daß sie immerhin irgendwo wohnte. Aber wie?

Dreimal ging er noch in den Majorstuveien, bis er Bescheid erhielt: Ester wolle ihn im Café auf dem Ostbahnhof treffen. Weit weg von Vika also. Er sagte, er finde das sonderbar. Sie wolle nicht erkannt werden, erwiderte die Freundin.

Es war früher Morgen, als sie sich trafen. Sie saß bereits am Tisch, als er kam. Sie hatte den Hut tief in die Stirn gezogen. Aber das war ja gerade Mode. Sie hatte einen Korb dabei und sah aus wie eine Hausfrau, die mal eben Suppenfleisch kaufen wollte. Es war aus Anstand und Vorsicht, daß sie sich so weit von dem alten, verdreckten und windschiefen Vika entfernt trafen. Sie wohnte nämlich noch immer dort.

Während sie den heißen Kaffee zwischen den Vorderzähnen auf dieselbe Art einsog, die er noch aus ihrer Serviererinnenzeit kannte, erzählte sie, daß sie sich gut durchgebracht habe.

Sie war natürlich stark. Aber sie hatte auch Glück gehabt. Denn der Tripper war ausgeheilt, und dann war sie mit einem schmächtigen Mann mit schwarzem Hängebart mitgegangen. In dem Café, wo sie sich kennengelernt hatten, war es schummrig gewesen, weshalb sie ihn für eine Herrschaft gehalten hatte. Als sie draußen unter eine Straßenlaterne traten, sah sie, daß sein Kragen aus Zelluloid war und er seine Krawatte fertig gebunden gekauft hatte. Da trat sie den Rückzug an. So viel Scham hatte sie denn doch im Leib, sich nicht von ihresgleichen bezahlen zu lassen. Sie sagte, er habe sich geirrt, als er fragte, was es kosten würde. Er wurde verlegen. Eigentlich sei er nur auf ein bißchen Gesellschaft aus, sagte er, und auf ein Weilchen menschliche Unterhaltung. Was anderes dürfe sie nicht annehmen. Da bat sie, ihn auf ein Glas Wein einladen zu dürfen, und in gegenseitiger Achtung verbrachten sie eine Weile auf ihrem Zimmer, ohne einander zu berühren.

Er war Polier, Witwer mit zwei Kleinkindern. Kitty fiel zusammen wie abgelegte Satinfetzen, als sich herausstellte, daß er sie versorgen konnte. Sie heirateten. Die schorfige Kopfhaut der Kinder und ihre Wunden von verpinkelten Windeln verheilten, als Ester sich ihrer annahm. Er soff, weil er Maurer war. Aber nicht so arg, und er schlug nicht.

Glück hat sie gehabt, dachte er. Besonders auf Mikrobenebene. Und dort mußte man es haben, das wußte er.

Elis durfte sein Geld behalten.

Es war Sommer. Jetzt waren sie in Nordland, in der Normandie und in der Provence. Sie malten am Sognefjord und auf der Hardanger Vidda. Die Straßen waren staubig. Elis war extrem vorsichtig mit Staub. Er wußte, was damit aufgewirbelt werden konnte.

Er war geblasen und gebrannt. Aber nicht operiert. Er hatte überlebt. Er sprach nun nicht mehr wie die in Jolet und erinnerte nur entfernt an einen Nordtrønder. Er sprach gebildet. Fast. Wenn er nicht gerade in Vika war.

Im wesentlichen mangelte es ihm natürlich an Bildung. Aber über manches wußte er mehr als die Kaffeehauskollegen. Die waren radikal. Er selbst war nicht besonders radikal. Während des Hafenstreiks 1923 hatten sie fast alle im Hafen eine Gelegenheitsarbeit angenommen. Viele von ihnen brauchten Geld für Farben und für die Miete. Sie schienen nicht zu begreifen, was sie taten, als sie für die streikenden Arbeiter einsprangen.

Manchmal fand er auch, daß ihrem Radikalismus ein gewisser Bettgeruch anhaftete. Es war unglaublich, wie wichtig sie das Geschlechtsleben nahmen. Es dauerte seine Zeit, bis er so weit gebildet war, zu verstehen, daß er selbst das ganze vorige Jahrhundert übersprungen hatte.

Granoxen, sein Urgroßvater, hatte der haarigen Siedlerzeit angehört. Elis glaubte nicht, daß er eine sonderlich andere Auffassung vom Geschlechtsleben gehabt hatte als der Landeshauptmann Örnsköld im Seidenanzug und mit gepuderter Perücke. Auf dem Bild, das die Schullehrerin ihnen gezeigt hatte, hielt Jämtlands Wohltäter Örnsköld eine feine kleinkalibrige Büchse in der Hand. Angesichts dessen hatte Elis begriffen, daß er wie Granoxen auch ein Mensch gewesen war.

Die Boheme diskutierte und problematisierte, während Großhändler und Kaufleute, die dem neunzehnten Jahrhundert, das Granoxen nie kennengelernt hatte, entstammten, an Weihnachten Mädchen Handstand machen und dort, wo sie es konnten, brennende Kerzen halten ließen.

Unter den Caféhockern gab es auch Mediziner, sie obduzierten die Straßenmädchen und erstellten Statistiken. Elis aber schwieg und dachte, wenn alle der Statistik gemäß lebten, dann wäre er tot, und Ester gehörte zu den Dummen und Verratzten. Sie geht aber mit ihrem Korb zum Markt, um Suppenfleisch zu kaufen, und ich beteilige mich am Wettbewerb für die Østensjø-Schule.

Mitte Mai hatte Elis das Pferd am Bretterzaun verkauft. Nachdem er dreieinhalb Monate an Serine und den Pferden gearbeitet hatte, meldete er sich für den Wettbewerb zur Ausschmückung der Østensjø-Schule an und reichte den Karton ein. Am 27. September kam sein Lehrer Vold zu ihm in seine Bude. Er sagte, daß der Wettbewerb jetzt entschieden sei und ein gewisser Bjarne Ness den Zuschlag erhalten habe.

Er stand in der Tür und sah Elis ins Gesicht. Es gab kein Entrinnen. Daß ich ihm nicht die Rübe plattgeschlagen habe, dachte er hinterher.

Vold war gekommen, weil Elis so jung war. So viel verstand er. Jung ist gleich dumm.

Hatte er gedacht, Elis würde sich umbringen?

»Wer, sagten Sie?« fragte er schließlich. Der Name war ihm in dem Schock entgangen.

»Bjarne Ness.«

Dieser Lungenschwindsüchtige, dachte Elis. Dieser elend lange Lulatsch.

Hinterher war er sich nicht ganz sicher, ob er es auch gesagt hatte. Er wußte auch nicht, welche Sprache er in diesem Fall verwendet hatte. Seit der Alte ihm am Herd in Lubben von hinten einen Schlag verpaßt hatte, war er nicht mehr derart ohne Deckung gewesen.

Die Wettbewerbsbeiträge hatte man ausgestellt. Vold fragte ihn, was er von Bjarne Nessens Karton halte. Er erwiderte, daß er ihn nicht gesehen habe. Er sei nicht in der Ausstellung gewesen.

Das würde Vold nie verstehen: daß die anderen Wettbewerbsbeiträge für ihn keine Bedeutung gehabt hatten. Sie hatten überhaupt nichts mit der Sache zu tun. Bjarne Ness und wie sie alle heißen mochten. Es war ein Kampf zwischen ihm und der Wand in der Turnhalle der Østensjø-Schule gewesen.

Nicht Menschen.

Die Wand und er.

Vold wünschte, daß sie in die Ausstellung gingen. Er sagte, es könne lehrreich sein. Elis fragte, was er dort lernen solle. Wie Bjarne Ness zu malen?

Vold ging. Spätnachmittags, als sich die Übelkeit und der wilde Aufruhr in Magen und Darm gelegt hatten, ging Elis doch noch in den Ausstellungsraum. Es tat so weh, daß seine Kiefer ganz starr waren. Es war nichts Seelisches. Körperlich weh tat es.

Auf Nessens Karton waren mehr Menschen als Pferde. War das die Lehre? Ein Pferd. Nur eins. Es trug eine Perücke wie eine Theaterdame und hatte leere Augenhöhlen. Ein Picasso-Pferdekopf. Er hatte die Vorderbeine weggezaubert, indem er eine Figur vorweggehen und das Pferd führen ließ. Entlarvend, dachte Elis.

Da merkte er, daß Vold neben ihm auftauchte. Wie ein Schatten an ihn heranschlich. Man mußte sich Elis' annehmen. Wo er doch ein Abhängiger war. Und noch so jung.

Er fragte Vold, was er denn nun lernen solle. Seine Stimme überschlug sich fast.

Vold sprach von dem dynamischen Spiel der Kräfte zwischen den Körpern auf dem Bild. Wie der Junge vor dem Pferd das schwere Volumen durch die Diagonale ziehe. Und die statuarische Position des Siegers. Die Ruhe darin.

Der Sieger kehrt heim hieß das Bild. Verliererin, dachte Elis und betrachtete Serine zwischen den Pferden.

Er wußte jetzt, warum er dort war: Er sollte lernen, wie sie dachten. Was das Malen betraf, konnte er von Bjarne Ness nichts lernen.

Er sah nicht viel, als er auf die Straße hinaustrat. Ausnahmsweise blickte er in sich selbst. Ihn überkam ein Gefühl von

Grauheit und scharfen Klippen. So ist das, dachte er. Aber ihr tut so, als wäre es anders.

Nein, er würde sie nie verstehen. Er empfand nur Haß.

Sie waren launisch. Ihr Mundwerk stand nie still, und ihre Augen öffneten sich zuerst und wurden dann schmal. Warum?

Ohne es zu merken, zog es ihn nach Vika hinunter. Der Nachmittag war dunkel geworden. Nasses Papier und Laub blieben an seinen Schuhen hängen. In den Cafés waren die Lampen angemacht worden, und sie beleuchteten die Köpfe. Die Gesichter waren nach unten gewandt, den Schatten zu. Er sah die Maske einer Frau, einen ausgeschnittenen Mund. Er wußte, daß sie glaubte, sie würde lächeln, und daß alle, die sie sahen, das ebenfalls glaubten.

Da sehnte er sich heftig ins Sanatorium zurück. In welches auch immer. Er hatte nichts gegen eine Tagesordnung, die Stunde für Stunde vorschrieb, was er zu tun hatte. Das einzige, wonach er sich damals gesehnt hatte, war, richtig allein sein zu können. Nie aber hatte er versuchen müssen, fließende Reden und erfinderische Mienen zu verstehen. Denn Sterbende trieben kein Affenspiel. Denjenigen, die aufstehen durften, konnte er aus dem Weg gehen, wenn ihm selbst erlaubt war, sich zu bewegen. Irgendwann war er derjenige gewesen, der malte. Da mußten sie nichts mehr fragen.

Spätabends saß er in einem Café und aß. Fischfrikadellen und Bratkartoffeln. Als er aus dem Fenster schaute, sah er einen schwarzen Hund. Er schnüffelte draußen herum. Ab und zu verschwand er aus seinem Blickfeld, kehrte aber wieder zurück. Hier fand er wahrscheinlich immer Speisereste.

Jetzt war da nichts. Die Pflastersteine glänzten vor Feuchtigkeit. Gelbes, wattiges Licht hing von den Lampen an den durchsackenden Drähten herab. Männer und Frauen eilten vorüber, waren aber nicht mehr als Schatten, die rasch durchs Bild zogen. Sie konnten aus Karton sein. Die kartenspielenden Caféhocker und die müde Serviererin, die mit dem Hinterteil halb auf der Theke zu sitzen versuchte, sahen genauso unwirklich aus. Es war ein Bild. Eine Erinnerung an Leben. Etwas, was sich entfernt hatte.

Er erinnerte sich an andere Gelegenheiten, bei denen er die Straße und das Café in gleicher Weise gesehen hatte. Von Leben entleert. Bis auf ein Brauereipferd. Oder ein paar Hausspatzen auf einer nahezu schattenlosen Sonntagsstraße.

Jetzt war es dieser Hund.

Elis war sich fast sicher, daß es derselbe war, den er im Mai gesehen hatte, als er das Pferd am Bretterzaun verkauft und sich zum Zigarrerauchen in den Slottsparken gesetzt hatte. Das Übel in der rechten Vorderpfote hatte sich versteift. Er lahmte. Aber nicht sehr.

Elis legte drei Fünfundzwanzigörestücke auf den Tisch und kippte den Rest seiner Fischmahlzeit und der Kartoffeln in seine Zeitung.

Nach fast zwei Wochen ging er zu Dagmar nach Hause. Er hatte sich meist zwischen den Bruchbuden in Vika unten herumgetrieben. War durch Straßen und Gassen gelaufen, während der Herbst rauher und feuchter geworden war. Von der Zimmerwärme fühlte er sich fiebrig.

»*Jetzt* kommst du? Wo bist du gewesen?«

Er konnte doch nicht sagen: Ich komme, weil ich an dich gedacht habe. Jetzt. Heute. Denn er wußte, sie würde es natürlich herumdrehen: Warum hatte er nicht schon früher an sie gedacht?

Das wußte er nicht. Und er konnte Stein und Bein schwören, daß auch sonst niemand wußte, warum einer an etwas denkt oder nicht denkt.

Dagmar dachte ständig an ihn. Er hatte das für einen Willensakt gehalten. Aber vielleicht war es wie mit ihm und dem Hund.

Er wußte ja nicht, warum er diesem Hund fast zwei Wochen lang gefolgt war. Anfangs hatte er ihn abends entwischen lassen und ihn morgens wieder gesucht. Dann kam er aber dahinter, daß er in einem offenen Wagenschuppen schlief. Da lockte er ihn mit auf den Dachboden.

Er war nicht wild, nicht einmal verwildert. Aber er hatte die Person verloren, von der er Futter bekam. Elis nahm an, daß es sich um einen alten Fuhrmann gehandelt hatte, der gestorben war.

Dagmar und der Hund scheuten einander. Beide beherrschten sich. Der Hund knickte die Beine ein und legte die Ohren an. Dagmar versuchte ihn nicht zu beachten. Er roch jedoch stark hier drinnen, wo es so warm war.

Sie wollte wissen, worüber Elis lachte. Aber er wollte es nicht erklären. Klavier, Plüsch, Palme, Vorhang, Perserteppich, Korbmöbel, Schaukelstuhl, Staffelei, Bilder, Tablettisch. Das waren Wörter. Es war nicht das, was der Hund sah.

»Wie heißt er denn?« fragte Dagmar unsicher.

Er hatte bislang keinen Namen. Aber nun bekam er einen: »Råtass.«

»Du hast den Auftrag für das Wandbild nicht bekommen.«

Er wurde fuchsteufelswild und erhob sich. Der Hund war sofort an der Tür, hatte aber Angst vor dem Vorhang.

»Elias!«

Als sie ihn am Arm packte, knurrte der Hund. Sie zog ihre Hand zurück und ging rückwärts, bis sie gegen den Schaukelstuhl stieß. Dann stellte sie sich hinter diesen. Sie hob zu erklären an, sie verstehe, daß er traurig und außer sich sei. Deshalb habe er sich auch nicht sehen lassen.

Redest solchigen Unsinn daher, dachte er und betrachtete die Leinwand, die sie auf der Staffelei hatte. Sie malte gerade an zwei Zitronen, die zwischen Äpfeln in einer Schale lagen. Er dachte: Wenn man die draußen auf der Straße in den Pferdedreck legte. Oder in einen Nachttopf.

Sie fragte ihn, ob die Jury eine Begründung abgegeben habe. Er sagte, die einzige Begründung, die er gehört habe, stamme von einem Weibsbild, das vor Bjarne Nessens Skizze gestanden und gesagt habe, daß er Einfühlungsvermögen besitze.

»Aha. Was haben sie zu deinem Beitrag gesagt?«

»Schlamperei. Geistesgestörtheit.«

»Das ist nicht wahr, Elias.«

Dann setzte sie Teewasser auf. Der Hund lag an der Tür. Sein starker Hundegeruch hatte sich im ganzen Zimmer verbreitet. Dagmar plauderte und legte Gewürzzwieback auf eine lackierte Blechschale. Es war eine schwarze Schale mit gelben Rosen, und für einen Augenblick kam sich Elis tatsächlich geistesgestört vor.

»Mir fehlt es an Einfühlungsvermögen«, sagte er. »Offensichtlich.«

»Aber nein!« tröstete sie. »Man muß sich schließlich in die Lage eines anderen einfühlen können, um überhaupt zu malen.«

»Leck mich!«

Der Hund erhob sich in Sitzhaltung. Dagmar bat Elis, er möge ihm sagen, daß er sich wieder hinlegen solle.

An dem Tag, an dem dir klar wird, daß es eine Wirklichkeit gibt – und nicht nur Gefühle und Worte und Mienen –, an diesem Tag wirst du auch malen können.

Es war nicht gerade seine Absicht, dies laut zu sagen. Aber nun kam es doch.

»Ich scheiß auf deine kleine Einfühlung angesichts einer Banane und zwei Zitronen.«

»Da ist keine Banane«, sagte Dagmar leise.

Er sagte immer alles verkehrt. Er sagte immer Pisse, Möse, Fotze, Schwanz oder Gemächt, wenn er auf diesem Korbsofa mit dem Stück Stoff saß. Sie erklärte, das sei Chintz. Jedenfalls war Flieder darauf.

Wenn sie gesagt hätte: Warum bist du so bösartig, Elias? Aber sie dokterte an seinem verrenkten und geschwollenen Selbstgefühl herum. Wollte, daß es sich hinlegte. Ihn dazu bringen, mehr Zitronen und weniger Pferde zu malen. Demut und Einfühlungsvermögen – das war es, was ein Maler ihrer Meinung nach brauchte.

»Deine blöde kleine Zitrone ist nur als Zitrone verkleidet«, sagte er. »Genau wie du als Mensch verkleidet bist.«

»Bin ich denn kein Mensch?«

»Nein. Wie solltest du das sein? Die Bluse umbra. Das Halsband Krapplack. Und ein kaffeebrauner Rock, ein großes kaffeebraunes Feld mit violetten Schattenflecken. Das Gesicht eine gelbe Fläche mit violettbraunen Löchern.

Zieh dich um oder zieh dich aus und stell dich vor Volds Kro-

kiklasse, dann wirst du schon sehen, daß du kein Mensch bist.
Du wirst es auch hören. Du bist eine Proportion. Du bist Spannungen zwischen Flächen. Du bist der Unterschied zwischen
dem Tragenden und dem Getragenen.«

»Und das Serviermädel? Die aus Vika?«

Hatte er sie nicht mit Mitgefühl gemalt? Wie sie sich all dessen zu entlasten versuchte, was der Körper getragen hatte, als
sie mit dem ganzen Gewicht auf dem rechten Fuß und Bein
ruhte. Diese Bogenlinie – lag darin denn kein Mitgefühl? Und
die Details, so präzise. Die Schuhe mit ihren hohen Stiefelschäften und den Aussparungen für die Zehen und Fersen, wo
der Druck am schlimmsten war. Er hatte die Tragende gemalt
und zeigte alles, was sie je getragen hatte, obwohl sie in diesem
Moment gar nichts in den Händen hielt.

»Du hast doch Mitgefühl, Elias. Aber du möchtest es dir nicht
eingestehen.«

»Ich habe wahrscheinlich eine Beobachtungsgabe. Das ist
was anderes. Das ist, verdammt noch mal, sehr viel besser.
Sehen ist nicht Mitleid haben.«

»Aber du vermittelst Einfühlung. Du zeigst diejenige, die getragen hat. Sie hat das, was sie getragen hat, in jeder Linie.«

Sie hat auch das Gewicht von Männern getragen, dachte Elis.
Dann konnte er es nicht lassen, es auch zu sagen. Daß sie das
Gewicht des Großhändlers, des Schiffsreeders, des Kunstakademieprofessors getragen habe. Wenn die vor dem Bild stünden und dieses Einfühlen erlebten, von dem sie spreche, sähen
sie dieselben Körperlinien wie sie. Sie betrachteten die Hüfte,
die Brust unter dem weißen Schürzenlatz und das straff sitzende schwarze Tuch. Die Nasenlöcher des Großhändlers erbebten vor dieser Linie: Er kannte den Geruch ihres Schweißes,
er wollte ihr die Beine spreizen und wußte, daß er dies für genausoviel Kronen bekam, wie es ihn kostete, seine Wäsche waschen zu lassen.

Und wie er sich in diese tragende Linie einlebte! Stolz erblicke er darin, den Stolz einer Frau auf ihren Körper: Ich habe
das Großhändlergewicht getragen, ja. Ich habe gespürt, wie
der Pimmel des Großhändlers anschwoll. Ein sauberer und fei-

ner Mann. Dieses Leinen seiner Unterwäsche! Wahre Herrschaft. Eine große Sache für mich armes Mädchen. Eine große
Sache auch in der Möse – der Großhändler ist ein richtiger
Mann. Und hinterher, mit der Zigarre im Mundwinkel, nachdem er den Kragenknopf gefunden und die Krawatte gebunden hatte, steckte er Geldscheine unter das Deckchen auf der
Kommode.

»Das ist der Stolz einer Frau, und in den kann ein Großhändler in einer Ausstellung sich einfühlen. Der hat Einfühlungsvermögen, du! Eine geschwollene Einfühlung – die steckt man
der Wirklichkeit direkt in den Leib. Und natürlich pflichte ich
dem bei, daß er diese Einfühlung aus meiner Malerei bezieht.
Ohne sie ist er nur ein Stück rohes Fleisch in sauberen Unterhosen. Er braucht die Kunst. Also machen wir Kunst, damit die
Großhändler ein bißchen Einfühlung verspüren können, damit
ihr Einfühlungsvermögen anschwellen kann.

Bjarne Ness erhält den Preis also dafür, daß er sich einfühlen
kann, wie ein Bürschchen sich auf dem Rücken eines Pferdes
fühlt.«

Dagmar sagte, daß sein Mädchen zwischen den Pferden
nicht ohne diese Einfühlung, die er verachte, entstanden sei. Sie
halte es jedoch für ein erschreckendes Bild. Es passe wirklich
nicht zwischen Jungen in einer Turnhalle. Allerdings glaube sie
gewissermaßen, daß sich das Mädchen, wenn es dorthin käme,
so wie auf dem Bild fühlen würde.

»Du sollst nicht über sie reden«, sagte er, und der Hund hob
den Kopf.

Da seufzte sie und sagte, sie wisse, daß er eine andere Art von
Bildern malen wolle. Mit Klarheit und Logik. Er erwiderte, daß
solche Bilder schon gemalt würden. Aber nicht hier.

»Du willst nach Paris.«

Sie klang erschöpft.

Nicht Paris, dachte er. Berlin. *Dort* wartet er auf mich, der
blaue Reiter.

Am Abend ging er mit dem Hund die Kais entlang. Diese Stadt,
die jetzt Oslo heißen und eine Großstadt werden sollte, hatte

feste Schiffsverbindungen mit Kopenhagen, Amsterdam, Bordeaux, Hamburg, Hull, London und Stettin.

Er würde sich ein Seefahrtsbuch verschaffen.

Er hatte gute Lust, dem Hund etwas von Franz Marc zu erzählen, dem, der ebenfalls Pferde malen konnte. Es gibt viele Pferdemaler, wollte er dem Schwarzen sagen. Egedius. Degas. Die brauchten die Vorderbeine nicht hinter einer anderen Figur zu verstecken, mit der sie zeichnerisch zu Rande kamen.

Aber an erster Stelle stand Franz Marc. Er wußte, wie Pferde konstruiert waren. Er kannte ihre Einsamkeit mit sich selbst.

Elis setzte sich auf einen Poller und spürte den nächtlichen Dunst des Meeres. Der Hund tappte über den Holzkai hinter ihm. Das bewegte Wasser blinkte.

Wir leben. Wir bewegen uns nebeneinander.

Franz Marc hat noch gelebt, als ich daheim in Lubben war. Aber dann kam der Tag, an dem er ausritt. War es vielleicht derselbe Tag, an dem ich durchgebrannt bin? Er ritt, bis er in ein Wäldchen kam. Dort war es dann geschehen. Das Pferd?

Das Pferd blieb wohl noch ein Weilchen unter dem Baum stehen, bevor es sich entfernte, um einen anderen Abhängigen zu suchen. Und die Einsamkeit im Dunkel der Krippe.

Das war im März 1916. Blut sickerte aus Franz Marcs Schläfe. Von allen, die bei Verdun starben, mußte er dies nicht im Matsch tun. Er stank nie. Aber sie löschten seine Augen aus.

Er gibt niemanden mehr, der sieht, was er gesehen hat.

Elis betrachtete eines der großen Schiffe. Hinter einigen Bullaugen brannte Licht. Der eine oder andere ging also nicht an Land.

»Du bleibst wieder allein«, sagte er zu dem Hund. »Aber du kommst schon zurecht.«

Es war, als hätte der Hund verstanden, was Elis gesagt hatte, denn er lief nun auf die Hafenspeicher zu. Er lief leicht schräg, trottend. Schließlich war er in den Schatten verschwunden.

Als Kinder sahen Myrten und ich die Wölfe auf dem See. Wie graue Schatten huschten sie übers Eis. Sie bewegten sich flink und wurden rasch von der Dämmerung verschluckt. Wir sahen sie immer nur an der Scheide zwischen Tag und Nacht. Im Zimmer war es fast dunkel, wir wollten, daß Hillevi die Lampe über dem Küchentisch anmachte, damit wir beim Zeichnen etwas sähen. Aber sie ließ sich Zeit damit. Für gewöhnlich saß sie da und schaute hinaus. Die Handarbeit, bei der es sich fast immer ums Strümpfestopfen handelte, fiel ihr auf den Schoß. Trotzdem sah sie die Wölfe niemals als erste.

»Schau«, sagte Myrten. »Jetzt sind sie da.«

Wir gingen ans Fenster und guckten, atmeten Dunstkreise auf die Scheibe. Hillevi hatte uns verboten, den Dunst mit der Hand wegzuwischen. Da werde das Glas schmutzig.

Es war schwierig, sie zu zählen, aber die Erwachsenen sagten, es sei ein Rudel von sieben, acht Tieren, das in jenen Jahren um die Dörfer herumschlich.

»Der Wolf«, flüsterte Myrten. »Da dürfen wir jetzt wohl nicht rausgehen?«

Aber natürlich durften wir raus, wenn es Tag wurde. Der Wolf sei von Natur aus furchtsam. Das sagten alle Erwachsenen. Er sei tückisch, aber feige. Myrten konnte nur schwer vergessen, was sie ihren Papa hatte erzählen hören. Als er klein gewesen war, strichen in Skinnarviken oben große Rudel umher, und sie waren frech, sie kamen bis an die Häuser heran. Eines Tages kam ein Junge ins Haus und sagte, daß er beim Steinkeller einem großen Hund begegnet sei, einem Hund, von dem er nicht wisse, wem er gehöre. Seine Mama bekam es mit dem Herzen, solche Angst hatte sie, und dann mußten die Kinder auch hier unten in Svartvattnet im Haus bleiben.

Hillevi erinnerte sich an den Winter 1918, als es so viele
Wölfe gab, daß die Lappen fast alle ihre Rene verloren. Sie versuchten zwar in den nächsten Jahren, die Renkühe zu bewa-
chen, wenn sie kalbten, die wenigen, die noch da waren. Aber
der Wolf war wie Gift und Feuer in einem. Schließlich waren
alle Renlappen gezwungen, von hier wegzuziehen.

Wie ich schon erzählt habe, kam mein Onkel Anund zurück.
Er kam und fuhr. Es gab ja keine Arbeit mehr für ihn, keine Ren-
besitzer mehr, die zum Kennzeichnen der Kälber Knechte
brauchten.

Als halbwüchsiger Junge, so mit vierzehn, fünfzehn Jahren,
glaube ich, hat er mit zwei jungen Männern aus der Matkes-
familie in Skinnarviken und hinauf in Richtung Giela, was
auf den Karten jetzt Björnfjället heißt, Wölfe gejagt. Sie erhielten Tagelohn, der von der Gemeindeversammlung festgesetzt
wurde, und wenn der Harsch so dünn war, daß er die Wölfe
nicht trug, jagten sie auf Skiern. Der Harsch war zudem scharf
wie Glas und zerschnitt den Tieren die Beine, wenn sie durch-
brachen. So hetzten sie das Rudel Stunde um Stunde

durch viele Täler
über viele Moore
bis die Luft nach Blut schmeckte
und ihr Blick sich trübte

sang mein Onkel leise, *ajajaja jaaa* sang er, sie hetzten den Wolf,
bis er am Ende seiner Lebenskraft war; er bekam seine eigene
Tücke zu schmecken, *ajajajaaa* seinen eigenen Haß bekam er
zum Fraß, wie Kotze durfte er ihn auffressen, sein eigenes Blut
tanzte ihm vor den Augen, und schließlich drehte er sich um
und verzog das Gesicht, und da hieb ihm Matkes Nisja oder
auch Johanni mit dem Stock auf die Schnauze. Mehr brauchte
es nicht, denn er war am Ende, er war schon halbtot.

Dann durfte Onkel Anund, der zurückgeblieben war, den
Wolf aufspüren und ihm das Fell abziehen. Die anderen hetzten
weiter hinter dem Rudel her. Er blieb oft ziemlich weit zurück,
wie er zugab, weil die beiden großartige Skifahrer waren.

In den Dörfern wollten alle den Wolf töten, auch als die Renlappen fortgezogen waren. Sie legten verendete Schweine aus, die sie zuvor mit Strychnin vergiftet hatten. Meine Leute dagegen legten das Gift in Renfettklumpen aus, erzählte mein Onkel. Diese verschlang der Wolf besinnungslos; er mochte das Renfett genauso gern wie der Lappe. In dieser Hinsicht waren sie gleich.

An dem Töten beteiligten sich alle, wenn nicht mit Gift, mit scharfen Schüssen oder mit Glasscherben, dann in Gedanken. Alle, außer Kalle Persa, dem Fischer, denn der war so sanft, daß er nur Fische tötete.

Die Leute nahmen den Wolfsknochen aus dem Elchbein, streckten ihn und versteckten ihn in einem Stück Fleisch. Wenn der Wolf das Fleisch geschluckt hatte, stellte sich in seinem Magen, vielleicht auch schon im Schlund, dieser spitze Knochen auf, und er war scharf wie ein frisch geschliffenes Messer. Es drängt sich einem der Gedanke auf, daß sie sich für vieles zu rächen hatten.

1929 lief ein Wolf über das Eis des Svartvattnet. Er kam von den Hängen des Brannbergs und schlich ungesehen zum Storflon hinauf, hinterließ aber natürlich Spuren. Wahrscheinlich wanderte er in Richtung Skinnarviken weiter und von dort aus in den Bergwald hinein. Es war Januar, und nur wenige sahen ihn. Sie nahmen an, daß es sich um einen Rüden auf der Suche nach einer Wölfin handelte, mit der er sich paaren könnte.

Im Kirchspiel von Röbäck hatte sich schon lange kein Wolf mehr blicken lassen, und alle waren sich einig, daß es der letzte sein müsse. Mit vergiftetem Luder würde ihm schwer beizukommen sein, weil er sich bergwärts davongemacht hatte.

Ein paar junge Kerle gingen zu Aagot Fagerli und fragten nach meinem Onkel Anund Larsson. Er saß oft an ihrem Küchentisch, wenn er keine Arbeit hatte. Er kam leidlich zurecht, war ja Liedersänger und spielte und sang auf Festen. Bei *Åhlén & Holm* hatte er sich eine Ziehharmonika bestellt. Die Griffe hatten ihm die Flößer beigebracht. Er war gerade in Skuruvasslia und spielte auf einer Hochzeit. Die Männer sagten zu Aagot, daß sie ihn gern dabei hätten, wenn sie den Spuren des einsamen Wolfs folgten. Am Krokån oben hätten ein paar Holzfäller seine Abdrücke entdeckt.

Mein Onkel ließ ausrichten, daß er nicht mitmachen wolle. Im Laden unten konnte man sogar seine Worte an die eifrigen Wolfsjäger wiedergeben:

»Nichten hat's Sinn. Könnet man gleichens sich dran gewöhnen, selbig sich aufs Maul zu hauen.«

Das waren freilich merkwürdige Worte, und bald verloren sich die meisten davon. Ich habe aber erst heute wieder Leute sagen hören: Nichten hat's Sinn, hat Anund Larsson gesagt. Und zwar Leute, die nicht einmal wissen, wer er war.

Die Jäger machten sich allein auf den Weg und fanden die Fährte. Den Wolf holten sie jedoch nicht ein. Am Wochenende darauf zogen sie erneut los; es hatte geschneit, und im Neuschnee auf einem der Waldseen unterhalb von Kroken entdeckten sie die Abdrücke seiner Pfoten. Sie erzählten hinterher, die seien ganz verblüffend groß gewesen. Und vom Tauwetter könnten sie ja nicht so groß geworden sein. Nein, es sei bestimmt eine Bestie.

Sie gingen also weiter. Und als sie ihn schließlich flüchtig zu Gesicht bekamen, schossen sie auch. Der Schuß brachte ihn aber nicht zur Strecke. Das einzige, was sie von ihm sahen, waren ein paar Blutstropfen im Schnee. Er war zuerst recht schnell geflüchtet, dann aber stehengeblieben. An dieser Stelle war eine Pfütze. Schließlich war er weitergetrottet. Aber da dunkelte es schon.

Tags darauf war es Montag, und sie mußten wieder in den Holzschlag. Darum gingen sie am Sonntag abend ein zweites Mal zu Aagot Fagerli. Nun war Anund Larsson da, und sie baten ihn, für sie den waidwunden Wolf aufzuspüren.

Dies abzuschlagen war schwierig. Er hatte außerdem nichts Besonderes vor. Also machte er sich auf und war geschlagene drei Tage fort. Ich weiß nicht, wo er geschlafen hat. Vielleicht in Kroken. Es ist aber auch möglich, daß er sich in der alten Kote meines Großvaters Feuer gemacht hat. In der Abenddämmerung des dritten Tages holte er den Wolf ein. Anund hatte keine Büchse dabei. Er erledigte es auf die alte Art.

Ich hörte im Laden, daß mein Onkel zurück sei. Da rannte ich geschwind zu Aagots Häuschen hinauf; er saß dort auf der Küchenbank. Er hatte seine Mütze neben der Tür abgelegt, und man sah, daß seine Haare ganz verklebt waren. Der Schweiß war getrocknet und hatte starre schwarze Streifen auf der Stirn hinterlassen. Seine Augenlider waren fast zugeschwollen, und unter den Bartstoppeln war er schuppig und rot. Er hatte die Hände um die Kaffeetasse gelegt, so als könnte er gar nicht genug Wärme bekommen. Aagot heizte ein, bis der Herd sang. Ich hatte angenommen, er würde sich freuen.

»Willst du jetzt nicht singen, Laula Anut?« fragte ich.

»Singen...«

Es klang, als ob er nicht einmal wüßte, was das war. Seine Lippen waren ganz starr beim Sprechen.

»Läßt'n zufrieden, den Anund. Siehst nichten, müde ist er«, sagte Aagot.

Ich fragte trotzdem, ob er nicht das Lied singen wolle, das man singe, wenn der Wolf tot sei. Eine Vuolle vom Wolf, so eine, von der er zwar erzählt, wie er aber selber noch keine gesungen hatte. Er hatte nur anderen dabei zugehört. Großartige Sänger hatte es gegeben, die hatten ihn eingeschüchtert, alte Leute, richtige Wolfsjäger. Und er hatte einem Wolf als Junge ja nie allein den Garaus gemacht. Außerdem hatte er Angst gehabt, wenn er auf seinen Skiern dann vor dem Wolf stand und die Skispitzen bis an die gelben und grauen Zotteln des noch warmen Körpers heranreichten. Er wußte ja nicht, ob der sich nicht doch bewegen würde, ob in dem Kadaver womöglich noch ein Rest Leben war.

Bevor er mit seinem Stock den Wolfskörper berührte, zog er sein Messer aus dem Gürtel. Ihm sei schlecht gewesen vor Angst, erzählte er. Tjöes, nannte er das. Mein Onkel war in dieser Hinsicht anders als andere Männer, denn er konnte zugeben, daß er Angst gehabt habe und traurig gewesen sei.

Nein, er sang nicht.

Er sagte, die Lieder schwebten im Wind. Er könne sie jedoch nicht mehr hören.

Das Wasser des Sees wird so sanft im Spätsommer. Rudern ist dann wie den Löffel in Kalbsbouillon tauchen, wenn sie gerade fest wird. Diese geruhsame, bedächtige Jahreszeit. Hoch oben sind die Zwergbirkensträucher schon gelbgeflammt und rotgebrannt. Ein umherirrendes Schneegestöber hat über Nacht das Fjällmoor gefleckt. Hier unten aber ist in den flachen Felsen und in den überquellenden Ameisenhaufen die Wärme gespeichert.

Glockenblumen. In den Felsspalten die gelben Zotteln des Gemeinen Hornklees. Bald verblühte Löwenmäuler, braun und spirrlig unten. Hillevi ruderte so nahe am Ufer entlang, daß sie erkennen konnte, was zwischen den Schieferbrocken am Uferrand angeschwemmt worden war. Und weiter oben im Krähenbeerengestrüpp und den Preiselbeerhöckern: ob es viele Beeren geben werde.

Sonntagvormittag, Gottesdienstzeit. Bis zu diesem Wasser drang jedoch kein Glockengeläut. Trond saß unlustig in Röbäck in der Kirchenbank; hinterher war noch Versammlung. Die Kinder hatten mitgehen dürfen, um mit Märta Karlsas Kindern zu spielen. Tore wollte sich das Stutenfohlen ansehen. Hillevi hatte zu Hause ein Stück Schweinefleisch (oben aus dem Nacken) zum Entsalzen in Milch eingelegt. Sie wollte es mit Backpflaumen spicken und mit Ingwer würzen und dann schmoren, bis die anderen heimkämen.

Dann fiel ihr ein, daß sie umkehren und in die Almbucht rudern könnte. Mancher Gram sollte noch daraus erwachsen. Aber es entsprang ja keiner Überlegung, sondern lediglich einer Laune, die der warme Sommer zuließ. An einem Sonntag hierhin oder dorthin zu rudern. Vielleicht wollte sie nachsehen, ob die Schellentenjungen ihr Leben gerettet hatten. Voriges Mal

378

waren vierzehn Stück hinter einem Schellentenweibchen hergeschwommen.

Und dann, als das Boot über die Steine gekratzt war, eine weitere Laune: ob im Schatten über der Bootslände wohl noch Frühlingszahntrost blühte? Ein Sträußchen für den Sonntagmittagstisch. Sie dachte an die kleinste Kristallvase, die von Efraim Efraimsson noch da war, und an ein sauberes Tischtuch. Und daß sie gern eine richtig große Kaltmangel mit Marmorplatten zur Verfügung gehabt hätte. Doch hier mußte man eine Holzmangel mit zwei Walzen drehen. Das ging ja auch.

Kein Frühlingszahntrost. Aus den Erlen fährt jedoch ein Vogel auf, ein sanftes Flattern, das sich groß anhört, aber nicht nach einem Greifvogel. Wer hat solch große, sanfte Flügel?

Dann muß sie beim Gehen den Blick nach unten gerichtet haben. Auf Katzenpfötchen, Quendel und Kreuzblumen. Die Almweide, die zu Jonettas Zeiten ganz säuberlich abgegrast war, wurde allmählich grob. Die Tiere waren fort, doch Hillevi überkam die Lust, ihre sanften Namen zu rufen: Zibbelamm... Kuhlemuh... meine Kinderchen! Örsvarta! Kruslina! Finkobarna, ihr Lämmerchen! Sie lächelte noch immer, als sie Aagot erblickte. Ganz unversehens.

Die Scheune hatte sie offensichtlich verdeckt. Deshalb stand Aagot nun in unmittelbarer Nähe. Eine gerade und weiße Nacktheit. Ihr schwarzes Haar war so lang, daß es ihr bis über die Taille fiel! Sie ließ es nicht schneiden. Nichts Modisches für Aagot; sie trug immer noch ihre unmodernen Amerikamäntel. Ein großes Hinterteil. Das hätte sie nicht gedacht. Aagot, die als Mädchen so gertenschlank gewesen war!

Aagot hatte eine Blechwanne auf die Vortreppe gestellt und daneben einen verrußten Kessel mit heißem Wasser, das dampfte und qualmte. Ihr Haar war naß. Deshalb glänzte es auch so rußschwarz auf dem Rücken und lag so glatt am Kopf an. Jetzt schöpfte sie eine Kelle heißes Wasser in die Blechwanne und rührte um, um es mit dem, was darin war, zu mischen. Davon nahm sie eine Kelle voll und begoß sich selbst. Es floß ihr übers Haar und den Rücken entlang. Doch warum, um Himmels willen, beugte sie sich nicht hinunter?

Ganz im Gegenteil.

Sie drehte sich um, als sie sich die nächste Kelle voll über den Kopf goß und das Wasser ihr über die Brust mit den großen, dunkelbraunen Warzenhöfen tropfte, und lächelte dabei.

Dann erstarrte ihre Miene.

Sie hatte nicht erwartet, Hillevi zu sehen, als sie die Schritte hörte. Während das Wasser zwischen die Bretter der Vortreppe lief und sickerte, die sich von der Nässe schwarz färbten, und während der Seifenschaum in den Ritzen verschwand und das Wasser im Topf weiterdampfte, wurde Aagots Gesicht steinern.

Tobias war hinter dem Kochhaus hervorgekommen. Er trug zwei Eimer mit Wasser aus dem See. Ihn hatte Aagot erwartet. Hillevi konnte noch sehen, wie er lächelte und wie dieses Lächeln unter seinen weit aufgerissenen, ja schreckerfüllten Augen in seinem Gesicht wie auf einem Pappkarton kleben blieb. Sie machte kehrt und rannte zum Boot hinunter.

Sie weinte schier über das Kreischen der Ruder und das grobe Kratzen über die Steine auf dem Grund, denn sie hatte in einer Stille verschwinden wollen, die so total war, daß sie glaubten, eine Erscheinung gesehen zu haben.

Als sie über den See ruderte und um Tangen herumfuhr, fielen ihr Worte ein, die über Aagot und Tobias gefallen waren. Andeutungen. Allerdings hatte sie diese damals nicht verstanden. Aber das Gedächtnis speichert. Gehässig schnippte es das Bewahrte hervor:

Das wird Aagot aber freuen.

Hildur Pålsa, als Hillevi gesagt hatte, Tobias komme zur Vogeljagd herauf. Und im vorigen Jahr schon eine Stimme – wessen? – im Laden:

Na ja, ziehet den doch was her.

Hillevi wußte nicht, wie sie ihm jetzt noch in die Augen sehen sollte. Mit ihm am Eßtisch sitzen und ihm etwas von dem pflaumengespickten Karree anbieten sollte. Sie dachte an ihre Schwägerin Margit. Vier Kinder hatte sie ihm geboren. Und das fünfte war unterwegs.

Alles, was er je über das kerngesunde Leben hier oben gesagt hatte, darüber, wie er sich in Uppsala danach sehne, nach diesen Abendhimmeln, dem Rauschen der Bäche und den Weiten des Fjälls, bekam eine neue Bedeutung. Sie wußte nun, was in dem Rauschen und in diesen Himmeln steckte. Es gab rohe Worte dafür.

Die Küchenuhr zeigte etwas nach eins, als sie nach Hause gelangte. Sie hatte noch ein paar Stunden für sich. Falls Tobias nicht einfiel, zu kommen und mit ihr zu sprechen. Sich auszusprechen.

Nein. Sie wollte mit ihm kein Wort über Aagot verlieren. Über das, was sie trieben. Da schloß sie sich lieber ins Schlafzimmer ein.

Sie begegneten sich an diesem Abend nicht mehr, denn Tobias kam gar nicht zurück. Er fuhr zeitig mit dem Bus ab, ohne sich von ihr zu verabschieden.

»Eilig hat er's gekrieget, ist vielleicht ins Krankenhaus gerufen geworden«, überlegte Trond. »Ein Telefonat ist aber nichten kömmen.«

Sie sagte nichts. Hätte es jedoch tun sollen. In der Nacht träumte sie von Tobias: er war lasterhaft wie ein Affe und führte sich schlimm auf. Sichtlich. Es war ekelhaft, so zu träumen.

Sie begann wieder schlecht zu schlafen. Wachte mitten in der Nacht auf und dachte daran, wie sie sich vor vielen Jahren, wenn er im Krankenhaus war, in sein Zimmer geschlichen und *Das Geschlechtsleben des Menschen* von Georg Kress aus dem Regal gezogen hatte, damit hinter den Sessel gekrochen war und gelesen hatte; vor sich selbst hatte sie das Ausbildung genannt.

Einmal hatte er ein Hemd auf dem Bett liegenlassen. Sie hatte es genommen und sich ans Gesicht gedrückt. Ja, sie hatte daran gerochen.

»Hillevi, was ist denn?« fragte Trond und legte seine Hand auf die ihre. Sie schüttelte den Kopf, und dann vergaß er diesen Kummer wohl. Es war so viel los mit dem Laden. Sie hatte ihre Ruhe.

Das Schlimmste war dieses Bild vor Augen.

Aagot weiß und vom Wasser glänzend. Zwischen den Lei-

sten und weit den Bauch hinauf dichtes und krauses schwarzes
Haar. Wie konnte man so aussehen? Hillevi hatte im Krankenhaus viele Frauen vor einem Eingriff rasiert, aber so etwas hatte
sie noch nie gesehen. Wie das klar und scharf abgegrenzte Stück
eines kohlschwarzen Tierfells.

Und die Schwangerschaftsstreifen.

Aagot hatte die weißen Streifen auf dem Bauch, die verraten,
daß eine Frau einen schweren Fötus getragen hat, ausgetragen
hat.

Das war ein Geheimnis, von dem Hillevi nichts wissen
wollte, eines, das Aagot in dem starken Sonnenschein und dem
rinnenden Wasser Tobias zugewandt hatte, ihrem Geliebten.

Solche Worte kostete sie.

Und sie sah und sah und sah. Es war ein Fluch: der weiße
Körper, fast silbergrau unter dem Wasserschwall. Dunkel-
braune Brustwarzen, die fest wurden und sich im Warzenhof
aufrichteten. Es war wie eingebrannt.

Die Woche verging. Sie glaubte, darüber hinweggekommen
zu sein. Es war lange hin, bis Tobias wiederkommen würde.
Wenn er überhaupt jemals wiederkäme. Um Aagot kümmerte
sie sich nicht so sehr. Die hatte immer schon ein freche Miene
aufgesetzt. Sie konnten einander wohl standhalten.

Am Samstag nachmittag kam Trond, nachdem er den Laden
geschlossen hatte, wie üblich herein und bat sie, Wasser warm
zu machen zum Rasieren. Das war bereits getan, sie füllte es in
die weiße Porzellanschale und setzte zum Abkühlen kaltes
Wasser aus dem Kupferbottich zu. Trond stellte den Rasier-
spiegel ans Fenster zum See, um gutes Licht zu haben, und
schärfte das Messer am Lederstreichriemen. Die Mädchen
saßen am Küchentisch und zeichneten. Sie bekamen von Trond
weißes Packpapier und zeichneten auf dessen rauher Seite.
Wenn es voller Prinzessinnen und Bräute mit Kronen, Schleiern
und Schleifen war, drehten sie es auf die blanke Seite, die aber
schlechter war.

Trond hatte einen Rasierpinsel aus Dachshaar, mit dem er die
Seife aufschäumte. Wenn er den weißen Schaum auf den Wangen hatte, grinste er die Mädchen an, und die schrien:

»Neger!«

Hillevi hatte nie verstanden, weshalb, aber sie mußte ebenfalls lachen.

»Ich muß den Tisch decken«, sagte sie und versuchte die Kaffeetassen zwischen die Zeichenpapierbögen zu schieben. Das Messer schabte fein über Tronds Wangen. Er spülte und wischte sich die Schaumreste von den Nasenflügeln. Hillevi kümmerte sich um die Schale mit dem Wasser, auf dem Schaum und Bartstoppeln trieben.

Es war nur ein ganz gewöhnlicher Samstag, und deshalb legte er kein Rasierwasser auf. Als seine Wangen trocken und glatt waren, drehte er sich um und sagte:

»Krieget der Papa jetzt einen Rasierkuß?«

Da war es wieder. Nicht als Traurigkeit oder Unruhe. Sondern als Schmerz. Es schmerzte im Zwerchfell.

Es war schon vorgekommen, daß sie sich über Myrten geärgert hatte, wenn diese zartgliedrig und mit einem Kußmund wie ein Lesezeichenengel aufstand, um ihm ihre spitzen Lippen auf die Wange zu drücken. Früher hatte Kristin sie zu ihrem Vater hochgehoben. Hillevi hatte die Vaterlose leid getan. Trond wollte nicht grausam sein. Aber Blut ist dicker als Wasser, und Männer können gedankenlos sein.

Was sie jetzt verspürte, war etwas anderes.

Sie erinnerte sich an die Zeit vor den Kindern. Da war der Rasierkuß kein Kleinmädchenkuß gewesen. Da waren ihre eigenen Lippen über diese glatte, frisch rasierte Haut geglitten, und sie hatten seinen Mund gesucht. Damals wusch er sich noch mit Kernseife, die duftete auf seiner Haut am Hals, und das weiße Samstagshemd roch nach Aschenlauge und Seewasser – all das kam ihr jetzt wieder in den Sinn, sogar die Erinnerung daran, wie sie ihn in Torshåle oben das erste Mal beim Rasieren beobachtet hatte. Seine schmale Taille mit dem fest zugezogenen Ledergürtel, das baumelnde Riemenende, das Weiß seines Hemdes am Sommerabend.

Sie ging.

Im Schlafzimmer oben war das Geplapper der Kinder nur schwach zu hören. Hillevi erinnerte sich an noch mehr: wie er am Bett gestanden hatte, nackt. Ihre Hand genommen und sie zu dieser Stelle geführt hatte. Ohne Scham hatte sie sie um seine Hoden geschlossen, deren Gewicht gefühlt. Dunkel waren sie, ein blauer Schatten wie die Haut unter seinem Bart.

Das war in der ersten Zeit gewesen, in dem Zimmer über dem alten Laden. Nichts hatte sie beunruhigt – schwangerer, als sie war, konnte sie nicht werden. Wenn andere sie dabei gesehen oder es auch nur geahnt hätten, wäre ihr Tun anstößig gewesen.

Jetzt sah sie Aagot wieder vor sich und Tobias, mit entblößtem Oberkörper. Sie hatte gar nicht gewußt, daß er schwarze Haare auf der Brust hatte. Nicht so dicht wie Trond. Das, was zu einer nackten Schamlosigkeit wurde, als sie die beiden sah, war wie unter einer Glocke geschehen.

Unerreichbar hatten sie es getan. All das, von dem sie wußte, obwohl es weit weg war. Für sie war es von brauner und blauer Farbe. Die Wärme lag in den Worten, die sie nicht aussprechen konnte. Es war aber vorgekommen, daß Trond sie geflüstert hatte. Auf norwegisch. Es war leicht zu erraten, weshalb. Er war als Junggeselle mit Fuhren bis nach Namsos gefahren. War viel herumgekommen, wie man sagte.

Sie wollte nicht, daß er Mädchen gehabt hatte.

Von Edvard Nolin hatte sie ihm nie etwas erzählt, nicht, wie weit das gegangen war. Doch er hatte es wahrscheinlich erraten. Jenen Vergleich, auf den die Männer so erpicht waren, brauchte er nicht zu fürchten. Das wußte er bestimmt. Sie erinnerte sich, wie sich die Leute in Torshåle über Edvard lustig gemacht hatten. Und an ihre eigenen heißen und verwirrten Gedanken: *derbe Liebeslust*! Jetzt konnte sie darüber lachen.

Doch nicht über das, was sie verloren hatte. Wie war das zugegangen?

Kranke Kinder natürlich, durchwachte Nächte. Die Tür angelehnt. Und die Müdigkeit. Nicht zuletzt seine. Nach dem Brand war seine Müdigkeit immer bleierner geworden.

Doch da war noch etwas anderes. Ein Gefühl der Verlegenheit hatte sich eingeschlichen.

Wenn er heute zu ihr kam, geschah es freundlich und in Zuneigung, eine tastende Körperbewegung im Dunkeln. Genausogut wie etwas anderes konnten es auch ein Gute-Nacht-Kuß und ein Klaps auf die Wange sein.

Fand etwas statt, dann still. Mitunter fast reglos.

Wir sollten uns nichts einbrocken.

Nein, nein, ein Nachzügler wäre etwas Mißliches. Sie war jetzt über vierzig.

Sie wußte aber, daß es im Grunde etwas anderes war, was sie Tronds Hitze beraubt hatte. Seiner Frechheit, direkt gesagt.

Er hatte davor Angst bekommen, und sie ebenso.

Nicht ohne Grund.

Die Liebe wird zu Zuneigung und Fürsorge, wenn man das Glück hat, einen netten Mann zu bekommen.

Das andere aber, das verbrennt. Auf die Dauer kann man ihm keine Heimstatt bieten. Nicht, wenn man sich gemütlich eingerichtet hat.

Sie wußte nicht, wie sie es nennen sollte, nicht einmal in Gedanken. *Das da.* Diesen fürchterlichen Hunger nach der Haut, dem Atem und dem Geruch eines einzigen Menschen. Diesen Wahnsinn, der eine junge Frau, heimlich verlobt und alles, dazu trieb, sich mit einem Kerl, den sie kaum kannte, unter eine Tanne zu legen.

Glück, Hillevi. Du hattest Glück, weiter nichts. Es hätte nämlich ebensogut schiefgehen können. Er hätte sich damit begnügen können, sonsten zu bezahlen, wie er sagte. Oder es auch abstreiten können. Dann wäre sie jetzt eine alleinstehende Mutter. Sie rührte an den Gedanken, was sie getan hätte, wenn sie sich um eine Stelle beworben hätte. Hätte sie das Kind hergegeben? Oder es der Gemeindeversammlung als Überraschung präsentiert? Wäre sie hinausgeworfen worden? Vielleicht toleriert. Mit Tratsch bekleckert.

Sie hörte seine Schritte auf der Treppe. Er kam herein und setzte sich zu ihr aufs Bett.

»Dachte, wir sollten ein bißchen Kaffee haben.«

Sie nickte. Und dann erzählte sie plötzlich von Aagot und Tobias, von deren Schande. Danach gingen sie gemeinsam hinunter, zu den Kindern.

In der Nacht aber erschien ihr Aagots weißer Körper wieder.

Jetzt kommt es darauf an. Röbäck oder Svartvattnet. Es ist natürlich längst entschieden. Aber jetzt soll man auch noch Farbe bekennen. Wenn man in Svartvattnet wohnt und nicht so denkt wie die Kommunalbonzen, dann braucht man erst gar nicht aus dem Haus zu gehen. Wenn man nun in den Laden ginge und sagte: »Wär besser gewesen, sie wär nach Röbäck kömmen, die Schule, weil's da mittens ist. Nichten so weit wär er gewesen, der Weg für die Kinder.«

Nein, lieber nicht. Jetzt ist es ernst, machet auf das Tor: Röbäck oder Svartvattnet. Norwegen oder Schweden. Wifsta oder Mon.

Daß die Holzfäller aneinandergerieten und rauften, bloß weil sie für verschiedene Gesellschaften arbeiteten! Zumindest die jüngsten und bezechtesten. Erst vor wenigen Jahren noch gerieten sie wegen Europa oder Schweden aneinander. Denn daß der eine oder andere wegen der EU eine aufs Maul gekriegt hat, davon hat man schließlich gehört.

Wir oder sie.

»Nationale Sammlung oder Widerstandsbewegung«, sagte der Norweger und grinste, als ich das erwähnte. Ja, die haben dort schon auch ihr Päckchen getragen. Freilich behauptete er, daß die meisten sich eigentlich lieber hatten unsichtbar machen wollen wie kniende Läuse.

Machet auf das Tor, machet auf das Tor...
Er will die Schönste haben.

Sieht man doch, daß die zu den Schwarzköpfen gehört, sagten sie über mich. Farbe bekennen mußte ich aber nur selten. Damals, als sie mich dazu zwingen wollten, dachten sie wohl, ich sei schon am Ende.

Wir stellten uns immer auf dem Schulhof auf, und zwar folgendermaßen: Zwei standen sich mit ineinanderverflochtenen Händen und ausgestreckten Armen so gegenüber, daß man darunter hindurchkriechen konnte. Und dann mußte man sagen, was man lieber mochte, sonst kam man nicht durch. Normalerweise ging es um Preiselbeeren oder Blaubeeren. Semmeln oder Plätzchen. Wenn es hoch kam, Hund oder Katze. Aber für Margit Annersa war so etwas zu lieb. Ich witterte Unrat, als ich sah, daß sich alle auf Margits Seite stellten. Als ich selbst durch das Tor kroch, flüsterte Margit:

»Lappe oder Schwede?«

Da glaubte sie mich zu haben.

»Schwede!« sagte ich.

Sie wollte mich nicht durchlassen, sondern ließ die Arme fallen wie einen großen Mausefallenbügel.

»Bin schwedische Bürgerin, gleichens wie du«, sagte ich.

Trond hatte mir beigebracht, das zu sagen, wenn sie sich über Lappen das Maul zerrissen. Margit fauchte, und das Spiel war zu Ende. Sie ließ die Arme sinken, und Ingalill, die ihr gegenüberstand, kaute auf ihrem Handschuh.

Einst würde ich anders Farbe bekennen. Aber bis dahin war es noch weit. Ich lebte als Ziehkind bei den Händlers, was natürlich einigen Neid erregte. Es gab sogar Gerede darüber, ob ich erben würde. Ein Ziehkind habe ja nichts getan, wie man sagte, nichts, um in den Genuß der Herrlichkeiten zu kommen. Na ja, diesen Kummer hätten sie sich ersparen können.

Viele dachten wohl im Grunde ihres Herzens, ich würde mich, ginge es nun um reich oder arm, Dörfler oder Lappe, ohnehin zu den anderen bekennen, obwohl ich es gut getroffen hatte. Denn sie erzählten mir Dinge, die sie Myrten nie erzählt hätten. Sie schätzten, daß ich es zu Hause nicht vorbringen würde.

Das tat ich auch nicht.

Nicht auszudenken, wenn Hillevi und Trond gehört hätten, was nach Morten Halvorsens Tod gesungen wurde! Er lebte nicht mehr lange, nachdem Ivar Kreuger Bankrott gemacht und sich in Paris das Leben genommen hatte und Morten selbst mit all seinen Aktien auf die Nase gefallen war. Im Winter '33 bekam er es an den Nieren. Das Lied hörte ich bei Aagot Fagerli oben. Es war aber nicht mein Onkel, der es zuerst sang. Doch sie behaupteten, daß er es gedichtet habe. Er guckte ein bißchen verschämt, als Helge Jonassa anhob:

Morten hatte, vor es krachet
und er in der Kisten lag
einen Freund bloß, und der machet
krumm' Geschäfte, jeglich Tag.

Arg uns beutelt dieser Preller
setzet runter die Ration
für die Kinderschar der Fäller
schiebt's auf die Erlaßedition.

Da schnappte sich Onkel Anund Helges Gitarre (er konnte auf allem spielen, was er in die Finger bekam) und fing selber an zu singen:

Ritz in der Toten Staub nicht ein
Runen voller Bitterkeit.
Wer will erbrechen diesen Schrein
worin deine Vergänglichkeit?

Auf deinem Grab den Krug wir leeren
ohne Rose, doch mit Dorn
und die Weisheit soll's uns mehren
daß alle Härt' gebieret Zorn.

Ich habe Myrtens Liederbuch vor mir. Sie hat es mit ihrer schönen und gleichmäßigen Handschrift geschrieben und einen Bleistift benutzt, um radieren und ändern zu können. Ein Mensch sagte, der Vers gehe so, ein anderer sagte, er gehe so. Manchmal erinnerten sie sich auch gar nicht. »Weg ist's«, sagten sie dann und versuchten, sich die Worte aus dem Gedächtnis hervorzusummen. Wenn es nicht funktionierte, sparte

Myrten ungefähr eine Seite aus, und man kann deutlich erkennen, wo sie später etwas nachgetragen hat.

Ein jeder Dorn 'ne Rose trägt
aus Gold ist meine Krone...

Es findet sich viel Schönes in Myrtens Liederbuch. Garstige Lieder gibt es darin nicht, und auch nicht solche wie das über Morten Halvorsen und den Crash. Um so merkwürdiger ist es, daß sie einmal etwas sang, was mich beschämte und bestürzte. Sie hatte nicht die geringste Ahnung, was sie tat.

Das, worüber sie sang, hatte ich ihr gegenüber nie erwähnt. Böses trug ich nicht weiter.

Myrten hatte eine Gitarre bekommen sowie eine Grifftabelle. Sie hatte einen schönen Sopran. Ich konnte nicht besonders gut singen, taugte aber zur Untermalung mit der zweiten Stimme. *Schlu-ummernde Töne aus uralter Zeit* sangen wir und *Waldveilchen möcht ich pflücken, und feines Heidekraut.*

»Kraut, Kraut, Kraut, Kraut«, sang ich.

Das war am Weihnachtsabend. Wir hatten schon vorher neue Kleider bekommen. Myrtens war aus rotem Samt, meines aus grünem. Damals war man der Meinung, Rothaarige könnten nur Grün tragen.

»Du wirst sehen, das gibt sich«, sagte Hillevi angesichts meiner roten Haare. »Bei mir war das auch so.«

Wir saßen in der Stube und hatten die Kerzen am Weihnachtsbaum angezündet. Alle achteten natürlich auf die kleinen, etwas unruhigen Flammen. Seit der Laden abgebrannt war, waren wir sehr vorsichtig. Darum sagte Hillevi, als Myrten zur Gitarre griff und ein paar Akkorde anschlug, daß wir die Kerzen ausblasen sollten. Es war ja richtig so. Wenn Myrten sang, konnte man alle Wachsamkeit vergessen.

Auf dem Tisch stand ein Teller mit Spitzenhippen und Vanillehörnchen, und der Kaffee war noch nicht ganz ausgetrunken. Der Hund, ein Jämthund namens Karr, lag in der Küche und winselte leise hinter der Tür. Er war es gewohnt, dabei zu sein. Doch er durfte nicht in die Stube, weil er so stark roch.

»Das hat Sissla nicht getan«, sagte Hillevi.

Trond schenkte Aagot, Hillevi und sich selbst Punsch ein. Ja, Aagot war auch da. Ansonsten sah man sie nicht oft bei uns. Das Verhältnis zwischen den Schwägerinnen war etwas barsch. Es war jedoch Weihnachten, und das sollte die Verwandtschaft zusammen verbringen. Diese Verwandtschaft war ja jetzt sehr klein. Tore, der siebzehn Jahre alt war, also genauso alt wie ich, bekam ebenfalls keinen Punsch. Er sagte nichts. Aber ich fragte mich, was er dachte. Ich wußte, daß er schon mal genippt hatte. Und nicht nur das.

Myrten und ich sangen *Stille Nacht*. Wenn ich manchmal, als ich jung war – kein Kind mehr, sondern ein junges Mädchen –, Hillevis Gesicht betrachtete, ahnte ich, daß sie Gefühle hegte, die sie nicht zeigte, und daß diese Gefühle auch schwer sein konnten. Nach außen hin wirkten erwachsene Menschen immer ganz klar und akkurat. Sie wußten alles genau. Schmerz wehrten sie mit Beherztheit und Müdigkeit mit Pflichtgefühl ab. Aber wenn Myrten sang, hatte Hillevi einen Gesichtsausdruck, der mich ängstigte. Obwohl sie fast glücklich aussah. Es war, als ahnte ich, daß Glück auch Schmerz ist. Ich verstand nur nicht warum, und ich wünschte, Hillevis Gesicht würde wieder so wie sonst.

Womöglich empfand Myrten das gleiche. Denn nachdem sie *Es ist ein Ros entsprungen* gesungen hatte (das mir zu hoch hinaufging), schlug sie ein paar schnellere Akkorde an und summte *Klein-Pelle springt rum*. Hillevi zischte wie immer »pst!«. Sie meinte doch tatsächlich, daß *Klein-Pelle* ein unanständiges Lied sei, und tauschte immer muntere Blicke mit Trond, wenn sie es hörte. Dann sang Myrten *Kleine Deern, vier fünf*, und da kam es:

> *Sie war schön und sie war dunkel*
> *wie eine Ros im Taugefunkel*
> *in des reichen Mannes Haus.*
> *Konnte arbeiten und singen*
> *und sie war vor allen Dingen*
> *das schönste Mädchen überaus.*

Es war schrecklich. Bislang aber nur für mich.

»Sing jetzt was anderes«, sagte ich. »Sing *Wir zünden tausend Kerzen an.*«

Sie sang jedoch mit frommem Augenaufschlag weiter. Myrten konnte beim Singen ihre schöne Stimme erbeben lassen. Mägdezittern nannte man das. Alle waren sich jetzt einig, daß sie sich sowohl über das Lied als auch über diejenigen, die es immer sangen, lustig machte. Als sie zu *in Bostons großer Stadt* kam, wagte ich erst nach geraumer Zeit aufzusehen. Aagot wirkte jedoch gleichgültig, nahm eine Spitzhippe vom Teller und knabberte daran. Sie lächelte genauso wie Hillevi, als des Konsuls Herz der schönen Magd wegen erbebte, *denn seine Frau lag krank darnieder.*

Er war reich, ließ nichts vermissen
schöne Zimmer, weiche Kissen

Und so fiel die Magd. Sie sei wohl trotzdem Hausmädchen geblieben, meinte Hillevi, und ich spürte, wie mir die Wangen brannten. Myrten konnte sich jedoch nicht bremsen.

Wie die andern er verliebt sich
in die Schöne, o wie lieblich
ist des Herzens Himmelflug!

Als *ihre Liebe Frucht bald trug* zischte Hillevi zwar wieder, weil Myrten ja erst vierzehn war. Aber dann wurde es so spannend, daß alle ihre Bedenken vergaßen.

Vor der Welt, das Kind verborgen
träumt' sie nicht vom bessern Morgen
wenn heiße Tränen sie vergoß.
Doch ward's nicht die alte Sage
von des verlaßnen Mädchens Klage
denn ohne Kinder war sein Schloß.

»Schloß?« staunte Hillevi. Und da beschrieb Aagot seelenruhig die großen Häuser der Reichen in Boston und erklärte, daß manche davon Türme hätten. Myrten sang noch von dem Geld, welches das Hausmädchen dafür bekam, daß sie das Kind dem reichen Mann und seiner bettlägrigen Frau überließ. Und dann waren da natürlich noch der Stachel, den

trägt sie immerdar im Herzen
konnt die Trauer nicht verschmerzen
weil das Kindchen sie verkauft

und sehr schöne Akkorde und viel Zittern am Schluß, und dann war das Lied endlich zu Ende gesungen. Ich traute mich nicht aufzublicken, weil ich Angst hatte, daß Aagot zu mir herschaute.

Trond und Hillevi fingen zu diskutieren an, ob man wirklich sagen könne, daß sie ihr Kind verkauft habe. Hillevi machte geltend, es sei zum Besten des Kindes, daß sie auf diese Weise gehandelt habe. Man stelle sich nur die Erziehung vor, die das Kind bekomme, diese Zukunftsaussichten – und dieses Erbe! Das sei doch etwas anderes, als das uneheliche Kind einer Magd zu sein, der man auf grauem Papier gekündigt habe. Aagot sagte nichts. Sie hatte die Augenbrauen hochgezogen. Diese waren schmal und sahen wie gezeichnet aus. Hillevi behauptete, sie zupfe sie. Sie sah mich unverwandt an.

Das war so furchtbar!

Ich konnte es nicht für mich behalten. Als Myrten und ich im Bett waren, erzählte ich flüsternd, daß man im Dorf sage, Aagot habe ihr Kind an ihren Prinzipal in Boston verkauft, und das Geld, das sie jeden Monat aus Amerika bekomme, sei von ihm, und das Lied handle eigentlich von ihr.

»Tante Aagot?« hörte ich Myrten im Dunkeln wispern.

Sie war lange Zeit still. Dann sagte sie:

»Warum sagen sie so etwas?«

Und plötzlich wurde es mir selber klar, und ich schämte mich zutiefst. Hätte ich es übers Herz gebracht, das Schweigen in dem Zimmer mit den weißen Möbeln zu brechen, hätte ich ihr antworten können:

Deshalb, weil sie so schön ist.

Der Tod ruht auf leeren Tellern.

So was sagte Tore vor einer Schüssel Fleischbällchen. Das war nicht gut. Hillevi machte sich Sorgen deswegen. Sie merkte, daß auch Trond dabei nicht wohl zumute war.

»Hat man an die acht Stücker gehauet heut«, sagte Tore. »Reichet's aber kaum zum Essen.«

Nein, es war nicht auszuhalten. Daß er das nicht verstand.

»Das ist wohl kaum zum Spaßen«, bemerkte sie vorsichtig.

Er hätte studieren sollen. Aber daraus war nichts geworden. Er hatte sich schon in der ersten Klasse der Realschule nicht wohl gefühlt und war aus Östersund zurückgekommen.

»Ein Nichts ist man da doch«, sagte er aufrichtig.

Es wäre besser gewesen, wenn er weiterhin im Laden mitgeholfen hätte. Doch Trond meinte, wenn er und Myrten einmal die Jagen erbten, müsse er mal in den Holzschlägen gewesen sein. Sonst würde er es nie verstehen, mit den Fuhrleuten Abmachungen zu treffen und seine Forstgeschäfte zu betreiben. Man würde ihn nur übers Ohr hauen. Jetzt, da er über zwanzig sei, ausgewachsen und stark, solle er es ruhig verschmecken.

Wenn er wenigstens in eine gute Rotte gekommen wäre.

Eines Morgens öffnete Hillevi die Tür und glaubte den toten Vilhelm Eriksson vor dem Laden stehen zu sehen. Sie trat rückwärts wieder in die Küche. Die Deern starrte sie an, und Hillevi begriff, daß sie blaß geworden war.

Sie pflegte jegliches Gerede über Gespenster abzuweisen. Die Mädchen, die ihr in der Küche geholfen hatten, während die Kinder kleiner waren, hatten stets ihr Fett wegbekommen, wenn sie Geschichten über Leute, die im Sarg an den Deckel klopften, oder über kopflose Schlafwandler im Dorf erzählten. Deshalb brachte sie der Anblick der Deern wieder auf vernünftige Gedanken. Ihr war klar, wen sie da gesehen hatte. Gudmund Eriksson war seinem Vater ja als Junge schon so ähnlich gewesen.

Dann erfuhr sie, daß er und Jon zurückgekehrt seien und die Asche des Vaters in einer eisernen amerikanischen Urne mit nach Hause gebracht hätten. Die Urne hatte ein Lilienmuster im Guß. Die Leute sprachen darüber.

»Arme Leute«, sagte Hillevi hitzig. »Und schleppen eine Aschenurne übers Meer! Und dann diese teure weite Reise.«

Trond erwiderte, daß sie keineswegs mehr so arm seien. Sie seien mit Erspartem heimgekommen. Wie hatten sie das nur zusammengebracht? Man erfuhr es nie.

Dann folgte der zweite Schock. Sie waren nicht nur nach Hause gekommen, um ihren Vater auf dem Friedhof von Röbäck beizusetzen. Gudmund hatte auch Frau und Kinder mitgebracht. Sie war Schwedin oder zumindest schwedischer Abstammung. Und genauso scheu wie diese Frau aus Jolet, mit der Vilhelm verheiratet gewesen war. Man würde sie bestimmt auch nie im Laden sehen.

Sie kauften dem Konzern ein Stück Land ab, aber nicht auf Tangen, wie man hätte annehmen können, sondern am Hang oberhalb des Ladens. Dort bauten sie im Licht der Frühlingsabende bis weit in die Nacht hinein. Tagsüber arbeiteten sie in der Flößerei, und für den Winter hatte sich Gudmund ein Pferd besorgt und eine Holzfällerrotte zusammengestellt.

Sie wurden die erste Rotte. Wie immer das zuging. Und schon aus diesem Grund war es doch verrückt, einen Jungen wie Tore aufzunehmen, absolut grün, was die Waldarbeit anging, und außerdem recht massig und schwerfällig. Hillevi schwante Schlimmes. Tore schien sich bei den Holzfällern jedoch wohl zu fühlen, und wenn er zum Abendessen nach Hause kam, zog er vom Leder:

»Warum bloß wird eins geboren, in dies Elend? Tut einem um den Leib schlackern, die Bluse, und die Zähne tun einem klappern halbe Jahre lang.«

Muntern Blicks und mit einem Stück Schweinefleisch auf der Gabel. Nein, nein, Tore.

Holzabfuhr und ewiger Krach. Das war schon wahr. Aber: Sklav ist man für sie, die Konzernherren, als von der Wiege bis zum Grab. So was hätte er besser nicht gesagt. Die Leute feixten. Das ärgste war, daß er dieses Feixen als Lob auffaßte. Er konnte gut nachahmen. Klang genau wie der Holzvermesser, wenn er brüllte:

»Kömmst her, fettes Schwein, schaust selber und sagst, ist er nichten rank hinten! Wär's recht, wenn einen Tritt kriegen tätst. Ist keine drei Zoll, der Kloben, mit Rinde.«

Er hätte jedoch nicht das nachäffen sollen, was der Holzvermesser ihm selbst zugeschrien hatte. Nicht *fettes Schwein*.

Das blieb ihm.

Und das Geräusper.

Da war ein älterer Kerl, den sie Påssån, den Beutel, nannten. Er war mager und dünnbeinig wie eine Spinne und trug, so wie ein Spinnenweibchen ihre Eier, einen Rucksack. Er hatte eine bestimmte Art, sich zu räuspern: hurrmhrrhrr... Tore äffte es zur allgemeinen Belustigung nach. Der Alte selbst merkte es nicht. Er sagte: hurrmhrr...hrr... Und Tore echote: Hurrmhrr- hrr... ein Weilchen später. So hurrmhrrten sie den ganzen Tag, und anfangs bogen sich die Holzfäller vor Lachen über die Säge.

Aber am Ende blieb ihm auch das. Hillevi hätte heulen können, als sie das Räuspern zu Hause hörte. Abendelang. Myrten war es, die ein Wort dafür fand.

»Das ist nervös«, sagte sie.

Der See war zugefroren. Stellenweise mußten sie jedoch über einen Meter Wuhne direkt am Ufer springen, wenn sie zum Holz hinauswollten. Hillevi hatte sie tagsüber vom Küchenfenster aus gesehen. Sie bildeten ein Tableau: stille schwarze Gestalten mit Krimmerköpfen. Doch sie wußte, daß der Holzvermesser dort draußen die Abmessungen brüllte und der Schreiber mit der Stiftspitze definitiv zustieß, während die Männer fluchten und knurrten.

Holzabfuhr und ewiger Krach – das konnte man wirklich sagen, und sie fragte sich unlustig, weshalb Tore mit da draußen sein mußte. Hätte der Fuhrmann nicht gereicht? Niemand versuchte wohl Gudmund Eriksson übers Ohr zu hauen!

Dann war vor dem Abendessen eine Zeitlang viel los im Laden, und als sie wieder in die Küche kam, waren sie fort. Bestimmt würde das Eis bald in einem Frühjahrssturm zu ächzen beginnen und sich dem Holz öffnen, das in das schwarze Wasser plumpsen und zum Fluß hinabschwimmen und -treiben würde.

Tore kam nicht zum Essen. Sie stülpte eine Schüssel über die Kartoffeln und legte den Speck in die Bratpfanne zurück. Trond war mit dem Auto nach Östersund gefahren. Haakon Iversen hatte gegessen und war im Kaminzimmer überm Pferdestall schlafen gegangen. Die Mädchen waren weit weg. Hillevi saß an diesem Abend da und häkelte, deren Briefe vor sich. Sie las noch einmal über die Drottninggatan und die Fußgängerbrücke in Katrineholm, über das Kino in der Roten Mühle und wie es beim Volkstanz war. Ringelpietz mit Anfassen, schrieb Kristin. Sie hatte manchmal einen Ton, der einem angst machte.

Gegen neun Uhr hämmerte es an der Tür. Sie hörte sofort, daß etwas nicht stimmte. Dieses Schicksalsbummern kannte sie schon. Die Angst, die direkt in die Faust fährt und die Tür wie ein Holzherz schlagen läßt.

Einer der Jungen von Annersa. Noch nicht konfirmiert. Er ging wohl Påssån in Gudmund Erikssons Rotte zur Hand, half ihm die Rückegassen freischaufeln.

Er sagte, Tore liege auf dem Eis.

Blau, dachte sie, als sie hinausfuhren. Der Junge hatte zu ihr gesagt, sie solle das Pferd nehmen. Sie weckte Haakon nicht, sie schämte sich nämlich. Sie hatten wieder eine kleine Mähre, einen Schimmel, Silverpärla mit Namen, mit der sie gut auskam. Der Junge half ihr, den kleinen Schlitten einzuspannen. Sie sprachen kein Wort auf dem Weg.

Sie half Silverpärla, die Wuhne am Ufer und an einer seichten Stelle die Steine zu überwinden. Als sie ein Stück weit auf dem Eis waren, wies der Junge auf das Holz hinaus und sagte, daß er dort liege. Dahinter, sagte er. Dann wollte er aus dem Schlitten springen und nach Hause rennen. Sie packte ihn jedoch beim Schlafittchen. Ohne Hilfe würde sie Tore niemals hochbekommen, falls er sich nicht auf den Beinen halten konnte.

Der Schlitten kreischte weiter, Pärlas Hufe fielen dumpf und knirschten. Es war harschig. Hillevi hielt vor dem Holz an, das schwarz wirkte. Es wurde still, und in dem schwachen Licht sah man keine Spuren im Schnee. Sie wußte, daß er zertrampelt und voller Pferdeäpfel sein mußte. Doch jetzt breitete sich das Grau der Frühlingsnacht darüber. Die schwarzen Fransen der Tannen auf der Südseite atmeten nicht. Der See und die dichte, feuchte Luft schwiegen.

Da wußte sie, daß sie dies schon einmal erlebt hatte. Das Gefühl des Wiedererkennens war derart stark, daß sie einige Augenblicke lang in der Zeit herumgewirbelt wurde wie in einem wilden Strom, dessen Richtung sie nicht kannte. Und doch war es so still.

Alles war wohlbekannt. Die Stunde, das knappe Licht. Die Feuchtigkeit und der Pferdegeruch. Sie wußte, daß Tore tot dalag: auf dem Rücken und mit starren Armen in die Luft greifend.

Dann kamen zwei Geräusche gleichzeitig. Der Junge schluchzte auf, und Silverpärla warf den Kopf herum und schnaubte durch weiche Nüstern. Hillevi sagte zu dem Jungen, er brauche keine Angst zu haben und könne solange im Schlitten sitzen bleiben.

Sie ging auf das Holz zu und fand Tore bald. Er lag keineswegs so, wie sie es vor sich gesehen hatte. Er lag auf der Seite. Die Mütze hatte er verloren. Sie brauchte ihm gar nicht erst den Puls am Hals zu fühlen, denn sie hörte, daß er atmete.

Als Hillevi sehr jung gewesen war, hatte sie geglaubt, Mutter und Kind seien ursprünglich ein und dasselbe Wesen. Sie hätte darüber nachdenken sollen, als sie Tante Eugénies an Sara gerichteten spitzen Schrei hörte:

»Ich bin doch deine *Mutter*!«

Sie tat es nicht. Empfand aber ein Unbehagen. Ahnte, daß die Tante sich irrte, daß das, worauf sie sich berief, nicht mehr der Blutkreislauf und die gemeinsame Haut sein konnten, auch wenn es so klang, als ihre Stimme erbebte. Für eine Fünfzehnjährige war man in sozialer Hinsicht Mutter. Viele Konventionen, Erinnerungen und Gefühle verbanden Mutter und Kind. Aber nicht das Blut.

Das war ganz klar für sie, als sie ihre Ausbildung erhielt. Den ersten Mutterkuchen sah sie auf dem Präparationstisch. Die Blutgefäße der Mutter und des Kindes lappten ineinander. Es war eine sinnreiche und komplizierte Abhängigkeit, eine Verflechtung und Bindung zwischen feinen Gefäßen. Sie sah dieses Wunder unter dem stochernden Instrument und den vergrößernden Linsen. Die nahrungsaufnehmenden Gefäße des Fötus waren zwischen die des mütterlichen Körpers geschoben. Man konnte sie aber jeweils für sich getrennt verfolgen. Das Kind war von Anfang bis Ende ein selbständiges Wesen.

Sie wünschte, sie hätte eine Plazenta gehabt, um sie jedem Mädchen zu zeigen, das Angst bekam, wenn die mütterliche Stimme mit ihrer sonderbaren Botschaft erbebte: Du bist mein, und du kommst nie los.

Jetzt aber wußte sie, daß es die Mutter war, die nicht loskam.

Tore hatte Prügel bezogen. Recht heftige Prügel. Gebrochen war nichts, aber sein Gesicht war geschwollen und ein Auge in ein von Flüssigkeit gespanntes, blaudunkles Gewebe eingebettet. Hände und Füße waren natürlich unterkühlter als der Rest seines Körpers. Er konnte jedoch nicht sehr lange gelegen haben; sie behandelte seine Gliedmaßen, wie sie es gelernt hatte, und bekam seinen Kreislauf in Schwung. Sie hatten ihn vielleicht doch nicht bewußtlos geschlagen. Er war nur blau.

Er roch nach Rohsprit aus dem Mund. In seinem geschwollenen Gesicht hatte er Bartstoppeln. In der Blütenblatthaut. Blutschorf im weichen Haar. Mit allem, was seinen Körper, seine Art und seine Stimme ausmachte, war ihre Erinnerung verflochten.

Zuerst hatte sie den heißen Wunsch, sie nicht ungeschoren davonkommen zu lassen. Sie würde zusehen, daß Trond Anzeige erstattete. Im selben Moment wußte sie jedoch, wie zwecklos das wäre. Niemand würde etwas gesehen haben. Der Junge, der sie geholt hatte, hatte gesagt, er sei zurückgegangen, um nach einem Messer zu suchen, das er verloren habe. Dabei habe er Tore entdeckt. Das war natürlich gelogen. Er konnte doch im Dunkeln nicht nach einem Messer suchen. Sie hatten ihn zu ihr geschickt. Sie trauten sich nicht, Tore auf dem Eis liegen zu lassen, denn dann würde er erfrieren. Sie kannten Grenzen. Waren wohl nüchterner als er.

Sie fragte sich, ob sie es extra bis zu einem Abend, an dem Trond nicht zu Hause war, aufgeschoben hätten, ihn zu verprügeln.

Nach etwa einer Stunde wachte er auf. Seine blauen Augen sahen sie einige Sekunden lang an, und schon schnarchte er wieder. Sie hatte ihn provisorisch auf die Küchenbank gebettet, weil sie es nicht schaffte, ihn die Treppen hinaufzubringen. Er war schwer und groß.

Sie fragte sich, ob er das Räuspern und die Scherze über leere Teller nun lassen werde. Ich hätte dir sagen können, wie du hättest leben sollen, dachte sie. Anderes habe ich im übrigen nicht getan.

Die Küchenuhr tickte.

Nach einer Weile sah er sie wieder mit diesem blauen Blick an. Er lächelte leicht mit seinen gesprungenen und geschwollenen Lippen. Sie begriff, daß er noch immer so betrunken war, daß er nichts spürte. Er würde aber bestimmt Schmerzen bekommen.

*

Sie sind wie Tauben.

Das pflegte Hillevi von ihren Kindern zu sagen. Sie meinte damit, daß sie zurückkehrten. Wenn man sie fortschickte, suchten sie sich dennoch irgendwann den Weg zurück nach Hause.

Mit Myrten war es wie mit Tore: sie kehrte zurück. Es war ihr zu öde geworden in dem Untermietzimmer in der Stadt. Deshalb wurde einige Jahre später beschlossen, daß wir nach Katrineholm gehen sollten. Dort gab es eine private Lehranstalt

für ältere Schülerinnen. Es war Hillevis fester Entschluß, daß
Myrten Mittlere Reife machen sollte. Ich hatte bis dahin im Laden geholfen, sollte jetzt aber als Gesellschaft für Myrten mitfahren. Ihrem Heimweh abhelfen und sie bei den Büchern halten. Ich durfte ebenfalls die Private Lehranstalt besuchen, wenn
auch den Haushaltszweig in dem, was ehemals die Fachschule
gewesen war.

Myrten weinte. Aber das ging vorüber. Ich fand es von Anfang bis Ende ulkig.

Solche Wörter lernten wir dort.

Und jazzen.

Anfangs gingen wir nur zum Volkstanz. Zu *Komm Julia, wir
haben große Holzschuh' an* marschierten wir über Dielen, und wir
hopsten und sangen *Petersil und Suppengrün fiderallala*. Irgendwann begann ich, mit den Mädchen aus meinem Kurs auszu-
gehen und im Volkspark zu tanzen. Ich war immerhin vier
Jahre älter als Myrten. Wir lernten Zigaretten rauchen und
ließen uns bei einer Friseuse ondulieren. An manchen Abenden
konnte ich in Festsälen und feineren Häusern als Serviererin
arbeiten, um das Loch in meiner Kasse zu stopfen. Seiden-
strümpfe und Ondulieren kosteten!

Aber so dumm war ich nicht, daß ich nicht gemerkt hätte,
wie brenzlig es werden konnte, wenn wir umhertrampelten
und *Wie heißt er nur, dein Bräutigam, er wohnt im Lundagård* sangen. Irgendwann durfte Myrten auch zu einer richtigen Tanz-
veranstaltung mitkommen. Hillevi erzählten wir aber nie etwas
davon.

Myrten war ja auch so vorsichtig.

Es waren viele aus Norrland in Katrineholm. Dort unten
sprach man nicht von Jämtland oder Lappland oder Härjedalen
oder Ångermanland. Das hieß alles zusammen Norrland. Sie
sprachen über die Norrlandsnot, strickten Socken und schickten Freßpakete.

Ich lernte einen Jungen aus Vännäs kennen. Er besaß ein einziges Paar Hosen, zwei Hemden, einen Pullunder und eine
Jacke. Der Überrock gehörte seinem Onkel, ebenso die Krim-
mermütze. Für die schämte er sich.

Er hatte ganz kalte Lippen und Hände. Zwischen dem Rand meines Strumpfes und dem Hosengummi war ein Zwischenraum. Dort spürte ich seine kalten Finger auf der Haut, seinen Hunger.

Wir konnten uns nur draußen aufhalten.

Es gab etwas, was Gustaf-Robert-Wald hieß. Hohe Kiefern und hier und da eine Bank. Obwohl ich jetzt alt bin, kann ich dieses Gefühl noch verspüren, dieses nachgiebige, sanft köstliche Gefühl, wenn man draußen in der kalten Luft Zigarettenrauch riecht.

Sie waren wie Tauben. Damals waren die Menschen so. Sie hatten einen Platz auf Erden, an den sie zurückkehren wollten.

Jetzt lebt eine andere Sorte Leute. Und hier ist alles still. Überall ist es so ruhig, verglichen mit früher.

Was wir umherfuhren!

Und ständig kamen Leute. Sie kamen mit dem Bus nach Röbäck und Svartvattnet, nach Träske, Kloven und Skinnarviken. Holzhändler und Prediger, Homöopathen und Verkäufer von Damenkonfektion und Hüten.

Im Frühling sagten die Burschen: Zeit ist's, den Stiel anzubringen am Haken. Bald gehet's, das Holz! Dann kamen die Flößer. Die allermeisten stammten aus Värmland. In einen von ihnen war ich verliebt, auch wenn ich nie mit ihm sprach. Fryklund hieß er, und er bewegte sich wie eine Katze über die Stämme. Geschwind wie der Neck sei er, sagten die Alten. Wenn er in den Laden kam, wurden mir die Knie weich.

Auch der Norweger wird wohl irgendwoher kommen. Und er dürfte alt genug sein, um zu der Sorte Menschen zu gehören, die wie Tauben sind.

Aber er sitzt hier rum und bockt.

Jetzt geht er mit der *Östersundsposten* unterm Arm den Hügel hinauf. Ich frage mich, ob er manchmal Post bekommt. Er ist groß und gebeugt und hager. Eine Taube ist er nicht gerade. Aber auch er kommt wohl irgendwoher. Wenn er zwischen den Tännchen bergan geht, sieht er in hohem Maße wie ein alter

Ziegenbock aus. Wo wirst du liegen? Das würde ich ihn gern fragen. Aber es ist ein bißchen mißlich, so direkt draufloszugehen.

Wohin soll's denn gehen,
du arme graue Geiß?

Wahrscheinlich wird es ja der Friedhof von Röbäck sein.

In Gerhard Roschs Kunsthandlung in der Friedrichstraße hätte sich Elis in seinem ersten Jahr in Berlin nicht allein getraut. Er besaß damals keinen Überrock, und den grauen Rand auf seinem Papierkragen überpinselte er in der Not mit Zinkweiß. Erling Christensen war es, der ihn mit dorthin nahm. Als er allein wiederkam, hatte der Kunsthändler seinen Namen vergessen.

»*Der Freund des Herrn Architekten Christensen*«, sagte er zu seiner Frau. Diese saß in einem kleinen Raum hinter dem großen Ladenlokal. Um die Schultern trug sie ein Pelzcape aus Nerz. Elis erfuhr irgendwann, daß sie an Rheumatismus litt. Das sei, sagte Herr Rosch: *meine Ehefrau, geborene Sebba.*

Gerhard Rosch trat äußerst korrekt, fast feierlich auf. Daß seine Frau eine geborene Sebba sei, erzählte er jedoch erst viel später. Da waren die Kanten seiner Jackenärmel ebenso abgestoßen, wie die von Elis es einst gewesen waren. Gattin Valdy trug aber nach wie vor ihren Pelzkragen.

Lieber Herrgott, mach mich blind,
daß ich alles herrlich find'!

Wo kommt so was her? Er mußte es irgendwo aufgeschnappt haben, erinnerte sich aber zunächst nicht, wo. Elis hätte es gern gesagt, als er sah, daß das Seidenfutter in Frau Roschs Cape allmählich zerfiel. Er wußte aber, daß dies etwas war, das zu sagen man sich hütete.

Herr Rosch hatte drei Aquarelle von Franz Marc. Elis entdeckte sie gleich beim ersten Mal, als er den Laden betrat. Er entfernte sich von der gegenseitigen Vorstellung, die Erling, den leichten Frühjahrsüberrock über die Schulter geworfen, mit jener Nonchalance vornahm, die für seine Clique, und was das anbelangte, für seine Klasse typisch war. Herr Rosch habe ein gut konstruiertes Netz, hatte Erling erzählt. Ziehe er für einen neuen jungen Maler nur ein bißchen an einem Faden, kämen gleich die großen Spinnen angekrochen. Die Kenner und Sammler. Elis hätte wahrscheinlich mit dem Hut in der Hand und die Füße in den gesprungenen, aber sauber gebürsteten Stiefeln dicht beieinander dabeigestanden und gewartet. Wenn da nicht diese drei Aquarelle gewesen wären. Er ging schnurstracks darauf zu.

Das erste zeigte ein dralles blaues Pferd in einer Berglandschaft, in der die Bäume wie Blumen schwebten. Das zweite: drei schlanke Pferde in anmutiger Bewegung. Sie waren rosa wie Malven und hatten violette Mähnen. Dahinter Hügel in Gelb, fahlem Blau und Türkis. Blauschwarze Felsen.

Erling war hinter ihn getreten.

»Ist das nicht ein bißchen Konditoreiware?«

»Nein.«

»Es ist jedenfalls meilenweit von jeglicher Ursprünglichkeit entfernt. Und er flirtet mit dem Abstrakten.«

Es war richtig, daß auf dem dritten Aquarell, das gleichzeitig das beste war, die kräftig gelben Pferdeformen übertrieben waren und ins Abstrakte tendierten. Aber dennoch: die Rundung der Nacken und der gewaltigen Hinterteile – das war *Pferd* mitsamt einem uralten Geruch nach Stall, nach der Kraft eines Zugtieres für Holz, nach Unschuld und Einsamkeit.

Diese drei Aquarelle wollte er erwerben. Als Herr Rosch vier von Elis' Bildern in Kommission nahm, hatte er beschlossen, das Geld stehenzulassen, wenn denn etwas verkauft würde, und zu versuchen, so lange ein Guthaben aufzubauen, bis es zur Bezahlung der Marc-Aquarelle reichte.

Das ging natürlich nicht. Denn jetzt begann ein anderes Leben. Er mußte sich einen hellen Anzug und Hemden mit umgelegten Kragen kaufen. Halbschuhe. Einen Filzhut.

Man wurde nämlich gesehen. Zuvor war es vor allem darum gegangen, nicht gesehen zu werden. Mit zugeknöpfter Weste in die Königliche Bibliothek, Kommode genannt, zu gelangen. Mit ausrasiertem Nacken. Die Melone bis auf den knallharten

Filzgrund gebürstet. Bloß nicht in die alles auflösende, alles umarmende Armut einschwenken! Ihren Hungerrausch. Ihren Fieberwahn. Kurs halten! Lieber sterben als die Weste versetzen. In die Bibliothek gehen, um sich warm zu halten, wenn man in einer Bruchbude hauste, in der die Tapeten schimmelten und einem das aufgelöste Holz wie Haferflocken entgegenrieselte, sobald man einen Nagel einschlug. Abgesehen von Kakerlaken, vom Hausbock, von Wanzen und sehnigen Katzen waren seine nächsten Nachbarn eine ältere Prostituierte mit einer zurückgebliebenen Tochter gewesen, ein galizischer Flickschneider, ein »Doktor«, der vor allem von trotzigen und verheulten jungen Mädchen aufgesucht wurde, sowie ein Lagerarbeiter, mit dem er Schach spielte.

Das Herumhocken in der Bibliothek bringt jedoch Bildung. Die Kommode wurde seine Bildungsanstalt.

Und jetzt also ein anderes Leben. Das Geld floß, spritzte weich heraus, wie wenn man seinen Saft auf einem Mädchenbauch abgehen ließ. Erling Christensen hatte er einst in Alexander Volds Malerschule kennengelernt. Erling hatte die Malerei aber schon längst an den Nagel gehängt und sich in Deutschland, wo sein Schiffshändlervater Beziehungen zu Hamburg unterhielt, zum Architekten ausgebildet. Hier in Berlin war er in seidenweichem Kamelhaar nun endlich sein eigener Herr. Er hatte Ambitionen. Unter seiner Cliquenmanier war er wie Kruppstahl. Es bereitete ihm Vergnügen, einen Nordtrønder zu protegieren.

»Seht euch diesen edlen jungen Wilden an«, sagte er zu den Mädchen.

»*Guck mal.*«

»Oder macht die Augen zu. Er riecht sogar nach Ursprünglichkeit.«

Vermutlich hatte der schwarze Anzug, den Elis sich gebraucht gekauft hatte, nach Naphthalin gerochen.

Es waren solche Mädchen, denen man eine Kamelie oder einen Orchideenzweig von *Blumen Schmidt* mitbringen mußte, wenn man sie zur abendlichen Schlacht abholte. Das ging ins Geld.

Folglich konnte er die Aquarelle nicht auslösen. Er ging sie aber ansehen. Der Kunsthändler empfing ihn stets gemessen, freundlich. Im Hinterzimmer saß die scharfäugige Valdy Rosch und rechnete mit einer Rechenkurbel. Ihr rotblondes Haar lag in steifen Wellen. Sie lächelte leicht mit dünnen Lippen, wenn sie ihn sah. Es kam vor, daß sie ihm Tee anbot.

Herr Rosch sagte, die Stimmung der Sammler zeichne sich im Moment am ehesten durch eine gewisse Vorsicht aus. Expressionismus, Kubismus, Futurismus – darauf habe man selbstverständlich hoch gesetzt. Die puren Faxen interessierten indes nicht so sehr. Makabre Bälle und Konzerte mit Affen und Staubsaugern, Lesungsabende, an denen die Maler ihre Werke zersägten oder mit unaussprechlichen Flüssigkeiten begössen, während die Propheten frisch verfaßte Manifeste verläsen. Solcherlei altere rasch. Auch bleibe für einen Kunsthändler dabei nicht viel übrig. Deshalb, sagte Herr Rosch, gebe es seitens der Kenner ein nicht unerhebliches Interesse an Leuten wie Ihnen, Herr Elv (er sagte *elf*): geborenen Zeichnern, wirklichen Malern. Künstlern, die an ihrem eigenen Ausdruck festhielten.

Wenn Erling über Elis' Ursprünglichkeit sprach, machte ihn das verlegen, und er fühlte sich, als stecke er wieder in den schwarzen Kleidern, die der Jude gebraucht verkaufte. Bei Herrn Rosch war das anders. Nur daß es da nicht so viel einbrachte. Elis malte wie besessen, konnte seinen neuen Anzug aber nur mit Müh und Not ausfüllen. Manchmal ging er allein ins *Pschorrhaus* am Potsdamer Platz oder in einfache regionale Gaststätten, wo er nur aß, aß und nichts als aß. Würste und Kalbshaxen, Schweinsfüße im eigenen Fett und schweres Sauerkraut. Österreichische Knödelberge. Königsberger Klopse und andere in einer Brühe mit Fettaugen schwimmende Fleischklöße. Dachte er an die Tuberkulose, war sie für ihn wie eine dieser raubgierigen, ausgemergelten Katzen, die in den Mietskasernen von Kreuzberg um seine Beine gestrichen waren. Solchen Abgrundsgespenstern mußte geopfert werden.

In Berlin gab es nichts, was er, erst einmal dort angekommen, hätte erkennen können. Die Menschenmassen verrückten sein Bild von der Welt. Ja, er hatte kaum gewußt, daß er vorher eines gehabt hatte. Er hatte geglaubt, die Welt sei eben die Welt. Mit Fjälls und Meeren an den Rändern. Aber hier: War der Himmel überhaupt Himmel und der Regen Regen? Er ging in den Tiergarten, schleifte mit seinen dünnen Schuhsohlen durchs Gras. Hatte den Eindruck, es sei rauher Teppichflor. Hätte in der Fabrik hergestellt sein können. Nachts drang der Geruch nach Gas und Abfällen, nach Bier und den kompakten menschlichen Ausdünstungen in der unterirdischen Straßenbahn, nach Kaffeerösterei, Hundepisse und Steinkohle in seine Träume. Er versuchte, etwas wiederzuerkennen. Irgend etwas. Aber die Stadt drehte sich brennend und flimmernd vor Menschengesichtern wie ein Rad um ihn, und die Straßen waren ihre Speichen. Ixions Rad.

Seine Kommodenbildung nützte ihm nichts. Er hatte auf der Straße Blut gesehen und wußte nicht, wie es dorthin gekommen war.

Schon in Oslo war ihm klar gewesen, daß man nicht ohne Adressen und Beziehungen nach Berlin fuhr. Eine einzige hatte er gehabt. Und zwar zu einem Mädchen namens Irma. Er hatte sie in der *Stova* und anderen Cafés getroffen, sie auf Atelierfesten tanzen sehen. Sie war Tänzerin. Nicht Balletteuse. Das Tanzen hatte sie in Berlin gelernt, und dorthin war sie auch zurückgekehrt, als sie begriffen hatte, daß Oslo, in vielem immer noch das alte Kristiania mit seinem steifen und im Grunde ländlichen Bürgertum, für ihren Tanz noch nicht reif war. Nicht einmal für den Expressionismus.

Irma war fort. Er suchte in einem Cabaretlokal nach ihr und in einem Kaufhaus, wo sie eine Weile als Mannequin gearbeitet hatte. Dort war ihre Spur zu Ende. Manchmal, wenn sich auf der Straße dürre Frauen an ihn drängten und etwas flüsterten, fragte er sich, ob sie wohl in dem Geflimmer der Straßenlaternen dort zu finden sei. Er versuchte sich ein besseres Schicksal für sie auszumalen: Bestimmt war ein reicher Pinkel in das Kaufhaus gekommen und auf sie aufmerksam geworden. Sie sah recht gut aus. Womöglich war sie jetzt beim Film.

Die Straßen klapperten und kreischten und heulten in seinem Gehirn, wenn er schlafen wollte. Die Menschen waren so zahllos wie Wanzen. Er schloß fest die Lider. Eines Nachts, als er in seiner Schlaflosigkeit durch die Straßen lief, hatte er mit einem schweren Platsch einen Körper in die Spree fallen hören. Auf dem Kai hatte er flüchtig Freicorpsuniformen gesehen und sich gezwungen, ganz normal zu gehen, gleichgültig, so wie einer, der nichts gehört und nichts gesehen hatte. Um die Ecke gebogen, war er gerannt, bis ihm die Lungen stachen und er ein Café gefunden hatte, in das er sich verdrücken konnte. Danach konnte er auch nicht schlafen. Er hatte Angst.

Er dachte an seinen Großvater. Den Alten. Und an seinen Vater, der nicht viel besser war. Hier aber gab es nicht nur das eine Gesicht, von dem er mit Sicherheit wußte, daß er es im Auge behalten mußte, um sicher zu sein. Es waren zu viele. Und derjenige, dem er in dieser Nacht auf der Treppe begegnet war und der ihn fast zu Tode erschreckt hatte, war wahrscheinlich selber bloß so ein bibbernder armer Teufel.

Er hatte von einem einsamen Berlindasein geträumt, während er das Geld dafür zusammengespart hatte. Keine schmachvolle Abhängigkeit mehr. Niemand würde herauszufinden versuchen, wer er eigentlich war.

Weißt nichten, welchig ich bin.

Als er begriff, daß es keiner wußte, buchstäblich keiner von diesen Millionen von Menschen in diesem großen Rad, packte ihn der Schrecken.

In dieser Trostlosigkeit produzierte das Gedächtnis eine Adresse.

Er war mit dem Schiff nach Deutschland gekommen, hatte sich die Überfahrt als Steward verdient. Als das Schiff Bremerhaven passiert hatte und weseraufwärts an Städtchen vorüberkroch, deren Häuser Puppenschränken glichen, stand er an Deck und erzählte dem Maschinenchef, daß er nach Berlin wolle. Der Chief war ein anständiger Kerl. Seine Schwester sei in Berlin verheiratet, und der deutsche Schwager habe eine kleine Druckerei. Er nannte die Adresse, und sie versank in dem wunderlichen Vergessen, welches ein großes Gedächtnis ist, dem Willen und der Absicht allerdings unzugänglich. Als der Schrecken kam, als Ixions Rad mit seinen flimmernden Gesich-

408

tern sich jede Nacht drehte und er von der Einsamkeit, die er sich ein halbes Jahr zuvor noch so sehnlichst gewünscht hatte, halb verrückt war, da stieg sie schließlich empor. Er konnte es kaum fassen. Es war, als hätte ihn jemand berührt.

Noch wunderlicher war, daß die *Druckerei Sieger und Sohn* nur ein paar Häuserblocks von der Mietskaserne entfernt lag, in der er wohnte.

Karl Sieger gehörte zu den wenigen, die etwas hatten, wohin sie nach dem Krieg heimkehren konnten. Sein rechtes Bein war von einer Granate schwer verwundet und im Lazarett amputiert worden, und seitdem ging er mit einem Holzbein, das mit Riemen festgezurrt wurde. Doch er hatte der jungen Norwegerin, in die er sich verliebt hatte, etwas bieten können: eine Druckerei, ein kleinbürgerliches Dasein in einem Berliner Viertel mit einem Milchladen an der Ecke, einem Kurzwarengeschäft, einer Konditorei und einer Filiale der Leihbücherei.

Die beiden hatten sich kennengelernt, als sie sich jeweils auf einem Ausflug befanden. Er mit seinem Blechmusikcorps, sie mit ihrem vielgereisten Bruder, damals Maschinist auf einem Schiff der Hurtigroute, das nach Rügen umdirigiert worden war. Seitdem hatte sie mit niemandem mehr Norwegisch sprechen können, und sie hungerte nach Geschichten aus der Stadt, die sie immer noch Kristiania nannte.

Arbeit hatte es für Elis natürlich nicht gegeben. Die Druckerei war sehr alt. Man produzierte Bogen mit Einwickelpapier für Hochzeits- und Beerdigungskonfekt, Liederhefte, plump illustrierte Traumbücher und Handbücher der Wahrsagekunst. Das Einträglichste waren kolorierte Holzschnitte von alten Stöcken: das Jesuskind mit Lamm und Tauben, schmachtende Mädchen am Fenster, fröhliche Handwerker mit Hobel oder Maurerkelle. Unter den Bildern standen Gedichte in der alten, schwer leserlichen, aber so geliebten Frakturschrift. Der Schreiner stemmte den Fuß auf den Boden, spannte sein muskulöses Bein an und lehnte sich mit aller Kraft auf den Langhobel. Angeblich sang er: *Wir Tischler sind geschickte Leut'! Ein guter Verstand uns stets geleit', so nutzen wir denn Mann und Frau.* Und der Schmied war mit seinem Dasein nicht weniger zufrieden: *Der*

*Blasebalg schnauft, das Eisen glüht. Wie wäre das Leben, sei Frieden,
sei Krieg, wie wäre es ohne den Schmied?* Diese munteren Verse mit
ihrer Zuversicht aus einer Handwerkergesellschaft längst ver-
gangener Zeiten kamen Elis lächerlich vor. Karl Sieger gab ihm
jedoch zu verstehen, daß sie alles andere als lächerlich seien.
Jetzt werde das Handwerk wieder zu Ehren kommen. Habe er
denn die Nationalsozialisten nicht gehört? Er gab ihm Flug-
blätter zu lesen. Darin stand nicht gerade viel vom Handwerk,
mehr vom Bolschewismus. Außerdem hatte Karl sich anhören
müssen, daß man mit dem Druck unzufrieden sei. Ein Emblem
sei zu plump geraten. Der Kreisleiter drohte, mit seinen Flug-
blatt- und Broschüretexten zu einer anderen Firma zu gehen.

Karl verstand das nicht. Er fand, es sehe rechtschaffen aus.
Für Elis war es jedoch ganz klar. Er hatte eine Nase dafür: eine
gewisse moderne Schnittigkeit auf altem Grund. So sollte
es sein. Dieses Sonnenkreuz mit den Haken. Er zeichnete, um
Karl zu zeigen, wie er es auffaßte. Eleganz. Strammheit. Eine
Schärfe, die die alten Stöcke nie wiedergeben konnten. Und
dann fertigte er ein neues Klischee mit der Swastika an.

Auf diese Weise kam er in die Firma. Nun würde der alte
Grünbaum gehen müssen. Es war ein scheußlicher Moment, als
Elis verstand: er oder ich. Er war alt und mager. Er hatte eine le-
dige Tochter mit einem Kind. Dieses Kind war jetzt ein arbeits-
loser junger Mann von sechzehn Jahren.

Ixions Rad. Es flimmerte. Die Menschenspeichen gabelten
sich. Du oder ich?

Dieses Mal verschonte das sich drehende Rad sie beide. Elis
brachte einträgliche Ideen und Bilder ein. Sie durften beide bleiben, Elis als Zeichner und Kolorist. Herr Grünbaum ergriff
Karls Hände und weinte.

Elis ging in *Die Neue Welt*, ein großes Bierlokal, wo vor allem
Arbeiter tranken und dem neuen politischen Stern lauschten,
der ursprünglich aus Österreich kam. Elis fand ihn parodi-
stisch.

Es dauerte lange, bis er Adolf Hitler erneut hörte. Da hatte er
Erling Christensen wiedergetroffen, und mit der Herumhocke-
rei in Nebenstraßencafés und Bierlokalen war Schluß. Er war

nun sogar im *Theater des Westens*, in der *Scala* und im *Wintergarten* gewesen. Erling, der einer Gruppe angehörte, die mit allem ihren Spott trieb, nahm ihn mit in ein Corpslokal für Universitätsstudenten. Als der Kerl sprach, glaubte Elis zuerst, es sei ein anderer als der, den er in der *Neuen Welt* gehört hatte. Er sprach leise und einfühlsam. Erling sagte kein Wort hinterher, und sie gingen nicht mehr in eine Bar, sondern trennten sich. Er wollte allein sein.

Nun – dieser Ernst würde natürlich vorübergehen. Elis kannte das von daheim. Wenn ein Prediger kam, wurde das ganze Dorf religiös. Nach drei Wochen war er vergessen, und alles ging wieder seinen gewohnten Gang. In Svartvattnet war niemals eine Kapelle gebaut worden, weil die Dorfbewohner alltags eher einen Hang zum gesunden Menschenverstand hatten als zur Metaphysik.

Erling saß bald wieder im *Papagei* und spottete über fast alles. Dort wurde Negerjazz gespielt, und man mixte Getränke aus Bols und polnischem Wodka. Er und Elis gingen mit einfacheren Mädchen in Bars, wo es billiger war, und sie tranken Razzledazzle aus Rohsprit ohne Herkunftsbezeichnung und dickem, süßem schwarzem Johannisbeersaft. Elis zog aus Kreuzberg weg und erschien abends nicht mehr so oft bei Siegers, arbeitete aber noch in der Druckerei, bis die Architektenfirma, in der Erling angestellt war, ihn regelmäßig für Wanddekorationen beanspruchte. Der erste Auftrag war eine neu gebaute Villa im Grunewald. Funktionalismus. Im Speisezimmer sollte ein Weinberg auf eine große Wandfläche gemalt werden.

Das Geld wollte jedenfalls nicht für die Aquarelle von Franz Marc reichen. Sie waren ihm zur fixen Idee geworden. Wegen Franz Marc war er nach Berlin gekommen. Er hatte nicht gewußt, nicht verstanden, wie überholt der Expressionismus war. Es ärgerte ihn, daß alles so schnell ging. War ein guter Maler nicht ein guter Maler, egal, wie das Rad der Zeit sich drehte? Erling Christensen lächelte.

»Du bist wirklich ein Kind«, sagte er. »Ein junger und herrlich roher Waldbursche aus Nordland. Oder war es Nordtrøndelag? Aber genau deswegen gehört die Zukunft dir.«

411

Nein, nichten wußte Erling, welchig er war. Das war auch gut
so. Elis machte sich auf den Weg in die Friedrichstraße, um
Herrn Rosch zu bitten, die Aquarelle noch eine Weile zurückzuhalten. Sie befanden sich aber nicht mehr an der Wand, an
der sie gehangen hatten.

»Haben Sie sie verkauft!«

Nein, er hatte sie weggetan.

Gerhard Rosch wirkte geheimnisvoll. Weiß der Henker, ob er
nicht einfach nur unzuverlässig ist, dachte Elis.

»Ich kann die Jahresedition des Blauen Reiters von 1916 anbieten«, sagte der Kunsthändler.

Und Elis zog mit dem Kalender der Expressionisten, den
Franz Marc redigiert hatte, von dannen. Er brauchte ihn nicht
zu bezahlen.

»Ich kann sie ohnehin nicht behalten«, sagte Rosch sonder-
barerweise.

In der Woche darauf bekam Elis in Erlings Architektenbüro
eine ordentliche Summe ausbezahlt, und er ging damit in die
Friedrichstraße, um Gerhard Rosch eine Teilzahlung anzubie-
ten. Er hatte das unangenehme Gefühl, daß sie sich ihrerseits
auf ihn jetzt nicht verließen.

»Ich verlange nicht, daß Sie mir die Aquarelle gleich aushän-
digen. Ich möchte nur eine Summe einzahlen, um sicher zu
sein, daß Sie sie für mich zurückhalten.«

Gerhard Rosch saß da und hatte den Blick gesenkt. In dem
kleinen Raum hinter dem Laden war es heiß. Das Licht war gedämpft, weil Valdy Rosch die Gardinen vorgezogen hatte. Elis
hatte Tee bekommen. Er mochte ihn nicht. Er schmeckte praktisch nach nichts. Zum Tee servierte Frau Rosch italienischen
Mandelzwieback. Die Gardinen waren aus englischem Chintz.
An den Wänden drängten sich kleinformatige Bilder. Vielleicht
waren sie Valdy Roschs persönliche Auswahl. Landschaften zumeist. Neunzehntes Jahrhundert. Einige ziemlich frühe. Italienische Städte an Berghängen. Meeresbuchten. Felsen in der
Schweiz oder in Österreich. Die Vielfalt machte ihn nervös. Der
Plunder.

Da sagte Frau Rosch plötzlich:

»Mein Mann hat die Marc-Aquarelle in den Keller gebracht. Wir können sie nicht hier oben behalten.«

»Das verstehe ich nicht.«

Es durchfuhr ihn, daß die Bilder gestohlen sein könnten und Roschs es entdeckt hätten.

»Wir hatten Besuch von einem SA-Mann«, erklärte Frau Rosch.

»Valdy!«

Sie hob ihre Hand mit den schmalen Fingern in Richtung ihres Mannes und sagte:

»Sie müssen sich die Sache überlegen, Herr Elv. Möchten Sie die Aquarelle wirklich kaufen? Ich bin nicht einmal sicher, daß wir sie verkaufen können. Wir müssen auf alle Fälle abwarten.«

Elis wußte nicht, was er sagen sollte. Er fragte sich, wie der SA-Mann aufgetreten war. Hatte er geschimpft und Radau gemacht? War er gewalttätig geworden? Er wollte etwas über ungebildete Leute sagen, hielt aber hinterm Berg damit. Bildung, dachte er. Daran mangelt es fast jedem.

»Hat er geschimpft?« fragte er vorsichtig.

Herr Rosch nickte.

Sie hatten wohl, wenn Elis das recht bedachte, so manches verkauft, was die neuen Herren entartet und pervers nannten. Und sie hatten damit natürlich ein hübsches Sümmchen verdient. Gerhard Rosch hat mit seinem langen Zinken einen Riecher für gute Malerei. Und Frau Rosch versteht es, die Rechenkurbel zu bedienen.

Zwei Dinge begriff er nicht. Warum war gute Malerei nicht einfach nur gut? Ein für allemal. Ich kann doch sehen, wenn sie gut ist. Dazu bedarf es nicht vieler Worte. Keiner Kunsttheorie und keiner Unmenge politischer Philosophie. Sie ist *gut*. Das weiß Gerhard Rosch auch.

Und das andere: Juden.

Die beiden saßen nebeneinander. Sie waren ungefähr gleich groß, aber der Mann war dunkel und untersetzt. Frau Valdy war rotblond und knochig. Sie sind Juden, dachte er. Das ist klar.

Aber was ist das? Er dachte an den Flickschneider, den er kannte. Eine ganz andere Sorte Mensch.

Diese Gedanken machten ihn unruhig. Er hatte dabei das gleiche Gefühl wie damals, als seine Gruppe in Kristiania über das Geschlechtsleben diskutierte. Sie waren so radikal gewesen, daß sie geradenwegs in die Biologie rauschten.

In die Zoologie.

I pfui.

Klebrige Gedankengänge waren das. Sie blieben an dem hängen, über den man diskutierte. Am Luder. Am Juden.

»Herr Rosch«, sagte er.»Ich rechne damit, die Aquarelle kaufen zu können. Jetzt möchte ich mich gern für den Tee bedanken. *Vielen Dank, gnädige Frau Rosch! Auf Wiedersehen!*«

Er hatte gute Lust zu sagen: Halten Sie durch. Es ist bald vorbei. Aber er sagte es natürlich nicht. Beim Kunsthändler Rosch benahm man sich förmlich.

Erling Christensen war überzeugt davon, daß es bald vorbei sein werde. Das heißt: mit den Übertreibungen. Trotzdem hatte Elis keine rechte Lust, ihm von dem SA-Mann in Gerhard Roschs Kunsthandlung zu erzählen, der dort – vermutlich – hineingestürmt war. Im Architektenbüro machte man sich oft über die neuen Herren, über ihr Gestelze in Uniformen und die nationalistische Suada lustig. Kurz gesagt: über die Übertreibungen. Erling meinte jedoch, im Grunde genommen sei die Revolution notwendig. Deutschland müsse sich aus der Erniedrigung nach dem schändlichen Frieden von Versailles erheben. Wenn man der Jugend keine Ideale und keinen Glauben an die Zukunft vermittle, übernähmen die Bolschewiken, und dann würde es wie in Rußland. Er hatte Elis Bilder aus der Ukraine gezeigt: die Leichen von Verhungerten auf der Straße.

Die Revolution war gekommen, wenn auch nicht so, wie man geglaubt hatte, daß Revolutionen begännen. Die nationalsozialistische Partei hatte die Wahl mit staunenerregenden Zahlen gewonnen.

»Das Volk will es so«, sagte Erling.»Das gute deutsche Volk.«

Er hatte lange Zeit als Freiwilliger für die Partei gearbeitet, alle möglichen Aufträge für die Kreisbüros erledigt. Um Erling Christensen war Trubel, ein Fahrtwind wie in seinem offenen

DKW. Er war jedoch derselbe Ironiker und Spaßvogel wie eh und je. *Das gute deutsche Volk.* Schwierig zu sagen, ob er spottete.

Alle im Architektenbüro, außer vielleicht die Bürofräulein, machten sich munter über die Propaganda lustig. Man ließ die Parolen klackern. Wenn sie alle zusammen um eine Zeichnung für eine Badeanstalt standen, konnte es passieren, daß der dicke Aron Klein wegen eines Kundenbesuchs weg mußte.

»Ah!« sagte Erling. »Schön, daß wir endlich unter uns sind!«

Er parodierte eine Propagandaphrase. Jeder Spaß war in der Nähe des Brenzligen natürlich noch spaßiger. Das verstanden sogar die Büromädchen, und sie bekamen rote Wangen, während sie kicherten. Es war schließlich nicht ganz ungefährlich, sich über die Propaganda lustig zu machen. Herr Christensen war unbezahlbar. Man wußte nie, wie man mit ihm dran war.

Langbeinig und elegant war er. Vermutlich überarbeitet, doch das klärte er mit Weckaminen. *Aber das war einmalig!* In einer Zeit, in der alles, alles zu machen wäre!

> *Das gibt's nur einmal,*
> *das kommt nicht wieder...*

Nein, nichts konnte so wie Erlings Trällern, sein Lachen und seine die Treppe hinunterklackernden Absätze den Trubel und den Fahrtwind der Zukunft einfangen. In ihr lag alles.

Sie fuhren mit dem DKW. Elis bekam Deutschland zu sehen. Er kutschierte auch allein mit der Eisenbahn, um in Badeanstalten, in Turnhallen, in Schulen zu malen. Am vergnüglichsten aber war es mit Erling zusammen. Spät an einem Samstagabend im August waren sie mit dem Auto zu einem bayerischen Veteranentreffen gefahren. Die Parteifunktionäre nannten die Stätte Walhalla. Aber eigentlich war es keine Stätte, sondern lediglich das pure flache Land mit reifen Weizenfeldern, die nachts modrig rochen, Kiefernhainen mit einem Duft nach Balsamterpentin und einem Sandboden, auf dem die alten SA-Kämpen ihre Zelte aufstellten. Die Feuer loderten, und die Veteranen sangen: *Heilige Glut, rufe die Jugend zusammen!* Erling und er hatten noch nie so gelacht wie in dieser Nacht. Über die Sauferei und den überständigen Enthusiasmus.

»*Spießbürgertum in Uniform!*« flüsterte Erling halb erstickt vor Kichern. Die alten Männer torkelten um die Feuer herum und brüllten mannhaft.

Als Erling und Elis am Vormittag mit dem DKW abfuhren, sangen sie bei offenem Verdeck:

Heilige Glut, rufe die Jugend zusammen!
Daß bei den lodernden Flammen
Wachse der Mut!

Die Spießbürger in Uniform wollten am Sonntag mit sportlichen Übungen weitermachen, aber viele von ihnen schliefen in den Weizenfeldern ihren Rausch aus. Erling und Elis hatten es mit Bedacht angehen lassen, weil Elis am Montag vormittag wieder an der Speisesaalwand in der Trikotfabrik stehen mußte.

Die neuen Herren wollten alles an den Mauern haben, groß und hell. Ein Getümmel von Leuten. Pferde, die ihre Mähnen zurückwarfen. Elis glaubte manchmal schon wie Bjarne Ness zu malen, der mit dem verflixten *Sieger*. Aber Ness war ja kein schlechter Maler, und dies machte verdammt viel Spaß. Und Geld verdiente er obendrein.

Ein paar Jahre lang hatte er nicht an die Marc-Aquarelle gedacht. Eines Vormittags aber saß er in seiner neuen, hellen Wohnung – Schlafzimmer, Kochnische und ein großes Atelier mit Dachfenster – und trank Kaffee, ehe er sich an eine Kartonskizze machte. Er suchte nach dem dazugehörigen Bleistiftentwurf, und da tauchte der Blaue Reiter auf. Es lagen noch einige andere Blätter von Franz Marc dabei. Ein Katalog. Cassirers Faksimileausgabe des Skizzenbuchs.

Mit einer gewissen Unlust dachte er, daß Cassirer ein jüdischer Name war. Kassierer bedeutete er wohl. Wie Frau Rosch mit ihrer Rechenkurbel. Er wußte, daß Marc zumindest Halbjude gewesen war. Halb – Viertel – Achtel? Diese unsinnigen, aber doch anhaftenden Begriffe. Ja, *schmierigen* Begriffe.

Erling Christensen lachte darüber.

»Nimm es nicht so schwer«, sagte er. »Das sind Einfälle von Bürokraten.«

»Aber auf der Straße«, entgegnete Elis.

»Liebe nordische Unschuld, auf der Straße geschieht zweifellos vieles, was nicht geschehen sollte. Aber was willst du? Alle arbeitslosen Radaubrüder, die vor ein paar Jahren die Leute im Namen des Bolschewismus ausraubten, fangen jetzt die Jugendorganisationen auf. Es dauert seine Zeit, sie zu zivilisieren.«

Herrn Grünbaums Enkelsohn Erich stand jetzt frühmorgens auf und beteiligte sich an sportlichen Übungen und Paraden. Elis nahm an, daß er bald im Gefängnis gelandet wäre, wenn er so weitergemacht hätte wie früher. Herr Grünbaum war dankbar. Es war auch sauber im Viertel. Das war doch was.

Sie sprachen nie lange über die politischen Verhältnisse, Erling und er. Dazu blieb keine Zeit. Irgendwann hatte er die Sache mit den Juden gestreift. Und zwar, als er Roschs Kunsthandlung zuletzt besucht hatte. Ihm war danach sehr unwohl zumute gewesen.

»Aber sieh dich doch um«, sagte Erling. »Ist nicht unser lieber Aron Klein Jude? Wir arbeiten jetzt auf höchster Ebene, direkt unter dem Generalbauinspektor. Und wie du siehst: Aron ist dabei. Aron ist einer unserer geschicktesten und gefragtesten Architekten. Und wer war Deutschlands olympische Hoffnung? Wer warf den Speer wie eine teutonische Amazone? Ein kleines Judenmädel! Wir haben jetzt eine ganz andere Situation als in den heißen Anfangsjahren. Herrgott, Elias, laß dich doch nicht so hängen! Du siehst schon aus wie Aron Klein. Sauer und teigig. Aber ich verspreche dir, der wird bis ans Ende der Zeiten hier in der Firma herumtrotten. Und immer mit dem gleichen Mißmut.«

Aron Klein war schwarzhaarig und beinahe krankhaft fett. Er bewegte sich langsam. Erling hatte recht damit, daß er unzufrieden wirkte.

Elis kam ein Plakat in den Sinn. Kleine Mädchen an einem Badestrand. Ein Schild: FÜR JUDEN VERBOTEN. Und dieser gemeinsame Ausruf der Erleichterung, den er einmal Erling hatte

parodieren hören, als Aron Klein den Raum verließ: *Wie schön,
daß wir jetzt wieder unter uns sind!*

»Man kann über alles scherzen«, sagte Erling.

Juden, die mit dem bolschewistischen Rußland konspiriert
hätten, seien jetzt außer Landes, erzählte er. »Die großen Jobber
ebenfalls. Das Ziel ist erreicht. Und du merkst doch selbst, daß
der Boykott jüdischer Geschäfte nicht in Gang kommt. Die werden hier bis zum Harmageddon herumtrotten. Was die Führung jetzt vollauf in Anspruch nimmt, sind die außenpoliti-
schen Ziele.«

Lieber Herrgott mach mich blind,
daß ich alles herrlich find'!

Das kam einfach so. Aber es war falsch. Die falsche Art Spott.
Erling blickte kalt drein.

»Wo hörst du so etwas?« wollte er wissen. »Bei deinem
Freund, Herrn Rosch?«

Es war aber gleich vorbei gewesen. Er war ganz begeistert
über Elis' Kartonskizze.

»Du bist dumm wie ein Stück Vieh, du begabtes Aas. Keine
Analyse. Geschichtskenntnisse gleich null. Ihr Musiker und
Künstler! Ihr lebt in eurer eigenen Welt. Aber welch herrliche
Typen du machst! Du *siehst* wirklich. Dieser Nordtrønder da –
ich nehme an, du hast den von da oben –, der ist souverän. Ur-
germanisch. Was ist er, Fischer? Kleinbauer? Ja du, Elias. Du re-
dest viel Scheiß. Aber du bist verflucht genial, so daß man ein
Nachsehen mit dir hat. Sieh ihn dir an. Diesen Nordtrønder.
Den Fischerhäuptling mit dem reinen Profil Echnatons!«

Achnaton, sagte er. Er war derart in Fahrt, daß er ins Norwegische verfiel. Ansonsten sprachen sie jetzt meistens deutsch
miteinander. Erling hatte die Tochter eines Bankiers geheiratet.
Arisch, trotz des Berufs, hatte er gesagt und dabei gelacht.

Elis äußerte sich nicht zu dem Profil. Es war das seines Vaters
Vilhelm.

Vati. Gudmund. Jon. Selbst der Alte. Sie tauchten hin und
wieder auf. Sie paßten hierher.

Achnatons reines Profil.

Das war kein Scherz.

Erling sagte, Elis *sähe*. Sähe wirklich.

Aber was sehe ich?

Er las aufs Geratewohl in den Heften vor sich. Franz Marc schrieb, das europäische Auge habe die Welt vergiftet und entstellt. »Deshalb träume ich von einem neuen Europa.«

Das tat Erling auch. Aber vermutlich meinte er etwas ganz anderes als Franz Marc.

»Nimm das Leben, wie es ist, Elias!« hatte er gesagt. »Es ist auf jeden Fall stärker als du. Steure hoch am Wind! Kein Jammern und kein Klagen – nimm den Sturm!«

Heraklitisch, sagte er. Es sei heraklitisch, so zu denken.

Was, zum Kuckuck, war das? Elis schlug in der Kommode unter Herakles nach. Aber das führte zu nichts. Er kam sich dumm vor. Er dachte, wenn er Franz Marc begegnet wäre, hätte er mit ihm gar nicht diskutieren können. Es wäre nur zu einer Menge Kaffeehausgeschwätz und Spöttereien gekommen. Zu viele Lücken mußten verschleiert werden. Wenn er aber seine Bilder sah, wußte er, was Marc meinte. Er beschloß, zu Herrn Rosch zu gehen und ihm ein Angebot für die Aquarelle zu machen. Gerhard Rosch müßte jetzt einer Unterredung zugänglich sein. Wenn er nicht zu große Angst hatte. Der Gedanke war unbehaglich. Aber es gab ständig neue Erlasse.

Als er in die Friedrichstraße kam, waren bei Gerhard Roschs Kunsthandlung die eisernen Läden heruntergelassen, obwohl es mitten am Tag war. Elis ging in die Konditorei an der Ecke und fragte. Das Mädchen an der Theke wußte nichts von Herrn und Frau Rosch, nicht einmal, wer sie waren. Er brachte sie dazu, die Frau des Besitzers zu holen.

»Die sind wohl ausgezogen«, sagte sie.

»Wohin? Wissen Sie das?«

Da hob sie mit einer plumpen Bewegung die Achseln, und er wurde wütend. Diese deutsche Madame mit ihrer Kartoffelnase, Brüsten wie Brotlaiben und einem gewaltigen Gesäß. Es sah lächerlich aus, wenn sie die Achseln zu zucken versuchte. Hatte sie das in der Operette gelernt?

»Haben Sie ein Adreßbuch?«

Das Miststück schüttelte den Kopf.

Im Tabakladen lief es genauso schlecht. Der Besitzer, ein alter Kriegsinvalide, hatte natürlich ein Adreßbuch, das er mit der einen Hand, die er noch hatte, flink aufschlug. Gerhard Rosch stand jedoch nicht drin.

»Was wollen Sie denn von ihm?« fragte er.

Das erinnerte an Schach. Mag sein, daß Elis eine Unschuld war, ein Nordtrønder, der draußen in der Welt staunend den Mund aufriß. Aber beim Schachspielen war er nicht blöd. Er wußte, wann ein Zug gemacht worden war, der erst viel später im Spiel entscheidend war. Ein leidlich schäbiger Tabakwarenhändler stellt einem gut gekleideten Herrn, wenn sich dessen Stellung nicht verändert hatte, diese Frage nicht. Deshalb sagte Elis:

»Er schuldet mir Geld.«

Siehe da, schon drehte sich der Wind!

»Gehen Sie zu Herschels. Das Gemüse an der Ecke. Die wissen bestimmt Bescheid übereinander. Sie werden schon sehen. Und sehen Sie zu, daß Sie Ihr Geld kriegen.«

Elis fand das Geschäft, aber es war ebenfalls geschlossen. Die Fenster waren mit Papier verhängt, so daß man nicht hineinsehen konnte. Der Tabakwarenhändler hatte sich aber so angehört, als wüßte er, daß sie dort zu finden seien. Elis klopfte lange, und als schließlich eine Frau öffnete, merkte er, daß sie Angst hatte, auch wenn sie unbekümmert auszusehen versuchte. Hinter ihr im Halbdunkel erschien flüchtig ein kleiner, magerer alter Mann mit einem schwarzen Filzkäppchen. Er verstellte sich nicht: Er sah aus wie ein Hund, der Prügel erwartete. Frau Herschel, verschwitzt und dick, sagte, sie wisse nicht, wo sich Herr und Frau Rosch aufhielten.

»Wohnen sie denn nicht mehr in ihrer Wohnung?« fragte sie zurück.

»Wissen Sie die Adresse?«

Sie schüttelte den Kopf. Wahrscheinlich wußte sie sie. Es roch nach Erde und Schimmel in dem Laden, aber Gemüse gab es keins. Nicht einmal eine Kiste Kartoffeln.

Anstatt noch mehr auf die verkniffene Person einzuhacken,

bedankte und verabschiedete er sich höflich. Er bemerkte die Mischung aus Erleichterung und Verblüffung. Dabei hatte er sein NSDAP-Abzeichen doch gar nicht angesteckt. Das tat er eigentlich nur, wenn er dazu gezwungen war. Wenn er der Führung im Büro des GBIs Skizzen vorzulegen hatte oder wenn er zu einem neuen Auftraggeber reiste, dann holte er es hervor. Es sei eine Formalität, hatte Erling gesagt. Nicht einmal wenn man direkt unter dem Generalbauinspektor arbeite, müsse man Parteimitglied sein. Aber es erleichtere die Kontakte.

Er wußte nicht, was er jetzt machen sollte. Ihm stand der Verstand still. Er hatte es sonst immer eilig, wenn er unterwegs war. War auf dem Sprung, hatte Zeiten einzuhalten. Auch jetzt kam es ihm so vor. Doch in seinem Inneren war eine Uhr stehengeblieben. Er hatte ein langes, zähes Gefühl von ausgedehnter Zeit im Leib. Wäre er mitten auf der Straße gegangen, dann wäre er überfahren worden. Ixions Rad würde mich überrollen, dachte er. Ich würde nicht entkommen.

Er blieb vor einem Schlachterladen stehen. Weißgeschrubbte Schwarte. Rosa Streifen im Schweinebauch. Noch glänzende Schnittflächen von dunklen, mürben Rinderbraten. Alles sah sehr sauber und lecker aus. Außer einem: und das war ein schwarzer Blutklumpen in einem Schweinsohr.

Er überquerte die Straße, ging in eine Stehkneipe und trank einen doppelten Weinbrand. Whisky gab es nicht mehr. Das Rauchen schmeckte beschissen. Er genehmigte sich statt dessen noch einen Weinbrand und versuchte sich mit dem Mann hinter der Theke zu unterhalten, der mit einem steifgemangelten Handtuch Gläser putzte. Sagte angesichts der Zigarettenpackung, die er eben gekauft hatte, daß *Timms* wohl die ehemalige *Times* sei. Der Fritze zuckte die Achseln. Elis spürte den Sog; er sah das sich drehende Rad. Reden, rauchen, trinken. Es half weiß Gott nicht. Und das Volk, von dem alle redeten und das er weder in den Hotels noch in den Hallenbädern sah, weder im Büro noch im *Papagei*, dieses urgermanische deutsche *Volk* zuckte nun mit den Achseln. Wie die Franzosen. Wußten nicht, daß *Timms* jemals *Times* gewesen waren. Daß das Rad sich mit ihnen drehte.

Er konnte es nicht wegtrinken. Es drehte sich schwer.

Ixion, du drehst dich in Blut.

Das sind natürlich Übertreibungen, dachte er. Ich sehe es bildlich. Da wird es unangemessen. Aber prägnant. Da liegt nun einmal meine Begabung. In *dem da*. In dem, was ich habe und ohne das ich – Baumstämme entrinden würde?

Nein, tot wäre.

Dieses Schweinsohr war ein verfluchtes Ding. Er sah jetzt Blut. Blut von Frauen auf gespreizten Schenkeln, sah, wie die Klumpen herunterglitten. Warum er so etwas sah, wußte er nicht. Er sah Hinterköpfe, Schädel. Blutklumpen in graumeliertem Haar. Er sah Kleider, von Blut durchtränkte graubraune Wolle.

Schon als Kind hatte er innere Visionen gehabt, klar und deutlich und voller Details. Meistens kamen sie ihm beim Einschlafen. Er hatte gedacht, er sei krank im Kopf. Trotzdem hatte er es nicht lassen können, sie fast heraufzubeschwören. Sich zumindest in dieses Sehen hineingleiten zu lassen.

Es waren keine Erinnerungen. Er sah Dinge, die er nachweislich niemals gesehen hatte. Den Weinberg an der Wand der Grunewaldvilla hatte er mehr oder weniger nach einer solchen Kindheitsvision gemalt. Er wußte nicht, woher sie gekommen war. Er dachte aber auch nicht mehr, daß es eine Krankheit sei.

Ich sollte jetzt malen. Denn ich sehe; ich befinde mich in einem Zustand zwischen Rausch und Übelkeit. Ich möchte gern ganz prägnant malen. Je größer das Licht, um so schärfer und schwärzer der Schatten. Ich möchte gern alles malen, was ich je gesehen habe, seit ich hier bin. Aus harter, komprimierter Dunkelheit, messerscharf: eine Figur nach der anderen. Eine. Und noch eine. Und noch eine.

Sie aus Ixions Rad herausnehmen und in Schärfe und Prägnanz versetzen. Sehen. Nicht bedauern. Wirklich sehen.

Eigentlich war es ein leichtes, die Adresse von Herrn und Frau Rosch herauszubekommen. Erling hatte sie. Elis scheute sich gleichwohl, ihn danach zu fragen. Als er sich schließlich dazu überwand, saßen sie gerade im *Papagei*, sie waren schon halb betrunken, die Mädchen beharkten sich, und das Orchester

spielte Wiener Musik. Die spielten sie jetzt immer. Keine Ne-
germusik mehr und keine Zuhälter im Lokal, die darauf achteten, daß die Mädchen ihre Zeit nicht vergeudeten.

»*Ordnung muß sein*«, parodierte Erling.

»Apropos, weißt du, wo Rosch wohnt?«

»Apropos was?«

»Nichts. Wo wohnt er?«

»Pfefferminschtä!« rief eines der Mädchen. Sie diskutierten,
was gegen Harnwegsinfektionen zu tun sei, und lallten bereits.

»Was willst du von Rosch?«

»Er schuldet mir Geld.«

Es entschlüpfte ihm. Spritzte unbeabsichtigt. Er wünschte,
die Mädchen könnten über etwas anderes reden. Sie waren un-
appetitlich.

»Oh, verdammt«, sagte Erling. »Du mußt zusehen, daß du es
wiederkriegst, bevor er sich dünnemacht.«

»Dünnemacht?«

»So wie Klein«, erklärte Erling. »Der ist jetzt in New York. Es
gibt zwei Sorten: Diejenigen, die in der Synagoge seufzen wollen, verschwinden nach Palästina. Und diejenigen, die vom
Kapitalismus angezogen werden, landen in den USA. Biet ihm
bloß kein Reisegeld an.«

Elis ging gleich am nächsten Tag zu Roschs Wohnung, aber
auf sein Klingeln hin öffnete niemand. Wie konnte er trotzdem
das Gefühl haben, daß jemand da sei? Es war fast zu still, als er
die Briefkastenklappe einen Spalt weit öffnete. Als ob das Rauschen und Ticken und Knacken, das man in einer Stadtwoh-
nung normalerweise hörte, angehalten würde.

Es war natürlich Einbildung. Und doch unbehaglich.

Er ging nach Hause und schrieb einen Brief: *Sehr geehrter Herr
Rosch!*

Zwei Tage später und zu der in seinem Brief genannten Uhrzeit klingelte er abermals, wurde aber auch diesmal nicht eingelassen. Jetzt war das Türschild abgeschraubt. Nach einer Woche kam ein Brief von Gerhard Rosch, in dem er schrieb, daß sie
umgezogen seien und seinen Brief nachgesandt bekommen
hätten. Er gab Elis die neue Adresse.

Kreuzberg. Es war unglaublich. Nicht weit von jener Miets-
kaserne entfernt, in der er selbst gewohnt hatte. Wilhelmstraße,
geradewegs in die Armut. Er war von hier aus in die andere
Richtung gestiefelt, zu den flotteren Stadtteilen, wenn er zum
Alexanderplatz mußte, um sich bei der Fremdenpolizei seinen
Stempel zu holen.

Armut war jener rauhe, zugige, besudelte Zustand, den er als
Kind für naturgegeben gehalten hatte. Der in den Ecken ein
klein wenig schlecht roch. Das paßte nicht zu Valdy Rosch. Sie
trug noch immer ihr Cape, aber es zerfiel bereits.

Ich habe zu lange gezögert, dachte Elis. Aber was hatte ich
auch hier zu suchen? Er sagte sich, daß arme Leute ansprech-
barer seien. Ruhiger im Umgang. Er hätte sie trotzdem lieber so
wie früher gehabt. Das einzige, was sich nicht verändert hatte,
waren eine italienische Berglandschaft und eine Meeresbucht,
zwei winzig kleine Ölbilder in wuchtigen Rahmen, an die er
sich aus Frau Roschs Büroverschlag erinnerte. Ansonsten war
alles zwangsversteigert. Das heißt das, was nach der Beschlagnahme noch übrig war. Und das war nicht viel.

»Beschlagnahme?«

»Wir hatten hoch gesetzt, Herr Elv. Erinnern Sie sich an
meine Otto Dix? Kandinsky? Die Maler aus Franz Marcs Gene-
ration. Den Kreis um den Blauen Reiter ganz einfach.«

»Wurden die Aquarelle beschlagnahmt?«

»Natürlich nicht. Ich habe zugesehen, sie beiseite zu schaffen. Sie haben doch schon dreihundert Mark dafür bezahlt. Sie
haben ein Recht darauf, sie zu kaufen. Ich weiß jedoch nicht, ob
Sie sie rausbekommen werden.«

»Rausbekommen?«

Gerhard Rosch senkte den Blick, sah auf seine Hände. Er
wirkte verlegen. Es gab gar keinen Zweifel darüber, was er gemeint hatte. Außer Landes.

»Lassen Sie mich noch einmal dreihundert einbezahlen.
Nein, zweihundert. Mehr habe ich nicht bei mir.«

»Sie sind jetzt nicht so leicht herzuschaffen.«

»Nimm Herrn Elvs Geld, Gerhard«, sagte Valdy Rosch mit
ihrer Kassiererinnenstimme.

Er war so peinlich berührt, daß er es als große Erleichterung empfand, von dort weggehen zu können. Hinterher dachte er, daß er sich noch nach mancherlei hätte erkundigen sollen. Ob sie den Laden nicht mehr öffnen dürften, wovon sie lebten.

Außer Landes, hatte Gerhard Rosch gesagt.

Wollten sie selbst gehen? Und wenn ja: hatten sie Geld? Bekamen sie eine Ausreisegenehmigung?

Er war zu verlegen gewesen, um zu fragen. Sie hatten immer in verschiedenen Welten gelebt. Fragen ergaben sich nicht von selbst. Bei ihnen hatte er Angst, etwas Unpassendes und Plumpes zu sagen, selbst jetzt, da Herrn Roschs Jackenärmel an den Kanten abgestoßen waren und nicht die seinen.

Ich mag sie ja nicht einmal besonders, dachte er. In ihrer Gesellschaft bin ich schon immer verlegen gewesen. Besonders aber heute. Als ich Gerhard Rosch ohne Quittung die zweihundert Mark gegeben habe, haben wir uns beide geschämt, er und ich. Es ist genausogut, wenn wir einander nicht mehr begegnen.

Er wäre jetzt gern für sich allein gewesen und hätte am liebsten gemalt, aber er mußte in einer Woche eine Kartonskizze vorlegen. Als er von dem Besuch bei Roschs zurückkehrte, sah diese fad und wäßrig aus.

Ihn überkam das heftige Verlangen, in Öl zu malen. Er tigerte im Atelier herum und drehte den Karton schließlich zur Wand. Dann begann er eine Leinwand auf den Keilrahmen zu nageln. Das leise Klopfgeräusch des Hammers verschaffte ihm Wohlbehagen. Als er endlich malte, dachte er nicht mehr. Konnte nicht denken und brauchte nicht zu denken. Erling Christensen hatte recht. Dumm wie ein Stück Vieh. Keine Analyse. Also: einfach drauflosgemalt! Er malte die ganze Woche.

Er wußte, daß er den Termin schon überzogen hatte, aber er konnte nicht aufhören und den Karton wieder umdrehen. Er bat um Aufschub. Nach ein paar Tagen zog er eine neue Leinwand auf. Außer dem Tabakwarenhändler und den Mädchen in der Gaststätte kam er mit keinem Menschen mehr zusammen. Abends war sein Schädel wie ausgeblasen, und er sehnte

425

sich nach dem Morgen. Er trank, um den Überdruß abzutöten. Aber nicht sehr viel. Er war zu besorgt um seine Arbeitstage, besonders um die Morgen und Vormittage.

Erling kam schließlich vorbei, beunruhigt, weil Elis nichts von sich hatte hören lassen.

»Ich bin mit der Skizze nicht weitergekommen«, sagte Elis. »Weiß der Geier, warum.«

Erling drehte den großen Karton um. Er stimmte ihm zu, daß dieser nicht besonders gut geraten war.

»Ich habe zu viele Leute gemalt, die sich im Gegenwind bewegen«, sagte Elis. »Wind in Haaren und Röcken. Und diese blöde Wandmalerei wird so trocken und blaß. Ich habe einst al fresco geträumt.«

»Aber das, was du hier in Öl machst, was, zum Kuckuck, ist das denn? Karikaturen?«

»Erkennst du die Gute denn nicht?« fragte Elis und zeigte auf die Leinwand auf der Staffelei. Sie war klein und hatte Steckenbeine, die aus Überschuhen ragten. Auf dem Kopf trug sie einen violetten Hut mit schlaff herunterhängender Schleife. Ihre Augen glichen glänzenden schwarzen Knöpfen.

»Sie ist komisch – ne?«

Erling zuckte die Achseln. Er fand sie nicht so schrecklich komisch. Und warum sollte er sie kennen?

»Ich dachte, du hättest sie vielleicht in Oslo gesehen«, sagte Elis. »Ein Original. Fräulein Blumenthal hieß sie. Sie hatte damals eine Malschule. Vielleicht hat sie die ja noch immer.«

»Dieses Geschlängel da, was ist das?«

»Nun, das ist zum Teil ein Gattertor. Und ein Zaun. Ein Schmiedeeisen auf dem Drammensveien. Also so, wie ich ihn in Erinnerung habe.«

»Und diese roten Schlingen darin? Soll das irgendein Gewächs sein?«

»Nein, Mensch! Das ist ihr Blutkreislauf.«

»Im Zaun?«

Er wich der Frage aus und sagte, er interessiere sich in letzter Zeit für Blut und den Blutkreislauf.

»Früher war es das Skelett. Ich habe von innen heraus zeichnen gelernt. Erinnerst du dich?«

»Das hier führt doch zu nichts«, sagte Erling und kehrte der Leinwand den Rücken zu.

Was er sagte, änderte nichts. Fräulein Rebecca Blumenthal war gut. Sie sah Elis mit ihren Pekinesenaugen an.

»Gesegneter Junge«, sagte sie.

Er sagte, er werde die Kartonskizze wohl nie abgeben. Erling Christensen war natürlich aufgebracht und meinte, Elis enttäusche ihn.

»Ich bin nur Maler«, sagte Elis. »Ich male, was ich sehe. Nicht, was ich möchte. Nein, im übrigen male ich auch das, was ich lustig finde. Und dieses Tantchen finde ich lustig.«

»Ich kann daran nichts Lustiges sehen. Es ist zweideutig und unangenehm.«

»Das habe ich schon mal gehört«, sagte Elis. »Schlamperei und Geistesgestörtheit!«

»Ja, ja«, sagte Erling wie zu einem Kind.

»Und diese Leinwände hier, das sind alles Porträts. Fast alle jedenfalls. Aus dem Gedächtnis. Dieser Kriegsinvalide ist ein Tabakwarenhändler in der Friedrichstraße. Und dieser junge Mann heißt Grünbaum.«

Erling starrte Erich Grünbaum an, der ein hageres, hündisches Gesicht hatte und eine braune Uniform trug, die an ihm schlotterte.

»Der Alte mit dem Käppchen ist Gemüsehändler. Oder war einer. Siehst du, wie er das Gesicht zusammengekniffen hat?«

Lieber Herrgott, mach' mich stumm,
 daß ich net nach Dachau kumm'

Es war eine Weile still.

»Triffst du dich mit solchen Leuten?« fragte Erling. »Die so etwas sagen?«

»Nein, das haben wir doch in Dings gehört – na, wie hieß das noch mal? Diese Stätte, die sie Walhalla nannten. Erinnerst du dich nicht?«

»Nein.«

»Aber verdammt noch mal, Erling, erinnerst du dich nicht an das bayerische Veteranentreffen?«

»Doch«, erwiderte Erling. »Aber so etwas kannst du dort nicht gehört haben. Das ist absolut unmöglich.«

»Das *habe* ich aber dort gehört! Spätnachts. Von einem, den es ins Weizenfeld gehauen hat. Einer von diesen Stockbesoffenen, die um das Feuer herumgetapert sind und *Heilige Glut* gebrüllt haben. Erinnerst du dich?«

Heilige Glut, rufe die Jugend zusammen!
Daß bei den lodernden Flammen
wachse der Mut!

Erling fing tatsächlich zu lachen an. Und er entgegnete leise auf norwegisch:

»Die waren freilich tapfer.«

Die SA-Verlierer? Das konnte er schwerlich glauben.

»Möchtest du einen Weinbrand?«

Erling sah doch tatsächlich auf die Uhr, bevor er dankend annahm. *Ordnung muß sein.* Er war ja jetzt verheiratet. Ging selten in den *Papagei.* Er fand es dort zu laut.

»Diese alten SA-Kämpen«, sagte er. »Die den *Angriff* verkauft und die Revolution vorbereitet haben. Die werden jetzt bald verboten.«

»Meinst du? Die waren doch schon passé, als wir unsere Witze über sie gerissen haben, oder? Die Intellektuellen waren es, die sie in jenem Stadium haben wollten. *Wir brauchen Köpfe!* Und die kamen natürlich anscharwenzelt. Mit ihrer Analyse und ihrem Wissen.«

Erling sah ihn an, lange.

»Du zählst dich nicht zu den Intellektuellen, nicht wahr?« stellte er fest.

»Du hast selber oft betont, daß ich keiner bin.«

»Aber eine Mordsgiftschlange, das kannst du immerhin sein.«

Er hatte plötzlich zu lachen angefangen, und sie stießen mit-

428

einander an. Elis dachte: Dieses Gespräch kommt direkt aus der
Jugendzeit. Wie das Gefasel in der *Kaffistova* oder die gewaltigen
Visionen bei Vold. Vor allem, wenn Vold gegangen war. Deshalb
wirkte es auch so ungefährlich. Wäre morgen vergessen. Er war
froh darüber. Erling und er durften nicht über Kreuz sein, wenn
sie sich trennten. Denn eigentlich war er nicht undankbar.

Erst da wurde ihm klar, daß er vorhatte wegzugehen.

Womöglich wurde er allmählich beschwipst. Er holte jedenfalls noch zwei weitere Bilder hervor, die er in den vergangenen
Wochen auf die Leinwand gebracht hatte. Er wollte zeigen, daß
er sich auf Erling verließ.

»Hier«, sagte er. »Das ist ein Porträt.«

»Herrgott noch mal, das ist doch ein Hund«, meinte Erling.

»Ja, das sind alte Ideen, weißt du. Es gibt kaum neue. Gains-
borough. Er hat Hundeporträts gemalt. *Die pommersche Hündin*
und so.«

»Aber das ist doch ein Dorfköter«, sagte Erling.

»Ja, ein richtiger Bastard. Ein schwarzer und staubiger Teufel. Ich habe ihn gekannt. Und dann das kleine Mädchen in Tan-
nenberg. Erinnerst du dich an sie?«

»Nein.«

»Sie hat mir ein paar Stunden Modell gesessen, als ich die
Aula bemalt habe.«

Das Mädchen war rosig und pausbäckig gewesen. In ihrer
rundlichen Hand hatte sie einen Teddybären gehalten. Damals
hatte er sie ganz außen in einer Gruppe plaziert. Jetzt war sie
allein, und er hatte den Teddy gegen eine Ratte auf Rädern ausgetauscht.

»Spinnst du?«

»Das ist Realismus«, erklärte Elis. »Solider Realismus. Hast
du Otto Dix gesehen? Und daß es Ratten mit Uhrwerksmecha-
nismus und Rädern gibt, weißt du sicherlich. Sie haben ein flau-
schiges Fell. Und sind auf Blech geleimt. Man zieht sie an der
Seite mit einem Schlüssel auf.«

»Aber nicht mit diesem Abzeichen.«

»Möglich. Es ist aber auf Bällen und Spielzeugtanks. Sogar
auf meinem Mundwasser.«

»Ich rate dir, das Emblem zu entfernen«, sagte Erling leise.

Dieser gedämpfte Ton war doch so gut wie ein Versprechen; dies und anderes wäre vergessen, wenn sie sich für immer getrennt hätten. Er wußte nicht, was er sagen sollte. Schließlich brach es aus ihm heraus:

»Ich werde jetzt wohl nach Paris gehen.«

Erling schwieg.

»Willst du nicht auch hinaus in die Welt, herumkommen?« fragte Elis und vermied es, ihm ins Gesicht zu sehen.

»Ich bin doch jetzt verheiratet. Habe die Staatsbürgerschaft. Da geht man nicht einfach auf und davon.«

»Nun, ich weiß nicht. Ich denke jedenfalls, daß ich mir Paris anschauen sollte, bevor es Krieg gibt«, sagte Elis.

»Du hast Angst.«

»Ja.«

Na so was! So einfach war es, das zu sagen. Als er es aussprach, versanken Vati und Jon und Gudmund in der Wand. Sogar der Alte verschwand darin. Und keiner von ihnen riß das Maul auf.

Als ich zum ersten Mal in Jonettas Häuschen war, war ich sechs Jahre alt. Ich bin aus eigenem Antrieb dorthin gegangen, weil ich im Laden gehört hatte, daß mein Onkel Anund Larsson dort sein solle. Er saß auch dort, auf der Küchenbank.

»Gut, daß kömmst, Risten«, sagte er, »bin droben gewesen, in unserem alten Quartier, und was ich gesehen, hättest auch gerne gesehen, fürs Leben gerne.«

Ich fragte, was das sein könnte.

»Rat mal«, sagte er. »Klein wars. Nicht größer als wie ein Hermelin.«

Da lachte Jonetta und sagte, daß sie früher größer gewesen seien, fast so groß wie Menschen. Ich konnte es einfach nicht erraten, und ich kam mir dumm vor und war ein bißchen unglücklich. Da hob Laula Anut mich zu sich auf die Küchenbank, und von Jonetta kriegte ich Kaffee mit Milch und Zwieback, den ich in den Kaffee tunkte.

Als ich nach Hause kam, erzählte ich Hillevi nicht, daß ich meinen Onkel getroffen hatte. Ich weiß nicht, warum ich es verschwieg. Aber nach den Erdgeistern zu fragen, das konnte ich nicht lassen. Sie lachte bloß.

»Es gibt keine Erdgeister«, sagte sie. »Die Leute haben das früher nur geglaubt. Bevor es elektrisches Licht gab. Da haben sie in den Ecken alles mögliche gesehen.«

Aber ich hatte ja jetzt von meinem Onkel gehört, daß man die Erdgeister mitten am Tag und ganz deutlich sehen konnte. Und eines habe ich auch vorher schon gewußt: Viele trauten sich im Herbst keine Almhütte zu betreten, weil dann die Erdgeister eingezogen waren. Mein Onkel hatte den Kleinen in der verlassenen Kote seines Vaters gesehen. Er hatte sich auf der Stelle zurückgezogen, die Tür eingehakt und war weggegangen.

»Sind's klein bloß, die Wesen, ungefährlich sind sie nichten und mögen ihren Frieden haben«, erklärte er.

Sie hielten weiße Kühe und kleine Ziegen mit güldenem Band um den Hals, hatte er gesagt. Sie selbst kleideten sich gern prachtvoll und hätten Silber bei sich, das sie vergrüben.

Im übrigen hätten sie Hundeaugen.

Daß die Erdgeister sich aus den Dörfern zurückgezogen hatten, wußte ich ja. Vielleicht kannte Hillevi sie deswegen nicht. Mein Onkel sagte, daß sie bloß von allem Elektrischen fortgezogen seien. Sie hausten jetzt hoch oben im Bergwald. Unterhalb Gielas seien sie, im Birkenwald, und zwar genau dort, wo seit zwei- oder vierhundert Jahren mittlerweile die eine oder andere Tanne eingestreut steht.

»Zählet freilich keins Jahrhunderte da droben, gleich gar nichten die Erdgeister«, sagte mein Onkel.

Sie trugen keine prachtvollen Gewänder mit blanken Knöpfen mehr, von denen die alten Leute zu erzählen pflegten, sondern waren klein und grau geworden. Früher waren sie so groß wie Kinder gewesen, jetzt waren sie nicht größer als Hermeline.

Laula Anut war einer der wenigen, die wußten, wie sie heutzutage hausten. Sie hielten sich nämlich unter Baumwurzeln und umgestürzten, grün bemoosten Stämmen auf. Dort bauten sie sich Höhlen und kleideten sie mit allem aus, was weich war: seidiges Wollgras, Renhaare und Daunen von Schneehuhnbrüsten. Ihre Kühe und Ziegen hatten sie noch immer, aber auch die Tiere waren kleiner geworden, und sie waren so grau, daß sie nur schwer zu entdecken waren. Man meinte, es handle sich nur um Nebelbäuschchen im Moor.

»Die Glöckelchen, kann eins schon hören, wie sie bimmeln tun«, sagte er, »und die Erdgeister, locken sie jodlig, ihre Kühe. Schade bloß, tun so viel Bäche murmeln und rauschen, da höret man's schlecht.«

Aber sicherlich waren es immer noch viele, die meinten, daß es einen erwischen kann. Daß man auf einen kleinen Struppelschopf tritt oder ihnen in die Quere kommt.

»Tut man in was geraten, saget man halt Entschuldigung«, sagte Laula Anut, »fallet ihnen alsfort schwerer, den Leuten.«

Manche sagten, das komme daher, daß mit der Flößerei und den Abtrieben so viele Värmländer und anderes Volk gekommen seien. Es wurden ja auch viele von ihnen mit gebrochenen Knochen heruntergebracht. Und noch mehr machten die Äxte zuschanden und schnitten sich Löcher in die Hosen. Sie sagten, sie hätten Pech gehabt. Aber es hat sie eben erwischt.

Solche Menschen saßen auf den Rastplätzen und schleuderten einfach den heißen Satz aus dem Kaffeekessel, wenn sie fertig waren. Ohne zu sagen:

Hüt dich!

Oder: Rück mal! Auch wenn sie ganz deutlich gehört hatten, daß es an der Stelle, wo sie sich glaubten hinsetzen zu müssen, geknackt hatte. Und wenn es ihnen noch so sehr in die Gesichter schwelte und rauchte, sie mußten dort Feuer machen, wo sie es von Anfang an vorgehabt hatten. Anstatt ein Stück weiterzuziehen. Solche Menschen waren das.

»Andere, die gibt's bald nichten mehr«, sagte Laula Anut.

Im Herbst, wenn die Ebereschen im Bergwald rot wie Feuerbrand werden und die Birken und Espen flammendgelb, da kann es sein, daß die Erdgeister wieder prachtvolle Gewänder anlegen, obwohl sie sonst so vorsichtig sind und nicht gesehen werden möchten. Ihnen gefällt das Prachtvolle, und sie können es nicht lassen, es ihm gleichzutun, wenn sie beispielsweise einen Nußhäher sehen. Dann besorgt sich der Erdgeistmann einen prächtigen Mantel mit schwarzem und blauem Revers und einer weißen Knopfreihe. Dann hat die Kuh Silberglöckchen und lackrote Bänder. Und die kleine Frau trägt Schnürsenkel aus perlenbestücktem Riedgras.

Etwas anderes kann ich einfach nicht glauben.

Es war wohl so, daß ich dort hinaufwollte, als ich Nila heiratete. Ich wollte unter der Sorte Menschen sein, die noch »Hüt dich!« sagten, wenn sie mit Heißem und Scharfem umgehen mußten. Sie fuhren nicht wie die andere Sorte Leute mit Feuer und Axt drein.

Wie hart es im Fjäll war, davon hatte ich keine Ahnung. Niemand wußte damals, wie man einst versuchen würde, es zu bezwingen, und auch nicht, wie es trotzdem hinterrücks siegen würde.

Hüt dich, wollte ich viel, viel später zu meinem Sohn Klemens sagen. Hüt dich, Junge. Denn der Mensch ist ein empfindliches Wesen – genau wie der Bach und das Moos und das Schneehuhn.

Hörst du das Schneehuhn im Fjällmoor oben lachen?

Es verhöhnt dich nicht, wenn du dich verirrt hast. Nein, glaub das ja nicht. Vielleicht sagt es aber: »Rück mal! Lasset mich in Frieden hier oben.«

Obwohl Hillevi aus Uppsala kam und mit Telefon und Wasserklosett aufgewachsen war, wußte sie doch besser als ich, wie hart es oben im Fjäll sein konnte. Sie war ja seinerzeit zu den Wöchnerinnen gefahren. Als ich ihr sagte, daß Nils Klementsson und ich uns bei Aagot zu Hause verlobt hätten und so schnell wie möglich heiraten wollten, bemerkte ich eine große Angst in ihren Augen.

Manchmal habe ich schon gedacht, diese Angst in den Augen sei das Muttermal schlechthin. Wenn man es sieht, bekommt man ein schlechtes Gewissen. Ich kannte es gut, obwohl sie nur meine Ziehmutter war. Trotzdem freute ich mich darüber. Sie hatte ja Angst um mich, als wäre ich ihr eigenes Kind.

An dem Abend, als ich es ihr erzählte, sagte sie nicht sehr viel. Ich fuhr dann mit Nila, um seine Eltern zu besuchen und beim Kennzeichnen der Kälber dabeizusein. Wenn wir zurückkämen, würden wir heiraten. Es paßte zeitlich gut zwischen das Kennzeichnen der Kälber und das Schlachten. Das wäre nicht gegangen, wenn alles noch wie früher gewesen wäre. Aber jetzt konnte Trond uns mit dem Auto in Langvasslia abholen, weil bis dahin die Straße zwischen Schweden und Norwegen eingeweiht und fertig sein sollte.

Als wir nach den Wochen im Fjäll nach Langvasslia hinunterkamen, war ein Brief von Hillevi da, er hatte schon geraume Zeit dort gelegen. Sie schien lange über ihm gebrütet zu haben, das sah man am Datum. Er glich keinem anderen Brief von ihrer

Hand. Ich habe ihn hier neben die gelegt, die sie an unsere Untermietadresse in Katrineholm geschickt hatte, und mit denen verglichen, die sie mir im Krieg geschrieben hatte. Sie steckten wahrlich voller Besorgnis. Als wir zur Schule gingen, war es die, daß wir zu dünne Strümpfe trügen und zu nachlässig äßen. In den Kriegsjahren lag ihre Sorge tiefer, Hillevi mußte beim Schreiben jedoch Vorsicht walten lassen, weswegen ich sorgfältig zwischen den Zeilen lesen mußte.

Nun schrieb sie mit ihrer schönen, gleichmäßigen Handschrift:

Svartvattnet, den 2. Juli 1939

Liebe Kristin, mein Mädchen!

Recht viel denke ich nun an Dich, da Du dort oben im Skårefjäll bist und Dich in Deinem neuen Leben versuchst. Ja, ich wünschte, Du könntest es bis auf weiteres bei einem Versuch belassen. Ich kann Dich noch vor mir sehen, wie Du mir hier in der Küche gegenübergesessen und erzählt hast, was Du bezüglich Deiner Zukunft beschlossen hast. Ich habe damals nicht viel gesagt, aber es erscheint mir nun das Richtige, Dir zu schreiben und nicht zu verbergen, was ich gedacht habe und noch immer denke. Du hast starke Arme und den Übermut der Verliebtheit in den Augen. Das habe ich gedacht, als Du über die Freiheit gesprochen hast. Du hast gesagt, die gebe es dort oben im Fjäll. Bei diesen Menschen.

Das ist vielleicht richtig. Sie haben wohl ihre Freiheit, wenn sie sich außerhalb unserer Reichweite befinden, unserer Schulung und unserer Urteile über ihr Leben. Aber mir schwant auch anderes. Ich habe die mächtigen Lappenkönige gesehen, als ich jung war. Das ist nicht Dein Volk, Kristin. Dein Großvater war ein armer Mann. Die Oberhäupter der reichen Lappenfamilien hatten Finger, die vor Silber klirrten. Ich erinnere mich an ihre Größe und an die gebeugten Nacken und gesenkten Blicke um sie herum. Mir schwant, daß in jedem Jungen, der sein Renzeichen bekommen hat, ein Matke oder Klemet heranwachsen kann.

Wirst Du den Kopf beugen, Kristin? Wirst Du Risten werden und Deinem Gatten am Herd Platz machen?

Es gibt für Dich nichts Besseres und nichts Höheres als die Freiheit. So ist es nun einmal, dafür bist Du jung. Die Winde singen im Fjäll, und die Wasser rauschen. Deine Arme und Beine sind stark genug, um die Freiheit zu ertragen und Dich dafür abzurackern.

Du wirst mir vielleicht nicht glauben, wenn ich Dir sage, daß ich mich einst um der Freiheit willen hier herauf begeben habe. Ich habe das Krankenhausreglement, Tante Eugénies Moralplätzchen und schließlich auch einen, mit dem ich heimlich verlobt gewesen war, verlassen, habe seine ewige Angst verlassen, jemand könne etwas von uns beiden ahnen.

Es gibt jedoch mehr als die Freiheit, Kristin. Gesundheit und Sicherheit sind ebenfalls bedeutende Dinge. Du bist hier aufgewachsen. Du hast in dem Zimmer mit den weißen Möbeln geschlafen. Nicht einen Tag im Jahr hat es hier bei uns an Brennholz oder Licht gemangelt. Wenn Du gefiebert hast, habe ich Dich ins Bett gesteckt und Dich gepflegt. Ich denke mit großer Angst daran, daß Du dort oben krank werden und weit von jeglicher Hilfe entfernt sein könntest. Erinnerst Du Dich, wie Ingeborg Gabrielsson Schmerzen am Blinddarm und Fieber bekam? Sie hat es nie bis zum Doktor geschafft. Sie ist an einer Bauchfellentzündung gestorben, diese gesunde und starke Person.

An Deine Entbindungen denke ich, wenn es soweit sein wird. Du hättest meine Angst schon verstanden, wenn ich Dir all das gesagt hätte, als Du hier vor mir gesessen hast. Trotzdem habe ich es nicht getan. Wohl deshalb, weil ich weiß, daß jeder Mensch selbst wählen muß. Man muß sein Leben selbst wählen.

Man wählt in den Jahren, in denen man voller Kraft und Übermut steckt. Ja, Übermut, ich sage Dir das geradeheraus. In diesen Jahren wählt man zwischen Freiheit und Sicherheit. Zwischen Verliebtheit und Umsicht. Zwischen dem Fjäll und den Winden voller Gesang und dem Dorf mit seinem Genörgel, seiner Mißgunst und seinem alltäglichen Überdruß. Es ist keine schwierige Wahl, ich weiß. Du merkst kaum, daß Du wählst. Du bist so stark, Kristin.

In ferner Zukunft wirst Du wie ich an einem Küchentisch sitzen, womöglich dort oben in Langvasslia, aus dem Fenster schauen und darüber nachdenken, wie alles gekommen ist. Ich möchte bei Gott hoffen, daß Du dann die Kraft hast, eine andere Art Kraft, um Deine Wahl ohne Bitterkeit zu tragen.

Onkel Trond läßt Dich herzlich grüßen. Bei uns ist alles in Ordnung. Heute haben wir die neue Straße eingeweiht. Sie wird ja das Band zwischen uns, und deshalb wollte ich Dir in genau dieser Nacht schreiben. Die Blasmusik hat gespielt, und ein Schriftsteller hat gesprochen. Danach gab es im Vereinshaus Kaffee, und Myrten hatte mit einigen Mädchen geübt, sie haben mehrstimmig gesungen. Wir waren natürlich alle miteinander dort, außer dem alten Haakon. Mit ihm geht es bergab. Er zittert jetzt stark. Myrten schreibt Dir selbst, sagt sie, läßt aber mit tausend Küssen grüßen. Ja, sie ist außer sich, weil Du wegziehen wirst, das weißt Du.

Liebe Grüße an Dich, mein kleines Mädchen, von Deiner Tante Hillevi.

Trond und Hillevi waren sich einig, daß Kristin eine ordentliche Hochzeit bekommen sollte.

»Daß sie praktisch ihr ganzes Leben bei uns verbracht hat und eine so gute Ausbildung bekommen hat, daß sie sich nun Wirtschafterin nennen kann, zählt alles nicht«, sagte Hillevi. »Aber daß sie Fleischmichels Enkeltochter ist, das werden sie wohl nicht vergessen.«

Sie mißtraute der Klemetfamilie. Bis auf ihren Onkel Anund hatte Risten selbst keine nahen Verwandten. Hillevi hoffte, daß die etwas entfernteren der Hochzeit fernbleiben würden. Kämen sie zur Kirche, müßten sie natürlich zum Essen in die Pension eingeladen werden. Sie erkundigte sich vorsichtig, als Anund Larsson mit den Schneehühnern kam.

»Nä, haben bestimmt dafür kein Gewand«, sagte er.

Er selbst hatte in der Garderobe der Pension einen neuen schwarzen Anzug aufgehängt.

Er kam spät, und der Speck, den sie in dünne Scheiben schneiden und auf die Vogelbrüstchen binden wollte, war in der Hitze weich geworden. Sie mußte ihn eine Zeitlang im Schrank auf Eisklumpen legen. Die Schneehühner wirkten allerdings mürbe und waren sauber gerupft und ausgenommen, das mußte sie zugeben.

Die Pension führte jetzt Vernas Tochter Hildur, zusammen mit ihrem Mann Erik Gabrielsson. Aber sowohl ihre jüngere Schwester Elsa als auch ihre Mutter halfen an diesem Tag in der Küche mit, und Hillevi hatte ihre Deern von zu Hause mitgebracht. Myrten wollte sie nicht in der Pensionsküche haben, denn die hatte zum Kochen kein besonderes Talent. Es war ja auch nicht nötig, daß ihr die Dünste ins Haar wehten. Sie hatte beim Tischdecken geholfen und war mit einer Gruppe

Mädchen draußen gewesen, um zusammenzutragen, was es in diesem späten Sommer noch an Blumen gab. Baldrian und Mädesüß waren in den Sträußen und dufteten betäubend schwer und nach Hillevis unausgesprochener Meinung unanständig. Doch Myrten war reinen Herzens.

Sie hatte sie jetzt nach Hause geschickt, damit sie Kristin das Haar richten half. Sie waren in der Stadt gewesen und hatten für teures Geld einen elektrischen Ondulierkamm gekauft, so einen, wie es ihn sonst nur im Damenfrisiersalon gab. Doch obwohl sie so gern wollte, daß Kristin sich in aller Ruhe ankleidete und frisierte, mußte sie zu guter Letzt noch nach ihr schicken.

Es lag am Korsett.

Sie waren in Östersund gewesen, sie und Myrten, und hatten sich von Fräulein Lundgren in der Prästgatan Kleider anpassen und nähen lassen. Da hatte Hillevi beschlossen, sich ein neues Korsett zu gönnen. Sie wollte auch unten drunter richtig hübsch sein. Als sie es beim Korsettmacher anprobierte, fand sie, daß es ausgezeichnet sitze. Es war aus lachsrosa Satin und hatte ein schönes Blumenmuster, das man nur sah, wenn sie sich drehte und das Licht in der richtigen Weise fiel.

Bei der letzten Anprobe hatte alles so gut gesessen. Doch nun hatte sie es schon am Morgen angezogen, und das war ein Fehler gewesen. Sie hatte gedacht, sie würde es später, wenn sie zur Kirche mußten, so eilig haben, daß es am einfachsten wäre, wenn sie sich dann nur das Kleid überzuwerfen brauchte.

Doch zunächst zerfloß sie im Schweiß. In der Pensionsküche mit dem AGA-Herd war es heiß wie in der Hölle. Und dann hatte sie mehr oder weniger eine Hitzewelle. Schon um zehn Uhr fehlte nicht viel, daß sie ohnmächtig wurde. Schließlich war sie überhaupt nicht mehr zu gebrauchen und mußte auf ein Pensionszimmer gehen und sich ausruhen, solches Herzklopfen hatte sie. Zu diesem Zeitpunkt schickte sie dann doch nach Kristin. Sie wagte nicht, alles in fremde Hände zu legen. Wie es ja nun einmal war, auch wenn sie Verna und ihre Töchter noch so gut kannte.

So mußte sich die angehende Braut wie eine Kochfrau selbst in die Küche stellen. Früher kamen diese ins Haus und bereiteten das Essen zu. Heutzutage versuchten es fast alle selbst zu bewältigen. Aber das hier war zu erbärmlich, fand Hillevi. Sie mußte an ihre eigene Hochzeit denken und daran, daß sie dort oben in Lakahögen bei nichts Hand angelegt hatte. Sie hatte sich nicht einmal das Haar selbst kräuseln müssen.

Als sie zur Kirche wollten, mußte sie zuerst nach Hause und sich waschen. Die Jugend von Svartvattnet war mit aufgeputzten Pferden und Laubbuschen an den Karren vorausgefahren. Risten sollte mit Myrten und Tore im Wagen sitzen. Er spannte nun Silverpärla ein, die an den Ohren ebenfalls Schleifen verpaßt bekommen hatte und ein funkelnagelneues Geschirr trug. Sie hatten lachen müssen, als die Mähre über diesen Staat den Kopf schüttelte.

»Die ist zu verständig«, sagte Hillevi.

Dann waren sie allein, und Trond mußte wieder versuchen, ihr in das neue Korsett zu helfen.

»Willst nicht das alte nehmen«, meinte er.

Hätte sie doch auf ihn gehört!

Sie waren noch nicht einmal bis Tullströmmen gekommen, als sie merkte, daß das Korsett unerträglich eng saß. Sie mußte in der Wärme aufgedunsen sein.

»Du mußt anhalten und mir helfen, es hinten aufzuschnüren«, sagte sie.

Es war jedoch schwierig, eine Stelle zu finden. Sie wollte ja nicht von einem späten Hochzeitsgast gesehen werden, falls noch einer gefahren käme. Trond setzte zu einem Holzlagerplatz zurück, stieg aus und versuchte ihr zu helfen. Ihr quoll das Fleisch in Wülsten über den oberen Rand des Korsetts.

»Zu klein tut's ganz einfach sein«, sagte er.

»Nein, nein, schnür es hinten auf und lockre es ein bißchen.«

Doch er fummelte und schusselte herum, bis sie schier verrückt wurde, und schließlich gerieten sie aneinander. Er wandte sich ab.

»Hilf mir doch«, bat sie den Tränen nahe.

Es war wie ein böser Traum. Er zog die Uhr aus der Westentasche und warf einen Blick darauf. Das wäre nicht nötig gewesen. Sie wußte auch so, wie spät sie dran waren.

»Auf der Stelle ziehst's aus, dies verflixte Fanggerät«, sagte er und setzte sich ins Auto.

Da war ein Automotor zu hören. Geschwind sprang sie hinter den Birkenholzstapel am Holzlagerplatz. Sie hörte das Auto anhalten und eine Männerstimme, die grüßte. Es war Isak Pålsa. Jetzt hörte sie auch noch Verna und einige andere aus dem Auto rufen. Sie zog die Seidenjacke und das Kleid mit dem Spitzeneinsatz aus und versuchte wutentbrannt die vorderen Haken und Ösen des Korsetts aufzureißen. Ihre Finger waren jedoch geschwollen, und es ging nur mühsam.

Als sie das Korsett endlich ausgezogen hatte und wieder angekleidet war, waren die Stimmen immer noch da. Sie warteten offenbar. Hillevi hatte nichts dabei, worin sie das Korsett verstauen konnte. Ihre Handtasche lag im Auto und hätte im übrigen auch gar nicht gereicht.

Also stand sie dort mit dem zusammengelegten rosa Zeug hinter dem Stapel und wartete, während die Männer sich darüber ergingen, welches Auto das bessere sei: Tronds Chevrolet, den er bei *Sandström & Ljungqvist* in Östersund gekauft hatte, oder Isaks Ford V8, über den geprotzt wurde: *der gemütliche Wagen, der Sie geräuschlos und bequem durch Jämtlands schöne Lande bringt.*

Hillevi wünschte sich jetzt nichts sehnlicher, als daß sich Isak, geräuschlos oder nicht, außer Sichtweite begäbe, damit sie hervorkommen könnte. Die Zeit verging. Für sie waren Männer Idioten.

»Sollten uns sputen jetzt«, hörte sie Verna sagen. Aber die beiden beachteten sie gar nicht. Sie protzten jetzt mit ihren Bremsen.

»Hydraulisch«, sagte Trond. »Bremst auf der Stelle und mit doppelter Wirkung.«

Schließlich wurde Hillevi klar, daß Pålsas erst fahren würden, wenn sie von ihrer Verrichtung, die sie für eine kleine und schnell zu erledigende hielten, hinter dem Holzhaufen hervorkäme. Also mußte sie das Korsett so gut es eben ging in den Stapel stopfen und heraustreten. So konnten sie sich endlich auf den Weg machen. Das Gefühl, das Korsett los zu sein, war derart angenehm, daß sie alles andere vergaß.

Auf dem Kirchplatz trafen sie den Pastor. Schwarz wie ein Rabe stand er in der Sonne und war sehr erbost, weil sie so spät kamen. Außerdem hatte er in dieser Hitze von Byvången nach Röbäck kommen müssen, weil der stellvertretende Pastor in Urlaub war und um den Vättersee radelte. Lauter neue Einfälle! Noch verdrießlicher wurde er, als er begriff, daß die Trauung in der Kapelle am Boteln vonstatten gehen sollte.

»Das war gewiß die Lappenkapelle früher«, sagte er. »Dann, habe ich gehört, sei eine Gerberei darin gewesen. Ich finde, man hätte es dabei belassen sollen.«

»Es war Halvarssons Großvater, der sie hat instand setzen lassen«, erwiderte Hillevi und klang etwas bitterer als beabsichtigt.

Sie wollten nicht um die Seen herum zur Kapelle fahren, vielmehr sollte der gesamte Hochzeitszug mit Booten übersetzen. Die Leute hatten auf dem Kirchplatz auf Trond und sie und Pålsas gewartet, doch jetzt setzten sich alle zum See hinunter in Bewegung. Zwei Spielleute gingen voran, sie spielten auf dem ersten Boot weiter, wo außer dem Ruderer auch das Brautpaar saß. Der Pastor fuhr in Halvarssons Boot mit und saß neben Hillevi auf der Achterducht. Myrten saß im Vorschiff, und Trond ruderte. Der alte Haakon hätte am liebsten selbst gerudert. Er wollte sich nicht davon abbringen lassen, obwohl er am ganzen Leib zitterte. Jetzt saß er zumindest auf dem zweiten Sitzbrett, und Tore mußte auf dem Boden vor Myrten Platz nehmen, damit der Schwerpunkt nicht zu hoch lag. Er war ja groß und schwer, und das Boot war genaugenommen überladen. Hillevi versetzte es einen gräßlichen Stich; ihr fiel die Geschichte von dem Hochzeitszug ein, von dem alle bei heftigem Wetter im Svartvattnet ertrunken waren. Das Wasser des Rössjön war jetzt in der Hitze jedoch wie Öl. Obwohl die Ufer felsig waren und man darüber nichts als Tannenwald sah, roch die Luft nach Blumen.

Sie sah Kristins Schleier, sah, wie er sich löste und aus dem Spielmannsboot flatterte. Es ging aber eigentlich gar kein Wind. Die Fahrt war es, die die Luft um sie herum bewegte. Auch Myrtens gelbes Voilekleid flatterte. Hoffentlich legte sich Trond nicht zu kräftig ins Zeug. Und warum, um Himmels willen,

442

mußten alle versuchen, als erstes über den See zu kommen! Die beiden Spielleute spielten, als wollten sie den Teufel aus der Ofenecke locken. Die Musik heulte schließlich wie die wilde Jagd, und die Boote flogen übers Wasser dahin.

Sie bat Trond, zu rufen, daß alle den Takt verlangsamen sollten, damit kein Unglück geschehe. Doch er lächelte nur. Sie erkannte dieses Lächeln wieder, und es machte sie verlegen, dicht neben dem Pastor zu sitzen, wenn Trond es ihr zeigte – noch dazu am hellichten Tag. Es erinnerte sie an jenes Mal, da er und sie unter einer Tanne Hochzeit gehalten hatten, von der niemand etwas wußte. Da war alles morgendlich nackt und naß gewesen. Ihr Hals wurde heiß, als sie an seinen feuchten Mund und an den Regen dachte. Weiß der Himmel, ob Trond nicht ahnte, woran sie dachte, denn er sah so spöttisch drein und ruderte heftiger denn je.

Der Pfarrer merkte jedoch nichts. Er saß in erhabener Gelassenheit da und lamentierte über Kristin Larssons Lebenswahl. Er sagte, die unruhige Seele der Lappen bewege sich zwischen zwei Welten.

Was wußte er schon von Risten? Er war ihr auf dem Kirchplatz soeben zum ersten Mal begegnet. Es war der andere Pastor gewesen, der sie und Myrten konfirmiert hatte.

»Sie ist zweiundzwanzig«, sagte Hillevi. »Folglich weiß sie durchaus, was sie will.«

Sie achtete nicht groß auf sein Gerede. Es war trotz allem überaus köstlich, nach den Stunden in der heißen Küche nun sitzen und ausruhen zu können. Sie mußten natürlich aussteigen, als der Rössjön zu Ende war, und das Stück am Strom entlanggehen. Wie unbeschwert es sich doch ohne Korsett ging! Als die Männer die Boote in den Boteln gezogen hatten und man die Kapelle ausmachen konnte, stiegen sie wieder an Bord. Der Pastor sprach über die Sittenlosigkeit, wie immer er auf dieses Thema verfallen sein mochte.

»Aber die Unzucht wird bestraft werden«, sagte er.

Da ritt Hillevi der Teufel, obwohl sie im Sonnenschein so vergnügt war.

»Aha, wie denn?« wollte sie wissen.

Er wurde richtig beherzt:

»Sie wird dadurch gestraft, daß die Kinder schwachsinnig und mißgestaltet geboren werden«, sagte er.

Sie wußte nicht, ober er über die Lappen oder über die Leute im allgemeinen redete. Glaubte er womöglich, Risten sei in anderen Umständen?

»Ja, der Mensch ist aus Erde und trübem Wasser gekommen«, sagte Hillevi. »Was soll man also von ihm verlangen?«

Nun wurde er richtig erregt. Vielleicht deswegen, weil sie sich auf sein ureigenstes Amtsgebiet begeben hatte. Die Worte hatte sie von ihrer alten Freundin Sorpa-Lisa gehört, und sie fand, daß sie so gut wie seine Auslegungen paßten. Sie hatten jetzt Anteudden erreicht, und die ersten waren bereits an Land gestiegen und setzten vorsichtig ihre feinen Schuhe auf den harten und steinigen Boden. Die Kapelle leuchtete rot. Trond hatte sie auf eigene Kosten streichen lassen. Es war immer schwierig, den Kirchenvorstand dazu zu bewegen, Geld in diese abgelegene Kapelle zu investieren, die der Lakakönig einst aus Erniedrigung und Gestank befreien und sogar mit einem kleinen Turm samt Glocke versehen ließ.

Dann traten sie in den kühlen Raum mit seinen weißen, blaugestreiften Holzwänden. Es roch kräftig nach Birkenlaub und Blumen, denn die Jugend war schon vorher zum Ausschmücken dort gewesen. Da versetzte es Hillevi vor Unruhe erneut einen Stich. Diesmal wegen Myrten. Das Laub hier drinnen duftete so stark, und die jungen Leute waren in der Spätsommernacht in Begleitung der Spielleute dagewesen und hatten sicherlich auch Getränke dabeigehabt. Sie hatte nicht den Eindruck, in einer Kirche zu sein. In der schwarzen Wolle des Pfarrers saß der Geruch nach Moder und Tod. In dem hellen Raum aber duftete es nach Sommer und Erde und sanftem Seewasser.

»Auslecken hätt's eins möchten, den Teller«, sagte der alte Påssån, als er eine gebratene Schneehuhnbrust mit Sauce und kugelrunden kleinen Kartoffeln gegessen hatte. »Hat eins aber Mäßigung.«

Mäßigung sei genau das, was sie nicht an den Tag zu legen brauchten, sagte Trond Halvarsson. Denn hier gebe es reichlich. Und man mußte zugeben, daß es ordentlich gab, sowohl Schneehühner als auch Renbraten. Der Saibling wurde gerade so knapp gesotten aufgetragen, wie Hillevi meinte, daß er sein mußte. Zerkochter Fisch mache niemanden froh.

Die Spielleute, die aus Träske kamen, hatten, als man sich zu Tisch begab, den Brautmarsch gespielt und bei jeder Schüssel, die hereingebracht wurde, neue Weisen angestimmt. Zur Überreichung der Geschenke rief man sie jedoch vergebens.

»Sollen jetztig die Geschenke kundtun, Jonte!«

Jonte Framlund hatte bereits zuviel intus und war eingeschlafen. Erik Eriksson spielte die Begleitstimme, doch diese allein machte ja nicht viel her. Und so ging die Überreichung der Geschenke ohne Musik vonstatten.

Trond und Hillevi hatten Kristin ein Tafelbesteck in Neusilber schenken wollen; sie hatten in der Stadt eines ausgesucht und sich für das Hagamodell entschieden. Doch dann kamen ihnen Bedenken, ob sie es dort oben überhaupt verwenden würde.

»Und außerdem«, sagte Hillevi, »du wirst sehen, diese Klemetleute werden es ihr schon hinreiben, daß es kein richtiges Silber ist.«

Also entschieden sie sich statt dessen für eine Goldkette, und zu ihrem achtzehnten Geburtstag bekam Myrten die gleiche.

Bei der Überreichung der Geschenke trat Sorpa-Lisa als eine der ersten vor. Sie war mittlerweile häßlich wie Stalos Frau Lutak, aber herzensgut. Neunundvierzig war sie, genauso alt wie Hillevi, hatte aber keinen Zahn mehr im Mund.

»Seidelbast und Baldrian, gehen jedes Übel an«, sagte sie und überreichte Risten einen Lederbeutel.

Eine alte Frau namens Elle trat mit zwei aus Hanfgarn gewebten Bettüchern vor. Sie waren alt und weich wie Seide. Aber trotzdem – das ist doch die reinste Urzeit, dachte Hillevi. Dann kamen einige aus der norwegischen Lappenfamilie mit weichen und sauber bereiteten Renfellen. Die Frauen trugen Kissen voller Daunen von Birk- und Auerhühnern.

»Jaa«, sagte Verna Pålsa und schüttelte den Kopf. »Wirst's schon wissen, auf was dich einlassen tust.«

»Mich einlassen tu!«

Kristin klang wütend, Braut hin, Braut her.

»Ja, bist's auch nichten gewohnet, daß im Tiefschnee stapfest und Birkenreis hauen tust, für den Kotenboden.«

»Dürre Tannen wuchten, bloß damit Holz heimkriegen tust!« legte Hildur Jonssa aus Skinnarviken nach.

»Hat ein Haus besorget für uns, der Nila, da wohnen wir. Hat eins gemietet, in Langvasslia«, erklärte Kristin. »Ziehen tun wir bloß frühjahrs.«

»Lieget Schnee im April! Wirst Schnee auftauen für Wasser, du? Bist's gewohnet, daß bloß den Kran aufdrehen tust! Einen Spülstein hast gehabet, beim Zahnarzt, und einen AGA-Herd.«

»Den Takt möchtst halten, mit den Renkühen, die eiligens raufwollen, ins Kalbeland? Uj, uj, uj. Ist schon eine recht Romantik, alles«, fand Märta Karlsa.

»Ist doch gar nichten aus einer rechten Lappenfamilie, oder?« sagte Hildur Jonssa zu Hillevi.

Kristin schien jetzt den Tränen nahe zu sein, und sie wandte sich hilfesuchend an Hillevi.

»Wie den Onkel Halvarsson geheiratet hast, wie war's da? Was haben sie da gesaget, die in Uppsala? Hatten dorten wohl auch Spültisch und Eisschrank und alles, was modern sein tut?«

»Freilich«, sagte Hillevi und konnte es nicht lassen, Verna einen etwas scharfen Blick zuzuwerfen. »Und Halvarsson hat das auch alles angeschafft. Als erstes hat er eine Roßhaarmatratze bestellt.«

Sie erntete Gelächter.

Nicht alle traten mit Geschenken vor das Brautpaar. Hillevi meinte, sie hätten keine, diejenigen, die nicht so gut gestellt seien. Aber Risten sagte, sie genierten sich dafür, daß ihre Geschenke so gering seien, und sie kämen bestimmt später noch zu ihr und Nila.

Jetzt brachte Tore das Grammophon und die Platten herein. Den Brautwalzer tanzten Nils und Kristin zur *Fjällbraut* auf einer Ziehharmonikaplatte. Hillevi fand es pfiffig von Tore, genau diese Platte auszusuchen. Er selbst tanzte nicht. Er schämte sich wie ein Bär vor den Frauen.

Sowohl Kristin als auch ihr Bräutigam hatten darauf bestanden, daß sie in Lappentracht heiratete, obwohl sie gar keine besaß. Ihr Onkel hatte eine alte Papptasche angeschleppt, in der Ingir Kari Larssons Tracht lag, die Verna hatte nähen lassen, als Ingir in der Pension servieren sollte. Die Tracht war jedoch voller Mottenlöcher. Also wurde für Kristin von Kopf bis Fuß eine neue genäht. Von Lederhosen war natürlich keine Rede; sie würde Strümpfe und hübsche Schuhe tragen. Diese waren bereits gekauft, als Nila ein Paar Lappenschuhe mit aufgerichteten Spitzen brachte, die aus so fein bereitetem Leder und so hell waren, daß sie fast weiß wirkten. Da entschied sich Kristin natürlich für diese. Ihr stiegen die Tränen in die Augen, als sie sie zum ersten Mal anfaßte.

Hillevi und Myrten waren erschrocken, als sie die Mütze aufprobierte. Sie fanden, daß diese eher wie eine Teekannenhaube aussah, und sie überredeten Kristin, zu ihrer Tracht einen Schleier zu tragen. Das paßte auch richtig gut. Myrten hatte den Schleier über den Ohren ein paarmal umgeschlagen. Sie war eine tüchtige Brautmagd, heulte aber fast die ganze Zeit.

Als sie die Tanzfläche betraten, sah Nils Klemetsson richtig fesch aus in seiner Jacke mit den Bändern an den Kanten und dem Hemd mit der bunten Brust. Er hatte Silber am Kragen, einen breiten Gürtel mit Silberplättchen und ein Messer mit weißer Hornscheide. Die Hosen waren ganz normal, Gott sei Dank, sagte Hillevi, und seine schwarzen Schuhe waren so neu, daß sie noch glänzten. Der Silberkragen, den Risten trug, war schwer und gediegen, und er kam natürlich aus der Klemetfamilie. Sie gab den großen Blumenstrauß ab, der in der Stadt gebunden worden war, und dann tanzten sie allein, und Risten war die Fjällbraut, und mochte Hillevi das noch so verrückt finden.

Nach der *Fjällbraut* legte Tore einen Wiener Walzer auf, und da standen mehrere Paare auf und tanzten. Tobias Hegger ging direkt auf Aagot Fagerli zu und führte sie aufs Parkett.

Hillevi hatte ihm geschrieben und ihn eingeladen, ja, Margit natürlich auch, weil sie fand, daß man diese alte Geschichte nun vergessen könne. Er war allein gekommen, und jetzt hatte sie Angst vor dem, was sie angerichtet hatte. Denn als Tobias Aagot den Arm um den Rücken legte und man ihn mit seiner Hand die ihre umschließen sah, war offenkundig, daß überhaupt nichts vergessen war.

Das schlimmste war, daß alle es deutlich sehen konnten. Anfangs tanzten auch andere, doch als Tobias zu einem großen Schwung ausholte, trat erst ein Paar zur Seite, und schließlich zogen sich immer mehr zu den Tischen und Wänden zurück. Am Ende blieb auch das Brautpaar stehen. Aagot und Tobias tanzten allein auf den weiten Dielen.

Einen Wiener Walzer führen konnte ihr Cousin freilich, das mußte Hillevi zugeben. Und sie hoffte, daß es der Tanz war, worauf die anderen achteten. Tobias schwang herum und nutzte die gesamte große Tanzfläche aus; er fegte mit Aagot drüber, die rank und leicht war und mit ihren siebenunddreißig Jahren noch die gleiche Haltung hatte wie damals als leicht verletzliches und eigensinniges Mädchen im Laden, lange vor Boston und den Amerikamänteln und den Kleidern mit den Posamenten. Jetzt trug sie dünne Seide und zeigte Bein – zehn, fünfzehn Jahre nach allen anderen natürlich. Aagot mußte auf die eine oder andere Weise immer eigen sein. Sie hatte es strikt abgelehnt, sich das Haar schneiden zu lassen, als alle anderen es taten, und trug es nach wie vor hochgesteckt. Heute abend hatte sie keinen Knoten, sondern einen langen, glänzend schwarzen Wulst im Nacken. Das Schläfenhaar war jedoch schon weißmeliert.

Sie tanzten lange und sahen einander ständig in die Augen. Jetzt ließ Tobias ihre Hand los und legte ihr beide Hände um die Taille, die war noch immer schlank, obwohl Gesäß und Busen mächtig zugelegt hatten. Aagot legte ihm die Hände auf die Schultern. Sie schienen einander näherzukommen und wandten den Blick nicht mehr voneinander.

Trond sagte leise zu Hillevi:

»Schau sie dir an, die alten Weibsen. Tun's gleichens gern ganz genau gucken.«

Er guckte jedoch selbst und Hillevi desgleichen. Sie dachte, wie stark eine Zuneigung doch sein konnte und wie wenig andere Menschen damit fertig wurden. Trond wußte, was zwischen Aagot und Tobias gewesen war; sie hatte es ihm ja erzählt. Damals in der Nacht, als sie im Dunkeln lagen, hatte sie zu ihm gesagt, daß sie sich manchmal auf diese Weise nach ihm sehnen könne. Sie wußte ja, daß sich das, was einmal war, nicht zurückholen ließ. Auch er sehne sich manchmal danach, hatte er ihr damals zugeflüstert. Er hatte schon verstanden, was sie mit diesem *auf diese Weise* meinte, und für einen kurzen Moment war es fast wir früher gewesen.

Sie fragte sich, ob noch mehr Tobias und Aagot so sähen wie sie oder ob sie nur mißgünstig und unwillig und von ihrer eigenen Gerechtigkeit erfüllt seien. Ihr solltet der Liebe doch ein bißchen Rücksicht zukommen lassen, dachte sie. Wie immer sie aussieht.

Dann faßte Trond sie um den Leib, sie begannen zu tanzen, und rasch folgten die anderen Paare nach. Sie sah, daß auch Risten und Nila den Blick nicht voneinander wandten und seine Hand um ihre Taille tastete. Es durchfuhr Hillevi, daß Risten schwanger sein könnte. Natürlich war es brenzlig zwischen den beiden. Es hatte sicherlich seine Bedeutung, daß sie sich bei Aagot oben begegnet waren.

Sie war jetzt froh, daß sie Risten nicht zu überreden versucht hatte, von dieser Heirat abzusehen. Daß die beiden zusammengewesen waren, das war nicht zu ändern. Das Mädchen hätte sich jedoch in acht nehmen können.

Gleichwohl wußte Hillevi nur zu gut, daß es nur eine Art gab, Folgen zu verhindern. »Den Drusch, den machet man drinnen, zwischen den Wänden. Ausschütten, das tut man ihn aber draußen, vor der Scheuer, den Beutel«, hatte Trond gesagt. Aber auch er war darin ja nicht so besonders tüchtig gewesen.

Es war rauchig und laut geworden, aber die Leute waren guter Stimmung. Zwei, die sich in die Haare geraten waren, beförderten Trond und Erik Gabrielsa rechtzeitig in den Hof hinaus.

Der Pfarrer war glücklicherweise zeitig gefahren. Es waren

aber noch ein paar Herrschaften da: außer einigen Holzhänd-
lern der Doktor aus Byvången und natürlich Tobias sowie der
Zahnarzt aus Östersund, bei dem Kristin ein ganzes Jahr lang
gearbeitet hatte. Die jungen Leute tanzten jetzt zu den Jazz-
platten, die Tore auflegte.

»Das hört sich an wie eine Orgie in einem Negerdorf«, sagte
Doktor Nordlund und setzte sich zu den Männern am Viratisch. Ein paar bildeten eine Prifferunde, aber harte und gefährliche Kartenspiele wie bei den Flößern und Holzfällern, die
einander um Geld prellten, wurden keine gespielt. Die Ge-
spräche am Viratisch drehten sich vor allem um die Holzpreise,
aber auch um den Krieg.

»Es soll wieder Krieg geben. Das sagen alle.«

»Der Deutsche ist wie ein Wolf«, sagte das alte Oberhaupt der
Matkefamilie. »Der gibt sich erst zufrieden, wenn er alle geschlagen hat.«

Da wurde Doktor Nordlund hitzig und sagte, der Frieden sei
ein Schimpf für Deutschland gewesen. Deshalb sei es nicht
verwunderlich, wenn die Deutschen sich erheben wollten. Die
Karten ruhten eine Weile, während die Männer mit dunklen
und leicht verlegenen Mienen Vichywasser mit Kognak süffel-
ten. Die Hitze des Krieges und der Kriegshandlungen strahlte
weit aus, und anfangs war man es nicht gewohnt, daß es in den
Gesprächen brennen konnte, daran erinnerte man sich nur vom
vorigen Krieg.

»Ja, die Unruh ist's, die's antreibt, das Werk in der Uhr und
in der Welt«, sagte Haakon Iversen, und da löste sich die Spannung.

»Eckstein raus, sagte der Maurer!«

»Da schau her, verflixt. Hast wenigstens den Trumpf.«

Und vom Grammophontisch war Myrtens Stimme zu hören:

»I can't give you anything but love!«

»Bäjbi!« schrie einer der Fransajungs.

Jedesmal, wenn Tore eine Platte auflegte, mußte Myrten laut
ansagen, wie diese hieß. Sie hatte ja auf der Realschule Englisch
gelernt. Sie war schüchtern und wollte eigentlich nicht auf
diese Weise hervorstechen, aber sie schrien:

450

»Sagst jetzt schon!«

Und Myrten sagte *Riverboat shuffle* und *Honeysuckle rose* und *Muskrat rumble*, und sie lachten, weil es so unsinnig klang. Myrten war schließlich tatsächlich den Tränen nahe, und Tore rief:

»Habet doch allens Verwandte, drüben, in Amerika! Tun doch auch Menschen sein!«

Die Jüngeren waren es schon eher gewohnt; im übrigen fanden sie, daß *Darktown strutter's ball* und *King Porter stomp* aus Urzeiten stammten, und wollten neuere Sachen hören. An den Tischen entlang der Wände hatte man darüber zu diskutieren begonnen, wie das eigentlich mit den Schritten beim Hüpfhambo und beim Stoßhambo sei.

»Haben genug gehöret jetzt, den Strutter und Stomp!« rief Erik Eriksson. Elin aus Skinnarviken, der eine recht kräftige Stimme hatte und am lautesten von allen die Tiere anlocken konnte, begann *Warum gehet ihr hier herum* zu singen, so daß er das Grammophon übertönte. Die Leute lachten und fingen an, über alle Bälle zu reden, die früher gegeben worden waren, Gesellschaftsbälle, Erntebälle und Auktionsbälle, und die sie besucht hatten, auch hier in der Pension.

»Haben allens getanzet, die Kerle und die Weibers und die Kinder, und ist was los gewesen und was geflossen, so gar manches«, sagte einer der Alten.

Trond sah zu, daß noch mehr Eau-de-Vie und Kronbrannt-wein auf den Tisch kamen, auch wenn Hillevi die Augenbrauen runzelte. Wenn sie Branntwein mit Limonade mischten, nannte sie das Vagabundengrog, und sie war der Meinung, daß Trond jetzt nichts anderes mehr als Kognak hinstellen sollte. Den Schnaps konnte er für den Imbiß aufheben. Er wollte jedoch nicht, daß es hinterher hieße, beim Händler sei geknickert worden.

Zwischendurch erklang wieder ein Walzer, denn Hillevi hatte zu Tore gesagt, daß auch die Älteren Gelegenheit haben müßten zu tanzen. Als der *Fischerwalzer* gespielt wurde, winkte ihr der bärtige Kalle Persa quer durch den Raum zu. Viele Maränen und große Forellen verbanden sie beide, und niemals hatte Hillevi diese richtig bezahlen oder ihm besondere Vorteile im Laden einräumen dürfen. Aber jetzt wollte er tanzen, und er kam mit einem großen Lächeln in seinem grünschimmernden weißen Bart geschritten.

»Gehet wohl gut, anfangs«, warnte Elin. »Tut er sich auf der rechten Bahn halten da. Paßt aber auf, wenn er anfangen tut zu knurren!«

Anfänglich tanzte Kalle nur sonderbar altmodisch. Fast schraubte er sich über den Tanzboden und zog das eine Bein nach. Aber dann wurde es genau so, wie Elin gesagt hatte. Der Alte legte los, und man hatte das Gefühl, es handle sich eher um einen Rückwärtshambo als um einen Walzer; er kam richtig in Schwung und fing zu knurren an und unterbrach sich nur, um über den Walzer zu sagen: »Ist recht gemachet, möcht eins meinen!« Sie wirbelten so heftig im Kreis, daß sich die Tanzfläche um sie herum leerte, aber er fiel nicht um mit ihr, und als die Platte zu Ende war und sie zu tanzen aufhörten, klatschten alle in die Hände und schrien, es sei gut getanzt gewesen.

Solange Kalle mit Hillevi an den Wänden entlangfuhr, hatte sich niemand in die Nähe getraut, aber jetzt wollten mehrere tanzen, und sie riefen nach Schottischem und Hambo, da sie sich ordentlich bewegen wollten, wie sie sagten, und nicht mehr stompen und strutten. Elin aus Skinnarviken behauptete, daß es die richtigen Stücke gar nicht auf Platte gebe, und wisse der Himmel, ob sie überhaupt noch jemand spielen könne. Vom Polnischen brauche man wohl gar nicht erst zu reden.

»Weil wie der aufkömmen ist, der Hambo-Polnische«, sagte er, »ist's Schluß gewesen mit ihm, dem rechten Polnischen.«

Drüben an Elins Tisch, wo auch Erik Eriksson und Anund Larsson saßen, sprachen sie jetzt über den Ringländer, über die Polka und die Mazurka. Und dann schrie einer von der anderen Seite des Raumes:

»Ist denn keins da, der spielen könnet?«

Erik Eriksson griff sich die Geige, und vorn bei Tore wischte Fransa den Grammophonarm beiseite, so daß es knirschte. Erik sah sich nach Jonte um, aber der war ja weggedämmert und in eins der Zimmer gelegt worden.

452

»Anundonkelchen«, sagte Risten ganz flehentlich. »Jyöne Anund ...«

Sie hatte Jontes Geige gefunden und reichte sie ihm, doch er schlug sie aus. Da kam ein junger Bursch aus Lakahögen mit einer Geige, die er draußen in der Garderobe versteckt hatte. Seine Wangen waren dunkelrot vor Schüchternheit, aber er wollte so gerne spielen. Da konnte auch Anund nicht länger widerstehen und ging seine Ziehharmonika holen. Er hatte sich zurückhalten wollen, und er hatte auch den ganzen Abend über nicht gesungen. Risten hatte sonst keinen nahen Verwandten, und er wußte, was über ihn getratscht wurde: Der da, habet nichten Arbeit, ziehet bloß rum und spielet. Und liebstens ein jegliches Wochenende, und krieget zu essen und Kaffee, wo er hinkömmen tut. Als aber Risten rief und in die Hände klatschte, durfte die Vorsicht dahinfahren, und er begann an den Knöpfen zu fingern. Als erstes erklang ein Hüpfhambo, und Kristin wurde vom Gemeindevorsteher höchstpersönlich aufgefordert.

»Tut sie 'nen Tanz gestatten, die Braut?« fragte Isak Pålsa.

Sie konnte ihm keinen Korb geben, wußte allerdings nicht genau, wie der Hüpfhambo ging. Da sagte Isaks alte Mutter, Anna-Stina Isaksa, daß der Hüpfhambo ein bißchen anders gehe als der normale Hambo. Sie hob die Röcke, um vorzuführen, wie man den andersartigen Schritt machen mußte. Die Leute trauten ihren Augen nicht, als sie Bein zeigte.

»Tut doch religiös sein, die Tante Isaksa, oder?« entwischte es Risten.

»Freilich«, erwiderte diese. »Aber nichten war ich's *damalens,* religiös.«

Der Junge aus Lakahögen, der Jonte Framlund im übrigen Onkel nannte, erwies sich als ein tüchtiger Spieler, und auch Erik fiedelte munter drauflos, war zwischen den Stücken allerdings durstig.

»Ist aus auf den Schnaps als wie 'ne Geiß auf Pisse, der Äcke«, sagte Anton Fransa.

Es war aber nicht so schlimm, als daß man ihn nicht mit Kaffee wieder hätte beleben können, wenn er zusammenzufallen drohte.

Risten war zufrieden nach dem Tanz, und Verna nickte und sagte über ihren Mann:

»Ist gar mehr als wildversessen gewesen drauf, einen Hüpf-hambo zu tanzen, wie er jung gewesen.«

Nachdem das Grammophon verstummt war und sie Geige und Ziehharmonika zu spielen begonnen hatten, ging es wilder zu. Hillevi sagte zu Verna, sie glaube, es sei allmählich Zeit für die Fleischklößchen und die Gratins, und sie gingen beide in die Küche, um das Essen warm zu machen. Es war nach zwei Uhr morgens. Der Imbiß würde so manchem die Sinne dämpfen.

Da knallte draußen ein Schuß. Es hörte sich an, als ob jemand gleich am Fenster in Richtung See schieße. Es wurde mucks-mäuschenstill, doch dann knallten noch mehr Schüsse um die Hausecken, und da fingen die Leute an zu lachen, und Anund Larsson, der geschworen hatte, daß er nicht singen werde, sang nun doch:

Er war Boß der Laderotte,
bei ihm, da saß ein jeder Schuß
– die arme Deern das wissen muß!

»Sind die Lederfüßler allhier!« schrie einer.

»Den Teufel hast gesehen. Die Schwarzköpfe sind's. Ganze Haufen sind's.«

Es waren aber nicht nur Lappen, sondern Leute von überall-her, und als Hillevi aus dem Küchenfenster sah, entdeckte sie Gudmund und Jon Eriksson. Sie hielten sich etwas abseits. Sie wußte, daß die Brüder an diesem Wochenende eine Menge Lappenjungs und Värmländer und sonstiges mehr oder weni-ger vagabundierendes Volk beherbergt hatten. Und diese Leute waren jetzt auch voll. Die beiden selbst machten nicht mit, als die ersten auf die Vortreppe stürmten und johlten:

»Wollen die Braut sehen! Wollen die Braut sehen!«

Nils nahm Kristin mit hinaus auf die Vortreppe. Sie hatte unter den Höllengeistern Verwandte erkannt, und es nützte nichts, daß Hillevi Einspruch erhob. Trond war in dieser Sache viel zu zaghaft und sagte bloß: »Sind's Verwandte, dann sind's halt verwandt.« Aber Kristin war ja nicht gerade mit einem Haufen besoffener Värmländer verwandt und mit den Brüdern Eriksson ebensowenig. Diese beiden kamen gottlob nicht herein. Sie hatten wohl doch noch einen Funken Verstand.

Sie begriff, daß die Brüder die Leute zuerst abgefüllt und dann aufgehetzt hatten, die Hochzeit zu sprengen. Es muß enttäuschend für sie gewesen sein, daß sich die Horde nicht schon früher auf den Weg gemacht hatte. Aber bevor nicht alle Kanister mit norwegischem Schnaps ausgetrunken waren, hatte wohl keiner gehen wollen.

Sie fand, daß das Ganze durchaus glimpflich ablief, und ihr wurde nun klar, daß Gudmund und Jon vermutlich gar nicht wußten, weshalb ihr Vater Vilhelm sie so bitterlich gehaßt hatte. Ganz zu schweigen vom Lubbenalten selbst. Sie wollten lediglich Schabernack treiben, weil Händlers eben alte Feinde waren. Von dem, was vor langer Zeit auf dem Eis geschehen war, wissen sie wohl gar nichts, dachte sie. Wer mochte seinen Kindern so etwas schon gern erzählen?

Als die Tür erst einmal offen war, war der ganze Haufen schnell drinnen, da konnte man nichts machen. Wie zu erwarten war, fraßen sie natürlich wie die Wölfe. Elsa meinte jedoch, Hillevi könne beruhigt sein. Es seien sechs Heringgratins da. Die müsse man nur warm machen. Am Schnaps hingen die Neuankömmlinge wie Fliegen auf der Milch.

»Jovkh! Jovkh!« schrien sie.

Hillevi bat Trond, ein Machtwort zu sprechen, aber er hatte bereits einen trüben Blick und meinte, er solle noch einmal eine Rede halten, also hob er genau wie beim vorigen Mal an:

»Möchet man heut abends ein paar Wörter sagen...«

Das rief nur noch mehr Geschrei und Jubel hervor, und er mußte mit allen anstoßen. Schließlich gelang es Anund Larsson, für ein bißchen Ordnung zu sorgen, indem er zu spielen anfing. Während des Tanzes begann nun die zweite Bescherung, von der Kristin gesprochen hatte und an die Hillevi nicht geglaubt hatte. Ein Lappenjunge nach dem anderen wollte mit ihr tanzen, und während sie sich im Kreis drehten, paßten sie die Gelegenheit ab, ihr etwas zuzustecken. Meistens war es

Geld, und Hillevi sah nicht immer so genau, wieviel es war. Da kam der Zahnarzt, bei dem Kristin gearbeitet hatte, und übernahm sie mitten im Tanz von einem der Jungen, und während sie im Kreis wirbelten, steckte auch er ihr etwas zu, mehrere Hunderter, sagten die Leute später. Und das, obwohl er und seine alte Mutter während der eigentlichen Bescherung ein Sahnetöpfchen und eine Zuckerschale aus Neusilber überreicht hatten. Hillevi sah kurz aufblitzen, welche Zukunft Kristin hätte haben können. Denn daß zwischen den beiden etwas gewesen war, war ganz offenkundig. Kristin hatte den schweren Silberkragen abgelegt, um in der Wärme tanzen zu können, und Zahnarzt Öbring steckte ihr die Hand mit den Scheinen so tief, wie er nur konnte, in den Ausschnitt. Dabei lag etwas in Ristens Blick, was, wie Hillevi erleichtert feststellte, ihr Nils nicht sehen konnte. Er stand mit dem Rücken zu ihnen am Getränketisch.

Gleich im Anschluß daran brachen sie auf. Das Zimmer für die Hochzeitsnacht war im Gasthof in Jolet bestellt, und Trond sollte am Vormittag mit dem Auto kommen und sie nach Langvasslia fahren. Hillevi fragte sich jedoch, wie das gehen sollte, denn Trond war bereits weggedämmert.

Nachdem alle Hurra geschrien, nach einem Fuhrwerk gerufen, Reis geworfen und einen Radau gemacht hatten, daß die Pferde scheu wurden, sagte Hillevi zu Myrten, sie müsse jetzt nach Hause gehen. Sie bat Tore, sie zu begleiten und dafür zu sorgen, daß sie wohlbehalten ins Haus komme und ordentlich hinter sich abschließe. Doch Tore war nicht ansprechbar. Sein Gesicht war völlig schlapp, und er konnte den Blick nicht ruhig halten. Da ging Anund Larsson mit Myrten, und er war sehr bestimmt. Denn sie wollte noch keineswegs gehen.

Auf diese Weise war das Spiel zu Ende, denn Äcke war umgefallen, und Jonte Framlunds Neffe war zu schüchtern, um allein zu spielen. Einem der Lappen fiel jedoch ein, daß er singen könnte. Alle älteren Leute und die Herrschaften waren nun schon gegangen, und Trond saß allein am Viratisch. Es machte also nicht viel, wenn sie auf ihre Weise sangen, und sie meinten es bestimmt gut. Der da sang, hatte Mickel Larsson Onkel ge-

nannt, folglich war er ziemlich nah verwandt. Er hatte eine
sanfte, aber trotzdem kräftige Stimme. Sorpa-Lisa, die neben
Hillevi saß, sagte, er singe davon, wie reich der Junge sei, den
Risten bekommen habe.

»Und wovon noch?« fragte Hillevi, als er in langen Windun-
gen fortfuhr.

Boantas poajhke
dihte dan vååjmesem åådtjeme...

Sorpa-Lisa versuchte mitzusummen.

Der reichste Junge... voia voia
sie hat erobert sein Herz
sein Herz hat sie erobert
wir trinken auf ihr Glück nun
ihr bestes Glück
nanana nananaaa
trinken einen Schluck

Und da lachten natürlich alle.

Wer wird nun der Hänge Stern?
nananananaaa
Wen bekam der reiche Junge?
Wer bekam den Silberkragen?
Risten, der Stern aller Mädchen
nananananaaa
Risten, klarer Stern
Blume des Fjälls
sie der reiche Junge nahm
nananananaaa

Als er fertig war, trat ein sehr viel älterer und für einen Lappen
ungewöhnlich dicker Mann auf. Hillevi fand, daß er sich wie
ein jaulender Hund anhörte, wollte aber trotzdem wissen, was
sein Gesang bedeutete. Sorpa-Lisa preßte ihre schmalen Lippen

zusammen und wollte nichts sagen. Anund Larsson war nun zurück, und Hillevi sagte zu ihm, sie wolle wissen, was der Kerl singe.

»Äh, so 'nen Quatsch brauchet eins nichten anhören«, antwortete Larsson. Sie wollte es aber wirklich wissen. Sie fand, daß der Alte ganz widerlich grinste.

»Ist bloß so'n ... dummes Zeug«, sagte Larsson.

das Ren töten voia voia
für den reichen Arsch
Aas und Arsch, verdammtes Langmaul
Satans Wolfsschlund
verdammtes Aas

Nein, das mußte man sich wahrlich nicht anhören. Konnte Larsson ihn nicht zum Schweigen bringen?

»Wird ihn schon eins festbinden müssen dazu«, entgegnete dieser.

Der alte Lappe sang noch eine gute Weile weiter, und Hillevi ging gemeinsam mit Elsa und Verna daran, alles abzuräumen und schließlich auch die Tischtücher von den Tischen zu ziehen und zusammenzulegen. Vielleicht würden sie ja dann verstehen, daß es Zeit war zu gehen. Doch da trat der erste Kerl wieder vor und sang. Hillevi sah, daß Anund Larsson sich gesetzt hatte und ihm zuhörte, und er wirkte traurig und froh zugleich, ja, ihm standen gar Tränen in den Augen. Als der Kerl gut und gern eine Viertelstunde gesungen hatte und sie alles abgeräumt und jeden Aschenbecher ausgeleert hatten, sagte Hillevi zu Anund Larsson, er möge ihn doch bitten, jetzt aufzuhören. Anund saß jedoch da, wiegte sich sacht vor und zurück und sah sie gar nicht an.

»Lasset den Lappen joiken, dann verliert er seine Seele nicht«, sagte er.

Dann erzählte er, immer noch ohne sie anzusehen, daß dieser Mann vom Fjäll singe, das in der Nacht dunkel sei, und von den nassen Wolken und vom Wind und davon, daß der Wind in seinem Lied sei.

Erik Gabrielsa war es, der schließlich alle, Lappen wie Värmländer, hinausexpedierte, indem er ihnen eine Flasche Klaren und einen Ring Bratwurst mitgab.

Dann kam das Problem mit Trond. Er war auf dem Viratisch vornübergesunken und schlief tief und fest. Als sie ihn endlich hochbekam, hatte er keinen Halt in den Beinen.

»Wir kommen nie und nimmer den Hügel hinunter und nach Hause«, sagte Hillevi, vor Müdigkeit den Tränen nahe.

»Sollt ich nichten runtergehen und vorspannen?« fragte Anund Larsson.

Das war wohl das beste. Sie mußte Tischtücher und Kerzenleuchter, Vasen und das Kaffeeservice aus Neusilber mit nach Hause nehmen.

Silverpärla sah aus, als hätte sie sich weiß der Himmel was erwartet, als sie so frühmorgens aus dem Stall gezerrt wurde. Mit weichen Lippen nahm sie den Rest Zucker entgegen, der noch in der Schale war. Anund Larsson ging ins Haus, um Trond zu holen. Der bekam auch jetzt keine Ordnung in seine Beine, sie gaben immer nur nach, und schließlich trug Larsson ihn hinaus.

»Wieget ja leicht als wie ein Junge«, sagte er. »Und habet doch so gut gegessen.«

Zu Hause sagte Hillevi, daß er Halvarsson auf die Küchenbank legen könne. Er trug ihn jedoch einfach die Treppe hinauf und brachte ihn ins Bett. Währenddessen stellte Hillevi für Anund Larsson belegte Brote und ein Pilsner auf den Tisch. Sie selbst schenkte sich ein Glas Milch ein.

»Es ist ja alles gutgegangen«, sagte sie. »Aber du lieber Himmel, was zum Schluß dann noch für ein Leben war!«

Sie fragte sich, ob er sich ebenfalls Sorgen um Risten machte, darum, wie es ihr in dieser Klemetfamilie, die doch so hochmütig war, wohl ergehen werde. Sie genierte sich aber zu fragen, nachdem er selbst nichts sagte.

»Nehmen Sie doch noch ein Brot, Larsson«, forderte sie ihn auf.

Sie fand, daß er richtig anständig und hilfsbereit gewesen war. Er war besser als dieser alte Schwätzer, dessen Sohn er war.

459

Über das, was sie in dem Quartier oben gesehen hatte, war sie niemals hinweggekommen: diesen Kinderkörper mit den bösen Wunden, schmutzig, halbnackt und durchgefroren. Sie dachte jetzt aber ein wenig anders darüber. Viel hatte der Alte nicht auf das Kind gegeben, davon war sie überzeugt. Aber vermutlich hatten weder Adlerklauen noch Menschenhände diese Wunden verursacht. Heute glaubte sie, daß Kristin mit dem Hund ihres Großvaters gespielt hatte und dieser zu stürmisch geworden war. Sie hatte das auch zu ihr gesagt. Doch obwohl Risten erwachsen und in allem anderen so vernünftig war, außer vielleicht, wenn es um die Liebe ging, blieb sie dabei: Sie sei von einem Adler geraubt worden, und sie erinnere sich selbst noch an den Flug über die Felsstürze und wie sich die groben Klauen im Rücken anfühlten.

Darüber wollte Hillevi mit dem Onkel nicht sprechen. Es war zu heikel. Er machte sich wahrscheinlich Vorwürfe, daß es Risten während seiner Abwesenheit schlecht ergangen war. Doch da war etwas anderes, was sie wissen wollte.

»Hildur Jonsa aus Skinnarviken«, sagte sie. »Sie hatte ja das ihrige zu dieser Heirat zu sagen.«

Er schwieg.

»Sie ist natürlich ein altes Klatschmaul. Aber sie ist doch mit einem Lappen verheiratet, deswegen habe ich mich schon gewundert.«

Sie hatte gedacht, er würde jetzt fragen, was Hildur gesagt habe, aber er reichte ihr keinen Finger.

»Sie meinte, daß sie nicht aus einer richtigen Lappenfamilie sei«, sagte Hillevi. »Kristins Großvater hat mir das übrigens auch einmal gesagt.«

Er saß schweigend da. Aber schließlich mußte er ja reagieren. Und da sagte er lediglich:

»Freilich tut sie aus einer richtigen Familie sein.«

Hillevi mochte nicht rundheraus fragen, wer der Vater des Mädchens sei. Auch diese Menschen hatten wohl ihre Geheimnisse. Aber sie hatte Kristin bald zwanzig Jahre lang wie ein eigenes Kind aufgezogen. Und sie fand, daß sie ein Recht habe, es zu erfahren.

»Dieses Aidan, von dem Kristin spricht«, sagte sie. »Wo liegt das?«

»Aidan?« fragte er und sah auf.

»Ja, sie spricht davon. Wo liegt das denn?«

»Ach, Aidan«, sagte er. »Ein Sagenreich ist's.«

Dann merkte sie, daß er sich nach seinem Hut umsah, den er auf dem Stuhl an der Tür abgelegt hatte, und gehen wollte.

»Haben Sie ein Zimmer in der Pension, Larsson?« fragte sie.

»Nä, darf in der Backstuben schlafen, bei der Aagot«, erwiderte er.

Da beschloß sie, ihn zurückzuhalten. Sie hatte nicht mitbekommen, wann Aagot die Pension verlassen hatte, und auch nicht, wann Tobias verschwunden war. Sie hatte nur beide ungefähr zur selben Zeit vermißt. Sie wollte nicht, daß Anund Larsson dort auftauchte, wenn Tobias bei Aagot war. Daß er über eine solche Sache Schweigen bewahren konnte, war ihr nun klar. Dennoch hielt sie es für mißlich. Deshalb fragte sie, ob er noch ein Pilsner haben wolle.

Nachdem er es aufgemacht hatte, unterhielten sie sich eine Weile über alte Zeiten. Sie fragte, ob er sich daran erinnere, daß sie sich in Torshåle oben begegnet seien, als er noch ein junges Bürschchen gewesen sei. Natürlich entsann er sich.

»Alle die feinen Fräuleins, die am Fluß spaziert, wie der Großhändler die Schneehühner geschossen. Und der Pfarrer, habet Gedichte aufgesaget für sie.«

Obwohl es so viele Jahre her war, tat es ein klein wenig weh, als er das sagte.

»Ja, Pastor Nolin, er hat auch Gedichte geschrieben«, sagte sie. »Er war schon recht begabt.«

»Nä, nichten hat der selber geschrieben«, versetzte Anund Larsson. »Höchstens was er geprediget.«

»Ich habe es mit eigenen Augen im Gästebuch gesehen, daß er ein Gedicht geschrieben hat.«

»Im Gästebuch. Tu ich's doch wissen. Haben der W. Goethe und der V. Rydberg geschrieben, miteinander«, behauptete Anund Larsson felsenfest.

»Woher wissen Sie das denn?« fragte sie erstaunt.

»Weil's in einem Buch stehet, das gleiche Gedicht, hat *Blinkfeuer* geheißen, das Buch, und krieget ich von der Lehrerin, wie ich fertig gewesen mit der Schule. War kaputt am Rücken, aber sonsten war's in Ordnung.«

»Das war bestimmt ein anderes Gedicht«, sagte Hillevi.

»Zwei Seelen wohnen, ach! in meiner Brust«, sprach Anund Larsson mit lauter Stimme. »Glaubet sie nichten, daß ich was vergessen tu. Mag nicht behaupten, ich könnt alle Gedichte, was in dem Buch gewesen. Aber die meisten. Zwei Seelen wohnen in meiner Brust. Gehet so an.«

Da kam Tobias herein. Er blieb an der Tür stehen, lehnte sich an den Türpfosten und lächelte sie an. Das frühe Morgenlicht fiel ihm ins Gesicht, und sie sah, daß er leicht erhitzte Wangen hatte und sehr müde war. Seine Lippen wirkten geschwollen. Also wirklich. Sie mußte den Blick abwenden.

»Sagen Sie es auf, Larsson«, bat sie.

Und er sagte:

Zwei Seelen wohnen, ach! in meiner Brust,
Die eine will sich von der andern trennen:
Die eine hält in derber Liebeslust
Sich an die Welt mit klammernden Organen;
Die andre hebt gewaltsam sich vom Dust
Zu den Gefilden hoher Ahnen.

MALIK

Kerstin Ekman
Zum Leben erweckt

Roman. Aus dem Schwedischen von Hedwig M. Binder.
615 Seiten. Geb.

Sigge schreibt eine Arbeit über den Literaturnobelpreisträger Eyvind Johnson, Blenda sitzt in Rinkeby und restauriert ein kostbares altes Seidentuch, und Sylvia sucht in Gewölben unter der Altstadt nach archäologischen Ausgrabungen. Mit feinem Gespür wird das Leben von diesen und anderen Frauen nachgezeichnet, die auf den ersten Blick kaum etwas miteinander zu verbinden scheint. Doch alle Fäden laufen schließlich bei Oda zusammen, die, allein schon wegen ihres hohen Alters, die meiste Lebenserfahrung sammeln konnte. Auf meisterhafte Weise gelingt es der Autorin die Schicksale von sieben Frauen im heutigen Stockholm lebendig werden zu lassen.

»Kerstin Ekman verfolgt mit präziser Beobachtungsgabe und psychologischem Gespür jedes noch so banal erscheinende Detail, hinter dem sich große und kleine Geschichten verbergen.«
Bayerischer Rundfunk